HERMANN HESSE
헤르만 헤세를 읽다

Narzi ß und Goldmund

나르치스와 골드문트

헤르만 헤세를 읽다

초판 1쇄 인쇄 2019년 05월 10일
초판 1쇄 발행 2019년 05월 17일

지은이 헤르만헤세
펴낸이 박영철
펴낸곳 오늘의책

번역 우리글발전소
책임편집 정익구
디자인 (표지) 홍시 송민기
디자인 (본문) 다솜

주소 121-894 서울 마포구 잔다리로7길 12 (서교동)
전화 070-7729-8941~2 팩스 031-932-8948
이메일 tobooks@naver.com
블로그 blog.naver.com/tobooks

등록번호 제10-1293호(1996년 5월 25일)

ISBN 978-89-7718-386-5 03840

HERMANN HESSE
헤르만 헤세를 읽다

Narziß und Goldmund
나르치스와 골드문트

Hermann Hesse / 우리글발전소 옮김

Contents

주요 등장인물

나르치스 | 마리아브론 수도원의 조교사. 정신에 봉사하고 지知를 지향하는 학자로 후에 수도원장이 된다.

골드문트 | 아버지의 권고로 수도원 학교에 들어갔으나 젊은 선생 나르치스로부터 예술에 봉사할 운명을 타고 났다는 말을 듣고 방랑 생활에 들어가 많은 변화 끝에 조각가로 생을 마친다. 지성으로 사는 나르치스와 사랑으로 사는 골드문트의 우정이 이야기의 주제가 된다.

다니엘 | 수도원장. 신앙심이 깊은 경건한 사람.

리이제 | 집시 여자. 골드문트에게 처음으로 사랑을 가르쳐 주고 애욕의 길로 몰아넣는다.

리디아 | 기사의 큰 딸. 동생과 함께 골드문트의 애인.

아그네스 | 총독의 애인. 골드문트는 그녀와 애욕에 빠지고 결국 체포되어 교수대에 보내지려 한다.

니클라우스 | 조각가. 골드문트의 스승.

제 1 장

마리아브론(성모의 샘) 수도원 입구에는 한 쌍의 작은 기둥이 받치고 있는 둥근 아치형 문이 있고, 그 앞 길가에는 밤나무 한 그루가 서 있었다. 옛날, 어느 로마의 순례자가 남국에서 가지고 온 유일한 기념품으로 밑동이 단단한 밤나무였다. 가지를 부드럽게 길 위에 드리우고 바람 속에서 가슴 가득히 숨을 쉰다. 주위의 모든 나무들이 파릇파릇하게 싹이 돋고 수도원의 호두나무까지 벌써 불그스레한 어린잎을 달고 있을 때에도, 이 나무는 잎이 돋아나기를 오랫동안 기다렸다가 밤이 가장 짧을 무렵이 되면 가냘프고 희끄무레한 꽃을 피워냈다. 그 꽃은 무엇인가 경고하듯 아릿한 향기를 풍기며, 가슴을 답답하게 가슴을 죄어오곤 했다. 10월이 되어 포도를 수확하고 나면 가을바람 속에 노랗게 물든 가지에서 밤송이가 떨어졌다. 그러나 수도원 소년들이 서로 먼저 갖겠다며 달려들었으므로 매년 밤송이가 제대로 영글지 못했다. 이탈리아 지역 출신 수도원 부원장 그레고르는 자기 방 난롯불에 밤을 굽곤 했다. 이 아름다운 나무는 수도원 현관 앞 가득히 이

국적인 모습으로 가지를 하늘거렸다. 이국에서 온 이 손님은 낯선 땅에서 추위에 약하고 민감했으나, 정문에 쌍을 이루고 서 있는 화사한 사암 기둥과, 아치형 창문과, 처마 장식과, 기둥의 석조 장식과 은근히 조화를 이루고 있었다. 이탈리아나 라틴 계통의 사람들은 이 나무를 사랑했고, 이 고장 사람들도 희귀한 진품이라 여겨 아끼고 있었다.

벌써 몇 세대 동안 수도원 학생들이 이 외래종 밤나무 밑을 거쳐 갔다. 학생들은 밤나무 아래에서 화판을 옆에 끼고 잡담을 하기도 하고, 장난치며 웃다가, 다투기도 했다. 계절에 따라 맨발로 다니기도 하고, 신을 신기도 하다가 또 꽃잎을 따서 입에 물기도 하고, 호도를 까먹기도 하고, 눈덩이를 뭉쳐 손에 들고 다니기도 했다. 이렇듯 새로운 학생들이 쉴 새 없이 오고 갔다. 얼굴은 이삼 년마다 바뀌었지만 대개는 그 얼굴이 그 얼굴이었다. 단지 금발이냐 또는 고수머리냐 하는 차이뿐이었다. 대개는 여기 남아서 수사가 되거나 아니면 보좌 신부가 된다. 다들 머리를 빡빡 깎고 법의에 노끈 띠를 매는 것은 물론, 책도 읽고 학생들도 가르친다. 그러다가 늙어서 죽는다. 나머지 학생은 학창 시절이 지나면 각자 기사의 성이나, 상인 집이나, 직공 집이나, 양친이 있는 집을 찾아가서 세상을 즐기거나 사업을 한다. 한 번쯤은 수도원을 찾아올 때도 있다. 어른이 되어 아직 앳된 어린 아들을 데리고 와서는 신부에게 학생으로 맡긴다. 잠시 쓴웃음을 지으며 생각에 잠긴 듯 밤나무를 쳐다보다가 이내 사라지기도 한다. 수도원의 묵직하고 둥근 아치형 창문과 붉은 돌로 견고하게 세워진 양쪽 기둥 사이에는 기도실과 집회실 등이 들어서 있다. 이곳에서 생활은 물론 수업이나 연구, 관리와 통제가 이루어졌다. 여기서 온갖 예술과 학문을 연마했다. 종교적인 영역과 세속적인 영역, 밝은 세계와 어두운 세계를 아우르는 예술과 학문을 세대에서 세대로 전해 주었다. 많은 책을 저술하였고 주석을 덧붙였다. 학문 체계를 세우고 고대 문헌을 수집했다. 장식 문자를 그리고, 민간 신앙을 보호하기도 했지만 때로는 냉소를 하기도 했다. 지식과 신앙, 소원과 교화, 복음서의 지혜와 그리스인의 지혜, 이른바 정상적인 방식의 마술과 요령을 부리는 음성적 마술 등 활동이 여기서 활발하게 이루어졌다. 이 온갖 것을 착실히 쌓아 둘 자리도 있었다. 은둔과 참회 생활은 물론이요, 사교 생활을 위한 자리도 마련되어 있었다. 이런 활동 가운데 어느 것을 지배적으로 수행하느냐는 그때그때 수도원장의 인물 됨됨이나 당시의 지배적인 시대 흐름에 따라 결정되었다. 이 수도원이 마귀를 쫓아내는 사람이나 혹은 악령들린 자 때문에 유명해질 때도 있었고 더러는 치료를 받기 위해 사람들이 찾아오기도 했다. 때로는 뛰어난 음악가 때문에, 때로는 치료와 기적을 베푸는 신부님 때문에, 때로는 잉어 수프나 사슴의 내장을 넣어 만든 만두 때문에, 그때마다 하나씩 하나씩 유명해졌다. 수사나 학생 가운데는 믿음이 강한 사람, 태도가 흐리터분한 사람, 단식하는 사람, 살이 피둥피둥 찐 사람 등, 별별 사람들이 다 있었다. 여기 와서 생활하고 또 죽어 간 많은 사람들 가운데는 언제나 특별한 사람이 있었다. 그 가운데 누구는 사랑을 받고 누구는 존경을 받았다. 누구는 선택받은 사람처럼 보이고, 누구는 동시대 사람들의 기억에서 사라진 지 오래지만 후대에까지 오래도록 사람들의 입을 통해 전해 내려가는 경우도 있었다.

지금도 역시 마리아브론 수도원에는 특별한 두 사람이 있었다. 한 사람은 나이가 들었고, 한 사람은 젊었다. 수많은 수도자 무리가 대침실이나 성당, 교실 등을 가득 채우고 있었지만, 그 가운데 누구 하나 모르는 사람이 없고 누구에게든지 주목을 받는 사람들이었다. 노인은 수도원장인 다니엘이요, 젊은이는 그의 제자 나르치스였다. 나르치스는 수도원에 들어온 지 얼마 지나지 않았지만 특출한 재능으로 이 수도원의 관습과 상관없이 벌써 선생으로 통했는데, 특히 그리스어에서 그러했다. 한 사람은 수도원장으로, 한 사람은 수사로, 이 둘은 수도원 안에서 세력도 가졌거니와 주목도 받았고, 호기심도 일으켰고, 흠모도 받았고, 또한 부러움도 받았다. 이와 동시에 뒤에서는 이러니 저러니 하고 비난도 받았다.

수도원장을 사랑하지 않는 사람은 별로 없었다. 그에게는 적이 없었다. 수도원장은 덕을 쌓고 소박함과 겸손한 태도를 한데 뭉친 사람이었다. 다만 수도원의 학자들만은 사랑하면서도 다소의 멸시감도 없지 않았다. 다니엘 수도원장은 성자였는지는 모르지만 학자는 아니었기 때문이다. 지혜라 해도 좋을 소박함을 가지고 있었지만, 라틴 말은 그렇게 잘한다고 할 수 없었고 그리스 말은 전혀 하지 못했다.

간혹 수도원장의 소박함에 비웃음마저 서슴지 않는 몇몇 사람은 그만큼 나르치스에게 매력을 느꼈다. 이 신동에게, 기품 있는 그리스 말을 하고, 사상가와 같은 눈매는 조용하지만 사물을 날카롭게 뚫어보는 듯하고, 엄숙하지만 아름답게 윤곽이 드러나고, 가느스름한 입술을 다문 이 아름다운 젊은이에게……. 그리스 말을 놀라울 정도로 잘할 수 있다는 점에서 이 젊은이는 학자들로부터 사랑을 받았다. 그리고 매우 고귀하고 우아한 점에서 그는 거의 모든 사람으로부터 사랑을 받았다. 많은 사람이 이 청년과 대화를 나누고자 했다. 그의 조용한 태도가, 또한 그의 자제하는 힘이 너무나 지나쳤기 때문에, 또한 그의 예의범절이 너무나 궁중 풍습을 띠고 있기 때문에 아니꼽게 생각하는 사람도 적지 않았다.

수도원장이나 수습 수사 둘 다 제 분수에 따라 선택된 자의 운명을 짊어지고 있었거니와 제 분수에 따라 지배도 하고 또 제 분수에 따라 괴로워하기도 했다. 두 사람 모두 수도원의 다른 어떤 사람에게 대하는 것보다도, 한 사람은 다른 한 사람에게 더 친밀감을 느끼고 또한 서로 끌어당기고 있었다. 그런데도 두 사람은 서로 친하지도 서로 열의를 갖지도 않았다. 수도원장이 이 청년을 더할 수 없을 정도로 염려와 관심으로 대하면서 또 형제로서 마음을 썼다. 수도원장은 이 청년을 희귀하고 연약하고 아마 너무 이른 나이에 성숙해서 위험에 자신을 드러낸 형제로 여겼다.. 청년은 수도원장의 온갖 명령이나 충고나 칭찬을 어디 하나 결점 없는 태도로 받아들였거니와 결코 거역하지도 않았고 또한 불쾌하게 생각한 적도 없었다. 만약 이 청년에 대해 내린 수도원장의 판단이 옳고, 또 그의 유일한 결점이 거만이라면, 이 청년은 이 결점을 훌륭히 감출 수 있는 방법을 알고 있었다. 이 청년에 대해서는 할 말이 하나도 없었다. 완전하고 모든 사람보다 뛰어난 청년이었다. 다만 학자들을 빼놓고는 정말 그의 친구가 되는 사람은 적었다. 오직 그의 고귀한 품성이 분위기를 냉각시키는 공기처럼 그를 둘러싸고 있었다.

"나르치스" 고해성사가 있은 뒤 수도원장이 그에게 입을 열었다. "나는 자네한테 심한 판단을 내린 죄를 고백하네. 나는 가끔 자네가 거만하다고 생각했었는데 아마 그것은 부당한 생각이었을지도 모르네. 자네는 정말 외로운 존재일세. 젊은 형제여! 자네는 고독하네. 숭배자는 있지만 친구는 없네. 자네를 간혹 나무라기 위해 기회를 찾아볼 마음도 없지 않았으나 기회는 없었단 말일세. 으레 자네 나이 또래의 젊은 친구들이 빠지기 쉬운 것처럼 간혹 자네도 좀 버릇없이 굴어 주었으면 하는 희망을 가졌단 말일세. 자네는 그런 일이 어디 한 번이나 있었나? 나는 말일세, 가끔 자네가 조금 걱정이 되네, 나르치스."

젊은이는 까만 두 눈을 노인에게 돌리며 말했다.

"수도원장 선생님, 저는 무엇보다도 심려를 끼치고 싶지 않습니다. 선생님, 제가 거만한지도 모릅니다. 소망입니다, 그 점에 대해서는 벌을 내려 주십시오. 때로는 자신을 벌주고 싶은 마음도 없지 않습니다. 저를 은자의 암자로 보내 주십시오. 안 그러면 저로 하여금 궂은 봉사를 하게 해주십시오."

"무엇을 하든 자네는 아직 젊다, 형제여." 수도원장은 말했다. "게다가 자네는 언어와 사색을 하는 능력이 탁월하다네. 그런 자네에게 천박한 봉사를 하게 한다면, 하느님의 은혜를 남용하는 결과가 될 걸세. 아마 자네는 교사나 학자가 될 테지. 자네 자신 그렇게 바라지 않는가?"

"선생님, 황송한 말씀이오나 제 소망에는 그다지 자상한 분별을 갖고 있지 않습니다. 저는 언제나 학문을 기쁨으로 삼으리라 생각하고 있습니다. 거기에 어찌 다른 마음이 있겠습니까? 그러나 학문이 저의 유일한 영역이라고는 믿지 않습니다. 한 인간의 운명이나 사명을 결정하는 것은 반드시 희망이 아니고, 오히려 어떤 미리 정해진 숙명이 아닐는지요?"

수도원장은 귀 기울여 듣다가 심각해졌다. 그러나 늙은 얼굴에 웃음을 띠며 이렇게 말했다. "내가 인간에 대해 알고 있는 한, 우리는 특히 젊을 때는 모두 약간씩 하느님의 뜻과 우리의 소망을 혼동하기 쉬운 경향이 있다는 걸세. 그러나 자네는 자네의 천직을 미리 짐작하고 있는 것 같으니 그 점에 대해 한마디 말 좀 해 주게나. 대체 자네의 천직은 무엇이라고 믿는 건가?"

나르치스가 까만 두 눈을 지그시 감아 버렸기 때문에 두 눈은 기다란 까만 속눈썹 밑에 숨어 버렸다. 나르치스는 아무 말이 없었다.

"나르치스, 말해 보게." 한참을 기다린 뒤에 수도원장이 입을 열었다.

목소리를 나지막이 하고, 눈을 아래로 내리뜬 채 나르치스는 말했다.

"저는 뭐니 뭐니 해도 수도원 생활을 하도록 정해져 있는 듯합니다. 수사가 되고 주교가 되고, 부수도원장이 되고, 아마 수도원장이 될지도 모릅니다. 저의 소망이라고 해서 이렇게 믿는 것은 아닙니다. 저의 소망은 관직에 목표를 두고 있지 않습니다. 그렇지만 제게 그 일이 맡겨지리라는 생각이 듭니다."

두 사람은 오래도록 말이 없었다.

"자네는 어떻게 그런 것을 믿지?" 노인은 주저하면서 물었다. "학식을 빼놓고 무슨 특성이 자네에게 있어서 그런 신념을 나타나게 한다는 말인가?"

"그것은" 나르치스는 떠듬떠듬 말했다. "제 자신뿐만 아니라 다른 사람에 대해서도 인간의 성질과 천직을 감지할 수 있는 특성입니다. 이런 특성이 저를 강요해 다른 사람을 지배함으로써 다른 사람에게 봉사하는 것입니다. 제가 수도원 생활을 하기 위해 태어나지 않았다면 틀림없이 법관이나 정치가가 되었을 것입니다."

"그럴지도 모르지." 수도원장은 머리를 끄덕였다. "인간과 그 인간의 운명을 안다는 자네의 능력을 실제로 시험하여 보았는가?"

"시험하여 보았습니다."

"실례를 나에게 말해 줄 용의가 있는가?"

"있습니다."

"좋아, 형제들이 모르는 곳에서 그들의 비밀에 뛰어드는 것은 좋지 않으니 자네의 수도원장 다니엘, 즉 나에 대해서 안다고 생각하는 것을 말해 주겠나?"

나르치스는 속눈썹을 치켜뜨며 수도원장의 두 눈을 쳐다보았다. "수도원장 선생님, 그것은 명령하는 말씀입니까?"

"나의 명령일세."

"수도원장 선생님, 말씀드리기 어렵습니다."

"억지로 자네 입을 열게 한다는 것은 나로서 힘 드는 일일세. 하지만 나는 힘 드는 일을 지금 하고 있다네. 말해 보게나!"

나르치스는 머리를 숙이고 속삭이듯 말했다. "제가 선생님에 대해 알고 있는 것은 별로 없습니다. 제가 알고 있다면 선생님께서는 하느님의 종이고 염소를 지키거나 은둔자의 암자에서 종을 치거나 백성들의 참회를 들으시는 것이 커다란 수도원을 지배하는 것보다 즐기시는 일이라 믿습니다. 선생님은 성모께 특별한 사랑으로 기도하시는 것으로 알고 있습니다. 그러기에 선생님께서는 때때로 이 수도원에서 장려하고 있는 그리스어나 그 밖의 다른 학문이 당신을 의지하는 자들의 영혼에 혼란이나 위험을 초래하지 않기를 기도드립니다. 그레고르 부수도원장께 대해서도 관용을 잃지 않길 가끔 기도드립니다. 또 때로는 고요한 죽음을 갖게 되길 기도드립니다. 하느님은 그 기도를 들어 주시어 고요한 죽음을 내리시리라 저는 믿고 있습니다."

수도원장의 아담한 응접실 안은 조용했다. 이윽고 노인이 입을 열었다.

"자네는 몽상가이며, 부질없는 근심을 하고 있네." 노수도원장은 다정스레 말했다. "부질없는 근심은 경건하고 악의가 없는 것이라도 착각을 일으킨다네. 내가 그런 착각을 믿지 않는 것처럼 자네도 그걸 믿지 않도록 하게. 몽상가인 형제여, 내가 방금 이런 문제에 대해서 마음속으로 어떻게 생각하고 있었는지 자네는 아는가?"

"수도원장 선생님은 이 문제를 매우 호의적으로 생각하신다는 것을 알고 있습니다. 수도원장 선생님께서는 이렇게 생각하고 계십니다. '이 젊은 제자는 약간 위험에 빠져 있다. 이 젊은이는 기우를 하고 있다. 아마 명상이 지나친 탓이겠지. 이 젊은이에게 참회를 하도록 해도 좋으리라, 그런 참회가 이 젊은이에게 해롭지는 않겠지. 그렇지만 이 젊은이에게 떠맡기는 참회를 나 자신도 짊어지자' 이것이 지금 수도원장 선생님께서 생각하시는 내용입니다."

수도원장은 일어섰다. 만면에 미소를 띠며 수습 수사에게 물러가라는 눈짓을 했다.

"좋아." 수도원장이 말했다. "자네는 부질없는 근심에 대해 지나칠 만큼 심각하게 생각하지 말게나. 젊은 형제여, 하느님은 부질없는 근심 외에도 다른 많은 근심거리를 우리에게 요구하고 있다네. 자네가 노인에게 편안한 죽음을 약속하여 노인을 기분 좋게 해주었다고 해두세. 노인은 한때 이 약속을 즐겨 들었다고 해두세. 이제 충분하네. 자네는 내일 아침 미사를 드린 후에 묵주를 헤아리며 기도드리게나. 경건하게 내 몸을 다 맡기고 빌어야 하네. 형식적이 아니고 말일세. 나도 하겠네. 자 물러가게나, 나르치스, 이야기는 할 만큼 했네."

또 언젠가 다니엘 수도원장은, 교수를 하는 가장 젊은 신부와 나르치스가 어떤 교안에 대해 의견이 맞지 않을 때 그 둘 사이를 중재해야 했다. 나르치스는 수업에 어느 정도 변화를 시도하자고 매우 열정적으로 주장했다. 그는 설득력 있는 근거와 정당한 방법도 알고 있었다. 그러나 로렌쯔 신부는 일종의 질투심에서 거기에 동의하려고 하지 않았다. 다시 새로운 문제를 내걸 때마다 무뚝뚝한 침묵과 오만상을 찌푸리며 새는 날이 며칠이나 계속되었다. 나르치스는 끝까지 자기주장의 정당성을 믿고 다시 그 문제를 제기했다. 마침내 로렌쯔 신부는 조금 감정이 상하여 말했다. "이봐, 나르치스, 말다툼은 그만두세. 자네도 알다시피 결정권은 내게 있다네. 자네는 내 동료가 아니고 조수야. 그러니 나를 따라야 할 거 아닌가. 그러나 자네는 이 문제를 진지하게 생각하고 있고 내가 자네 약점을 잡고 있는 건 직권일 뿐이지 지식이나 재주 면에서는 아니니까, 내가 결정할 게 아니라 수도원장님께 결정을 지어 달라고 말씀 드리세."

두 사람은 그렇게 했다. 다니엘 수도원장은 문법 수업의 해석에 대한 이 두 학자의 말다툼을 호의를 갖고 끝까지 들었다. 이들 두 사람이 그들 의견을 자세히 설명하며 논증을 하고 나자 노수도원장은 두 사람을 바라보았다. 그다지 언짢은 얼굴색은 아니었다. 머리칼이 하얀 머리를 약간 흔들어 보이며 말했다. "형제들, 내가 이 건에 대하여 자네들과 마찬가지로 이해관계가 있다고 믿지는 말게. 나르치스로 말하면 학교 일에 그토록 관심을 갖고 있는 것은 물론이요. 교안을 고쳐보겠다는 노력은 가상한 일일세. 그렇지만 윗사람이 다른 의견을 가지고 있다면 나르치스는 거기에 대해서 잠자코 복종해야 할 걸세. 만약 그 때문에 이 수도원의 질서와 복종 체계가 흐트러진다면 학교를 개선하려는 어떤 노력도 그것을 보충하지 못하는 점, 나르치스가 양보를 할 줄 모른다는 점에서 나는 그를 나무라는 바일세. 자네들 젊은 두 학자를 위해서 나는 자네들보다 어리석은 상관이 언제든지 자네들 위에 있길 바라는 마음일세. 교만을 고치는 데 그 이상 좋은 약은 없을 터이니까."

이런 쾌활한 농담으로 수도원장은 두 사람을 내보냈다. 그러나 이 노인은 그 후 며칠 동안을, 두 교사 사이에 다시 나무랄 데 없는 화목을 회복했는지에 대해 항상 주시했다.

이런 일이 있었다. 많은 얼굴들이 오고 가는 수도원에 새 얼굴이 하나 나타났다. 이 새 얼굴은 주목도 받지 못하고 이내 잊히는 얼굴과는 다른 부류에 드는 얼굴이었다. 벌써 오래 전부터 그의 아버지로부터 신청을 받고 있던 젊은이로, 수도원에 있는 학교에서 공부하기 위해 어느 봄날 도착했다. 아버지와 젊은이는 우리가 잘 아는 밤나무에 말을 매었다. 문지기가 큰 현관에서 마중 나왔다.

소년은 한 그루 나무가 앙상하게 치솟아 아직도 겨울 모습을 아련하게 드러낸 모습을 쳐다보며, "이런 나무는 보지 못했는걸. 희귀하고 아름다운 나무로군! 이름이 무엇인지 알고 싶은데." 하고 말했다.

고생도 좀 한 것 같고 거기다가 또 찌푸린 얼굴에 나이가 좀 들어 뵈는 아버지는 아들의 말에 별로 상관하지 않았으나 문지기는 이내 소년이 마음에 들어 나무 이름을 가르쳐 주었다. 그에게 감사의 인사를 하는 소년은 어딘지 다정스러워 보였다. 소년은 그에게 악수를 청하며 말했다. "골드문트라고 합니다. 이 학교에 들어오게 됐습니다." 문지기도 정답게 미소를 던지며 신입생을 이끌고 큰 현관을 지나 폭이 넓은 돌계단을 올라갔다. 골드문트는 이곳에서 벌써 두 친구, 즉 아까 그 나무와 문지기를 만나서 친구가 되었다는 생각을 하면서 아무 거리낌 없이 수도원에 발을 들여놓았다. 두 사람은 우선 교장을 맡고 있는 신부에게, 저녁에는 친히 수도원장과 면회했다. 그 두 곳에서 독일제국 관리인 아버지는 아들 골드문트를 소개했다. 아버지는 수도원의 손님으로서 잠시 묵어가도록 초대받았다. 그러나 아버지는 하룻밤만은 손님 대접을 받겠지만 내일은 꼭 떠나야 하는 사정을 이야기했다. 아버지는 두 마리 말 가운데 하나를 수도원에 선물로 드리고 싶다고 제의했다. 그 제의는 받아들여졌다. 성직에 있는 사람들과의 대화는 시종 정중하고 쌀쌀한 바람이 이는 것처럼 진행되었다. 그러나 수도원장도 신부도 말도 없이 송구스러워 하며 앉아 있는 골드문트를 희열에 싸인 채 바라보고 있었다. 곱살하게 생긴 붙임성 있는 이 소년은 이내 그들 마음에 들었다. 그들은 이튿날 아버지를 아무 미련 없이 보내고 아들을 기꺼이 맡았다. 골드문트는 선생들을 소개받았던 학생들이 쓰는 넓은 침실의 침대 하나를 얻었다. 말을 타고 떠나는 아버지와 이별을 하는 골드문트의 행동은 정중하였으나 얼굴에는 애수의 그림자가 역력했다. 그냥 제자리에 멍청하니 서서 아버지가 수도원 바깥마당의 좁다란 아치 정문을 돌아서 곡물 창고와 물방앗간 사이로 사라질 때까지 바라보고 있었다. 몸을 돌렸을 때, 기다란 그의 금빛 속눈썹 가에는 한 방울 눈물이 맺혀 있었다. 그때 벌써 문지기가 어루만지듯 그의 어깨를 톡톡 치며 그를 맞이했다.

"여, 학생 친구." 달래듯 하는 문지기가 말했다. "그런 슬픈 표정을 짓는 게 아니야. 처음에는 부모님이나 형제들을 보고 싶어 하지. 그러나 여기도 살맛이 있고 그다지 나쁘지 않은 곳이라는 걸 이내 알게 될 걸세."

"문지기 아저씨, 고마워요." 소년이 대답했다. "저에게는 형제도 없고 어머니도 없습니다. 오직 아버지 한 분뿐입니다."

"대신 여기에는 친구나 학문이나 음악이나, 학생이 아직 모르는 새로운 놀이도 있는 걸. 이것저것 곧 다 알게 돼. 만약 속 시원하게 털어놓고 이야기라도 하고 싶은 사람이 필요하거든 내게라도 오지 그래."

골드문트는 웃음으로 대하며 말했다. "정말 고맙습니다. 만약 저를 기쁘게 해 주시겠다면 아버지가 두고 가신 말을 얼른 보여 주세요. 만나서 그 놈도 정말 잘 있는지 어떤지 보고 싶어요."

문지기는 곧 그를 데리고 곡물 창고 옆의 마구간으로 갔다. 후텁지근한 어둠 속에서 말과 말똥과 보리 냄새가 범벅이 되어 코를 찔렀다. 골드문트는 쭉 이어 있는 칸막이 어느 하나에서 그를 여기에 태우고 온 갈색 말이 서 있는 것을 발견했다. 벌써 그를 알아차리고 머리를 쑥 뽑고 있는 말의 목을 두 손으로 부둥켜 안고 하얀 얼룩이 있는 넓적한 이마에 뺨을 대고 살금살금 비벼대면서 그는 말의 귀에 대고 속삭였다. "블레스, 안녕. 내 용감한 블렛, 어때? 넌 아직도 날 좋아해? 먹을 게 있어서? 네 집 생각도 하니? 블레스, 이 녀석, 네가 남아서 나는 얼마나 좋은지 몰라. 종종 널 보러 올게." 골드문트는 소매 깃 속에서 남겨 둔 아침 식사로 나온 빵 한 조각을 끄집어냈다. 빵을 잘게 부수어 말에게 먹였다. 그런 다음 말과 헤어져서 문지기를 따라 안마당을 지나갔다. 안마당은 큰 도시의 장터처럼 넓고 한쪽 구석에 보리수가 심어져 있었다. 안쪽 입구에서 문지기에게 고맙다는 사례를 한 다음 악수를 했다. 그때 골드문트는 교실로 가는 길을 어제 알아두었는데도 벌써 잊어버린 것을 깨닫고 얼굴이 빨개져서 약간 쓴 웃음을 지으며 문지기에게 안내를 부탁했다. 문지기는 흔쾌히 인도해 주었다. 그리하여 겨우 교실에 들어갔다. 열두 명가량의 소년들과 청년들이 긴 의자 위에 앉아 있었다. 조교사인 나르치스가 얼굴을 돌렸다.

"신입생인 골드문트입니다." 그는 말했다.

나르치스는 미소조차 없이 약간 고개를 갸우뚱하며 뒤에 있는 긴 의자에 자리를 지정하여 주곤 이내 수업을 계속했다.

골드문트는 자리를 잡고 앉았다. 자기보다 두세 살 나이가 많을까 말까 한 매우 젊은 선생을 보고 놀랐다. 이 젊은 선생이 어찌나 아름답고 고상하고 진실한지, 그뿐 아니라 어찌나 사람의 마음을 끌어당기고 상냥한지 놀라기도 했거니와 또한 마음속에서 희열이 샘솟아 올랐다. 문지기는 그에게 상냥했고 또 수도원장은 그에게 친절하게 대해 주었다. 저쪽 마구간에는 한 토막 고향의 향취를 불러일으키는 블레스가 있었다. 지금 여기는 학자와 같이 진실하고 왕자와 같이 기품 있는 희한하게 젊은 선생이 있다. 냉정하기도 하고 자제력도 있거니와 요지에 딱딱 들어맞기도 하며, 감탄하지 않을 수 없는 목소리였다. 무슨 말을 하는지 얼른 이해되지 않았지만, 그는 감사한 마음으로 경청했다. 친절하고 선량한 사람들한테 왔다고 생각하니 마음이 흐뭇했다. 이 사람들을 사랑하고 그들의 우애를 구할 마음의 준비가 되었다. 아침에 침대에서 눈을 떴을 때는 답답한 생각이 들었다. 우선 기나긴 여행에 몸은 지쳐 있었다. 아버지와 헤어졌을 때 얼마간 울기도 했다. 그러나 지금은 잘 된 것 같아 만족해하고 있다. 오랫동안 자꾸 젊은 선생의 얼굴만 쳐다보았다. 야무지고 날씬한 자태, 쌀쌀하게 반짝이는 눈, 또렷하고 앙칼지게 한 마디 한 마디씩 말하는 그의 야무진 입술 등을 바라보며, 하늘을 나는 듯한 목소리, 피로를 모르는 그의 목소리를 듣고 한결 마음이 기뻤다.

그러나 수업 시간이 끝나서 학생들이 떠들썩하게 자리를 뜰 때 골드문트는 깜짝 놀라 일어섰다. 오랜 시간 잠을 자고 있던 걸 알고 약간 부끄러워졌다. 자기 자신도 그것을 알았을 뿐 아니라 옆자리에 앉았던 학생도 그걸 보고 있다가 소곤소곤 친구들에게 알리고 있었다. 젊은 선생이 교실에서 나가자 학생들은 골드문트를 사방에서 잡아당기고 쿡쿡 찔렀다.

"다 갔냐?" 한 놈이 질문을 하더니 줄곧 이빨을 내보이며 킬킬댔다.

"그 자식 보통이 아냐!" 한 놈이 놀려 대기 시작했다. "이 자식 수도원의 훌륭한 선구자가 될 거야. 첫 시간부터 댓바람 코를 골지 않나!"

"이 아길 침대에 갖다 눕혀라." 한 놈이 입을 열기가 무섭게 모두 그의 팔과 다리를 한쪽씩 제각기 붙들고서는 호들갑을 떨며 그를 떠메고 가려 했다.

골드문트는 사뭇 놀람과 동시에 화가 났다. 그는 닥치는 대로 마구 후려치고 빠져 나오려고 하였으나 몇 대 얻어맞고서는 결국 바닥에 동댕이쳐지고 말았다. 한 놈이 아직도 그의 발목을 꼭 쥐고 있었다. 그는 그것을 호되게 걷어차 버리고 손에 잡히는 대로 그를 노리고 있던 놈에게 덤벼들었다. 대뜸 그 놈과 심한 격투를 벌였다. 그와 상대한 놈은 힘깨나 쓰는 놈이었다. 모두가 이 두 녀석의 싸움을 재미있다는 듯 구경하고 있었다. 골드문트가 지지 않고 센 놈에게 주먹을 몇 대 먹였을 때, 그는 아직 아무도 이름을 알지 못했지만 학생들 사이에 벌써 친구 몇 명이 생겼다. 그러자 갑자기 다들 달아나 버렸다. 모두 사라지자 이내 교장 마르틴 신부가 들어왔다. 그는 혼자 남아 있는 소년 앞에 와서 섰다. 괴이하게 생각한 교장은 소년을 바라보았다. 소년의 파란 눈이 새빨갛게 되었다. 두들겨 맞아서 좀 부은 얼굴로 당황하여 마주 보고 있었다.

"대체 어떻게 된 거냐?" 그는 물었다. "너 골드문트였구나, 그렇지? 놈들이 네게 무슨 짓을 한 게로구나?"

"아니에요, 아니에요." 소년이 말했다. "제가 그 놈을 쳤습니다."

"대관절 누구를?"

"모르겠습니다. 저는 아직 아무도 모릅니다. 어떤 한 놈이 나와 맞붙었습니다."

"그래? 그 놈이 먼저 시작했나."

"모르겠습니다. 아닙니다. 제가 먼저 시작한 것 같습니다. 모두 저를 깔보았기 때문에 화가 났습니다."

"그래, 시작한 거는 좋아. 하지만 한 번 더 이 교실에서 심한 주먹다툼을 하면 처벌받을 거야. 그럼 점심이나 먹으러 가! 자, 앞으로!"

골드문트가 부끄러운 듯 그곳에서 빠져나가면서 헝클어진 황금빛 머리칼을 손가락으로 부지런히 쓸어 올리는 모습을 바라보면서, 교장은 미소를 지었다.

골드문트 자신도 이 수도원 생활의 처음을 장식하는 행동이 정말로 버릇없는 행동이었고 또한 어리석었다고 생각했다. 크게 후회를 하면서 동료들을 찾아 헤매다가 점심을 먹고 있는 그들을 발견했다. 그러나 그들은 골드문트를 존경과 우애로써 반겨주었다. 싸움의 상대방과는 신사답게 화해했다. 그때부터 그는 이 분위기 속에 자신이 흔쾌히 받아들여졌다는 걸 느꼈다.

제 2 장

그 동안 그는 모두와 좋은 친구가 되었지만 진정한 친구는 금방 찾아낼 수 없었다. 동급생들 가운데 특별히 친근하거나 마음이 끌리는 벗은 없었다. 그러나 그들이 이 과감한 복서를 믿지 않은 싸움패로 돌리고 싶었는데도 그가 오히려 모범 학생이라는 명성을 획득하려는 지극히 얌전한 동급생이라는 걸 알고 의외라고 생각했다.

골드문트가 마음이 이끌리고, 호감을 갖고, 언제나 머리에 새겨두고 경탄과 사랑과 존경심을 느끼고 있는 사람이 수도원 안에 두 사람 있었다. 수도원장 다니엘과 조교사 나르치스였다. 골드문트는 수도원장을 성자라고 생각하기 일쑤였다. 그의 소박함과 친절함, 맑고 자애가 넘치는 눈길, 명령과 통제를 경건하게 봉사로써 실행하는 태도, 조용하고 선량한 행동 등, 이 온갖 요소들이 커다란 힘으로 그를 끌어당겼다. 되도록이면 경건한 이 한 사람만의 종이 되고 싶었다. 언제나 이분 곁에 머물러서 시키는 일에 따르고 또 받들고 싶었다. 복종과 헌신에 소년다운 그의 모든 소망을 끊임없는 희생의 제물로 바치고 싶었다. 맑고 고귀하고 성자다운 생활을 이분에게서 배우고 싶었다. 골드문트는 수도원 학교를 졸업한 빛뿐만 아니라, 될 수만 있다면 완전히 그리고 그대로 계속 수도원에 남아서 그의 일생을 하느님에게 바칠 마음을 갖고 있었기 때문이었다. 그러한 희망은 그의 의사이기도 하거니와 아버지의 소망이며 분부였다. 또한 하느님께서 스스로 정한 바이기도 하고, 요구이기도 했다. 아무도 이 아름답고 빛나는 소년을 보고 그렇게 생각하지 않는 것 같았으나, 어떤 무거운 짐이 그를 누르고 있었다. 혈통의 부담, 속죄와 희생의 보이지 않는 천명이 그를 누르고 있었다. 수도원장도 거기까지는 눈이 가지 않았다. 골드문트의 아버지가 수도원장에게 얼마간 슬며시 언질을 주고 아들을 언제까지나 여기 수도원에 머물게 하고 싶다는 소망을 분명히 표시하였는데, 골드문트가 태어날 때부터 무슨 보이지 않는 오점이 달라붙어 있는 것처럼, 밝히지 않는 무엇이 속죄를 요구하는 것처럼 보였다. 그렇지만 아버지는 수도원장에게 그다지 호감을 많이 주지 못했다. 수도원장은 아버지의 언사와 약간 대단한 듯한 태도 모두에 겸손하면서도 냉담하게 대했을 뿐 그의 암시에는 별 대단한 뜻을 인정하지 않았다.

골드문트의 사랑을 눈뜨게 한 또 다른 한 사람은 더 날카롭게 보고 더 많이 예감하고 있었으나, 드러내지 않고 얌전히 물러서 있었다. 나르치스는 얼마나 사랑스런 황금 새가 날아 들어왔는지를 잘 알고 있었다. 그의 고귀한 성품 때문에 고립되었던 나르치스는 골드문트가 모든 점에서 그와 반대인 것처럼 보였음에도 곧 자기와 가깝다는 걸 알게 되었다. 나르치스는 어둡고 야윈 반면에, 골드문트는 눈부셨고 또 꽃다웠다. 나르치스는 사상가요 분석가였는데, 골드문트는 몽상가요 동심의 소유자인 것 같았다. 그러나 이 대립을 이어 주는 공통점이 있었다. 둘 다 고귀한 성품을 가진 인간이었다. 둘 다 두드러진 재능과 특성에 의해서 다른 어떤 사람보다도 뛰어나 보였다. 둘 다 운명으로부터 특별한 경고를 받고 있었다.

나르치스는 곧 이 젊은 영혼의 성격과 운명을 꿰뚫어보고 타는 듯한 관심을 보냈다. 골드문트는 아름답고 누구보다 뛰어나게 총명한 선생에게 열렬한 찬사를 보냈다. 골드문트는 내성적이었다. 골드문트는 조심성 있고 교양 있는 학생이 하는 것처럼 지칠 때까지 노력하는 외에, 나르치스의 사랑을 구하는 다른 방법을 알지 못했다. 그를 주저하게 한 것은 부끄러움만은 아니었다. 나르치스가 위험하다는 느낌도 그를 주저하게 만들었다. 골드문트는 겸양의 덕을 갖춘 선량한 수도원장은 물론이고, 너무도 영리하고 학식이 많고 슬기로운 나르치스를 이상과 모범으로 삼을 수는 없었다. 더욱이 골드문트는 청춘의 모든 힘을 기울여서 결코 합쳐질 수 없는 두 개의 이상을 따르고자 노력했다. 이것이 자주 그를 괴롭혔다. 입학 당시 몇 달간 골드문트는 때때로 마음이 혼란스러웠다. 그리하여 거기서 도망치거나 아니면 친구들과 사귀는 동안에 괴로움과 마음의 분노를 발산시켜 버리자는 강한 유혹에 빠져 들어갔다. 선량한 골드문트는 무슨 일로 약간 놀림을 받거나 혹은 학생들 사이에 흔히 있을 수 있는 무례한 말을 들으면 단번에 머리 끝까지 화가 치밀어 올랐다. 그는 보기에도 민망할 정도로 간신히 자신을 억제하며 두 눈을 딱 감았다. 그의 얼굴은 송장처럼 창백하게 되고, 아무 말 없이 다른 데로 얼굴을 돌리곤 하였다. 그러다가 마구간으로 블레스를 찾아가서 블레스의 목에 키스를 하고 블레스에게 머리를 기대고 울었다. 그의 괴로움은 점점 커졌다. 마침내 괴로운 모습이 눈에 뜨일 정도까지 되었다. 그의 뺨은 수척해지고 그의 눈은 빛을 잃고 움푹 들어갔다. 모든 사람들에게서 귀염을 받던 그의 웃음마저 사라졌다.

골드문트도 지금 자기 상태가 어떻게 되어있는지 알지 못했다. 그의 성실한 소망과 의지는 선량한 학생이 되고, 이내 수사로 채용되어 신부들의 경건하고 조용한 형제가 되는 것이었다. 그의 능력과 재능은 모두 이 경건하고 순탄한 목표를 향하고 있다는 것을 믿고 있었거니와 다른 노력에 대해서는 아무것도 전혀 알지 못했다. 그러므로 이 단조롭고 아름다운 목표가 이다지도 도달하기 어려운지를 깨닫는 일이 얼마나 이해하기 힘들고 슬픈 생각이었을까! 자신에게서 자주 비난을 받아 마땅한 경향이나 상태를 발견하고 그는 얼마나 낙담하고 당황해 했을까! 이를테면, 수업 시간에 마음이 흐트러지거나 싫증을 낸다든지, 꿈을 꾸거나 공상에 빠진다든지, 졸고 있다든지, 라틴어 선생에게 반항하거나 기피한다든지, 동급생들에게 민감하게 반응하거나 자주 화를 내곤 했다. 그의 마음을 가장 혼란스럽게 만드는 것은 나르치스에 대한 사랑과 다니엘 수도원장에 대한 사랑이 서로 화합할 수 없다는 사실이었다. 골드문트는 더욱이, 나르치스도 그를 사랑하고 그에게 동정을 보내며 그에게 기대를 걸고 있다는 뚜렷한 확신을 느낄 때가 많았다.

나르치스의 생각은 소년의 예상보다도 훨씬 더 많이 소년에게 기울고 있었다. 나르치스는 이 예쁘장하고 밝고 어여쁜 소년을 친구로 삼고 싶어 했다. 이 소년이 그와는 반대되는 성격인 동시에 그를 보완해 줄 수 있는 인물이라고 직감했다. 나르치스는 이 소년을 받아들여 그를 인도하여 계발하고 또한 향상시켜 꽃을 피게 해주고 싶었다. 그렇지만 자신을 억제하고 있었다. 그렇게 한 의도는 여러 가지 이유가 있었다. 그도 그 이유를 어렴풋하게 자각하고 있었다. 무엇보다도, 별로 이상하진 않지만, 학생이나 수사한테 반한 교사나 신부들에 대해 골드문트가 느끼는 혐오감이 그를 속박하고 저지시켰다. 그 자신이 싫어 못 견딜 정도로, 나이 든 사람들의 탐욕스런 눈초리가 자신에게 쏠려 있는 것을 느낄 때가 가끔 있었다. 그들의 다정스런 말이나 애정 어린 몸짓에 묵묵히 응대하곤 했다. 지금 그는 그들의 기분을 잘 이해할 수 있었다. 자신도 예쁜 골드문트를 사랑하고 귀여운 웃음을 웃게 하고 애정이 깃든 손으로 황금색 머리칼을 만져 주고 싶은 충동을 느꼈다. 그러나 그는 결코 그렇게 하지는 않으리라, 결코. 게다가 그는 조교사로서 비록 교사의 위치에 있긴 하지만 아직 교사로서의 권리나 권위는 없었기에 그만큼 각별한 주의와 경계심이 몸에 배어 있었다. 그래서인지 나르치스는 두세 살밖에 나이를 더 먹지 않았는데도 마치 스무 살이나 더 나이를 먹은 것처럼 소년을 대했다. 그는 어느 한 사람을 특별히 편애하지 않았으며 오히려 마음에 들지 않는 학생도 모두 공평하게 돌봐주는 일이 습관화 되어 있었다. 정신적인 것에 봉사하는 일이 그의 소임이며, 그의 엄격한 생활도 정신적인 영역을 지향하고 있었다. 다만 잠시 주의를 기울이지 않는 순간이면 스스로 남보다 뛰어난 지식과 총명을 자랑하고 만족해하였다. 골드문트와의 우정은 매우 유혹적이기는 하였으나 매우 위험한 일이었으므로 자신의 핵심적인 생활과 연관시킬 수 없었다. 그가 생활하는 핵심과 의미는 정신과 언어에 봉사하는 일이었다. 자신의 이익을 단념하고 자신의 학생들을 - 아니, 자신의 학생들뿐만 아니고 - 조용히, 훌륭하게 고도의 정신적인 목표를 향하도록 인도하는 일이었다.

골드문트가 마리아브론 수도원 학생이 되고부터 벌써 1년이 넘는 세월이 흘렀다. 이미 수십 번이나 안마당의 보리수와 아름다운 밤나무 밑에서 친구들과 장난을 하며 놀았다. 달리기, 공치기, 도둑놈 잡기, 눈싸움 등, 벌써 봄이 되었으나 골드문트는 지쳐서 몸이 쇠약한 것처럼 느껴졌다. 때때로 머리가 아프고 수업 시간에는 졸지 않도록 조심하느라 애를 먹었다.

그러던 어느 날 저녁 아돌프가 그에게 말을 붙여 왔다. 처음으로 만났을 때 대뜸 주먹다툼을 한 그 학생이었다. 아돌프와 골드문트는 올 겨울에 유클리드 공부를 시작하고 있었다. 저녁 식사 후 자유 시간이었다. 그 시간에는 대침실에서 놀거나 자습실에서 잡담을 하거나 수도원 바깥마당에서 산보하는 것이 허락되었다. "골드문트" 그를 끌고 계단을 내려가면서 아돌프가 말했다. "좀 재미난 이야기를 해줄게. 그러나 네가 모범생이라는 게 탈이거든. 한 번은 반드시 주교가 될 테지. 아무튼 친구와의 의리를 지켜서 선생한테 고해바치지 않는다는 약속부터 해줘." 골드문트는 얼른 약속하고 말았다. 수도원의 명예만 있는 것이 아니라 학생의 명예도 있었다. 양자 사이에 가끔 충돌이 있었다. 골드문트도 그것을 알고 있었다. 그러나 어디서든지 불문율은 성문율보다 강했다. 그가 학생인 한 학생의 규율과 명예 관념을 배반하는 일은 있을 수 없었다.

아돌프는 소곤거리면서 현관을 빠져나와 그를 나무 밑으로 데리고 가서 이야기했다. 그 이야기는, '그도 가입해 있는 대담한 몇 사람의 좋은 친구들이, 때때로 수사가 아니라는 걸 으쓱대며 하룻밤쯤 수도원을 빠져나가 마을로 간다는 몇 대 전부터의 관습을 이어받고 있다, 그 일은 정상적인 남자라면 빠뜨릴 수 없는 즐거움이요 모험이다, 밤중에 돌아온다' 이런 것이었다.

"그렇지만 그때는 벌써 문이 닫혀 있을 걸." 하고 골드문트가 말을 가로챘다.

"물론이지, 문은 꼭 닫혀 있지. 하지만 그게 바로 재미있는 일이야. 아무도 모르는 길로 아무에게도 눈치 채지 않고 들어올 수 있어. 뭐 별다르게 새삼스러운 게 아니야."

골드문트는 생각났다. '마을에 간다'는 소문을 벌써 들은 적이 있었다. 그러고 보니 남모르게 여러 가지 향락이나 모험을 한다는 말은 학생들의 밤 소풍을 뜻했다. 그런 행위는 수도원의 규칙으로 엄중하게 금지하고 있었다. 골드문트는 깜짝 놀랐다. 그러나 대담하게 이런 위험한 짓을 한다는 것은 '정상적인 남자' 사이에서는 학생의 명예로 간주 되었다. 이 모험에 가담하도록 초대받는다면 대단한 대우를 의미한다는 것을 그는 잘 알고 있었다.

될 수만 있다면 '싫어' 하고 돌아가 드러눕고 싶었다. 몹시 지치고 비참한 생각이 들어 오후에는 자꾸 머리만 아팠다. 그렇지만 골드문트는 아돌프에게 약간 부끄러운 생각이 들었다. 밖에 나가 모험을 해보면 어떤 아름답고 새로운 무엇이, 그 때문에 두통이나 무거운 슬픔이나 그 밖에도 여러 가지 비참한 감정을 잊어버릴 수 있는 무엇이 있을지도 몰랐다. 그것은 속세에의 소풍, 금지되어 남이 모르는 것, 그다지 명예롭지 못한 일이었으나 그래도 결국은 해방감을 맛보는 체험이 될지도 몰랐다. 아돌프가 골드문트를 설득시키고 있을 동안 골드문트는 망설이며 서 있었으나 갑자기 하하 하고 웃으며 승낙했다.

남의 눈에 뜨이지 않도록 골드문트는 아돌프와 함께 벌써 어두워진 넓은 안마당의 보리수 숲 속으로 가서 숨었다. 마당 바깥문은 그 시간이면 벌써 닫혀 있었다. 아돌프는 그를 수도원 물방앗간 안으로 데리고 들어갔다. 거기는 어두컴컴하고 물레바퀴 소리가 쉬지 않고 나기 때문에 다른 사람은 듣지도 보지도 못하는 사이에 빠져나가는 것쯤은 아주 쉬운 일이었다. 벌써 완전히 어두워진 가운데 창문을 빠져 나와 젖어서 미끌미끌한 두꺼운 널빤지가 차곡차곡 쌓인 더미 위로 내려왔다. 두꺼운 널빤지를 한 장 빼내서 개울 위에 걸친 다음 건너가야 했다. 그래야 희미하게 비치고 있는 큰 길로 나설 수 있었다. 길은 새까만 숲 속으로 빠져 들어가 사라졌다. 골드문트는 모든 일이 신비스럽고 가슴을 두근거리게 해서 마음이 흡족해졌다. 숲 기슭에 벌써 친구 한 사람, 콘라트가 서 있었다. 한참 기다리고 있으니까 또 하나가 요란한 발소리를 내며 다가왔다. 키가 큰 에버하르트였다. 네 명의 소년들은 숲을 빠져 나갔다. 머리 위에서 밤새들이 파다닥 소리를 냈다. 구름이 걷힌 조용한 밤하늘에 별 두셋이 야릇한 빛을 던지고 있었다. 콘라트는 호들갑을 떨며 익살을 부렸다. 때때로 다른 친구들도 같이 따라 웃었다. 그러나 불안하면서도 잔칫날 밤 같은 느낌이 그들 위에 떠올랐다. 심장이 심하게 고동쳤다.

약 한 시간쯤 지나서 숲 저쪽 마을에 도착했다. 그곳은 벌써 모두 잠들어 있는 것 같았다. 새까만 용마루와 대들보 사이에서 조금씩 드러내고 있는 나지막한 박공벽이 어슴푸레 빛을 던지고 있었으나 다른 곳에는 아무런 불빛도 없었다. 아돌프는 앞장서서 걸어갔다. 아무 말도 없이 살금살금 몇 집을 돌아서 울타리를 넘고, 정원으로 내려서서 화단의 부드러운 흙을 밟고, 계단에선 발을 헛디며 넘어

지면서 어떤 집 벽 앞에서 걸음을 멈추었다. 아돌프가 들창문을 두들겼다. 한참
기다리다가 또 두들겼다. 안에서 소리가 났다. 이내 불빛이 환히 비쳤다. 들창문
이 열렸다. 한 사람씩 한 사람씩 들창문을 넘어 까만 굴뚝이 있는 흙바닥의 부엌
으로 들어갔다. 부뚜막 위에 조그만 석유 등잔이 놓여 있어 가느다란 심지에 가
냘픈 불이 바람에 흔들흔들 타오르고 있었다. 처녀 하나가 거기 서 있었다. 농가
의 깡마른 식모로 침입자들과 악수를 나누었다. 처녀 뒤 어둠 속에서 또 한 명의
처녀가 얼굴을 내밀었다. 까만 머리를 길게 땋은 나이 어린 처녀였다. 아돌프는
선물을 가지고 왔다. 수도원의 하얀 빵 반 조각과 무엇인가를 싼 종이 봉지였다.
그건 몰래 가지고 온 향이거나 밀초이거나 그런 종류이려니 하고 골드문트는 추
측했다. 머리를 땋은 처녀는 등잔도 없이 더듬어서 문을 빠져나가 오래도록 돌아
오지 않았다. 이윽고 잿빛 점토로 빚은 푸른 꽃무늬가 든 단지를 가지고 와서 콘
라트에게 내밀었다. 콘라트는 그 자리에서 조금 따라 마시다가 다음 차례로 넘겼
다. 모두 마셨다. 독한 사과주였다.

조그만 등불 빛을 받으며 그들은 자리를 잡았다. 처녀들은 조그맣고 딱딱한 의
자에 앉고 학생들은 처녀들을 뼹 둘러싸고 바닥에 주저앉았다. 소곤소곤 이야기
를 하며 틈틈이 사과주를 마셨다. 아돌프와 콘라트가 계속 이야기를 끌고 나갔
다. 가끔 한 친구가 일어서서 말라깽이 처녀의 머리칼과 목덜미를 어루만지며 귀
에다 대고 무언지 속삭였다. 조그만 처녀는 가까이하지 않았다. 아마 키 큰 처녀
는 식모이고, 조그맣고 예쁘장한 처녀는 이 집 딸이라고 골드문트는 짐작했다.
그러나 그런 거는 아무래도 좋았다. 그는 두 번 다시 이런 데 오지 않을 테니까.
밤에 몰래 빠져 나와서 숲 속을 걷는 일이 멋있기도 하고, 신기하고 자극적이어
서 가슴이 두근두근 거리고, 신비스럽기도 했다. 그러면서도 위험스럽지는 않았
다. 또 금지되어 있더라도 그것을 깨뜨리는 것이 그다지 양심의 가책으로 느껴지
지 않았다. 그렇지만 밤에, 여기 이렇게 처녀들을 찾아오는 행위는 단순히 규칙

을 어길 뿐 아니라 죄악이라고 느꼈다. 물론 다른 사람들이야 약간 옆길로 뛰어든 데 불과하지만, 신부 생활에서 금욕은 천명이라고 의식하는 그로서는 계집애들을 희롱하는 행위는 허용될 수 없는 일이었다. 아니, 이제 두 번 다시 함께 오지 않으리라. 그의 심장은 초라한 부엌에 달린 등불 아래 어둠 속에서 불안에 싸여 몹시 고동치고 있었다.

그의 친구들은 계집애들 앞에서 제법 무어나 된 듯이 뽐내며, 또 이야기하는 틈틈이 라틴 말 숙어를 집어 넣어가면서 신바람을 내고 있었다. 셋 다 식모에게 호감을 사고 있는 모양이었다. 가끔 계집애 앞으로 가서 짤막하게 서툰 애무를 보내고 있었다. 기껏해야 수줍은 키스 정도였다. 그들은 여기서 어느 정도까지 허락되는지 잘 알고 있는 것 같았다. 이야기를 모두 다 귓속말로 해야 되기 때문에 이 장면은 사실 다소 익살스런 데가 있었다. 하지만 골드문트는 그렇게 생각하지 않았다. 그는 가만히 바닥에 웅크리고 앉아 조그만 등잔 불빛을 바라보며 한마디도 말하지 않았다. 가끔, 얼마간 무엇을 바라는 듯한 곁눈질로 다른 사람들이 주고받는 애정 행위 한 토막을 잡아내곤 했다. 그는 가만히 앞만 쳐다보았다. 사지는 긴장해서 굳어버렸다. 될 수만 있다면 무엇보다 머리를 땋은 키 작은 처녀를 보고 싶어 못 견딜 지경이었다. 하지만 그래서는 안 된다고 자신에게 명령했다. 그러나 그의 의지가 탁 풀리면서 그의 눈초리가 그윽하고 고요한 처녀의 얼굴을 향해 갈 때마다 처녀의 까만 두 눈도 틀림없이 그의 얼굴을 향해 쏠리고 있음을 알았다. 처녀는 매혹된 듯 그를 쳐다보고 있었다.

아마 한 시간이나 지났을까. 골드문트는 이렇게 긴 한 시간을 경험한 적이 없었다. 학생들의 대화도 애정 행위도 다 지쳐서 고요해졌다. 모두 얼마간 당황한 듯 앉아 있었다. 에버하르트는 하품을 했다. 그러자 식모가 일어나서 가라고 재촉했다. 모두 일어서서 식모와 악수를 나누었다. 골드문트는 맨 마지막으로 악수를 했다. 그 다음에는 나이 어린 처녀와 악수를 교환했다. 골드문트는 맨 마지막으로 악수를 했다. 그리고 콘라트가 먼저 창에서 바깥으로 뛰어내렸다. 에버하르트와 아돌프가 뒤따랐다. 골드문트가 밖으로 뛰어내릴 때 누군가가 손으로 어깨를 붙잡는 것을 느꼈다. 그는 멈출 수가 없었다. 바깥으로 뛰어내려 섰을 때 그는 비로소 주저하면서 뒤를 돌아보았다. 창문에서 머리 땋은 처녀가 상반신을 내밀고 있었다.

"골드문트!" 소녀가 속삭였다. 그는 걸음을 멈추었다.

"또 오시는 거죠?" 소녀가 물었다. 수줍은 그의 목소리는 입김에 지나지 않았다. 골드문트는 고개를 살래살래 저었다. 소녀는 두 손을 뻗쳐서 그의 머리를 잡았다. 골드문트는 소녀의 조그만 두 손을 관자놀이에서 따스하게 느낄 수 있었다. 소녀의 까만 두 눈이 그의 눈 바로 앞에 닿을 때까지 허리를 굽혔다.

"또 오세요!" 소녀는 속삭였다. 소녀의 입술이 그의 입술에 부딪쳐 아이들과 같은 키스를 했다.

그는 얼른 다른 놈들의 뒤를 좇아 아담한 뜰을 달렸다. 그러다가 화단에서 돌부리에 채여 넘어지기도 했다. 이슬에 젖은 흙냄새와 거름 냄새를 맡았다. 장미꽃 덩굴에 손을 찔려 상처가 나기도 하였으나 울타리로 기어올라 뛰어 내린 다음 다른 놈들을 뒤따라 마을을 빠져 숲으로 향했다. (이 이상 절대로!) 그의 의지는 명령하듯 말했다. (내일 또 와요!) 그의 가슴은 흐느껴 울 듯 애원했다.

밤 놀이꾼들은 아무한테도 들키거나 방해 받지 않고 마리아브론으로 돌아왔다. 개울을 건너고 물방앗간을 빠져 보리수 숲이 있는 광장을 지나, 차양을 넘고 조그만 기둥으로 구분되어 있는 창문으로 통하는 지름길을 통과 해서, 수도원 안으로, 침실로 들어갔다.

이튿날 아침, 키다리 에버하르트는 몇 대 얻어맞고서야 겨우 자리에서 눈을 떴다. 그만큼 곤한 잠에 빠져 있었다. 그들은 모두 아침 미사에도, 아침 식사에도, 강당에도 늦지 않게 나갔다. 그러나 골드문트는 얼굴색이 말이 아니었다. 혈색이 너무나 좋지 않아서 마르틴 신부는 어디가 아프냐고 물었다. 아돌프가 경계하는 눈초리를 그에게 던졌기 때문에 골드문트는 아무렇지 않다고 대답했다. 그러나 점심때쯤, 그리스어 시간에 나르치스는 그에게서 두 눈을 떼지 않았다. 나르치스는 골드문트가 병이 났다고 짐작했으나 아무 말도 하지 않고 주의 깊게 그를 관찰하고 있었다. 수업이 끝나자 나르치스는 골드문트를 불렀다. 다른 학생들이 눈치채지 못하도록 도서실에 심부름을 보냈다. 그리고 그도 그의 뒤를 따라갔다.

"골드문트" 그는 말했다. "뭐든 내가 널 도와줄 게 없을까? 네게 무슨 곤란한 일이 일어난 것 같구나. 아마 너는 병이 난 게지? 그렇다면 널 침대에 눕게 하고 환자들이 마시는 수프와 포도주를 한 잔 보내 주지. 오늘은 그리스어도 머리에 안 들어갔을 거야."

나르치스는 한참 동안 대답을 기다렸다. 창백해진 소년은 어쩔 줄 모르는 눈으로 그를 쳐다보며 고개를 숙였다가는 다시 들고, 입술을 실룩실룩 하며 말을 하려고 했으나 하지 못했다. 갑자기 옆으로 쓰러지더니 책상에 머리를 처박았다. 책상 가에 참나무 장식으로 된 두 개의 조그만 천사의 머리 사이에 고개를 처박고 울음을 터뜨리는 바람에 나르치스는 어찌할 바를 몰라 잠시 눈길을 다른 데로 돌려버렸다. 한참 후에야 겨우 흐느껴 울고 있는 소년을 안아 일으켰다.

"좋아, 좋아." 골드문트가 여태껏 들어 볼 수 없었던 다정스런 나르치스의 말이었다. "좋아, 친구여, 울려무나. 울면 이내 좋아져. 자, 앉아. 아무 말 안 해도 좋아. 안 그래도 너는 넉넉히 이야기하고도 남음이 있으니 말이야. 아마 너는 오전에는 줄곧 아무 탈 없이 그대로 견뎌내서 아무한테도 눈치 채지 않으려고 무척 애를 쓴 것 같아. 네가 한 짓은 정말 용감했단 말이야. 자 이제는 울어. 네가 지금 할 수 있는 가장 좋은 방법은 우는 것뿐이야. 안 울어? 벌써 다 울었나? 벌써 다 나았어? 자, 자 그럼 병실에 가보자. 침대에 누워 있어. 오늘 저녁이면 반드시 말끔하게 나을 거야. 자 이리 와!"

나르치스는 학생들 방을 피해 다른 길을 통해 그를 병실로 데리고 갔다. 비어 있는 두 개의 침대 하나에 그가 누울 수 있도록 해주었다. 골드문트가 순순히 옷을 벗기 시작하자 교장한테 골드문트가 아프다는 걸 알리기 위해서 밖으로 나갔다. 약속한 대로 나르치스는 그를 위해 수프와 환자용 포도주를 한 잔 주방에 주문해 놓았다. 수도원의 관습인 이 두 가지 은혜는 대개 병이 가벼운 환자들에게 호감을 얻고 있었다.

골드문트는 환자용 침대에 드러누워서 뒤죽박죽이 되어 극도로 혼란한 생각에서 빠져 나오려고 애썼다. 아마 한 시간 전만 하더라도 오늘 무엇이 그를 그다지도 피곤하게 했으며, 얼마나 하염없는 마음의 긴장이 그의 머리를 공허하게 하고 그의 두 눈을 태우게 하는지를 명백히 캐낼 수 있었는데, 어제 저녁의 사건을 잊어버리기 위해 잠시도 쉬지 않고 애를 쓰는데도 그때마다 허탕을 치고 마는 강인한 노력이었다. 아니, 어제 저녁의 사건을 잊어버리려고 한 것이 아니다. 오히려 잊어버리고 싶은 것은 닫힌 수도원에서의 어리석고도 즐거운 소풍도, 숲 속에서의 방랑도, 물방앗간에 이르는 거무죽죽한 물이 흐르는 개울을 건너기 위해 임시로 가설한 미끌미끌한 다리도, 울타리나 창문이나 골목길을 등을 건너뛰어 오가던 것도 모두 아니요, 오직 하나 있다면 어두컴컴한 그 부엌의 창가에 기대었던 한 순간, 소녀의 숨결을 느끼며 듣던 말과 소녀와의 악수, 소녀의 입술에 댄 키스였다.

그러나 지금 다시 어떤 새로운 공포가, 새로운 체험이 다가왔다. 나르치스가 그의 시중을 들었다. 나르치스가 그를 사랑하고, 그를 위해 수고를 해주었다. 곱고 고귀한 품위를 가졌으며, 조소를 띠기 쉬운 가느다란 입술을 한 바로 영리한 나르치스였다. 자신은 나르치스 앞에서 울음을 터뜨리고 말았다. 그는 나르치스 앞에 서서 수줍어하며 머뭇머뭇하다가 결국 통곡을 하고 말았다! 그리스어나 철학이나 정신적인 사나이다움과 품위 있는 스토아적 평정, 이런 고결한 무기로써 그토록 훌륭한 인물을 자신의 것으로 만들어버리는 대신, 형편없는 모습으로 그의 앞에서 쓰러진 것이다. 자신으로서도 이런 수치스러운 짓을 용서할 수 없으리라. 수치심을 갖지 않고는 결코 나르치스의 눈 속을 들여다볼 수 없으리라.

그러나 울었기 때문에 크나큰 긴장은 풀리고 말았다. 병실의 고요한 고독과 잠자리는 썩 마음에 들었다. 절망은 반 이상이나 사라졌다. 약 한 시간쯤 지나 수도자가 들어와서 밀가루 수프와 흰 빵 한 조각을 먹여 주었다. 게다가 명절 날 이외에는 먹어 보지 못하는 빨간 포도주를 조그만 잔에 한 잔 부어 주었다. 골드문트는 먹고 또 마셨다. 반쯤 먹고는 쟁반을 옆에다 밀쳐놓고 또 생각했다. 그렇지만 생각이 나지 않았다. 다시 쟁반을 가져다가 숟갈로 몇 술 떴다. 얼마간의 시간이 흐르자 문이 살짝 열리며 나르치스가 환자를 보기 위해 들어왔다. 그때 그는 잠이 들어 있었다. 뺨에는 벌써 생기가 돌고 있었다. 나르치스는 한참 동안 애정 어린 호기심과 약간의 질투심에서 그를 내려다보고 있었다. 골드문트는 병이 아니다. 내일은 그에게 포도주를 보낼 필요가 없다고 느꼈다. 그러나 나르치스는 이제 자기들을 묶어 놓고 있던 줄이 풀어져서 그들이 친구가 되리라고 믿었다. 오늘은 골드문트가 그를 필요로 하고 그의 도움을 받고 있지만, 언젠가는 그 자신이 약해져서 골드문트의 도움과 사랑을 필요로 할 때가 있을는지 모른다. 그런 상황이 닥치면 자신도 이 소년에게서 도움과 사랑을 받을 수 있으리라.

제 3 장

나르치스와 골드문트 사이에 시작된 우정은 묘한 것이었다. 두 사람의 우정에 호감을 갖는 사람은 적었다. 때로는 두 사람 자신들마저도 재미없는 사이처럼 생각하기도 했다.

이 일로 먼저 괴로워한 사람은 사상가인 나르치스였다. 그에게는 모든 것이, 사랑까지도 정신의 문제였다. 아무 생각없이 끌려가는 대로 몸을 맡기기는 그에게 불가능한 일이었다. 골드문트와의 우정은 그가 이끌고 가는 정신이었다. 이 우정의 운명과 넓이와 의미를 자각하고 있던 사람은 오랜 뒤까지도 나르치스뿐이었다. 오랜 시간 그는 사랑하면서도 고독했다. 그가 골드문트를 깨닫게 해 주었을 때 비로소 나르치스의 참다운 친구가 되리라고 그는 믿었다. 골드문트는 열렬히 아무 거리낌 없이, 잔소리 없이, 새로운 생활에 자신을 바쳤다. 나르치스는 자각과 책임을 갖고 숭고한 운명을 받아들였다.

골드문트에게 이 우정은 우선 구원이자 치유였다. 아름다운 소녀의 숨결과 키스로 인하여 그의 청춘이 사랑에 번쩍 눈뜨는 계기가 되었다. 그와 동시에 놀라움과 절망적인 상태에서 자지러졌다. 지금까지 자기 인생의 꿈도, 자신이 믿고 있던 일체도, 자신이 천명이요 또한 천직이라고 생각하고 있던 일체도, 지난밤 창가에서 했던 키스와 까만 눈동자로 인해 송두리째 위태로워진 것을 마음속으로 절감했기 때문이었다. 아버지의 뜻에 따라 수사의 생활이 운명으로 정해지긴 했지만, 스스로 그 정한 바를 받아들여 소년기에 처음으로 열정에 불타올라 경건하고 금욕적인 동시에 남자다운 이상을 추구해 오던 골드문트였다. 그는 가볍게 스쳐간 첫 만남과 그의 감성에 처음으로 호소해 온 생명의 외침, 즉 여성이라는 존재와 첫 인사를 함으로써, 여기에는 자신의 적과 악마가 도사리고 있으며 여성은 자신에게 위험한 존재라는 것을 절실하게 느꼈다. 그런데 지금 운명은 그에게 구원의 손길을 뻗쳤다. 절박한 위기에서 우정이 그를 맞이했다. 그의 소망을 위하여 꽃이 만발한 화원을, 그가 공경하는 마음에 새로운 제단을 마련해 주었다. 이 우정 관계에서는 사랑이 허용되었다. 죄를 범하지 않고도 몸을 바칠 수 있었다. 나이로도 그렇거니와 지혜로도 자기보다 월등하고 흠모 대상이 되어 있는 친구에게 그의 마음을 바칠 수 있었다. 위험스런 관능의 불꽃을 고귀하게 희생하는 불꽃으로 승화시켜 정신세계로 끌어 올리도록 허용하고 있었다.

그렇지만 이 우정이 채 피어나기도 전에 벌써 그는 묘한 장애물에 부닥쳤다. 전혀 예기치 않은 알 수 없는 냉담함과 소스라치게 놀랄만한 위협에 직면했다. 골드문트는 나르치를 자신과 모순되는 인물로 생각하는 것은 상상할 수 없는 일이었다. 두 사람이 하나가 되기 위해서는 사랑과 헌신만 있으면 되리라고 생각했다. 그러면 서로의 차이도 없앨 수 있고, 대립도 넘어설 수 있을 것 같았다. 그러나 나르치스는 얼마나 엄숙하고 확고했으며, 또 얼마나 명백하고 단호한 사람이었던가! 나르치스에겐 앞뒤를 재지 않고 순정을 바치고 또 서로에게 감사하는 마음으로 함께 우정의 땅을 걸어가는 것이 생소하고 마음 내키지 않는 일이었다. 목표가 없는 길을 간다든지 정처 없이 꿈꾸듯 방황한다는 것을 그는 알지 못했고, 참지도 못하는 것 같았다. 물론 그는 골드문트가 병이 났을 때 걱정을 하며 보살펴 주었고, 학교나 학문에 관한 것에는 모든 면에서 충실하게 도와주거나 충고도 해주었다. 전문 서적의 어려운 대목을 설명해 주었고, 문법이나 논리학이나 신학의 나라에 눈을 뜨게도 해주었다. 그렇지만 한 번도 그는 친구에게 참으로 만족한 태도를 보이거나 동의한 적이 없는 것 같았다. 그뿐만 아니라 친구를 비웃거나 대수롭지 않게 상대해 버리는 일도 예사였다. 이런 태도는 단순히 교사 근성이나 지혜로운 연장자다운 태도가 아니고 더욱 깊고 중요한 무엇이 배후에 있을 거라고 골드문트는 믿었다. 그러나 그보다 더 깊은 것을 알지 못했기 때문에 이 우정은 그를 이따금 슬프게도 하고 어쩔 줄 모르게 하기도 했다.

사실 나르치스는 친구의 힘을 잘 알고 있었다. 친구의 꽃다운 아름다움에 대해서도, 자연 그대로의 생활력이나 꽃과 같은 충만함에 대해서도 전혀 모르는 바 아니었다. 그는 불타오르는 듯한 젊은 영혼을 그리스어로써 먹여 주고, 천진한 사랑에 논리학으로써 답하려고 하는 그런 선생은 절대 아니었다. 오히려 그는 금발의 소년을 너무 지나칠 정도로 사랑하고 있었다. 그것은 그에게 위험한 짓이었다. 사랑은 그가 볼 때 자연 상태가 아니고 기적이었기 때문이다. 반해서는 안 되는 것이었다. 그는 이 아름다운 눈을 흐뭇하게 쳐다보는 것에, 밝은 금발의 꽃향기 가까이에 있는 것에 만족해서는 안 되었다. 이 사랑 때문에 한 순간이라도 감히 관능적인 욕망에 머물러서는 안 되었다. 골드문트가 수사가 되어 금욕주의자가 되고, 평생 신성한 것을 지향하도록 정해져 있다고 느낀다면. 나르치스도 물론 그런 생활을 하도록 정해져 있었다. 그에게는 오직 하나, 최고의 사랑만이 허락되어 있었다. 이와 반대로 금욕주의자가 된다는 골드문트의 천명을 나르치스는 믿지 않았다. 나르치스는 다른 누구보다도 분명하게 인간의 마음을 읽을 줄 알았다. 특히 이런 사랑을 하는 경우에 나르치스는 한층 더 명백하게 읽을 수 있었다. 정반대인데도 마음속까지 이해하고 있던 골드문트의 성격이 그에게는 잘 보였다. 그것은 나르치스 자신이 잃어버린 다른 한쪽 성격이었기 때문이었다. 나르치스는 그 성격이 상상이나 잘못된 교육이나 아버지의 훈계와 같은 딱딱한 껍질에 싸여 있다는 것을 믿고, 단순한 이 젊은 생명의 비밀을 훨씬 전부터 모두 예감하고 있었다. 그의 임무는 분명했다. 말하자면 그의 임무는 이 비밀을 당사자에게 폭로해서 그를 껍질에서 해방시켜 본래의 성격을 다시 찾아 주는 것이었다. 물론 그렇게 하는 것은 몹시 괴로운 일이리라. 그 때문에 이 친구를 잃어버리지나 않을까 하는 점이 무엇 보다 가장 괴로운 일이었다.

그는 아주 느릿느릿 목표를 향하여 다가갔다. 수개월이 지났으나 진지하게 이야기할 수도, 심오한 이야기를 서로 나눌 수도 없었다. 우정에 금이 가지는 않았지만, 그만큼 두 사람 사이는 서로 떨어져서 그들의 포물선은 폭이 넓었다. 눈뜬 사람과 장님이 나란히 걸어갔다. 장님이 자기 자신이 눈먼 사실을 전혀 눈치 채지 못하는 것은 장님 자신을 위해서는 편안한 일이었다.

먼저 타개책을 생각해낸 사람은 나르치스였다. 그 당시 마음이 흔들려서 허덕이던 소년을 자기에게 몰아낸 것은 어떤 경험이었던지를 캐물으려고 했을 때였다. 캐내는 일은 생각한 것보다 쉬웠다. 골드문트는 오래 전부터 그날 밤의 경험을 참회하고 싶은 기분을 느끼고 있었다. 하지만 충분히 신뢰할 수 있는 사람은 수도원장 외에 없었다. 수도원장은 그의 고해 신부가 아니었다. 그래서 나르치스가 좋은 기회라고 생각했을 때, 두 사람이 맺어졌던 최초의 사건을 골드문트에게 상기시켜 몰래 그 비밀을 건드리자 상대는 솔직히 말했다. "당신이 성직을 아직 갖지 않아 참회를 들을 수 없다는 사실이 섭섭합니다. 나는 참회를 하고 그 사건에서 해방되고 싶었습니다. 그 때문에 벌을 받는 것도 사양하지 않았을 겁니다. 하지만 내 고해 신부에게 말을 할 수는 없었습니다."

나르치스는 신중하게 그리고 빈틈없이 파고들어 갔다. 지나간 발자취를 발견했다. "네가 병이 난 것처럼 보이던 그날 아침을 너는 기억하고 있니?" 캐묻듯 나르치스가 말했다. "잊어버리진 않았을 테지. 그때 우리는 친구가 되었으니 말이다. 나는 가끔 그때 일을 생각하지 않을 수 없단 말이야. 아마 너는 눈치 채지 못했을 테지만 나는 그때 말이야, 참으로 갈피를 잡을 수 없었어."

"당신이?" 믿을 수 없다는 듯 골드문트는 소리치며 물었다. "정말 갈피를 못 잡던 사람은 나였지요! 뻣뻣이 선 채 콧물을 삼키며 한마디 말도 하지 못하고, 결국 어린애와 같이 울음보를 터뜨리기 시작한 것은 나지요! 참, 나는 아직도 그때 일을 부끄러워하고 있어요. 나는 두 번 다시 당신 눈앞에 나타날 수 없으리라 생각했답니다. 당신 앞에서 불쌍하게 맥없이 쓰러졌다는 걸 생각하면요!"

눈치를 살피듯 하며 나르치스는 바싹 다가섰다.

"네가 불쾌했다는 것을 알고 있어." 그는 말했다. "너같이 야무지고 용감한 애가 낯설은 사람 앞에서, 더욱이 선생 앞에서 우는 것은 사실 어울리지 않는 일이었단 말이야. 아니, 그때 나는 네가 병이 들었다고 생각했지 뭐냐. 열이 나서 떨게 되면 아리스토텔레스인들 기묘한 행동을 했을는지 누가 알아. 그러나 그때 너는 정말 병이 아니었지! 열도 전혀 없었어! 그거야 네 수치였으니 열에 지는 것을 부끄러워하는 사람은 없어. 안 그래? 너는 무슨 다른 일에 졌기 때문에, 무슨 일에 압도되었기 때문에 부끄러워한 거야. 대관절 무슨 특별한 일이라도 있었나?"

골드문트는 약간 주저하다 천천히 말했다. "네, 무슨 특별한 일이 생겼던 겁니다. 당신이 내 고해 신부라고 생각하게 하여 주십시오. 언젠가 한 번은 꼭 말해야 되는 겁니다."

고개를 숙이며 그는 친구에게 그날 밤에 있었던 사건을 이야기 했다.

이 말을 듣고 나르치스는 미소를 지으며 말했다. "그거야 '마을에 가'는 것은 사실 금지 되어 있지. 그렇지만 금지되어 있어도 얼마든지 할 수 있고 금지되어 있는 것을 비웃을 수도 있지. 안 그러면 참회라도 할 수 있는 일이야. 그걸로 끝나 버리고 그런 다음엔 아무런 관련이 없게 되는 거다. 대부분이 학생들 하는 것처럼 너들 한번쯤 그런 사소한 어리석은 짓을 하지 말라는 법이 어디 있느냐 말이야? 대관절 그토록 나쁜 일인가?"

골드문트는 자제력을 잃고 약이 바짝 올라 소리 질렀다. "정말 당신은 교사 같은 말씀을 하십니다. 당신은 무엇이 문제의 초점인지를 충분히 알고 있을 겁니다! 물론 나도 수도원 규칙을 한 번쯤 코웃음치고 학생 같은 장난에 가담했다고 해서 그다지 커다란 죄악이라고는 생각지 않습니다. 물론 그것이 수도원 수업의 예습이 되는 것은 아니지만요."

"기다려." 날카로운 나르치스의 목소리였다. "많은 경건한 신부들에게 그와 같은 예습이 필요했다는 걸 너는 몰라! 방탕한 생활이 성자로 가는 생활에 가장 가까운 길의 하나일 수 있다는 걸 너는 몰라!"

"제발, 그렇게 말씀하지 마세요!" 골드문트는 말을 막았다. "내 양심을 때려 누른 것은 규칙을 약간 어겼다는 것이 아니라는 걸 말씀드리고자 했습니다. 다른 것이었습니다. 소녀였습니다. 당신에게 설명해드릴 수 없는 기분이었습니다! 이 유혹에 따른다면 소녀를 만져 보기 위해 한 손이라도 뻗치는 날에는 나는 두 번 다시는 돌아오지 못하리라, 죄가 지옥의 아가리처럼 나를 삼켜 버리고 영원히 놓아주지 않으리라는 기분이었습니다. 온갖 사랑이 끝나 버리리라는 기분이었습니다."

나르치스는 몹시 깊은 생각에 잠기면서 끄덕였다. "하느님에 대한 사랑은" 그는 말을 하나하나 되씹으며 천천히 말했다. "반드시 선에 대한 사랑과 일치하지 않거든. 그 정도로 간단한 것이라면 얼마나 좋으냐 말이야! 무엇이 선인지 우리는 알고 있다. 그것은 계율에 씌어 있어. 그러나 하느님이 계율 속에만 있다고는 할 수 없어. 계율은 하느님의 아주 작은 부분에 지나지 않는단 말이야. 계율은 지키고 있으나 하느님에게서 멀리 떨어져 있을 수도 있어."

"내 기분을 이해해 주실 수 없습니까?" 하고 골드문트는 탄식했다.

"물론 이해하고 있어. 너는 여인 속에, 성 속에 네가 '세상'이라 하고 '죄악'이라 하는 모든 것의 정수를 느끼고 있어. 다른 모든 죄는 범할 수가 없는가? 가령 범했다고 하더라도 자신을 때려 누르지는 않으리라. 그런 것은 참회를 해서 바로잡을 수 있다고 생각하고 있어. 그렇지만 오직 하나의 죄악만은 그렇지가 않아!"

"그렇습니다, 확실히 나도 그렇게 생각하고 있습니다."

"그거 봐. 나는 너를 이해하고 있단 말이야. 네 생각은 그다지 틀리지 않았어. 이브와 뱀의 이야기는 확실히 쓸데없는 우화는 아니란 말이야. 그렇지만 너는 아무튼 옳지 않단 말이야. 만일 네가 수도원장 다니엘이든지 안 그러면 너의 대부인 성 크리소스토무스이든지, 주교이든지, 사제이든지, 혹은 아무렇든 평범한 수사이기라도 하다면 너의 생각은 옳을 테지. 그러나 너는 그런 사람이 아니거든. 너는 학생이란 말이야. 이를테면 네가 평생 수도원에 있고 싶어 하고, 너의 아버지도 그렇게 되기를 바란다 하더라도 너는 아직 맹세를 한 것도, 성직을 받은 것도 아니란 말이야. 네가 오늘이나 내일 예쁘장한 처녀한테 유혹을 받아 그 유혹에 졌다 하더라도 어떤 맹세를 깨뜨린 것도 상처를 준 것도 아닐 거야."

"문서로 써 둔 맹세는 없습니다!" 매우 흥분해서 골드문트는 소리쳤다. "그러나 쓰이지 않은 맹세, 내가 마음속에 품고 있는 가장 신성한 맹세에 상처를 준 결과가 됩니다. 다른 많은 사람들에게는 통용될지도 모르는 것이 나에게는 통용되지 않는다는 것을 모르십니까? 당신 자신도, 역시 성직을 얻는 것을 맹세 한 것은 아니지만 당신은 여인을 만지는 짓은 결코 하지 않겠지요! 아니라면 그것에 대한 제 생각은 잘못일까요? 당신은 전혀 그렇지 않습니까? 당신은 내가 생각하는 그런 사람이 전혀 아니었습니까? 당신은 신부들 앞에서만은 아직 말로써 맹세를 하지 않았지만 마음속에서는 벌써 오래 전에 그 맹세를 하고, 그 맹세에 의해서 영원히 의무를 짊어지고 있다는 기분을 갖고 있지 않습니까? 당신은 저 같은 인간이 아니십니까?"

"아니, 골드문트, 나는 너 같은 인간이 아니야. 네가 믿고 있는 그런 인간도 아니야. 물론 나는 입밖에 내지 않은 맹세를 지키고 있어. 그 점에서는 네가 말하는 것이 옳아. 그러나 너와 같은 인간은 결코 아니란 말이야. 오늘 네게 하는 말을 언젠가 한 번은 꼭 너도 생각해내게 될 거야. 나는 네게 말해 두겠어. 우리 우정은 네가 완전히 나를 닮지 않았다는 것을 표시한다는 것 외에 다른 아무런 목적도 의미도 전혀 가지고 있지 않다는 걸."

골드문트는 마치 한 대 얻어맞은 듯이 멍청하게 서 있었다. 나르치스는 도무지 거역할 수 없는 눈초리와 어조로써 말을 끝맺자 입을 다물어 버렸다. 그러나 왜 나르치스가 그런 말을 했을까? 왜 나르치스가 한 무언의 맹세는 그가 한 맹세보다 신성하지 않으면 안 되었을까? 나르치스는 자기에게 전혀 진심으로 대해 주지 않는가? 자기를 단순히 어린아이라고만 생각하고 있는가? 여기서 새삼스럽게 이 묘한 우정의 혼란과 비애가 다시 시작되었다.

나르치스는 이제 골드문트의 비밀이 어떤 것인지 의심하지 않았다. 그 배후에 있는 것은 최초의 어머니 이브였다. 그러나 그토록 아름답고 건강하고 향기로운 청년의 마음속에 눈떠 있는 성이 왜 그다지도 심각한 반대에 부닥쳐 버릴 수 있었을까? 어떤 악마나 보이지 않는 적이 일을 하고 있음에 틀림없으리라. 이 훌륭한 인간을 내부에서 분열시켜 그의 원초적 본능과 싸우게 하는 데 성공했다. 그렇다. 악마를 발견하여 기도의 힘으로 불러내서 본성을 드러내게 해야 한다. 그렇게 된다면 물리칠 수 있다.

그러는 동안 골드문트는 친구들에게서 점점 따돌림을 받았다. 오히려 친구들이 골드문트한테 버림을 받아, 말하자면 배반당한 느낌을 가졌다. 누구 하나 그와 나르치스의 우정을 좋아하는 사람은 없었다. 음흉한 자들은 두 사람을 자연에 배반한다고 악평을 퍼뜨렸다. 특히 두 사람의 청년 가운데 어느 한 사람에게 호감을 가졌던 사람은 더욱 그랬다. 두 사람 사이에 어떠한 불미스러운 관계도 추측해 볼 여지가 없다는 사실을 알고 있는 사람들까지도 고개를 갸우뚱거렸다. 누구 하나 이 두 사람의 인간관계를 인정하지 않았다. 두 사람이 결합하여 마치 귀족이라도 되는 양, 거만하게 그들에게 호의를 보내지 않는 사람들과 멀어진 것처럼 보였다. 그들의 결합은 동료를 저버리는 것이며, 수도원의 관습에도 어긋날 뿐만 아니라, 기독교 정신에도 위배되는 것이었다. 두 사람에 대한 온갖 소문과 탄원, 비난의 말이 다니엘 수도원장의 귀에까지 들어갔다. 수도원장은 40년 이상 되는 수도원 생활에서 청년의 우정을 수없이 보아 왔다. 그런 우정은 수도원에서 한 폭의 그림이며 아름다운 경치로 때로는 위안이 되기도 하고, 때로는 위험했다. 수도원장은 한 발자국 뒤로 물러서서 주시하고 있었으나 간섭은 하지 않았다. 이처럼 배타적인 우정은 드물었다. 위험하지 않다고 할 수는 없으나 그들의 순결함을 한 순간도 의심하지 않았기 때문에 수도원장은 일이 되어가는 대로 보고만 있었다. 만약 나르치스가 학생과 교사라는 예외적 지위에 있지 않았더라면 수도원장은 주저하지 않고 두 사람 사이를 단절하는 조치를 취했으리라. 골드문트가 동급생에게서 벗어나 연상의 교사와만 유독 친근한 관계를 갖는 것은 그에게도 좋지 않은 일이었다. 남보다 훨씬 뛰어나고 친밀하며, 모든 교사들과 정신적인 면에서 동등하거나 아니면 더 탁월하기까지 한 나르치스 그가, 특별히 좋아하는 길을 가는 데 방해해도 좋단 말인가, 그의 교사로서의 사명을 중단시키는 것이 옳단 말인가? 나르치스가 교사로서 열정을 보이지 않고, 그와 우정에 빠져서 행실이 태만하거나 편파적인 태도를 보였다면 당장 불러들였으리라. 하지만 그에게 흠잡을 데라곤 전혀 없었다. 다른 사람의 질투 어린 오해와 소문 외에는 아무것도 없었다. 게다가 수도원장은 두드러질 정도로 예리하고 다소 거만하다 할 나르치스의 재능이 인간에 대한 그의 예리한 통찰력 때문이라고 알고 있었다. 수도원장은 그런 재능을 그리 높이 평가하지는 않았으며, 오히려 다른 재능이 돋

보이기를 바랐다. 그러나 나르치스가 학생인 골드문트에게서 무슨 특별한 점을 발견했으며, 수도원장 자신이나 다른 누구보다 골드문트를 훨씬 잘 알고 있다는 사실을 수도원장은 의심하지 않았다. 수도원장 자신은 골드문트의 태도에 나타난 애교스럽고 우아한 성품 외에 달리 특별한 점을 찾지 못했다. 다만 학생이자 손님으로서만 수도원의 일원이 되어 있는데 불과하다는 점 외에는 아는 바가 없었다. 또한 지금부터 벌써 수습 수사의 일원이 된 것처럼 느끼고 있는, 조금 이르지만 성급한 열정 외에는 감동적이긴 하지만 그의 미숙한 열정을 나르치스가 두둔해서 한층 격려해 주는 행위는 전혀 걱정할 필요가 없다고 믿었다. 골드문트에게 염려스러운 점은 나르치스가 오히려 지나치게 정신적인 자부심과 학자적 교만을 전염시켜 주지나 않을까 하는 것이었다. 그러나 바로 이 학생에게는 그럴 위험이 그다지 많지 않아 보였다. 되어가는 대로 맡겨 두는 편이 나았다. 훌륭하고 강인한 인간을 통제하는 일보다 평범한 인간을 통제하는 일이 감독자에게는 얼마나 간단하고 평화롭고 수월한지 모른다는 걸 생각하면 수도원장도 탄식과 동시에 미소를 짓지 않을 수 없었다. 아니 자신까지 오해에 전염돼서는 안 된다. 예외적인 두 인간을 자신에게 맡겨 준 것을 감사히 여겨야 하리라 생각했다.

나르치스는 그의 친구에 관해서 여러 가지로 생각했다. 인간의 성격이나 재능을 보고 느끼고 인식하는 그의 특별한 능력에 힘입어 나르치스는 골드문트에 대해 벌써 오래 전에 결론을 내리고 있었다. 이 청년의 갖가지 역동적이며 눈부신 특성이 이 같은 결론을 뒷받침하고 있었다. 골드문트는 풍부한 감성과 영혼을 부여 받은 강인한 인간의 모든 특징뿐만 아니라 예술가로서의 특징도 갖고 있었다. 아무튼 그는 위대한 사랑의 힘을 타고난 존재였기에 쉽사리 불붙고 자신을 내줄 수 있다는 것이야말로 그의 운명이자 행운이었다. 섬세하고 풍부한 감성을 타고난 그는 꽃의 향기라든지 아침 햇살이라든지 망아지가 뛰노는 모습이나 하늘을 나는 새들이나 음악을 깊이 체험하며 즐길 줄 알았다. 그런 그가 어떻게 열정을 다해 정신세계를 추구하고 금욕주의자가 되려는 것일까? 나르치스는 자주 그 점에 대해서 깊이 생각해보았다. 골드문트의 아버지가 이러한 마음을 갖게끔 유도했다는 것은 알고 있었다. 그렇다 하더라도 아버지가 어떻게 열정적으로 마음을 드러내게 할 수 있었을까? 어떠한 마법으로 아들을 이끌었기에 아들이 이런 천명과 의무를 믿게 되었을까? 아버지는 어떤 사람일까? 나르치스는 일부러 지나치다 싶을 정도로 자주 아버지를 화제로 삼았다. 골드문트도 적지 않게 아버지를 이야기하였는데도 나르치스는 그의 아버지를 그려낼 수 없었다. 눈으로 볼 수 없었다. 묘한 일이었다. 골드문트가 어릴 적에 잡은 송어 이야기를 하고 나비를 묘사하며 새소리를 흉내 낼 때, 친구나 개나 거지에 대해서 이야기할 때, 하나 하나씩 그려지는 광경이 눈앞에 떠올라 무언가가 눈에 보였다. 그러나 아버지를 이야기하면 아무것도 보이지 않았다. 골드문트의 삶에 아버지가 정말 중요하고 지배적인 인물이었다면, 나르치스는 아버지 이야기를 달리 설명하게 하거나 다른 모습을 그려 줄 수도 있었을 것이다. 나르치스는 그의 아버지를 그리 높이 평가하지는 않았다. 그의 마음에 들지 않는 인물이었다. 골드문트의 아버지가 참으로 친아버지인가 하는 의심마저 가끔 들었다. 그는 공허한 우상에 지나지 않았다. 어떤 연유로 아들에게 이토록 강렬한 힘을 미치게 할 수 있었을까? 그것은 이 영혼의 본질과는 너무나 동떨어진 상상이 아닌가?

골드문트도 역시 수없이 생각해 보았다. 친구의 진심 어린 사랑을 굳게 믿기는 하였으나, 친구에게 전과 다름없는 진지한 대우를 조금도 받지 못하고 언제나 어린아이 취급을 받고 있다는 쑥스러운 생각에 사로잡혀 있었다. 친구가 자꾸만 자기는 골드문트 같은 인간이 아니라는 걸 이해시키려는 시도는 도대체 어떤 의미일까?

그렇지만 골드문트의 일상생활이 이런 생각에만 빠져 시간을 보낸 것은 아니었다. 그에게는 오랫동안 명상에 잠겨 있는 일이 불가능했다. 하루 내내 해야 할 일이 달리 있었다. 그는 이상하게도 마음에 드는 문지기 수도자를 자주 찾아갔다. 그에게 항상 부탁을 하거나 좋은 말로 칭찬을 해주고, 한두 시간 동안 그의 말 블레스를 탈 기회를 얻곤 했다. 수도원 주변에 사는 주민 두셋이, 특히 방앗간집 사람들이 그를 매우 좋아했다. 골드문트는 가끔 그 집 하인과 함께 물개를 놀려 주거나, 아니면 골드문트가 눈을 감은 채 냄새만으로도 알아 맞힐 수 있는 상등품 밀가루인 프랠라아트로 과자를 굽기도 했다. 나르치스와 함께 있을 때도 많았지만 그래도 옛날의 습관이나 즐거움에 젖어 볼 수 있는 시간은 많이 남아있었다. 대개의 경우 예배도 그에게는 즐거움이었다. 학생들의 합창단에 들어가 함께 노래도 즐겨 불렀다. 또 좋아하는 제단 앞에서 묵주를 돌리며 기도를 드리거나 미사 때 아름답고 엄숙한 라틴어 강론을 듣고, 향 연기 속에 기구나 장식물이 황금빛으로 반짝이는 것을 보고, 기둥에 동물을 데리고 있는 복음서 저자들이나 모자를 쓰고 순례자의 주머니를 찬 야고보 등 조용하고 거룩한 성자들 상을 바라보는 것도 좋았다.

이들 인물들에게 이끌리는 듯한 감명을 받았다. 골드문트는 수도원에 있는 돌이나 나무 모습이 자신과 신비하게 연결되어 있는 듯한 감정에 젖어 있었다. 그 것들을 불사의 전지전능한 교부로서, 삶의 보호자로서, 또한 이정표로서 생각하기를 좋아했다. 동시에 기둥이나, 창문이나, 출입문의 큰 받침이나, 제단의 장식이나, 아름답게 측면을 보이고 있는 다양한 모양의 서까래 장식이나, 두 개의 기둥 속에서 불거져 나와 박력 있는 모습으로 전개되는 꽃무늬나, 잡초처럼 엉켜 있는 잎 무늬에 남모르는 애착을 갖 있었다. 식물이나 동물 등 자연 외에도 인간이 만든 제2의 말 없는 자연, 즉 돌이나 나무로 만든 인간이며 동물이며 식물이 있다는 사실이 그에게는 매우 소중하기도 하거니와 마음속에 간직한 비밀이라고 생각했다. 이런 입상이나 동물 머리와 나뭇잎 다발을 묘사하면서 자유로이 한시간을 보내는 일도 종종 있었다. 때로는 실제 꽃과 말과 인간의 얼굴을 소묘하곤 했다.

골드문트는 성가, 특히 마리아의 노래를 무척 좋아했다. 이들 노래의 빈틈없고 엄격한 구절을 자꾸 반복하는 애원과 노랫말을 좋아했다. 그는 기도하는 마음으로 이 노래의 거룩한 의미를 따라가거나, 아니면 의미는 잊은 채 그 시구의 장엄한 운율을 사랑하였으며, 긴 호흡의 심오한 음조와 모음의 충만한 음색, 반복 구절의 경건한 울림 등에서 충만한 마음을 얻었다. 그가 마음속 깊이 사랑한 것은 학식이나 문법, 논리학이 아니었다. 그것들도 나름대로 독특한 아름다움이 있었지만 오히려 골드문트는 예배 의식과 음의 세계를 사랑했다.

골드문트는 그와 동급생 사이에 벌어진 거리를 잠시 동안 몇 번 메워 보기도 했다. 오랜 시간 동안 주위에 있는 자들에게서 배척당하고 냉대 받는 일은 불쾌하기도 하거니와 지루하기도 했다. 그는 이따금 옆자리 앉아 있는 잔소리깨나 늘어놓을 듯한 동급생을 웃기기도 하고, 옆 침대에서 자고 있는 말없는 동급생에게 잡담을 하기도 했다. 한 시간 가량 무척 애를 쓴 나머지 몇 개의 눈초리와 얼굴과 마음을 잠시 동안이나마 자신에게 돌리도록 했다. 정말 그의 본의는 아니었으나 그렇게 어울리는 동안 골드문트는 '마을에 가자'는 권유를 두 번이나 받기까지 했다. 그런 권유를 받고 깜짝 놀라 어쩔 줄 몰라 했다. 그는 이제 마을에 가지 않았다. 머리를 땋은 소녀를 잊는 데 성공했다. 이제 두 번 다시, 아니 거의 한 순간도 소녀를 생각하지 않았다.

제 4 장

나르치스는 골드문트의 비밀을 알아내기 위해 오랫동안 시도를 했지만 좀처럼 비밀의 문에 접근할 수 없었다. 그의 잠을 깨워서 비밀을 이야기하는 방법을 가르쳐 주려고 오래도록 별렀으나 헛일이었다.

골드문트가 그의 인내심이나 고향에 관해 이야기한 내용으로는 도무지 구체적인 형태를 그려낼 수 없었다. 겨우 알아낸 사실은 골드문트가 존경은 하고 있지만 그림자처럼 형태가 없는 아버지였다. 그 다음은 이미 오래 전에 사라졌거나 혹은 죽은 어머니의 전설이었다. 어머니라고 하더라도 퇴색해 버린 이름에 불과했다. 사람 마음을 읽어내는 데 탁월한 능력이 있는 나르치스는 차츰 그의 친구가 삶의 한 조각을 잃어버린 사람, 어떤 괴로움이나 마법 같은 압력을 받아 과거 기억의 일부를 상실한 사람의 하나라는 걸 알았다. 이런 사람에게 단지 질문을 한다든지 가르치려 하는 행위는 아무 소용이 없다는 것을 깨달았다. 또 자신이 너무 이성의 힘만 믿은 나머지 그에게는 무익한 말만 늘어놓았다는 걸 알았다.

그러나 그를 친구로 결합시킨 사랑은 헛되지 않았다. 종종 함께 있는 시간도 헛된 일은 아니었다. 두 사람 본성이 여러 면에서 깊은 차이가 있는데도 두 사람은 서로 많은 점을 배웠다. 그들 사이엔 이성의 말뿐만 아니라 점차 영혼의 말과 기호의 말이 생겨났다. 마치 두 개의 주택 사이에 마차나 승마하는 사람이 달릴 수 있는 큰 길이 있다 하더라도, 그 옆에는 아이들이 뛰놀 수 있는 작은 길이나 골목이나 사이길이 수없이 생기는 것과 마찬가지로, 애인들을 위한 오솔길이나 거의 눈에도 띄지 않는 개나 고양이의 길이 생기기도 한다. 골드문트의 활발한 상상력은 차츰 마법 같은 길을 지나서 친구의 생각과 두 사람의 말 속으로 빠져 들어갔다. 그의 친구는 또 골드문트의 마음과 여러 성격적인 면들을 무언으로 이해하고 공감하는 방법을 배웠다. 사랑의 빛 속에 영혼과 영혼의 새로운 결합이 점차 무르익은 뒤에야 비로소 말을 하기 시작했다. 이런 과정을 지나 수업이 없는 어느 날, 두 친구 사이에 누구도 예상하지 않은 대화가 이루어졌다. 도서관에서, 순간 우정의 핵심과 의미의 한가운데로 두 사람을 데려가서 멀리까지 새로운 빛을 발산하는 것과 같은 대화였다.

두 사람은 수도원에서 연구조차 금지되어 있던 점성술에 관해 이야기했다. 점성술은 사람들 각자의 운명과 천명에 질서를 가져다주려는 시도라고 나르치스가 말했다. 그의 말에 골드문트가 이의를 제기했다. "당신은 언제나 여기에 대해서 말하고 있습니다. 그것이 당신의 가장 특별한 성격이라는 것을 차츰 깨달았습니다. 이를테면 당신과 나 사이에 있는 커다란 차이에 대해서 말씀하실 때, 그 차이는 언제나 차이를 발견하려고 열중하는 그 묘한 태도 속에 있는 거라고 생각했습니다!"

나르치스는 말했다. "확실히 자네는 초점을 뚫었네. 사실 자네한테는 차이가 그다지 중요하지 않네. 그러나 나에게는 그것이 유일하게 중요한 것이라고 생각하네. 나의 본성을 말하면 학자이고, 천직은 학문일세. 학문은 자네 말을 인용하면, '차이를 발견하려고 열중한다'는 것 외에는 달리 아무것도 아니란 말이네. 이보다 더 잘 학문의 본질을 내세울 수는 없을 거야. 우리처럼 학문을 하는 사람에게 차이를 확인하는 일보다 더 중요한 것은 없단 말일세. 학문은 차이의 기술일세. 이를테면 한 사람 한 사람에 대해서 그 사람을 다른 사람들과 구별하는 특징을 발견하는 것이, 즉 그 사람을 인식하는 것일세."

"그거야 그렇습니다. 어떤 사람은 농부의 신을 신고 있기 때문에 농부이고, 어떤 사람은 왕관을 쓰고 있기 때문에 왕이지요. 그것은 확실한 차이입니다. 그러나 그런 것은 학문을 전혀 머릿속에 담지 않은 사람이나 어린아이라도 알고 있는 겁니다." 골드문트가 반박했다.

나르치스도 응답했다. "그러나 농부와 왕이 둘 다 같은 차림을 하고 있다면 그때는 어린아이도 구별할 수가 없지."

골드문트도 지지 않고 대답했다. "학문도 그런 구별은 할 수 없을 것입니다."

"아니, 아니, 가능할 걸세. 물론 학문은 어린아이보다 영리하지 못하다는 걸 인정해 두지. 그렇지만 학문이 더 끈질기다는 말이야. 학문은 가장 단순한 특징에만 주의를 기울이지 않는단 말이야."

"그런 구분은 영리한 아이라면 누구든지 할 수 있지요. 어린아이는 눈짓이나 태도로 왕을 알아낼 수 있을 겁니다. 한마디로 말씀 드리면, 학자들은 거만하다는 겁니다. 학자들은 우리 같은 사람을 늘 자신들보다 어리석다고 생각합니다. 학문이 없더라도 매우 영리한 사람일 수 있습니다."

"네가 그걸 깨닫기 시작해서 기뻐. 그래서 내가 너와 나 사이의 차이에 대해서 말할 때, 현명함을 의미하지 않는다는 사실을 너도 곧 깨닫게 될 거야. 나는 말이야, 네가 영리하다느니 바보라느니 혹은 좋다느니 나쁘다느니 하는 말은 하지 않아. 나는 단지, 너는 다르다는 것을 말하고 있을 뿐이야."

골드문트는 다시 말했다. "그것은 이해하기에 별로 어렵지 않습니다. 그러나 당신은 특징의 차이는 물론 천명의 차이에 관해서도 종종 말씀하십니다. 예를 들어, 당신은 왜 나와 다른 천명을 가지고 있다고 생각합니까? 당신이나 나나 똑같이 그리스도 교인입니다. 나와 마찬가지로 수도원 생활을 하신 아버지의 아들이십니다. 우리 두 사람의 목표는 똑같습니다. 즉 영원한 축복입니다. 우리의 천명은 똑같습니다. 즉 하느님께 귀의하는 겁니다."

나르치스는 곧 바로 이렇게 말했다. "대단히 좋은 말이야. 교리학 책에 의하면 물론 인간은 모두 똑같은 존재이다. 그러나 모든 인생이 그런 건 아니야. 구세주를 배반한 다른 제자, 이 두 사람은 아마 같은 천명을 가지고 있지는 않았으리라고 나는 생각한단 말이야."

골드문트 반박했다. "당신은 궤변가입니다. 나르치스 씨. 이런 길을 가다가는 우리가 서로 가까워 질 수 없습니다."

나르치스가 말을 받았다. "어떤 길을 가더라도 우리는 접근할 수 없지."

"그렇게 말씀하지 마십시오." 골드문트가 말했다.

나르치스 더욱 진지하게 말했다. "나는 진정이야. 해와 달이, 바다와 육지가 서로 접근할 수 없는 것과 똑같이 서로 가까워지지 않는 것이 우리한테 부여된 과제란 말이야. 이봐, 우리 두 사람은 해와 달, 바다와 육지란 말이야. 우리의 목표는 서로 융합하는 게 아니라 서로 인식하고 상대방에게 그 사람이 무엇인가를, 즉 자기와 상반되는 사람이 나를 보완해 주는 모습을 보면서 서로 존경하는 법을 배우는 거야."

골드문트는 얼떨떨해져서 고개를 숙였다. 슬픈 표정이 되고 말았다.

그는 겨우 말했다. "당신이 내 생각을 그렇게 진지하게 받아 주지 않는 이유가 그 때문입니까?"

나르치스는 대답하기 전에 약간 망설였다. 잠시 후 그는 조금 딱딱하지만 맑은 목소리로 말했다. "맞아, 그 때문이야. 이봐 골드문트, 내가 너 자신만을 진지하게 받아들인다는 사실을 알아주었으면 해. 네 목소리, 네 모든 몸짓, 네 모든 미소를 진실로 받아들이고 있다는 걸 믿어 줘. 하지만 네 생각을 그다지 심각하게 받아들이지 않아. 네 본질이고 필연이라고 생각하는 그 점을 나는 심각하게 받아들이는 거야. 너는 많은 재능이 있으면서도 특히 네 생각에만 특별히 주의를 기울여달라는 의도는 무엇 때문이지?"

골드문트는 쓰디쓴 미소를 지었다. "내가 그렇게 말했었지요. 당신은 언제나 나를 어린아이라고만 생각하고 있다고!"

나르치스는 꼼짝하지 않았다. "네 생각의 일부를 나는 어린아이 생각이라고 본단 말이야. 영리한 아이는 학자보다 못할 것이 없다는, 그 점에 대해서 아까 서로 이야기한 것을 생각해 봐. 그러나 어린아이가 학문에 대해 말한다면 학자는 그것을 심각하게 받아들이지 않을 거야."

골드문트는 날카롭게 소리 질렀다. "학문에 대해서 이야기하지 않을 때도 당신은 나를 비웃습니다! 이를테면 내 신앙 전체는, 학문에서 발전하기 위한 내 노력과 수사가 되기 위한 내 소망이 단지 어린아이의 행동에 불과한 듯이 당신은 날마다 비웃고만 계십니다."

나르치스는 진정 어린 표정으로 그를 바라보았다. "만약 네가 골드문트라면 나는 너를 진정으로 받아들이겠다. 그러나 네가 언제든지 골드문트라는 법은 없어. 나는 네가 완전한 골드문트가 되기를 원할 뿐이야. 너는 학자도 아니거니와 수사도 아니야. 학자나 수사는 고사하고 아주 보잘것없는 사람이 될 수도 있어. 너는 나보다 학문이 부족하고 논리적이지도 않고 경건한 마음도 부족하다고 믿고 있어. 당치 않은 생각이야. 내가 보기에 너는 너 자신이 부족하단 말이야."

골드문트는 이 대화가 끝난 후 당황하고 자존심도 상해서 물러갔으나 며칠 뒤에는 벌써 자신이 앞장서서 대화를 계속할 의향을 보였다. 이번에는 나르치스가 두 사람의 성격 차이에 관해서 구체적인 생각을 제시하는 데 성공했다. 골드문트도 그것을 이전보다 더 잘 받아들였다.

나르치스는 열심히 이야기했다. 그는 골드문트가 오늘은 전보다는 마음을 털어놓고 자발적으로 자신의 이야기를 받아들이고 있으며 자신이 골드문트를 압도하고 있다고 느꼈다. 그 성과에 매혹되어 자신이 의도한 이상으로 이야기를 했고, 또 스스로의 이야기에 도취되어 버렸다.

"봐라." 그는 말했다. "내가 너보다 우월한 점은 오직 한 가지 점밖에 없어. 말하자면 네가 눈을 지그시 감고 졸거나 때로는 완전히 잠에 빠져 있을 때도, 나는 깨어 있다는 사실뿐이야. 내가 깨어 있다는 말의 의미는 지성과 의식을 갖고, 자기 자신과 자신의 마음속에 있는 비이성적인 힘이나 충동 그리고 약점을 알고, 그것을 고려하여 배려해 줄 줄 아는 사람을 말하는 거야. 그것을 배우는 것만이 네가 나와 만난 의미인 거야. 골드문트, 너에게는 정신과 자연, 의식과 꿈의 세계가 아주 멀리 떨어져 있는 거야. 너는 너의 유년 시절을 잊고 있어. 너의 영혼 깊숙한 곳에 있는 유년 시절이 너를 빼앗아 가려고 해. 네가 그것을 들어 줄 때까지 너는 괴로워할 거야. 그것은 그 정도로 하지! 아까도 말했지만 깨어 있다는 점에서는 나는 너보다 강해. 그 점은 너보다 우월하다. 그러니까 너에게 도움이 될 수 있는 거야. 다른 모든 점에서는 네가 나보다 우월해. 이 말보다, 네가 너 자신을 발견하면 분명히 너는 나보다 우월하게 되는 거야."

골드문트는 한편 놀라면서 귀를 기울이고 있었으나, '너는 네 유년 시절을 잊고 있다'는 말을 듣자 화살에 맞기라도 한 듯 전신을 움츠렸다. 나르치스는 미처 눈치채지 못했다. 그는 언제나처럼 이야기를 하고 있는 동안, 그렇게 하는 것이 말하는 것보다도 더 잘 이해되기라도 하듯이, 자주 한참 동안 눈을 감거나 먼 곳을 보고 있었기 때문에, 골드문트의 얼굴이 갑자기 경련을 일으키며 창백해진 것을 나르치스는 몰랐다.

"우월하다, 당신보다 내가!" 골드문트는 무엇인가를 말하려고 하였으나 말을 더듬었다. 그의 사지는 뻣뻣이 굳은 것만 같았다.

"확실히" 나르치스는 말을 이어 갔다. "너 같은 성격의 사람들, 그러니까 강렬하고 예민한 감성을 지녀서 영감으로 느낄줄 아는 몽상가나 시인들, 혹은 사랑에 빠진 사람들은 우리와 같은 정신적 인간보다는 대개 우월한 존재라고 할 수 있지. 너희는 모성적 본능을 타고 났어. 너희는 충실한 삶을 살고 있어. 너희에게는 사랑의 힘과 체험할 수 있는 능력이 부여되어 있네. 우리 정신적인 인간은 가끔 다른 사람을 인도하고 지배하는 것처럼 보일지도 모르지만 충실하게 살지 않고 메마른 생활을 하고 있다네. 충실한 생활, 과실의 즙, 사랑의 뜰, 아름다운 예술 세계가 너희들 것이야. 너희 고향은 대지이지만 우리 고향은 관념이야. 너희에게 위험은 감성의 세계에 빠지는 것이지만 우리에게 위험은 메마른 공간에서 질식하는 거야. 너는 예술가이고 나는 사상가이지. 너는 어머니 품에 안겨 잠을 자지만 나는 황야에서 깨어있다. 내게는 해가 비추고 있으나 네게는 달과 별이 비추고 있지. 네 꿈속에는 소녀가 보이지만 내 꿈속에는 소년이 보인다네."

골드문트는 두 눈을 번쩍 뜨고 나르치스가 웅변가처럼 자기도취에 빠져서 이야기하는 소리에 귀를 기울이고 있었다. 그 말의 대부분이 칼처럼 그를 찔렀으나 마지막 말을 듣자 더욱 얼굴이 창백해져 눈을 감았다. 나르치스가 눈치를 채고 놀라서 물어 보자 몹시 창백해진 골드문트는 힘없는 목소리로 울먹이고 있었다. "얼마 전에 있었던 일입니다만 당신 앞에서 무너져내려 울지 않을 수 없던 때를 기억하시겠지요. 그런 일이 두 번 다시 일어나서는 안 되겠지요. 나는 그러한 자신을 결코 용서하지 않을 겁니다. 당신한테도! 얼른 떠나 주세요. 나 혼자 있게 해 주세요. 당신은 무서운 말을 제게 하였습니다."

나르치스는 매우 망설였다. 그는 자기 말에 이끌려서 다른 때보다 더 잘 이야기한다는 느낌이 들었다. 그런데 자기가 한 말 가운데 어떤 말이 친구에게 이토록 깊은 충격을 주었는지 알 수 없었다. 또 어느 대목에서는 아픈 데를 찌르기도 했다는 것을 알고 놀랐다. 이런 때 그를 차마 혼자 놓아둘 수는 없었다. 그는 잠시 망설였다. 골드문트는 괴로운 표정으로 얼굴을 찡그리며 그를 재촉하고 있었다. 그는 생각은 어지러웠지만 친구의 소망대로 혼자 놓아두기 위해서 얼른 나가 버렸다.

이번에는 골드문트도 긴장해서 눈물이 나오지 않았다. 친구가 그의 가슴 한 복판에 불시에 칼이라도 꽂은 것처럼, 아주 깊고 절망적인 상처를 받은 채 간신히 숨결을 내뿜으며 장승처럼 서 있었다. 심장은 죽을 것처럼 죄어들고 얼굴은 밀랍같이 창백해졌으며, 두 손은 감각을 잃었다. 과거의 비참했던 마음 상태가 몇 배나 강하게 재현되었다. 마음속에서는 마치 목을 죄는 것 같았고, 도저히 참을 수 없는 흉악스러운 광경을 똑바로 쳐다보아야 하는 감정에 휩싸였다. 그러나 이번에는 구원의 손길과도 같은 울부짖음조차 그 비참한 상태를 극복하는 데 도움을 주지 않았다. 오, 성모마리아여, 이 일이 어찌된 일이옵니까? 무슨 일이 일어났나요? 내가 죽음을 당했나요? 내가 죽인 걸까요? 어떤 무서운 말이라도 했나요?

그는 가쁘게 숨을 내쉬었다. 자신 안에 깊이 숨어들어가 있는 어떤 치명적인 상태에서 자신을 구출하지 않으면 안 된다는 감정으로 가득 찼다. 그는 마치 독약을 마신 사람처럼 가슴이 찢어질 것 같았다. 수영하는 사람의 동작을 하며 그는 방에서 뛰쳐나가 무의식중에 수도원에서 가장 조용하고 사람의 그림자 하나 보이지 않는 곳으로 달려갔다. 복도를 빠져나가 계단을 지나, 지붕이 없고 하늘이 보이는 곳으로 갔다. 그는 수도원의 가장 구석진 피난처, 즉 안마당을 둘러싸는 회랑으로 들어갔다. 몇 개의 파란색 화단 위에 햇빛이 밝게 비치는 하늘이 있었다. 돌로 만든 지하실 안처럼 차가운 공기를 뚫고, 감미롭고 하늘거리는 실처럼 장미꽃 향내가 풍겨왔다.

이때 나르치스는 아무 예고도 없이, 벌써 오래 전부터 하려고 애태우던 것을 감행했다. 그의 친구에게 달라붙은 마귀의 이름을 불러내서 때려눕혔다. 자기가 했던 어떤 말이 골드문트의 마음속 비밀을 훑트려서 미칠듯한 고통을 불러일으켰다. 나르치스는 오랫동안 수도원 안을 헤매고 다니면서 친구를 찾았으나 어느 곳에서도 발견할 수 없었다.

골드문트는 회랑의 아담한 안마당으로 통하는 둥글고 묵직한 아치 밑에 서 있었다. 아치 기둥에서 동물 세 마리가 각각 그를 뚫어지게 노려보고 있었다. 돌로 만들었는데 개인지 늑대인지 분간할 수 없었다. 심한 통증이 그의 마음속을 흉악스럽게 파헤치고 있었다. 빛이나 이성에 이르는 길이 끝내 나타나지 않은 채, 죽고 싶은 괴로움이 그의 목구멍과 가슴을 죄어 붙이고 있었다. 반사적으로 위를 쳐다보니 머리 위에 세 마리 동물 머리가 붙은 기둥 하나가 보였다. 그러자 그의 오장육부 한 가운데서 광포한 머리 세 개가 자리를 잡고 앉아 노려보면서 막 짖어 대려는 듯했다.

'이제 나는 죽고 만다'는 생각이 들어 오싹해졌다. 그는 바로 다음 순간에는 불안에 떨면서 이렇게 느꼈다. '방금 나는 미쳐 버렸다. 동물의 아가리에 먹히고 말았다.'

벌벌 떨며 그는 기둥부리에 주저앉고 말았다. 고통은 너무나 커서 극한에 이르고 있었다. 실신 상태에 휩싸여 그는 가물거리는 머리를 안고, 못내 그리워하던 무의 세계로 사라졌다.

다니엘 수도원장한테는 그다지 고맙지 않은 하루였다. 오늘 나이깨나 든 수사 두 명이 아무것도 아닌 해묵은 질투 때문에 싸움을 일으켜서 수도원장에게 왔다. 거기까지 와서도 흥분을 가라앉히지 못한 채 서로 욕하며 울분을 터뜨렸다. 수도원장은 한참 동안 두 사람의 변명을 듣고는 둘을 나무랐으나 아무 소용이 없었다. 할 수 없이 서로에게 상당히 엄한 벌을 내린 다음에 엄숙히 물러가라 했다. 그렇지만 한편으론 소용없는 짓을 했다 싶은 생각이 남아 있었다. 수도원장은 맥이 풀려서 아래채 성당 예배실에 들어가서 기도를 드렸으나, 마음은 여전히 개운

하지 못한 상태에서 다시 일어섰다. 그리고 까물거리듯 풍겨오는 장미꽃 향기에 이끌려 잠시 향기를 들이마시고는 회랑으로 들어갔다. 그러자 거기서 실신한 채 쓰러져 있는 학생 골드문트를 발견했다. 평소에는 그토록 아름답고 젊음에 넘쳤던 얼굴이 창백하게 변해서 까무러친 데 놀라 수도원장은 슬픈 얼굴을 하고 그를 바라보았다. 좋은 날도 아닌 오늘 이런 일이 또 일어나는구나! 수도원장은 소년을 안아 일으키려고 하였으나 무거워서 손을 댈 수 없었다. 이 노인은 깊이 한숨을 쉬면서 좀 더 젊은 수사 둘을 불러 소년을 옮기려고 그 자리를 떠났다. 의술에 약간의 지식을 가진 안젤름 신부를 그곳에 보냈다. 나르치스는 곧 수도원장에게로 왔다.

"자네는 벌써 알고 있는가?" 수도원장은 그에게 물었다.

"골드문트 말씀입니까? 네, 원장 선생님. 지금 막 병인지 다쳤는지 아무튼 업혀 왔다는 소리를 들었습니다."

"그렇다네, 그가 회랑에 쓰러져 있는 걸 내가 발견했다네. 그런 데서 아무것도 찾을 것이 없을 텐데. 다치지는 않았어. 기절했어. 좋지 않은 일이야. 이 일에는 자네도 틀림없이 관련이 있을 것 같은데. 아니면 뭔가 알고 있을 거라고 짐작되네 마는. 그는 자네와 절친한 학생이니까 말일세. 그래서 자네를 부른 걸세. 말해 보게나."

나르치스는 여느 때와 마찬가지로 스스로를 절제하는 태도와 말투로 골드문트와 오늘 대화에 대해서, 또 그것이 골드문트에게 뜻밖에도 얼마나 심한 영향을 주었는지에 대해서 간단히 들려주었다. 수도원장은 무척 화가 나서 고개를 흔들었다.

"그것은 이상한 대화일세." 수도원장은 말을 하고 억지로 진정하려고 애썼다. "자네 설명을 들어 보면, 그것은 다른 사람의 영혼에 대한 간섭이라고도 말할 수 있을 정도네. 하지만 자네는 골드문트의 영혼 구제자가 아니네. 더구나 자네는 영혼 구제자의 자격이 없는 자이네. 아직 성직을 받지 않았단 말일세. 영혼 구제를 맡아 보는 성직자만이 맡을 수 있는 임무인데도 어떻게 조언자로 학생과 이야기할 수 있었는가? 결과는 보다시피 좋지 않았다는 사실이네."

"원장 선생님" 나르치스는 부드러운 말씨로 그러나 명확하게 말했다. "결과는 아직 모릅니다. 심한 충격을 일으켰다는 점에 저도 무척 놀랐습니다만, 우리 대화의 결과가 골드문트를 위해서 좋은 결과가 되리라 믿습니다."

"결과는 곧 알게 되겠지. 지금 나는 결과에 대해서가 아니라 자네의 행동에 대해서 이야기하는 중일세. 무슨 연유로 자네는 골드문트와 그런 대화를 하게 되었는가?"

"알고 계시겠지만 그는 제 친구입니다. 그에게 특별히 마음을 두고 있습니다. 그를 특히 잘 이해하고 있는 줄 믿습니다. 선생님께서는 그에 대한 제 태도를 영혼 구제자라 하십니다. 저는 성직자의 권위를 침범해 본 적은 한 번도 없습니다. 단지 그가 자기 자신을 알고 있는 것보다 어느 정도 제가 더 잘 그를 알고 있다고 믿었습니다."

수도원장은 어깨를 으쓱했다.

"그것이 자네의 특수한 재능이라고 나도 알고 있네만 자네가 한 행동이 나쁜 결과를 일으키지 않으면 좋겠네. 대관절 골드문트는 병을 앓고 있는가? 어디 나쁜 데라도 있는가? 몸이 허약한가? 잠을 잘 이루지 못하는가? 아무것도 먹지 않는가? 어디 아픈 데라도 있는가?"

"아닙니다. 오늘까지 건강한 몸이었습니다. 몸에는 아무 이상이 없습니다."

"다른 데는?"

"영혼은 확실히 병들었습니다. 아시다시피 그는 정욕과의 싸움을 시작하는 나이입니다."

"내가 알기로는 열일곱인 것 같은데?"

"열여덟입니다."

"열여덟. 그렇구면, 그 나이가 넉넉히 되었을 테지. 그러나 그 싸움은 누구나 거치지 않으면 안 되는 자연스러운 것이야. 그러니 그의 영혼이 병들었다고는 말할 수 없네."

"아닙니다, 선생님. 그것만이 아닙니다. 골드문트는 벌써 오랫동안 영혼에 병이 들어 있었습니다. 그러니 이 싸움은 그에게는 다른 사람보다 더 위험합니다. 제가 알기로 그는 과거의 일부를 망각한 데 대해 괴로워하고 있습니다."

"그래? 어떤 부분이란 말인가?"

"그의 어머니 일입니다. 어머니한테 관계된 모든 것입니다. 그것에 대해서는 저도 아무것도 모릅니다. 병의 원인이 틀림없이 거기에 있다는 것을 알 뿐입니다. 이유를 말씀 드리자면 골드문트 자신은 어머니를 일찍 잃었다는 것 외에 어머니에 대해서 아는 것은 하나도 없기 때문입니다. 그는 어머니를 부끄러워하는 듯한 인상을 주고 있습니다. 더욱이 그의 재능 대부분을 어머니한테서 받았음에 틀림없습니다. 아버지에 대한 이야기를 들어 보면, 아버지는 저런 아름답고 재간 덩어리인 독특한 아들을 둔 사람이라고는 보이지 않기 때문입니다. 하긴 저는 이런 일체의 것을 들어서 아는 것이 아니라 여러 표정을 보고 추론한 데 불과합니다."

수도원장은 이 이야기를 듣고 처음에는 나르치스가 골드문트에 대해 우월하다고 생각하는 듯 여겨져서 마음속으로 비웃었다. 수도원장은 이 사건 자체를 좀 귀찮게 느꼈으나 차츰 생각에 잠기기 시작했다. 그는 약간 허풍이 심하고 신뢰감이 가지 않는 골드문트 아버지를 생각해 보았다. 이것저것 생각하다가 그때 아버지가 골드문트 어머니에 대해서 수도원장에게 해 준 이야기가 갑자기 떠올랐다. 어머니는 아버지에게 치욕을 줄 만한 행동을 한 뒤 아버지한테서 도망쳤다는 이야기였다. 아버지는 어린 아들 마음속에서 어머니에 대한 기억과 어머니한테서 이어받았을지도 모르는 악덕을 짓밟아 없애려고 갖은 애를 썼다. 그런 노력은 어느 정도 성공한 듯해서, 소년은 어머니가 저지른 과오를 보상하기 위해서 한평생을 하느님께 바칠 작정이라고 했다.

수도원장은 오늘만큼 나르치스에게 혐오감을 느낀 적이 없었다. 그렇지만 이 생각 깊은 사람은 얼마나 훌륭하게 추측을 내렸는가! 사실 얼마나 훌륭하게 골드문트를 알고 있단 말인가!

마지막으로 오늘 일어난 일에 대해서 재차 질문을 받자 나르치스는 말했다. "오늘 골드문트가 빠져들어 간 격정은 제가 의도한 바는 아니었습니다. 제가 그의 생각을 더듬게 한 것은 그가 자기 자신을 인식하지 못하고 있으며, 자신의 유년 시대와 자기 어머니를 망각하고 있다는 사실을 깨닫게 하려는 의도였습니다. 제 말 가운데서 어느 하나가 그의 마음에 충격을 주었고, 제가 벌써 오랫동안 싸움의 목표로 하고 있던 암흑 속을 밀고 들어간 데 불과합니다. 그는 마치 방심한 사람처럼 되어 자기 자신에 대해서는 인식하지 못하는 사람처럼 저를 쳐다보았습니다. 저는 그에게 자주, '너는 잠을 자고 있다. 정말로 깨어 있지 않다'라고 말했습니다. 지금 그는 깨어났습니다. 저는 그것을 의심치 않습니다."

그는 훈계를 받지 않고 물러났으나 당분간 골드문트를 찾아가는 행위는 허용되지 않았다.

그 사이에 안젤름 신부는 기절한 소년을 침대에 눕히고 옆에 앉았다. 무리한 수단을 써서 의식을 돌이키는 방법은 좋지 않았다. 소년의 병세는 너무나 나빴다. 주름살뿐인 노인은 인정이 가득 담긴 얼굴로 소년을 바라보았다. 우선 맥을 짚어 보고 심장에 귀를 갖다 대었다. 확실히 이 소년은 무슨 어처구니없는 것을, 찬 음식을 먹었거나 아니면 다른 무슨 못 먹는 풀을 먹었다고 생각했다. 그런 줄은 알았으나 헛바닥을 볼 수는 없었다. 안젤름 신부는 골드문트를 좋아했으나 그의 친구인 너무나 조숙한 젊은 교사는 좋아하지 않았다. 결국 큰일을 저지르고야 말았다. 나르치스는 이 바보 같은 사건의 공범이 확실했다. 이토록 귀엽고 시원한 눈매를 한 소년이, 이토록 귀여운 자연의 아들이, 하필이면 저 거만한 학자, 이 세상의 어떤 생명체보다 그리스어를 소중히 여기는 저 심술꾸러기 같은 문법 학자를 무엇 때문에 상대할 필요가 있었을까!

오랜 시간이 지난 뒤 문이 열리며 수도원장이 들어왔을 때도 안젤름 신부는 여전히 자리를 지킨 채 기절한 소년의 얼굴을 가만히 바라보고 있었다. 얼마나 귀엽고 앳되고 사심 없는 얼굴인가! 이렇게 옆에 앉아서 도와주어야 하는데도 아마 도와줄 수 없으리라. 확실한 원인은 복통이리라. 따뜻하게 데운 향료가 든 포도주를 주고 아마 대황을 달여 먹여야 하리라. 그러나 연한 초록빛으로 창백해지고 잔뜩 찌푸린 얼굴을 오래도록 쳐다보고 있을수록 그의 의심은 한층 더 염려스러운 방향으로 기울었다. 안젤름 신부도 경험이 있었다. 그의 기나긴 일생 동안 몇 번이나 악마에 홀린 인간을 본 일이 있었다. 그는 그 의심을 입에 담아 말하기를 주저했다. 좀 더 마음을 잡고 관찰하리라, 하지만 가엾은 이 소년이 정말 마술에 걸렸다면 범인은 멀리 있지 않으리라, 그냥 두지는 않으리라, 하고 그는 씁쓸하게 생각 하고 있었다.

수도원장은 한 걸음 다가서서 환자를 가만히 들여다보고 있었다. 가만히 인자롭게 한쪽 눈꺼풀이 위로 치켜졌다.

"깨워도 괜찮은가?" 그는 물었다.

"좀 기다려 보는 게 좋을 듯합니다. 심장은 염려 없습니다. 아무도 가까이해서는 안 됩니다."

"위험하지는 않겠지?"

"그렇게는 생각하지 않습니다. 아무 데도 상처가 없고, 맞았거나 어디서 떨어진 흔적도 보이지 않습니다. 기절했습니다. 아마 복통일 겁니다. 괴로움이 너무 심해서 의식을 잃은 겁니다. 중독을 일으켰다면 열이 날 것입니다. 결국 다시 눈을 뜰 것입니다. 생명에는 별 지장이 없습니다."

"마음에 받은 상처에서 오지 않았나 모르겠네."

"그것을 부정하려는 것은 아닙니다만 아무것도 아는 바가 없습니까? 아마 심한 공포감을 가졌거나, 죽음 통지를 받았거나, 심한 싸움을 했거나, 모욕을 받았거나 하지 않았을까요? 만일 그런 일이 있었다면 모든 일이 해결 될 텐데요."

"몰라. 아무도 가까이하지 못하게 조심하게. 눈뜰 때까지 곁에 있어 주어요. 좀 더 위험해질 일이 있을 때는 밤중이라도 상관없으니 나를 부르게나." 나가기 전에 연로한 수도원장은 한 번 더 환자 위에 허리를 굽혔다. 수도원장은 이 소년의 아버지라든지, 이 예쁘장하고 밝은 금발의 소년을 수도원에 데리고 온 그날이라든지, 모두 얼마나 그를 대번에 좋아하게 되었는지 등, 여러 가지 생각을 더듬어 보았다. 수도원장도 이 소년을 보는 일이 즐거웠다. 그러나 나르치스가 말한 이야기는 사실 옳았다. 이 소년의 어떤 면에서도 아버지를 머릿속에 그리게 할 수 없었다. 아, 근심 걱정이 없는 곳은 어디에 있는가! 우리 행위는 얼마나 무력한가! 이 가엾은 소년에 대하여 조금이라도 소홀히 한 점이 내게는 없었단 말인가! 그에게는 마음에 드는 고해 신부가 있었을까? 수도원 안에서 아무도 이 학생에 대하여 나르치스만큼 사정을 알지 못했으나 그래도 좋았단 말인가? 아직 수습 수사의 처지에 있는 사람이, 수사도 아니고 또한 성직도 얻지 못한 사람이, 그를 도울 수가 있었다는 말일까? 사물을 보고 생각하는 데도 불쾌한 우월감, 아니 적개심마저 품고 있는 사나이가, 하지만 그 나르치스도 상당히 오래 전부터 잘못된 대접을 받고 있었는지 아닌지 누가 보증할 수 있단 말인가? 나르치스가 복종이란 가면의 배후에서 악의를 숨기고 있었는지 아닌지, 잘못 생각한 것이겠지만 혹 이교도가 아니었는지 누가 알겠는가? 이 젊은 두 사람이 장차 어떠한 사람이 되든지 거기에 대해서는 수도원장 자신에게도 책임이 있었다.

골드문트가 제정신을 차렸을 때는 날이 퍽 어두워져 있었다. 머리는 텅 비고

어질어질했다. 침대에 누워 있다고 느꼈지만 어디에 있는지는 알 수 없었다. 하지만 그런 것은 아무래도 괜찮았다. 그러나 대체 어디에 다녀온 것일까? 온갖 것을 보고 부딪쳤던 그 낯선 나라는 어디였을까? 어딘지 매우 먼 곳에 있었다. 잊어서는 안 될 이상하고 엄청난 흉악한 광경을 보았지만 곧 잊혀졌다. 어디였을까? 거기서 그의 앞에 그토록 어마어마하게 안타깝도록 즐겁게 솟아났다가는 다시 사라진 것은 무엇이었을까?

오늘 무언가에 찢겨서 무슨 일이 일어났던 곳을 향하여 그는 깊이 귀를 기울였다. 그것은 무엇이었나? 그저 혼돈된 온갖 형태가 아무렇게나 떠올랐다. 개의 머리가 세 개 보였다. 장미꽃 향내가 났다. 아, 얼마나 괴로웠던가! 그는 눈을 감았다. 아, 얼마나 흉악스런 괴로움이었던가! 그는 다시 잠이 들었다.

그는 다시 눈을 떴다. 그는 얼핏 미끄러지며 떠나가는 꿈나라의 소멸 순간에 그것을 보았다. 그 모습을 재차 발견하고 하염없는 환희에 젖기라도 한 듯 전신을 떨었다. 그는 보았다. 볼 수 밖에 없었다. 한 여인을 보았다. 큰 키의 눈부신 여인을, 꽃이 만발한 듯한 입술과 빛나는 듯한 머리칼을 가진 여인을 보았다. 그는 자신의 어머니를 보았다. 동시에 '너는 네 유년 시절을 망각해버렸구나.' 하는 소리를 분명히 들은 것 같았다. 그러나 그것은 누구의 소리였나? 그는 귀를 기울여 생각하다 마침내 깨달았다. 나르치스였다. 나르치스? 일순간 모든 기억이 되살아났다. 이제 알았다. 아, 어머니, 어머니! 쓰레기의 산, 망각의 바다는 사라졌다. 왕자 같은 검푸른 눈을 가진 잃어버린 사람, 말 할 수 없이 그리운 사람이 다시 그를 노려보고 있었다.

침대 곁, 안락의자에 기대어 졸고 있던 안젤름 신부는 눈을 떴다. 소년이 움직이며 숨 쉬는 소리가 들렸다. 그는 조심스레 일어섰다.

"누구신지요?" 골드문트가 물었다.

"나야, 걱정하지 마. 불을 켜자."

그는 걸어 놓은 등잔에 불을 켰다. 주름살뿐인 친절한 얼굴 위에 빛이 떨어졌다.

"제가 아파서 누웠습니까?" 소년이 물었다.

"기절하고 있었단다, 골드문트. 손을 내밀어 봐. 맥을 좀 짚어 보자꾸나. 기분은 어때?"

"좋습니다. 안젤름 신부님, 감사합니다. 이 친절을 어떻게 갚아야 하나요? 이젠 아무 데도 아프지 않습니다. 조금 피곤할 뿐입니다."

"물론 너는 피곤할 테지. 이내 잠이 들 테니 그 전에 미리 따뜻한 포도주를 한 잔 마시려무나. 여기 준비한 게 있어. 같이 한 잔 마시자꾸나. 자, 우정의 표시로 말이야."

그는 조심스레 따뜻한 향료가 든 포도주를 준비해 놓고 그릇에다 데운 물을 부었다.

"우리 둘은 한숨 실컷 잤단 말이야."

의사 신부는 껄껄 웃었다. "나를 잠에나 흠뻑 빠져서 정신을 차릴 수 없는 인간이라고, 큰일 날 간호인이라고 생각할지 모르지만, 우리는 같은 인간이란 말이야, 안 그래? 자, 이 마법의 음료수를 좀 마시자꾸나. 이봐, 밤중에 몰래 조금씩 마시는 것만큼 기분 좋은 일은 없단 말이야. 자, 그럼 건강을 비네!"

골드문트는 미소 지으며 서로 컵을 부딪치고 맛을 보았다. 따뜻한 포도주는 계피와 정향나무 향료가 들어있고 사탕으로 달콤하게 해놓았다. 이런 포도주는 아직 한 번도 맛본 일이 없었다. 지난번 그가 앓아누워 있었을 때는 나르치스가 그를 돌봐 주었다. 그때 일이 머리에 떠올랐다. 이번에는 안젤름 신부가 친절하게 대해 주었다. 희미한 등잔불 밑에 누워서 한밤중에 늙은 신부와 함께 달콤하고 따뜻한 포도주를 한 잔 마시는 기분은 최고였으며, 매우 유쾌했다. 무어라 말할 수 없는 기분이었다.

"너, 배가 아프냐?" 노신부가 물었다.

"아니에요."

"그래? 틀림없이 복통일 거라고 나는 생각했지 뭐냐. 그럼 아무것도 아니군 그래. 혓바닥을 보여 봐. 아니 좋아, 안젤름 신부가 또 잘못 보았구나. 와서 봐 줄 테니 내일도 가만히 누워 있어야 한다. 포도주는 벌써 다 마셨지? 그래야지, 틀림없이 효과가 있을 거다. 한 번 보자, 얼마큼 남았나? 사이좋게 나누면 서로 반잔씩은 더 마실 수 있겠구나, 골드문트! 넌 정말 우릴 놀려 주었어! 어린아이 송장처럼 회랑에 쓰러져 있었으니 말이야. 정말 배는 아프지 않아?"

두 사람은 킬킬대고 웃으며 환자용 포도주의 나머지를 사이좋게 나누었다. 신부는 농담을 늘어놓았고 골드문트는 다시 맑아진 눈매로 감사한 마음과 즐거운 마음으로 신부를 바라보았다. 그런 다음 노인은 잠자리에 들기 위해 그 자리를 떴다.

골드문트는 잠시 동안 좀 더 눈을 뜨고 있었다. 여러 모습들이 마음속에서 다시 서서히 걸어 나왔다. 친구의 말이 다시금 떠올랐으며, 영혼 속에서 금발로 반짝거리는 여인이, 어머니가 나타났다. 그 모습은 마치 미풍과도 같이, 생기와 따스함과 사랑을 머금은 구름처럼 그의 마음 속을 스쳐 지나갔다. 아, 어머니! 아, 내가 어찌 어머니를 잊을 수 있단 말입니까!

제 5 장

골드문트는 어머니에 대해 지금까지 몇 가지 알고 있기는 하였으나, 다른 사람의 이야기를 통해 들은 데 불과했다. 어머니 모습을 하나도 간직할 수 없었다. 어머니에 대해 알고 있는 몇 개조차도 나르치스에게는 말하지 않고 있었다. 그에게 어머니는 아무에게나 이야기할 수 없는 존재였으며, 수치스런 존재였다. 어머니는 원래 무희였다. 어머니는 품위는 있었으나 지탄의 대상인 이교를 믿는 집안 출신이었으며, 아름답고 야성적인 여인이었다. 골드문트의 아버지는 그 여인을 빈곤과 굴욕으로부터 구출해냈다고 늘 이야기했다. 그 여인이 이교도인지 아닌지 몰랐기 때문에 아버지는 어머니에게 세례를 받게 하고 종교를 가르쳤다. 결혼을 하고 존경을 받을 만한 여인으로 만들어 놓았다. 어머니는 몇 년 동안 얌전하게 질서 있는 생활을 보냈으나 지난날의 생활 습관이 다시 되살아나서 남자들을 유혹했다. 몇 날 몇 주씩 집을 비우기도 했고, 마녀라는 소문에 휩싸이기도 했으며, 몇 번이나 남편한테 붙들려 돌아왔다가 끝내 영영 모습을 감추고 말았다. 어머니에 관한 소문은 그 후에도 잠시도 그칠 줄 몰랐다. 험악한 비난이 혜성 꼬리와도 같이 하늘하늘하다가는 꺼져 버리고 말았다. 그 여인의 남편은 수년이 지난 다음에야 불안과 공포와 굴욕과 놀라움에서 벗어나 차츰 안정을 찾아 갔다. 얌전하지 못한 아내를 대신해서 버리고 간 아들을 교육시켰다. 아들은 외모나 성격이 어머니를 빼 닮았다. 아버지는 비탄에 젖어 몸은 초췌해졌지만 마음은 경건함을 잃지 않았다. 어머니의 죄악을 보상하기 위해 일생을 하느님한테 바치지 않으면 안 된다는 신앙심을 골드문트 마음속에 심어 주었다.

골드문트의 아버지는 말하기를 좋아하진 않았지만 행방을 감춘 아내에 대해서 이야기한 내용은 대략 이러했다. 그 이야기는 골드문트를 떠맡길 때, 수도원장한테도 암시를 주었다. 그리고 이 무서운 전설 같은 이야기가 아들이 어머니에 대하여 알고 있는 전부였다. 그렇지만 그는 그런 이야기를 의식하지 않고 잊어버리도록 교육을 받았다. 그런데 그는 진짜 어머니 모습을 완전히 망각해 버린 상태였다. 아버지나 하인들 입에 오르내리는 이야기들, 혹은 음험하고 악의에 찬 소문과는 전혀 다른 모습이었다. 말하자면 자기 어머니, 실제 어머니, 체험한 어머니에 관한 추억을 그는 완전히 잊고 있었다. 그런데 아주 어린 시절 별처럼 빛나던 진짜 그 모습이 지금 다시 떠올랐다.

"어찌 그 분을 잊을 수 있었는지 알 수 없습니다." 골드문트가 친구에게 한 말이었다. "태어나서부터 나는 어머니만큼 사랑한 사람은 없습니다. 그토록 무조건 열렬히 사랑한 사람은 없습니다. 누구도 그만큼 존경하고 흠모한 사람은 없습니다. 어머니는 나에게 태양이며 달이었습니다. 내 영혼 속에 빛나는 이 모습을 어떻게 그토록 어둡게 만들고, 형편없이 나쁜 어머니로 만들어 버렸는지, 아버지나 나나 어머니를 몇 해 전부터 어떻게 그러한 어머니로 만들 수 있었는지, 알 수 없습니다."

그 후 얼마 지나지 않아 나르치스는 수습 수사의 기간을 끝마치고 법의를 입게 되었다. 골드문트에 대한 그의 태도는 두드러지게 달라졌다. 골드문트는 전에 나르치스의 주의나 경고를 가끔 귀찮은 지식이나 행동의 우월감이라고 생각해서 거부하였으나, 그때 충격적 체험을 한 이래로 친구의 예지에 대해 마음 가득히 흠모하고 있었다. 친구의 말 가운데서 얼마나 많은 말이 예언처럼 실현되었던가! 이 통찰력 있는 인간은 골드문트가 생활하는 비밀이나 보이지 않는 상처를 얼마나 정확하게 추측했던가! 얼마나 지혜롭게 그의 병을 고쳐 주었던가!

사실 소년은 완쾌한 것처럼 보였다. 그때 실신해서 쓰러졌던 사건은 나쁜 결과를 남기지 않았을 뿐만 아니라 다소 유희적이며 건방지고 또한 불순한 골드문트의 태도를 바로잡는 계기가 되었다. 게다가 어느 정도 조숙해 보이는 수사다운 태도나 아주 특별한 예배 의무를 짊어지고 있다는 신념도 마치 눈 녹듯 사라졌다. 소년은 자기 자신의 길을 발견하고 나서부터 한층 성숙해진 동시에 점잖아진 것처럼 보였다. 이런 모든 변화가 나르치스 덕분이었다.

그러나 나르치스는 며칠 전부터 그의 친구에게 매우 신중한 태도를 보이기 시작했다. 골드문트는 그를 매우 흠모하고 있는데도 나르치스는 대단히 겸손하게, 이제는 사람을 완전히 얕잡아보거나 가르치는 듯한 눈초리로 바라보지 않았다. 나르치스는 골드문트가 자신과 아무 관계도 없는 힘을, 보이지 않는 원천에서 가져다주는 것을 보았다. 그는 그 힘의 성장을 촉진할 수 있었으나 거기에 관여할 수 없었다. 친구가 자기 지도에서 벗어나는 모습을 그는 기뻐서 바라보는 동시에 때로는 슬퍼하기도 했다. 나르치스는 자신을 골드문트가 밟고 넘어간 계단이며, 완전히 벗겨진 허물이라고 느꼈다. 그에게 그토록 깊었던 우정에도 종말이 가까워 오는 것 같았다. 아직도 그는 골드문트가 자기 자신을 알고 있는 이상으로 골드문트에 대해 알고 있었다. 골드문트는 자신의 영혼을 재발견하고 영혼의 부름에 따라 갈 준비는 되어 있었지만 어디로 이끌려 갈지는 아직 예상을 못하고 있었기 때문이다. 나르치스는 그것을 예상하고 있었으나 힘이 없었다. 사랑하는 친구의 길은 나르치스 자신이 결코 밟고 들어가지 않을 나라로 통하고 있었다.

학문에 대한 골드문트의 욕망은 아주 보잘것없이 되었다. 친구들과 대화를 할 때 논쟁을 하는 버릇도 없어졌다. 옛날에 그들과 나누던 갖가지 대화를 생각할 때마다 그는 부끄러워졌다. 한편 나르치스의 마음속은 최근 수습 수사 기간을 마친 탓인지, 아니면 골드문트와의 체험 탓인지, 칩거해서 금욕적이고 종교적인 수련을 하고 싶은 욕구에 눈을 떴으며, 단식이나 장시간 기도나 빈번한 참회나 자발적인 고행을 하는 버릇이 생겼다. 이런 경향을 골드문트도 잘 알고 있었거니와 함께 할 때도 있었다. 기력을 회복하고부터 그의 본능은 아주 예민해졌다. 자신의 장래 목표에 대해서는 아직 손톱만큼도 알지 못했으나, 그래도 그는 이제 자신이 운명의 토대를 닦은 터라, 말하자면 금욕 생활을 이겨내고 그의 온 몸을 긴장 상태로 만들어 모든 준비를 갖추고 있다는 것을 분명하게 느꼈다. 그런 예감은 달콤하게 연애하는 감정과도 같아서 가끔 마음을 들뜨게 하여 밤늦게까지 잠들지 못했다. 또 가끔 우울한 기분이 되어 가슴을 짓누르기도 했다. 어머니가, 오래오래 잊고 있던 어머니가 다시 그를 찾아온 것이었다. 어머니와 함께 있는 동안 그는 오붓한 행복을 느꼈다. 그러나 어머니가 유혹하는 목소리는 어디로 통하고 있었을까? 확실치 못한 것 속으로, 덫 속으로, 괴로움 속으로, 아마 죽음 속으로 통하고 있었다. 고요함과 부드러움과 안전함과 기도실과 평생 수도원 생활로는 통하고 있지 않았다. 어머니가 목 놓아 부르는 소리는 그가 그토록 오랫동안 자신의 본래 소망이라고 잘못 생각하고 있던 아버지의 명령과 공통점이라고는 하나도 없었다. 격렬한 육체적 감동과도 같이 타는 듯한 뜨거움에 감전되어 골드문트의 신앙심은 굳건해졌다. 성모 마리아에게 오랜 시간 기도를 되풀이하는 가운데서 자신을 낳아 준 어머니에게 자신을 끌어당겨 주는 감정의 물결을 넘쳐흐르게 했다. 그러나 그의 기도는 가끔 기묘하고 장엄한 꿈속에서 끝나 버렸다. 그는 그것을 지금 실컷 맛보는 중이었다. 그것은 지그시 눈을 감은 오관의 헛된 꿈이며, 온갖 감각이 달라붙어 있는 어머니의 꿈이었다. 그 속에서는 어머니의 세계가 향기를 날리며 그를 휘어 감고, 수수께끼 같은 사랑의 눈매로 가만히 쳐다보며, 천국의 바다처럼 웅성거리며, 무의미하다기보다는 오히려 의미가 넘쳐흐르는 정다운 목소리로 속삭이듯 머뭇거리며, 감미롭고 씁쓸한 맛을 느끼게 하고, 갈증에 허덕이는 입술과 눈매를 비단실 같은 머리칼로 어루만졌다. 어머니에게는 여전히 아름다움이 남아 있었고, 달콤하고 푸른 사랑의 눈매가 있을 뿐만 아니라, 또 행복을 약속하는 부드러운 미소, 애정이 넘치는 위안이 있었다. 어머니에게는 어딘지 우아한 장막 밑에 모든 흉악하고 어두운 것과 일체의 욕정과 불안, 일체의 죄악과 비참함, 일체의 탄생과 죽음의 필연이 감추어져 있었다.

소년은 영혼을 눈뜨게 해준 감각으로 겹겹이 감겨진 꿈속으로 깊이 빠져 들어갔다. 그 속에는 눈부신 황금빛 생명의 아침인 유년 시대나 어머니의 사랑과 같은 그리운 과거가 매혹적으로 되살아났다. 그뿐만 아니라 그 속에서는 협박과 약속, 유혹, 위험, 이런 것이 있는 미래도 또한 떠돌고 있었다. 이 꿈속에서 어머니와 마돈나와 애인이 하나였으나 그것은 후에 때때로 끔찍스런 범죄와 하느님에 대한 모독과도 같이, 또 결코 용서받지 못할 죽을 죄와도 같이 생각되었다. 어떤 때 그는 그 속에서 일체의 구원이나 조화를 발견하기도 했다. 신비에 가득 찬 생명이 그를 응시하고 있었다. 어둡고 측량할 수 없는 세계가 동화적인 위험에 가득 차 있었고, 가시덤불로 뒤덮힌 숲이 가만히 그를 쳐다보고 있었다. 그러나 그것은 어머니의 신비였다. 어머니에게서 오고 어머니한테로 통하고 있었다. 어머니의 밝은 눈 속에 있는 조그만 흑점은 작지만 무시무시한 나락이었다.

잊고 있던 유년 시대가 어머니와 함께 꿈속에 자꾸 나타났다. 끝 모르는 깊이와 망각 속에서 수많은 추억의 꽃으로 피어나 황금빛 무늬를 그리며 가득한 예감을 실은 향기를 풍겼다. 그 꿈은 유년 시절에 느꼈던 감정과 체험에 대한 추억이었다. 그는 물고기 꿈을 꿀 때가 많았다. 물고기는 까맣게, 또는 하얗게 그를 향하여 헤엄쳐왔다. 차갑고 그리고 미끌미끌하게 그의 안으로 헤엄쳐 와서는 순식간에 지나쳐 갔다. 아름다운 현실에서 행운의 소식을 가져 오는 귀여운 심부름꾼처럼 왔다 갔다 꼬리를 치며 그림자처럼 사라져 소식 대신 새로운 비밀을 가져 왔다. 그는 종종 헤엄치는 물고기나 날아가는 새를 꿈꾸었다. 물고기와 새는 자신이 만든 창작물이었다. 자신의 숨결처럼 자신이 마음 내키는 대로 조종하는 대로였다. 자기 눈초리나 생각처럼 그에게서 발산되었다가 그의 안으로 돌아왔다. 그는 가끔 정원 꿈을 꾸었다. 동화와 같은 나무들과 엄청나게 큰 꽃들과 깊고 검푸른 동굴이 있는 기묘한 뜰을 꿈꾸었다. 풀들 사이에서 이름조차 모르는 동굴에 달린 전등불 같은 눈초리가 노려보고 있었다. 가지마다 미끌미끌하고 억센 뱀이 기어 다니고 있었다. 덩굴이나 덤불에는 커다란 딸기가 이슬을 머금어 햇빛에 반짝이며 달려 있었다. 딸기를 꺾어 들자 이내 손바닥에서 부풀어 올라 피같이 따뜻한 즙을 쏟았다. 혹은 눈을 지니고 있어 그 눈이 애타는 듯 빈틈없이 움직였다.

그는 더듬거리며 한 그루 나무에 기대서 가지를 하나 휘어잡았다. 그러자 줄기와 가지 사이에서 두툼하고 곱슬곱슬한 털이 달라붙어 있는 것이 보이기도 했고 느껴지기도 했다. 어느 날 그는 자기 자신이거나 아니면 같은 이름을 가진 성자 꿈을 꾸었다. 골드문트, 즉 크리소토무스(둘 다 '황금의 입'이라는 뜻) 꿈을 꾸었다. 그 성자는 '황금의 입'이 달려 있었다. 그 황금의 입으로 이야기를 했다. 그의 말은 작은 새 떼가 되어 날개를 파닥거리며 거기서 날아갔다.

어떤 때는 또 이런 꿈도 꾸었다. 그는 자라서 어른이 되어 있었으나 어린아이처럼 땅바닥에 주저앉아 점토를 앞에다 쌓아 놓았다. 어린애처럼 그것으로 작은 말이나 황소, 작은 남자나 작은 여인 같은 여러 가지 형상을 빚고 있었다. 그는 무언가 빚는 일이 재미있었다. 동물이나 남자들은 성기를 우스꽝스럽고 크게 만들었다. 꿈속에서 그것이 매우 익살맞게 보였다. 마지막에는 그 장난도 싫증이 나서 앞으로 나갔다. 그러자 자기 뒤쪽에서 무슨 살아있는 큼직한 것이 소리도 내지 않고 가까이 다가오는 기척을 느끼고 뒤돌아 보았다. 거기에서 작은 점토 인형이 살아나 커진 것을 보고 극심한 놀라움과 공포감을 느꼈다. 그렇지만 그 공포에는 기쁨도 있었다. 온갖 형태를 한 거인이 아무 말 없이 압박하듯 당당하게 그의 옆을 지나갔다. 점점 더 커지면서 탑처럼 거대하고, 묵묵히 앞만 보고 나아가 속세로 들어가고 말았다.

그는 현실 세계에서보다 이 꿈의 세계에서 더 많이 생존했다. 강당, 수도원 뜰, 도서실, 침실, 예배당 등, 현실 세계는 겉껍질에 불과했다. 이 현실 세계는 꿈에 충만한 초현실적인 세계 위에서 벌벌 떨고 있는 얇은 껍질에 지나지 않았다. 이 얇은 껍질에 구멍 정도 뚫는 일은 아무것도 아니었다. 따분한 수업 도중에 울려 나오는 그리스어 음향 속에서 어떤 예감에 충만한 것, 식물 채집을 하는 안젤름 신부의 약초 주머니 속에서 풍기는 향내의 물결, 그리고 아치형 창문 기둥에 그린 보잘것없는 자극들이 벌써 표피를 뚫고 평화롭게 메마른 현실의 배후에, 저 영혼이 사납게 날뛰는 형상 세계의 나락과 격류와 은하수를 풀어헤쳐 놓기에 넉넉했다. 라틴어 머리글자 하나가 어머니의 향기로운 얼굴이 되었다. 성모의 기도 속에서 길게 잇대어 나는 음은 천당으로 가는 문이 되었다. 그리스어 자음과 모음은 달리는 말이 되고 똑 바로 선 뱀이 되더니 놀라서 꽃잎 밑으로 사라지고 대신 벌써 뻣뻣한 문법책 책장이 나타났다.

그가 꿈에 대해서 이야기하는 일은 그다지 빈번하지는 않았다. 단지 몇 번 그는 나르치스한테 이 꿈의 세계에 대한 암시를 준 데 불과했다.

"나는" 어느 날 그는 말했다. "꽃잎 한 개나 길 위의 조그만 벌레 한 마리가 도서실 전체의 모든 책보다도 훨씬 더 많은 이야기를 하며, 더 많은 내용을 갖고 있다는 생각이 듭니다. 문자나 말로써는 아무것도 말할 수 없습니다. 나는 가끔 델타라든지 오메가라든지 그리스 문자의 어떤 것을 씁니다. 펜을 약간만 돌리기만 해도 문자가 물고기가 되어 꼬리를 치며 대뜸 세계의 크고 작은 강물이나, 온갖 시원한 것이나, 눅눅한 것이나, 호메로스의 대양이나, 베드로가 걸어 다닌 물로 생각되기도 합니다. 혹은 그 문자는 새가 되기도 하고 꼬리를 치기도 하며, 깃을 곧추세우기도 하고, 몸을 부풀리는가 하면 웃으며 날아가 버리기도 합니다. 나르치스는 선생님, 당신은 그런 문자를 그다지 별난 것이라고는 생각하지 않겠지요? 그러나 그런 문자로 하느님은 세계를 쓰셨다고 나는 말하고 싶습니다."

"나도 그것은 대단한 일이라고 생각해." 나르치스는 슬픔에 잠겨 말했다. "그것은 마법의 문자일세. 그 문자를 가지고 모든 악마를 불러낼 수 있단 말이야. 물론 학문을 하는 데는 적합하지 않아. 정신은 고정되고 형상화된 것을 사랑하거니와 그 기호에 신뢰를 갖기를 바래. 또 생성되는 것이 아니라 존재하는 것을 사랑하고, 가능한 것이 아닌 현실의 것을 사랑하지. 오메가라는 글자는 뱀이나 새가 되기를 용인하지 않아. 정신은 자연 속에서 생존할 수 없지. 정신은 자연을 거역하고, 자연의 반대물로써만 생존할 수 있어. 골드문트, 이제 네가 결코 학자가 될 수 없다는 것을 믿을 수 있겠지?"

정말 그 말대로 골드문트는 오래 전부터 그것을 믿고 있었다. 그 말에 동의하고 있었다.

"나는 당신들의 정신으로 향하는 학문적인 노력을 좇아 공부하려고 생각하지 않았습니다." 방긋이 웃으며 그는 말했다. "정신이나 학문에 대한 나의 태도는 아버지에 대한 태도와 같습니다. 말하자면 나는 아버지를 대단히 사랑하고 아버지를 닮았다고 생각했습니다. 아버지께서 말씀하신 것을 절대적으로 믿고 있었습니다. 그러나 어머니가 다시 나타나자 비로소 나는 사랑이 무엇인지 다시 알게 되었습니다. 어머니 모습과 나란히 선 아버지 모습은 갑자기 작아져서 거의 가엾게 여기게까지 되었습니다. 지금 나는 모든 정신적인 것을 부성적인 것, 모성적이 아닌 것, 모성에 적대되는 거라고 보며 또 그것을 얼마간 경시하는 경향이 생기고 있습니다."

그는 농담처럼 말했으나 친구의 슬픈 얼굴을 명랑하게 되돌릴 수는 없었다. 나르치스는 잠자코 그를 쳐다보았다. 그의 눈길은 마치 애무와도 같았다. 드디어 그는 말했다. "네 기분을 잘 안다. 우리는 지금 주장을 내세울 필요가 없어. 너는 눈을 떴다. 지금은 너도 너와 나 사이의 차이를, 어머니와 아버지의 혈통 차이를, 영혼과 정신의 차이를 인식했다. 결국 이제는 수도원에서 네 생활이나 수사의 생활을 지향하는 네 노력이 과오였다는 것을, 그리고 그것이 네 아버지의 착각이었다는 것을 인식하겠지? 네 아버지는 그것에 의해서 네 어머니 기억을 씻게 하거나 그렇지 않으면 최소한 어머니한테 복수라도 해보겠다는 결심이었던 거다. 그렇지 않다면 일평생 수도원에 있는 것이 너의 천명이라고 여전히 믿고 있단 말이냐?"

생각에 잠긴 골드문트는 친구의 두 손을 바라보았다. 품위도 있거니와 곱살스럽고 동시에 준엄하고, 거기다가 또한 수척해 보이는 하얀 손이었다. 이것이 금욕주의자의 손, 학자의 손이라는 것은 누구도 의심할 수 없었다.

"나는 모릅니다." 그의 말소리는 노래를 부르듯, 떠듬거리며 음절 하나하나에 오래오래 머무르는 듯한 음성이었다. 조금 전부터 그는 그런 투로 이야기했다. "나는 정말 모릅니다. 당신은 내 아버지에 대해서 약간 냉혹한 판단을 내립니다. 아버지는 큰 슬픔을 겪었습니다. 그러나 아마 이 점에서는 당신 말이 합당합니다. 내가 이 수도원에 온 지 3년 이상 되었지만 아버지는 아직 한 번도 나를 찾아오지 않았습니다. 아버지는 내가 영원히 여기 있길 바라고 있습니다. 그렇게 하는 것이 아마 최선책일 겁니다. 나 자신도 언제나 그렇게 원하지 않는 것은 아니었습니다. 그러나 오늘 와서 보니 내가 실제로 무엇을 원하고 또한 바라고 있는지 알 수 없어졌습니다. 전에는 모든 게 간단하였습니다. 독본 속에 있는 문자나 마찬가지로 간단하였습니다. 지금 와서는 아무것도 그렇게 간단하지 않습니다. 문자조차도 그렇게 간단하지 않습니다. 온갖 것이 많은 의미와 얼굴을 갖게 되었습니다. 내가 어떻게 되었으면 좋을지 모르겠습니다. 지금은 그런 것을 생각할 수 없습니다."

"그렇게 하지 않아도 좋은걸." 나르치스의 말이었다. "너의 행로가 어디를 향하는지 꼭 알게 될 거야. 너의 행로는 너를 어머니한테 데리고 가기 시작했다. 너를 어머니한테 더욱 가깝게 해줄 거다. 그러나 네 아버지에 대해서 지나치게 냉혹한 판단을 내리지는 않는다. 대관절 너는 아버지한테 돌아가고 싶으냐?"

"아니에요, 나르치스. 결코 그렇지는 않습니다. 그러나 학교를 마치면 이내 그렇게 할 겁니다. 혹은 지금이라도 당장. 왜냐하면 나는 학자가 될 것도 아니므로 라틴어이나 그리스어, 수학 같은 것은 이제 충분합니다. 아뇨, 아버지한테 가고 싶지는 않습니다."

생각에 잠겨 먼 곳을 쳐다보고 있었으나 문득 그가 소리쳤다. "대체 당신은 무엇 때문에 자꾸 내 마음속을 비치고 나를 나 자신에게 분명하게 해주는 것과 같은 그런 이야기를 하고 질문을 던지는 그런 일을 하십니까? 지금도 또 아버지한테 가고 싶으냐 아니냐 하는 당신의 질문이, 내가 가고 싶지 않다는 것을 갑자기 나에게 확신시켜 주었습니다. 어째서 그런 일을 하십니까? 당신은 모르는 것이 없는 것 같습니다. 당신은 당신과 나에 대해서 여러 가지 이야기를 해 주었습니다. 그 이야기를 듣는 순간에는 잘 알아듣지 못했지만 나중에는 매우 중대하게 여기게 되었습니다! 내 혈통을 어머니 쪽이라고 말씀하신 이는 당신이었습니다. 내가 어떤 마력의 지배를 받고 있으며, 유년 시대를 망각하고 있다는 사실을 발견하신 이도 당신이었습니다. 어째서 당신은 인간에 대해 그토록 잘 압니까? 나도 그것을 배울 수는 없습니까?"

나르치스는 빙그레 웃으며 고개를 저었다.

"안 돼. 골드문트. 너는 할 수 없을 걸. 많은 것을 배울 수 있는 인간도 있지만 너는 그렇게 할 수 없단 말이야. 너는 결코 학자는 못 될 걸. 또 무엇 때문에 그럴 필요가 있겠나? 너는 그럴 필요를 느끼지 않는단 말이야. 너는 다른 재능을 갖고 있어. 너는 나보다 많은 재능을 갖고 나보다 더 풍부하지만 동시에 나보다 약해. 너는 나보다 더 아름답고 더 어려운 행로를 갖게 될 거야. 너는 내가 하는 이야기를 이해하려 들지 않을 때가 많았어. 가끔 너는 망아지처럼 거역했다. 너를 달래는 것은 매우 쉽지 않았지만 나는 자주 너에게 고통을 주지 않으면 안 되었다. 나는 또 너를 깨우지 않으면 안 되었다. 너는 잠을 자고 있었으니 말이야. 너에게 어머니를 생각하게 한 것도 처음에는 고통을, 심한 고통을 주었다. 너는 회랑에 시체처럼 쓰러졌다. 그렇게 되어야만 했다. 아니, 내 머리칼을 쓰다듬지 마! 아니, 그만 둬! 난 참을 수 없어."

"그럼, 나는 아무것도 배울 수 없다는 말씀입니까? 자꾸 바보가 되고 어린아이가 되어야 한다는 말씀입니까?"

"너에게 가르쳐줄 만한 다른 사람이 또 나타나겠지. 나한테서 배울 수 있는 것은 이제 이걸로 끝이라네, 이 사람아."

"아닙니다." 골드문트는 소리쳤다. "그 때문에 우리가 친구가 된 거는 아닙니다! 짧은 여정을 지난 다음, 목표에 도달해서 간단하게 끝나 버릴 수 있다는 것은 도대체 어떠한 우정입니까? 당신은 벌써 나한테 싫증이 난 건가요? 내가 당신이 싫어졌단 말씀입니까?"

나르치스는 눈길을 땅바닥에 떨어뜨린 채, 격한 동작으로 왔다 갔다 했다. 드디어 친구 앞에 걸음을 멈추고 섰다.

"이 정도로 그쳐 줘." 나르치스는 부드럽게 말했다. "내가 너한테 싫증이 나지 않았다는 것은 네가 잘 알고 있지 않나."

이상하다는 듯이 나르치스는 친구의 얼굴을 빤히 쳐다보다가는 다시 왔다 갔다 했다. 또 걸음을 멈추어 서서는 매섭고 여윈 얼굴에 날카로운 눈초리로 골드문트를 응시했다. 나지막한 목소리로 그러나 야무지고 매정하게 말했다. "들어

봐, 골드문트! 우리 우정은 좋았어. 목표가 있었고, 거기에 도달했단 말이야. 네가 눈을 떴기 때문이지. 이 우정이 끝나지 않길 바라네. 그것이 한 번 더, 그리고 자꾸 되살아나서 새로운 목표로 통하길 바라네. 그러나 지금 목표는 없어. 네 목표는 확실치 않아. 나는 너를 거기에 인도할 수도 없거니와 따라갈 수도 없어. 네 어머니한테 물어 봐! 어머니 모습에 물어 봐! 어머니한테 귀를 기울여 봐! 그러나 내 목표는 확실해. 그 목표는 여기 수도원에 있고 매일 매시간 나를 요구하고 있단 말이야. 내가 네 친구가 되는 것은 허락되어 있지만 반해도 좋다는 허락은 없어. 나는 수사야. 맹세를 했거든. 나는 성직을 얻기 전에 교직에서 물러나 몇 주일 동안 단식과 예배를 위해 들어앉게 될 거야. 그 동안 세속적인 것에 관해서는 일절 말해선 안 돼. 너하고도 안 돼."

골드문트는 이해했다. 슬픔에 잠겨 그는 말했다. "그렇다면 내가 영원히 교단에 들었다고 한다면 나도 하였을지 모르는 것을 당신은 하게 됩니다. 당신의 수업이 끝나고 단식도 기도도 철야도 완전히 끝맺는다면, 당신은 무엇을 목표로 할 겁니까?"

"너도 알고 있을 텐데?" 나르치스의 말이다. "아, 그렇군요. 당신은 이삼 년 안에 교무 주임, 아니 꼭 아마 교장이 될 테지요. 수업을 개선하고 또 도서실을 확장하시겠지요. 아마 저작도 하시겠지요. 그렇지 않다고요? 그럼, 그렇다고 합시다. 그러나 목표는 어디에 있을까요?"

나르치스는 엷게 미소 지었다. "목표? 나는 교장으로 죽을지도 모르고 안 그러면 수도원장 혹은 사교로서 죽을지도 모르지. 그것은 아무래도 마찬가지야. 목표는 이렇다. 내가 가장 잘 봉사할 수 있는 곳에, 나의 성격이나 장점이나 재능이 최고 기반과 최대 활동 분야를 발견할 수 있는 곳에 항상 자신을 갖다 놓는 것이야. 그 밖에 다른 목표는 없어."

골드문트가 물었다. "수사들에게 다른 목표는 없습니까?"

나르치스가 대답했다. "그래, 목표는 그걸로 넉넉하다. 수사 신부한테는 헤브라이 말을 배우는 것, 아리스토텔레스를 주석하는 것, 혹은 수도원 성당을 꾸미는 것, 혹은 들어앉아서 명상을 하거나 그 밖에도 여러 가지 일을 하는 것이 생활의 목표일 수 있지. 내게는 그것이 목표가 아니란 말이야. 나는 수도원의 재산을 늘리거나 교단이나 교회를 개혁하려거나 하지는 않아. 나에게 가능한 범위 안에서 내가 이해하는 대로 정신에 봉사하려는 것뿐으로 그밖에는 아무것도 바라지 않는단다. 그것은 목표가 아닐까?"

골드문트는 오랫동안 대답을 생각했다.

"당신이 말씀하신 대로입니다." 골드문트가 말했다. "당신이 목표를 향하여 가는 데 내가 몹시 방해라도 했습니까?"

"방해를 했다니? 아, 골드문트, 너만큼 내 갈 길을 재촉해 준 사람은 없었단다. 너는 나한테 여러 가지 어려운 고비를 맛보게 해 주었지만 나는 어려운 고비를 싫어하는 사람이 아니야. 나는 어려운 고비를 겪으면서 배우고 때로는 그걸 극복했단 말이야."

골드문트는 상대의 말을 가로채서 반 농담조로 말했다. "당신은 아주 훌륭하게 곤란을 극복하였습니다. 그렇지만, 나를 돕고 인도하고 또한 해방시켜 주고 또한 내 정신을 건강하게 하여 주었다면, 당신은 그것으로 정말 정신에 봉사하였다는 말씀입니까? 그것으로 아마 당신은 열의가 있고 선한 마음을 가진 한 사람의 수사를 수도원에서 빼앗고 정신에 대해서는 한 사람의 적을, 당신이 좋다고 생각하는 것과는 정반대의 것을 행하고, 믿고, 노력하는 적을 하나 양성한 셈이 될 겁니다!"

"어째서 그렇게 말할 수 있나?" 아주 심각하게 나르치스는 말했다. "이봐, 너는 아무래도 나를 잘 이해하지 못하고 있어. 나는 장차 수사가 될 너를 망쳤을지 모르지만 그 대신 비범한 운명의 길을 네 마음속에 터놓아 주었다. 이를테면 내일

네가 우리 아름다운 수도원을 송두리째 태워 없애 버린다 하더라도, 혹은 미치광이 같은 무슨 사교를 세상에 퍼뜨린다 치더라도, 내가 너를 도와서 그 길을 향하게 한 것을 한 순간이라도 후회하지 않을 거야."

그는 다정스레 친구 어깨에 두 손을 얹었다.

"이봐, 골드문트. 이것도 또한 내 목표의 하나야. 말하자면 내가 교사이거나 수도원장이거나 고해 신부이거나 다른 무엇이거나 간에, 강렬하고 가치가 있는 특별한 인간을 만나서 그 사람의 이해력을 터줄 수도 없고 촉진시켜 줄 수도 없는 그런 상태에 빠지기는 싫단 말이야. 감히 나는 네게 말해 둔다. 너와 내가 무엇이되던, 우리가 이렇게 되던 저렇게 되던, 네가 나를 진지하게 부르고 필요하다고 생각되는 순간에 나는 결코 너한테 마음의 자물쇠를 채우지는 않겠어, 결코."

그것은 고별의 말처럼 들렸다. 사실 그것은 이별의 전주곡이었다. 골드문트는 친구 앞에 서서 친구를, 그 확고한 얼굴을, 목표로 향한 눈을 보고 있자 두 사람은 이제 벌써 형체도 친구도 또는 그와 유사한 것도 아니요, 두 사람의 길은 벌써 갈라져 버렸다는 것을 확실히 느꼈다. 여기에 있는 그 사람, 그의 앞에 서 있는 이 사람은 몽상가도 아니고 운명의 무엇을 기다리고 있는 사람도 아니었다. 그는 수사였고, 맹세도 끝내 버린 사람, 굳은 질서와 의무에 얽매인 사람, 교단과 교회와 정신의 봉사자요, 병사였다. 이와 반대로 자기 자신은 여기에 예속된 일원이 아니라는 사실이 오늘 확실해졌다. 그에게는 고향도 없거니와 미지의 세계가 그를 기다리고 있었다. 지난날 그의 어머니도 마찬가지 신세였다. 어머니는 가정을, 남편과 아들을, 공동생활과 질서를, 의무와 명예를 버리고 정처 없는 세계로 뛰쳐나가 아마 벌써 오래 전에 그 속에 빠져 들어가고 말았으리라. 어머니도 그와 마찬가지로 목표를 세우지 않았다. 목표는 다른 사람에게 주어진 것이지 그에게 주어진 것은 아니었다. 아, 나르치스는 이 모든 것을 벌써 아득한 옛날부터 얼마나 잘 통찰하고 있었던가! 그가 말하는 소리는 얼마나 정당하였던가!

이런 일이 있고 난 며칠 뒤 나르치스는 사라져 버렸다. 갑자기 보이지 않았다. 다른 선생이 대신 수업에 들어왔다. 도서관에 있는 그의 책상은 비어 있었다. 그는 아직 있기는 했다. 완전히 보이지 않는 것은 아니었다. 그가 회랑을 지나가는 것을 가끔 볼 수 있었다. 어딘지 예배당 돌바닥 위에 무릎을 꿇고 앉아 중얼거리는 소리를 들을 때도 간혹 있었다. 그가 힘겨운 수업을 시작했다는 것을, 단식을 하고 밤중에 세 번 예배를 드리기 위해 일어난다는 것을 모두 알고 있었다. 그가 아직 있기는 있었으나 다른 세계로 옮겨가고 있었다. 간혹 그를 볼 수가 있었지만 그에게 가까이 갈 수도, 무엇을 같이 할 수도 말을 걸 수도 없었다. 나르치스가 다시 나타나 책상과 식당에 있는 의자를 다시 차지하고 다시 이야기하게 되리라는 것을, 그러나 지나간 것은 두 번 다시 돌아오지 않거니와 나르치스도 두 번 다시 그의 것이 되지 않으리라는 것을 골드문트는 알고 있었다. 그런 것을 생각해 보니 수도원이나 수사의 신분, 문법이나 논리학, 연구나 정신 등이 그에게 중요하고 또한 좋게 여겨졌던 것은 오직 나르치스 덕분이었다는 것이 분명해졌다. 나르치스를 모방하도록 그를 유혹했다. 나르치스와 같이 되는 것이 그의 이상이었다. 물론 수도원장도 있었다. 그는 수도원장을 존경 하거니와 사랑도 하고 고귀한 모범으로 보고 있었다. 그러나 다른 사람들, 교사나 학생이나, 침실이나 식당이나 학교나, 수업이나 예배나 모든 수도원이, 나르치스가 없다면 그에게 아무런 의미가 없었다. 내가 더 여기 있어서 무엇을 한다는 거야? 어디 처마 끝이나 나무 밑에 걸음을 멈추고 비를 피해 가야 할, 길도 모르는 나그네처럼 그는 수도원의 처마 끝에서, 다만 낯선 타향이 불안하기 때문에.

이때 골드문트의 생활은 이별을 앞두고 망설이는 나날에 불과했다. 그에게 사랑스럽다거나 의미가 깊었던 곳은 어디든지 찾아 다녔다. 이별을 괴롭게 생각하는 사람들이 얼마나 적은지를 확실히 알고나자 그는 무어라 말할 수 없는 이상한 마음의 충격을 받았다. 나르치스와 다니엘 노수도원장과 선량하고 다정스런 안젤름 신부와, 또 친절한 문지기와 쾌활한 이웃 제분업자도 있었다. 그러나 이런 사람들도 벌써 그림자처럼 되어 있었다. 그들보다도 예배당에 있는 커다란 돌로 만든 마돈나나 현관문에 있는 사도들과 헤어지는 것이 훨씬 괴로웠으리라. 오랫동안 그는 그들 앞에서 걸음을 멈추고 서 있었다. 합창대 자리의 아름다운 조각품 앞에서, 회랑의 샘물 앞에서, 세 개의 동물 머리를 가진 기둥 앞에서 걸음을 멈추었다. 안마당 보리수와 밤나무에 기대어 섰다. 그 모든 것이 그에게는 어느 때든 한 번은 추억으로 그의 가슴 속에 조그만 그림책이 되리라. 아직까지도 그 한복판에 있는 현재 속에서 벌써 그것이 그에게서 벗어나기 시작하며 현실성을 잃고 도깨비처럼 과거의 것으로 변하고 말았다. 그를 가까이에 두기를 좋아하는 안젤름 신부와 그는 약초를 캐러 나갔다. 수도원 물방앗간에서 머슴들을 쳐다볼 때도 있었거니와 가끔 포도주나 구운 고기 파티에도 초대받았다. 하지만 모든 것이 벌써 추억처럼 서먹서먹하고 어슴푸레해져 갔다. 저쪽에서는 황혼이 깃든 성당과 참회실 안을 친구인 나르치스가 걸어가며 살고 있었으나 그에게는 그림자가 된 것처럼 주위 일체가 현실성을 잃고 가을과 무상함을 호흡하고 있었다.

현실에 생생하게 존재하는 것은 그의 내부에 있는 생명, 심장의 불안스런 고동, 그리움의 아픈 가시, 그의 꿈에 대한 기쁨과 불안뿐이었다. 그는 그들의 것이 되어 그들에게 몸을 맡겼다. 독서나 학습을 할 때 학생들 가운데서 그는 자신 속에 가라앉아 버려 온갖 것을 망각하고, 그를 싣고 가 버리는 내면의 흐름이나 소리에만 몸을 맡길 수 있었다. 아직도 어두운 멜로디에, 출렁이는 깊은 샘물에, 동화 같은 체험에 충만한 알록달록한 심연에 빠져들어 갈 수 있었다. 이 소리는 모두 다 어머니 목소리처럼 울리고, 그 수를 헤아릴 수 없는 눈은 모두 어머니 눈이었다.

제 6 장

어느 날 안젤름 신부는 골드문트를 그의 약초실로 불러 들였다. 무어라 말할 수 없이 좋은 향내가 풍기는 아담한 약초실이었다. 골드문트는 구석구석 다 알고 있었다. 신부는 그에게 책상 사이에 깨끗이 보존되어 있는 바싹 마른 식물을 보이며, 이 식물을 아는지, 들판에 피어 있을 때는 어떤 모양으로 보이는지 정확하게 설명할 수 있느냐고 물었다.

"네, 할 수 있습니다." 골드문트는 대답했다. 식물의 이름은 고추나물이라고 했다. 그는 특징을 하나도 남김없이 자세하게 설명하지 않으면 안 되었다. 늙은 신부는 만족해하며 오후에 그 식물을 한 다발 잔뜩 모으도록 그에게 부탁하고 그것이 많이 자라는 곳을 가르쳐 주었다.

"그 대신 오후 수업은 쉬게 해주마. 거절 안 하겠지. 달리 손해를 보는 것도 아니니까 말이야. 얼이 빠지는 문법뿐만 아니라, 자기 지식도 학문이란 말이야."

골드문트는 학교에 앉아 있는 대신에 두세 시간 꽃을 모은다는 매우 고마운 분부에 감사 드렸다. 그 기쁨을 완전하게 누리기 위해 그는 마구간지기 수도자에게 그의 말 블레스를 빌려 달라고 했다. 식사를 끝내자 이내 그를 매우 반가이 맞아 주는 말을 마구간에서 끌어내서 등에 올라타고 아주 흐뭇한 기분으로 따스하게 비치는 햇빛 속으로 달려 나갔다. 한 시간쯤을, 혹은 더 오랜 시간을 할 일 없이 타고 다니며, 대기와 들판의 향내를 그리고 무엇보다도 승마 그 자체를 즐겼다. 그런 다음 부탁 받은 것이 생각나서 신부가 그에게 일러준 장소를 찾았다. 거기서 그늘이 많이 진 단풍나무 밑에 말을 매어 두고, 말과 장난을 하다가 말에게 빵을 먹이고, 그러고 나서는 식물 채집을 하기 시작했다. 몇 뙈기의 밭두둑에 일손이 가지 않은 탓인지 갖가지 잡초들이 무성하게 자라 있었다. 조그마하고 호리호리한 양귀비풀이 마지막 색이 다 바래 버린 꽃과 벌써 익은 많은 양귀비 씨 벙거지를 둘러쓴 채, 바싹 마른 완두 덩굴이나 하늘색 꽃이 피어 있는 국화 상치나 색이 변한 여뀌 사이에 서 있었다. 두 개의 밭 사이에 차곡차곡 쌓인 경계석에는 도마뱀이 살고 있었다. 거기에는 벌써 노란 꽃이 피는 고추나물이 한 무더기 보였다. 골드문트는 뽑기 시작했다. 한 아름 잔뜩 모으자 돌 위에 앉아 쉬었다. 더웠다. 먼 숲 기슭에 어둡게 내려앉은 그림자 진 곳을 건너다보자 충동을 받았으나, 고추나물이나 말에서 멀리 떨어지기 싫었다. 여기서는 말도 잘 볼 수 있었다. 따듯해진 발밑의 작은 돌 위에 앉은 채, 가만히 숨을 들이켜며 달아난 도마뱀이 또 나오지 않나 하고 살피고 있었다. 또 고추나물 냄새를 맡으며 그 조그만 잎들을 햇빛에 갖다 대고 바늘구멍처럼 송송한 조그만 점을 한 번 보려고 했다.

그는 이상하다고 생각했다. 무수한 조그만 잎사귀 한 개 한 개에 눈곱만한 별이 하늘에 자수처럼 곱게 수놓아져 있었다. 도마뱀과 풀과 들과 온갖 것이 이상하고 기묘했다. 그를 좋아하는 안젤름 신부는 이제 자신이 몸소 고추나물을 따러 갈 수 없었다. 다리가 아파서 옴짝달싹할 수 없는 날이 많았다. 그의 의술로는 고칠 수 없었다. 아마 머잖아 죽게 되겠지. 약초실의 약초는 계속 냄새를 풍기겠지만 노신부는 이제 거기에 없을 것이다. 아니면 더 오래 생명을 지켜 나갈지도 모른다. 아마 10년이나 20년쯤. 그리고 여전히 예전과 같은 가느다란 백발을 그냥 가진 채 두 눈가에 똑같이 익살맞은 주름살을 짓고 있겠지. 그러나 자신은, 20년이 지나면 골드문트 자신은 어떻게 될 것인가? 아, 어느 것이나 이해할 수 없었고 정말 슬펐다. 아름답기도 하였지만 아무것도 몰랐다. 사람은 생활하고, 지상을 뛰어다니거나 숲 속으로 말을 타고 달리기도 했다. 초저녁 별이라든지, 파란 물복숭아라든지, 파란 갈대가 자란 호수라든지, 인간이나 황소의 눈이라든지, 하는 그런 것들이 재촉하듯이, 약속하듯이, 그리움을 불러일으키듯이 사람을 쳐다보았다. 이따금 지금까지 한 번도 보지 못한 것이, 그러나 아득한 먼 옛날부터 그리워하고 있던 것이 대뜸 나타날 것임에 틀림없으리라는 듯이, 모든 것에서 에워쌌던 것이 틀림없이 떨어질 거라고 생각될 때가 많았다. 그러나 그것뿐으로 아무것도 일어나지 않았다. 수수께끼는 풀리지 않고 숨은 마력은 제거되지 않았다. 마지막에는 모두 나이가 들어 안젤름 신부처럼 교활하고 혹은 다니엘 수도원장처럼 현명한 얼굴이 되지만, 아마 여전히 아무것도 모르고, 기다리며 자꾸 귀를 기울일 것이었다.

그는 속이 텅 빈 달팽이 껍질을 주워들었다. 둘 사이에서 가느다랗게 소리가 났다. 햇빛을 받아 속까지 따뜻해져 있었다. 껍질의 굴곡, 잔금이 새겨진 나선형, 이상하게 꼬불꼬불한 조그만 벙거지, 진주처럼 반짝반짝 비치는 텅 빈 구멍 등을 관찰하는 그는 마음을 빼앗겼다. 그는 손가락으로만 더듬어서 형태를 느껴 보려고 눈을 감았다. 그것은 오랜 습관이기도 하거니와 장난이기도 했다. 맥이 탁 풀린 손가락 사이에서 달팽이를 돌리면서 누르지도 않고 굴려 가며 어루만지듯 형태를 더듬으며 그 형태의 기묘함과 물질의 매력에 행복감을 느꼈다. 이것이야말로 학교나 학식에 담긴 단점의 하나라고 그는 꿈꾸듯 생각했다. 말하자면 모든 것이 편평하고 두 개의 차원밖에는 갖지 않는 것처럼 보이거나 표현하거나 하는 것만이 정신적인 경향의 하나인 것 같았다. 아무튼 그것으로 지성적 존재 전체의 결함과 무가치가 분명히 드러난 것 같았다. 하지만 그는 그러한 생각을 확실히 파악할 수 없었다. 달팽이는 그의 손가락 사이에서 미끄러져 떨어졌다. 그는 피곤했던지 졸음이 왔다. 시들어지자 진한 향내를 풍기기 시작한 약초 위에 고개를 숙이고 그는 햇빛 속에서 잠이 들었다. 그의 신발 위를 도마뱀이 쫓아가고, 무릎 위에서는 약초가 시들고, 단풍나무 밑에서 기다리고 있는 말은 초조해 하고 있었다.

누군가가 저 멀리 숲에서 걸어왔다. 색이 바랜 파란 스커트를 입은 젊은 여인으로 까만 머리에 빨간 수건을 쓰고 있었다. 햇볕에 그을린 갈색 얼굴이었다. 여인은 손에 보퉁이를 들고 빨갛게 타는 듯한 조그만 카네이션을 입에다 물고 다가왔다. 그 여인은 앉아 있는 사람을 보았다. 얼마간 멀찍이서 호기심과 의혹을 가지고 관찰했다. 잠이 든 것을 알자 햇볕에 탄 맨발로 조심스레 가까이 가서 골드문트 바로 앞에 걸음을 멈추고 그를 쳐다보았다. 여인의 의혹은 사라졌다. 자고 있는 예쁜 청년은 위험해 보이지 않았고 여인의 마음에 쏙 들었다. 그가 어떻게 해서 이런 야생 들판으로 찾아왔을까? 그가 꽃을 꺾기는 꺾었으나 꽃이 반쯤 시든 것을 보자 여인은 생긋 웃었다.

골드문트는 꿈 속의 숲에서 제정신으로 돌아와 눈을 떴다. 그의 고개는 부드럽게 모로 젖혀져 있었다. 여인의 무릎을 베고 누워 있었다. 잠이 덜 깨어 어리둥절해 하는 눈을 낯선 눈이, 갈색 눈이 바로 가까이에서 따스하게 들여다보고 있었다. 골드문트는 놀라지 않았다. 위험하지 않았다. 따스한 갈색 눈동자가 부드럽게 내려다보고 있었다. 여인은 놀라는 그의 눈길과 마주치자 생긋이 웃었다. 매우 정다운 미소였다. 그도 차차 입가에 미소를 띠었다. 생긋 웃는 그의 입술 위에 그 여인의 입술이 내려왔다. 둘은 사푼히 키스를 하며 서로 인사를 나누었다. 그때 골드문트는 그날 저녁 대뜸 마을에서 머리를 땋은 작은 처녀를 생각하지 않을 수 없었다. 여인의 입술은 그의 입술을 떠나지 않고 자꾸 희롱을 이어가며 비벼대고 유혹하더니, 나중에는 그의 입술에 마구 갈증에 허덕이는 사람처럼 덤벼들었다. 그의 피에 덤벼들어 마음속 밑바닥까지 눈을 뜨게 했다. 기나긴 무언의 희롱 속에서 갈색 여인은 소년에게 천천히 타이르듯 몸을 맡기고, 그가 찾아내고 발견하는 대로 맡겨버리고, 그를 불타오르게 하는가 하면 정열의 불을 식혀 주기도 했다. 매혹적인 사랑과 동시에 짧은 행복은 그의 위에 뭉게뭉게 피어올라 황금빛으로 붉게 타다가 기울어지며 꺼졌다. 그는 두 눈을 감고, 얼굴을 여인의 가슴 위에 얹고 누워 있었다. 한 마디 이야기도 할 수 없었다. 여인은 몸을 움직이지 않고 그의 머리칼을 살짝 어루만지며, 그가 서서히 제정신으로 돌아오기를 기다렸다. 얼마 후 그는 두 눈을 떴다.

"이봐요!" 그가 말했다. "당신은 도대체 누구예요?"

"나, 리이제예요." 여인이 대답했다.

"리엥." 그는 이름을 음미하면서 그대로 따라 불렀다. "리이제, 당신 예뻐요."

여인은 입술을 그의 귀에 갖다 대고 소곤거렸다.

"당신, 처음이었어? 나 먼저 아무도 사랑한 사람이 없었어요?"

그는 고개를 설레설레 저었다. 그러다가는 얼른 일어나서 주위를 둘러본 뒤 들판과 하늘을 쳐다보았다.

"아!" 그는 소리쳤다. "해가 벌써 졌구나. 가야지."

"대체 어딜?"

"수도원으로, 안젤름 신부한테로."

"마리아브론? 당신 그곳에 살아요? 내게 더 있고 싶지 않아요?"

"있고 싶어."

"그럼 가지 말아요!"

"아니, 그건 안 돼. 약초를 더 많이 모아야 해."

"당신은 수도원에 있나요?"

"응, 난 학생이야. 하지만 나는 거기 있을 수 없어. 너한테 가도 좋으니, 리이제? 도대체 너는 어디 사니? 집이 어디야?"

"나는 아무데도 살고 있지 않아. 네 이름은 안 가르쳐 줄래? 그래, 골드문트야? 한 번 더 키스해 줘, 예쁜 골드문트. 그러면 가도 좋지."

"너 아무 데도 살고 있지 않아? 그럼 어디서 자니?"

"네 마음만 있다면, 너와 함께 숲 속이나 건초 위에서 자지. 오늘 저녁에 올 테야?"

"응, 그래. 어디, 어디서 만나니?"

"작은 부엉이처럼 소리 낼 수 있니?"

"한 번도 해본 일 없는 걸."

"한 번 해봐."

그는 해보았다. 여인은 킬킬대며 흐뭇해했다.

"그럼, 오늘 저녁 수도원에서 나와서 조그만 부엉이처럼 소리 내. 난 가까운 데 있을게. 내가 마음에 들어? 골드문트, 내 아기."

"응, 내 마음에 정말 들었어. 리이제, 내가 꼭 나올게. 안녕, 난 가야 돼."

재촉해서 말을 달려 골드문트는 해질 무렵에 수도원으로 돌아왔다. 안젤름 신부가 매우 분주해 보인 것은 고마운 일이었다. 수사가 한 사람 맨발로 개울을 거닐다가 발에 파편이 박혔다.

이제는 나르치스를 찾아내야 했다. 식당에서 시중을 드는 한 수도자한테 물어보았다. 아니, 나르치스는 저녁 먹으러 오지 않는다, 단식하는 날이기 때문에 밤에는 예배를 보기 때문에 지금쯤 잠을 자고 있을 거라는 이야기였다. 골드문트는 달려갔다. 오랜 수양 기간 동안, 나르치스의 침실은 수도원 안쪽에 있는 고해실의 하나였다. 주저하지 않고 달려갔다. 문에 귀를 갖다 대었다. 아무 소리도 들을 수 없었다. 가만히 들어갔다. 엄격히 금지되어 있다는 것도 지금 그에게 생각나지 않았다.

좁은 나무 침대 위에 나르치스가 누워 있었다. 어둠 속에서 창백하고 수척한 얼굴을 하고 두 손을 가슴 위에 포갠 채 가만히 누워 있는 모양이 마치 송장 같았다. 그러나 눈을 뜨고 있었다. 아무 말도 없이 골드문트를 바라보았다. 비난도 하지 않거니와 꼼짝도 하지 않고 분명히 명상에 잠겨 다른 시대와 세계에 들어가 있는 것처럼 친구를 알아보고 말을 이해하는 데 애를 먹고 있었다.

"나르치스! 용서하여 주십시오. 당신을 방해한 것을 용서하여 주십시오. 하지만 지금 분별없이 부탁드리는 것은 아닙니다. 당신이 지금 나와 이야기를 해서는 안 된다는 것을 알고 있습니다. 그러나 제 이야기를 들어 주세요. 제발 소원입니다."

나르치스는 제정신이 돌아왔다. 눈을 깜박였다.

"꼭 필요해?" 그는 낮은 목소리로 물었다.

"네, 꼭 필요합니다. 당신과 작별을 고하러 왔습니다."

"그럼, 필요하군. 네가 온 것을 헛되이 할 수는 없다. 이리 와서 내 옆에 앉아. 15분쯤 시간은 있다. 이 시간이 지나면 첫 번째 저녁 예배가 시작된다."

그는 수척한 몸을 일으켜서 아무것도 깔지 않은 나무 침대 위에 앉았다. 골드문트도 그 옆에 나란히 앉았다.

"제발 용서해 주십시오!" 골드문트는 잘못을 자각하고 말했다. 골방, 아무것도 깔지 않는 나무 침대, 며칠 밤을 새워서 야위고 긴장된 나르치스의 얼굴, 반쯤 방심하고 있는 눈초리 등, 모든 것이 그가 얼마나 방해하고 있는지를 똑똑히 보여 주고 있었다.

"아무것도 용서할 것은 없어. 내게 염려할 것은 없다. 나는 아무 데도 아픈 데는 없다. 너는 방금 작별을 고하러 왔다고 하였지? 그럼, 여기를 떠나는 거냐?"

"오늘 갑니다. 아, 나는 이야기할 수 없습니다! 갑자기 모든 것을 결정하고 말았습니다."

"네 아버지가 왔니? 아니면 아버지한테 소식을 전했니?"

"아니에요. 아무것도 아닙니다. 생명 그 자체가 내게 왔습니다. 나는 떠납니다. 아버지와 상관없이, 허락도 없이. 나는 당신한테 수치를 안겨주는 일을 합니다. 나는 달아납니다."

나르치스는 그의 길고 하얀 손가락을 내려다보았다. 손가락은 넓은 법의 소맷자락에서 가느다랗게 유령처럼 빠져 나와 있었다. "시간이 조금밖에 없다. 필요한 것만 말해줘. 똑똑히, 그리고 간단히, 그렇지 않으면 네 일신상에 일어난 것을 내가 이야기하지 않으면 안 된단 말이냐?" 이렇게 말했을 때 그의 준엄하고 아주 지친 얼굴에서는 느낄 수가 없었으나, 그 목소리에서 미소를 느낄 수 있었다.

"그걸 말씀해 주십시오." 골드문트는 간청했다.

"너는 연앨 하고 있구나. 여자를 알았구나."

"어떻게 또 그걸 알 수 있었습니까?"

"네가 그걸 내게 쉽게 풀어 주고 있는 거다. 너의 모습은, 여보게, 친구여, 사랑이라고들 하는 종류의 도취된 특징을 모두 띠고 있다. 자, 말해 보렴. 부탁이야."

망설이면서 골드문트는 친구의 어깨 위에 손을 얹었다.

"당신이 말씀하신 대로입니다. 하지만 이번 말씀은 그다지 맞는 것이 아닙니다. 나르치스, 맞지 않습니다. 전혀 다릅니다. 나는 들판에 나가서 따스한 햇볕에 잠이 들었습니다. 눈을 떠보니 나의 머리는 아름다운 어느 여인의 무릎 위에 눕혀 있었습니다. 나는 얼른 내 어머니가 이제야 나를 데리러 왔나 보다 생각했습니다. 그 여인은 짙은 갈색 눈매와 까만 머리칼을 가지고 있었습니다. 나의 어머니는 나와 마찬가지로 금발이었기 때문에 전혀 달랐습니다. 그러나 아무튼 어머니였습니다. 어머니의 부르는 소리, 어머니에게서 온 심부름꾼이었습니다. 내 꿈속에서 찾았던 것처럼 갑자기 낯선 아름다운 한 여인이 찾아와 나의 머리를 그의 무릎 위에 얹고 꽃과 같이 나를 향해 생긋 웃으며 나를 귀여워해 주었습니다. 맨 처음 키스를 할 때, 나는 내 마음속에서 녹아내리는 무어라 형용할 수 없는 아픈 감정을 느꼈습니다. 이때까지 내가 느껴본 모든 그리움, 모든 꿈, 달콤한 모든 불안, 내 마음속에 잠자고 있던 모든 비밀, 그 모든 것이 눈뜨고 모든 것이 변하고 모든 것이 마법에 걸려 의미를 얻었습니다. 그 여인이 나에게 여자란 무엇인지, 어떤 비밀을 여인이 갖고 있는지 하는 것을 가르쳐 주었습니다. 그 여인은 불과 반시간 동안에 몇 해만큼이나 나를 성숙하게 했습니다. 이제 나는 많은 사실을 알았습니다. 이제 이 수도원에 단 하루도 머물러 있을 수 없다는 것을 나는 아주 순식간에 깨달았습니다. 밤이 되면 이내 나는 갑니다.

나르치스는 귀를 기울이고 끄덕였다.

"순식간에 찾아온 거로군." 그는 말했다. "그러나 그것은 내가 예상하고 있었던 거다. 나는 자주 너를 생각할 것이다. 너는 내가 옆에 있어 주었으면 하고 생각할 것이다. 친구여, 너를 위해 도움이 될 무엇이라도 있느냐?"

"될 수만 있는 일이라면 나를 완전히 처벌해 버리시지 말도록 수도원장님께 한 마디 말씀해 주십시오. 이 수도원에서 당신 외에는 그 분뿐입니다. 나를 어떻게 생각해 주고 있는지 하는 문제로, 나에게 무관심하지 않았던 분은 그 분과 당신뿐입니다."

"알았다……. 다른 무슨 소원은?"

"네, 소원이 하나 있습니다. 훗날에 내가 생각나시는 일이 있거든 나를 위해 기도라도 한 번 드려 주십시오! 그리고……. 나는 당신께 감사드립니다."

"무엇 때문에? 골드문트."

"당신의 우정에 대해서, 당신의 인내에 대해서, 모든 것에 대해서. 지금 당신 입장에서 어려웠는데도 내 이야기를 들어 주신 것에 대해서도. 또 당신이 나를 붙잡아 두려고 하지 않는 데 대해서도."

"어째서 내가 너를 붙잡아 둘 마음이 있을 것 같니? 내가 어떻게 생각하고 있는지는 너도 알 것이다. 그러나 어디로 가니, 골드문트? 대관절 목적이 있나? 그 여인한테로 가나?"

"네, 그 여인과 같이 가겠습니다. 목표는 없습니다. 그 여인은 낯선 사람이며 유랑하는 여인입니다. 보기에 집시인 것 같습니다."

"그러냐. 그러나 이봐, 그 여인과의 행로는 극히 짧은 동안일는지 모른다. 너무 그 여인을 의지해서는 안 되리라고 생각하는데. 아마 친척이나, 안 그러면 남편이 있을지도 몰라. 거기 가면 너를 어떻게 맞이하여 줄 지 누가 알겠니?"

골드문트는 친구한테 기대어 섰다.

"그것은 알고 있습니다." 그는 말했다. "나는 지금까지 그것을 생각하지 않았지만, 나한테는 목표가 없다고 당신에게 말한 적이 있습니다. 그 여인이 나한테 아무리 잘해 준다 하더라도 나의 목표는 아닙니다. 그 여인한테 가기는 합니다만 그 여자 때문에 가지는 않습니다. 가지 않으면 안 되기 때문에, 나를 부르기 때문에 갑니다."

그는 입을 다물고 한숨을 쉬었다. 둘은 나란히 기대앉았다. 슬픔에 잠겨, 그러나 변함없는 우정을 가진 감정 속에서 행복한 마음으로 앉아 있었다. 잠시 후 골드문트는 이야기를 이어 나갔다. "내가 아주 장님이고 아무것도 눈치 채지 못한다고는 믿지 말아 주세요. 아니에요, 나는 그렇게 하지 않으면 안 된다고 느끼기 때문에, 오늘 실로 기적적인 것을 맛보았기 때문에 즐거운 마음으로 갑니다. 그러나 내가 행복과 만족 안에만 머문다고 생각하지 않습니다. 이 행로는 무척 어려우리라고 생각합니다. 그렇지만 아름답기도 할 것으로 기대합니다. 어느 여인의 것이 되고 사랑을 준다는 것은 대단히 아름다운 일입니다! 내가 하는 이야기가 어리석게 들리더라도 나를 조롱하진 마십시오. 하지만 어느 여인을 사랑하고 그 여인에게 몸을 맡기고 그 여인을 완전히 안거나 동시에 안겨 있다는 느낌은, 당신이 조금 농담조로 '반해 있다.'고 말씀하시는 것과 똑같지는 않습니다. 그것을 조롱해서는 안 됩니다. 그것은 내게 인생의 행로, 의미 있는 인생행로입니다. 아, 나르치스, 나는 당신에게서 떠나지 않으면 안 됩니다! 나는 당신을 사랑하고 있습니다. 나르치스, 당신이 오늘 나를 위해 잠자는 것을 조금 희생해 주셔서 감사드립니다. 당신에게서 떠난다고 생각하니 가슴 아픕니다. 당신은 나를 잊어버리겠지요?"

"서로의 마음을 괴롭게 하지 말자! 나는 너를 결코 잊지 않는다. 너는 또 올 것이다. 그렇게 해줘. 나는 그걸 기다리고 있으마. 형편이 좋지 않을 때는 내게 오든지, 나를 부르든지 해, 잘 가거라, 골드문트. 하느님이 너와 함께 하기를!"

그는 일어섰다. 골드문트는 친구를 안았다. 그는 친구가 애무를 꺼려하는 것을 알고 있기 때문에 키스를 하지 않고 다만 두 손을 어루만지기만 했다.

밤이 되었다. 나르치스는 골방을 나서서 문을 닫고 성당 쪽으로 건너갔다. 신발이 포장된 돌 위에서 덜그럭거리는 소리를 냈다. 골드문트는 애정 가득한 눈초리로 수척한 친구의 뒷모습을 좇았다. 친구의 모습은 드디어 복도 저 끝머리에서 성당 현관의 어둠 속으로 그림자처럼 사라지고 말았다. 수도와 의무와 도덕에 흡수되고 재촉 받아서. 아, 모든 것은 얼마나 이상야릇하고, 끝없이 기묘하고, 혼란 속에 있는 것일까! 친구는 곧바로 명상에 잠겨 단식과 철야로 몸이 초췌해지고, 청춘과 마음과 감성을 십자가에 걸고 희생하여, 순명을 위해 가장 엄격하게 단련하여 온 마음을 정신에 봉사 드리고, 완전히 하느님의 말씀에 봉사 드리는 자가되어 있는 이 시간이, 그 친구에게 용솟음쳐 흐르는 가슴을 안고 꽃봉오리 움트는 사랑에 취하여 찾아오다니, 이것은 또 얼마나 기묘하고 놀라운 사실인가! 친구는 여위어 지치고 얼굴은 창백했으며, 손은 바싹 말라서 뼈만 남은 채 누워있는 모습은 보기에도 시체 같았다. 그렇지만 이내 분명한 의식을 갖고 다정스레 친구의 상대가 되어 주었다. 그리고 여인의 향기를 몸에 지닌 연애하는 벗에게 귀를 기울이고 참회와 수양 사이의 얼마 안 되는 휴식 시간을 희생하여 주었다! 이런 종류의 사랑, 자아를 버린 이런 완전히 정신적인 사랑이 존재한다는 것은 무어라 표현할 수 없을 만큼 아름다운 사실이었다. 오늘 햇볕이 내리쬐는 들판에서 맛본 사랑, 감각의 앞뒤를 분간하지 못했던 희롱, 흠뻑 취한 희롱과는 얼마나 판이한 사랑이었을까! 그렇지만 둘 다 사랑이었다. 아, 나르치스는 이제 사라지고 말았다. 마지막 작별에 거듭거듭 분명히 두 사람이 판이하고 서로 닮지 않았다는 것을 그에게 보여 주고 나서, 지금 나르치스는 제단 앞에서 지친 무릎을 꿇고 기도와 성찰의 밤을 맞이할 준비를 마치고 있으리라. 밤에는 두 시간 이상 쉬는 것도, 자는 것도 허락되지 않았다. 한편 골드문트는 어딘지 나무 밑에서 리이제를 발견하여 달콤하고 동물적인 희롱을 그 여인과 반복하기 위해 달아나 버렸다! 나르치스라면 거기에 대해서 주목할 만한 말을 할 수 있었으리라. 그러나 그 사람 골드문트는 나르치스가 아니었다. 이 아름답고 소름이 오싹 끼치는 수수께끼와 혼란을 캐내고, 거기에 대해서 중대한 사실을 이야기할 의무는 그에게 없었다. 그에게는 자신의, 막연하고 어리석은 골드문트의 행로를 걸어 나가는 이외의 의무는 없었다. 그에게는 몸을 맡겨서 자신을 사랑하는 것 못지않게 밤에 성당에서 기도 드리고 있는 친구를 사랑하는 것 외에 다른 의무는 없었다.

마음은 쉴 사이 없이 뒤얽히는 감정에 흥분되어 안마당의 보리수 밑을 살짝 빠져 나와 물방앗간에서 출구를 찾았을 때, 그는 '마을에 가기' 위해 콘라트와 함께 똑같은 사잇길을 지나서 수도원을 빠져 나온 그날 밤 생각이 퍼뜩 머리에 떠올라 웃음을 삼키지 않을 수 없었다. 그때는 얼마나 흥분하고 몰래 가슴을 두근거리며 금지된 소풍에 나섰던가. 오늘 그는 영원히 나간다. 훨씬 더 엄격하게 금지되고, 훨씬 더 위험한 길을 가야 한다. 게다가 조금도 두려움 없이, 문지기도 수도원장 선생도 생각하지 않았다.

지금은 개울을 건너는 널빤지가 놓여 있지 않았다. 그대로 건너가지 않으면 안 되었다. 그는 옷을 벗어서 반대편 둑 쪽으로 던졌다. 가슴까지 차오른 차가운 개울을 발가벗고 건넜다.

둑을 건너 옷을 입고 있으려니 다시 나르치스의 생각이 떠올랐다. 지금 그는 나르치스가 예견한 것을 실행에 옮기고, 그를 인도한 곳을 향하여 걸어가는 외에 이 시간에 다른 아무 일도 하지 않고 있다는 사실을 아주 분명히 깨닫자 수치스런 감정이 들었다. 저 영리하고 코웃음치며 비웃기 잘하는 나르치스가 눈부실 만큼 똑똑히 그의 눈앞에 떠올랐다. 그가 하는 아주 어리석은 이야기를 들어 준 나르치스, 지나간 날 중요한 시간에 고통 가운데서 그의 눈을 뜨게 해준 나르치스, 그때 나르치스가 그에게 이야기해 준 두세 마디 말이 지금도 똑똑히 들렸다. (너는 어머니 품속에서 잠자지만 나는 황야에서 눈을 뜨고 있다. 너는 소녀의 꿈을 꾸지만, 나는 소년을 꿈꾼다.)

그의 가슴은 잠시 얼어붙을 듯 죄어들었다. 그는 누구 하나 옆에 없이 오직 홀로 어둠 속에 서 있었다. 뒤에는 수도원이 있었다. 외형상의 고향에 불과하였으나 그래도 역시 오래 살아 정든 고향이었다.

동시에 그는 또 다른 것을, 나르치스가 이제는 그에게 충고하거나 우월한 식견을 지닌 인도자나 선각자가 아니라는 것을 느꼈다. 오늘 그는 아무리 나르치스라도 그를 인도할 수 없으며, 그가 스스로 행로를 발견한 나라로 발을 들여 놓았다는 것을 느꼈다. 이런 행위를 자각하며 되돌아보는 자신이 답답하기도 하거니와 부끄럽기도 했다. 그는 이제야 어린아이도 학생도 아닌 자신을 볼 수 있었으며, 그 사실을 알고 나자 기분이 참 좋았다. 그렇지만 이별을 말하기란 얼마나 어려운 고비였던가! 그가 건너편 성당에서 무릎을 꿇고 있는 것을 알면서도 그에게 아무것도 줄 수 없고, 도울 수도 없고, 그에게는 아무것도 아닐 수 있다는 것은, 그리고 이제부터 기나긴 세월을 아마 영원히 그와 헤어져서 살고, 그에 관한 소식은 하나도 듣지 못하고, 그의 목소리도 듣지 못하고, 그의 고귀한 눈을 볼 수 없다는 것은, 그 얼마나 괴로운 일인가!

그는 체념한 듯 자갈밭 오솔길을 더듬어 나갔다. 수도원 벽에서 백여 발자국쯤 걸어가서 멈추어 선 다음 그는 가쁜 숨을 내뿜으며 있는 힘을 다해서 부엉이 우는 소리를 냈다. 똑같은 부엉이 울음소리가 멀리 저편 개울 밑에서 대답했다.

'서로들 동물처럼 울고 있구나' 하고 그는 생각했다. 그리고 사랑을 희롱하던 오후 한때를 더듬어 보았다. 그와 리이제 사이에는 애무의 최후에야 겨우 말이, 아무것도 아닌 하찮은 말이 교환된 데 불과하다는 의식이 그때서야 떠올랐다. 반면 나르치스와는 얼마나 기나긴 대화를 나누었던가! 그러나 지금은 이야기가 아닌 부엉이 울음소리로 서로 꾀어내는, 언어가 아무런 의미 없는 세계에 들어온 것 같았다. 그것은 알고도 남음이 있었다. 그는 오늘 말을 하거나 생각에 잠기려는 욕구 같은 건 전혀 없었다. 다만 리이제에 대해서, 언어는 물론 없거니와 장님이며 벙어리 같은 감정과 탐색에 대해서, 한숨을 쉬며 용해해 버리고 마는 욕구를 가질 뿐이었다.

리이제는 거기에 있었다. 그 여인은 벌써 숲 속에서 그를 맞으러 나왔다. 그는 여인을 안기 위해 두 손을 벌렸다. 애정에 넘친 두 손을 더듬으며 여인의 머리와 머리칼, 목, 목덜미, 날씬한 몸뚱이, 탄력 있는 허리를 안았다. 한 팔은 여인의 몸뚱이를 안은 채, 아무 말도 않고 어디를 가느냐고 묻지도 않은 채 앞으로 자꾸자꾸 걸어갔다. 여인은 위험한 길을 서슴지 않고 밤의 숲 속으로 들어갔다. 발걸음을 맞추는 데 진땀이 흘렀다. 여인은 마치 여우나 담비처럼 밤눈이 밝은지 부딪치거나 걸리지도 않고 걸어갔다. 그는 어둠 속으로, 숲 속으로 언어도 생각도 없는 신비로 가득 찬 나라로 이끌어가는 대로 자신을 맡기고 있었다. 그는 이미 생각조차 망각해 버렸다. 버리고 온 수도원과 나르치스도 생각하지 않았다.

때로는 솜 방석처럼 부드러운 이끼 위를, 때로는 광대뼈처럼 불거진 딱딱한 뿌리 위를 두 사람은 아무 말도 없이 어두운 숲길을 달려갔다. 때로는 높이 다보록한 잎새 다발이 트인 사이로 밝은 하늘이 보였다. 때로는 새까만 어둠이었다. 관목들이 얼굴에 부딪히기도 하고 나무딸기 덩굴이 옷에 걸려 그를 붙잡기도 했다. 어디를 가도 리이제는 알고 있는 길이어서 어려움 없이 길을 열어 주었다. 멈추어 서거나 망설일 때는 거의 없었다. 한참 후에 두 사람은 여기저기 드문드문 서 있는 솔밭에 이르렀다. 멀리 어슴푸레한 밤하늘이 트여 있었다. 숲이 끝나고 초원이 있는 골짜기가 두 사람을 맞이했다. 달콤한 건초 냄새가 났다. 그들은 소리도 없이 흘러가는 개울을 건너갔다. 활짝 트인 이곳은 숲 속보다 한층 더 고요했다. 고목들이 속삭이는 소리도, 밤 짐승이 팔짝 뛰는 소리도, 고목들 가지가 제풀에 부러지는 소리도 나지 않았다.

커다란 건초 더미 옆에서 리이제가 멈춰 섰다.

"여기서 쉬자." 리이제는 말했다.

두 사람은 건초에 주저앉아 우선 숨을 내쉬고 휴식을 즐겼다. 조금 피곤한 느낌이 들었다. 두 사람이 사지를 뻗고 정적에 귀를 기울이고 있으려니 이마의 땀이 마르고 얼굴이 차츰 식는 느낌이었다. 골드문트는 흐뭇한 피로 속에 웅크리고 앉아 장난삼아 무릎을 끌어당겼다가 펴곤 했다. 깊이 심호흡을 하며 밤과 건초 냄새를 들이마시기도 했다. 과거는 물론 미래도 생각하지 않았다. 서서히 애인의 향기와 따스함에 이끌리고 매혹 당할 뿐이었다. 때때로 여인의 애무에 답하기도 하며 여인이 점점 열이 오르기 시작하여 자꾸 몸뚱이를 밀어붙이자 그는 그만 녹아 내렸다. 그는 온갖 아름다운 것을, 여인의 싱싱하고 포동포동한 육신과 순수하고 건강한 아름다움을, 몸 전체가 뜨거워져서 고조되는 사랑의 열망을 온 몸으로 느꼈다. 그 여인이 이번에는 처음과는 다른 방법으로 사랑 받고 싶어 하는 것을, 이번에는 그를 유혹하거나 가르치는 것이 아니라 그의 공격과 욕망을 기대하고 있다는 것을 분명히 알 수 있었다. 그는 거센 물결이 육체에 흐르는 대로 가만히 내버려두었다. 두 사람 마음속에 거센 불길이 소리 없이 타올라서, 말없는 밤하늘을 호흡하고, 두 사람의 아늑한 침상을 불타오르게 만드는 것을 느끼고 행복에 젖었다.

어둠 속에서 리이제의 얼굴 위에 허리를 굽히고 입술에 키스를 시작하자 순간 리이제의 눈매와 이마가 부드러운 빛 속에서 흔들리는 것이 보였다. 놀라서 눈을 번쩍 떠 보니, 그 빛은 뽀얗게 비추다가 급격히 밝아졌다. 나중에야 그 까닭을 알고 뒤를 돌아보았다. 길게 줄지어 있는 까만 숲 기슭 위에 달이 뜬 것이었다. 하얗고 보드라운 빛이 리이제의 이마와 볼 위에, 둥그스름한 하얀 목 위에 흐르는 것을 보고 정신이 아득해졌다. 그는 꿈결 같은 목소리로 나지막이 말했다.

"아름다운 널 무어라 부르면 좋을까!"

리이제는 선물이라도 받은 것처럼 방긋이 웃었다. 그는 리이제를 반쯤 일으키고 가만히 리이제의 옷 단추를 풀어 주고 옷을 벗는 것을 도와주었다. 그리고 리이제는 어깨와 가슴이 차디찬 달빛 속에 노출되어 반짝일 때까지 옷을 벗었다. 그는 도취되어 눈과 입술로써 더듬어 보기도 하고 입도 맞추면서 보드라운 그림자 뒤를 좇아갔다. 리이제는 마치 신이 지핀 듯 눈길을 드리운 채 엄숙한 표정으로 꼼짝 않고 있었다. 자신의 아름다움이 그 순간 처음으로 자기 자신에게도 발견되고 알몸으로 드러나기나 하는 듯이.

제 7 장

들녘이 서늘해지고 시시각각 달이 중천을 향하는 동안, 두 연인들은 사랑의 희롱에 빠져 들어가 함께 졸며, 잠자며, 부드러운 빛이 비추는 침상에서 쉬고 있었다. 눈을 뜨면 다시 마주 누웠다. 서로 불꽃을 튀기며 부둥켜안았다. 그러다가는 다시 잠들었다. 마지막 포옹을 하고 난 두 사람은 지칠 대로 지쳐 드러누웠다. 리이제는 건초에 깊이 몸을 파묻고 이따금 소리 내어 숨을 쉬고 있었다. 골드문트는 반듯이 드러누워 꼼짝도 하지 않고 하얀 달과 하늘을 하염없이 바라보고 있었다. 두 사람 마음속에는 큰 슬픔이 솟아올랐다. 두 사람은 그것을 피해 잠을 청했다. 절망에 싸여 깊이 깊이 잠들었다. 마치 그것으로 마지막이라도 되는 듯 갈증에 허덕이는 황소처럼 잠들었다. 두 사람은 이제 영원히 깨어 있어야만 하는 선고를 받고, 이 시간 안에 이 세상의 온갖 잠을 삼키지 않으면 안 된다는 듯 깊이 잠들었다.

골드문트가 눈을 뜨니 리이제는 까만 머리를 빗고 있었다. 그는 멍청하게 겨우 반쯤 뜬 눈으로 잠시 리이제를 쳐다보고 있었다.

"벌써 깼나?" 골드문트가 먼저 말했다.

리이제는 깜짝 놀란 듯 그 쪽으로 얼른 눈길을 돌렸다.

"나 지금 가야만 돼." 여인은 안타까운 듯 우물쭈물 몸을 가누지 못하고 말했다. "당신을 깨우기 싫었어."

"벌써 일어났는걸. 우리는 또 계속 걸어 가야 되나? 하기야 우리는 갈 데도 없는 신세니까."

"난 그래." 리이제가 말했다. "그렇지만 당신은 수도원으로 갈 사람 아니야?"

"이제 수도원 같은 데 갈 사람이 아냐. 나도 너와 같아. 아주 외로운 몸이고 목표도 없거든. 너하고 같이 갈래. 정말이야."

여인은 돌아보았다.

"골드문트, 당신은 나하곤 같이 못 가요. 나는 지금부터 내 남편한테 가야 해요. 나는 밤에 집을 비웠기 때문에 남편한테 두들겨 맞을 거야. 길을 잃었다고 말하겠지만 그이는 그런 말을 안 믿어요."

이 순간 골드문트는 나르치스가 그에게 예고해준 이 사실이 생각났다. 그래, 그렇던가.

그는 일어서서 여인에게 악수를 청했다.

"내 계산이 틀렸어." 그는 말했다. "우리 둘은 같이 있을 거라고 믿었단 말이야. 그렇지만 너는 나를 잠 재워 놓고 헤어지자는 인사도 없이 정말 달아날 작정이었어?"

"당신이 화를 내면서 나를 때릴 거라고 생각했어. 남편한테 매 맞는 것은, 그거야 할 수 없는 일이잖아. 으레 그런 거지. 하지만 당신한테서 매 맞는 건 싫었어."

그는 리이제의 손을 꽉 잡았다.

"리이제." 그는 말했다. "나는 널 안 때려. 오늘도, 그리고 다음에도 절대 안 때려. 널 그렇게 매질하는 남편 대신 차라리 나와 함께 가지 않을래?"

리이제는 손을 빼내기 위해 힘껏 잡아당겼다.

"싫어, 싫어, 싫어." 금방 울 듯한 목소리로 소리 질렀다. 여인의 마음이 그에게서 떠나고 싶어 하는 것을, 여인이 그한테서 다정스런 말을 듣기보다는 차라리 남편한테 매 맞고 싶어 하는 심정을 그는 넉넉히 짐작했기 때문에 손을 놓아 주었다. 그러자 여인은 울음을 터뜨렸으나, 이내 가버렸다. 젖은 눈에 두 손을 갖다 대고 달아나 버렸다. 그는 이제 아무 말도 않고 여인을 바래다주었다. 베어낸 풀밭 위를 무슨 힘의 부름을 받고 이끌려가는 듯 달아나는 리이제가 가여웠다. 그 미지의 힘이 무엇인지 그는 생각하지 않을 수 없었다. 그 여인이 가여워 보였으나 동시에 자기 자신도 측은해 보였다. 아무래도 운수가 좋지 못한 것 같았다. 한참 동안 멍청이같이 버림을 받고 홀로 남겨진 채 주저앉아 있었다. 그 사이에도 그의 몸은 여전히 지치고 졸음이 왔다. 이토록 고달픈 적은 한 번도 없었다. 훗날 불행해 지는 것은 아무래도 좋았다. 또 잤다. 겨우 제정신이 돌아왔을 때는 벌써 중천에 떠오른 태양이 따갑게 그를 내리쬐고 있었다.

이제 휴식은 충분히 했다. 얼른 일어나서 개울로 달려가 얼굴을 씻고 물을 마셨다. 갖가지 추억이 되살아났다. 어제 저녁의 갖가지 유희 장면과 귀엽고 애정에 넘친 감정이 마치 낯선 꽃 향기처럼 풍겨 왔다. 힘차게 걸어가면서 그는 그 생각을 되풀이하고 모든 것을 다시 느껴보았다. 모든 것을 되씹어 맛보고 향기를 느끼며 더듬어 보았다. 저 낯선 갈색의 여인은 얼마나 많은 꿈을 실현시켜 주었던가! 얼마나 많은 봉오리를 꽃피게 하고, 얼마나 많은 호기심과 그리움을 진정시켜 주고, 그리고 또 새삼스레 잠 깨워 주었는가!

그의 눈앞에 넓은 들과 황야가 펼쳐져 있었다. 바싹 마른 휴간지와 어두컴컴한 숲이 있었다. 뒤에는 농가나 물방앗간이나 마을이나 도시가 있을지도 몰랐다. 처음으로 낯선 세계가 그의 눈앞에 광활하게 기다리고 있었다. 그를 맞이하여 그를 즐겁게 하고, 괴롭혀 줄 준비를 잔뜩 한 채로……. 그는 이제 창문을 통해 세상을 내다보는 학생이 아니었다. 그의 방랑은 결국 싫든 좋든 돌아가야만 하는 과거의 산책이 아니었다. 이 거대한 세계가 지금은 현실이 되었다. 그는 세계의 일부가 되었다. 그의 운명은 그 속에서 휴식을 취하고 있으며, 하늘은 그의 하늘이었으며, 날씨는 그의 날씨였다. 이 커다란 세계 안에서 그는 보잘것없이 작았다. 그는 토끼처럼, 딱정벌레처럼 작았으며, 무한한 푸른 세계를 달렸다. 여기서는 기상이나 예배나 수업이나 점심때를 알리는 종소리는 이제 울리지 않았다.

아, 그는 너무 배가 고팠다. 보리빵과 우유 한 잔과 밀가루 수프는 얼마나 매혹적인 기억이었을까! 그의 배고픔은 늑대처럼 눈떴다. 곡식밭을 지나갔다. 이삭은 반 쯤 익어 있었다. 그는 손가락과 이빨로 껍질을 벗기고, 작고 미끌미끌한 곡식알을 부지런히 비벼가며, 이것저것을 따서 호주머니에 이삭을 가득 채웠다. 그러다가 개암을 발견했다. 아직 파랗긴 했지만 그는 즐겁게 껍질을 깨물었다. 이것도 주머니에 넣었다.

또 숲이 시작되었다. 떡갈나무와 물풀레나무가 섞인 전나무 숲이었다. 여기에는 월귤나무가 수없이 많았다. 그는 여기서 쉬면서 먹고 더위를 피했다. 가늘고 딱딱한 풀 사이에 파란 며느리꽃이 피어 있었고, 갈색으로 반짝반짝 빛나는 나비가 이리저리로 날다가 저 멀리로 사라져 버렸다. 성녀 게노퓌바는 이런 숲 속에 살고 있었을 거다. 그는 언제나 성녀 이야기가 좋았다. 아, 성녀 게노퓌바를 만날수 있다면! 어쩌면 숲 속에 은둔자의 암자 같은 것이 있어 수염이 허연 노신부가 동굴이나 나무껍질 오두막집에 살고 있을지도 모른다. 어쩌면 이 숲 속에는 숯굽는 사람이 살고 있을지도 모른다. 있기만 한다면 기쁘게 인사를 할 텐데. 도적이 살고 있을지 몰라도 나에게는 아무 짓도 하지 않겠지. 어떤 사람이라도 좋다. 사람을 만난다면 기쁘겠다. 그러나 오늘도 내일도 또 그 다음 며칠까지 기나긴 시간 동안 숲 속을 자꾸 걸어가기만 할 뿐 아무도 만날 수가 없으리라는 것을 그는 물론 알고 있었다. 그것도 그의 운명이라면 그것을 견뎌야 한다. 이렇다 저렇다 생각할 수 없었다. 무엇이든 닥치는 대로 내버려 두어야 했다.

딱따구리 소리를 듣고 그 놈을 잡아 보려고 했다. 딱따구리가 있는 데를 찾아 내느라고 오랫동안 애쓴 끝에 기어이 찾아냈다. 딱따구리가 한 마리 나무둥지에 달라붙어서 딱딱 쪼며 부지런히 고개를 움직이는 것을 그는 잠시 바라보았다. 동물과 이야기를 나눌 수 없어서 섭섭했다! 딱따구리를 불러내 다정스런 이야기를 건네면서 숲 속의 생활이나 그의 일이나 기쁨에 대해서 무슨 말을 들을 수 있다면 좋을 텐데. 아, 변신할 수 있다면 오죽 좋으랴!

그가 한가할 때 자주 스케치를 즐기며, 석필로 판에다 꽃이나 나뭇잎이나 나무나 사람 머리 등 온갖 그림을 그린 생각이 떠올랐다. 그렇게 하면서 자주 오랜 시간을 보냈었다. 때때로 그는 아기 하느님처럼, 제 마음 내키는 대로 생물을 만들었다. 꽃잎에는 눈이나 입을 그려 넣고 가지에서 봉오리를 피어내는 잎 다발을 손가락 모양으로 만들고 나무 위에는 머리를 만들어 놓았다. 이런 장난을 하며 몇 시간 동안을 즐겁게 보내는 때가 자주 있었다. 그는 요술을 부릴 수 있었다. 선을 그어서 만드는 형태가 나뭇잎이 될지, 물고기 주둥이가 될지, 여우 꼬리가 될지, 사람 눈썹이 될지, 자신으로서도 알지 못할 뜻밖의 형태가 되곤 했다. 그때 조그만 널빤지 위에 장난삼아 그렸던 선이 그러했듯이 자신도 변신할 능력이 있어야 한다고 그는 지금 생각했다. 골드문트는 하루나 한 달쯤 딱따구리가 되고 싶었다. 그리고 언제나 나뭇가지에 살며 미끌미끌한 줄기를 높이 기어 올라가서 강한 주둥이로 나무껍질을 쪼며, 꼬리 깃으로 전신을 곤추세우고, 딱따구리 말을 하며 나무껍질 속에서 맛있는 것을 빼내먹으며 지내고 싶었다. 은은하게 울려 퍼지는 숲 속에서 딱따구리의 나무 쪼아대는 소리가 달콤하고 날카로운 음향을 실어 보내고 있었다.

골드문트는 숲 속을 거닐면서 온갖 동물을 만났다. 덤불 속에서 불쑥 튀어나온 토끼는 많이 보았다. 그가 가까이 가자 토끼들은 그를 쳐다보다가는 방향을 돌리고 귀를 숙이며 쏜살같이 달아나 버렸다. 꼬리 밑이 빨갰다. 조그만 빈터에서 기다란 뱀을 보았다. 그 뱀은 도망치지 않았다. 살아 있는 뱀이 아니고 속이 텅 빈 허물이었다. 그것을 손에 들고 살펴보았다. 허리에 아름다운 무늬가 회색과 갈색으로 달리고 있었다. 햇빛이 뚫고 내려왔다. 거미줄처럼 가늘었다. 노란 주둥이를 한 까만 티티새가 보였다. 티티새들은 불안에 찬 까만 눈동자로 가만히 모여들어서 쳐다보고 있었다. 땅바닥에 닿을 듯 말듯 나직이 떠서 날아가 버렸다. 북멧새나 피리새는 많이 있었다. 숲 한 쪽에 웅덩이가 있었다. 거기에 시퍼런 물이 가득 괴어 있었다. 그 위를 다리가 긴 거미가 이상한 장난에 도취되어 부지런히 미친놈처럼 뒤엉키며 달리고 있었다. 그 뒤를 물색 날개를 가진 잠자리가 몇 마리 날아다니고 있었다. 벌써 저녁때가 가까워 왔다. 그때 그는 뭔가를 보았다, 보았다기보다도 보인 것은 짓밟혀서 흐트러진 나뭇잎뿐이었다. 나뭇가지가 꺾이고 젖은 흙덩어리가 떨어지는 소리가 들렸다. 보이지 않아 알 수 없는 커다란 짐승이 맹렬한 기세로 덤불을 꺾으며 돌진해 갔다. 사슴이거나 멧돼지였을 테지만 그는 이름을 몰랐다. 오랫동안 무서움에 떨며 장승처럼 서 있었다. 매우 흥분한 탓으로 그 짐승이 달려간 쪽으로 귀를 기울이고 있었다. 벌써 이전처럼 세상이 고요해졌는데도 아직 가슴을 두근거리며 살피고 있었다.

숲에서 나가는 길을 찾을 수 없었다. 숲 속에서 밤을 새우지 않으면 안 되었다. 잠자리를 찾고 이끼로 침상을 만들고 있을 동안 정말 숲 속에서 빠져나갈 수 없어서 언제까지나 이 속에 있지 않으면 안 된다면 어떻게 될까 하고 이런 저런 생각을 해 보았다. 매우 큰 불행이라고 그는 생각했다. 딸기와 같은 야생 열매로 연명하는 생활은 사실 가능하지 않은 일이었다. 이끼 위에서 자는 것도, 그 밖에도 오두막을 짓는다든지, 불을 피우는 것까지도 어김없이 해낼 수 있으리라. 그러나 언제까지나 혼자 지내며, 잠자코 서 있는 고요한 나무줄기 사이에서 살고, 사람을 피해서 달아나는 동물, 이야기도 나눌 수 없는 동물 사이에서 살아간다는 것은 참을 수 없을 만큼 슬픈 일이다. 인간이라고는 얼굴도 볼 수 없거니와 아무와도 낮이나 저녁 인사를 나눌 수 없고 얼굴이나 눈도 들여다볼 수 없고, 처녀도 여인도 볼 수 없고, 키스도 할 수 없고, 이불과 손발의 그윽하고 매끄러운 희롱도 할 수 없다는 것은 아, 아무리 해도 상상할 수 없는 현실이다! 차라리 그런 신세가 될 몸이라면 곰이나 사슴 같은 동물이 되는 편이 나으리라. 이를테면 그 때문에 내세의 행복을 단념하는 한이 있더라도, 곰이 되어 암곰을 사랑하더라도 나쁘지 않을 것이다. 적어도 이성이나 언어 등 온갖 능력을 지니고 있으면서도 혼자 쓸쓸히 사랑도 받지 못하고 생을 이어 나가기보다는 훨씬 낫겠지.

이끼 침상에서 잠이 들기 전에, 뜻도 모를 수수께끼 같은 밤에 숲 속의 온갖 이야기를 호기심과 불안한 마음으로 듣고 있었다. 지금은 그들이 그의 친구들이었다. 그들과 함께 살고 그들의 습성에 따르고, 그들과 내기를 하고, 화합해 나가지 않으면 안 되었다. 이 시간부터 그는 여우나 작은 사슴이나, 전나무나 노송나무의 친구였다. 그들과 함께 살고 그들과 함께 대기와 태양을 나누고 그들과 함께 점심때를 기다리며 함께 굶주리고, 그들의 손님이 되지 않으면 안 되었다.

그러다가 그는 잠이 들었다. 동물과 인간의 꿈을 꾸었다. 꿈속에서 곰이 되어 한창 애무를 하다가 리이제를 잡아먹었다. 한밤중에 소스라치게 놀라 눈을 떴다. 왜 그런지 알 수 없었으나 가슴은 한없이 불안감에 싸이고 오랫동안 어지러운 마음속에서 곰곰이 깊은 생각에 빠지고 말았다. 어제도 오늘도 밤에 기도를 드리지 않고 잠이 들었구나 하는 생각이 떠올랐다. 그는 일어나서 무릎을 꿇고 어제와 오늘 못한 기도를 합해서 두 번 저녁기도를 드렸다. 이내 또 잠이 들었다.

아침이 되자 이상한 생각에 잠겨, 그는 숲 속을 두리번거렸다. 그가 지금 어디에 있는지조차 잊고 있었다. 숲에서의 불안은 점차 사라졌다. 새로운 환희를 향하여 길을 찾아 자꾸자꾸 걸어갔다. 아주 편평한 장소를 발견했다. 밑가지가 하나도 없고 대단히 굵고 곧은 전나무 고목뿐이었다. 그 기둥 사이로 잠시 걸어가고 있으니 수도원 대성당의 기둥이 생각났다. 얼마 전에 성당 검은 현관문을 통해 그의 친구 나르치스가 막 빠져나가는 모습을 보았던 것이다. 그러나 언제였을까? 정말 불과 이틀 전의 일이었을까?

이틀 밤과 이틀 낮이 지나고 나서야 겨우 그는 숲 속에서 빠져 나왔다. 인간이 가까이 있는 기척을 느끼고 기뻤다. 갈아 놓은 토지, 밀이나 귀리가 자라는 긴 밭이랑, 초원 등, 거기에는 여기저기에 그다지 멀리까지는 안 보이지만 사람이 지나다니는 좁다란 오솔길이 나 있었다. 골드문트는 밀 이삭을 꺾어서 그것을 씹었다. 잘 손질된 밭들이 정답게 그를 바라보았다. 황량한 숲 속에서 오랫동안 지내온 그에게는 오솔길도, 귀리도, 꽃이 시들어서 하얘진 밀깜부기도, 모두 다 사람처럼 정답고 상냥스런 기분을 던져 주는 듯했다. 이제 곧 사람들이 살고 있는 곳으로 갈 수 있겠지. 한참 후에야 밭이랑 옆을 지나갔다. 그 옆에 십자가가 서 있었다. 그는 무릎을 꿇고 기도를 드렸다. 불쑥 튀어나온 언덕의 중허리를 돌아 그늘이 많은 보리수 앞에 섰다. 그는 황홀한 마음으로 샘물의 멜로디에 귀를 기울였다. 그 물은 나무 틈에서 흘러나와 기다란 나무통에 떨어졌다. 차갑고 맛있는 물을 마셨다. 오줌나무 사이에서 두세 개의 초가지붕이 솟아 있는 것을 보자 한없이 기뻤다. 말오줌나무 열매는 벌써 까맣게 익어 있었다. 이런 그리운 특징보다도 한결 깊숙이 그의 마음을 움직인 것은 암소 울음소리였다. 반갑게 환영의 인사라도 하는 듯 흐뭇하고, 따스하고, 평화로운 울음소리가 바람에 실려와 그의 귀를 울려 주었다.

이곳저곳을 두리번거리며 암소 울음소리가 들리는 오두막집으로 걸음을 옮겨 갔다. 빨간 머리칼과 담청색 눈을 한 어린 사내아이가 먼지투성이가 되어 문 앞에 앉아 있었다. 사내아이는 옆에 물이 가득 든 옹기 항아리를 놓고 흙에 물을 섞어 가루 반죽을 만들고 있었다. 그의 맨발은 벌써 반죽으로 범벅이 되어 있었다. 물론 반죽을 한 진흙을 교묘하게 두 손으로 주무르고 있었다. 매우 열심이었다. 손가락 사이에서 진흙이 불쑥 삐져나와 솟아올랐다. 사내아이는 그것으로 공을 만들고 있었다. 주무르고 또한 형상을 만들어 나가는 데 턱도 한 몫 거들고 있었다.

"꼬마야, 안녕." 골드문트는 매우 정답게 말을 건넸다. 그러나 꼬마는 얼굴을 쳐들어 웬 낯선 사람을 발견하자 입을 크게 벌리고 통통한 얼굴을 찌푸리고 울상이 되어 집안으로 기어들어가고 말았다. 골드문트는 뒤를 좇아서 부엌으로 들어갔다. 그곳은 매우 어둠침침해서 한낮의 햇빛 속에서 들어온 그로서는 처음에 아무것도 볼 수 없었다. 만일을 위해 그는 정중하게 인사말을 했다. 대답은 없었다. 그런데 놀란 사내아이의 계속되는 울음소리가 들리는 곳에서 꼬마를 달래고 있는 노인의 가냘픈 목소리가 들려 왔다. 한참이 지난 다음에야 키가 조그만 노파가 어둠 속에서 일어서더니 골드문트 가까이로 와서 한 손으로 눈을 가리며 손님을 쳐다보았다.

"실례합니다, 할머니." 골드문트는 소리쳤다. "성자들이 당신의 선량한 얼굴을 축복하여 주옵기를! 사흘 전부터 저는 사람의 얼굴을 통 보지 못했습니다."

조그만 노파는 눈이 멀어 잘 안 보이는 눈으로 이상한 듯 그의 얼굴을 빤히 쳐다보았다.

"대체 무슨 일이시오?" 노파는 불안스레 물었다.

골드문트는 악수를 청하여 노파의 손을 조금 어루만져 주었다.

"인사를 좀 하려고 했어요, 할머니. 그리고 좀 쉴 자리를 얻어서 불을 피우는 심부름이나 해드리려고 생각했습니다. 빵을 한 조각 얻을 수 있다면 좋겠습니다. 뭐 서두를 것은 없습니다만."

그는 벽에 붙여 놓은 긴 의자를 보고 거기 앉았다. 꼬마는 지금 긴장과 호기심에서, 그러나 금방이라도 울며 달아날 태세를 갖추고 낯선 사람을 보고 있었다.

노파는 빵을 한 조각 더 잘라서 골드문트에게 가져왔다.

"참 고맙습니다." 그는 말했다. "하느님의 은총이 있으시길!"

"배가 고픈가요?" 노파는 물었다.

"아뇨, 그렇지는 않아요. 월귤나무 열매로 가득 채웠습니다."

"우선 들어요! 어디서 왔나?"

"마리아브론 수도원에서요."

"수사인가?"

"아닙니다, 학생입니다. 여행하는 중입니다."

노파는 약간 비웃 듯이, 또 멍청이처럼 그를 쳐다보고 있었다. 그리고 주름살 투성이가 된 말라빠진 목을 늘이고 머리를 살래살래 흔들었다. 노파는 그에게 빵을 먹게 놓아두고 꼬마를 또 바깥 양지쪽으로 데리고 나갔다. 그리고 돌아왔다. 호기심을 가진 탓이다. 노파는 물었다. "무슨 새 소식을 알고 있나?"

"뭐 그다지. 안젤름 신부를 아시나요?"

"몰라. 그 사람이 뭐 어떻다는 거야."

"앓아요."

"앓아? 죽게 됐나?"

"몰라요. 다리가 상했어요. 잘 걷지 못하는 걸요."

"죽을까?"

"모르겠어요. 아마 죽을 테지요."

"그럼, 죽게 둬두지 그래. 국을 끓여야 하겠는걸. 나무 쪼개는 걸 도와줘."

노파는 아궁이 옆에서 그에게 바싹 마른 전나무 장작과 칼을 내주었다. 그는 노파가 시키는 대로 땔나무를 쪼개주었다. 노파는 그걸 타다 남은 불 속에 집어 넣었다. 그 위에 허리를 구부리고 불이 붙을 때까지 연신 입김을 불어 넣었다. 노파는 단정하고 독특한 배열로 전나무와 죽도화나무를 차곡차곡 쌓았다. 아궁이에는 불이 활활 타올랐다. 온통 그을음으로 까매진 삼발이 위에 철사 줄로 매달아 놓은 까만 솥을 불꽃 위에서 빙빙 돌렸다.

골드문트는 노파가 하라는 대로 샘물에서 물을 길어 오기도 하고 우유 그릇에서 크림을 떠내기도 하며, 연기가 자욱한 어둠 속에 앉아서 불꽃의 희롱이나, 그 위로 광대뼈가 튀어나온 주름살투성이 노파의 얼굴이 빨간 불빛을 받아서 나타났다가 다시 사라지는 광경을 쳐다보기도 했다. 널빤지 벽 저쪽에서 암소가 죽통을 파헤치기도 하고 밀어붙이기도 하는 소리가 들렸다. 그의 마음은 한결 흐뭇해 졌다. 보리수나 샘물이나, 가마솥 밑에서 펄럭이는 불꽃이나, 암소가 풀을 뜯으며 콧방귀를 뀌고, 파헤치고, 벽에 부딪치는 소리나, 테이블이며 긴 의자가 있는 어두컴컴한 방이나, 한시도 쉬지 않고 부지런히 설치는 조그만 노파나, 그 모든 것이 아름답고 선량하고, 음식과 평화, 인간의 온정, 고향 등의 냄새를 풍기고 있었다. 염소도 두 마리 있었다. 노파한테서 집 뒤에 돼지우리도 있다는 말도 들었다. 노파는 농부의 할머니로서 꼬마의 증조할머니였다. 꼬마의 이름은 쿠노라고 하며 가끔 안으로 들어왔다. 한마디 말도 하지 않고 얼마간 두려운 눈치였으나 울지는 않았다.

농부가 아낙과 함께 돌아왔다. 낯선 사람이 집안에 있는 것을 보고 몹시 놀라워했다. 농부는 금시라도 달려들 기세로 이상하게 여기면서 청년의 팔을 붙들고 문간으로 끌고 나가 한낮의 햇빛에서 얼굴을 자세히 들여다보았다. 그러더니 웃음을 띠우고 청년의 어깨를 정답게 툭툭 치며 식사에 초대했다. 두 사람은 알았다. 자기 몫의 빵을, 공동으로 쓰는 우유 쟁반에 넣어서 적셨다. 드디어 우유는 밑바닥을 보이고 농부는 나머지를 훌쩍 훌쩍 마셔버렸다.

골드문트는 내일까지 여기 한 지붕 밑에 머물러 있어도 좋은지 물었다. 안 된다, 그럴 장소는 없다, 그러나 바깥에 나가면 얼마든지 건초가 있을 테니 잠자리 정도야 쉽게 발견할 수 있을 거라고 농부는 말했다.

농부의 아낙은 꼬마를 옆에 안고 이야기에는 끼어들지 않았으나 식사를 하는 동안 호기심 가득 찬 눈초리는 그 젊은 나그네를 붙들고 놓지 않았다. 그의 고수 머리와 눈매는 처음부터 아낙의 마음을 끌었다. 그리고 매끈한 손, 시원스러운 아름다운 손 동작도 그녀 마음에 들었다. 나그네이면서도 훌륭하고 품위 있는 사람이었다. 거기다가 정말 젊었다. 그러나 아낙의 마음을 가장 강렬하게 끌어당겨 반하게 만든 것은 나그네의 목소리였다. 그윽하고 노래를 부르는 듯, 따스하게 빛나는 듯, 부드럽게 사랑을 구하는 듯한 젊은 남자의 목소리는 애무처럼 들렸다. 좀 더 오래 이 목소리를 듣고 싶었다.

저녁 식사 후, 농부는 외양간에 볼일이 있었다. 골드문트는 집을 나왔다. 샘에서 손을 씻고 나지막한 물통 위에 앉아서 몸을 식히며 물소리에 귀를 기울였다. 마음을 정하지 못했다. 여기서는 이제 아무것도 구할 것이 없었다. 벌써 여기를 떠나야 하다니 서운했다. 그곳으로 농부의 아낙이 물통을 들고 나와 철철 흐르는 물 밑에 갖다 놓고 한 통 가득 채웠다. 나지막한 소리로 아낙은 말했다. "이봐요, 오늘 밤에 멀리 안 가거들랑 내가 먹을 것을 갖다 줄게요. 저기 기다란 보리밭 뒤에 건초가 있어요. 저건 내일 날라올 거예요. 거기 있겠어요?"

그는 주근깨가 박힌 여인의 얼굴을 쳐다보았다. 여인의 굵직한 팔이 물통을 드는 것을 보았다. 여인의 맑고 커다란 눈은 열정을 띠고 있었다. 그는 여인에게 방긋이 웃어 주며 끄덕였다. 벌써 여인은 물이 출렁출렁 넘치는 물통을 들고 문간의 그늘 속으로 사라졌다. 그는 감사한 마음을 감추지 못하며 거기에 앉아 있었다. 마음은 한결 흐뭇했다. 흐르는 물에 귀를 기울였다. 조금 있다가 안에 들어가 농부를 찾았다. 농부와 할머니한테 악수를 하고 감사를 드렸다. 오두막 안에서는 연기와 그을음과 우유 냄새가 났다. 조금 전까지도 이 오두막은 밤이슬을 피하는 피난처요 고향이었는데 지금은 서먹서먹한 타향이 되고 말았다. 그는 인사를 하고 밖으로 나왔다.

오두막 건너편에 교회가 보였다. 그 근처에 아름다운 숲이 있고 굵직굵직한 참나무 고목 한 무리가 있었다. 그 밑에는 짤막한 풀이 나 있었다. 나무 그늘 밑에서 그는 발걸음을 멈추고 굵은 나무줄기 사이를 하릴없이 왔다 갔다 했다. 여인과의 사랑은 참으로 괴상하다고 생각했다. 그것은 사실 언어를 필요로 하지 않았다. 아까 그 여인은 그에게 밀회 장소를 가르쳐 줄 때만 언어를 사용했다. 다른 일체에 대해서는 언어를 사용하지 않았다. 대체 무엇으로 말을 하나? 눈으로, 그렇다. 그리고 조금은 쉰 듯한 목소리로, 그리고 또 다른 무엇으로. 아마 냄새로, 피부에서 미묘하게 발산하는 걸로, 남녀가 서로 알아채려 한다면 그 향기로 쉽게 알아차릴 수 있었다. 그것은 마치 미묘한 밀어처럼 야릇한 것이었다. 그만큼 빨리 그는 이 언어를 배우고 말았다. 그는 그날 밤을 즐거움 속에서 기다리고 있었다. 그 커다란 금발 여인이 어떠한 모습일까에, 어떠한 눈매와 음향과 수족과 동작과 키스를 갖고 있을까에 잔뜩 호기심을 머금고 있었다. 확실히 리이제와는 달랐다. 지금쯤 리이제는 어디 있을까? 리이제, 단정하고 까만 머리칼과 갈색 살결과 짤막한 한숨을 쉬는 리이제, 남편에게 아프도록 얻어맞았을까? 지금도 나를 생각하고 있을까? 내가 오늘 새로운 여인을 발견한 것처럼 리이제도 지금쯤 새로운 애인을 발견했을까? 왜 모든 게 그다지도 빨리 지나갔을까? 왜 행복이란 그토록 사방 길가에 뒹굴고 있을까? 왜 그토록 아름답고 뜨겁게, 그리고 왜 그토록 기묘하게 변하고 말았나! 죄악이요 간음이었다. 며칠 전만 하더라도 그런 죄악을 저지르는 것보다는 차라리 맞아 죽는 것을 바랐다. 그러나 지금 그는 벌써 두 번째의 여인을 기다리고 있는 터였다. 그의 양심은 조용한 가운데 안정을 얻고 있었다. 그러나 정말 안정을 얻은 것일까.

그의 양심이 간혹 침착성을 잃고 중압감을 갖는 이유는 간통이나 환락 때문이 아니었다. 다른 무엇인지 이름 지을 수 없는 것이었다. 그러한 감정은 그가 저지른 죄 때문이 아니라 타고날 때부터 벌써 갖고 있던 죄의식이었다. 아마 그것은 성경에서 말하는 원죄와 같은 것일지도 몰랐다. 사실 살아 있는 자체가 죄와 같은 무엇을 몸속에 간직하고 있는 셈이었다. 그렇지 않다면 나르치스 같은 순결하고 지혜 있는 인간이 무엇 때문에 심판 받는 인간처럼 참회의 수양에 따랐을까? 또 왜 골드문트 자신 역시 어딘지 마음속에서 그 죄를 느껴야 했을까? 그는 행복하지 않았단 말인가? 젊고 튼튼하지 못했단 말인가? 하늘을 나는 새처럼 자유롭지 못했단 말인가? 여인들이 그를 사랑하지 않았단 말인가? 그가 느낀 깊은 환희를 애인인 아낙에게 주어도 좋다고 느낀다면 아름답지 못하단 말인가? 그런데도 왜 그는 완전한 행복을 누리지 못했을까? 왜 나르치스의 덕과 지혜 속으로 들어가는 것처럼 자기의 젊은 행복 속으로 들어가지 못하고, 때때로 묘한 괴로움이나 가냘픈 불안이나 허무한 감정에 빠지게 되었는가? 그는 사상가 스스로 사상가가 아니라고 인정하고 있는데도 왜 그토록 자주 명상에 잠겨야만 했을까?

하지만 아무튼 산다는 것은 즐거웠다. 그는 풀 속에서 조그만 보라색 꽃을 따 눈 가까이에 댔다. 가늘고 좁은 줄기 속을 들여다보았다. 거기에는 맥이 뛰놀아 미립자처럼 아주 작은 머리칼 같은 기관이 살고 있었다. 여인의 태 속같이, 혹은 생각하는 사람의 뇌 속과 같이 생명이 약동하고 기쁨에 떨고 있었다. 아! 왜 이다지도 무지했을까? 왜 이 꽃과 이야기를 나눌 수 없었을까? 하기야 두 사람의 인간끼리도 사실상 서로 이야기를 나눌 수 없는 때가 많다. 거기에는 행운과 특별한 우정과 준비가 필요했다. 아니, 사랑이 언어를 필요로 하지 않는다는 것은 고마운 일이었다. 만약 사랑이 언어를 필요로 했다면 오해와 어리석음만이 충만했을 테지. 아, 리이제의 눈, 지그시 감은 리이제의 그 눈, 넘쳐흐르는 환희 속에서 왜 그리 애끓는 흐느낌처럼 되었던가! 정말로 가느스름하게 뜬 눈꺼풀 틈 사이에서 간신히 눈동자를 보이고 있는 데 지나지 않았다. 학문이나 시의 언어를 써서 갖가지로 표현한다 해도 그것을 표현해낼 수는 없었다. 무엇 하나, 아! 무엇 하나 표현할 수도 생각할 수도 없었다. 그런데도 사람들은 마음속에서 쉴 새 없이 이야기하려고 밀고 나오는 욕구와 생각하려고 하는 욕구가 영원히 충돌을 일으키고 있었다.

그는 조그만 식물의 잎이 줄기 둘레에서 참 아름답고 또 기묘하고도 영리하게 가지런히 줄을 지어 있는 것을 관찰했다. 버어질의 시구는 아름다웠다. 그는 그 노래가 좋았다. 그러나 버어질 속에는 나선형으로 가지런히 줄을 지은 이 줄기의 조그만 잎새의 반만큼도 분명치 않았고 영리하지도 못했고, 반만큼도 아름답거나 의미가 있어 뵈지도 않는 지구가 얼마든지 솟아나 있었다. 이런 꽃을 단지 한 개라도 만들어 낼 수가 있다면 얼마나 즐겁고 행복하고 매혹적이며 고귀하며 의미가 깊은 행위일는지. 그러나 그런 짓은 아무나 할 수 없었다. 어떠한 영웅도, 황제도, 교황도, 성자도 할 수 없었다.

해가 기울자 그는 자리를 떠서 농부의 아낙이 일러준 장소를 찾아서 그곳에서 기다렸다. 이렇듯 한 사람의 여인이 오직 사랑만을 위해 찾아온다는 것을 알고 기다린다는 것은 마음 흐뭇한 일이었다.

여인은 린네르 보자기를 들고 왔다. 보자기 안에는 커다란 빵 하나와 베이컨 한 토막이 있었다. 여인은 그것을 풀어서 그에게 내밀었다.

"당신한테 주는 거예요." 여인이 말했다. "먹어요!"

"나중에 먹겠어." 골드문트가 말했다. "내가 바라는 것은 빵이 아니라 바로 당신이야. 당신이 얼마나 멋진 것을 가지고 왔는지 보여 줘!"

여인은 멋진 것을 많이 가지고 왔다. 갈증에 허덕이는 힘찬 입술, 불꽃을 일으키는 단단한 이빨, 힘찬 팔은 햇빛에 그을려 빨갰으나 목에서 아래쪽으로 내려가니 속살은 하얗고 보드라웠다. 여인은 언어로 기쁨을 표현하지는 않았지만 목구멍 속에서는 사람의 긴장을 녹이는 야릇한 가락을 연주했다. 한 번도 느껴 보지 못한 것 같은 보드랍고 애정이 담뿍 어린 두 손이 자기 몸에 닿자 여인의 살결에 소름이 쫙 끼쳤다. 여인의 목구멍은 가르릉 거리는 고양이처럼 울렸다. 여인은 별로 기교를 몰랐다. 리이제만큼은 몰랐다. 그러나 여인은 놀라울 만큼 힘차게 애인의 목을 껴안았다. 여인의 사랑은 어린아이 같기도 하거니와 물어뜯을 것 같기도 했다. 굉장히 힘이 세면서도 왜 그리 부끄러워하는지! 골드문트는 그 여인에게 만족했다.

그런 다음, 여인은 한숨을 쉬면서 가버렸다. 뿌리치고 떠나가는 것이 괴로웠지만 언제까지나 있을 수는 없었다.

골드문트는 뒤에 혼자 남았다. 행복에 젖고 동시에 슬픔에 잠겨 나중에야 비로소 그는 빵과 베이컨이 머리에 떠올라 혼자서 먹었다. 벌써 밤은 이슥해졌다.

제 8 장

벌써 지루하다 할 만큼 골드문트의 기나긴 방랑은 계속되었다. 같은 장소에서 연거푸 밤을 새우는 일은 드물었다. 도처에서 여인들의 환영을 받고 행복해 했다. 햇빛에 그을려 갈색이 되고, 방랑과 거친 음식 때문에 수척해졌다. 수많은 여인들이 이른 아침에 그에게 이별을 고하며 떠났다. 눈물을 흘리며 헤어지는 여인이 많았다. 몇 번이나 이런 생각을 해보았다. '왜 한 사람의 여인도 내 곁에 머무르지 않는가? 나를 사랑하고 하룻밤 사랑 때문에 간통을 하였는데도, 왜, 다들 그네들 남편한테로 이내 돌아가는 걸까? 다들 호되게 두들겨 맞을 염려가 있는데도' 한 사람의 여인도 진정으로 가지 말라고 붙들지는 않았다. 단 한 여인도 함께 데려가 달라고 애원하지 않았다. 사랑 때문에 방랑의 기쁨과 괴로움을 함께 나눌 각오를 하는 사람은 없었다. 물론 골드문트는 그렇게 하자고 유혹하지도 않았다. 어떤 여인에게도 그런 생각을 일깨워 주지 않았다. 자신의 마음속에 물어 보니 자기에게도 자유가 그립다는 것을 알았다.

이번 여자의 팔에 안겨 있을 때 먼저 여인에 대한 그리움이 남아 있다는 기억은 없었다. 그런데도 어디를 가든지, 여인이 그를 사랑하더라도 자신의 사랑과 마찬가지로 사랑이 무상하게 보이고, 불붙는 것도 빠르지만 싫증도 빨리 나서 이상하기도 하고 약간 슬프기도 했다. 그것이 옳은 일인가?

언제나 어디서든지 그랬는가? 아니면 그것은 그 자신의 책임이었나? 어찌 생각해 보면 여인들은 물론 그를 탐내고 감미롭다고 생각할지 모르지만, 건초 속이나 이끼 위에서 짧은 순간의 말없는 교제는 바라지만 그와 함께 살기를 원하지 않도록 운명 지워진 것이 아닌가? 그가 방랑 생활을 하는 탓인가? 정착하고 있는 사람은 유랑자의 생활에 공포감을 갖고 있는 탓인가? 아니면 여인들이 그를 아름다운 인형과도 같이 탐내고 부둥켜안지만, 그 후에는 이를테면 남편한테 매를 맞는 한이 있더라도 남편한테 돌아간다는 것은 그 혼자의, 그의 인격에 책임이 있을까? 그는 알 수 없었다. 여인들에게서 배우는 것은 조금도 싫증이 나지 않았다. 확실히 그는 많은 소녀들에게, 아직 남편이 없는 아무것도 모르는 나이 어린 처녀들에게 마음이 쏠렸다. 처녀들한테는 열렬히 매혹되었다. 그러나 대개의 경우 사랑을 받는 입장에 있는 수줍은 처녀한테는 손이 미치지 않았다. 그러나 부인들한테는 그는 즐겨 배웠다. 어느 여자든 무엇이든지 그에게 남겨 주었다. 몸짓이라든지, 일종의 키스라든지, 독특한 기교라든지, 몸을 맡긴다든지, 혹은 몸을 가누는 독특한 방법에 골드문트는 무엇이든지 응해 주었다. 어린아이처럼 싫증을 모르고 응했다. 어떤 유혹에도 공개적이었다. 그렇게 함으로써 비로소 그 자신이 아주 유혹적이 되는 것이었다. 그의 아름다움만으로써는 부인들을 그다지도 용이하게 유혹할 수는 없으리라. 그것은 순진한 행동, 공개적인 행동, 욕망을 우격다짐으로 드러내는 천진성, 여인이 그에게 무엇을 요구하든 언제든지 응하는 나무랄 데 없는 자세, 그런 것이었다. 그는 스스로 깨닫지는 못하지만 여인 하나 하나가 그에게 바라는 대로, 꿈꾸는 대로 해주었다. 어느 여인에게는 부드럽고 좀더 조심성 있게, 다른 여인에게는 재빨리 또한 집어삼킬 듯이, 어느 때는 처음으로 여자를 알게 된 소년과도 같이, 어느 때는 기술적으로 또한 경험자처럼. 그는 유희와 싸움과 탄식에도, 그리고 웃음과 수줍음과 뻔뻔스러움에도 자유 자재였다. 여자가 원하지 않는 것은 하나도 하지 않았다. 여자가 그에게서 유혹해내지 않으려는 것은 하나도 하지 않았다. 바로 그것이 빈틈없는 감각을 가진 모든 여성을 쉽게 그의 마음속에 낚아채는 소재였다. 그것이 그를 여성들한테 호감을 가져다주는 사나이로 만들었다.

그러나 그는 배웠다. 짧은 시기에 수많은 사랑하는 방법과 기교를 배웠다. 수많은 여인에게서 경험을 얻었을 뿐만 아니라 다방면에 걸쳐서 여성을 보고, 느끼고, 만지고, 냄새 맡는 것을 배웠다. 온갖 종류의 목소리에 대해서 민감한 귀를 얻게 되고 많은 여성의 목소리를 듣고 한 번에 그 여자가 갖춘 사랑의 능력과 종류와 범위를 정확히 알아 맞혀 내는 방법을 배웠다. 머리가 목 위에서 어떠한 모양으로 자리를 잡고 있는가, 이마의 앞머리가 어떠한 모양으로 윤곽을 드러내고 있는가, 무릎이 어떠한 모양으로 움직이는가, 그 무한한 갖가지 모양을 그는 점점 새로운 황홀감을 갖고 관찰했다. 그는 어둠 속에서 눈을 감고 가만히 손가락으로 더듬어 여자의 음모를 하나하나 구별해내는 방법을 배웠다. 아마 이 점에 그가 방랑하는 의미가 있는지도 몰랐다. 식별하는 능력을 갈수록 섬세하게 다방면에 걸쳐 깊이 몸에 갖추기 위해 이 여자에게서 저 여자에게로 전전해 가는 거라고 그는 훨씬 전부터 깨닫기 시작했다. 많은 음악가들이 한 개의 악기뿐만 아니라 세 개나 네 개 혹은 더 많은 악기를 연주할 줄 아는 거나 마찬가지로, 여자와 사랑하면서 수많은 종류의 무수한 차이를 완전무결하게 추측해내는 것이야말로 아마 그의 천명이었을 것이다. 물론 그것이 어디에 쓰이고 어떤 결론으로 귀결되는지는 알지 못했다. 그는 다만 자신의 여정에 서 있을 뿐이라고 느끼고 있었다. 그는 라틴어나 논리학에 능력이 있었는지 모르지만, 특히 놀라울 정도의 재능은 타고나지 못했다. 사람이나 여자와의 사랑에는 그런 재능을 부여 받고 있었다. 그 점에서 그는 애써 배우지 않았고, 무엇이든 잊지 않고 저절로 경험으로 쌓여 정리되었다.

방랑 생활을 한 지 일이 년이 지난 어느 날, 골드문트는 아름다운 두 딸을 가진 어느 유복한 기사의 저택으로 갔다. 이른 가을이었다. 얼마 지나지 않아 차가운 밤이 시작되리라. 지나간 1년 동안 가을과 겨울을 맛보았다. 앞으로 다가올 몇 개월을 생각하니 우울했다. 겨울에 방랑 생활은 고통스러웠다. 그는 식사와 잠자리를 청했다. 모두 그를 정중히 맞이했다. 나그네가 학문을 한 사람이요, 그리스어를 할 수 있다는 이야기를 들었을 때, 기사는 그를 하인 식탁에서 자기 식탁으로 초대하여 거의 자기와 동등한 대접을 했다. 딸들은 눈 아래쪽만 바라보았다. 언니는 리디아로 열여덟 살이었고, 동생 유울리에는 열여섯 살이었다.

이튿날 골드문트는 나그네 길을 떠나고자 했다. 아름다운 금발을 가진 딸 어느 한 사람도 손에 넣을 가망은 없었다. 그를 붙잡아 둘 만한 다른 여자는 없었다. 그런데 어쩐 일인지 아침 식사 후 기사가 그를 옆에 앉게 했다. 특별한 목적이 있는 양 그를 방안으로 안내하고 노기사는 학문이나 서적에 대한 그의 취미에 대해 젊은이한테 점잖게 이야기를 꺼냈다. 그가 모아들인 책이 가득한 책장이라든지, 일부러 만들어 놓은 책상 위의 종이와 양피지 꾸러미 등을 보여 주었다. 이 경건한 기사는 골드문트가 뒤에 차차 들은 이야기지만 젊었을 땐 학교에 다닌 일이 있었으나, 그 후에는 계속 전쟁과 세속적인 생활에 몸을 바쳤다가 결국 중병에 걸려 하느님의 경고를 받았다는 것이다. 그래서 순례를 떠나 젊었던 시절의 죄악을 참회했다는 것이다. 로마를 거쳐 콘스탄티노플까지 갔다는 것이다. 집에 돌아와 보니 아버지는 세상을 떠나고 집은 텅 비어 있었다. 할 수 없이 결혼을 했으나 부인을 잃고 그 뒤 남자 혼자 딸을 길러 왔다는 것이다. 나이가 들기 시작한 지금 그는 책상 앞에 앉아서 옛날에 다녀온 순례 보고서를 쓰기 시작했다는 거다.

몇 장을 적어 나갔지만, 라틴어 실력이 부족해서 자주 방해를 받는다고 했다. 골드문트가 지금까지 쓴 그의 서류를 정정해 주고, 정서하면서 앞으로도 계속 그를 도와준다면 새로 의복과 자유로운 숙소를 제공해 주겠다는 것이었다.

가을이었다. 유랑자에게 그것이 무엇을 의미하는지 골드문트는 알고 있었다. 새로운 옷차림도 그가 이제까지 바라던 것이었다. 그러나 무엇보다 젊은이에게 기쁜 일은 더욱 오래도록 아름다운 두 자매와 함께 한 집안에 있게 된 것이었다. 그는 즉석에서 응낙했다. 며칠 되지 않았지만 벌써 하녀장은 옷감을 넣어 둔 장롱을 열었다. 고운 무늬의 갈색 옷감이 눈에 띄었기 때문에 그것으로 골드문트의 의복과 모자를 만들게 했다. 기사는 까만 천으로 학생복을 만들게 하려고 생각했으나 손님은 색깔은 아랑곳없이 기사에게 그렇게 하지 않아도 된다고 말했다. 반은 시동 옷, 반은 사냥꾼 옷 모양의 예쁜 옷이 만들어졌다. 그에게 정말 잘 어울렸다.

라틴어도 잘 진행 되었다. 지금까지 쓴 곳을 두 사람이 함께 검토해 나갔다. 골드문트는 부정확하고 불충분한 단어를 정정할 뿐 아니라 여기저기에서 기사의 짧고 서툰 문장을 분명한 구조와 세련된 시제를 사용해서 아름답고 완전한 라틴어 문장으로 수정했다. 그는 기사를 매우 기쁘게 해주고 칭찬도 아끼지 않았다. 두 사람은 적어도 매일 두 시간을 이 일로 소일했다.

산성에서 - 제법 정비된 넓은 농부의 저택이었지만 - 골드문트는 몇 가지 소일거리를 발견했다. 사냥을 하기도 하고, 사냥꾼 하인리히를 따라다니며 쇠뇌를 쏘는 방법을 배우기도 하고, 개와 친구가 되기도 하고, 실컷 말을 타기도 했다. 혼자 있는 적은 별로 없었다. 이야기 상대는 개나 말이나 혹은 하인리히나 하녀장 레네였다. 이 여자는 남자 목소리를 내며 매우 농담을 즐기고 호들갑스레 잘 웃는 살찐 노파였다. 개를 돌보는 소년이나 양을 지키는 목동이 이야기 상대가 될 때도 있었다. 바로 이웃에 있는 방앗간 부인과 밀애를 즐기는 것도 쉬운 일이었지만 그는 물러서서 순진한 남자 행세를 했다.

　기사의 딸들은 완전히 그를 매혹시키고 말았다. 동생 쪽이 아름다웠으나 매우 새침한 처녀여서 골드문트와는 거의 한마디 말도 나누지 않았다. 그는 지극히 조심스럽고 은근한 태도로 두 처녀한테 접근했으나, 처녀들은 그의 접근을 그칠 줄 모르는 구애라고 느끼고 있었다. 동생은 완전히 침묵을 지키고 수줍음 때문에 거만해 뵈기도 했다. 언니 리디아는 그에게 특별한 면을 발견했다. 마치 그가 돌팔이 학자이기라도 한 듯이 한편으론 존경과 한편으론 비웃듯이 그를 대하면서 여러 가지 흥미 있는 질문을 하거나 수도원 생활에 대해 물었다. 그러나 그에게는 언제나 귀부인 같은 우월감을 드러냈다. 그는 어떠한 일도 마다하지 않았으며 리디아를 대할 때는 귀부인과 같이, 유울리에를 대할 때는 조그만 수녀를 대하듯이 했다. 그는 저녁 식사 후 평상시보다 오랜 시간 이야기를 하며 처녀들을 식탁에 붙잡아 두거나, 안마당이나 정원에서 리디아가 그에게 말을 걸어 농담을 주고받든지 하면 그는 그녀들과의 관계가 진전되고 있다고 생각하며 만족해했다.

　가을날, 안마당에 있는 키가 큰 물푸레나무 잎은 오랫동안 떨어지지 않았고, 정원에도 들국화와 장미꽃이 오래도록 피어 있었다. 어느 날 손님이 왔다. 이웃 영주가 부인과 마부를 데리고 말을 타고 왔다. 온화한 햇살에 유혹되어 평소에 없는 먼 소풍을 하다 보니 여기까지 오게 되어 하룻밤 숙박을 청했다. 사람들을 매우 공손하게 맞이했다. 골드문트의 침대는 자연스럽게 객실에서 서재로 옮겨지고 그 방은 손님을 위해 마련되었다. 몇 마리의 닭을 잡고, 물방앗간으로 고기를 얻으러 보내며 음식을 준비했다. 골드문트는 즐거이 손님 접대에 끼어들었고, 낯선 귀부인이 그에게 눈독을 들이고 있음을 이내 알아차렸다. 귀부인의 목소리나 눈길로 그는 부인의 호감과 욕망을 눈치 챘으나, 동시에 뾰로통해진 리디아가 태도가 달라져서 가만히 그와 귀부인을 관찰하기 시작한 것을 알아채고 더욱 긴장했다. 저녁 만찬이 시작되자 귀부인은 그녀의 발로 테이블 밑에서 골드문트의 발을 건드리며 유혹했을 때, 리디아가 호기심 어린 이글거리는 눈초리로 그 유혹을 관찰하고 있는 팽팽한 긴장감이 그를 매혹시켰다. 그는 일부러 나이프를 마룻바닥에 떨어뜨리고 테이블 밑으로 허리를 굽혀 그것을 집으면서 귀부인의 허벅지와 발목을 애무하듯 손으로 만졌다. 그러자 리디아의 얼굴이 창백해지면서 입술을 깨무는 모습이 그의 눈에 보였다. 그는 수도원의 일화에 대해 이야기를 계속하고 있었으나 귀부인 손님은 이야기보다 그의 구애의 소리를 마음속으로 경청하는 것 같았다. 다른 사람도 그의 이야기에 귀를 기울였다. 그의 후원자인 기사는 호의를 보였으나, 이웃 영주는 표정 하나 변하지 않았다. 그러나 이 손님도 젊은이의 가슴 속에 타오르는 불 같은 열정에 감동하였다. 그가 이처럼 이야기하는 것을 리디아는 한 번도 들어본 적이 없었다. 그는 만발한 꽃과 같았다. 기쁨에 넘쳐 춤추듯 하고, 눈은 빛나며, 목소리는 행복을 노래하고, 애타게 사랑을 갈구하고 있었다. 세 여인은 그것을 제각기 다르게 느꼈다. 어린 유울리에는 격렬하게 반항하고 거역했으며, 영주 부인은 황홀한 만족감에 젖었고, 리디아는 괴로움으로 가슴이 요동쳤다. 리디아는 마음속에서 동경과 가냘픈 저항과 격렬한 질투가 뒤얽혀서 마침내 뾰로통한 얼굴이 되고 눈초리에는 불이 붙기까지 했다. 골드문트는 그러한 격정을 하나도 빠짐없이 느꼈다. 그녀의 반응은 그의 구애에 대한 그윽한 대답과도 같이 골드문트한테로 되돌아왔다. 몸을 맡기는 사랑, 저항하는 사랑, 서로 부딪치며 싸우는 사랑이 나는 새와도 같이 상상 속에서 그의 주변을 날아 다녔다.

식사가 끝난 다음 유울리에는 들어가 버렸다. 벌써 밤은 이슥했다. 유울리에는 토기 촛대에 촛불을 켜 들고 조그만 수녀처럼 쌀쌀하게 위층 방을 나갔다. 다른 사람들은 한 시간이나 지나도록 자리에서 떠나지 않았다. 두 남자가 추수나 황제나 사교에 관한 이야기를 주고받는 동안, 리디아는 골드문트와 귀부인이 아무 대수롭지 않게 나누는 잡담에 귀를 기울이고 있었다. 길게 이야기를 끄는 동안, 주고받는 말과 눈초리와 억양과 하늘하늘한 몸짓으로 두텁고 달콤한 그물이 만들어졌다. 그 어느 것이나 의미심장한 것이요, 높은 열기를 띠고 있었다. 리디아는 그 분위기를 호기심 속에서, 그러나 동시에 혐오스러운 감정으로 호흡하고 있었다. 골드문트의 무릎이 테이블 밑에서 낯선 귀부인의 무릎에 닿는 것을 보거나 느끼기라도 하면 리디아는 자신의 몸에 닿은 것처럼 깜짝 놀랐다. 그날 밤 리디아는 잠을 이루지 못하고 저 두 사람이 반드시 함께 잘 거라고 확신을 하면서 밤중까지 가슴을 졸이며 귀를 기울였다. 두 사람이 이루지 못한 것을 리디아는 상상 속에서 이루어 냈다. 리디아는 두 남녀가 부둥켜 안고 서로 키스하는 소리를 들었다. 동시에 배반당한 기사가 사랑의 유희를 하는 그들을 불의에 습격하여, 골드문트의 가슴에 칼을 꽂지나 않나 하고 겁내기도 하고, 또 동시에 바라보기도 하면서 흥분한 나머지 사지를 떨고 있었다.

이튿날 아침은 하늘에 구름이 끼어 축축한 바람이 불고 있었다. 좀 더 머물고 가라는 권고를 뿌리치고 손님은 출발을 서둘렀다. 그들 부부가 말을 탈 때 리디아는 옆에 서서 악수를 하고 이별의 말을 하였으나, 건성으로 한 말일 뿐이었다. 리디아는 모든 신경을 남김없이 눈초리에 집중하고 있었다. 기사 부인이 말을 탈 때, 골드문트가 내민 두 손에 발을 얹는 모양을, 골드문트의 오른쪽 손이 부인의 신을 단단히 붙들고 힘을 주어서 여자의 발을 잠깐 쥐어 안는 모양을 뚫어지게 바라보고 있었다.

손님들은 말을 타고 떠났다. 골드문트는 서재에 들어가서 일을 해야 했다. 잠시 후 아래 층에서 리디아가 하녀에게 이르는 목소리와 말을 끌어내는 소리가 들렸다. 주인은 창가로 가서 아래를 내려다보며 싱긋 웃으며 고개를 저었다. 그리고 두 사람은 리디아가 저택에서 말을 타고 나가는 것을 바라보았다. 오늘 두 사람 모두 라틴어 저작은 그다지 진척되지 않았다. 골드문트의 마음은 산란했다. 주인은 친절하게도 평소보다 빨리 그를 해방시켜 주었다.

골드문트는 몰래 말을 타고 저택을 빠져 나와 차갑고 축축한 가을바람을 맞으며 퇴색한 풍경 속으로 달려 나갔다. 점점 빨리 달리고 있으려니까 안장 밑의 말이 따뜻해져 그 자신의 피도 뜨거워 오는 것을 느꼈다. 추수가 끝난 들판과 휴간지를 넘고 속새와 갈대가 자란 벌판과 늪지대를 넘고, 음산한 날씨를 마시며, 깊이깊이 숨을 들이켜며 앞으로 나아갔다. 오리나무가 늘어선 조그만 골짜기나, 이끼 냄새가 풍기는 전나무 숲을 뚫고 다시 갈색 짙은 적막한 들판을 넘어서 나아갔다.

진회색 구름이 낀 하늘 아래 높다란 언덕배기에서 리디아의 모습이 아련하게 보였다. 천천히 달리는 말에 높이 올라 앉아 있었다. 그는 리디아한테 달려갔다. 리디아는 추격을 받고 있다는 것을 알자 말을 채찍질하여 달아났다. 모습이 사라졌다고 생각하면 다시 머리칼을 바람에 나부끼는 모습이 보였다. 미끼를 쫓듯 그는 추격해 갔다. 그의 마음은 싱긋이 웃고 있었다. 다정스럽게 작은 소리로 외치며 말을 격려했다. 말을 달리면서 기꺼운 눈으로 풍경의 이모저모를 관찰했다. 웅크리고 앉은 밭이랑, 오리나무 숲, 단풍나무 그루들과 늪의 진흙탕 기슭 등을 보았다. 그러나 그는 쉴 새 없이 목표를 향해서, 달아나는 아름다운 여인을 향해서 눈을 떼지 않았다. 얼마 못 가 따라 잡을 수 있을 것 같았다.

리디아는 그가 바짝 따라온 것을 알자 달리기를 단념하고 말을 걷게 했다. 리디아는 추격자를 거들떠보지도 않았다. 날렵하게, 보기에도 태연하게, 마치 아무 일도 없었던 듯이 혼자뿐인 것처럼 말을 앞으로만 자꾸 몰고 갔다. 그는 말을 리디아의 말과 나란히 가게 했다. 두 마리의 말은 서로 가까이 붙어서 한가로이 걸어갔다. 그러나 말도, 사람도 달렸기 때문에 약간 지쳐 있었다.

"리디아!" 그는 나지막이 불렀다.

리디아는 대답 하지 않았다.

"리디아!"

여전히 대답이 없었다.

"리디아, 당신이 말 타고 있는 모습을 멀찍이서 보니 정말 예쁘던데요. 당신의 황금색 머리칼은 번갯불처럼 나부꼈어요. 정말 멋지더군요. 아, 당신이 나한테서 도망치는 모습이 왜 그다지도 멋있어 보였을까요. 그래서 당신이 나를 조금은 사랑하고 있다는 걸 알았지요. 그럴 줄은 몰랐어요. 어제 저녁까지도 의심하고 있었죠. 당신이 나한테서 도망치려고 하였을 때 비로소 나는 갑자기 알았어요. 아름답고 그리운 리디아! 피곤하지 않아요? 내립시다."

그는 말에서 얼른 뛰어내림과 동시에 리디아가 또 도망치지 못하도록 그녀의 말고삐를 잡았다. 눈같이 하얀 얼굴이 그를 내려다보았다. 말에서 안아서 내려주었을 때 리디아는 왈칵 눈물을 쏟았다. 그는 조심조심 리디아를 몇 발자국 이끌고 가다가 마른 풀 위에 소녀를 앉히고 그 옆에 무릎을 꿇었다. 그러자 소녀는 앉아서 흐느낌과 싸우고 있었다. 애처롭게 싸웠다. 간신히 울음을 그쳤다.

"아, 당신이 그렇게도 나쁜 사람일 줄이야!" 하고 말을 꺼냈으나 곧 멈췄다. 더 이상 말이 나오질 않았다.

"내가 그렇게 나쁜 사람이오?"

"골드문트, 당신은 여자를 유혹하는 사람이에요. 아까 당신이 나한테 말한 것을 잊어 줘요. 염치도 없는 말이에요. 내가 당신을 사랑하다니요. 어떻게 그런 걸 생각할 수 있어요? 잊어 주세요! 하지만 내가 어제 저녁에 볼 수밖에 없었던 광경을 어떻게 잊을 수 있을까요?"

"어제 저녁에 대관절 무얼 보았다는 말이요?"

"흥, 시치미 떼지 말아요! 제발 그런 거짓말은 그만둬요! 내 눈 앞에서 그 여자한테 추파를 던지다니요. 너무해요! 수치도 모르는 행동이에요! 대관절 당신은 수치라는 걸 아나요? 테이블 밑에서, 우리 테이블 밑에서 그 여자의 발을 만지다니요! 내 앞에서, 내 눈 앞에서! 그리고 그 여자가 버리고 가자 지금은 내 뒤를 쫓

다니요! 당신은 정말 수치가 무어라는 걸 몰라요."

골드문트는 리디아를 말에서 내리기 전에 리디아한테 한 말을 벌써부터 후회하고 있었다. 얼마나 어리석었던가! 사랑에는 말은 없어도 좋은 거다. 침묵을 지키고 있어야 했던 거다.

그는 이제 아무 말도 하지 않았다. 리디아 옆에 무릎을 꿇고 있었다. 그 자신도 무엇을 호소하지 않으면 안 될 심정이었다. 그러나 소녀가 어떤 말을 하더라도 그는 소녀의 눈동자 속에서 사랑을 볼 수 있었다. 실룩거리는 입술 위에 있는 괴로움도 사랑이었다. 그는 리디아의 말보다 리디아의 눈 속을 믿었다.

그렇지만, 리디아는 대답을 기다리고 있었다. 대답이 없기 때문에 리디아는 입술이 더욱 뾰로통해져서, 울음을 그친 뒤의 조금 맑아진 눈으로 그를 쳐다보며 거듭 말했다. "대관절 당신은 수치라는 걸 정말 몰라요?"

"용서해 줘요." 그는 조용히 말했다. "우리는 이야기하지 말아야 할 것을 이야기하고 있습니다. 모든 게 내 책임입니다. 용서해 줘요! 수치를 모르냐고 당신은 묻고 있습니다. 물론 나는 수치를 충분히 알고 있습니다. 하지만 나는 당신을 사랑합니다. 사랑은 수치 따위는 하나도 모릅니다. 화내지 마십시오!"

리디아는 아무런 말도 듣는 것 같지 않았다. 주저 앉은 채, 입을 다물고 옆에는 마치 아무도 없는 듯 까마득히 먼 곳으로 눈길을 던지고 있었다. 그가 이런 상황에 놓인 적은 한 번도 없었다. 이렇게 된 원인은 말을 했기 때문이었다.

그의 얼굴을 가만히 리디아의 무릎에 얹었다. 감촉은 이내 그에게 쾌감을 주었다. 그렇지만 그는 감히 손을 댈 수가 없었기에 슬퍼졌다. 리디아도 여전히 슬픈 것 같았다. 꼼짝하지 않고 앉아서 아무 말도 없이 먼 곳만 바라보고 있었다. 말할 수 없이 거북스러웠고, 말할 수 없이 슬펐다.! 그러나 리디아의 무릎은 그가 비벼대는 따스한 볼을 다정스레 받아 주었다. 그를 뿌리치지는 않았다. 그는 눈을 감고 리디아의 무릎 위에 얼굴을 얹고 있을 동안 서서히 그 고귀하고 기다란 형태를 자기 안으로 빨아들였다. 품위 있어 보이고 맵시 있는 이 무릎이 리디아의 기다랗고 아름답고 팽팽한 반월형 손톱과 얼마나 잘 어울리는가를 생각하면서 골드문트는 환희와 감동을 맛보았다. 감사한 마음으로 그는 무릎에 얼굴을 비벼대고 볼과 입술로 하여금 무릎과 이야기 하도록 했다.

이번에는 리디아의 손이 망설이는 듯하면서 나는 새처럼 사뿐히 그의 머리칼 위에 얹혀지는 것을 느꼈다. 부드러운 손으로 어린아이처럼 가만히 그의 머리칼을 만지작거리는 것을 느꼈다. 그 손은 벌써 몇 번이나 자세하게 관찰하고 경탄하던 손이었다. 길쭉하고 날씬한 손가락과 기다랗고 곱고 반원형으로 볼록한 그녀의 장미색 손톱을 그는 마치 자신의 손인 양 잘 알고 있었다. 지금 리디아의 길쭉하고 보드라운 손가락이 수줍게 그의 고수머리와 이야기하고 있었다. 리디아의 말은 어린아이처럼 조심스러웠으나 사랑이었다. 감사한 마음을 감추지 못한 그는 얼굴을 리디아의 손바닥에 대고 비비며 목덜미로, 그리고 볼로 리디아의 손바닥을 만지작거렸다.

그때 리디아는 말했다. "이제 갈 때가 됐어요."

그는 고개를 들고 애정 어린 얼굴로 리디아를 쳐다보며 그 고사리 같은 손가락에 가만가만히 입을 맞추었다.

"제발, 일어나요." 소녀는 말했다. "집에 가야 해요."

그는 얼른 순종했다. 둘은 일어서서 말에 올라타고 달려갔다.

골드문트의 가슴에 행복이 물결치고 있었다. 리디아는 얼마나 아름답고 어린아이처럼 순진하고 부드러운가! 아직 한 번도 리디아와 키스한 적은 없었지만 그의 마음속은 리디아로 가득 차 있었다. 둘은 질풍같이 달렸다. 돌아오는 길 저택 입구 바로 근처에 와서야 비로소 리디아는 깜짝 놀라서 말했다. "둘이 같이 들어가면 안 돼요. 참 어리석었어요!"

둘이 말에서 내려 벌써 마부가 달려 나오는 바로 그 순간이 되어서야 리디아는 얼른 그의 귀에 대고 소곤거렸다. "당신 어저께 저녁에 그 여자한테 갔는지 안 갔는지 말해요!"

그는 몇 번이나 고개를 저으며 안장을 풀기 시작했다.

오후에 아버지가 외출하자 리디아는 서재에 나타났다.

"정말이에요?" 리디아는 정열에 넘치는 목소리로 재빨리 물었다. 그녀의 말 뜻을 그는 이내 알 수 있었다.

"왜 그 여자하고 그랬어요? 그렇게 추잡하게 말이에요. 왜 사람을 꼼짝 못하게 했어요?"

"사실 당신한테 반해 있었거든요." 그는 말했다. "실은 그 여자의 발보다 당신 발을 간절히 더 만지고 싶었지요. 하지만 당신 발은 테이블 밑에서 한 번도 나에게 오지도 않았거니와 내가 당신을 사랑하느냐고 묻지도 않았어요."

"정말 내가 좋아요, 골드문트?"

"물론이죠."

"하지만, 그래서 어떻다는 거죠?"

"모르겠어요, 리디아. 그런 것은 아무래도 상관없습니다. 당신을 사랑하는 마음이 나를 행복하게 하는 거예요. 어떻게 된다는 생각은 하지 않습니다. 당신이 말을 타고 있는 모습을 보고, 당신의 목소리를 듣고, 당신의 손이 나의 머리칼을 만져 주는 것이 나를 즐겁게 해줍니다. 키스를 하면 더 기쁠 겁니다."

"약혼자에게만 키스를 할 수 있어요, 골드문트. 그걸 생각해 본 일 없나요?"

"네, 그런 걸 생각해 본 적은 없어요. 왜 나는 안 되나요? 당신이 나의 약혼자가 될 수가 없다는 것은 나와 마찬가지로 리디아도 잘 알고 있는 거 아닌가요?"

"그래요. 당신이 나의 남편이 될 수 없고, 항상 내 옆에만 있을 수 없기 때문에 나에게 사랑 이야기를 하는 건 큰 잘못이에요. 당신은 나를 유혹할 수 있다고 믿었나요?"

"나는 그런 걸 믿지도 않았거니와 생각지도 않았습니다. 리디아, 나는 당신이 생각하는 것보다 작은 일을 생각하고 있습니다. 언젠가 한 번은 당신한테서 키스를 받고 싶다는 욕망밖에는 없습니다. 우리는 너무 이야기가 많습니다. 사랑하는 사람은 이렇게 하지 않습니다. 당신은 나를 좋아하지 않지요?"

"오늘 아침에 당신은 반대로 말하였어요."

"그리고 당신은 반대로 행동 하였습니다."

"내가? 그것은 무슨 뜻이에요?"

"처음에 당신은 내가 오는 것을 보자 나를 피해 달아났습니다. 이 사람은 나를 사랑하고 있다고 나는 믿었습니다. 그 다음에 당신은 울고 말았습니다. 그런 행동이 나를 사랑하기 때문이라고 생각했습니다. 그런 다음 내 머리를 당신 무릎 위에 눕혔습니다. 당신은 나를 쓰다듬어 주었습니다. 이것이 사랑이라고 나는 믿었습니다. 그러나 지금은 조금도 부드럽게 대해주지 않습니다."

"나는 당신이 어젯밤에 발을 만져 준 여자하고는 달라요. 당신은 벌써 그런 여자한테 익숙해 있는 것 같아요."

"천만의 말씀을. 당신은 그 여자보다 훨씬 아름답고 곱습니다."

"나는 그런 걸 말하고 있는 게 아니에요."

"그렇지만 그렇습니다. 대관절 당신이 얼마나 아름다운지 알기나 합니까?"

"당신 스스로 당신의 아름다운 모습을 한 번이라도 본 일이 있습니까? 리디아, 어깨와 손톱과 그리고 무릎과 그 밖의 모든 것이 서로 닮아서 잘 어울리는 모습을, 기다랗고 단단하고 매우 늘씬한 당신 모습을 본 일이나 있습니까?"

"어쩌면 그런 말을! 사실 그런 모습을 한 번도 본 일이 없지만 지금 당신이 그런 말을 했기 때문에 당신 속셈을 알았어요. 좀 들어 봐요! 당신은 여자를 홀리는 사람이에요. 지금도 당신은 나한테 허영심을 넣어 주려고 애쓰고 있는 걸요."

"유감스러운 일이지만, 당신한테는 정말 그렇게 할 수 없는 걸요. 하지만 당신한테 허영심을 넣어 줄 필요가 어디 있어요? 당신은 아름다워요. 그래서 나는 감사하다는 것을 보여 주고 싶은 걸요. 당신이 억지로 그 말을 나한테 하게 합니다. 내 마음은 말을 하는 것보다 몇 배나 더 간절합니다. 말로써는 나는 아무것도 당신한테 줄 수 없습니다! 말로써는 나는 당신한테서 아무것도 배울 게 없거니와 당신도 나한테서 아무것도 배우지 못해요."

"대관절 당신한테서 뭘 배우라는 거예요?"

"리디아, 나는 당신한테서, 당신은 나한테서 배울 수 있습니다. 하지만 당신을 신부로 맞아들이는 사람만을 사랑하려고 합니다. 그 사람은 당신이 아무것도 배우지 않았다는 것을, 키스하는 방법조차도 배우지 않았다는 것을 알게 되는 날에는 웃고 말겁니다."

"그래요. 그렇지만 당신은 나한테 키스하는 방법을 가르쳐 주는 거군요? 학사님."

그는 리디아에게 싱긋 웃어 보였다. 리디아의 말은 그의 기분을 상하게 했지만, 리디아의 다소 과격하고 진심을 숨긴 영리한 말솜씨 뒤에는 소녀다운 욕망에 휩싸여 몸을 떨면서도 그것을 억제하고 있는 것이 느껴졌다.

그는 이제 대답도 하지 않았다. 단지 리디아에게 싱긋 웃어 주며 리디아의 불안스런 눈길을 그의 눈길로 붙들어 사로잡았다. 리디아가 저항을 하면서도 마력에 굴복하자 그는 서서히 그의 얼굴을 리디아의 얼굴로 가져갔다. 드디어 입술이 맞부딪쳤다. 그는 가만히 리디아의 입술을 스쳤다. 리디아의 입술은 어린아이처럼 짤막한 키스로 그에게 답해 주었으나 그가 이젠 놓아 주지 않는다는 것을 알고 놀란 듯 벌어졌다. 그는 달콤한 사랑을 구하면서 도망쳐 가는 리디아의 입술이 주저하면서도 그를 향해 다시 올 때까지 좇아갔다. 그리고 황홀하게 서있는 처녀에게 힘들이지 않고 키스를 주고받는 방법을 가르쳐 주었다. 드디어 리디아는 맥이 탁 풀린 채 얼굴을 그의 어깨에다 파묻었다. 그는 리디아를 가만히 쉬게 하고는 짙은 금발의 향기를 즐겼다. 애정을 담아 위안해 주는듯한 말씨로 리디아의 귀에다 속삭였다. 그렇게 하는 순간 근심 걱정 없던 학생 시절, 집시 여인 리이제에게 배웠던 은밀한 기교가 떠올랐다. 리이제의 머리숱은 얼마나 검었으며, 그 살결은 얼마나 갈색이던가! 햇볕은 얼마나 따갑게 내리쬐고 시들어가는 고추나물은 얼마나 향기를 풍겼던가! 그런데 모든 것이 아득한 옛일이 되었다. 꽃도 피기 전에 이토록 빨리 모든 것이 시들어 가고 마는 것이었다!

리디아는 천천히 일어섰다. 표정은 아까와 달랐다. 리디아는 열망하는 듯한 커다란 눈으로 심각하게 바라보고 있었다.

"가게 해줘요, 골드문트." 리디아가 말했다. "정말 오래 당신 곁에 있었어요. 아, 내 사랑하는 사람!"

둘은 매일 비밀스런 시간을 찾아냈다. 골드문트는 사랑하는 여인이 원하는 대로 되었다. 이 소녀의 사랑은 무어라 표현할 수 없을 정도로 그를 행복하게 만들고 감동시켰다. 리디아는 거의 한 시간 동안이나 그의 두 손을 붙잡고 그의 두 눈만 쳐다보다가 어린아이 키스를 하고 헤어질 때가 자주 있었다. 그런가 하면 몸을 맡겨 버린 채, 싫증을 모를 정도로 키스를 하기도 했지만 몸을 만지는 것만은 허락하지 않았다. 어느 땐 얼굴을 빨갛게 물들이며 그를 잔뜩 기쁘게 해줄 생각으로 리디아는 한쪽 젖가슴만 겨우 보여 주었다. 수줍으면서도 조그맣고 하얀 과일과 같은 것을 옷 속에서 꺼냈다. 그가 무릎을 꿇고 젖가슴에 키스를 하자, 리디아는 그것을 조심성 있게 옷 속으로 감추었으나 그래도 목까지 새빨개졌다. 둘은 이야기도 하였으나 이제는 첫날과는 아주 다른 새로운 방법으로 이야기를 했다. 둘은 서로 사랑 이야기를 지어냈다. 리디아는 자신의 유년 시절이나 꿈이나 유희에 대해서 즐겨 이야기했다. 또 그가 리디아와 결혼할 수가 없기 때문에 두 사람의 사랑은 참다운 사랑이 아니라는 것도 자주 이야기했다. 슬픔에 잠겨 진심으로 그런 이야기를 했다. 까만 베일로 가려 있는 것처럼 슬픈 비밀을 간직한 채 리디아의 사랑을 장식하고 있었다.

골드문트는 처음으로 여자한테서 요구 받고 있을 뿐 아니라 사랑 받고 있다고 느꼈다. 어느 날 리디아는 말했다. "당신은 정말 예쁘고 명랑해 뵈지만요, 당신의 두 눈 속에는 명랑함이 하나도 없고, 있다면 슬픔만이 있을 뿐이에요. 마치 당신의 눈은 행복 같은 것은 존재하지도 않고, 아름다운 것도 사랑하는 것도 모두 우리 곁에 오래 있지 않을 거라는 사실을 알고 있는 것 같아요. 당신의 눈만큼 아름다운 눈은 없을 테지만 당신의 눈만큼 슬픈 눈도 없을 거예요. 당신이 고향을 갖지 않은 탓인가 봐요. 당신은 숲 속에서 나한테 왔었지요. 그리고 언젠가 다시 여기를 떠나 이끼 위에서 잠자고 방랑할 테죠, 하지만 나의 고향은 대관절 어디일까요? 당신이 떠나더라도 나는 아버지와 동생과 함께 방에 앉아서 당신을 생각하는 시간을 가질 테지만, 하지만 이제 고향은 갖지 못할 거예요."

그는 리디아에게 이야기를 시켜 놓고 때때로 그 이야기에 미소 지었다. 슬퍼질 때도 많았다. 말로써 위안을 주지는 않았다. 단지 살짝 쓰다듬어 주었을 뿐이다. 리디아의 머리를 가슴에 안고 마치 어린아이가 울 때 유모가 달래주기 위해 중얼거리듯이 아무 뜻도 없는 주문을 외듯 나직이 달래주었다. 어느 날 리디아가 이렇게 말했다. "골드문트, 당신이 어떻게 되는지 나는 알고 싶어요. 나는 그런 생각을 자주 해요. 정상적인 편안한 생활은 하지 않을 테지요. 아, 당신이 제발 행복하게 지내시기를! 틀림없이 당신은 시인이 될 거라고, 환상과 꿈을 머금고 그것을 아름답게 표현할 수 있는 시인이 될 수 있을 거라고 생각할 때도 있어요. 아, 당신은 온 세상을 방랑할 테지요. 그렇지만 당신은 외로울 거예요. 차라리 수도원의 친구들한테 돌아가는 게 좋지 않아요? 당신이 늘 말씀하시는 친구한테로! 당신이 쓸쓸히 숲 속에서 죽어 가지 않도록 나는 당신을 위해 언제나 기도드릴 거예요."

어찌 할 바를 모르는 눈초리로 리디아는 차근차근 이런 이야기를 할 때가 있었다. 그런 다음에는 다시 킬킬대고 웃으며 그와 함께 늦가을 들판으로 말을 몰고 나가거나 그에게 농담 섞인 수수께끼를 내거나 시들은 잎이나 윤기 나는 도토리를 그에게 집어 던질 때도 있었다.

어느 날 골드문트는 자기 방 침대에서 잠을 청하며 누워 있었다. 은근히 안타까운 기분에 싸여 가슴이 답답해졌다. 가슴속이 사랑으로 가득 차고, 슬픔과 막막한 감정이 무겁고 넘쳐흐를 듯 고동쳤다. 겨울바람이 지붕을 흔드는 소리를 들었다.

잠들기 전 오랜 시간을 두고 그렇게 잠들지 못하는 날이 벌써 습관이 되어 있었다. 그는 매일 밤 습관대로 나지막한 목소리로 마리아의 노래를 불렀다.

　　　　당신은 진정 아름다워라, 마리아여
　　　　더러운 흔적은 가슴 속에 없어라
　　　　당신은 이스라엘 땅의 환희,
　　　　죄 지은 자들의 어머니여라!

노래는 그의 영혼 한가운데로 가라앉았다. 동시에 밖에서는 바람이 노래 부르고 있었다. 불화와 방랑의 노래를, 숲이나 가을이나 유랑 생활의 노래를. 생각은 리디아한테로, 나르치스한테로, 어머니한테로 흘러갔다. 울적한 그의 가슴은 감정이 넘쳐흘러 답답했다.

그때 그는 정신이 번쩍 들어 믿기지 않는 듯이 문 쪽을 응시했다. 방문이 열렸다. 하얀 잠옷을 맵시 있게 입은 모습이 어둠 속으로 들어섰다. 소리도 없이 리디아가 맨발로 걸어와서 가만히 문을 닫고 그의 침대에 앉았다.

"리디아" 그는 소곤거렸다. "내 사슴, 내 하얀 꽃! 리디아, 어쩐 일이야?"

"당신한테 왔죠." 소녀가 말했다. "잠깐 나의 골드문트가 침대에서 어떤 모양으로 잠자는가 한 번 보고 싶었어. 내 황금 심장."

리디아는 그의 곁에 달라붙어 괴로운 듯 가슴을 두근거리며 가만히 누웠다. 그가 마음대로 키스하는 것을 막지 않았다. 놀라움을 감추지 못하는 그의 두 손이 리디아의 온 몸을 마음껏 애무하는 것을 막지 않았으나 그 이상은 허락해 주지 않았다. 얼마 후 소녀는 그의 두 눈을 부드럽게 뿌리치고 그의 눈에 키스를 한 다음 소리 없이 일어서서 문밖으로 사라졌다. 문이 덜커덕 거리고 처마가 바람을 받아 가볍게 흔들리는 소리를 냈다. 모든 것이 요술에 걸린 것처럼 비밀과 불안과 약속과 위협으로 가득 차 있었다. 골드문트는 어떻게 생각하고 어찌 해야 좋을지 몰랐다. 불안에 싸인 채 잠이 들었다가 깨어나 보니 베개가 눈물에 젖어 있었다.

리디아는 며칠 후에 다시 찾아왔다. 감미롭고 하얀 도깨비는 지난번과 마찬가지로 잠시 그의 옆에 누웠다. 그의 팔에 안기어 리디아는 그의 귓속에다 대고 이야기하고 싶은 것, 호소하고 싶은 것이 너무나 많다고 속삭였다. 아늑한 마음에 사로잡혀 그는 귀를 기울였다. 그는 리디아를 그의 왼팔 위에 눕히고 오른손으로 리디아의 무릎을 만지작거렸다.

"골드문트." 리디아는 그의 볼에 입을 대고 소리를 낮춰 말했다. "이제 두 번 다시 당신과 함께 있을 수 없게 되어 무척 슬퍼요. 우리들의 아늑한 행복과 비밀은 이제 오래 가지 못해요. 유울리에가 벌써 의심을 품고 있어요. 얼마 안 있어 나한테 고백하라고 강요할 거예요. 안 그러면 아버지가 눈치챌지도 모르고요. 당신 침대에 같이 누워 있는 것이 발견되면 내 어여쁜 황금 샌님, 당신의 리디아는 혼날 거예요. 두 눈은 눈물로 부풀어 오르고, 가장 사랑하는 사람의 목이 나무에 매달려 바람에 나부끼는 걸 보게 될 테죠. 아, 당신 차라리 달아나요. 차라리 지금 빨리 달아나요. 아버지가 당신을 묶고 목을 매달지 않게요. 예전에 한 번 목을 매는 사람을 보았어요. 도둑이었어요. 당신 목을 매는 것을 볼 수 없어요. 이봐요,

당신이 죽지 않도록 차라리 달아나서 나를 잊어요. 당신의 파란 눈을 새들이 쪼지 않도록! 아니, 아니, 그리운 님. 가서는 안 돼요……. 아 당신이 나를 버려두고 가면, 어쩌면 좋아요."

"나하고 함께 가는 것은 싫어요, 리디아? 같이 도망갑시다. 세상은 넓은 걸요!"

"그렇게 할 수 있다면 얼마나 좋겠어요." 리디아는 탄식했다. "당신과 함께 온 세상을 돌아다닌다면 얼마나 아름다울까요. 하지만 나는 할 수 없어요. 숲 속에서 잠자거나, 집 없는 천사가 되거나, 지푸라기를 머리칼에 붙이거나, 그런 짓은 못해요. 아버지에게 수치스런 일을 안겨 드릴 수는 없어요……. 아니, 이런 얘긴 그만 해요. 상상이 아니에요. 난 할 수 없어요! 더러운 쟁반에 놓인 음식을 먹지도 못하지만 문둥병 환자 곁에서 잠자는 것과 같은 일은 정말 못하겠어요. 아, 우리한테는 좋은 것과 아름다운 것은 모두 다 금지되어 있어요. 우리 두 사람은 괴로움만 잔뜩 받기 위해 태어난 거예요. 내 가엾은 아기! 결국 나는 당신 목을 매는 것을 보지 않으면 안 될 거예요. 그리고 나는 감금되어 수녀원으로 보내질 거예요. 이봐요, 나한테서 떠나 다시 집시나 농부 아낙네와 함께 자도록 하세요. 네? 아, 가요! 가요! 잡혀서 묶이기 전에 가요! 우리는 절대 행복해지지 못할 거예요. 결코!"

그는 살짝 리디아의 무릎을 만지작거렸다. 그리고 부드럽게 리디아의 깊은 곳을 만지면서 빌었다.

"내 꽃봉오리여! 우리는 정말 행복해질 수 있다오! 왜 안 되겠어요?"

리디아는 화를 내지 않았지만 그의 손을 힘주어 뿌리치고 그에게서 조금 비켜났다.

"안 돼." 리디아는 말했다. "안 돼, 안 돼요. 난 거기까지 허락할 수 없어요. 당신 같은 집시는 아마 모를 거예요. 그래요, 나는 옳지 못한 짓을 하고 있어요. 나는 나쁜 계집애예요. 온 집안에 불명예를 가져왔어요. 하지만 마음 어느 한 편으론 자랑스러워요. 거기는 아무도 들어와서는 안 돼요. 그걸 인정해 주지 않으면 안 돼요. 그렇지 않다면, 나는 이제 당신 방에 들어올 수 없어요."

그는 리디아의 긍지나 소망이나 암시하는 바를 결코 무시하지 않았다. 그를 억제하려는 리디아의 힘이 얼마나 강한지 놀랐다. 그러나 그는 괴로워했다. 그의 관능을 진정 시킬 수 없었다. 그의 마음은 가끔 의존적인 생활을 과격하게 거부했다. 수차례 거기서 벗어나려고 노력했다. 작은 유울리에한테 겸손하게 다가가 그녀의 마음을 알아보려고도 했다. 무엇보다 이 중요한 인물과 원만한 관계를 맺어서 가능한 한 그녀의 마음을 빼앗을 필요가 있었다. 유울리에라는 여자아이는 그에게 매우 묘한 존재였다. 때로는 아주 어린아이 같아 보이지만 때로는 무엇이든 알고 있는 것처럼 보이기도 했다. 하지만 유울리에는 분명히 리디아보다 아름다웠다. 흔히 볼 수 없는 미인이었다. 그것이 얼마간 어린아이 같은 순진함과 함께 골드문트에게는 큰 매력으로 다가왔다. 그는 가끔 유울리에의 매력에 몹시 마음을 빼앗길 때가 있었다. 다른 사람 아닌 그녀의 동생이 그의 관능을 자극하는 바로 그 매력을 통해 그는 종종 욕망과 사랑의 차이를 깨닫고 놀라곤 했다. 처음에 그는 두 자매 모두 마음에 들었지만 유울리에 쪽이 더 아름답고 유혹해 볼만하다고 생각했었다. 그래서 그녀들 모두 차이를 두지 않고 사랑을 구하면서 동시에 주목하고 있었다. 그리고 지금은 리디아가 그를 사로잡고 있었다. 지금 그는 그녀를 너무나 사랑한 나머지, 사랑 때문에 그녀를 완전히 소유하는 것을 단념할 정도로 그녀를 사랑하고 있었다. 리디아의 마음을 알고 사랑하게 되었다. 리디아의 어린애다운 순진함과 부드러운 애정, 슬픔에 빠지기 쉬운 성격 등, 그 모든 것이 자기를 닮은 것 같았다. 그는 몇 번이나 그녀의 마음이 얼마나 육체와 상응하고 있는지 알고서 크게 놀라기도 했고 감탄하기도 했다. 그녀가 어떤 행동이나 말로써 무엇을 표현하면 그녀의 영혼에서 우러나오는 말과 태도는 눈의 표정이나 손가락 생김새와 똑 같은 형태로 나타났다.

골드문트가 리디아에게서 인간의 몸과 마음을 형성하고 있는 원형과 법칙을 발견했다고 믿었던 순간부터, 그의 마음속에는 가끔 이 환상적인 모습을 붙들고 묘사해보려는 욕망이 움텄다. 그는 남몰래 깊숙이 보관하고 있던 몇 장의 종이에다 펜으로 그 여자의 머리 윤곽과 눈매, 손과 무릎 등을 기억으로 더듬으며 소묘해 보려고 시도했다.

유울리에와의 관계는 다소 어려워졌다. 유울리에는 분명히 언니가 사랑의 큰 파도에 흔들리고 있는 것을 느꼈다. 그녀의 관능은 호기심과 욕망으로 넘쳐흘러서 낙원으로 향했지만, 그녀의 완고한 생각으로는 그것을 받아들일 수 없었다. 유울리에는 골드문트에게 과장된 냉담과 반감을 보이면서도 그에게 열중해 있는 순간에는 경탄과 야릇한 호기심으로 그를 바라볼 때도 있었다. 유울리에는 리디아에게 가끔 매우 친절하게 대했다. 때때로 침대에 누워있는 언니를 찾아가기도 했다. 거기서는 말없는 욕망을 감추면서 사랑과 성의 영역을 호흡해 보았으며, 갈망하면서도 금지된 비밀스런 이야기를 넌지시 건드려 보기도 했다. 그리고는 유울리에는 리디아가 숨기고 있는 은밀한 행동을 알고 있으며, 경멸한다는 내색을 드러냄으로써 리디아에게 상처를 주기도 했다. 이 아름다운 변덕쟁이 처녀는 서로 사랑을 속삭이는 리디아와 골드문트 사이에서 하늘하늘 타오르며 자극을 주기도 하고 방해를 하기도 하며, 갈망하는 꿈을 그리면서 두 사람의 밀어를 엿들었다. 때로는 아무것도 모르는 처녀로 가장하기도 하고 때로는 내막을 다 알고 있는 위험한 존재라는 눈치를 주기도 했다. 유울리에는 갑자기 어린아이라는 존재에서 위협적인 존재로 바뀌었다. 식사 때 이외에는 절대 유울리에와 얼굴을 마주치지 않는 골드문트보다 리디아가 더 유울리에의 그 같은 태도 때문에 괴로워했다. 골드문트가 유울리에의 매력에 대해 전혀 무관심하지 않다는 것도 리디아는 눈치채서 알고 있었다. 그의 눈길이 감탄에 싸여 동생한테 쏠려 있는 모습을 리디아는 자주 보았다. 리디아는 아무 말도 할 수 없었다. 모든 것은 매우 곤란하고 위험으로 가득 차 있었다. 특히 유울리에의 기분을 상하게 하거나 괴롭혀서는 안 되었다. 언제 어느 때 리디아의 비밀스런 사랑이 발각되어 괴로움과 불안에 찬 행복에 종말을 고하게 되면 얼마나 무서운 벌이 내려질지, 아무도 단정할 수 없는 일이었다.

이따금 골드문트는 자신이 왜 진작 떠나지 않았는지 의아하게 여기고 있었다. 이런 생활을 계속하기는 힘들었다. 사랑을 받으면서도 영원한 행복을 허락 받지도, 지금까지 그가 습관처럼 구하던 가벼운 사랑의 실현도 바랄 수 없었다. 끊임없이 자극을 받고 허덕이면서 끝내 풀릴 길 없는 충동을 안고, 일년 내내 위험 속에 몸을 드러내고 있었다. 왜 떠나지 않고 여기 그냥 머물러서 온갖 혼란과 갈피 없이 뒤얽힌 감정을 참고 살아가야 하느냐? 그것은 정착하고 있는 사람들이나 합법적인 사람들이나, 따뜻한 방에 살고 있는 사람들을 위한 체험과 감정과 양심의 상태가 아니었단 말인가? 이와 반면에 나는 그런 까다롭고 복잡한 상태를 탈피해서 그런 것들을 비웃으며 욕심 없는 유랑자의 권리를 갖고 있지 않았던가? 그렇다, 나는 이런 권리를 갖고 있었다. 여기서 고향과 같은 무엇을 구하기 위해 참을 수 없을 만큼의 고통과 이만한 불쾌감을 견디면서 그 값을 치른다는 것은 정말 어리석었다. 그런데도 그는 고통을 참으며 괴로워했다. 은근히 즐기면서 행복해 젖기도 했다. 이런 식으로 사랑하는 것은 어리석기도 하고 괴롭기도 하며, 복잡하고 힘도 들었으나 후련한 기분이었다. 사랑의 아름다움에 비하면 그 어리석음과 절망감은 참을 만한 것이었다. 한 잠도 못 이루고 생각에 잠겨 가슴을 두근거리던 밤은 정말 아름다웠다. 리디아의 입술에 감도는 괴로운 표정과도 같이 그녀가 사랑과 우수에 대해 이야기할 때 자기를 잊고 자기를 바치는 그 목소리의 울림처럼 그 모든 것이 아름답고 즐거웠다. 불과 몇 주일 사이에 리디아의 부드러운 얼굴에는 그러한 번민의 기색이 친숙한 표정으로 자리 잡았으며, 그 표정의 선들을 펜으로 그리는 일이 골드문트에겐 매우 아름답고도 중요하게 생각되었다. 그리고 최근 몇 주일 사이에 그 자신도 변하고 몇 해나 더 나이 먹은 기분이 들었다. 그다지 현명해지지는 않았지만 더욱 경험을 쌓았고, 그다지 행복해지지는 않았지만 마음속으로 훨씬 더 성숙해지고 풍부해진 기분이었다. 그는 이제 소년이 아니었다.

리디아는 부드러우면서도 자신을 잃은 목소리로 그에게 말했다. "당신은 나 때문에 슬퍼해서는 안 돼요. 나는 당신을 즐겁게 해드리고, 행복하게 지내는 걸 보고 싶을 뿐인 걸요. 용서해 주세요, 네. 당신을 슬프게 해드렸다고 생각하니 밤에 참 이상한 꿈을 꾸어요. 매일 밤 말할 수 없이 막막하고 어두운 황무지를 걷고 있는 거예요. 그곳을 걸어가며 당신을 찾지만 당신은 없거든요. 당신을 잃어버린 것을 알고 있으면서도 자꾸만 그렇게 혼자서 걸어 다니지 않으면 안 되는 거예요. 그러다가 눈을 뜨면 그분이 아직 내 곁에 있다는 것이, 그분을 만나게 된다는 것이 얼마나 고맙고 얼마나 멋진 일인지 생각해요. 그러나 어쩌면 앞으로 몇 주일, 아니면 며칠 밖에 머무르지 않을지도 모른다, 하지만 아무래도 좋다, 그분은 아직 계시니까, 하고 생각해요."

어느 날 아침, 골드문트는 일찍 잠이 깨어 침대에 누운 채 눈을 뜨고 잠시 생각에 잠겼다. 꿈속의 온갖 광경들이 아직 그의 주위에서 떠나지 않고 있었다. 그렇지만 아무 연관성도 없이, 어머니와 나르치스를 꿈에 본 것이다. 두 사람 모습이 아직도 눈에 선했다. 꿈에서 벗어나 이상한 빛이 새들어왔다. 오늘은 조그만 창살 구멍을 뚫고 들어오는 빛이 특별히 밝았다. 그는 일어나서 창가로 뛰어 갔다. 창문 쪽 서까래와 마구간 지붕과 저택 입구와 주변 전체가 올 겨울 첫눈에 뒤덮여 푸른빛을 띠고 하얗게 반짝이고 있었다. 가슴 속에서 꿈틀대는 불안과 고요한 정적이 감도는 겨울 풍경 사이의 대조는 창가에 서 있는 그를 어리둥절하게 했다. 저 밭과 숲, 언덕과 황무지는 태양과 바람과 비와 앙상한 겨울 옷과 눈에 싸여 얼마나 고요하고 감동적으로 그리고 거룩하게 몸을 맡기고 있던가! 단풍나무와 물푸레나무가 얼마나 아름답게, 또한 온화하게 가지 위에 내려앉은 겨울 짐을 견디고 있던가! 사람도 그들처럼 될 수는 없을까? 그런 것들한테서 배울 수는 없을까? 갖가지 생각을 하며 그는 안마당으로 나섰다. 눈 속을 걸으며 두 손으로 눈을 움켜쥐어 보기도 하면서 정원으로 건너갔다. 그리고 눈이 쌓여 있는 높은 울타리 너머로 눈 때문에 가지가 둥글게 굽은 장미꽃 나무줄기를 보았다. 아침 식사 때에는 모두 수프를 먹으며 첫눈 이야기를 했다. 모두 - 처녀들도 - 벌써 밖에 나갔다가 들어왔다. 올해는 눈이 늦게 내렸다. 벌써 크리스마스가 눈앞에 다가왔다. 기사는 눈이 내리지 않는 남국 이야기를 했다. 그러나 골드문트로 하여금 이 겨울 첫날을 잊지 못하게 한 일은 밤이 이슥해서야 비로소 일어났다.

자매들은 이날 서로 다퉜다. 그것을 골드문트는 몰랐다. 밤에 집안이 고요해지고 어두워졌을 때, 언제나처럼 리디아가 그에게 왔다. 리디아는 아무 말 없이 그의 옆에 누웠다. 그의 심장 고동소리를 듣고 싶기도 하고, 또한 그에게 몸을 부딪쳐서 위로도 해주기 위해 머리를 그의 가슴에 가져다 대었다. 리디아는 불안스럽기도 하고 슬퍼 보이기도 했다. 리디아는 율울리에의 배반을 겁내고 있었지만 연인에게 그 이야기를 해서 걱정을 끼쳐 줄 마음은 들지 않았다. 그래서 리디아는 가만히 그의 가슴에 기댄 채 연인이 가끔 사랑의 말을 속삭여 주고 그의 손으로 리디아의 머리칼을 만지작거려 주는 것을 느끼고만 있었다.

그러나 갑자기 - 리디아가 옆에 누운 지 얼마 되지 않아서 - 리디아는 소스라쳐 눈을 반짝 뜨고 자리에서 벌떡 일어났다. 골드문트도 얼른 알아 볼 수 없는 그림자가 방문을 열고 들어오는 것을 보았을 때, 적지 않게 놀랐다. 그 그림자가 침대 머리에 서서 침대 위로 허리를 굽혔을 때, 그것이 율울리에라는 것을 알자 그의 가슴은 꽉 죄어들었다.

율울리에는 잠옷 위에 걸치고 있던 외투를 벗어서 마룻바닥에 집어던졌다. 마치 단검이라도 꽂힌 것처럼 비명을 지르며 리디아는 뒤로 넘어지면서 골드문트에게 매달렸다.

유울리에는 고소하다는 듯이 냉소가 섞인 어조로 그러나 힘 없는 목소리로 말했다.

"난 혼자 쓸쓸히 방에서 뒹굴고 싶지 않아. 나도 끼어서 셋이서 눕든가, 안 그러면 가서 아버지를 깨울 테야."

"좋아요. 자, 이리 와요." 골드문트는 대답하며 이불을 들쳤다. "이를 어쩌나! 발이 얼었구나."

유울리에는 침대로 들어왔다. 그는 비좁은 침대에 얼마간 자리를 만드는 데 진땀을 뺐다. 왜냐하면 리디아가 얼굴을 베개에 파묻고 꼼짝하지 않고 누워 있었기 때문에 결국 셋이서 잤다. 골드문트 양쪽에 소녀가 한 명씩 누워 있었다. 얼마 전이었다면 골드문트 자신도 이런 상태를 바랐을 텐데 하는 생각을 잠시 누를 수 없었다. 무어라 해야 좋을지 모르는 불안과 남모르는 황홀경에 빠져들면서 그의 옆구리에서 유울리에의 엉덩이를 느꼈다.

"내 언니가 그리도 자주" 유울리에는 또 말문을 열었다. "찾아드는 당신 침대 속이 어떻게 생겼는지 꼭 한 번 보아야 할 것 같았어요."

골드문트는 유울리에를 진정시키기 위해 가만히 그의 뺨을 소녀의 머리칼에 비벼댔다. 그리고 마치 고양이를 쓰다듬듯이 부드러운 손길로 소녀의 엉덩이와 무릎을 어루만졌다. 소녀는 그의 손이 가는 대로 아무 말 없이, 그리고 흥미롭게 자신을 맡겨 두고 있었다. 마술을 감지한 듯 황홀하고 경건한 감정에 젖어 조금도 반항하지 않았다. 이렇듯 마귀를 부르고 있을 동안 그는 똑같이 리디아한테도 마음을 쓰고 있었다. 다정한 사랑의 속삭임을 리디아의 귀에다 대고 나지막이 소곤대었다. 안되면 얼굴을 들어서라도 그의 쪽으로 향하도록 차근차근히 꾀었다. 소리 나지 않게 그는 리디아의 입술과 눈에 키스를 하는 한편 그의 손은 반대쪽에 있는 동생을 꼼짝도 못하게 붙들고 있었다. 그러한 숨 막힐 듯 한 상태가 견딜 수 없을 만큼 이상야릇하게 느껴졌다. 그에게 뭔가를 깨우쳐 준 것은 그이 왼손이었다. 그 왼손이 잠잠히 기다리고 있는 아름다운 유울리에의 손과 발에 익숙해지는 동안, 그는 처음으로 리디아에 대한 사랑이 아름답기는 하지만 전혀 가능성이 없을 뿐만 아니라 가소롭다는 것을 깨달았다. 그의 입술이 리디아한테 그의 손이 유울리에한테 가 있을 동안 당장 리디아로 하여금 자신에게 몸을 맡기게 하든지 아니면 자신이 떠나 버리든지 하지 않으면 안 될 것 같은 생각이 들었다. 그녀를 사랑하면서도 단념한다는 것은 무의미한 일이요 정당하지 못했다.

"이봐, 리디아." 그는 리디아의 귀에 소곤거렸다. "우린 쓸데없이 괴로워하고 있단 말이야. 지금 우리 셋이 어떻게 행복해 질 수 있을까! 우리 욕망이 원하는 걸 하자꾸나!"

리디아가 부들부들 떨며 몸부림을 치기 때문에 그의 욕망은 또 다른 한 사람한테로 달려갔다. 그의 손이 유울리에의 마음을 매우 흡족하게 해주었으므로 유울리에는 길게 떨리는 탄식으로 기쁨을 나타냈다.

그 탄식하는 소리를 듣자 마치 독약이라도 한 방울 떨어진 것처럼 리디아의 가슴은 질투로 죄어들었다. 리디아는 벌떡 침대에서 일어나 이불을 침대에서 벗어 던지며 장승처럼 서서 고함쳤다. "유울리에, 가자!"

유울리에는 온몸을 오들오들 떨었다. 그렇게 고함을 치면 세 사람 모두 발각될지도 모를, 그 생각 없는 흥분이 위험스러운 것임을 깨닫고 아무 말도 하지 않고 일어섰다.

그러나 욕망을 남김없이 짓밟히고 기만당한 골드문트는 일어나는 유울리에를 얼른 얼싸안고 양쪽 젖가슴에 번갈아 입을 맞추며, 타는듯한 목소리로 귓가에 속삭였다. "내일이에요. 유울리에, 내일 말이에요!"

리디아는 맨발에다 잠옷 바람으로 서 있었다. 차가운 돌마루 위에서 발끝을 오므리고 있었다. 리디아는 마루에서 유울리에의 외투를 집어 들어 괴롭고도 비굴

한 몸짓으로 동생의 몸에 걸쳐 주었다. 어둠 속이었지만 동생은 그것을 알아보고 마음의 충격을 받아 화해할 마음이 생겼다. 자매는 소리도 없이 방에서 나가버렸다. 골드문트는 모순된 감정에 얽히면서 두 자매가 가버린 뒤의 정적에 귀를 기울였다. 집안이 죽은 듯 고요해졌을 때에야 한숨을 쉬었다.

젊은 세 사람은 이렇게 묘하고도 부자연스런 동침이 있은 후 온갖 생각에 뒤얽히며 고요 속으로 빠져들었다. 그녀들도 침대에 들어간 후 누구 하나 입을 열려 하지 않고 오직 씁쓸하게 말도 없이, 침대 안에서 눈을 깜박이고 있었다. 불행과 모순이, 무분별과 고립과 정신 착란의 마귀가 이 집을 점령해버린 것 같았다. 한밤중이 지나서야 골드문트는 겨우 잠이 들었다. 유울리에는 아침녘이 되어서야 겨우 잠들었고, 리디아는 한잠도 이루지 못하며 뒤척이는 사이에 희뿌연 아침을 맞았다. 리디아는 얼른 일어나서 옷을 갈아입고 나무로 만든 조그만 그리스도 상 앞에서 무릎을 꿇고 오래오래 기도하고 있었다. 계단에서 아버지의 발자국 소리가 들리자 리디아는 달려가서 이야기를 하고 싶다는 청을 드렸다. 유울리에의 순결을 걱정하는 마음과 자신의 질투를 구별하려 하지 않은 채 리디아는 이 사건의 종말을 맺으려는 결심을 했다. 리디아가 아버지한테 고백해도 좋다고 생각하는 모든 것을 기사가 다 듣고 났을 때까지도 골드문트와 유울리에는 잠을 자고 있었다. 리디아는 이 사랑의 모험에 유울리에가 관련되어 있다는 사실은 밝히지 않았다.

골드문트가 여느 때나 다름없는 시간에 서재에 나타나자, 기사는 평소 때라면 덧신을 신고 펠트 웃옷을 입고 글쓰기에 한창일 텐데, 장화를 신고 외투를 입고 칼을 차고 있었다. 골드문트는 그것이 무엇을 뜻하는지 알았다.

"모자를 써!" 기사는 말했다. "너하고 같이 가야 할 일이 있어."

골드문트는 못에 걸린 모자를 벗어들고 주인을 따라 계단을 내려갔다. 안마당과 대문을 지나 밖으로 나갔다. 두 사람의 신발 밑창이 얇게 얼어붙은 눈 속에서 바스락 소리를 내었다. 하늘엔 아직도 아침놀이 가시지 않았다. 기사는 아무 말 없이 앞장서서 걸어갔다. 젊은 친구는 따라가면서 몇 번이나 저택을, 자기 방 창문을, 눈에 덮인 경사진 지붕을 되돌아보았다. 마지막에는 그것도 숨어 버리고 아무것도 보이지 않았다. 저 지붕을, 저 창문을, 서재를, 침실을, 두 사람의 자매를 이제 두 번다시는 보지 못하게 되리라. 갑자기 헤어지게 되리라는 것은 오래 전부터 예상하고 있었지만, 그래도 그의 가슴은 터질 듯 죄어들었다. 이 이별은 그에게 심한 고통을 주었다.

주인이 앞장서고, 둘 다 말없이, 그들은 한 시간 이상 걸었다. 골드문트는 자신의 운명을 생각하기 시작했다. 기사는 무장하고 있었다. 아마 그를 때려죽일지도 모른다. 그러나 그런 걸 믿지는 않았다. 그럴 위험은 많지 않았다. 달아나면 되는 일이었다. 그렇게 한다면 노인은 단검을 갖고 있다 해도 손을 쓸 수가 없을 것이다. 아니, 그의 생명은 전혀 위험하지 않았다. 하지만 모욕을 당하고 엄숙해져 있는 이 사나이 뒤에서 이렇게 묵묵히 걸어간다는 것이, 이렇게 말도 없이 끌려간다는 것이, 그로서는 한 발자국을 뗄 때마다 견딜 수 없었다. 기사는 겨우 발걸음을 멈추었다.

"이제부터 너 혼자 앞으로 가." 깨진 목소리로 그는 말했다. "이쪽으로 계속 가거라. 네가 가고자 하는 유랑 생활로 인도하는 거다. 언젠가 또 내 집 가까이에 얼굴을 내밀었다간 그땐 쏘아 죽일 테다. 너한테 보복할 생각은 없다. 내가 좀 더 현명했어야 했다. 너같이 젊은 놈을 내 딸 곁에 두지 말았어야 했다. 감히 돌아온다면 네 생명은 없다. 자, 가라! 하느님이 널 용서해 주시길!"

그는 발을 멈추고 있었다. 눈 내린 아침의 희미한 빛 속에, 회색 수염에 뒤덮인 그의 얼굴이 아주 사라진 것처럼 보였다. 마치 도깨비처럼 골드문트가 바로 가까이에 있는 언덕배기 저 너머로 사라질 때까지 노인은 그 자리를 뜨지 않았다. 구름 낀 하늘에 빨갛게 물든 여린 빛이 사라졌다. 해는 떠오르지 않았다. 천천히 진눈깨비가 내리기 시작했다.

제 9 장

몇 번이나 말을 타고 달렸기 때문에 골드문트는 이 지방을 알고 있었다. 얼어붙은 늪 저쪽에 기사의 곡식 창고가 있다는 것을 그는 알고 있었다. 더 멀리 저쪽에 그가 알고 있는 농가도 있었다. 그곳 아무데서나 밤을 샐 수도 있을 테지. 그다음 일은 내일 어떻게 해결하면 될 것이다. 차츰 자유스러움과 타향에 있다는 느낌이 돌아왔다. 얼마 동안 잊고 있던 감정이었다. 이렇게 얼음처럼 쌀쌀한 겨울날엔 타향이란 별로 달갑지 않았다. 고난과 굶주림과 궁핍한 냄새가 풍겨왔다. 그렇지만 그 넓이와 크기와 가차 없는 무자비함 등이 도리어 걷잡을 수 없이 뒤얽힌 그의 가슴에 안정을 가져다주는 듯도 하고 위로해 주는 듯도 하였다.

그는 지치도록 걸었다. 이젠 말을 탈 수 없게 되었다. 아, 얼마나 넓은 세상이더냐! 눈은 그다지 내리지 않았다. 먼 데서 숲 등성이와 잿빛 구름이 서로 엇갈리고 있었다. 세계의 끝까지 무한한 정적이 가로놓여 있었다. 그 가엾은 겁쟁이 리디아는 지금쯤 무얼 하고 있을까? 리디아가 갑자기 불쌍해졌다. 공헌한 갈대 늪 한

가운데 외로이 혼자 서서, 잎마저 떨어진 물푸레나무 밑에 앉아 쉬면서도 생각은 아련히 리디아에게 흘러가고 있었다. 그러나 너무 추워 가만히 있을 수 없어 뻣뻣해진 다리를 다시 일으켰다. 서서히 힘주어 발걸음을 옮겼다. 구름 속으로 가냘픈 햇살이 벌써 기울어지기 시작했다. 사람 하나 없는 광막한 들판을 터벅터벅 걷고 있는 동안 떠오르는 생각은 아무것도 없었다. 애정이 깃든 것이든, 아름다운 것이든 이제는 어떤 생각을 하거나 감정을 품지 않았다. 몸을 따뜻하게 하고 얼른 잠자리에 드는 것, 담비나 여우처럼 이 차갑고 광막한 세계를 뚫고 지나가는 것, 이런 들판에서 얼어 죽지 않도록 하는 것, 그것만이 문제였다. 다른 것은 염두에도 두지 않았다.

멀리서 달려오는 말발굽 소리를 들은 것 같아 이상하게 여기며 뒤를 돌아보았다. 추격을 받고 있는 것은 아닌가? 그는 주머니에서 사냥할 때 쓰는 조그만 단검을 꺼내 들고 나무로 만든 칼집을 반쯤 뽑았다. 말을 탄 사람의 얼굴을 볼 수 있게 되자 그가 기사의 마구간을 돌보는 아이라는 것을 멀리에서도 알 수 있었다. 그는 끈질기게 쫓아왔다. 달아나는 것은 소용없는 일이었다. 발걸음을 멈추고 기다렸다. 그다지 두렵지는 않았지만 극도의 긴장과 호기심에 가슴이 고동치며 뛰놀았다. 순간 강하게 그의 머리를 스쳐 지나가는 것이 있었다. (만약 말 탄 이놈을 잘만 죽일 수 있다면 얼마나 상황이 좋아질 건가! 말 한 마리가 생긴 다음에는 내 마음 가는 대로 갈 수 있다!) 그렇지만 말을 타고 온 사람은 나이 어린 마부, 담청색 물과 같은 눈과 얌전하고 무엇이든지 고분고분하며 소년 같은 얼굴을 한 한스라는 것을 알자 그는 웃지 않을 수 없었다. 이렇게 착하고 귀여운 그를 죽이려면 돌처럼 단단한 심장이 필요할 거다. 그는 한스에게 정답게 인사 했다. 그리고 한니발이라는 말한테도 정다운 인사를 보냈다. 말도 이내 그를 알아차렸다. 따스하고 땀에 젖은 말의 목덜미를 어루만져 주었다.

"한스, 너 어딜 가려고 그러니?" 그는 물었다.

"당신한테 왔습죠." 그는 이빨을 내보이며 웃었다. "벌써 많이도 걸었군요! 저는 지금 꾸물거릴 시간이 없습니다. 당신한테 인사나 전하고 이것을 드리면 이제 제 일은 끝납니다."

"누가 나한테 인사 전하라던?"

"리디아 아가씨가요. 골드문트 학사님! 당신 덕분에 오늘은 조마조마한 하루를 보냈습니다. 전 이렇게 빠져 나오기라도 했으니 괜찮지만요. 제가 부탁을 받고 떠난 것을 주인은 모르고 있답니다. 아시면 목이 날아갈 판이에요. 자, 그럼 받아요!"

그는 조그만 꾸러미를 내밀었다. 골드문트는 그것을 받았다.

"얘, 한스! 가지고 온 빵이라도 한 조각 없니? 있으면 줘."

"빵이요? 아직 조금 남았을 겁니다."

그는 주머니에서 까만 빵을 한 조각 꺼냈다. 그러자 다시 말을 타고 가려고 했다.

"아가씨는 무얼 하고 있니?" 골드문트는 물었다.

"너에게 아무 부탁도 없던? 편지 쪽지라도 가지고 온 게 없니?"

"아무것도 없어요. 잠깐 보았을 뿐인데요. 아실 거예요. 집안은 험악하지요. 주인은 사울 왕자처럼 노하고 있답니다. 저는 그것을 전해 드리라는 분부를 받았을 뿐인 걸요. 그 외에는 아무것도 없습니다. 저는 돌아가야 됩니다."

"좋아, 하지만 잠깐 기다려 줘! 얘, 한스, 너 사냥할 때 쓰는 그 단검 말이야. 나한테 줄 수 없니? 내가 가진 것은 조그만 것뿐이야. 늑대라도 와 봐. 그럴 땐, 손에 무어라도 좀 믿음직한 걸 가지고 있어야 좋단 말이야."

그렇지만 한스는 막무가내였다. 골드문트 학사님한테 무슨 변이라도 생긴다면 좀 안됐다는 말을 했지만 단검은 절대 내어 줄 수 없다고 했다. 이를테면 돈을 받더라도 절대 줄 수 없다고 했다. "그럼, 얼른 가셔야 합니다. 부디 안녕히 가십시오. 미안합니다." 하고 말하는 것이었다.

두 사람은 악수를 했다. 한스는 말을 타고 가버렸다. 뒷모습을 바라보는 골드문트의 가슴은 야릇한 슬픔에 잠겼다. 꾸러미를 끌러보았다. 좋은 송아지 가죽 끈으로 묶어 놓은 것을 고맙게 여겼다. 안에는 회색 털실로 짠 두툼한 외투가 들어 있었다. 틀림없이 리디아가 날 주려고 만들어 놓은 것이리라. 외투 안에는 또 무슨 딱딱한 것이 잘 싸여 들어 있었다. 햄 한 조각이었다. 햄 속에 조그맣게 자른 자국이 나 있었다. 그 자국 속에 빛나는 금화가 하나 들어 있었다. 사연을 보낸 것은 없었다. 리디아의 선물을 손에 들고 마음은 허공을 달리며 눈 속에 서 있었다. 한참 지나 웃옷을 벗고 외투를 갈아입었다. 따뜻한 게 기분 좋았다. 얼른 웃옷을 껴입고 금화를 제일 안전한 주머니에다 숨겼다. 가죽 끈을 동여맨 다음 들판을 가로질러 걸어갔다. 이제 쉴 때가 되었다. 발은 아프도록 피곤하고 무거웠다. 하지만 농부 집에는 가고 싶지 않았다. 거기 가면 좀 더 따뜻하게 쉴 수 있고 우유도 얻어먹을 수 있을는지 몰라도 가기 싫었다. 너절하게 늘어놓고 꼬치꼬치 캐묻는 것은 질색이었다. 그는 곳간에서 밤을 새우고 이른 아침 찬 서리와 매서운 바람을 받으며 걸어갔다. 추위에 쫓기며 걸었다. 밤이면 밤마다 기사나 그의 칼, 아니면 두 자매 꿈을 꾸었다. 날이면 날마다 외로움과 침울한 여신이 그의 가슴을 누르고 놓지 않았다.

며칠이 지난 어느 날 밤, 어느 마을에서 잘 곳을 구했다. 그곳, 가난한 농부 집에서는 빵은 없었지만 옥수수 수프가 나왔다. 새로운 체험이 여기서 그를 기다리고 있었다. 그가 손님으로 들어 있는 이 집 안주인이 밤중에 애기를 낳았다. 골드문트도 그 자리에 있었다. 거들기 위해서 짚단에서 불려 나왔던 것이다. 산파가 거들고 있을 동안에 등잔을 잡아 주는 일밖에 별로 할 일도 없었다. 생전 처음으로 그는 출산하는 광경을 보았다. 놀라움과 불타는 눈초리로 산모의 얼굴을 보고 뜻밖에 하나의 새로운 체험을 얻었다. 적어도 여기 산모의 얼굴에서 주목할 만한 가치가 있는 것을 감지했다. 고통스럽게 진통의 비명을 지르는 여인의 얼굴을 불빛에서 가만히 보고 있으려니 예기치 않던 무엇이 그의 눈에 띄었다. 울부짖는 여인의 표정은 사랑에 도취한 순간에 다다른 여인의 얼굴에 비친 표정과 거의 다를 바가 없었다. 얼굴에 나타난 매우 고통스러운 표정은 대단한 기쁨의 표정보다 물론 더 극심한 것이었으며 훨씬 더 흉측해 보였다. 하지만 궁극에는 다를 바 없었다. 한동안 얼굴을 온통 찌푸리다 잠잠해지는 점도, 이글이글 타오르다 꺼져 가는 점도 똑같았다. 왜 그런지는 알 수 없었지만 고통과 쾌락이 형제처럼 닮을 수 있다는 것을 알고 무어라 말할 수 없는 놀라움을 느꼈다.

또 다른 무엇을 이 마을에서 체험했다. 아기를 순산한 밤이 지나고 이튿날 아침, 그가 발견한 이웃집 아낙이 그가 던지는 눈길에 얼른 응했기 때문에, 그 마을에서 하룻밤 더 쉬면서 그 아낙을 대단히 행복하게 해주었다. 최근 몇 주일 동안 사랑 때문에 잔뜩 달아올랐으면서도 매번 좌절해야 했던 터라 실로 오랜만에 자신의 욕망을 충족할 수 있었다. 이렇게 머무르면서 그는 또 새로운 체험을 하게 되었다. 이틀째 되는 날 같은 마을에서 빅토르라는 키가 크고 어지간히 넉살 좋은 한 친구를 만났다. 언뜻 보면 신부 같기도 하고 또 어찌 보면 부랑자 같기도 한 그는 어디서 주워들은 것 같은 라틴어로 그에게 말을 걸어 왔다. 학생 나이는 벌써 지났지만 유랑 학생이라고 떠들어 댔다.

뾰족한 턱에 수염이 난 이 사내는 조금은 성실하면서도 방랑자의 익살을 섞어 가며 골드문트에게 인사를 하고, 젊은 친구한테 얼른 끼어들었다. 대체 어디 학생이었으며 여행 목적지는 어디냐고 물어 보자, 별난 이 친구는 연설조로 이야기를 시작했다.

"맹세코 말하거니와, 이 사람은 여러 대학에서 수학하고 쾰른이나 파리에서도 수학한 일이 있다오. 그리고 또 라이덴의 학위 논문에서 '간장의 형이상학'에 대해서 내가 작성한 것보다 충실한 내용으로 언급된 것은 없을 겁니다. 친구여, 그 이후, 불쌍한 이 사람은 견딜 수 없는 배고픔에 마음이 괴로워서 독일 제국을 헤매고 다닌다오. 이 사람은 농부의 눈물을 흘리는 자라 불리며, 젊은 아낙네들에게 라틴어를 가르치고 요술을 부려서 밥을 얻어먹는 것을 직업으로 삼고 있다오. 이 사람의 목표는 시장 부인의 침대이며, 까마귀 밥이 되지 않는다면 대 승정의 나른한 직무에 내 몸을 바쳐야 하는 지경에 이를 것이오. 젊은 친구여! 손을 놀려 입에 풀칠을 하며 하루하루 사는 일은 그 밖의 다른 생활보다 낫다오. 결론적으로 토끼 불고기만큼 이 사람의 불쌍한 위를 더 흐뭇하게 해준 것은 없었다오. 보헤미아의 신은 이 사람의 형제라오. 우리 모두의 아버지는 이 사람과 마찬가지로 그를 길러 주고 있지요. 그렇지만 그것을 완성하는 것은 이 사람 자신에게 맡겨져 있는 거라오. 그저께도 우리 아버지는 무정하게 이 사람을 학대하여 주린 배를 움켜쥐고 있는 늑대의 생명을 구해 주려고 했다오. 만약 이 사람이 그 놈의 짐승을 때려죽이지 않았던들 그대는 이 사람과 만나게 될 영광을 입지 못하였을 거요. 영원히, 아~멘."

이런 종류의 자포자기적인 익살과 유랑자의 라틴어에 아직 친근하지 못한 골드문트는 망나니 같은 털보와 독특한 익살을 반주하는 유쾌하지 못한 웃음소리에 얼마간 겁을 집어먹기는 하였지만 어딘지 유랑자가 마음에 들었다. 그래서 선뜻 설득을 당해서 함께 여행하게 되었다. 늑대를 때려 죽였다는 이야기가 농담이든 아니든, 아무튼 둘이 있는 것이 마음 든든하고 겁나지 않았기 때문이었다. 그렇지만 출발하기 전에 빅토르는 그의 라틴어로 농부와 이야기를 하고 싶다고 해서 어느 소작농 집에 하룻밤 더 지내기로 했다. 그런데 빅토르는 골드문트가 지금까지 나그네 길에 오를 때마다 농부 집이나 마을에서 손님으로 대접받을 때 언제나 하던 행동과는 달랐다. 그는 이 농가에서 저 농가로 서성대면서 아무 아낙네나 붙들고 말을 붙이고는 마구간이나 부엌이나 닥치는 대로 들어가 어느 집에서나 그에게 뭔가를 주기 전에는 그곳을 떠나지 않을 작정인 것처럼 행동했다. 그는 농부들에게 이탈리아 전쟁 이야기를 하기도 하며, 부뚜막 옆에서 파뷔아 전

투의 노래를 불러 주기도 하며, 할머니들한테 관절염이나 빠진 이빨 약을 권하기도 했다. 모르는 것이 없었으며 어디든지 안 가본 데가 없는 것 같았다. 그는 빵 조각이나, 호도나 배를 쪼갠 것을 잔뜩 얻어서 바지춤 속에 처넣었다. 그가 싫증 내지 않고 방랑을 계속하며 사람들을 놀래 주기도 하고, 환심을 사기도 하고, 잘 난 채 뽐내다가 눈을 휘둥그레 뜨기도 하고, 라틴어 부스러기를 주워 모아서는 학자 행세를 하고, 엉터리 철면피 같은 도둑의 암호로 탄복을 시키기도 하고, 이 야기나 학자 행세를 하는 도중에 날카롭고 빈틈없는 눈으로 각자의 얼굴과 열려 있는 책상 서랍들, 열쇠나 빵 덩어리를 하나하나 눈 여겨 보아두는 것을 골드문트는 어이없는 눈으로 바라보아야 했다. 골드문트는 그가 교활하고도 어디 하나 빈틈없는 유랑자로서 온갖 것을 경험하면서 당돌해진 사나이라는 것을 알았다. 긴 세월 동안 유랑 생활을 하는 자는 이렇게 되는 거다. 그도 언젠가는 저런 신세 가 될 것이란 말이다!

이튿날, 두 사람은 출발했다. 골드문트는 처음으로 두 사람이 함께 다니는 유 랑을 맛보았다. 사흘 동안 함께 걸었다. 골드문트는 빅토르에게서 이것저것 배웠 다. 유랑자에겐 세 가지 중요한 조건이 있었는데, 그것은 생명의 위협에 대한 안 전과 저녁 잠자리 발견과 식량이었다. 긴 유랑 세월은 사나이에게 많은 것을 가 르쳐 주었다. 겨울이든 밤이든 어떤 미미한 징후를 보고도 인가가 가깝다는 것을 알거나, 어떤 숲이나 밭모퉁이에서도 휴식 장소나 혹은 잠잘 자리로 적당한지 어 떤지를 자세하게 조사하거나, 방에 들어선 순간 주인의 빈부 정도, 그의 친절과 호기심과 염려의 정도를 알아내는 것, 그것은 빅토르가 대가의 경지에 들어선 기 술이었다. 그는 여러 가지 교훈될 만한 것을 젊은 친구에게 이야기해 주었다. 어 느 날, 골드문트가 빅토르에게 자기는 그런 빈틈없는 준비태세로 사람들에게 가 까이 가고 싶지는 않으며. 자기는 그런 기술을 조금도 알지 못하거니와 자기가 정답게 부탁을 하면 손님으로 대접 받는 것을 거절당한 일은 극히 드물었다고 대답해 주었다. 키다리 빅토르는 웃으며 악의 없이 말했다. "그거야, 골드문트 너라면 잘돼 나갈 테지. 너는 앳되고 예쁘고 순진해 보인다. 그게 훌륭한 숙박권이야. 여자들은 널 밉지 않게 보고, 남자들은 이놈은 악의가 없다, 누구한테도 폐를 끼치지 않을 거다, 하고 생각한다. 하지만 생각해 봐. 인간은 나이를 먹는다. 어린아이의 얼굴에 수염이 나고 주름이 잡힌다. 바지에는 구멍이 뚫린다. 뜻하지 않은 사이에 밉살맞고 환영 받지 못하는 손님이 되어가는 거야. 젊음과 순수함 대신에 굶주림만이 모든 걸 내다보게 한다. 그럴 때를 생각하면 인간은 지금 그대로인 채로 있을 수만은 없단 말이야. 좀 더 세상을 알고 있지 않으면 안 돼. 안 그러면 이내 거름 더미 위에서 잠을 자고 개한테 오줌 벼락을 맞기도 한다. 하지만 보아하니 너는 언제까지나 떠돌아다닐 인간은 아닌 것 같아. 돌아다니는 놈치고 두 손이 너무도 곱고 고수머리도 너무 탐스럽단 말이야. 언젠가 꼭 좀 더 편안하게 따스한 부부 침대라든지. 영양이 좋은 깨끗한 수도원이든지, 훈훈한 서재로 들어갈 거야. 너는 말쑥한 차림을 하고 있어. 귀공자라 해도 믿지 않을 사람이 없을 거야."

빅토르는 자꾸 웃으면서 골드문트의 옷 위에 손을 갖다 대었다. 그 손이 호주머니나 실밥을 하나도 남기지 않고 더듬어 찾는 것을 알고 뒤로 물러났다. 금화 2카아텐이 생각났기 때문이었다. 그는 기사 집에서 잠시 머물렀다는 것과 라틴어 문장을 써서 아름다운 옷을 얻었다는 것을 이야기했다. 하지만 빅토르는 왜 이 추운 날에 그런 따스한 보금자리를 떠났는지 물었다. 골드문트는 거짓말을 할 수 없었기 때문에 기사의 두 딸 이야기를 했다. 그러자 두 사람 사이에 처음으로 말다툼이 벌어졌다. 빅토르는 골드문트가 둘도 없는 멍청이라서 미련도 없이 그곳을 도망쳐서 산성과 그곳 두 딸을 헌신짝 버리듯 했다는 것이었다. 사태를 관망만 하라고 했다. 둘이서 산성을 찾아가, 물론 골드문트는 얼굴을 보여서는 안 되지만 리디아한테 편지를 쓰면 그것을 가지고 빅토르 자신이 산성을 찾아가서 돈이나 재산을 손에 넣지 않는다면 맹세코 돌아오지 않겠다고 했다. 골드문트는 빅토르의 이러한 이야기에 반대하고 나중에는 화를 내고 이 사건에는 한마디 말도 들어주지 않겠다, 기사의 이름이나 그에게 가는 길을 가르쳐 주는 것도 싫다, 하고 쏘아붙였다.

빅토르는 그가 약이 바싹 오른 것을 보자 또 웃으며 샌님처럼 행세하며 말했다. "이봐, 그렇게 신경 쓸 것 없어! 좋은 미끼를 놓쳐 버렸다는 것을 말하는 것뿐이야. 이봐, 사실 친구로서 호의가 매우 적단 말이야. 그렇지만 너는 싫단 말이지? 거룩한 신사로서 말을 타고 산성으로 돌아가서 아가씨와 결혼할 수도 있을 텐데! 젊은이, 너는 왜 그다지도 귀하신 바보 같은 머리만 가지고 있다지? 아무튼 할 수 없다. 앞으로 가자. 발이 얼어붙겠다."

골드문트는 저녁때까지 무뚝뚝하게 아무 말도 하지 않았다. 하지만 그날은 인가도 사람 발자국도 만나지 못했기 때문에, 빅토르가 잠잘 자리를 발견하고 숲가에 있는 두 개의 나무줄기 사이 뒤쪽을 전나무 가지로 병풍처럼 잔뜩 쌓아 올려서 잠자리를 만들어 주는 것을 고맙게 받아들였다. 둘은 잔뜩 채워져 있는 빅토르의 행낭에서 빵과 치즈를 꺼내 먹었다. 골드문트는 화 낸 것을 미안해 하며 정답게 호의를 보였다. 그는 친구한테 밤 동안에 외투를 빌려주고 밤 짐승을 경계하기 위해 교대로 파수를 보기로 의견 일치를 보았다. 골드문트가 먼저 파수를 보고 빅토르는 전나무 가지 위에 드러누웠다. 골드문트는 오랫동안 노송나무 줄기에 기대어 친구가 잠드는 것을 방해하지 않기 위해 잠자코 있었다. 그 다음에는 몸이 시려 와서 왔다 갔다 하기 시작했다. 점점 왕복하는 거리를 멀리하며 전나무 가지 끝이 하늘에 허옇게 우뚝 솟은 것을 보았다. 겨울밤의 깊은 정적을 숙연하면서도 다소 불안하게 느꼈다. 뜨거운 그의 심장이 차가운 정적 속에서 고동치는 것을 느끼면서, 살그머니 돌아와서 잠들어 있는 친구의 숨소리에 귀를 기울였다. 어느 때보다 더 강렬하게 유랑자의 심정을 몸으로 느꼈다. 자신과 커다란 불안 사이에 집이나 성이나 수도원의 벽을 쌓지 않고, 불가사의하고 마음 하나 놓을 수 없는 세계를 지나서 쌀쌀하고도 짓궂은 별 사이를, 웅크리고 앉은 동물 사이를, 꿋꿋하게 서 있는 나무 사이를 외로이 걷고 있는 유랑자의 감정이 복받쳐 올랐다..

아니, 나는 결코 빅토르처럼 되지 않는다. 이를테면 한평생 방랑을 계속한다 하더라도, 하고 그는 생각했다. 두려움에 대해 이렇게 자위를 하면서 도둑놈 같은 이런 교활한 발걸음과 저 호들갑스럽고 밉살맞은 행동과 입심 좋은 저 허풍선이의 자포자기적인 익살을 배울 수는 없다고 다짐했다. 아무튼 영리하고도 밉살맞은 사나이가 말했듯이 골드문트는 결코 그의 동류가 될 수 없으리라. 완전한 유랑자도 되지 못할 것이며 언젠가는 어느 집으로 기어들어가고 말 것이다. 그렇더라도 그는 언제나 고향도 목표도 가지지 않으리라. 그는 결코 안전하게 보호받고 있음을 느끼지도 못할 것이며 세계는 언제나 수수께끼 같은 아름다움과 수수께끼처럼 괴상한 힘을 가지고 그를 포위하고 말리라. 그는 쉼 없이 이 정적에 귀를 기울이지 않으면 안 되리라. 그 한가운데서 고동치는 심장은 의지도 없었거니와 허무하기도 했다. 별은 하나도 보이지 않았고 바람도 없었으나 밤하늘에는 구름이 떠가는 것 같았다.

밤이 이슥한 후에야 빅토르는 눈을 뜨고 골드문트를 불렀다.

"이리 와." 그는 소리쳤다. "이번에는 네가 잘 차례야. 조금이라도 잠을 자지 않으면 내일은 망치고 만다."

골드문트는 그가 시키는 대로 했다. 잠자리에 드러누워 눈을 감았다. 몹시 고단했지만 잠은 오지 않았다. 여러 가지 생각이 그를 잠들지 못하게 했다. 생각 이외에도 자신도 알 수 없는 친구에 대한 불안과 의혹의 감정이 그를 잠들지 못하게 했다. 킬킬거리며 웃어대는 이 거친 인간에게, 염치없는 거지에게 리디아 이야기를 할 마음이 어떻게 생겼을까. 이제 생각해도 도무지 이해할 수 없었다. 그는 친구에게, 자기 자신에게 화를 냈다. 그리고 이놈과 헤어지는 가장 좋은 방법과 기회를 차근차근 생각하고 있었다.

그렇더라도 그는 어슴푸레 잠이 든 것임에 틀림없었다. 빅토르의 두 손이 그의 몸을 만지작거리며 조심스레 옷을 뒤지고 있는 것을 느끼고 깜짝 놀랐다. 한쪽에는 주머니칼이 다른 쪽에는 금화가 들어 있었다. 빅토르가 만약 그것을 발견한다면 틀림없이 둘 다 훔쳐갈 것이다. 그는 잠자는 체하고 몸을 뒤채듯이 이리 뒹굴고 저리 뒹굴며 팔을 움직였다. 빅토르는 물러났다. 내일은 헤어질 결심을 했다.

아마 한 시간이 채 흘렀을까, 빅토르가 또 그의 곁에 웅크리고 앉아 뒤지기 시작하자, 골드문트는 분노를 일으킨 나머지 쌀쌀하게 꼼짝도 않고 눈을 뜬 채 비난하는 말투로 말했다. "비켜, 나에게 도둑질할 건 하나도 없어."

호통소리를 듣고 깜짝 놀란 도둑놈은 골드문트의 멱살을 움켜쥐었다. 골드문트가 저항하며 일어서려고 하자, 그는 더욱 단단히 죄어대며 동시에 그의 가슴팍에 정강이를 올려놓았다. 골드문트는 숨을 쉴 수 없게 되자 전신에 힘을 주고 무던히도 버둥거렸으나, 그래도 떨어지지 않자 별안간 죽음의 공포를 전신에 느끼면서도 머리가 맑아졌다. 그가 자꾸 조이고 있는 동안 그는 한 손을 호주머니에 집어넣고 조그만 사냥칼을 끄집어내서 계속해서 찍어 누르는 그를 두말없이 찔렀다. 잠시 후 빅토르의 두 손은 느슨해졌다. 숨을 쉴 수 있었다. 골드문트는 깊이, 또한 거칠게 숨을 쉬면서 구원받은 생명을 맛보았다. 그런데 몸을 일으켜 세우려고 하자 길쭉한 빅토르의 몸뚱이가 무섭게 앓는 소리를 내면서 맥없이 털썩 넘어지더니 그의 피가 골드문트의 얼굴 위로 흘렀다. 겨우 일어날 수가 있었다. 어두운 밤빛 속에 두 다리가 털썩 나자빠지는 것이 보였다. 손을 뻗치자 피투성이가 되었다. 그는 그의 머리를 일으켜 세웠으나 묵직하게 맥도 없이 마치 포대처럼 나둥그러졌다. 가슴과 목에서 자꾸 피가 흘러내리며 점점 가늘어지는 숨소리와 함께 빅토르의 생명이 입에서 흘러나갔다.

'나는 사람을 죽이고 말았구나' 하고 골드문트는 생각했다. 죽어 가는 그의 곁에 무릎을 꿇고 그 얼굴에 죽음의 빛이 번져 가는 것을 보며 그런 생각을 했다. "성모 마리아! 지금 저는 사람을 죽였습니다." 하고 자기 자신이 말하는 소리를 들었다.

갑자기 그곳에 있는 것을 참을 수 없었다. 그는 칼을 집어 들어 털 외투에다 피를 닦았다. 그 외투는 가장 사랑하는 사람을 위해 리디아의 고운 손이 짜준 것이었는데도 다른 놈이 입고 있었다. 그는 칼을 나무 칼집에 집어넣어 행낭에 쑤셔 넣었다. 그리고 거기서 일어나서 뛰어 달아났다.

명랑했던 유랑자의 죽음은 그의 마음에 무겁게 도사리고 있었다. 날이 새자 그는 몸을 부들부들 떨며 그가 흘린 피를 눈으로 말끔하게 씻어냈다. 그리고 하루 종일 불안 속에서 이리저리 헤매고 다녔다. 드디어 육체의 고통이 그를 흔들어서 쓰디쓴 회한의 종말을 맛보게 했다.

눈 덮인 황무지를 헤매며 잘 곳도, 길도, 먹을 것도, 거의 잠조차도, 어느 하나도 얻을 수 없는 뼈아픈 고행으로 빠져 들어갔다. 굶주림이 그의 온 몸 속에서 야수와 같이 울부짖고 있었다. 몇 번이나 지친 몸을 이끌고 들판 한가운데 드러누워 두 눈을 감고 이제는 끝장이다 싶어 잠자는 것, 눈 속에서 죽는 것 이외에 아무런 바람도 없다고 생각했다. 하지만 그때마다 마음을 채찍질해서 자포자기와 미치광이 같은 욕망을 안고 생명을 찾아 달렸다. 극도의 고통 속에서 죽고 싶지 않다는 욕망의 포악한 힘과 야성이 그를 깨워 주고 도취하게 만들었다. 그것은 적나라한 삶에 대한 무시무시한 충동이었다. 눈이 쌓여 있는 두송나무 숲에서, 얼어붙은 손으로 혓바닥에 대기도 싫은 바싹 마른 작고 쓱쓸한 열매를 따서 전나무 이파리와 섞어서 먹었다. 지독하게 매운 맛이었다. 그는 갈증을 덜기 위해서 눈을 한 움큼 집어 삼켰다. 뻣뻣해진 두 손을 호호 불며 언덕 위에 앉아 잠시 쉬었다. 그리고 애타게 사방을 휘둘러보았다. 황무지와 숲 이외에는 아무것도 보이지 않았고 인기척조차 없었다. 까마귀 몇 마리가 머리 위를 날아갔다. 그는 원망스레 까마귀를 쳐다보았다. 아니, 저놈의 밥이 되다니, 나의 뼛속에 조금이라도 힘이 남아 있고 나의 핏속에 따스한 기운이 조금이라도 감도는 한에는 먹히지 않는다. 그는 일어서서 죽음과 싸우면서 달리고 또 달렸다. 그는 뛰고 또 뛰었다. 그는 필사의 노력으로 살아야겠다는 생각을 하며 어느 때는 거의 들릴락 말락 하게, 어느 때는 큰 소리로 미친 사람 같은 대화를 혼자서 뇌까렸다. 그는 자기가 찔러 죽인 빅토르와 이야기를 했다. 거칠게 비웃듯이 말했다. "어이 교활한 형제여, 어때 너의 장에 달빛이 잘 비치나? 어이, 네 귀를 여우가 건드리느냐? 너는 늑대를 죽였다지? 늑대의 목을 물어뜯었나? 아니면 꼬리를 쥐어뜯었나? 야, 이놈아, 내 금화를 훔치려고 했지? 이 늙은 포대 같은 놈아! 그때 또 너는 빵이나 순대나 치즈가 잔뜩 든 부대를 많이 가지고 있었다. 이 돼지 같은 놈! 꿀돼지 같은 자식!" 그런 식의 농담을 혼자서 내뱉듯이 하기도 하고 울부짖듯이 하기도 했다. 그는 죽은 그를 욕했다. 그는 소리를 지르며 저 멋없는 녀석이, 바보 같은 거짓말쟁이가 죽어 나자빠져 버린 것을 비웃었다.

그렇지만 이윽고 그의 생각도, 말도 가엾은 키다리 빅토르 같은 것은 상대 하지 않았다. 이제는 유울리에를 눈앞에 떠올렸다. 그날 밤 헤어진 키가 작은 아름다운 아가씨 유울리에를. 그는 유울리에한테 사랑의 말을 수없이 외쳤다. 얼빠지고 파렴치한 애정으로써, 그는 유울리에가 그에게 찾아오도록, 아랫도리를 벗도록, 죽기 한 시간 전에, 비참하게 횡사하기 바로 전에 그와 같이 천국에 가듯이, 유울리에의 봉긋 솟아오른 조그만 젖가슴과 다리와 겨드랑 밑의 금빛 곱슬곱슬한 털과 이야기를 했다.

뻣뻣이 굳은, 비틀거리는 다리로 눈에 뒤덮인 바싹 마른 싸리 풀 사이를 괴로움에 취하기도 하고, 가물거리는 생명의 욕망에 개가를 울리기도 하며 달리고, 달리다가는 또 소곤대기 시작했다. 이제 그의 말 상대는 나르치스였다. 새로운 착상과 지혜와 농담을 알리는 상대는 나르치스였다.

"나르치스, 당신은 무서워요?" 하고 그는 말을 걸었다. "몸이 떨려요? 무엇을 알았나요? 아니, 선생님, 세상은 죽음으로 충만해 있습니다. 가득 차 있습니다. 어느 울타리에도 죽음이 도사리고 있습니다. 어느 나무 그늘에도 죽음이 서 있습니다. 당신이 벽이나 침실이나 예배당이나 성당을 세워 보았던들 소용이 없습니다. 죽음이 창문에서 들여다보고 킬킬대고 있습니다. 당신들 하나하나를 자세하게 알고 있습니다. 한밤중에 당신들 창 밖에서 죽음이 킬킬대며 당신들 이름을 이야기하는 소리가 들릴 겁니다. 찬송가를 불러요! 제단에 곱게 곱게 촛불을 켜 놓으세요! 저녁 예배나 아침 미사를 드리세요! 진료실에 약초를 모으고 도서관에 책을 모으세요! 당신은 단식을 하고 있습니까? 잠을 자지 않고 있습니까? 죽음의 사자가 손을 써서 뼈다귀만 남기고 모든 것을 당신에게서 빼앗아갈 겁니다. 여보세요, 얼른얼른 달리세요. 죽음의 혼이 들판을 걷고 있습니다. 달리며 뼈다귀를 단단히 붙들고 계세요. 뼈다귀는 사방으로 흩어지려고 합니다. 언제까지나 가만히 있지 않을 겁니다. 아, 우리들의 가엾은 뼈, 불쌍한 목구멍과 위, 두개골 밑의 눈곱만한 뇌수! 그런 것은 모두 달아나려고, 나가 뻗으려고 합니다. 나무 위에 까마귀란 놈이 앉아 있습니다."

헤매고 있는 사나이는 지금 어디를 향하여 달리는지, 지금 어디에 있는지, 누워 있는 것인지 서 있는 것인지 전혀 의식이 없었다. 그는 덤불 위에 쓰러지기도 하고 나무에 부딪히기도 하고 자빠지면서 눈을 쥐기도 하고 가시를 잡기도 했다. 그렇지만 그의 마음속 충동은 강렬했다. 그것은 자꾸 그를 끌어가기도 하고 맹목적으로 도망치는 자를 연신 몰고 가기도 했다. 결국 그가 쓰러져 누워 있던 곳은 며칠 전 유랑 학생 빅토르와 만난 곳, 밤중에 산모 옆에 서서 관솔불을 들고 있던 조그만 마을이었다. 거기에 쓰러져 있었다. 사람들이 우르르 몰려와서 그를 빙 둘러서선 저마다 떠들어 댔으나 그는 아무 소리도 들을 수 없었다. 그때 사랑을 실컷 맛본 여자가 그라는 것을 알고 그 모양을 보고 놀랐다. 측은한 마음에서 남편한테 욕을 먹어가며 생명이 경각에 달린 그를 마구간으로 끌고 갔다.

얼마 되지 않아 골드문트는 또 일어나서 걸을 수 있게 되었다. 마구간의 온기와 수면과 아까 그 여자가 그에게 먹여준 염소젖 덕분으로 정신이 돌아와 기운을 차릴 수 있었다. 단지 막 체험하고 난 온갖 것이 그 이후 기나긴 시간이라도 흘러간 것처럼 뒤로 멀어지고 있었다. 빅토르와의 동행, 전나무 밑에서 새로운 불안에 찬 추운 겨울 밤, 잠자리 위에서의 무시무시한 싸움, 길동무의 흉악스런 죽음, 굶주림에 허덕이며 전신이 꽁꽁 얼어붙어 헤매 다닌 낮과 밤, 그 모든 것이 과거가 되고, 거의 망각되고 말았다. 하지만 그래도 망각한 것이 아니고 뚫고 지나온 데 불과했다. 지나간 과거에 지나지 않았다. 표현할 수 없는 무엇이, 흉악스럽긴 하지만 가치 있는 무엇이, 가라앉고 말았지만 결코 잊을 수 없는 무엇이, 어떤 체험이, 혓바닥 위에 감도는 맛이, 가슴을 맴돌던 것이 뒤에 남았다. 2년도 채 되지 못하는 사이에 그는 유랑 생활의 온갖 즐거움과 괴로움을 마음 구석구석까지 맛보았다. 고독과 자유와 숲과 동물에 귀를 기울이는 것과 방황하는 들뜬 사랑과 죽도록 쓰디쓴 고생을. 며칠이나 여름 들판의 손님이 되기도 하고, 며칠이나 몇 주일이나 숲 속에서, 며칠이나 눈 속에서, 며칠이나 죽음의 불안 속에서, 죽음에 직면해서 생활했다. 그 가운데서도 가장 강하고, 가장 묘하게 여긴 것은 죽음을 거스르면서, 자신이 작고 비참해서 위협을 받고 있음을 자각하고 있는데도 죽음에 대한 마지막 자포자기적인 싸움에서 생명의 그 아름답고도 무서운 힘과 끈기를 자신의 마음속에서 느꼈다는 사실이었다. 그것은 여운을 남기고 그의 마음속에 새겨졌다. 마치 아이를 낳은 사람이나, 죽어가는 사람들의 몸짓이나 표정과 꼭 닮은 욕망에 만족한 몸짓과 표정과도 같이. 전날 순산하는 아낙네는 얼마나 울부짖었으며 얼마나 얼굴을 찌푸렸던가! 길동무인 빅토르는 어떻게 쓰러지고 고요히 순식간에 피를 흘리고 만 것이었던가! 아, 자신이 배고픔에 허덕이던 날에는 죽음이 얼마나 자기를 빙 둘러서서 기웃거리고 있다는 것을 느꼈던가! 굶주림은 얼마나 큰 고통이었던가! 그는 얼마나 추위에 떨고 사지를 얼렸던가! 그는 얼마나 싸우고, 죽음을 거부하고, 얼마나 닥쳐온 죽음의 고통에 무서운 쾌감을 가지고 저항하였던 것인가! 그에게 이 이상의 체험은 절대 없는 것 같았다. 나르치스와 함께라면 그것에 대해서 이야기할 수 있었을지 모른다. 다른 곳에는 그 이야기를 나눌 상대가 없었다.

골드문트가 마구간의 지푸라기 잠자리에서 겨우 제정신이 돌아왔을 때 호주머니 속에 든 금화가 없어진 것을 알았다. 무섭고 몽롱한 상태에서 비틀거리며 걸어 다닌 마지막 갈증에 허덕이던 날에 잃어버린 것일까? 오랫동안 그는 상황을 곰곰이 생각해 보았다. 금화는 그에게 매우 귀중한 재산이었다. 도저히 단념해 버리고 싶지 않았다. 돈쯤이야 그에게 별 대단한 뜻도 있지 않았다. 그는 돈의 가치를 조금도 알지 못했다. 하지만 그 금화는 두 가지 이유에서 그에게는 매우 귀중했다. 금화는 그에게 남겨진 리디아의 유일한 선물이었다. 외투는 빅토르와 함께 숲 속에 버려져 그의 피를 흡수했다. 그리고 또 한 가지 무엇보다 금화를 빼앗기지 않으려고 빅토르에게 저항하고 위기에 직면해서 그를 죽였다. 지금 그 금화 2카아렌이 없어졌다면 끔찍한 그날 밤 체험은 모든 의미와 가치를 상실해 버렸다 해도 지나친 말이 아니다. 그는 오래오래 생각한 끝에 아까 그 농부의 아낙에게 고백했다.

"크리스티네" 그는 아낙네한테 속삭였다. "호주머니 속에 금화를 넣어 두었는데 없어져 버렸어."

"그래? 이제 알았나?" 아낙네는 말했다. 그 얼굴은 무어라 말할 수 없이 귀엽고 동시에 빈틈없이 교활한 웃음을 띠고 있었다. 미소가 너무도 그의 마음을 빼앗았기 때문에 몸이 아주 쇠약한데도 여자의 목덜미에 팔을 휘감았다.

"당신도 어지간히 딱한 도련님이구면요." 애정 어린 여자의 말이었다. "그리도 영리하고 말짱한 사람이 무던히도 바보 같은 짓을 하는군요! 금화를 싸지도 않고 바깥 호주머니에 집어넣고 다니는 사랑스러운 바보! 당신을 짚단 속에 눕혔을 때 바로 당신 금화는 내가 주웠단 말이에요."

"당신이 가졌어요? 그게 어디 있어요."

"찾아 봐요." 여자는 킬킬대고 있었다. 한참 동안을 찾게 한 다음에야 겨우 금화를 꼭꼭 꿰매 놓은 웃옷 자리를 가리켰다. 그녀는 어머니처럼 친절한 충고를 수없이 늘어놓았다. 그는 그것을 이내 잊어버렸으나 그 여자의 친절과 농부 같은 얼굴에 깃들인, 넉살스러우면서도 선량한 미소를 결코 잊지 않았다. 그는 여자에게 감사의 뜻을 표하고자 애썼다. 얼마 되지 않아서 그는 다시 걸을 수 있었으므로 방랑을 계속하려고 하자, 그녀는 조금 있으면 계절이 바뀌어 따뜻한 날씨가 찾아올 거라고 그를 가지 못하게 했다. 사실 그랬다. 대기는 습기를 머금고 무거웠다. 하늘에서 미지근한 바람이 귓전을 스치고 지나가는 소리가 들렸다.

제 10 장

다시 얼음이 녹아 시내를 흘러내려가고, 썩은 잎사귀 밑에서 오랑캐꽃 냄새가 풍겨 왔다. 골드문트는 변해가는 계절 속으로 걸음을 옮기고, 싫증을 모르는 눈길로 숲과 산과 구름을 들이마시고, 이 집에서 저 집으로, 이 마을에서 저 마을로, 이 여자에게서 저 여자에게로 헤매고 다녔다. 차디찬 밤, 숨결도 가쁘게 가슴에는 아픔을 안고 창문 밑에 웅크리고 앉은 적도 몇 번이나 있었다. 창문 속에 켜진 불빛은 이 지상에 존재하는 행복이나 고향이나 평화 등, 이 모두와 그를 향하여 부드럽게 내비쳤지만, 손도 미치지 않는 곳에서 빨간 불빛을 던지고 있었다. 지금은 이미 그가 잘 알고 있는 모든 것들이 거듭 찾아왔다. 그리고 찾아올 때마다 모양이 달랐다. 들판이나 황무지나 혹은 자갈길 위를 오래도록 방황하며 걸었다. 여름처럼 숲 속에서 잠을 잤다. 손에 손을 맞잡고 건초 뒤집기나 호밀을 수확하고 돌아오는 농가 처녀들의 행렬을 뒤따라서 마을로 갔다. 가을장마가 시작되었다. 첫 서리가 싸늘하게 내렸다. 이런 온갖 것이 한 번씩, 두 번씩 자꾸 되돌아왔다. 각양각색의 광경들이 그의 눈앞에서 끝없이 이어졌다.

몇 번이나 비와 눈을 맞은 다음, 골드문트는 어느 날 어둡지는 않지만 벌써 연한 초록색 싹이 움트고 있는 느티나무 숲 산등성이에 올라 눈앞에 전개된 새로운 경치를 내려다보았다. 그의 두 눈은 즐거웠고 그의 마음속에 예감과 욕망과 희망의 물결을 넘나들게 했다. 며칠 전부터 그는 이 지방에 가까워지고 있다는 것을 느끼고, 이 지방에 기대를 걸고 있었다. 한낮의 경치는 그를 놀라게 했다. 경치를 처음 대했을 때, 그의 기대가 옳았음을 확인시켜 주었다. 회색 나무줄기와 바람에 흔들리는 나뭇가지 사이로 갈색과 초록이 어우러진 골짜기를 내려다보았다. 그 한가운데 넓은 강물이 파란 색을 띠고 유리알같이 반짝이고 있었다. 이만하면 길도 없이 떠돌아 다녔던 방황이 오랜만에 끝났다는 생각을 했다. 간혹 농장이나 가난한 촌락을 만나기도 했지만 지금까지 거쳐 온 지역들은 황무지와 숲과 충만한 고독뿐이었다. 골짜기 가운데로 강물이 흐르고 있었다. 강을 따라 전국에서 가장 좋고 가장 이름난 도로가 하나 뻗어 있었다. 거기에는 기름진 풍요한 땅이 있었다. 뗏목과 나룻배도 있었다. 도로는 아름다운 마을, 산성, 수도원, 풍요로운 도시로 이어지고 있었다. 희망하기만 한다면 이 도로를 따라 걸으며, 며칠이나 몇 주일씩 여행할 수 있었으며, 농부들이 다니는 좁은 길을 다닐 때처럼 숲이나 늪지대의 갈대밭 같은 데서 길을 잃어버릴 염려는 없었다. 뭔가 새로운 것이 펼쳐졌다. 그는 기뻤다.

그날 저녁나절에 벌써 그는 어느 아름다운 마을에 도착했다. 마을은 마차가 다니는 도로 옆 붉은 포도밭과 강 사이에 자리 잡고 있었다. 합각머리 지붕의 집들마다 예쁜 박공판이 빨갛게 색칠 되어 있었다. 아치형 대문과 돌계단으로 이루어진 골목길이 있었다. 대장장이가 빨간 불에 달궈진 모루를 두들기는 맑은 소리가 큰 길까지 들렸다. 지금 막 도착한 골드문트는 오솔길은 물론 구석구석까지 신기하다는 듯 돌아다녔다. 지하실 입구에서는 술통에서 나는 포도주 냄새를 맡고 강가에서는 비린내 섞인 차디찬 물 냄새를 맡았다. 예배당과 묘지를 구경하고 밤을 지낼 수 있을 만한 창고를 찾는 데도 게으리 하지 않았다. 그러나 그전에 미리 목사 집을 찾아가서 먹을 것을 청해보려고 생각했다. 뚱뚱하게 살이 찐 빨간 머리 목사가 있었다. 목사는 골드문트에게 차근차근 캐물었다. 그는 어떤 것은 숨기고 어떤 것은 이야기를 꾸며 대면서 신세타령을 들려주었다. 그러자 맛있는 음식과 포도주를 대접받고, 주인과 오래 이야기를 하는 사이에 그날 밤을 거기서 묵었다. 이튿날 그는 강을 따라서 도로를 타고 계속 내려갔다. 뗏목과 짐을 실은 배가 지나가는 것을 보기도 하고, 마차를 앞질러가기도 했다. 몇 구간쯤 그를 태워 주는 마차도 더러 있었다. 봄날은 다채롭게 빨리 지나갔다. 마을과 조그만 도시들이 그를 맞이하여 주었다. 여자들이 담장 너머로 미소 짓기도 하고 땅에 웅크리고 앉아 나무를 심기도 하였다. 처녀들이 노을 진 마을의 골목길에서 노래를 부르고 있었다.

어느 물방앗간에서 젊은 여자 하나가 그의 마음을 매우 들뜨게 했으므로 그는 이틀 동안이나 그곳에 머물러서 그 처녀 옆을 어슬렁어슬렁 돌아다녔다. 그 처녀는 웃으며 기꺼이 그를 상대해 주었다. 그는 물방앗간 머슴이 되어 언제까지나 그곳에 살았으면 싶었다. 그는 어부들 옆에 앉아 쉬기도 하며, 짐꾼들이 말에 먹이를 주거나 솔질 하는 것을 돕기도 했다. 그 대신 빵과 고기를 얻어먹기도 하고 같이 타고 가기도 했다. 긴 시간을 혼자서 지낸 뒤에 길동무와 함께 하는 여행과 긴 시간 명상에 잠긴 뒤에 친절하게 이야기하는 사람들과의 명랑한 분위기와 오랜 시간 굶주림에 허덕인 뒤에 배불리 식사를 즐기는 것은 매우 유쾌했다. 그는 기꺼이 즐거운 파도에 실려 갔다. 그 파도를 타고 주교가 있는 도시에 가까워질수록 국도는 점점 번화해지고 활기에 넘쳤다.

밤이 되었을 때, 그는 벌써 잎이 우거진 어느 마을의 나무 아래 시냇가를 따라 산책하고 있었다. 시냇물은 조용하면서도 힘차게 흘러가고 있었다. 나무뿌리에서 흐르는 물에서는 한숨 쉬는 소리가 들렸다. 언덕 위에 달이 떠올라 시냇물 위에는 달빛을, 나무 밑에는 그림자를 던지고 있었다. 그는 거기서 한 소녀가 앉아 울고 있는 것을 발견했다. 소녀는 조금 전 애인과 말다툼을 해서 애인은 가버리고 혼자 남아 있었다. 골드문트는 소녀 옆에 앉아 그녀의 호소를 들으며 소녀의 손을 어루만져 주었다. 그리고 숲이나 어린 사슴 이야기를 들려주며 소녀를 조금 위로도 하고 웃기기도 했다. 소녀는 그가 키스하는 것을 막지는 않았다. 하지만 소녀의 애인이 그녀를 찾기 위해 그곳으로 다시 왔다. 그는 마음의 안정을 되찾고 자기의 격정을 후회했다. 그는 골드문트가 옆에 앉아 있는 것을 보자 대뜸 달려들어서 두 주먹을 휘둘렀다. 골드문트는 참느라 무던히 애를 썼지만 결국 상대편을 때려눕히고 말았다. 애인은 욕을 퍼부으며 마을을 향해 달아났다. 처녀도 이미 달아나 버렸다. 그러나 골드문트는 이것으로 사태가 끝났다고 생각하지 않았기 때문에 잠자리를 단념하고 한밤중에 달빛이 흐르는 은빛 침묵의 세계를 계속 걸어갔다. 힘으로 제압을 할 수 있어서 매우 흐뭇한 기분이었으나, 마침내 밤이슬이 신발의 하얀 먼지를 씻어줄 무렵이 되자 갑자기 피곤이 몰려와서 발길에 닿는 나무 밑에 누워 잠이 들었다. 무언가가 얼굴을 간질이고 있다고 느끼며 눈을 떴을 때는 벌써 한낮이었다. 골드문트는 잠에 취해 그의 얼굴을 비벼대며 간질이는 것을 손으로 떨쳐 버리고 다시 잠이 들었으나, 또 다시 날아와 간질이는 바람에 눈을 뜨고 말았다. 농가의 하녀가 서서 그를 지켜보며 버드나무 가지 끝으로 그를 간질이고 있었다. 골드문트는 다리를 비틀거리며 일어섰다. 두 사람은 서로 웃으며 고개를 끄덕였다. 그녀는 그가 좀 더 잘 수 있도록 그를 헛간으로 데리고 갔다. 두 사람은 거기서 함께 누워 얼마 동안 잠을 잤다. 그녀는 자리를 뜨더니 막 짜낸 따뜻한 우유를 한 통 들고 다시 들어왔다. 그는 어젯밤에 골목길에서 주워 넣어둔 파란 리본을 그녀한테 선물로 주었다. 그는 떠나기 전에 한 번 더 키스를 했다. 그녀의 이름은 프란치스카였다. 골드문트는 그녀에게서 떠나는 것이 섭섭했다.

그날 밤 그는 어느 수도원에서 잠자리를 얻고 아침 미사에 나갔다. 그의 가슴 속에는 무어라 말할 수 없는 무수한 추억이 들끓고 있었다. 성당의 아치형 천장에서 배어 나오는 서늘한 돌 냄새와 돌이 깔린 복도를 걸을 때 샌들이 내는 딸깍거리는 소리가 고향의 정취를 일깨우며 그를 애끓게 했다. 미사가 끝나 성당 안이 고요해진 후에도 골드문트는 무릎을 꿇고 있었다. 그의 가슴은 이상할 정도로 뛰고 있었다. 그는 지난밤에 수없이 많은 꿈을 꾸었다. 어떻게 해서든지 과거를 탈피하고 생활을 바꾸고 싶다는 욕망을 느끼고 있었다. 무슨 이유인지는 잘 몰랐으나 그를 움직인 것은 아마 마리아브론과 경건했던 소년 시절의 추억이었을 것이다. 그는 고해를 해서 자신을 깨끗이 하자는 충동에 사로잡혀 있었다. 고백하지 않으면 안 되는 사소한 죄악이나 악행은 얼마든지 있었다. 하지만 무엇보다 그의 가슴을 내리누른 것은 그의 손에 죽은 빅토르의 최후였다. 그는 신부 한 사람을 찾아 고해성사를 했다. 이것저것에 대해서, 특히 빅토르의 목덜미나 등을 칼로 찌른 것에 대해 고해를 했다. 아, 얼마나 기나긴 기간 고해를 하지 않고 있었던가! 그가 저지른 무수한 죄악의 무게는 끝을 모르는 것 같았다. 그는 어떠한 벌도 감수하리라 각오하고 있었다. 그러나 고해 신부는 나그네의 생활을 알고 있는 것처럼 놀라지도 않고 조용히 듣고만 있다가 신중하게, 그러나 정답게 그를 나무랐으나, 단죄하는 것은 생각조차 하지 않았다.

골드문트가 홀가분한 마음으로 일어나서 신부의 지시에 따라 제단 앞에서 기도를 올리고 성당을 다시 떠나려고 했을 때, 한 줄기 햇빛이 창문 틈으로 새어 들어왔다. 그의 눈길이 그 빛을 좇아가자 성당 측면에 있는 예배당 안에 조각상이 하나 서 있는 것이 보였다. 그 조각상은 거부할 수 없는 힘으로 말을 걸어오며 그를 끌어당겼기 때문에 깊은 감동을 받으며 그는 사랑이 가득한 눈길로 그쪽을 향해 경건한 마음으로 조각상을 바라보았다. 그 조각상은 나무로 만든 성모 마리아

상이었다. 뭐라 말할 수 없는 부드러움과 온화함으로 고개를 숙여 내려다보고 있었다. 파란 외투가 연약한 어깨에서 축 늘어져 있는 형상, 상냥한 소녀처럼 손을 벌리고 있는 눈매와 둥그스름하게 보이는 아름다운 이마의 모습, 그 모든 것이 그가 지금까지 한 번도 보지 못했다고 생각할 만큼 생기에 넘쳐 있었고, 마치 아름다운 영혼이 깃들어 있는 듯 보였다. 골드문트는 마리아 상의 입술과 목덜미의 사랑스럽고도 기품 있는 움직임을 그칠 줄 모르고 쳐다보았다. 그는 자신이 동경해 왔고 또 이미 꿈과 예감 속에서 지금까지 몇 번이나 보아 왔고, 몇 번이나 그리움을 보내 준 어떤 존재가 서 있는 것을 본 듯했다. 몇 번이나 물러서서 돌아가려 하였지만 그는 자꾸 그곳에 이끌려 뒤돌아보곤 했다.

마침내 돌아서려고 하였을 때, 그의 뒤에 아까 고해를 맡아 준 신부가 서 있었다.

"저 마리아 상을 아름답다고 생각하나요?" 신부는 정답게 물었다.

"말할 수 없이 아름답습니다." 골드문트는 말했다.

"그렇게 말하는 사람이 적지 않지요." 신부가 말했다. "그리고 이것은 진짜 성모 마리아가 아니다, 이것은 너무 지나치게 현대적이요 세속적이다, 모든 점에 과장이 있고 사실과 다르다고들 이야기하는 사람도 있습니다. 그 점에 관해 서로 논쟁하는 것을 자주 듣게 됩니다. 아무튼 당신 마음에 들었다니 기쁩니다. 저 마리아 상이 우리 성당에 세워지게 된 건 겨우 1년 전이지요. 우리 성당의 독지가가 기부해준 겁니다. 니클라우스 스승이 만든 겁니다."

"니클라우스 스승이요? 누구예요? 어디 계세요? 당신은 그분을 알고 있습니까? 아, 제발 그분에 대해서 무어라 말씀 좀 해 주세요! 이런 것을 만들 수 있는 걸 보니 훌륭하고 은혜 입은 분임에 틀림없습니다."

"나는 그분에 대해서 별로 아는 것이 없습니다. 우리 주교가 있는 도시에 사는 조각가입니다. 여기서 한나절 걸리는 거리 입니다. 예술가로서 높은 평판을 받고 있습니다. 예술가는 보통 성자가 아닙니다. 이분도 성자는 아니지만 확실히 재능이 있고 고매하신 분입니다. 나는 여러 번 만나본 일이 있습니다……."

"네에, 만나본 일이 있습니까? 어떤 모습을 하고 계십니까?"

"당신도 참, 그분한테 반한 모양이구려. 그렇다면 찾아가서 보니파지우스 신부가 인사드리더라고 전해 주시오."

골드문트는 넘칠 듯이 감사를 드렸다. 신부는 미소를 띠며 자리를 떴으나 골드문트는 여전히 이슥하도록 이 신비로운 입상 앞에서 자리를 뜰 줄 몰랐다. 마리아 상의 가슴은 숨을 쉬고 있는 것 같았다. 그리고 얼굴에는 수많은 괴로움과 감미로움이 똑같이 깃들어 있었다. 그의 가슴은 미어지는 것 같았다.

그는 아주 다른 사람이 되어 성당에서 나왔다. 그의 발걸음이 스치는 세상은 전혀 다른 세상이었다. 나무로 깎은 감미롭고 거룩한 입상 앞에 선 그 순간부터 골드문트는 지금까지 한 번도 가져 보지 못한 목표를 갖게 되었다. 이전에는 다른 사람이 목표를 세우면 그를 비웃기도 했다. 그는 목표를 가졌다. 아마 그 목표에 도달할 수 있을 것이다. 그렇게 되면 그의 지리멸렬한 생활 전체가 고귀한 의미와 가치를 얻게 될 것이다. 이 새로운 감정은 그를 기쁨과 전율에 휩싸이게 했다. 그는 걸음을 재촉했다. 그가 걸어가는 아름답고 쾌적한 국도는 이제 어제와는 전혀 다른 길이었다. 축제의 기분으로 들뜬 유쾌한 길이 아니었다. 그 길은 도시로 가는, 스승을 찾아가는 길이었다. 그는 서둘러서 달려갔다. 해지기 전에 벌써 도착했다. 성벽 뒤에는 탑들이 우뚝우뚝 서 있었고, 성문 위에는 끌로 아로새겨 놓은 문장들과 색칠을 한 문패들이 보였다. 가슴을 두근거리며 그는 이 길 저 길을 빠져나갔다. 혼잡한 골목길이나 떠들썩한 장사꾼들이나 말을 타고 가는 기사나 마차나 의장 마차 등 어느 것도 눈에 들어오지 않았다. 기사도 마차도 도시도 주교도 그에게는 중요하지 않았다. 성문 밑에서 맨 처음 만난 사람에게 다짜고짜 니클라우스 스승이 어디 사느냐고 물어 보았으나, 그는 아무것도 몰랐다. 그는 매우 실망했다.

큰 집들이 들어차 있는 광장으로 나왔다. 대부분의 집들은 그림이나 조각으로 꾸며져 있었다. 어느 집 대문 위에 밝은 색으로 채색된 멋진 보병의 입상이 큼지막하게 눈부실 듯 세워진 것이 보였다. 그것은 아까 그 수도원 성당의 입상처럼 곱지는 못하였지만 종아리를 드러내고, 수염이 수북한 턱을 보란 듯이 내밀고 있는 포즈가 매우 독특했으므로, 골드문트는 이것도 그 스승이 만든 것이리라 생각했다. 그는 그 집 계단을 올라가서 문을 두드렸다. 가장자리에 털을 단 가죽 웃옷을 입고 있는 사람과 맞닥뜨렸다. 그 사람을 붙들고 니클라우스 스승은 어디 있느냐고 물었다. 그가 스승에게 무슨 볼일이 있느냐고 반문했을 때, 골드문트는 마음을 가다듬고 스승에게 부탁드릴 것이 있다고 간신히 말했다. 그 사람은 스승이 사는 골목길 이름을 가르쳐 주었다. 골드문트가 길을 물어가며 가는 사이에 해가 지고 말았다. 불안하기도 했지만 그래도 무척 행복한 마음으로 그는 스승의 집 앞에서 걸음을 멈추었다. 창으로 들여다보다 하마터면 안으로 뛰어 들어갈 뻔했다. 하지만 이제 날도 저물고 낮에 걸었기 때문에 땀과 먼지로 범벅이 되어 있다는 생각이 떠올라 마음을 억제하고 기다리기로 했다. 그러고도 얼마 동안 집 앞에서 자리를 뜨지 않았다. 방안에서 불을 켜는 것이 보였다. 그가 막 떠나려고 몸을 돌렸을 때, 어떤 그림자 하나가 창문 앞으로 다가오는 것이 보였다. 정말 아름다운 금발의 처녀였다. 처녀 등 뒤에 있는 방안의 부드러운 등잔불 빛이 금발 사이로 흘러나왔다.

이튿날 아침, 도시가 다시 밝아지고 떠들썩해지자, 골드문트는 지난 밤 손님으로 묵었던 수도원에서 얼굴과 손을 씻고 옷과 신발의 먼지를 턴 다음 어제의 그 골목길을 찾아가 대문을 두드렸다. 문을 열어 준 하녀는 곧장 스승한테 데려다 주려고 하지 않았으나 간신히 노파의 마음을 돌리게 하는 데 성공했다.

노파는 그를 안으로 안내했다. 일터로 되어 있는 조그만 응접실에서 스승은 일을 할 때 쓰는 앞치마를 두르고 서 있었다. 골드문트의 짐작으로 마흔이나 쉰 살쯤 되어 보이는, 수염이 나 있고 키가 큰 남자였다. 그는 검푸른 눈으로 날카롭게 그를 쏘아 보았다. 간단하게 무슨 일이냐고 물었다. 골드문트는 보니파지우스 신부의 안부를 전했다.

"그 말뿐인가?"

"스승님" 숨 가쁘게 골드문트는 말했다. "저는 스승께서 만드신 성모상을 그곳 수도원에서 보았습니다. 아, 그렇게 냉정하게 저를 바라보지 말아 주십시오. 저는 다만 사랑과 존경심에 인도되어 당신에게 왔습니다. 저는 두렵지 않습니다. 긴 세월 동안 유랑 생활을 하며 숲이나 눈이나 쓰라린 굶주림도 실컷 맛보았습니다. 누구 앞이라 하더라도 저는 두렵지 않습니다. 그렇지만 당신 앞에서는 두렵습니다. 아, 저는 단 한 가지 큰 소원이 있습니다. 그것 때문에 제 가슴은 괴로움으로 가득 차 있습니다."

"대관절 무슨 소원인가?"

"스승님 제자가 되어 스승님 슬하에서 배우고자 합니다."

"그런 소원을 가진 자는 유독 자네만이 아닐세. 그리고 나는 제자를 원치 않네. 내게 있는 조수만 해도 두 사람이 있다네. 대관절 자네는 어디서 왔는가? 양친은 누구지?"

"양친은 없습니다. 어디에서 온 것도 아닙니다. 저는 어느 수도원의 학생이었습니다. 라틴어나 그리스어를 배우다가 도망을 친 놈입니다. 그때부터 몇 년, 오늘까지 하늘을 지붕 삼고 있었습니다."

"왜 조각가가 되어야 한다고 생각하는가? 이제까지 이런 일을 해본 일이라도 있나? 스케치를 가지고 있나?"

"스케치는 많이 하였습니다. 하지만 지금 가진 것은 없습니다. 그러나 왜 그런 기술을 배우고 싶은지는 말씀드릴 수 있습니다. 저는 많은 것을 생각했습니다. 많은 얼굴이나 형태를 보고 거기에 대한 명상도 해보았습니다. 그 생각 가운데 몇 가지가 저를 자꾸 괴롭히고 저의 안정을 해치고 있습니다. 특히 저의 눈에 뜨인 것은, 한 사람의 모습에서도 항상 어떤 형태나 어떤 선이 자꾸자꾸 반복해서 나타난다는 것, 이를테면 이마가 무릎에, 어깨가 허리와 어울려 들어가는 것, 모든 것이 가장 깊숙한 내부에서는 똑같고, 그리고 그와 같은 무릎이나 어깨나 이마를 갖고 있는 인간의 성격과 정서는 근본적으로 하나라는 것입니다. 어느 날 밤 출산을 하는 산모 곁에서 심부름을 했을 때 목격한 사실이지만, 최대의 고통과 최고의 쾌락은 완전히 유사한 표정을 갖는다는 것도 알게 되었습니다."

스승은 마음을 꿰뚫듯이 날카롭게 나그네를 쳐다보았다.

"자네가 지금 무엇을 이야기하고 있는지 알고 있나?"

"네, 스승님, 그렇습니다. 바로 그것이 제가 스승님의 성모상에 표현되어 있는 것을 보고 더 없는 기쁨과 놀라움을 느꼈던 것입니다. 그렇기 때문에 제가 찾아온 것입니다. 아, 그 아름답고 우아한 얼굴에는 너무도 많은 괴로움이 나타나 있습니다. 동시에 모든 괴로움이 그대로 행복과 미소가 되었습니다. 그 조각상을 보았을 때 제 마음속에서는 불과 같은 것이 스쳐 지나갔습니다. 기나긴 세월 제 머릿속에 있던 생각과 꿈이 확신을 얻은 것처럼 헛되지 않았다는 것을 깨달았습니다. 그리고 제가 무엇을 할 것이며 어디로 가야 할지도 곧 깨달았습니다. 니클라우스 스승님, 진정 소원입니다. 부디 스승의 슬하에서 배우게 해주십시오!"

니클라우스는 무뚝뚝한 표정 그대로 주의 깊게 듣고 있었다.

"젊은 친구" 니클라우스가 말했다. "자네는 놀라울 정도로 훌륭하게 예술에 대해서 이야기할 줄 아네. 자네 같은 나이에 그처럼 여러 가지로 쾌락이나 고통에 대해서 말할 줄 아는 것은 놀라운 사실이야. 저녁에 한 번, 자네와 포도주 잔이나 나누면서 그런 것에 대해서 이야기한다면 즐거울 걸세. 하지만 이 사람아! 듣기에도 즐겁고 그리고 또 재치 있는 이야기로써 서로 담소한다는 것과 몇 년 동안 함께 생활하며 일 한다는 것과는 별개 문제야. 여기는 일터란 말이야. 여기는 일을 하는 곳이지 잡담하는 곳은 아니란 말이야. 여기서 가치를 두는 것은 무엇을 생각해 냈다거나 무엇을 입으로 말할 줄 아는 것이 아니고, 자기 손으로 무엇을 만들어낼 줄 아는가 하는 것뿐이야. 자네는 보기에도 진심으로 말하는 것 같아서 깨끗이 쫓아 버리고 싶지는 않아. 어디 자네가 뭐 좀 할 줄 아는지 한 번 보기로 하지. 자넨 여태 점토나 밀랍을 가지고 무얼 만들어 본 경험은 없나?"

골드문트는 요전에 한 번 꿈속에서 본 광경이 퍼뜩 그의 머리에 떠올랐다. 그 때 꿈속에서 점토를 주물럭거리다가 조그만 형상을 하나 만들어 놓았다. 그것이 벌떡 일어서더니 이내 거인으로 변했던 것이다. 하지만 그는 그런 이야기를 하지 않고 아직 한 번도 그런 일을 시도해 본 적이 없다고 대답했다.

"좋아, 그럼 무어든지 스케치라도 해보게. 저기 책상에 종이와 목탄이 있네. 앉아서 스케치를 해 봐! 시간은 걸려도 자네가 무슨 일에 쓸모가 있나 알게 될 테지. 그럼 이제 이야기도 끝났을 테니 나는 일을 시작하겠네. 자네도 일을 시작하는 게 어때?"

니클라우스가 가리킨 의자에 앉아서 골드문트는 스케치 대를 향했다. 그는 일을 서두르지 않았다. 우선 그는 얌전하고 근면한 학생처럼 가만히 기다렸다. 그리고 그에게 반쯤 등을 돌리고 점토로 조그만 모양을 다듬고 있는 스승 쪽을 호기심과 애정에 넘친 눈으로 응시했다. 이 사람을 주의 깊게 쳐다보고 있자니 그 엄숙하고 벌써 머리칼이 희끗희끗한 머리와 딱딱하기는 하지만 품위 있고 영성이 있는 장인의 일손에는 미묘한 마력이 깃들고 있었다. 골드문트가 상상하던 모습과는 많이 달랐다. 생각보다 나이도 많았거니와 겸손하기도 하고 냉정하기도 하고, 훨씬 메마르고 무뚝뚝하며 도무지 행복한 것 같지도 않았다. 요모조모 뜯어보는 눈초리는 어디 하나 흐트러짐 없이 날카롭게 일에 쏠려 있었다. 거기에서 떠나 골드문트는 스승의 모습 전체를 조심조심 그의 마음속에 받아들였다. 이 사람을 학자라고 할 수 있을지 모른다고 생각했다. 이 사람보다 먼저 수많은 선조들이 착수했던 일, 어느 때든 그의 후계자들에게 맡기지 않으면 안 될 일, 세대에 걸친 사람들의 노고와 헌신이 집중되는 것 같은 끈기는 물론 긴 세월이 걸려도 결코 완결할 수 없는 일, 그런 일에 심신을 바치고 있는 고요하고도 엄격한 탐구 자라고도 할 수 있을지 모른다고 생각했다. 스승을 관찰하는 사이에 그의 얼굴에서 적어도 그런 것 정도는 읽어냈다. 많은 인내, 수양과 심사숙고, 겸양과 모든 인간 노동의 불가사의한 가치를 둘러싼 깨달음 등이 그의 얼굴에 쓰여 있었다. 그렇지만 그의 사명에 대한 신념도 쓰여 있었다. 그의 두 손의 언어는 별개였고, 손과 머리도 각기 역할이 있었다. 두 손은 단단하지만 매우 민감한 손가락을 점토 속에 집어넣어 모양을 만들고 있었다. 점토를 주물럭거리는 솜씨는 사랑을 하는 남자의 손이 몸을 맡기고 있는 애인을 다루는 것 같았다. 상대에게 매료되어 부드럽게 뛰노는 감정으로 가득 차있으며, 열정적이긴 하지만 주고받는 것 사이에 구분이 없고, 욕망을 품고 있으나 그런대로 경건하고, 매우 오랜 경험에서 출발한 것처럼 안전하고 대가다웠다. 황홀하게 감탄하면서 골드문트는 이 뛰어난 두 손을 바라보고 있었다. 얼굴과 손 사이의 모순만 없었더라도 그는 즐겨 이 스승을 스케치했을 텐데 그 모습이 그를 무력하게 만들어 버렸다.

그는 거의 한 시간가량이나 정신없이 몰두해 있는 예술가를 쳐다보며 이 사람 비밀을 캐내려는 생각으로 가득 차 있었으나, 그의 마음속에는 다른 모습으로 형상화되어 그의 영혼 앞에 드러나 보이기 시작했다. 그가 누구보다 더 잘 알고 있기도 하거니와 그가 매우 사랑하고 마음속으로 흠모를 마다하지 않는 사람의 모습이었다. 그 형태도 다양한 특징을 가지고 있으며 많은 갈등을 불러일으키게 해주었지만……. 그것은 친구 나르치스의 모습이었다. 그 모습은 자꾸 응집되어서 하나가 되고 전체가 되었다. 자꾸 뚜렷하게 그리운 이 사람의 내면의 법칙이 그의 환영 속에 나타났다. 고귀한 머리는 정신에 의하여 형성되어 있었다. 자기 억제를 한 아름다운 입과 약간 애수를 띤 눈은 정신에 봉사함으로써 꼭 다물어져 기품을 드러내고 있었다. 그리고 수척한 어깨와 긴 목덜미와 부드럽고 품위 있는 손은 정신세계를 구축하기 위한 싸움을 겪으면서 영적으로 변해 있었다. 그때 수도원에서 헤어진 이래 친구를 이처럼 똑똑히 보고 친구의 환영을 이토록 안전하게 그의 마음속에 가져 본 적이 없었다.

골드문트는 꿈이라도 꾸는 듯 의지를 집중하지는 않았지만, 그래도 준비와 필연 가득한 마음으로 열심히 스케치를 시작했다. 그는 스승도 자신도 그가 지금 앉아 있는 장소도 잊어버리고 애정에 넘친 손가락으로 가슴에 깃들이고 있는 모습을 경건하게 다듬어 갔다. 그는 실내로 들어오는 햇빛이 서서히 이동하는 것도 스승이 몇 번이나 넘겨다보는 것도 알지 못했다. 그는 마치 희생 제물을 바치는 의식과도 같이 그에게 부여된 과제를, 그의 마음이 그에게 부여해 준 과제를, 즉 친구의 환영을 높이 쳐들고 오늘 그의 마음속에 살고 있는 그대로 보존 하는 일을 해냈다. 그는 자신의 행위를 빚을 갚는 일이나 감사의 보답처럼 느꼈다.

니클라우스는 스케치 대 앞에 다가와서 "점심시간이야. 이제 식사를 해야겠는데, 같이 가서 하지. 어디 보세. 무얼 좀 그렸나?" 하고 말했다.

그는 골드문트 뒤로 돌아가서 커다란 목탄지를 내려다보았다. 그리고는 그를 옆으로 밀쳐놓고 목탄지를 조심스레 그의 정교한 손으로 집어 들었다. 골드문트는 꿈에서 깨어났다. 그리고 불안한 기대 속에 스승을 바라보았다. 스승은 스케치를 두 손에 들고 섰다. 그는 그대로 엄숙하고 검푸른 눈으로 얼마간 매서운 눈초리를 던지며 매우 자세하게 들여다보고 있었다.

"자네가 그려 놓은 이 사람은 누군가?" 잠시 후 니클라우스가 물었다.

"제 친구인데, 젊은 수사이며 학자입니다."

"좋아, 손을 씻게. 저쪽 안마당에 샘물이 흐르고 있으니, 그 다음에 식사하러 가세. 조수는 없네. 바깥에서 일을 하고 있지."

골드문트는 순순히 따라 나갔다. 안마당에서 샘물을 발견하고 손을 씻었다. 그리고 스승의 본심을 알기만 한다면 좀 더 기분 좋을 텐데 하고 생각했다. 그가 돌아오자 스승은 거기에 없었다. 그는 스승이 옆방에서 왔다 갔다 하는 소리를 들었다. 바깥으로 나왔을 때 스승도 손을 씻고 작업복 대신에 아름다운 나사 웃옷을 입었다. 그걸 입고 보니 훌륭하고 당당해 보였다. 스승은 앞장서서 계단을 올라갔다. 계단 손잡이 기둥은 호두나무로 만들어져 있었으며 작은 천사의 머리가 새겨져 있었다. 새것과 오래된 입상 행렬이 이어져 있는 복도를 지나 깨끗한 방 안으로 들어갔다. 마룻바닥도 벽도 천장도 단단한 나무로 되어 있었으며, 창문 한쪽에 식탁이 준비되어 있었다. 처녀가 들어왔다. 골드문트는 그 처녀를 알고 있었다. 어젯밤 그 아름다운 처녀였다.

"리이스벳." 스승은 말했다. "한 사람 식사를 더 가지고 와야지. 손님을 데리고 왔단다. 그건 그렇고. 아, 참 이름을 아직 모르고 있었네."

스승에게 골드문트라고 했다.

"음, 골드문트. 식사 준비는 되어 있나?"

"잠깐 기다리세요, 아버지."

처녀는 쟁반을 들고 나가더니 이내 돼지고기와 흰 빵을 하녀한테 들려서 돌아왔다. 식사하는 동안 아버지는 딸과 이것저것 이야기를 나누고 있었다. 골드문트는 아무 말도 하지 않고 앉아서 식사를 조금밖에 들지 않았다. 매우 불안하고 답답한 기분이었다. 딸은 몹시 그의 마음을 끌었다. 아버지만큼이나 키가 크고 아주 어울리는 아름다운 몸매를 갖고 있었다. 그러나 얌전하게 앉아서 유리 그릇 옆에라도 앉아 있는 것처럼 좀처럼 가까이하기 어려웠으며, 손님에게 말 한마디도 시선 한 번도 던져 주지 않았다.

식사가 끝나자 스승은 말했다. "지금부터 반 시간쯤 쉬겠네. 자네는 일터에 가든지 나가서 거리를 거닐든지 하게나. 용건은 나중에 말하기로 하고."

골드문트는 인사를 하고 밖으로 나왔다. 스승이 그의 스케치를 보고 나서 한 시간, 아니 그 이상이 되었는데도 스승은 거기 대해서 한 마디 말도 걸어 오지 않았다. 게다가 또 반 시간을 더 기다려야만 했다. 하지만 어떻게 할 수도 없었다. 그는 기다렸다. 일터에는 들어가지 않았다. 그의 스케치를 다시 볼 용기는 나지 않았다. 그는 안마당으로 나와서 샘 물통 위에 앉아 대롱을 통해 흘러 내려온 물이 깊은 돌그릇 속으로 끊임없이 떨어지는 물줄기를 바라보았다. 물은 떨어지자 분말 같은 물방울을 만들며 연이어 밑바닥으로 공기를 조금씩 빨아 당겼다. 그러나 공기는 계속 하얀 방울이 되어 위로 되돌아오려고 했다. 어두운 샘물 속 수면에서 그는 자신의 모습을 보았다. 물 속에서 그를 바라보고 있는 골드문트는 이제 까마득한 옛날 수도원에 있던 골드문트가 아니었으며 리디아의 골드문트도 아닌 듯했다. 숲 속을 헤매던 골드문트도 아니었다. 그의 생각으로는 그나 다른 사람이나 모두 다 흘러가 버리고 또한 자꾸 변화하여 마지막에는 녹아 없어지고 말지만 예술가가 만든 조각상은 언제까지나 변하지 않고 똑같은 형상을 지니는 것 같았다.

그의 생각에 모든 예술의 근본과 또한 모든 정신의 근본이 사멸에 대한 공포인 것 같았다. 우리는 죽음을 겁낸다. 무상함에 대해서 몸서리친다. 우리는 슬픔에 잠긴 마음으로 꽃이 시들고 잎이 떨어지는 것을 자주 쳐다본다. 우리 가슴속에서는 우리가 무상하고 서서히 시들어 가고 마는 것을 분명히 느낀다. 우리가 예술가로서 조각을 만들거나 사상가로서 법칙을 구하고 사상을 공식화할 때 우리는 커다란 죽음의 무도에서 최소한 무엇을 구출하고, 우리 자신보다 더 긴 수명을 갖는 무엇을 수립하기 위해 그런 일을 한다. 스승이 아름다운 마돈나를 만들 때 모델로 삼은 여자는 아마 벌써 늙었거나 아니면 죽었으리라. 얼마 지나지 않아 스승도 또한 죽고 말리라. 다른 사람이 스승의 집에서 살고 스승의 식탁에서 식사를 하리라……. 하지만 스승의 작품은 언제까지나 그대로 남아서 조용한 수도원의 성당에서 백 년이나 그 이상 오랜 후까지 빛을 던질 것이다. 언제까지나 아름다움은 변치 않으리라. 그리고 언제까지나 변치 않고 꽃향기를 풍기면서도 슬픔이 가시지 않는 듯한 입가에는 변함없는 미소를 머금고 있으리라.

스승이 계단을 내려오는 소리가 들렸기 때문에 그는 일터로 얼른 되돌아갔다.

니클라우스 스승은 왔다갔다하면서 골드문트의 스케치를 들여다보다가는 창가에서 걸음을 멈추었다. 그리고 좀 망설이듯 하면서도 무뚝뚝한 소리로 말했다. "이 지방 관습으로 견습생은 최소한 4년간은 교육을 받아야 하며 스승에게는 사례금을 내게 돼 있다."

스승의 말소리가 잠깐 뚝 그쳤기 때문에 골드문트가 스승에게 사례금을 내지 않았다는 걸 말하는 것이라고 생각했다. 갑자기 그는 주머니칼을 행낭에서 끄집어내어 감춰 둔 금화를 꿰맨 실밥을 뜯어 그것을 끄집어냈다. 니클라우스는 그를 보고 놀랐다. 골드문트가 스승에게 돈을 내밀자 스승은 큰 소리로 웃었다.

"아하, 그렇게 생각했던가?" 스승은 웃었다. "아니, 여보게, 자네 돈은 넣어두게나. 자, 들어봐! 나는 우리 조합의 관습이 제자를 어떻게 취급하고 있는지 말했을 뿐이야. 하지만 나는 그런 냉담한 스승이 아니거니와 자네도 너저분한 제자는 아니란 말이야. 즉 그저 통속적인 제자라면 열세 살이나 열네 살, 혹은 아무리 나이를 많이 먹었다 하더라도 열다섯 살에 견습생 시절로 들어서는 게 관습이야. 그리고 그 시절의 반은 항상 일꾼 노릇을 해야 되고 막일에도 따라가야 돼. 하지만 자네는 이미 다 자란 청년이네. 나이로 보아서도 벌써 도제가 되었거나 스승이라도 돼 있었을 거야. 우리 조합에서는 수염이 더부룩한 견습생은 아직 못 본걸. 그뿐인가, 아까도 이야기했지만 내 집에 견습생 같은 걸 둘 마음이 없네. 보아하니 자네는 시키는 대로 고분고분할 사람 같지도 않네."

골드문트는 초조감에 몸을 가눌 수 없었다. 스승의 신중한 말 한마디가 그를 수갑에 채운듯 묶어 버렸다. 그의 말은 지루하고 답답해서 그를 밀쳐버리고 싶을 정도였다. 그는 마침내 참지 못하고 소리쳤다.

"당신께서 저를 견습생으로 맞이해 주실 의사가 전혀 없으시다면 왜 그토록 하나하나 따지고 드십니까?"

스승은 꼼짝도 하지 않고 지금까지의 태도를 그대로 유지하면서 이야기를 계속했다. "나는 한 시간 동안이나 자네 소망에 대해서 숙고해 보았네. 그러니 자네도 참고 내 이야기를 들어 주어야 하네. 나는 자네 스케치를 보았네. 결점은 있지만 아름다워. 안 그랬더라면 자네한테 반 굴덴쯤 주어서 쫓아 버렸을 거야. 자네 스케치에 대해 이 이상 말하기는 싫네. 자네가 예술가가 되는 것을 도와주고 싶네. 자네는 필시 예술가가 될 재능이 있어 보이네. 하지만 이제 견습생은 될 수 없네. 견습생도 안 되어 보고, 또 견습생 연한을 채우지 못한 사람은 우리 조합에서는 직공도 스승도 될 수가 없다네. 이걸 미리 자네한테 이야기를 해두는 걸세. 하지만 시험해 보는 것을 허락하여 주겠네. 잠시 이 도시에 머무를 수 있거든 나한테 와서 배워도 좋아. 의무나 계약은 없는 걸로 하지. 언제 떠나도 좋고. 조각 끌을 여기서 몇 개쯤 부러뜨려도 통나무 몇 개쯤 망가뜨려도 상관없네. 자네가 조각가가 아니라는 것을 알게 되면 다른 길을 찾아야 할 걸세. 뭐 이쯤으로 불만은 없겠지?"

골드문트는 고마움으로 감격하여 귀담아 듣고 있었다.

"참으로 고맙습니다." 그는 소리쳤다. "저는 집도 없는 사람입니다. 숲 속에서도 지낸 놈이 여기 이 도시에서 못 살 까닭이 있겠습니까? 당신께서 저에게 견습생을 대할 때처럼 애를 쓰시거나 책임을 지시거나 할 의무도 갖고 싶지 않으시다는 것은 잘 알겠습니다. 단지 저는 당신 밑에서 수업 받도록 허락해 주신 것을 무한한 행복이라 생각합니다. 당신께서 받아들여 주신 데 대해서 무한한 감사를 드립니다."

제 11 장

이 도시에서는 새로운 정경이 골드문트를 에워쌌다. 그에게 새로운 삶이 시작되었다. 이 지역과 도시가 그를 유쾌하게, 유혹적으로 그리고 풍성하게 맞이했듯이 이 새로운 생활은 기쁨과 수많은 약속을 동반하면서 그를 맞이했다. 그의 영혼 속에 깃든 비애와 지식의 밑바닥은 조금도 흐트러지지 않았으나 그의 표면적인 생활은 다채로운 색으로 빛나고 있었다. 지금 막 시작된 이 시기는 골드문트의 일생에서 가장 즐거운 시절인 동시에 가장 부담 없는 시절이었다. 외적인 면에서 풍요한 이 주교의 도시는 온갖 예술과 여자와, 무수한 유희와 풍경으로 그를 맞이해 주었다. 내적인 면에서 예술가적 정신에 눈뜨기 시작한 새로운 감정과 경험을 그에게 실어다 주었다. 그는 스승의 도움으로 생선 시장 근처, 어느 도금 공장 주인집에 잠자리를 구했다. 그리하여 그는 스승과 도금 공장 주인에게서 통나무와 석고, 물감이나 옻, 금박 등을 다루는 기술을 습득했다.

골드문트는 최고의 재능을 갖고 있으나, 적당히 그것을 표현하는 방법을 찾지 못하는 예술가들, 그런 불행한 예술가들과 동류의 사람은 아니었다. 세계의 아름다움을 깊고 널리 느끼는 동시에 그들 영혼 속에 고귀한 형상을 품은 재능을 부여 받고 있으면서도 그것을 표현하여 다른 사람을 즐겁게 해 주는 길을 찾지 못하는 사람도 적지 않다. 골드문트는 그런 부족한 재능을 괴로워하지 않았다. 보통 사람들은 하루 일을 끝낸 저녁, 몇몇 친구들이 모인 가운데 기타 치는 법을 배우고, 일요일에는 마을 무도장에서 춤을 배운다. 이런 놀이가 일반 사람들에게는 매우 수월한 것처럼 골드문트에게도 두 손을 놀려서 공작품을 다듬는 방법이나 그것을 완성시키는 방법을 익히는 것이 수월하기도 했고, 즐겁기도 했다. 쉽게 몸에 익숙해지면서 혼자서도 잘할 수 있게 되었다. 그러나 무엇보다도 토막나무를 조각하는 데 최선의 노력을 했으며, 어려움과 실망감도 극복해야 했다. 그뿐 아니라 아름드리 나무를 이것저것 다 망치기도 하고 몇 번이나 손가락에 큰 상처를 내면서도 꾸준히 노력 했다. 그리하여 초보 단계는 단 기간에 마무리하고 제법 연장을 다룰 수 있게 되었다. 그렇건만 스승은 가끔 그에게 매우 씁쓸한 입맛을 다시며 이렇게 말하는 것이었다. "골드문트, 자네가 내 견습생도 직공도 아니라는 사실을 다행으로 생각하네. 자네가 큰 길과 숲 속에서 나를 찾아왔듯이 언젠가는 또 그곳으로 돌아갈 거라고 우리 서로가 알고 있으니 좋은 일이야. 자네가 이곳 시민도 밥벌이 꾼도 아니고, 고향도 없는 유랑자라는 사실을 모르는 사람이라면, 보통 스승들이 그들 견습생한테 요구하는 것을 이것저것 다 자네한테 요구할 마음을 가졌을 거야. 자네는 일하려고 단단히 마음먹을 때는 정말 훌륭한 일꾼이야. 그렇지만 자네는 지난 주일에 이틀이나 아무 일도 안 하지 않았나? 어제는 안마당 일터에서 천사상 두 개를 매끈하게 닦을 작정이었는데 반나절이나 잠을 자지 않았나?"

스승의 비난은 지당했다. 골드문트는 변명하지 않고 가만히 듣고만 있었다. 그는 자신이 신뢰를 받을 수도, 부지런한 인간도 아니라는 것을 알고 있었다. 어떤

한 가지 일에 그를 집중하도록 그에게 어려운 과제를 떠맡기거나, 자신의 뛰어난 기교를 의식하여 기쁨을 느낄 때 그는 부지런한 일꾼이었다. 그는 무거운 물건을 다루는 일을 싫어했다. 그런 일은 힘들지는 않아도 시간과 근면을 필요로 했으며 대부분 손을 써서 끈기 있게 해야만 하는 일 등에는 견디기 힘들 때가 많았다. 골드문트 자신도 그런 성향에 회의를 품을 때가 많았다. 불과 이삼 년간의 방랑이 그를 게으름과 불신에 가득 찬 인간으로 만들어 버렸는가? 아니면 어머니에게 물려받은 기질이 그의 몸에서 자라나서 자신을 제압하고 있는 것일까? 혹은 그에게 무엇이 결핍되어 있던가? 그는 매우 부지런하고 선량한 학생이었던 초기 수도원 시절을 머릿속에 그려 보았다. 지금은 그에게서 찾아 볼 수 없는 끈기가 대관절 그때는 왜 그다지도 많았었던가? 마음 한 구석에서는 사실 그다지 대단한 것이라고는 생각하지 않았는데도 왜 라틴어 문장론에 그리 싫증도 내지 않고 심신을 바칠 수 있었으며, 또한 그리스어의 과거형을 남김없이 외워 둘 수 있었던가? 그는 몇 번이나 그때의 자신을 돌이켜 보았다. 그때 그를 격려해 주고 용기를 내도록 했던 힘은 사랑이었다. 그의 학습은 나르치스에게 사랑을 얻기 위한 끊임없는 노력에 불과했다. 나르치스의 사랑을 얻는 방법은 그의 관심과 인정을 받는 두 가지였다. 그때는 몇 시간 혹은 며칠, 오로지 사랑하는 선생한테서 인정을 받으려고 갖은 애를 썼다. 그리하여 그가 동경했던 목표에 간신히 도달하여 나르치스를 그의 친구로 맞이하게 되었다. 놀랍게도 바로 이 나르치스라는 학자는 골드문트가 학자로서 부적합함을 지적하고, 잃어버린 어머니 형상을 불러내 주었다. 학식이나 수사 생활이나 덕성 대신에 그의 본성에서 용솟음치는 강한 근본적 충동, 즉 성욕이나 여인을 향한 사랑이나 자유 그리고 유랑 생활에 대한 욕구가 그를 지배하고 말았다. 그렇지만 그는 스승이 만든 마리아상을 보고 나서 자기 안에서 예술가를 발견했다. 그리고 새로운 길로 걸음을 옮겨 다시 정착하게 되었다. 그렇다면 지금 상태가 어떤지, 앞으로 그의 미래는 어디에 있는지, 어떤 장애가 나타날지 골드문트는 도무지 알 수 없었다. 이런 것만은 알 수 있었다. 니클라우스를 한때 나르치스를 사랑한 것만큼 사랑하고 있지 않지만 스승을 매우 존경한다. 아니, 스승을 실망시키고 화나게 하는 것이 때로는 그의 기쁨이기도 했다. 니클라우스 손으로 만들어진 조각상들, 적어도 그 가운데서 가장 잘 된 것, 그것은 골드문트에게는 존경을 아끼지 않아도 좋을 모범이었다. 그렇지만 스승, 그 자신은 그의 모범이 될 수 없었다.

입가에 그 이상 더할 수 없는 괴로움과 아름다움을 지닌 성모상을 새긴 예술가, 깊은 경험과 예감을 가시적 형상으로 만들어 놓은 통찰력과 불가사의한 두 손을 가진 예견과 예지의 인간, 이런 인간과 나란히 스승 니클라우스 안에는 또 한 사람의 인간이 살고 있었다. 니클라우스는 다소 엄격하고 성마른 기질을 가진 주인이자 조합장이었다. 그는 딸과 늙고 못 생긴 하녀와 함께 조용한 집에서 세상일과는 동떨어져서 어느 정도 우울한 생활을 하는 사람이었다. 골드문트의 과격한 충동에 대해서는 강력히 거부했다. 조용하고, 절제와 절도가 있으며, 체면을 중시하는 습관이 몸에 밴 생활에 익숙해져 있는 사람, 이런 사람이 살고 있었다.

골드문트는 스승을 존경했다. 다른 사람에게 스승의 인격을 꼬치꼬치 캐물어 본다거나 다른 사람 앞에서 스승의 인격을 비판하는 말은 스스로도 결코 허락하지 않았다. 그렇지만 1년 후에는 상황이 달라졌다. 니클라우스에 대해서 아주 세세한 부분까지 모두 다 알게 되었다. 스승은 그에게 중요한 존재였다. 스승은 그를 사랑하고 있었다. 사랑하는 만큼 또 미워하기도 하고 그에게 안정된 삶을 허용하지도 않았다. 그리하여 견습생 제자는 사랑과 불신과 더 많은 호기심 속에서 스승의 성격과 생활의 비밀을 파헤쳐 들어갔다. 니클라우스는 빈 방이 남아돌아가는 데도 집에 견습생이나 도제를 재우지 않았으며, 외출을 하거나 집에 손님을 초대하는 일도 없었다. 스승은 아름다운 딸을 열성을 다해 감동적으로 사랑하고, 누구에게도 보여주길 꺼려하고 있음을 알아챘다. 홀아비의 엄격하고 나이 듦에 따른 금욕적 정서의 배후에는 아직도 왕성한 충동이 꿈틀거리고 있었다. 그리고 가끔 부탁을 받아 여행을 떠날 때면 며칠 동안 사람이 변해서 이상하게 젊어질 때가 많다는 것도 그는 알게 되었다. 어느 땐가, 니클라우스는 조각한 설교단을 설치해 주기 위해 찾아간 마을에서 몰래 여자를 찾아갔다. 그 후 며칠 동안 매사에 초조해져서 얼굴만 찌푸리고 있었다는 것도 골드문트는 관찰했다.

때를 거듭할수록 이런 호기심 외에도 또 다른 무엇이 골드문트를 스승 집에 머물러 있게 만들고 초조한 마음에 사로잡히게 했다. 그것은 다름 아닌 그가 마음에 들어 한 아름다운 딸 리이스벳 때문이었다. 그녀의 모습을 보기는 어려웠다. 그녀는 좀처럼 일터에 들어오지 않았다. 스승이 다시금 그를 식탁에 초대하지 않았으며, 딸과 만나는 기회를 적극 차단했다는 것은 놓칠 수 없는 사실이었다. 리이스벳은 매우 소중하게 양육되는 딸이라는 것을 알았다. 그녀와 결혼을 전제 하지 않는 사랑을 나눌 가능성은 거의 없었다. 그녀와 결혼하고 싶은 사람은 첫째 품위 있는 집 아들로서 상류층에 속하는 조합원의 일원이어야 했다. 가능하다면 재산과 주택 정도는 소유하고 있어야 했다.

리이스벳의 아름다움은 집시 여인이나 농가 아낙네들과는 판이하게 달랐다. 골드문트는 그녀를 처음 만났던 날, 첫눈에 그의 눈길을 사로잡았다. 그녀에게는 그가 잘 모르지만 그를 강하게 끌어당기는 무엇, 심지어 화나게 만드는 묘한 것이 있었다. 그녀에게는 침착성과 순진함, 절제와 순결함이 있었다. 그러면서도 어린아이처럼 행동하지 않았으며, 예의를 갖춘 모습 뒤에는 냉정한 분위기와 오만함이 감춰져 있었다. 그렇기 때문에 그녀의 순진함은 그를 감동시키거나 무력하게 만들지도 않았다. (그가 결코 어린아이를 유혹할 수는 없었을 테지만) 오히려 그를 자극시키고 분발하게 했다. 그녀의 자태가 그의 마음 속에서 점차 친근감을 갖게 되자, 그는 언젠가 그녀의 조각상을 만들어 보자고 마음먹었다. 그렇지만 지금 그녀 모습 그대로가 아니고 관능에 눈을 떠서 괴로워하는 모습을 한 여인으로서, 막달레나를 닮은 키 큰 여인이었다. 그는 가끔 이 찬란하고 부드러우면서도 무표정한 얼굴, 그것이 쾌락이든 고통이든 언젠가 한 번은 일그러지며 싹을 트게 하여 그의 비밀을 폭로하는 것을 보고 싶은 간절한 마음에 사로잡혔다.

그 외에도 그의 영혼 속에서 둥지를 틀고 있는 또 하나 다른 얼굴이었다. 꼭 한 번 그 얼굴을 포착하여 예술로 표현하고 싶은 열망에 사로잡혀 있는데도, 완전히 그의 소유가 되지 못하고, 그때마다 자꾸 꽁무니를 빼고 달아나서는 연기처럼 숨어 버리고 마는 것이었다. 그것은 어머니 얼굴이었다. 이 얼굴은 지난날 나르치스와 대화를 하고 난 후 사라진 기억 밑바닥에서 다시 떠오른 얼굴이었으나, 아득한 옛날의 그런 얼굴은 아니었다. 이곳 저곳을 떠돌던 하루하루, 사랑을 소곤대던 밤마다 그리움과 생명의 위협과 지옥의 사자와 친근하던 시절에 떠올랐던 어머니 얼굴은 서서히 변해갔다. 더 풍요로워지고 깊어졌으며, 다양해졌다. 그 모습은 이제 어머니 형상이 아니었다. 그 표정과 빛깔은 그 자신만의 어머니 형상이 아닌 모든 인간의 어머니 이브의 형상으로 바뀌어 갔다. 니클라우스 스승이 만든 두 세 개의 마돈나 상 가운데는 골드문트가 도저히 따라갈 수 없을 것 같은 완벽한 표현으로 조각해 놓은 마리아 상, 애처로운 성모 마리아 상이 있었다. 스승이 이런 형상을 다듬어 놓은 것과 똑같이 골드문트 자신도 지금보다 더 성숙하고 더 확실한 능력을 갖게 되면 언제 한 번은, 세속적인 어머니로서 이브의 상을, 그의 마음속에서 가장 오래되고 거룩한 사랑의 상징으로써 존재하고 있는 형상 그대로 만들어 보자는 희망을 가졌다. 하지만 마음속에 있는 이 형상은 한때 자기 어머니와 어머니에 대한 사랑의 추억이 어려있는 형상에 불과했지만 그것은 끊임없는 변화와 성장을 거듭하여 갔다. 집시 여인 리이제의 표정, 기사의 딸 리디아의 표정, 그리고 수많은 다른 여인의 얼굴들은 모두 그 근원적인 형상 속으로 스며들어가고 있었다. 그가 한번 사랑한 여인의 얼굴 전체가 이 형상에 계속 투영되었음은 물론이요, 모든 감동과 경험과 체험이 얼굴 형태와 표정을 그려내 도록 해 주었다.

어느 훗날 이 형상을 구체적으로 상징해낼 수 있다면 그것은 어느 한 여인을 표현해 내는 것이 아니라 인류의 어머니로서 생명 그 자체를 표현할 작정이었다. 그는 가끔 그것이 눈에 보이는 듯 했다. 꿈속에 나타날 때도 자주 있었다. 그러나 이 이브의 얼굴과 그 얼굴에서 표현하고자 하는 형상에 대해서 그가 말할 수 있 는 것은 고통과 죽음과 내면 깊숙이 친화력을 갖는 생명의 쾌감을 표현해 낼 의 도 외에는 아무것도 아니라는 것이었다.

1년이라는 세월 동안 골드문트는 많을 것을 배웠다. 매우 빠르고 완숙한 스케 치 솜씨를 갖게 되었다. 니클라우스는 통나무에 조각을 하도록 지시하는 한편 골 드문트에게 틈틈이 점토로 모형을 만들어 보도록 했다. 가장 먼저 성공한 그의 작품으로는 높이가 한 자 정도 됨직한 점토 모형이었다. 그 모형은 리디아의 동 생, 작은 유울리에의 감미롭고 매혹적인 자태였다. 스승은 이 작품을 칭찬했다. 하지만 주물로 부어 넣어 보자는 골드문트의 소망을 들어 주지는 않았다. 스승은 그 모형이 순결하지 않으며 또한 세속적이라고 평가했다. 그런 이유로 자신이 대 부 역할을 맡는 것이 싫었던 모양이었다. 그 다음에는 나르치스의 모형을 뜨는 일에 착수했다. 골드문트는 그것을 통나무에 조각했다. 그것은 사도 요한을 모형 으로 했다. 그것이 잘만 된다면 니클라우스가 나중에 자신에게 맡길지도 모르는, 즉 니클라우스가 예전에 주문을 받아 벌써 오래 전부터 조수들에게 떠맡겨 놓고 맨 끝 손질만 니클라우스 자신이 하기로 돼 있는 십자가 책형 군상에 그것을 포 함시켜 보자는 희망을 가졌기 때문이다.

골드문트는 나르치스 모형을 뜨는 일에 깊은 애정을 기울였다. 그는 탈선을 할 때마다 이 작업에서 자기 자신을, 그의 예술가로서의 천직을, 그의 혼을 다시 발견했다. 그러나 이런 일도 그리 드문 일은 아니었다. 여인들의 춤, 친구들과의 술, 노름, 그리고 이따금 주먹다짐까지도 있었다. 그래서 하루나 또는 여러 날 일터를 피해 있다가 다시 일에 착수하기는 했으나, 불안하고 불쾌한 사람처럼 서 있는 때가 많았다. 사랑하는 사도 요한의 명상에 잠긴 자태는 점차 순수한 입김을 뿜으며 통나무 속에서 터덕터덕 걸어 나오기 때문에 마음의 준비를 갖추었을 때만 그는 경건하게 몸을 바쳐 일에 손을 댔다. 그 일을 하는 동안은 즐겁지도 슬프지도 않았거니와 생의 환희도 인생의 무상도 잊었다. 한때 그 친구에게 몸을 내던지고 기꺼이 그의 인도에 따랐을 때, 어두운 그림자 하나 던지지 않던 그때의 감정, 맑고 경건했던 그때의 감정이 새로 그의 가슴속을 채웠다. 그런 감정으로 자신의 의지로써 초상을 새기고 있는 사람은 골드문트가 아니고 오히려 다른 사람, 즉 나르치스였다. 나르치스가 끊임없이 변화하는 생활에서 빠져 나와 그의 순수한 본질이 드러난 초상을 표현하기 위해 예술가 골드문트의 손발을 이용하고 있었다.

이런 과정을 거쳐 참다운 작품이 완성되고 있었다. 골드문트는 이따금 그런 생각을 하며 전신을 부들부들 떨었다. 잊을 수 없는 스승의 마돈나도 그렇게 만들어졌다. 골드문트는 그 일을 시작하고부터 수도원으로 그 입상을 보러 간 날이 수없이 많았다. 스승이 2층 복도에 길게 세워 놓은 먼지 앉은 초상들 가운데 최상으로 꼽는 것들은 신비에 가득 차고 거룩한 과정을 거쳐 만들어진 것이었다. 그에게도 똑같은 과정을 거쳐 언젠가는 한층 더 신비에 가득 차고 거룩하며, 세상에서 유일한 이브의 초상이 완성될 것이다. 아, 인간의 손에서 그러한 예술작품이, 그토록 거룩하고 필연적이며 어떠한 욕망이나 허영에도 더럽혀지지 않는 초상만이 생겨 날수가 있다면! 하지만 그런 것은 아니었다. 그는 그것을 진작부터 알고 있었다. 사람들은 그와는 다른 매우 정교하고 매혹적인 초상도 만들 수 있었다. 그것은 예술 애호가들을 즐겁게 해주고 성당이나 회의실에 장식 되는 아름다운 것이기는 하였지만 거룩하고 참다운 영혼의 초상은 아니었다. 니클라우스나 다른 대가들이 만든 작품에 고상한 착상이라든지 빈틈없는 조심성이 결여된 것은 아니었지만 한낱 유희 같은 작품이 얼마든지 있다는 것을 알고 있었다. 골드문트는 자신의 마음속에서도 그런 작품을 만들고 싶은 욕구가 도사리고 있다는 것을 알고는 부끄럽고 슬펐다. 아무리 예술가라 하더라도 자신의 능력을 믿고 명예욕에 사로잡히거나, 기분 내키는 대로 작품을 세상에 내놓을 수 있다는 사실을 뼈저리게 느끼고 있었다.

처음으로 그런 사실을 자각했을 때, 그는 죽고 싶을 만큼 서글픈 마음이 들었다. 아무리 순수하다고 하더라도 예쁘장한 천사의 초상이나 혹은 다른 쓸데없는 것을 만들기 위해 예술가가 되는 것은 아무 소용없는 일이었다. 아마 다른 사람들, 가령 일꾼들이나 시민이나 아무 고통도 없고 불만도 없는 사람들에게는 보람 있는 일일는지 모르지만 그에게는 전혀 그렇지 않은 일이었다. 그에게 예술가란 이를테면 태양처럼 열정으로 타오르지 않거나 폭풍우 같은 힘도 갖지 않으며, 눈곱만한 쾌락이나 행복을 주는데 불과하다면, 아무 쓸모도 없었다. 그는 그들과는 다른 것을 추구했다. 이를 테면 아무리 보수가 좋다 하더라도 레이스처럼 곱게 만든 마리아의 화관을 반짝이는 금박으로 도금하는 일은 그가 할 일이 아니었다. 스승 니클라우스는 왜 그런 요청을 일일이 받아들였을까? 왜 조수를 둘이나 데리고 있었던가? 시 의원이나 수도원장들이 대문이나 설교 제단을 주문할 때 왜 그는 몇 시간이나 자를 손에 들고 그들 이야기를 듣고 있었을까? 하찮은 두 가지 이유에서 그렇게 했다. 주문이 산더미처럼 쌓여있는 유명한 예술가라는 점을 중요하게 여긴 것이 한 가지 이유였고, 돈을 모으고 싶은 욕심이 다른 한 가지 이유였다. 돈이라고 해도 큰 사업이나 향락을 위해서가 아니었다. 이미 부자가 된 딸을 위해서, 그 딸을 시집보내기 위해서, 레이스 칼라나 장롱에 옷을 채워 넣기 위해서, 호두나무로 만든 침대에 값비싼 이불을 잔뜩 쌓아 주기 위해서였다. 마치 예쁜 딸이 어떠한 건초 더미 위에서도 똑같은 사랑을 즐길 수 있다는 것을 모르기라도 하는 듯이!

그런 관찰을 하고 있으면 골드문트 마음속에서는 어머니의 피가 흐르고 있어서, 정착민이나 재산을 소유한 사람에 대해서 유랑민이 갖는 멸시의 감정이 불꽃처럼 튀었다. 일과 스승이 짜증날 정도로 싫어져서 도망치고 싶은 때도 가끔 있었다.

스승도 마찬가지였다. 벌써 몇 년이나 화를 삭이고 있었다. 이렇게도 다루기 힘들고 믿을 수 없는 그를 데리고 있게 된 자신을 후회하기도 했다. 이 젊은이는 가끔 그의 인내력을 실험대에 올려놓았다. 골드문트의 유랑 행적, 금전이나 소유에 대한 그의 무관심, 낭비하는 버릇, 수많은 애정 관계, 잦은 주먹다짐 등 그에 대한 수많은 이야기를 들었다. 떠돌이 집시를, 믿을 수 없는 견습공을 불러들인 셈이었다. 이 유랑자가 그의 딸 리스벳을 어떤 눈으로 보고 있는지도 니클라우스는 놓치지 않았다. 그런데도 그에 대해서 참고 있는 것은 무슨 의무감이나 불안감 때문은 아니었다. 그것은 거의 완성 단계에 있는 사도 요한의 초상 때문이었다. 니클라우스는 완전히 인정하지는 않았지만 그래도 사랑의 감정으로 충만한 영혼을 갖고 숲 속에서 그에게 달려온 집시 골드문트가 지금 차근차근 때론 변덕스럽게 어디 하나 어긋남도 없이 섬세하게 사도의 통나무 조각품을 만들어 가는 것을 보고 있었다. 사실상 과거 이 유랑자를 붙들어 놓은 이유도 좀 서툴기는 하지만 아름답고 감동을 주던 그의 스케치 때문이었다. 그것이 어느 정도 니클라우스의 마음을 끌지만 않았어도 그렇게 하지는 않았을 것이다. 요즘도 그의 변덕 때문에 작업을 하다가 말곤 하지만 니클라우스는 언젠가는 완성될 것이라고 굳게 믿고 있었다. 그것이 완성되는 날에는 이제껏 그의 견습생 가운데서 어느 누구도 만들어 낼 수가 없었던, 위대한 대가들도 성공 가능성이 높지 않은 작품이 될 것이다. 스승은 제자에게 불만이 많았다. 제자를 꾸짖은 일도 수십 번이었고 화를 낸 적도 한두 번이 아니었다. 하지만 사도 요한의 초상에 대해서만은 한 마디 말도 던지지 않았다.

골드문트는 청년다운 발랄함과 어린애 같은 솔직함 때문에 그렇게도 많은 사람들의 호감을 받아 왔으나, 그러한 자취도 최근 몇 해 동안 점차 그의 모습에서 사라지고 있었다. 이제는 앳된 티도 믿음직한 어른으로 바뀌었으며, 여자들에게는 자주 유혹을 받았으나 남자들에게는 전혀 호감을 받지 못했다. 나르치스가 수도원 시절 골드문트의 포근한 잠을 깨워서 세상을 떠도는 생활에 몸을 던졌던 그날 이후 그의 내면세계는 크게 변했다. 단정하고 온화하며 누구에게서나 사랑을 받는 경건하고 충실한, 모든 형용사를 한 몸에 지녔던 수도원 학생은 벌써 아득한 옛날에 완전히 다른 사람이 되어 있었다. 나르치스는 그를 일깨워주었고, 여자들은 그를 자각시켜 주었으며, 방랑은 그의 소년티를 말끔히 씻어 주었다. 그는 친구를 사귀지 않았다. 그의 마음은 여자들 것이었으므로 별로 힘 들이지 않고 그를 손에 넣을 수 있었다. 바라는 눈짓 한 번이면 충분했다. 그는 여자에게 저항할 힘이 거의 없었다. 아무리 사소한 추파에도 응했다. 그는 아름다움에 대하여 아주 섬세한 감각을 지니고 있었다. 그 가운데서도 언제나 솜털 속에 싸여 있는 어린 소녀를 사랑했다. 그렇긴 하지만 그다지 아름답지도 못하고 젊지도 못한 여자에게 마음이 끌리고 유혹을 받았다. 춤추는 모임에서는 간혹 마음이 약한 나이든 처녀들에게 걸릴 때도 있었다. 그녀들은 대개 아무도 관심을 주지 않고 동정심, 아니 동정심뿐 아니라 언제나 호기심에 가득한 또랑또랑한 눈망울로 골드문트에게 추파를 던졌다. 그가 아무 여자에게나 몸을 맡기기 시작하면 몇 주일이 계속되든 불과 몇 시간이 걸리든 그녀는 그에게 있어서는 아름다운 여자가 되었다. 그러면서 그는 완전히 자신을 맡겨 버렸다. 어떤 여자라도 사랑스럽게 또한 행복하게 해줄 수 있었다. 어수룩한 여자나, 남자들에게서 멸시를 받는 여자나 모두 불꽃같은 정열로써 사랑을 나눌 수 있었다. 방실방실 꽃이 피는 듯 한 여자라도 모성적인 사랑 이상의 하염없이 달콤한 애정을 보여 줄 수 있었다. 어떤 여자라도 그들 각자의 비밀과 매력을 가지고 있었다. 그 매력의 자물쇠를 여는 것은 정말 즐거웠다. 이런 사실들을 그는 경험을 통해 배웠다. 그 점에서는 어떤 여자도 한결같이 그를 오래 붙들어 둘 수 없었다. 그는 나이가 아무리 어린 여자, 또 아무리 아름다운 여자라고 해서 못 생긴 여자에게 더 많은 애정이나 더 적은 감사를 표시하지는 않았다. 그는 결코 중도에서 슬며시 발을 빼는 그런 사랑은 하지 않았다. 그렇지만 그를 둘러싼 여자들 가운데는 사흘이나 혹은 열흘 밤을 사랑으로 보낸 다음에야 정말 비로소 그를 묶어 놓은 여자도 있었고, 첫날밤에 모든 것을 흡수해 버려서 곧 잊히고 마는 여자도 있었다.

사랑과 성의 쾌락은 그의 생명을 참으로 따뜻하게 해주었고, 가치를 부여해 주는 유일한 것이었다. 그에게는 사제나 거지나 모두 똑같은 인간이었다. 소득이나 재산이 그를 구속할 수 없었다. 그는 그런 것을 가볍게 여겼다. 그런 것을 위해서라면 눈곱만큼의 희생도 하지 않았으리라. 이따금 돈을 벌 수 있는 기회가 있어도 아낌없이 포기했다. 여자의 사랑과 성의 유희가 그에게는 더 높은 위치를 차지했다. 그가 가끔 슬픔과 권태의 늪 속으로 빠져 들어가는 원인을 캐내고 보면 결국 성적 쾌락의 무상함에서 비롯된 것이었다. 성급히 타올라서 허무한 애정의 황홀함과 뒤섞인 연소, 그리움에 애태우는 순식간의 불꽃, 순식간에 꺼져 버리는 소멸, 이것이 그에게 모든 체험의 핵심처럼 생각되었으며, 인생의 모든 환희와 번뇌에의 상징이 되었다. 비애와 무상함에 전율하면서도 그는 사랑을 대하는 것과 다름없이 몸과 마음을 바치고 있었다. 근심도 또한 사랑이요, 둘도 없는 쾌감이었다. 애정의 환희가 절정에 다다르고 가장 행복한 긴장의 순간에도 바로 다음의 호흡과 함께 사라져 다시 사멸해 버리듯이 아무리 몸에 밴 고독과 우수에 젖어 있어도 갑자기 소망에 이끌려서 인생의 밝은 면으로 새롭게 몸과 마음을 맡기는 것은 확실했다. 죽음과 쾌락은 하나였다. 생명의 어머니를 사랑이나 혹은 환희라고 부를 수도 있거니와 그것을 무덤과 부패라고 부를 수도 있었다. 어머니는 이브요, 행복의 원천이었다. 어머니는 영원히 낳은 동시에 영원히 죽었다. 어머니에게는 사랑과 미움도 하나였다. 그가 어머니 자태를 그의 마음속에 오래오래 간직하면 할수록 그것은 비유가 되고 거룩한 상징이 되었다.

그는 언어나 의식에 의해서는 아니지만 훨씬 깊은 내면의 자각을 통해 자신의 행로가 어머니를 향하여, 쾌락을 향하여, 죽음을 향하여 달리고 있다는 것을 알았다. 아버지에게 이어받은 정신이나 의지는 그의 보금자리가 아니었다. 그곳은 나르치스가 그의 보금자리로 할 곳이었다. 골드문트는 지금 비로소 친구의 말이 전신에 흘러내리고 있음을 느낀 것은 물론이요, 그 친구의 말을 완전히 이해하고 그 친구가 자신과 다른 대립자라는 것도 깨달았다. 그는 이것을 요한의 초상에다 새겨 넣어 형상화시켰다. 눈물을 쏟으며 나르치스를 그리워할 수 있었다. 그에 대한 굉장한 꿈을 꿀 수도 있었다. 하지만 그를 따라 가거나 그와 같이 되기는 불가능했다.

골드문트는 어떤 보이지 않는 감각을 통해 자신의 예술가적 기질의 비밀이나, 예술에 대한 깊숙한 애정이나 예술에 대한 과격한 일시적 증오감 같은 것을 어슴푸레 짐작하고 있었다. 아무 생각 없이, 막연히 감정적인 기분에서 여러 비유의 형태로 이렇게 짐작을 하고 있었다. 즉 예술은 아버지 세계와 어머니 세계의 결합, 정신과 육체의 결합이었다. 예술은 가장 감정적인 것에서 시작하여 가장 추상적인 것으로 흘러갈 수 있었다. 또는 순수한 관념의 세계에서 비롯되어 가장 육체적인 것으로 끝날 수도 있었다. 정말 숭고한 예술 작품은, 교묘한 마술일 뿐 아니라 영원히 비밀로 가득 차있는 예술 작품, 이를테면 스승이 만든 성모상과 같은 예술 작품, 진정한 예술가의 작품, 그런 작품은 모두가 그 위험한 미소를 짓는 두 개의 얼굴을, 남성적이요 동시에 여성적인 것을, 본능적인 것과 순수한 정신을 동시에 지니고 있었다. 하지만 골드문트가 언제든 인류의 어머니 이브의 초상을 만들어 내는 데 성공하는 날에는 그 이중 얼굴을 가장 잘 표현해 낼 것이다.

골드문트를 위해서는 예술과 예술 활동 속에서만 가장 심오한 대립의 융화 가능성, 혹은 그의 성격 분열을 상징하는 훌륭한 비유 가능성이 있었다. 하지만 예술은 결코 순수한 선물은 아니었다. 대가 없이 어디에서든 얻을 수 있는 것은 아니었다. 예술은 수많은 값을 치러야 했다. 예술은 희생을 요구했다. 골드문트는 3년 이상이나 애정의 쾌락 다음으로 알고 있는 최고 불가결한 것, 즉 자유를 예술을 위해 희생했다. 끝없는 경지로 헤매 다니는 것, 유랑 생활의 자유분방함, 어디에도 의존하지 않는 독립생활, 이런 모든 것을 그는 포기하였다. 그가 가끔 이상행동을 일으켜 일터나 작업을 소홀히 한다든지 하면 다른 사람들은 그를 변덕쟁이에다 외고집에 자기중심적이라고 생각했을지 모르지만, 그 자신에게 그런 생활은 가끔 그를 참을 수 없는 경지에까지 몰아넣는 굴종적 생활을 의미했다. 그가 복종했던 이유는 스승 때문도, 장래 때문도, 생활의 필요성 때문도 아니었다. 예술 그 자체 때문이었다. 그런데 언뜻 매우 정신적인 여신처럼 보이는 예술도 쓸데없는 일을 수없이 필요로 했다. 예술도 비바람을 막는 지붕이나 연장, 통나무나 점토, 물감이나 돈 등 모두 마다하지 않았다. 노동과 인내를 요구했다. 그는 예술을 위해 야성적인 숲 속의 자유를, 허허 벌판의 도취를, 쓰디쓴 위험의 쾌감을, 불행의 긍지를 희생하고 말았다. 그는 견딜 수 없어 숨 막힐 것 같은 고뇌 속에서도 다시금 새롭게 자기 희생을 바쳐 앞으로 나가지 않으면 안 되었다.

그는 이미 희생으로 버려진 일부분을 후에 다시 생각해냈다. 그는 현재의 노예적인 질서와 뿌리를 박은 생활에 대해서 사랑과 연관성을 가진 일종의 모험이나, 경쟁 상대와의 격투를 통해 보상 받으려 했다. 감금당한 그의 야만스런 본성과 억압된 힘이 온통 들고 일어서서 탈출구를 찾아 헤맸다. 그는 무법자로 널리 알려져 있기도 했으며 그가 무서워서 피하는 이도 있었다. 여자를 찾아가는 길목이나 무도장에서 돌아오는 어두운 골목길에서 갑자기 습격을 받아 몇 대 얻어맞았다. 이럴 때 그는 으레 번개같이 빨리 몸을 솟구쳐 막아 내며 역공을 했다. 숨이 차서 헐떡거리는 놈을 때려 눕혀서 주먹으로 턱밑을 한 대 갈기곤 했다. 그러고는 머리칼을 쥐어 잡아끌거나 멱살을 죄어 댔다. 이렇게 해야 침울한 기분을 잠시 동안 잊을 수 있었다. 그런 일들로 여자들한테 호감을 사기도 했다.

그러한 모든 사건들이 그의 하루하루를 싫증나지 않게 채워 주고 있었다. 사도 요한 제작이 계속되고 있을 동안에는 모든 일에 의미가 있었다. 일은 오래 걸렸다. 얼굴이나 손발의 모형을 뜨는 맨 마지막의 미묘한 작업은 엄숙하고 끈기 있게 정신을 집중시켜야 했다. 견습생들이 일하는 일터 뒤 켠, 조그만 통나무집에서 그는 일을 끝맺었다. 날이 새자 조각상은 완성되었다. 골드문트는 빗자루로 집안을 말끔하게 쓸었다. 요한의 머리칼 속에 든 나무 밥을 하나 남기지 않고 조심조심 털어 냈다. 그리고 그 앞에 한참 동안 서 있었다. 그는 흔히 볼 수 없는 위대한 체험을 했다는 감정에 엄숙하게 젖어 있었다. 한평생을 지나는 가운데 그가 이런 감정을 아마 한 번쯤 더 겪을 수 있을는지, 어쩌면 이것으로 끝맺을지도 몰랐다. 남자는 결혼식 날이나, 칼등으로 얻어맞고 기사로 임명되는 날에, 여자는 첫 해산을 한 다음에 똑같은 동요를 마음속에 느낄지도 모른다. 그것은 최고로 감격스럽고, 지극히 엄숙한 것이었다. 동시에 그 숭고한 단 한 번의 것을 이미 체험하고 지나와 버려서, 이젠 틀이 잡혀 일상의 걸음걸이처럼 되돌려지고 마는 때를 몰래 두려워하고 있었다.

그는 앉지도 않았다. 고개를 들어 무엇을 기웃기웃하는 얼굴, 아름다운 사랑의 사도 차림, 꽃봉오리처럼 방긋 웃는 미소, 고독과 헌신과 경건으로 아로새긴 표정……. 이런 모습의 초상에서 그의 소년 시절 지도자였던 그의 친구 나르치스가 서 있는 것을 보고 있었다. 이런 아름답고 경건하고 정신적인 얼굴, 허공을 나는 듯한 날씬한 모습, 품위와 믿음의 상징인 양 위로 쳐든 긴 양손……. 이 온갖 것은 젊음과 내면적인 음악에 충만해 있으면서도, 악에 충만해 있으면서도 번뇌와 죽음을 나타내고 있었다. 하지만 절망과 혼란과 반항은 알지 못했다. 그의 영혼은 그런 고귀한 표정의 이면에서 즐거움을 느끼든 슬픔을 느끼든 순수한 균형을 잃지 않고 있었다. 그 영혼은 부조화에 시달리지는 않았다.

골드문트는 작품을 관찰하며 서 있었다. 그는 처음 청춘과 우정을 기념하여 기도로써 시작하였으나, 걱정과 우울한 생각의 폭풍우로써 끝을 맺었다. 지금 이곳에 그의 작품이 서 있었다. 이 아름다운 사도는 언제까지나 여기 남겨질 것이요. 그 버들가지 같은 부드러운 젊음은 변하지 않을 것이다. 그렇지만 그것을 만들어 놓은 그는 벌써 그의 작품과 이별을 나누어야 했다. 내일이면 이미 그의 것이 아니다. 이제는 그의 두 손을 기다리지도 않을 것이다. 이제는 그의 두 손 밑에서 자라거나 꽃 피우지도 않을 것이다. 이제 그에게 더는 생활의 피난처나 위안이나 의미를 가져다 주지도 않을 것이다. 그는 허무한 생각에 잠겼다. 그래서 그는 오늘 이라도 이 요한 상과 이별을 말할 뿐만 아니라 스승과 도시와 예술에도 한시라도 빨리 이별을 말하는 것이 최선의 방법일 것 같았다. 여기서는 이제 할 일도 없었다. 그가 만들어 볼 수 있을 만한 형상은 그의 영혼 속에 존재하지 않았다. 수많은 초상 가운데서도 동정의 저 초상, 인류의 어머니 이브의 형상에는 아직도 좀처럼 그의 손이 미치질 못했다. 지금부터 또 천사의 입상을 문지르거나 장식을 새겨야만 하는가?

그는 자리를 떠나 용기를 내서 스승의 일터로 들어갔다. 조용히 들어가서 니클라우스가 그를 알아보고 말을 건넬 때까지 문에 서서 기다렸다.

"골드문트, 무슨 일이지?"

"제 작품이 다 되었습니다. 식사하러 가시기 전에 한 번 들러 주십시오."

"가고말고, 지금 당장에 가지."

두 사람은 건너가서 더 밝아 보이도록 문을 활짝 열어젖혀 놓았다. 니클라우스는 벌써 잊어버릴 정도로 이 작품의 진행 상태에서 눈을 떼고 있었다. 골드문트 일을 방해 하지 않았던 것이다. 그는 침묵 속에서 그 작품을 주의 깊게 관찰했다. 무뚝뚝한 그의 얼굴이 아름답게 밝아지기 시작했다. 골드문트는 스승의 정색한 푸른 눈동자가 기쁨에 차오르는 것을 보았다.

"잘됐네." 스승의 말이었다. "썩 잘됐네. 골드문트, 이 작품으로 이제 수습은 졸업일세. 자네는 벌써 수업을 끝마쳤네. 나는 자네의 그 조각품을 조합 사람들에게 보여, 스승 자격 면허장을 자네한테 내어 주길 청하겠네. 자네는 그만한 일을 해냈으니 말이야."

골드문트는 조합에 대해서는 별로 탐탁지 않았지만 스승의 말이 얼마만큼의 칭찬을 의미하고 있는지를 알고 기뻐했다.

니클라우스는 다시 한 번 서서히 요한 상 둘레를 돌아가면서 한숨과 함께 말을 내뱉었다. "이 조각상은 경건함과 밝음으로 꽉 차 있다. 엄숙하지만 그 속에는 행복과 평화가 충만해 있다. 사람들은 매우 명랑하고 쾌활한 마음씨를 가진 사람이 이 조각상을 만들었을 거라고 생각할 거야."

골드문트는 빙긋 웃었다.

"제가 이 작품에서 모델로 선택한 것은 제 자신이 아니고 제 친구라는 것을 당신은 알고 계십니다. 이 조각상에 밝음과 평화를 가져다 준 사람은 그 사람이지 제가 아닙니다. 이것을 만든 사람은 사실 제가 아니고 그 사람이 제 영혼 속에 이것을 넣어준 것입니다."

"그렇다고도 할 수 있겠지." 니클라우스는 이어서 말했다. "어떻게 해서 이런 형상이 생겨났는지에 대해서는 비밀이다. 나는 겸손하지는 않지만 이렇게 말하지 않을 수 없어. 즉 나는 기교나 정성에서 뒤지지 않지만 진실성에서 자네 작품을 따르지 못할 것들을 많이 만들었다는 것을. 아마 자네 자신도 이런 작품을 두 번 다시 만들어 낼 수가 없으리라는 것을 알고 있을 테지. 이것은 비밀이란 말이야."

"그렇습니다." 골드문트가 말했다. "이 조각상이 다 되었을 때 저는 이것을 보고 이런 것을 다시는 만들지 못하리라고 혼자 생각했습니다. 그렇기 때문에 스승님, 저는 며칠 있다 또 유랑을 떠나려 합니다."

니클라우스는 깜짝 놀라 못마땅한 듯 그를 바라보았다. 그의 눈은 다시 엄숙하게 빛나고 있었다.

"그 말은 나중에 다시 이야기하세. 자네는 지금부터 제대로 일을 할것이네. 지금은 정말 떠날 시기가 아니란 말이야. 그렇지만 오늘은 일을 좀 쉬게나. 점심은 내 집에서 하도록 하세."

점심 때, 골드문트는 머리에 빗질을 하고 말쑥한 차림으로 찾아갔다. 그는 스승의 식탁에 초대받아 간다는 이번 걸음이 얼마만한 의의를 가지고 있으며 또 얼마나 드문 호의인가를 잘 알고 있었다. 하지만 입상들로 꽉 차 있는 복도를 향해서 계단을 올라갈 때, 두근거리는 가슴을 안고 아담하고 고요한 방안으로 들어갔던 지난날 만큼 그의 가슴은 존경과 불안스런 기쁨으로 가득 차지는 않았다.

리이스벳도 정성스레 화장을 하고 처음으로 반짝거리는 목걸이를 하고 있었다. 식탁에는 잉어와 포도주 이외에 또 하나 뜻하지 않던 물건이 놓여있었다. 스승이 그에게 가죽 지갑을 선물했다. 안에는 금화가 두 닢 들어 있었다. 완성시킨 조각품에 대한 보상이었다.

부녀가 서로 이야기를 주고받는 사이, 골드문트는 이번에는 가만히 있지 않았다. 부녀는 그에게 이야기를 건네며 잔을 서로 부딪쳤다. 골드문트의 눈은 부지런히 움직였다. 그는 기회를 놓치지 않고 품위도 있고 얼마간 거만하다 할 얼굴의 아름다운 처녀를 요모조모로 뜯어보았다. 그의 두 눈은 그녀가 그의 마음을 얼마나 사로잡고 있는지를 감추지 않았다. 그녀가 그에게 공손한 태도를 보여 주기는 하였지만 얼굴이 빨개지기는커녕 따스한 느낌조차 주지 않는 데 크게 실망했다. 그는 다시, 움직이지 않고 그러면서도 아름다운 얼굴로 하여금 이야기를 하게하고 또 그 비밀을 고백하도록 해보고 싶은 마음이 불현듯 일어났다.

식사 후, 그는 자리를 물러나 잠시 복도에 진열된 입상들을 구경했다. 오후에는 갈 곳 없는 부랑자처럼 걷잡을 수 없는 허전한 가슴을 안고 시내를 한 바퀴 빙 돌았다. 그는 정말 예상 외로 스승한테서 크게 존경을 받았다. 그런데도 왜 그는 기쁘지 않았을까? 왜 그 후한 경의를 마음껏 음미하지 못하는 것일까?

언뜻 생각이 나서 그는 말을 빌려서 그가 전에 처음으로 스승의 작품을 보고 그의 이름을 알게 됐던 수도원으로 갔다. 그때는 불과 몇 해 전의 일이었다. 하지만 지금 되돌아 생각해 보니 까마득한 옛날 같았다. 그는 성당에서 성모상을 찾아내고 다시 자세히 뜯어보았다. 이 작품은 오늘도 그때와 같이 그의 마음을 빼앗고 무서운 힘으로 압도해 왔다. 그것은 그의 요한 상보다도 아름다웠다. 깊이와 신비에 있어서도 그의 것보다 뛰어났다. 그는 지금 이 작품에서 예술가만이 볼 수 있는 깊은 면을 보았다. 의상의 미묘한 움직임, 대담하게 본뜬 길쭉한 두 손과 손가락의 모양, 통나무의 자연스런 모양을 예민하게 활용한 점 등, 그런 여러 가지 아름다운 점은, 환상적인 단순함이나 깊이와 비교해 본다면 문제도 되지 않았지만 그래도 틀림없이 조각상에 새겨져 있었으며 대단히 아름다웠다. 그런 작품은 은혜를 받은 사람이라 하더라도 손재주를 근본부터 체득하고 있을 경우에만 가능한 일이었다. 그런 예술품을 만들어 내려면 그의 영혼 가운데 형상을 품고 있을 뿐만 아니라 말할 수 없을 정도로 눈과 손을 수련하지 않으면 안 되는 일이었다. 하지만 체험과 관찰과 사랑에 의해 잉태될 뿐만 아니라 완전한 솜씨에 의해서 세밀한 데까지 만들어질 수 있는 것, 그런 아름다운 것을 한번 만들어내기 위해서, 자유를 희생하고 크나큰 체험을 희생해서까지 일생을 예술에 바칠 가치가 있는 일일까? 그에게 드는 커다란 의문이었다.

골드문트는 밤이 이슥해진 다음에야 지친 말을 끌고 시내로 돌아왔다. 어느 목로 집 하나가 아직 문을 닫지 않았으므로 그 곳으로 들어가 빵을 먹고 포도주를 마셨다. 그런 다음 어시장에 있는 그의 방으로 올라갔다. 자신의 마음을 종잡을 수도 없었고 모든 것이 의혹에 가득 차 있었다.

제 12 장

이튿날 골드문트는 일터에 갈 마음이 내키지 않았다. 마음이 울적한 날, 자주 그를 몰아냈던 옛날 버릇에 이끌려 그는 시내를 거닐었다. 그는 시장에 가는 여인들이나 하녀들을 구경하기도 하며, 특히 어시장 우물가에 걸음을 멈추고 생선 장수나 선머슴같이 억센 아낙네들을 쳐다보기도 했다. 그들은 생선전을 벌이고 흥정을 붙이며 은색의 차디찬 생선을 통 속에서 끄집어내어 손님들에게 권하고 있었다. 생선은 괴로운 듯 아가리를 벌리고 황금색 눈알을 불안스레 치뜨고 고요히 죽어 가거나 맥없이 버둥대며 죽음에 거역하고 있었다. 지금까지 몇 번이나 느끼기는 했지만 이들 물고기에 대한 동정과 인간에 대한 슬픈 불만이 그의 가슴에 충격을 주었다. 왜 그들은 이다지도 멍청하고 선머슴 같고 생각도 못할 만큼 어리석고 눈치가 없을까? 왜 생선 장수도 그 아낙네들도 또 값을 깎는 손님들도 모두 다 깨닫지 못할까? 왜 이 생선 아가리가, 죽음의 공포에 떨고 있는 눈알이, 한없이 버둥대는 꼬리가, 그 무서운 절망적인 투쟁이, 무어라 말할 수 없이 아름답고 신비 가득한 동물의 참을 수 없는 이 변화가, 가냘픈 마지막 떨림 하나하나가 죽어가는 피부에 전해지는 모양이, 그리고 숨이 끊어져 길게 뻗어 있는 모양이, 대식가의 식탁을 위해 애처로운 토막 신세가 되어 가는 꼴이 그들의 눈에는 비치지 않는단 말인가? 이들 인간은 아무것도 보지 않고, 아무것도 모르고, 깨닫지도 못하고, 아무 말도 그들 귀에 들어가지 않는다. 귀여운 동물들이 그들 눈 앞에서 불쌍하게 죽어가든, 스승이 성자의 얼굴에다 인간 생활의 모든 희망이나 고귀함이나 괴로움이나 가슴 죄는 듯한 어두운 불안을 전신이 오싹하도록 뚜렷이 나타내든, 그들은 아무것도 보지 않고, 아무것도 그들 마음에 충격을 주지 않는다. 그들은 모두 즐거워하거나 일을 하고 있으며, 점잔을 빼며, 서두르며, 울부짖으며, 킬킬대며, 서로들 트림을 하며, 호들갑을 떨고, 익살을 부리며, 2페니히 때문에 으르렁대며 싸운다. 모두 기분이 좋아 아무 불평도 하지 않고 자신과 세계에 크게 만족하고 있다. 그들은 돼지였다. 아, 아니, 돼지보다 더 흉포하고 제멋대로다! 아니, 아니, 골드문트 자신도 꽤나 자주 그들과 어울려 즐거운 기분에 들떠 여자들 뒤를 따라다녔다. 자꾸 킬킬거리면서 태연히 군고기를 접시에서 집어먹었다. 그렇지만 언제나 갑자기 신 내린 사람처럼 즐거움과 침착성을 잃고 마는 것이었다. 자기만족이나 점잔을 빼거나 영혼의 안일과 같은 자아도취에서 곧바로 빠져 나왔다. 그는 고독 속으로, 명상의 경지로, 유랑으로, 괴로움이나 죽음이나 모든 영역의 의심스런 점에 대한 관찰로, 심연을 응시하도록 이끌려갔다. 그리하여 무의미하거나 무시무시한 것을 응시하는 데에 절망적으로 몰두하고 있으면 불시에 어떤 기쁨이나 격한 연정이 솟아올라 불현듯 아름다운 노래를 부르거나 스케치를 해보고 싶은 욕망이 일었다. 오늘이나 내일, 아니면 모레라도 그런 감정에서 회복되리라. 세계는 다시 좋아지고 흡족해지리라. 하지만 또다시 정반대의 것, 이를테면 비애나 명상이나 죽어가는 물고기나 시들어가는 꽃에 대해 절망적이면서 동시에 가슴 쓰린 사랑이나, 하는 일 없이 돼지처럼 멍청하게 아무것도 보지 않고 할 일 없이 먹기만 하고 사는 인간에 대한 공포 등이 되살아냐는 것이었다. 그럴 때 한결같이 안타까운 호기심과 가슴 답답한 심정이 되어, 그가 예전에 칼로 찔러 숲 속 전나무 가지 위에 피투성이로 만들어 놓고 그대로 와버린 유랑학생 빅토르를 생각하지 않을 수 없었다. 대관절 그 빅토르는 어떻게 되었을까? 산짐승들한테 송두리째 먹히고 말았을까? 뭐든 그의 흔적이라도 남아 있을까? 그는 이렇게 생각을 더듬어 나갔다. 물론 뼈와 털 복숭이 손등은 그냥 남아 있을 테지. 그리고 그 뼈는 어떻게 되었을까? 그것이 형태를 잃고 흙으로 되어 버릴 때까지는 얼마나 걸릴까? 몇십 년? 아니면 불과 몇 년 사이에?

아, 오늘도 동정의 시선을 물고기에게 보내고 한편으론 목에서 치미는 욕지기를 참으며 시장 상인들을 노려보고 있었다. 지레 죽을 듯한 우울증과 세계나 자기 자신에 대한 쓰디쓴 적개심으로 가슴이 꽉 차오를 때면 또 빅토르를 생각하지 않을 수 없었다. 어쩌면 그는 발견되어 묻히지 않았을까! 만일 그렇다면 살점은 벌써 뼈에서 말끔하게 떨어져 나갔을까? 그리고 죄다 썩어서 벌레한테 먹히고 말았을까? 머리에는 머리카락이, 눈두덩 위에는 눈썹이 아직 남아 있을까? 모험과 사건과 놀랄 만한 익살과 특이한 농담으로 충만해 있던 빅토르의 생활 가운데서, 대체 무엇이 남아 있다는 말인가? 그를 살해한 자가 갖고 있는 몇 가지 단편적인 추억 외에 보통 사람 같지 않았던 이 인간의 존재 가운데서 무엇이 생존을 계속하고 있을까? 그가 지금까지 사랑한 여자들의 꿈속에 빅토르와 같은 인간이 있었을까? 아, 모든 것은 지나가고 흘러갔다. 모든 것은 그같이 되었다. 이내 피었다가 시들고 그 위에 눈이 쌓였다. 몇 년 전, 예술에 대한 열망과 니클라우스 스승에 대한 불안스럽고 깊은 존경을 어찌 할 길이 없어 이 도시를 찾아왔을 때, 그의 가슴속에는 세상 모두가 얼마나 아름다운 꽃이 되어 피어 있었던가! 그렇지만 그 가운데 무엇이 아직 살아남아 있는가? 물건을 훔치려던 불쌍한 빅토르 모습 외에는 아무것도 남아 있지 않았다. 누구라도 좋으니 그때 그에게, 니클라우스가 그를 자기와 동등한 사람이라고 인정하여 조합에 그를 위해 스승 자격의 면허장을 요구하는 날이 오리라고 말해 주었더라면 그는 이 세상의 모든 행복을 손아귀에 쥐었다고 믿었으리라. 그렇지만 이제 와서 보니 그것도 시든 꽃이며, 말라 버린 것, 고독한 것에 지나지 않았다.

그런 생각을 하고 있을 때, 골드문트는 갑자기 하나의 얼굴을 보았다. 그것은 오로지 눈에 잡힐 듯 말 듯한 순간적인 현상에 불과했지만, 생명의 심연에 자리 잡고 앉은 이브의 얼굴이었다. 희미한 미소를 띤 아름다운 눈을 하고 있었다. 출생, 죽음, 꽃, 속삭이는 가을 낙엽, 예술, 부패 등 그런 것들을 향해서 웃음 짓고 있는 얼굴을 보았다. 인류의 어머니에게는 다 같은 의미를 갖는 것들이었다. 그녀의 신비로운 미소는 달처럼 만물 위에 걸려 있었다. 그녀에겐 우울하게 명상에 잠겨 있는 골드문트와 마찬가지로, 생선 시장 바닥에서 죽어가는 잉어 역시 사랑스러운 존재였다. 쌀쌀한 처녀 리이스벳도, 지난 날 그의 금화를 갖고 싶어 안달하다가 지금은 숲 속에 흩어진 빅토르의 유골 역시 사랑스런 존재였다.

어느새 빛도 꺼지고 신비에 가득 찬 어머니 얼굴도 안개 걷힌 듯 사라졌다. 그러나 어머니 얼굴에서 빛나던 창백한 빛은 골드문트의 영혼 한가운데서 꺼지지 않았다. 생명의 물결, 고통의 물결, 숨 막히는 그리움의 물결이 그의 가슴을 도려내며 흘렀다. 아니, 그는 생선 장수나 일반 시민이나 부지런한 사람들이 바라는 그런 행복과 배부름을 원하지 않았다. 그런 것들은 아무 의미도 없었다. 아, 일그러진 이 창백한 얼굴, 늦여름처럼 무르익어 통통한 입, 그 무거운 입술 위에 이름을 알 수 없는 죽음의 미소가 바람처럼 달빛처럼 달려갔다.

골드문트는 스승이 사는 집 쪽으로 걸음을 옮겼다. 안에서 니클라우스가 그의 일을 끝내고 손을 씻는 소리가 들릴 때까지 기다리다 옆으로 다가갔다.

"몇 마디 말씀을 드리게 해 주십시오, 스승님. 스승님께서 손을 씻으시고 옷을 입으실 때까지의 시간이면 됩니다. 저는 한 마디라도 좋으니 진실을 얘기하고 싶습니다. 제가 드리고자 하는 말씀은 바로 지금이 아니면 두 번 다시 말씀 드릴 수 없을 것 같습니다. 저는 한 인간과 이야기하지 않고는 못 견딜 지경입니다. 스승님은 제 말을 이해해주실 수 있는 유일한 분입니다. 제가 말씀 드리려고 하는 분은, 이름난 작업장을 보유하고 있는 분, 여러 도시와 수도원에서 영예로운 의뢰를 받고 있는 분, 조수 두 명과 훌륭하고 풍족한 가정을 가지신 분, 그런 분께 드리는 말씀이 아닙니다. 제가 알고 있는 가장 아름다운 조각품, 바로 저 수도원에 있는 성모상을 만드신 스승님께 말씀 드립니다. 저는 그분을 사랑하고 받들며, 그 분처럼 되는 것이 저에겐 이 세상에서 최고의 목표였습니다. 저는 이제 요한이라는 인물 상을 만들어 놓았습니다. 스승님의 성모상만큼 완전무결하게 만들지는 못했지만 그와 비슷하게는 만들었습니다. 하지만 지금 보이는 그대로가 이 작품의 전부입니다. 다른 인물상은 더는 만들 수도 없습니다. 제가 마음에서 우러나와 저절로 만들지 않을 수 없는 그런 인물은 더는 존재하지 않습니다. 오로지 영원하고 거룩한 하나의 인물만이 존재합니다. 저는 그 조각상을 언제든 한 번 만들어 내지 않으면 안 됩니다. 그렇지만 지금은 만들 수 없습니다. 그것을 만들려면 저는 더 많은 경험과 체험을 해야 합니다. 3년이 될지, 10년이 될지 또는 그 보다 더 늦은 후가 될지, 아니면 전혀 불가능할지도 모릅니다. 그렇지만 스승님, 저는 그때까지 수작업을 하거나 입상에 색칠을 하거나 설교단을 문지르거나 하기는 싫습니다. 작업장에서 견습생 생활을 하거나, 돈을 벌거나, 보통의 도제처럼 되는 것도 싫습니다. 저는 다시 방랑 생활을 하면서, 여름과 겨울을 느끼고, 세상을 구경하고, 세상의 아름다움과 두려움을 맛보고 싶습니다. 배고픔과 갈증에 허덕이고, 이곳 스승님 슬하에서 생활하면서 배운 것을 모두 잊고 해방감을 맛보고 싶습니다. 저도 언젠가는 스승님의 성모상처럼 아름답고 깊이 마음을 감동시키는 조각상을 만들고 싶습니다만, 스승님처럼 되고 스승님과 같은 생활 방식을 따라 하고 싶은 욕망은 조금도 없습니다."

스승은 손을 다 씻고 나서 돌아서며 골드문트를 바라보았다. 그의 얼굴은 정색을 하고 있었으나 노하지는 않았다.

"자네가 하는 이야기를" 하고 니클라우스는 말했다. "들었네. 이제 그 정도로 해 두지. 일은 얼마든지 있긴 하지만 자네한테 시키고 싶지는 않아. 나는 자네를 조수로 삼고 있지는 않으니까. 자네는 자유를 절실히 바라고 있어. 이봐, 골드문트, 나는 몇 가지 일을 자네와 의논하고 싶네. 그렇지만 지금은 아니야. 이틀 정도 지난 뒤에. 그때까지 자네는 마음대로 시간을 보내게나. 이봐, 나는 자네보다 훨씬 나이를 먹고 많은 경험을 해왔어. 나는 자네하고 생각은 다르지만 자네의 기분이나 의도는 이해하겠어. 이틀 안에 자네를 부르러 보내지. 자네 앞날에 대해서 이야기해 보세. 나에게 몇 가지 계획이 있으니 그때까지 기다려주게. 마음을 기울여 작품을 완성했을 때, 그 공허감은 알고 있어. 하지만 그것도 지나고 나면 아무것도 아니야."

골드문트는 뒤숭숭한 마음으로 그 자리를 떴다. 스승은 그에게 호의를 가지고 있지만 그에게 무슨 소용이 있을까?

강가에 그가 즐겨 찾는 곳이 있었다. 그곳은 물이 그리 깊지는 않았으나 쓰레기가 잔뜩 쌓여 있는 바닥 위를 힘차게 흐르고 있었다. 어부들이 살고 있는 시외 주택에서 버린 온갖 잡동사니들이 강물로 흘러들었다. 그는 강둑에 자리를 잡고 앉아 물속을 들여다보았다. 그는 물을 매우 좋아하는 편이었다. 어떤 물이라도 그의 마음을 끌었다. 마치 수정처럼 반짝이는 표면 아래로 어둠침침해서 잘 드러나 보이지 않는 강바닥을 들여다보고 있으면 여기저기에 희미한 금빛 물체가 마치 사람의 마음을 유혹하듯 반짝거리는 것이 눈에 띠었다. 무엇인지 분명히 알아볼 수는 없었지만, 낡아 부서진 쟁반 조각이거나 팽개쳐 버린 굽은 낫이거나 투명하고 미끌미끌한 돌맹이거나 유리를 입힌 벽돌이거나, 아무튼 그런 것 같았다. 때로는 연꽃 줄기처럼 보이기 했고, 혹은 황어란 놈이 밑에서 싹 돌아누워서 하얀 배와 비늘에 잠시 빛을 받았을는지도 몰랐다. 확실하게 구별할 수는 없었으나 아무튼 까만 물속에 가라앉은 황금 보물처럼 어렴풋이 잠깐 비치는 모습은 이상할 정도로 아름답고 매혹적이었다. 골드문트는 참된 신비나 영혼의 실제 형상은 이런 사소한 물의 신비와도 같다는 생각이 들었다. 그러한 신비는 윤곽도 없고 형태도 없으며, 다만 그 어떤 가능성처럼 그 형태를 예감케 할 뿐이었다. 푸른 색 강바닥의 어둠 속에서 형언하기 어려운 금빛 또는 은빛을 지닌 무엇이 순간적으로 반짝하며 눈에 비쳤다. 그것이 아무것도 아니듯 하면서도 매우 복된 약속을 담고 있는 것 같았다. 그와 마찬가지로 한 인간의 잃어버린 모습 역시 반쯤 뒤에서 바라보면 때로는 한없는 아름다움이나 듣지도 보지도 못한 슬픔을 알려주는 것 같았다. 혹은 야간 짐마차에 달린 등불이 수레바퀴가 회전하는 거대한 그림자를 벽에 그리는 것처럼, 그 그림자의 움직임이 순간 베르길리우스의 모든 시와 마찬가지로 수많은 풍경이나 사건이나 이야기로 가득 찰 때도 있었다. 꿈에 보이는 것과 같은 비현실적인 마법의 소재로 짜여 있었다. 그것은 무이면서도 세상의 모든 형상을 내포하고 있었다. 모든 투명한 것 속에 모든 인간과 동물과 천사와 마귀의 형태를 항상 깨어있는 가능성으로 내포하고 있는 물과 같았다.

다시 그는 놀이에 몰두했다. 자신을 망각하고 흐르는 강물을 가만히 들여다보았다. 형태도 없는 작은 빛이 바닥에서 떨고 있는 것이 보였다. 마리아브론에 있었던 때, 라틴어나 그리스어 글자 속에서 똑같은 형태의 꿈과 변화의 마술을 본 생각이 떠올랐다. 그때 그 일에 대해 나르치스와 이야기를 한 적은 없었던가? 아, 그것은 언제쯤이었던가? 몇 백 년 전의 일이었을 테지? 아, 나르치스! 그를 만나 그와 한 시간만이라도 함께 이야기 하고, 그의 손을 잡고, 차분하고 영리한 그의 목소리를 들을 수 있다면 골드문트는 기꺼이 2카아텐의 금화 두 개도 사양하지 않고 기꺼이 내주었으리라.

물 밑의 금빛 반짝임이나 그림자나 넘실거리는 생각 등, 비현실적이며 요정의 환상과도 같은 모든 것이 어쩌면 이다지도 아름다울 수가 있을까? 그것들은 예술가들이 만들 수 있는 아름다운 작품과 정반대였는데도 어쩌면 이토록 아름답고 즐거웠을까? 뭐라 일컬을 수 없는 저 사물들의 아름다움이 아무런 형태도 없고 완전한 신비로움에 싸여 있다면, 예술 작품의 경우는 이와 정반대로 완전한 형태를 갖추었으며 명확한 언어로 말하고 있었다. 스케치를 하거나 통나무에 새긴 머리나 입의 곡선보다 더 명확한 것은 없었다. 골드문트도 니클라우스의 작품, 즉 마리아 상의 아랫입술이나 눈꺼풀을 정확하고 정밀하게 묘사할 수는 있었으리라. 거기에는 애매하거나 혼란스러우며 희미해 보이는 것은 하나도 없었다.

골드문트는 한동안 이런 문제에 생각을 집중했다. 가장 명확하고 형태가 뚜렷한 작품이, 가장 파악하기 힘들고 형체도 없는 사물과 아주 동일하게 영혼에 작용하는 것이 어떻게 가능한지 그는 분명하게 알 수 없었다. 그런데도 그런 생각에 자꾸 몰입되어 있는 동안, 하나는 명백해졌다. 조금도 비난의 여지가 없고 잘 만들어진 예술 작품 거의 대부분이 전혀 그의 마음을 흡족하게 하지 못하고, 고유한 아름다움이 있는데도 지루하고 거의 보기 싫어지는 이유를 알게 되었다. 작업장이나 성당이나 궁전은 그런 불쾌하기 그지없는 예술품으로 가득 차 있었다. 골드문트 자신도 그 중 몇 개를 만드는 데 협력했다. 그런 작품은 최고였지만 욕망을 자극하면서도 그것을 충족시키지 못하기 때문에, 신비라는 주제가 결여되어 있었고 심한 환멸을 가져왔다. 다시 말해 꿈과 최고의 예술 작품이 공통으로 가지고 있는 것은 다름 아닌 신비였다.

골드문트의 생각은 계속 이어졌다. 내가 사랑하고 추구하는 것은 신비이다. 나는 여러 번 신비가 반짝이는 것을 보았다. 언제든 가능한 날이 오면 나는 예술가로서 이 신비를 그려내고 이야기하게 하고 싶다. 그것은 위대한 산모 이브의 자태이다. 그 신비의 본질은 다른 형상과는 달라서 이런저런 개별적인 모습, 이를테면 특별히 풍만하다거나, 수척하다거나, 선머슴 같다거나, 뛰어났다거나, 힘차다거나, 우아하다거나 하는 그런 점에 있지 않았다. 달리 융합될 수 없는 세상의 최대의 대립관계, 즉 출생과 사망, 호의와 잔인함, 생명과 파괴 등이 이 형체 안에서 서로 맺어져 공존하고 있다는 점에 있었다. 내가 이런 형체를 생각만으로 만들어 냈거나, 단지 나의 유희적 사고나 야심에 차 있는 예술가의 소망에 불과한 것이라면, 그다지 섭섭해 하지 않고 자신의 결점을 깨달아 그 형상 자체도 잊을 수 있었을 터였다. 하지만 이브는 사유에서 나온 것이 아니라 본 것이기 때문에 그의 마음속에 살아 있었다. 그가 처음으로 이브를 어렴풋이 감지한 것은 겨울 밤, 어느 마을에서 출산하는 어느 농부의 아내 침대 위에서 등잔을 들고 서 있어야 할 때였다. 그때 이브의 형상이 그의 마음속에서 생명을 띠기 시작했다. 그것은 간혹 한참 동안 멀리 가버려 눈에 보이지 않다가도 어느 틈엔가 눈부실 정도로 다시 나타났다. 오늘도 그렇다. 한때는 그의 가장 사랑하는 형상이었던 어머니 형상이 새로운 형상으로 송두리째 변해서 버찌처럼 그 속에 들어가 있었다. 그는 이렇듯 생각을 더듬었다.

그는 지금 현재 입장을 정리하는 데 확실히 불안감을 느꼈다. 그는 나르치스와 수도원에서 이별하던 그때 못지않게 지금 중대한 행로에, 즉 어머니에게로 가는 행로에 서 있었다. 아마 언젠가 한 번은 어머니가 모든 사람의 눈에 보이는 형상으로 그의 두 손을 통해 작품으로 태어날 것이다. 아마 거기에 그의 목표가 있고 삶의 의미도 거기에 담겨 있으리라. 어머니를 따르고, 어머니를 향해서 걸어가고, 어머니한테 끌려가고, 어머니에게서 불리는 것은 좋기도 하고 사는 보람도 있었다. 그는 아마도 어머니의 형상을 만들지 못할지도 모른다. 어머니는 언제라도 항상 꿈과 예감과 유혹으로만, 그리고 거룩한 비밀의 금빛 반짝임으로만 도사리고 있으리라. 아무튼 지금 그는 어머니를 따라야 하며 그의 운명을 어머니에게 맡기지 않으면 안 되었다. 어머니는 그의 별이었다.

지금이야말로 결정이 눈앞에 다가와 있었다. 모든 것은 명백해졌다. 예술은 아름다웠지만 여신도 아니요, 목표도 아니었다. 적어도 그에게는 그랬다. 그가 따라가야 하는 것은 예술이 아니고 어머니가 부르는 소리였다. 손 기술을 더 익히는 것이 무슨 소용이 있나? 그것으로 어디까지 가는지는 니클라우스 스승의 예를 보아서도 알 수 있었다. 명예와 명성, 돈과 안정된 생활에 이르는 동시에 신비를 드러내는 유일한 방법인 내적 감각을 위축시키는 데에 이르기도 한다. 비싸고 예쁜 장난감들, 이를테면 각종 사치스런 제단이나 설교단, 성 세바르스티안이나 한 개에 4탈러인 고수머리를 한 천사의 머리를 만들게 될 뿐이다. 정말로 잉어 눈 속의 금빛이나 나비 날개에 솟아있는 달콤하고 엷은 은색 잔털 같은 것은 저 예술 작품으로 가득 찬 홀 전체보다도 훨씬 더 아름다웠으며 생명으로 약동했고 또한 훌륭했다.

어떤 소년 하나가 노래를 부르면서 강둑을 따라 내려오고 있었다. 노래는 가끔 멎었다. 소년은 손에 들고 있던 커다란 흰 빵을 뜯어먹었다. 골드문트는 소년을 보자 빵을 한 조각 달라고 부탁했다. 그는 두 손가락으로 부드러운 쪽을 조금 뜯어서 그걸로 조그만 공을 만들었다. 그는 돌 둑으로 내려가 공 모양의 빵을 한 개씩 한 개씩 천천히 물속으로 던졌다. 어두컴컴한 물속으로 하얀 공이 가라앉자 순식간에 몰려온 물고기의 머리로 둘러싸이는 것을 보았다. 결국 어느 한 마리가 작은 공을 입 속으로 삼켰다. 동그란 공이 차례차례 가라앉아 사라지는 모습을 흡족해 하며 바라보았다.

그렇게 한참 동안 시간을 보낸 후 배가 고파진 골드문트는 그가 아는 여인 한 사람을 찾아갔다. 정육점에서 하녀로 있는 여자로 그가 '소시지와 햄의 여왕'이라고 부르고 있었다. 평소 하던 대로 휘파람을 불어 부엌 창문으로 여자를 불러내서 무엇이든지 요기가 될 만한 것을 얻어서 주머니에 넣고 강 저쪽의 포도밭에 올라가서 먹을 작정이었다. 기름지고 빨간 포도밭 흙은 싱싱한 포도나무 잎 아래서 힘차게 빛나고 있었다. 봄에는 은근히 포도 냄새를 풍기는 파란 히아신스가 피었다.

　그러나 오늘은 결의와 각성을 하는 날인 것 같았다. 카트리이네가 창문에 나타나 야무지고 조금은 선머슴 같은 얼굴로 이쪽을 향해서 방긋 웃어 주었기 때문에, 그는 언뜻 평상시에 똑같이 여기 서서 손을 뻗쳐 신호를 보내면서 여자를 기다렸던 때를 머릿속에 그려 보았다. 동시에 지루할 만큼 확실하게, 잠시 후에 일어날 모든 광경이 벌써 눈앞에 그려졌다. 그녀는 신호를 알아차리자마자 쏙 들어가서 무슨 불에 구운 것을 손에 들고 얼른 집 뒷문으로 나타날 것이다. 그것을 받아 들고는 여자의 손을 어루만지며 여자가 기대하는 대로 젖가슴을 자기 몸으로 지그시 눌러 줄 것이다. 몇 차례 경험을 통해 얻은 이런 기계적인 과정을 되풀이하면서 자신에게 주어진 역할을 한다는 것이 역겨웠다. 소시지를 받아 들고, 풍만한 젖가슴을 지그시 밀어오는 것을 느끼며, 답례라도 하듯 젖가슴을 지그시 눌러 주는 행위들이 갑자기 너무나 어리석고 추잡하게 느껴졌다. 그러자 갑자기 여자의 선량하고 선머슴 같은 얼굴에서 영혼이 비어버린 타성의 기미가 느껴졌으며, 여자의 정다운 웃음에서는 너무나 자주 보아온 것을, 기계적이고 신비로움이 사라진 것을, 한 마디로 그의 품위에 어울리지 않는 것을 본 것 같았다. 그는 평상시에 그리던 암호를 도중에 그만 두었다. 그의 얼굴에는 웃음이 싸늘하게 식었다. 아직도 이 여자를 사랑하고 있고, 탐내고 있단 말인가? 그는 너무나 자주 이곳을 찾아왔고 너무나 자주 똑같은 웃음을 보아 왔고, 마음 내키지 않으면서도 그녀에게 응답해 주었다. 어제까지도 주저하지 않고 할 수 있었던 행동을 오늘 갑자기 할 수 없게 되었다. 그는 이미 돌아서서 이제 두 번 다시 나타나지 않을 결심을 하고 골목길 너머로 모습을 감췄다. 다른 사내놈이 그녀 젖가슴을 어루만질 테지! 다른 놈이 그 맛있는 소시지를 먹고 말겠지! 이제껏 풍족한 도시에서 흥청망청 매일매일 먹기만 하고 낭비만 일삼았던가! 이곳의 배부른 시민들은 얼마나 게으르고, 예의 없고, 까다롭게 구는가! 그들 때문에 매일 수많은 돼지와 송아지들이 도살되고, 수많은 불쌍한 물고기들이 강에서 잡혀 올라왔다. 그러면 골드문트 자신은 어떠한가. 그 자신 또한 얼마나 더러움에 물들어 타락했던가! 그 자신 역시 이 기름기 흐르는 시민들과 구역질이 날 정도로 얼마나 표정이 닮아있던가! 그래도 유랑하던 때, 눈으로 뒤덮인 들판에서 바짝 마른 오얏열매 하나와 오래된 빵 껍질 한 조각도 이곳에서 안락하게 지내면서 먹는 조합의 한 끼 식사보다 맛있었다. 아, 그리운 유랑 시절이여! 자유여! 달빛 황홀한 황야여! 이슬이 촉촉한 아침 풀밭에 어지러이 나 있는 동물의 발자국이여! 그런데 이곳 도시의 정주자들 사이에 들어오면서 만사는 모두 뜻대로 되고 너무나 값싼 삶이 되었다. 이제는 이런 생활에 싫증이 났고, 갑자기 굴욕감도 느껴졌다. 이곳에 머물러야 하는 의미를 상실했다. 골수 없는 뼈나 다름없었다. 스승이 모범이 되어주고 리스벳이 공주가 되어주었던 동안에는 이런 생활이 아름답고 의미가 있었다. 요한 상을 만드는 동안에는 견딜 만했다. 이제는 그것도 끝나, 향기는 바닥을 드러냈고 꽃은 시들고 말았다. 종종 그를 괴롭히고 때로는 너무 깊이 매료되었던 무상한 감정이 그를 파도처럼 사로잡았다. 모든 것은 순식간에 시들었고, 어떤 욕망도 이내 고갈되었다. 남은 것은 뼈와 먼지밖에 없었다. 그렇지만 한 가지는 남아 있었다. 영원한 어머니, 태초의 어머니이면서 영원히 젊은 어머니, 슬프고도 신비로운 사랑의 미소를 머금은 어머니였다. 골드문트는 잠시 어머니 모습을 다시 보았다. 머리 위에 별을 이고 있는 거대한 여인이었다. 꿈결처럼 이 세상의 한쪽 언저리에 앉아서 구부정한 손으로 한 송이씩 생명으로 피어난 꽃을 따서 천천히 심연으로 떨어뜨리고 있었다. 골드문트가 한 가닥 자신의 시든 삶이 등 뒤에서 퇴색해 가는 것을 보면서 술이라도 취한 듯한 이별의 슬픈 심정 속에서 떠돌고 있는 그때, 니클라우스 스승은 골드문트의 장래를 걱정하며, 안절부절못하는 제자를 언제까지나 머물도록 하기 위해서 무척 애를 쓰고 있었다. 그는 골드문트를 위해 스승 자격의 면허증을 발부하도록 조합을 설득함은 물론, 그를 제자가 아닌 협력자로서 자기 집에 영구히 잡아놓고 큰 주문에 대해서는 일일이 그와 의논해서 만들고 수입도 분배할 계획을 세웠다. 그것은 리이스벳을 위해서도 모험일지 몰랐다. 그렇게 되면 이 젊은이는 틀림없이 그의 사위가 될 것이었다. 그렇지만 요한 상과 같은 조각품은 니클라우스가 이제껏 고용해본 가장 솜씨 있는 기술자조차도 절대 만들 수 없었다. 게다가 그는 나이가 들어 아이디어나 창의력에 부족함을 느끼고 있었다. 더구나 그의 유명한 작업장이 그저 너절한 수공예장으로 전락하는 것을 보기 싫었다. 골드문트를 상대로 도움을 바라는 건 힘들지 몰라도 굳게 마음 먹고 시도해야만 했다.

그래서 스승은 끈질기게 생각을 거듭해 보았다. 골드문트를 위해서 뒤뜰에 있는 작업장을 개조하여 확장하고 다락방을 그에게 내주자. 조합에 가입시키기 위해 좋은 옷을 그에게 보내 주자. 미리 리이스벳의 의사도 물어 보았다. 리이스벳은 점심을 함께 한 이래로 똑같은 기대를 하고 있었다. 과연 리이스벳은 아무런 반대도 하지 않았다. 이 젊은이가 정착하여 스승이라 부른다면 그녀는 그에게 아무런 불만이 없었다. 이 점에서도 장애가 사라졌다. 니클라우스 스승과 그의 솜씨로 이 집시를 길들이지 못한다 하더라도 리이스벳이라면 꼭 성공하고야 말리라.

이렇게 모든 일을 계획하고 나서 목표로 하는 새를 낚기 위해 그물 뒤에 교묘하게 미끼를 달아 놓았다. 어느 날부터 모습을 나타내지 않는 골드문트를 부르러 보냈다. 그는 다시 식사에 초대받아 옷에 솔질을 하고 머리칼을 다듬은 다음 나타났다. 아름답게 새로 단장한 방안에 앉아서 스승과 그의 딸과 찻잔을 나누었다. 드디어 딸이 자리를 뜨자 니클라우스는 그의 계획과 제안을 이야기하기 시작했다.

"자네는 내 말을 이해하여 주겠지." 스승은 뜻밖의 말을 하고 난 다음에 이렇게 덧붙였다. "말할 것도 없지만, 젊은 사람이 일정한 수업 연한도 마치지 않고 이렇게도 빨리 스승이 되어 따뜻한 둥지 속에 들어가 본 예는 여태껏 보지 못한 일이야. 크게 성공한 것이라고나 할까, 골드문트."

놀라고 답답한 마음으로 골드문트는 스승의 얼굴을 빤히 쳐다보며 아직도 남아 있는 잔을 옆으로 밀어 놓았다. 하는 일 없이 나날을 보냈기 때문에 니클라우스로부터 심한 잔소리나 듣고 스승의 집에 조수로 남아 있으라는 제안을 받을 줄로만 알았다. 그렇지만 상황이 이렇게 되고 말았다. 스승과 마주 앉아 있으려니 슬프기도 하고 답답한 일이었다. 그는 얼른 대답할 말을 찾지 못했다.

스승은 호의에 찬 그의 제안이 즉각 기쁘고도 겸손하게 받아들여지지 않자 다소 긴장되고 실망한 얼굴빛을 띠고 일어서면서 말했다. "내 제안이 뜻밖이었기 때문에 우선 자네는 잘 생각해 보려고 하겠지. 그런 태도가 내 마음에 들지 않는단 말이야. 자네가 크게 기뻐해줄 줄 믿었네. 그렇지만 별것 아냐. 그럼, 생각할 시간을 주지."

"스승님" 골드문트는 힘들여 말했다. "진정하여 주십시오! 스승님 호의를 진심으로 감사하게 생각합니다. 그 이상으로 이 미숙한 저를 도제로서 대우하여 주신 스승님의 인내심에 대해서도 감사를 드립니다. 스승님께 받은 은혜를 저는 결코 잊지 않을 겁니다. 그렇지만, 생각해 볼 필요를 느끼지 않습니다. 저는 벌써부터 결심을 한 바 있습니다."

"어떻게 결심하고 있나?"

"스승님의 말씀에 따르기 전에, 스승님의 인정 어린 제안을 받기 전에 저는 결심한 바 있었습니다. 저는 더는 여기 머물지 않고 떠나려고 합니다."

니클라우스는 얼굴이 창백해지며 어두운 눈으로 그를 쳐다보았다.

"스승님" 골드문트는 간절하게 호소했다. "스승님께 심려를 끼쳐 드리고 싶지 않습니다. 제가 결심한 바를 스승님께 말씀드렸을 뿐입니다. 이제 결심을 되돌릴 수 없습니다. 저는 반드시 떠나야만 합니다. 나그네 길을 밟아야 합니다. 다시 자유를 찾아가야 합니다. 한 번 더 진심으로 감사를 드립니다. 그리고 서로 정답게 헤어지기를!"

그는 스승에게 손을 내밀었다. 눈물이 금방 쏟아질 듯했다. 니클라우스는 그의 손을 뿌리쳤다. 얼굴이 파래져서 방안을 점점 더 빠르게 성이 나서 쾅쾅거리는 걸음걸이로 왔다 갔다 하기 시작했다. 골드문트는 한 번도 스승의 그런 행동을 본 적이 없었다. 그러다가 스승은 갑자기 걸음을 멈추고 모든 노력을 기울여 자신을 억제하면서 골드문트의 얼굴도 쳐다보지 않고 입 속에서 토해내듯이 말했다.

"좋아, 그럼 가게나! 하지만 얼른 가! 자네 얼굴을 두 번 다시 보지 않도록! 내가 나중에 후회할 만한 짓을 하거나 이야기하지 않도록! 가!"

골드문트는 다시 한 번 스승에게 악수를 청했다. 스승은 내민 손에 침이라도 뱉는 시늉을 했다. 얼굴이 핼쑥해진 골드문트는 돌아서서 조용히 방을 나왔다. 바깥에서 모자를 쓰고 계단을 조심스레 내려갔다. 내려가면서 조각을 한 지주 머리 위에 손을 대 보았다. 다 내려서자 조그만 안마당 작업장에 들어가 잠시 요한 상 앞에 서서 이별을 고했다. 몇 년 전 기사의 성과 가엾은 리디아한테서 떠날 때보다 더한 깊은 상처를 가슴에 안고 집을 등졌다.

아무튼 빨리 진행되었다! 불필요한 말은 한마디도 하지 않았다! 그것이 마음을 위로해 주는 유일한 것이었다. 문을 열고 밖에 나서 보니 골목길과 거리가 갑자기 일변해지고 서먹서먹한 얼굴로 그를 빤히 쳐다보고 있었다. 우리 마음이 눈에 익은 것들과 이별을 하면 그런 표정을 짓는다. 그는 고개를 돌려서 현관문을 힐끔 쳐다보았다. 이제는 아무 인연도 없고 그에게는 단단히 자물쇠를 채워 놓은 집이 되어 있었다.

골드문트는 하숙방으로 들어서자 떠날 채비를 했다. 물론 그다지 준비할 것은 없었다. 이제는 이별을 알리는 것 외에 달리 할 일도 없었다. 벽에 자신이 그린 그림이 한 장 걸려 있었다. 부드러운 마돈나였다. 그의 소지품들이 걸려 있는 것도 있고 여기저기 흩어져 있는 것도 있었다. 초대받았을 때 쓴 모자, 댄스용 신발 한 켤레, 목탄지 한 뭉치, 조그만 기타, 그가 빚은 조그만 점토 상 몇 개, 여인들로부터 선물 받은 조화, 후추 맛 나는 과자 등이었다. 그 어느 것에도 뜻이 있고, 추억이 있고, 그리운 것이었지만 어느 것 하나도 가지고 갈 수는 없기에, 겨우 집 주인한테 가서 루비 술잔을 아주 강하고 멋진 사냥칼과 바꾸어서 안마당 숫돌에서 날을 세웠다. 후추 과자는 부숴서 옆집 닭장에 넣어 주었다. 마돈나 상은 하숙집 아줌마한테 주었다. 그 대신 쓸모 있는 것들을 받았다. 가죽으로 만든 끈 달린 낡은 여행 가방과 휴대 식량을 잔뜩 얻었다. 가방 속에 두세 벌의 속옷과 빗자루 대에 뚤뚤 감은 몇 장의 조그만 스케치와 그 밖에 식량을 넣었다. 다른 자질구레한 것은 남겨 두었다.

이별을 알려도 좋을 여인이 시내에는 몇 있었다. 그 가운데 한 여인과는 어제 저녁에도 집에서 잤지만 그가 떠난다는 말은 한마디도 하지 않았다. 막상 가방을 메고 떠나려 하자 발꿈치에 엉겨 붙는 것이 하나 둘이 아니었다. 거기에 미련을 두어서는 안 된다. 그는 집안사람들한테만 작별 인사를 하고 다른 사람들은 찾지도 않았다. 새벽에 떠날 수 있도록 밤에 미리 일러두었다.

그러나 그럴 수는 없었는가 보다! 아침에 그가 막 조용히 집을 떠나려고 하는데 누군가 일어나서 그를 부엌에 불러들여 우유 수프를 대접하는 것이었다. 이 집의 열다섯 살 되는 딸이었다. 잔잔하고 시원한 눈매를 가지고 있었으나 허리의 관절을 다쳐 다리를 절름거리고 있었다. 마리아라는 이름을 갖고 있었다. 밤을 홀딱 샌 듯 핼쑥한 얼굴을 하고 있었으나 단정한 차림에 머리에 빗질도 잘하고 있었다. 소녀는 부엌에서 따뜻한 우유와 빵을 날라다 주며 그가 떠나는 것을 매우 서운하게 생각하는 모양이었다. 그는 소녀에게 고맙다는 인사를 하고 마음 가득한 동정심을 담아 가녀린 입술에 이별의 키스를 해주었다. 소녀는 자세를 흐트러뜨리지 않고 두 눈을 지그시 감고 그의 키스를 받았다.

제 13 장

골드문트는 새로운 유랑을 시작한 처음에 되찾은 자유를 마음껏 들이마시며 우선 나그네의 고향도, 시간도 다 잊은 생활을 다시 배웠다. 유랑자들은 아무에 게도 복종하지 않고, 날씨와 계절에만 예속되어 아무런 목표도 없이, 하늘을 지붕 삼고, 아무 것도 가지지 않고, 우연에 대해서는 몽땅 자신을 드러내놓고, 어린 애처럼 용감하고, 초라하지만 굳건하게 생활한다. 그들은 낙원에서 쫓겨난 아담의 아들이다. 아무 죄 없는 동물들의 황제들이다. 그들은 시시각각 하늘이 그들에게 베풀어 주는 것을 받는다. 햇빛과 비와 안개를, 또 눈과 더위와 추위를, 안락과 괴로움을 받는다. 그들에게는 시간도 역사도 노력도, 집을 가진 자들이 맹목적으로 믿고 있는 발전이라든지 진보라든지 하는 묘한 우상도 없었다. 유랑자는 그가 멍들기 쉬운 감정을 갖든, 안정되지 않은 마음을 갖든, 능숙한 솜씨를 갖든 우둔하든, 용감하든 겁쟁이이든, 그의 마음은 항상 어린아이요, 첫날처럼 항상 온갖 세계 역사 이전처럼 생활하고, 그의 생활은 늘 검소하고 단순하며 약간의 본능과 필요에 의해서만 인도된다. 그 사람이 영리하든, 어리석든, 일체의 생활이 얼마나 나른하고 허무한가를, 또한 살아 있는 모든 것이 작지만 그의 따뜻한 피로써 얼음장처럼 냉혹한 세계를 얼마나 보잘것없이, 또한 근심에 차서 견디고 있다는 것을 깊이 깨닫고 있다. 혹은 처량하게도 배고픔을 알려 주는 위장의 명령에 단지 어린애처럼 침을 흘리기도 한다. 그는 언제나 재산을 소유한 사람들이나 정착해 사는 사람들과는 반대되는 사람이며 동시에 그들의 적이다. 소유하고 정착한 인간은 모든 존재의 허무함이라든지 모든 생명의 끊임없는 쇠퇴라든지, 우리를 가득 둘러싸고 있는, 가차 없고 얼음같이 차가운 죽음 따위를 상기시켜 주는 것을 좋아하지 않기 때문에 유랑자를 미워하고 멸시하고 두려워한다. 유랑 생활의 낭만성, 모성적 근원, 규율과 정신으로부터의 일탈, 그리고 자기 자신을 버리고 늘 은밀하게 죽음에 가까워지려는 태도, 그런 것들이 골드문트의 영혼을 오래 전부터 깊이 사로잡아 몸에 스며들어 있었다. 그런데도 정신과 의지는 그의 가슴 속에서 둥지를 틀고 있었다. 그가 예술가였다는 사실이 그의 생명을 윤택하게 해주었음은 물론이요, 또 동시에 그의 생명을 괴롭히기도 했다. 모든 생활은 분열과 모순에 의해서 윤택해지며 꽃 피게 된다. 도취를 모르는 이성과 냉정이란 도대체 무엇일까? 등 뒤에 죽음을 갖지 않는 감각의 기쁨은 무엇일까?

여름이 가고 또 가을이 지나갔다. 골드문트는 가진 것을 아껴 가면서 간신히 어려운 몇 달을 보냈다. 정신없이 돌아다니다가 감미롭고 향기로운 봄을 속절없이 흘려보냈다. 계절은 빠르게 흘러갔다. 여름의 높은 태양은 뒤쫓기는 사람처럼 서산으로 달려갔다. 한 해가 지나고 또 한 해가 지났다. 골드문트는 이 지상에 굶주림과 사랑과 무섭도록 조용한 사계절의 빠른 발자국 외에 다른 것이 있다는 사실을 잊은 사람 같았다. 그는 어머니와 원시적인 본능의 세계에 완전히 가라앉은 것 같았다. 하지만 가끔 꿈속에서 헤매든, 꽃이 피고 지는 골짜기를 바라보며 생각에 잠긴 휴식 속에서 헤매든, 그는 관조의 세계에 눈을 모으고 예술가가 되어 있었다. 그러다가는 사랑스럽고도 허무하고 무의미한 인생을 정신의 힘을 빌어 불러내서 의미 있는 것으로 바꾸고자 못내 그리운 마음에 가슴을 태우는 것이었다.

빅토르와의 피투성이 모험이 전개된 이래 언제나 혼자 유랑하던 어느 날 그는 한 친구를 만났다. 그 사나이는 이상하게도 골드문트를 줄곧 따라 다니며 좀처럼 떨어질 생각을 하지 않았다. 그렇지만 그는 빅토르의 적수가 아니었다. 로마 순례자로 순례복을 걸치고 순례모를 숙여 쓴 아직도 젊은 청년이었다. 이름은 로베르트, 고향은 보오덴 호반이었으며, 어느 수공업자의 아들로 잠시 동안 성 갈루스의 수사 학교에서 공부했다고 한다. 어릴 때부터 로마 순례를 못내 그리던 소년이 그것을 실행에 옮길 최초의 기회를 얻은 것은 아버지의 죽음이었다. 아버지 생전에는 그의 작업장에서 가구 기술자로 아버지의 일을 도왔다. 이런 로베르트가 아버지 장례를 치르자 대뜸 그의 어머니와 누나에게 그의 용솟음치는 마음을 진정시키기 위해, 또 그의 죄와 아버지 죄를 참회하기 위해, 즉시 로마를 향한 순례 길을 절대 단념할 수 없다고 이야기했다. 어머니와 누이가 울며 달래고 때로는 노여움에 윽박질러도 소용없었다. 그는 화만 냈다. 어머니와 누이 생각은 조금도 하지 않고 물론 어머니의 축복도 받지 않고, 누이의 분노에 찬 말만 실컷 들으며 나그네 길에 올랐다. 그를 몰아 댄 것은 무엇보다 방랑 성격이었다. 그것과 일종의 표면적인 신앙심이 결부되어 있었다. 말하자면 성당이 있는 장소나 종교적인 행사가 거행되는 근처를 즐겨 지나갔고, 예배나 세례나 장례나 미사나 향냄새나 촛불 등을 좋아했다. 라틴어를 조금 했지만 천진한 그의 영혼이 지향하는 것은 학문이 아니라 성당의 아치형 천장 그늘에서 명상에 잠기거나 고요히 무아경에 빠지는 일이었다. 어릴 때는 복사로서 열렬히 마음을 기울여 봉사했다. 골드문트는 이 사나이에 대해서 진실하게 대하지는 않았지만 그래도 싫지는 않았고 타향을 유랑한다는 충동적인 본성에서는 얼마간 공감하고 있었다. 그때쯤 로베르트는 아무 불만 없이 방랑을 계속하고 있었다. 로마까지도 갔었다. 수많은 수도원이나 목사의 집에서 신세를 졌다. 산맥도 남쪽 나라도 다 구경했다. 로마에서는 성당이란 성당은 모조리 들어가 보았다. 종교적인 의식에 참여해서 마음도 한결 흐뭇할 수 있었다. 몇백 번 미사도 드렸다. 가장 유명하다는 곳, 가장 신성하다는 곳에서 예배를 보고 성사를 받았다. 그의 사소한 청춘의 죄와 아버지의 죄를 참회하기 위해 필요 이상의 향연을 빨아들였다. 1년 이상이나 나그네 신세를 지다가 결국 돌아와서 아늑한 옛 집에 발을 들여놓았을 때, 가족들은 그를 성서에 나오는 방탕한 아들처럼 맞이해주지는 않았다. 그가 집을 비우고 있을 동안 누이는 집안일과 관련된 의무와 권리를 마음대로 행사했다. 부지런한 일꾼을 고용해서 그와 결혼하여 집안과 작업장을 완전히 지배하고 있었다. 그래서 집에 돌아온 로베르트는 집에 잠시 머무르다가 그가 없어도 좋은 존재라는 사실을 깨달았다. 그가 이내 다시 나그네 길에 오르고 싶다는 이야기를 꺼냈을 때 아무도 그를 붙잡지 않았다. 그는 그들을 서운하게 생각하지 않았다. 어머니에게 얼마만큼의 푼돈을 얻어 다시 순례복을 걸치고 새로운 영지 행각을 떠났다. 지향도 없이 나라를 횡단하는 반 수도자 같은 유랑자가 되었다. 저명한 영지의 기념 동메달이나 정성을 들인 묵주가 그의 순례복에서 짤랑거리며 소리를 내고 있었다.

이 과정에서 그는 골드문트를 만났다. 하루 낮 그와 같이 걸어가면서 유랑자의 경험담을 나누었다. 바로 다음 날 작은 도회에서 헤어졌지만 이곳저곳에서 다시 만나 결국 완전히 어울리고 말았다. 둘은 다정하고 서로 돌보는 길동무가 되었다. 골드문트는 그의 마음에 전혀 부족한 데가 없었다. 그는 조금씩 골드문트의 시중을 들면서 그의 호의를 얻으려고 애썼다. 골드문트의 학문이나 대담성이나 정신 등, 무엇 하나 부럽지 않은 것이 없었다. 또 그의 건강이나 에너지나 공명심도 사랑의 대상이었다. 골드문트의 천성은 나쁘지 않았기 때문에 금방 친해졌다. 단지 골드문트가 마음에 들지 않는 것이 하나 있었다. 그것은 그가 비애나 명상에 사로잡히는 날이면 고집스럽게 말을 하지 않으려 들었고, 언제 길동무가 되었냐는 듯이 무시해 버리는 것이었다. 그럴 때는 무슨 말을 묻거나 위로해 주어서는 안 되고 그가 하는 대로 잠자코 내버려 두어야 했다. 로베르트는 이것을 이내 알아차렸다. 골드문트가 라틴어 시구나 노래를 굉장히 잘 외운다는 것을 알면서부터, 또 대성당 현관 앞에서 골드문트로부터 석상에 관한 설명을 들은 이래로, 또 그들이 빈 벽에 기대어 쉬고 있을 때, 골드문트가 빨간 분필로 벽에다 굵은 선으로 쓱쓱 자기 키 만큼의 소묘를 하는 것을 본 이래로 그는 골드문트를 하느님의 총아라고, 아니 마법사라고까지 믿었다. 골드문트가 여자들의 총애를 한 몸에 받고 있으며, 흘긋 쳐다보고 웃기만 해도 많은 여자를 끌어들인다는 것도 로베르트는 동시에 알았다. 그런 행동은 바람직하게 여겨지지 않았지만 그래도 놀라지 않을 수 없었다.

어느 날 그들의 행로는 뜻하지 않게 중단되었다. 그들이 마을 근처에 접어들자 한 무리의 농부들이 곤봉을 들고, 어떤 사람은 막대기를, 혹은 도리깨를 들고 그들을 맞이했다. 앞에 선 사람은 멀찍이 서서 '빨리 돌아가라, 다시는 한 발자국도 들여놓지 마라, 얼른 꺼져 없어져라, 그렇지 않으면 때리겠다'고 고함치고 있었다. 골드문트가 서서 대체 무슨 일인지 알아보려고 하는 동안 벌써 날아온 돌이 가슴을 때렸다. 뒤를 돌아보니 로베르트는 벌써 저쪽으로 도망치고 있었다. 농부들은 달려들 듯이 몰려왔다. 골드문트는 도망치는 친구의 뒤를 어정어정 따라갈 수밖에 별도리가 없었다. 로베르트는 들판 한가운데 서 있는 예수 십자가 밑에서 오들오들 떨면서 그를 기다리고 있었다.

"넌 용감하게 도망쳤구나." 골드문트는 껄껄대고 웃었다. "하지만 저 망할 녀석들, 돌대가리로 대체 뭘 생각하고 있을까! 전쟁이라도 났나? 무장한 보초들을 마을 어귀에 세워 놓고 아무도 안 들여보내다니! 무슨 까닭인가, 아무래도 이상한걸."

둘 다 알 수 없었다. 겨우 이튿날 아침이 되어서야 그들은 외딴 어느 농가에서 뜻밖의 일을 만났다. 그래서 그 이유를 알듯했다. 그 집은 오두막집 하나, 외양간과 헛간이 둘, 우거진 풀과 수많은 과일 나무가 있는 녹지에 둘러싸인 집이었다. 이상하리 만치 잠잠해서 다들 잠이 든 것 같았다. 사람 목소리, 발소리, 아이들 울음소리며 큰 낫을 가는 소리, 아무 소리도 들리지 않았다. 풀밭에 암소 한 마리가 서서 울고 있었다. 젖을 짜주는 시간이라는 것을 알 수 있었다. 둘은 집 앞에 가서 문을 두드렸으나 대답이 없었다. 외양간에 가보아도 활짝 열어젖힌 채 텅 비어 있었다. 헛간 지붕 위에서는 유록색 이끼가 햇빛에 춤 추고 있었다. 거기에도 사람 그림자 하나 없었다. 허물어질 대로 허물어진 이 집을 보니 놀랍고 어이가 없어 둘은 다시 안채로 돌아왔다. 또 주먹으로 대문을 두드렸으나 역시 대답이 없었다. 골드문트가 문을 열려고 하자 뜻밖에도 문에는 자물쇠가 채워져 있지 않았다. 그는 문을 안으로 밀고 어둠침침한 방으로 들어갔다. "실례합니다." 큰 소리로 불렀다. "아무도 안 계십니까?" 그러나 안은 쥐 죽은 듯 고요했다. 로베르트는 대문 앞에서 들어오지 않고 있었다. 호기심에 이끌려 골드문트는 안으로 밀고 들어갔다. 오두막집 안에는 지독한 냄새가 풍겼다. 이상야릇하고 가슴이 답답한 냄새였다. 아궁이에는 재가 잔뜩 쌓여 있었다. 입김으로 호호 불어 보니 밑바닥에 숯이 된 통나무 조각에 아직 불똥이 남아 비치고 있었다. 그때, 아궁이 뒤쪽 어슴푸레한 곳에 누가 앉아 있는 것이 보였다. 누가 의자에 앉아 자고 있었다. 할머니 같았다. 불러도 아무 기척이 없었다. 마치 이 집은 귀신이 곤두박질 한 것 같았다. 앉아 있는 여자의 어깨를 정답게 톡톡 쳤으나 꼼짝도 하지 않았다. 자세히 보니 그녀는 거미줄 한 가운데 앉아 있었다. 거미줄의 몇 오라기가 그 여자의 머리칼과 무르팍에 단단히 엉켜있었다. '죽었구나' 이렇게 생각하니 조금 떨렸다. 확인하기 위해 불을 피웠다. 이리저리 휘저으며 남겨진 불똥을 불어 대자 활짝 피어올라 기다란 막대기에 불이 붙었다. 그것으로 앉아 있는 여인의 얼굴을 비춰 보니 퍽 나이 들은 푸르죽죽한 시체 얼굴이 나타났다. 한쪽 눈은 치뜨고 희부옇게 납덩이처럼 굳어 있었다. 그녀는 의자에 앉은 채 죽어 있었다. 이젠 도와줄 여지도 없었다.

활활 타는 막대기를 손에 들고 골드문트는 이곳저곳을 자세히 살펴보았다. 방하나에서 뒷방으로 통하는 문지방 위에 또 하나의 시체가 누워 있는 것을 발견했다. 일곱 여덟 살쯤 되어 보이는 소년인데, 통통 부어올라 찌푸린 얼굴에 속옷만입고 있었다. 문지방 모서리 위에 엎어져 있었다. 두 손 다 조그만 주먹을 단단히쥐고 있었다. 두 번째 사람이라고 골드문트는 생각했다. 흉악한 꿈이라도 꾸는 듯 깊숙이 뒷방까지 들어갔다. 거기에는 들창문이 열려서 밝은 빛이 새어 들어오고 있었다. 조심조심 불을 끄고 불똥을 마룻바닥에 문질렀다.

뒷방에는 침대가 세 개 놓여있었다. 하나는 텅 비어있고 남루한 회색 이불 밑에 짚이 그냥 드러나 있었다. 둘째 침대에 또 하나가 쓰러져 있었다. 텁석부리 사나이로 반듯이 빳빳하게 죽어 있었다. 머리를 뒤로 젖히고 턱과 수염을 곤추세우고 있었다. 이것이 이 집 농부임에 틀림없었다. 움푹 들어간 얼굴은 가까이할 수 없는 죽음의 색채를 띠고 희미하게 빛나고 있었다. 거기에는 물통이 나뒹굴어 물이 쏟아져 있었다. 쏟아진 물은 아직 바닥에 완전히 배지 않아서 움푹 들어간 쪽으로 몰려 거기에 조그맣게 괴어 있었다. 또 다른 침대에는 린네르 홑이불에 묻히듯이 뚤뚤 감긴 키 큰 여자가 누워 있었다. 얼굴을 침대에 파묻고 까슬까슬한 금발이 밝게 빛나고 있었다. 그 옆에 그 여자를 부둥켜안고 구겨진 린네르 이불을 붙잡고 목이 조인 것처럼 아직 채 자라지 않은 소녀가 누워 있었다. 역시 금발이었고 주검의 얼굴에는 청회색 주름이 있었다.

골드문트의 눈은 시체에서 시체로 옮아갔다. 소녀의 얼굴은 벌써 상당히 변질되어 있었으나 비통한 죽음의 공포를 아직도 얼마간 남기고 있었다. 침대 속에 아무렇게나 푹 파묻혀 있는 어머니 목덜미와 머리칼에서는 분노와 불안과 달아나려고 하는 극심한 초조감을 읽어낼 수 있었다. 특히 뻣뻣한 머리카락은 아직도 죽지 못하고 있었다. 농부 얼굴에는 반항과 이를 악물고 참아 견딘 고통이 나타나 있었다. 그는 죽기 힘들었으나 사나이답게 쓰러진 병사의 그것처럼 허공을 찌르듯 뻣뻣이 치켜 올리고 있었다. 가만히 그리고 꿋꿋이 뻗어 있는, 이를 악물고 있는 자세는 아름다웠다. 이렇게 죽음을 맞이한 사나이는 무엇에든 쩔쩔매는 비겁한 인간은 아니었으리라. 하지만 문지방에 엎드려 쓰러져 있는 소년의 조그만 주검은 애처로웠다. 그 얼굴은 아무것도 말하는 것이 없었으나 문지방 위의 자세는 단단히 쥐고 있는 조그만 주먹과 함께 어쩔 줄 모르는 고뇌와 이제껏 경험하지 못한 고통에 대한 하염없는 저항 등 많은 이야기를 전해주고 있었다. 그의 머리 바로 옆에 있는 문에는 고양이가 드나들만한 구멍이 뚫려있었다. 골드문트는 모든 것을 자세하게 관찰했다. 이 오두막집 안에서 전개된 광경은 정말 끔찍스러웠다. 시체의 냄새는 지독했다. 그런데도 모든 것이 골드문트를 끌어당기는 강력한 힘이 있었다. 모든 것이 위대함과 운명에 가득 차 있었다. 그토록 진지하고, 거짓 하나 없는 무언가가 그의 사랑을 물고 늘어져 영혼 속까지 밀고 들어왔다.

그러는 동안 밖에서는 로베르트가 참을 수도 없고 겁도 나서 고함을 지르기 시작했다. 골드문트는 로베르트를 좋아하기는 하였지만, 그 순간 불안과 호기심과 아무것도 아닌 일에 사로잡혀 있는 살아 있는 인간이, 시체들과 비교해서 얼마나 가엾고 한줌 흙의 가치조차 없는지를 생각하고 있었다. 그는 로베르트에게 대답하지 않았다. 예술가만이 가질 수 있는 진정한 공감과 냉정한 관찰력이 묘하게 뒤섞인 감정으로 시체를 살펴보는 데 정신을 팔고 있었다. 드러누워 있는 모습, 앉아 있는 모습, 머리며 손, 동작을 하다 만 그대로 뻣뻣해진 모습, 자세하게 관찰하지 않은 것이 없었다. 무서운 공포가 휩싸인 이 집은 왜 이토록 조용할까! 왜 이토록 이상하고 구역질나는 냄새가 날까! 왜 아궁이의 불똥은 아직도 희뿌옇게 비치고 있는가! 시체가 있고, 죽음이 차 있는 이 집. 왜 이토록 무섭고 슬퍼질까!

곧 이어서 움직이지 않는 이 사람들 볼에서 살점이 떨어지고 굶주린 쥐들이 손가락을 물고 늘어지리라. 다른 사람들이 관이나 무덤 속에서 잘 감싸여서 사람들 눈에 띄지 않은 데서 치러지는 최후의 가장 비참한 것을, 즉 파멸과 부패를 여기 이 다섯 사람은 자기 집 방에서, 대낮에 문도 잠그지 않고 태연히, 부끄럼도 없이, 저항도 없이 당해 버렸다. 골드문트는 벌써 몇 차례나 시체들을 보아 왔지만 죽음이 이처럼 가차 없는 역할을 한 광경을 만난 적은 없었다. 그는 그것을 깊이 마음속에 받아들였다.

문 앞에서 울부짖는 로베르트의 고함소리에 결국 방해를 받아 바깥으로 나왔다. 친구는 벌벌 떨며 그를 쳐다보았다.

"왜 그래?" 공포에 질려 로베르트는 목소리까지 낮추어 물었다. "안에 아무도 없나? 어, 넌 왜 그런 눈을 하고 있지? 이야기 좀 해줘."

골드문트는 차가운 눈으로 그를 쳐다보고 있었다.

"들어가서 네 눈으로 확인해 보렴. 이상한 농가야. 나중에, 저기 있는 살진 암소 젖이나 짜자꾸나. 그럼, 들어가."

로베르트는 한참 망설이다가 집 안으로 들어갔다. 아궁이 있는 데로 더듬어 갔다. 거기서 앉아있는 노파를 발견했다. 그는 눈을 동그랗게 뜨고 금방 되돌아 왔다.

"아이고! 죽은 여자가 아궁이 옆에 앉아 있단 말이야. 어떻게 됐어? 왜 아무도 옆에 없니? 왜 묻어 주지 않아? 아이고 냄새야!"

골드문트는 싱긋이 웃었다.

"넌 말이야, 대단한 영웅이야, 로베르트. 하지만 너무 조급히 서둘러 왔어. 죽은 할머니도 저렇게 말이야, 의자에 앉아 있으면 정말 볼 맛이 있거든. 하지만, 한두 발짝 더 가보면 더 볼 만한 것이 있을 거다. 다섯이야, 로베르트. 침대에 있는 건 셋이고 문지방 한가운데는 어린애가 죽어 있단 말이야. 몽땅 죽었어. 가족은 모두 쓰러져 죽었어. 이 집엔 주검밖에 없단 말이야. 그래서 아무도 저 암소의 젖을 짜지 못한 거야."

그는 어이가 없는 표정으로 골드문트를 뚫어지듯 쳐다보았다. 그러다가 별안간 숨이 막힐 듯한 목소리로 소리쳤다. "오오라, 이제야 난 농부들이 어제 우릴 마을에 들여 놓지 않으려 한 이유를 알았다. 그래 그래, 이제야 모든 게 확실해졌어. 페스트야! 목숨을 걸고 말하지만 확실해졌어. 골드문트, 넌 긴 시간 동안 있었으니 틀림없이 시체를 만졌겠지. 비켜, 내 옆에 오지 마! 넌 틀림없이 균이 묻었어. 골드문트, 섭섭하지만 난 떠나야겠어. 네 옆에 있을 수 없단 말이야."

그는 벌써 달아나려고 했지만 순례복 깃을 단단히 붙들렸다. 골드문트는 로베르트를 무언의 비난 속에서 준엄하게 쳐다보며 빠져나가려 발버둥치는 그를 단단히 붙들었다.

"요 꼬마야." 그는 정다움과 멸시가 섞인 어조로 말했다. "넌 생긴 것보단 영리하구나. 네가 말한 대로일지도 몰라. 이 다음 집이나 마을에 가면 알 테지. 아마 페스트가 이 지방에 만연하고 있을지도 몰라. 우리가 이곳을 무사히 빠져나갈 수 있을지 어떨지 곧 알게 될 거야. 하지만 널 놓칠 수 없단 말이야, 요 꼬마 로베르트야. 난 널 놓칠 수 없어. 이봐, 나도 인정이 있는 놈이야. 내 가슴은 너무나 약하단 말이야. 넌 저 집안에서 병이 옮았을는지도 모른다. 만일 여기서 널 놓치고 만다면 너는 어느 이름 모를 들판에 쓰러져서 혼자 죽어 갈 거다. 그렇게 되면 네 눈을 감겨 주는 이도, 네 무덤을 파주는 사람도, 흙을 덮어 주는 사람도 없을지 몰라. 그렇게 생각하면 아니, 로베르트, 이봐 난 불쌍해서 숨이 막힐 지경이다. 그러니 말이야, 난 두 번 다시 말하지 않을 테니까 정신을 바짝 차리고 내가 말하는 것을 잘 새겨 두란 말이야. 알겠니, 우리 둘은 똑같은 위험 속에 놓여 있어. 네 가슴에 화살이 꽂힐지 내 가슴에 화살이 꽂힐지 그것은 모른다. 그러니 함께 있자는 말이야. 우리는 함께 죽거나 함께 이 저주받은 페스트를 빠져나가거나 두 가지 길 뿐이야. 네가 병이 들어 죽게 되면 내가 묻어 준다. 꼭 그렇게 한다, 만일 내가 죽는다면 네 마음대로 하려무나. 나를 묻어 주든 도망쳐 버리든 나한테는 아무 상관없다. 하지만 그 전에는 도망치지 않는단 말이야. 알아 두어! 우리는 서로 벗이 필요하단 말이야. 자, 그만 떠들자. 나는 아무 말도 듣기 싫어. 어디 아무데서, 외양간에서라도 통을 찾아. 이쯤 해두고 소젖이나 짜지 뭘 그래."

그대로 했다. 이때부터 골드문트는 명령하는 사람이 되고 로베르트는 복종하는 사람이 되었다. 그래서 둘 다 불편 없이 지냈다. 이제 로베르트도 도망치려고 하지 않았다. 그는 다만 변명하듯 말했다. "난 그때 네가 좀 무서웠어. 네가 시체 있는 집에서 돌아왔을 때의 얼굴이 싫었거든. 페스트를 짊어지고 왔구나 하고 생각했지. 하지만 페스트가 아니더라도 네 얼굴은 달라져 있었어. 그 집에서 본 게 그렇게 무시무시했었니?"

"무섭긴." 골드문트는 망설이다가 말했다. "내가 거기서 본 것은 말이야. 나한테도 너한테도, 아니 모든 사람한테도 절박한 것이었어. 우리가 페스트에 걸리지 않는다 하더라도."

유랑을 계속할 동안 두 사람은 곧 도처에서 그 지방을 휩쓸고 있는 페스트에 부딪쳤다. 다른 지방 사람을 들여놓지 않는 마을도 적지 않았다. 다른 마을에서는 아무 방해도 받지 않고 오솔길로 지나갈 수 있었다. 텅 비어있는 집들도 많았다. 수많은 시체들이 묻히지 못한 채 밭이나 방에서 썩고 있었다. 외양간에서는 암소가 젖을 짜주지 않았거나 배고픔 때문에 울부짖고 있었다. 또 가축들이 들판을 이리저리 헤매고 있었다. 둘은 몇 번이나 암소와 염소의 젖을 짜주고 먹이를 주었다. 또 숲 기슭에서 염소 새끼나 돼지새끼를 잡아 구워 먹고 주인이 없어진 지하실에서 포도주나 과일주를 꺼내와 마셨다. 풍족한 생활을 보냈다. 어딜 가도 먹을 것은 넘치도록 있었다. 하지만 맛은 별로 없었다. 로베르트는 자꾸만 페스트를 겁내고 있었다. 시체를 보면 그는 자꾸 구역질을 하고 공포 때문에 실신할 때가 한두 번이 아니었다. 그는 몇 번이나 전염됐다는 생각에 빠져 머리와 손발을 긴 시간 동안 야영하는 모닥불 속에 집어넣기도 했다(그것이 그 병에 효험이 있다고 들었기 때문에). 그뿐인가, 자다가도 발이나 팔이나 어깨에 종기가 나 있지 않은지 확인하느라 온 몸을 비벼댔다.

골드문트는 몇 번이나 로베르트를 나무라고 멸시까지 했다. 그는 공포도 아니꼬움도 막무가내였다. 대규모 죽음의 광경에 크게 마음이 끌려서 영혼은 위대한 가을에 충만 되고, 가슴은 죽음을 베어내는 장송가의 노랫소리에 무겁고, 간혹 영원한 어머니 형상이 나타나기도 했다. 보는 사람을 돌로 변화시킨 요괴 메두사의 눈을 가진, 또한 괴로움과 죽음에 가득 찬 무거운 웃음을 머금은 희뿌옇고 크나큰 얼굴이었다.

어느 날, 두 사람은 조그만 도시를 찾았다. 성문에서부터 성벽 전체에 걸쳐 집 높이만큼 망보는 통로가 나 있었으나 그 위에는 누구 하나 보초 서는 사람이 없었고 활짝 열어젖힌 성문에도 보초는 없었다. 로베르트는 골드문트한테도 들어가지 말라고 애원했다. 그때 종치는 소리가 들렸다. 성문에서 신부가 십자가를 손에 들고 나왔다. 그의 뒤에서 세 대의 짐마차가 따라 나왔다. 두 대는 말이 끌고 한 대는 황소가 끌었다. 마차 위까지 시체가 차곡차곡 쌓여 있었다. 몇 사람의 인부가 이상한 망토를 입고 깊숙이 두건을 써서 얼굴을 감추고 마차 옆을 걸어가며 말과 소를 몰고 있었다.

로베르트는 얼굴색이 파래져서 자취를 감추고 말았다. 골드문트는 가까운 거리를 두고 시체 실은 마차 뒤를 따랐다. 이삼백 발자국쯤 걸어갔다. 거기에는 묘지가 아닌 아무것도 없는 들판 한가운데에 구덩이가 파져 있었다. 삽으로 세 번 정도밖에 파지 않은 깊이였으나 꽤 넓었다. 골드문트는 그냥 서서 막대기나 쇠갈퀴를 든 인부들이 시체를 마차에서 끌어내려 흙더미째 구덩이에 처넣는 광경을 보고 있었다. 신부는 그 위에서 몇 마디 중얼중얼 하다가 십자가를 흔들며 떠나갔다. 인부들은 편평한 무덤 여기 저기에 불을 놓고 아무 말도 없이 시내로 사라졌다. 누구 하나 무덤을 덮어 주려 들지 않았다. 내려다보니 쉰 구 이상의 시체들이 그 안에 처박혀 차곡차곡 쌓여 있었다. 알몸뚱이가 많았다. 뻣뻣한 채 무얼 애원하듯 손이나 발을 허공에 뻗고 있었다. 속옷이 바람에 가볍게 나부끼고 있었다.

그가 돌아와 보니 로베르트는 당황해하며 먼저 가겠다고 서두르며 거의 무릎을 꿇다시피 하며 애원했다. 그가 애원하는 것도 사실 당연했다. 그는 골드문트의 방심한 눈초리 속에서 그가 너무도 잘 알고 있는 바로 말없는 고집과 무서운 집착과 가공할 만한 호기심을 보았기 때문이었다. 결국 친구를 붙잡지는 못했다. 골드문트는 혼자 시내로 들어갔다.

보초도 서 있지 않은 성문을 지나갔다. 포석을 밟아 메아리쳐 오는 자기 발소리를 들으니 지금까지 그가 지나온 수많은 소도시나 성문들이 기억에서 되살아났다. 그곳에서 울부짖던 아이들의 울음소리, 소년들의 장난, 여인들의 싸움, 모두 위에서 아름다운 음향을 던져 주는 대장간의 모루채 소리, 덜거덕거리는 마차 소리, 그 밖에도 다른 수많은 소리들이 그를 맞이하여 주었던 광경들이 그의 머릿속에 펼쳐졌다. 부드러운 소리, 딱딱한 소리들이 한데 어울려 그물처럼 얽히고 설키어 인간의 노동이나 환희나 일이나 사교를 알려 주는 것이었다. 그렇지만 여기 텅 빈 집 문과 사람 하나 없는 오솔길에는 웃음소리도 울음소리도 어느 것 하나 들리지 않았다. 모두가 죽음의 침묵 속에 쓰러져 굳어 있었으며, 그 속에서 퐁퐁 솟는 우물물이 노래하는 멜로디가 거의 귀에 거슬릴 정도로 크게 들려 왔다. 활짝 열어 놓은 창문 뒤에는 다양한 빵이 진열된 가운데 빵 장수가 있는 것이 보였다. 골드문트는 가장 좋은 빵을 가리켰다. 빵 장수는 기다란 빵 집게로 조심스레 빵을 내어주며 골드문트가 돈을 내기를 기다렸다. 그러나 나그네가 돈도 내지 않고 빵을 베어 물고는 곧장 앞으로 가버리자 창문을 탕 닫기는 했어도 투덜대지는 않았다. 어느 아담한 집 창문 앞에 점토 화분이 줄 지어 있었다. 보통 때면 거기에 꽃이 만발해 있을 텐데 지금은 시들은 잎새들이 텅 빈 화분 위에서 고개를 숙이고 있었다. 다른 집에서는 어린아이들의 흐느낌과 통곡소리가 들려 왔다. 하지만 골드문트는 옆 골목 위층 창문 뒤에서 예쁘게 생긴 여인 하나가 머리에 빗질을 하며 서 있는 것을 보았다. 그 여자를 쳐다보고 있었다. 그가 여자에게 정답게 웃음을 던지자 그녀의 빨갛게 상기된 얼굴에도 서서히, 그리고 가냘프게 웃음이 스쳐갔다.

"빗질은 금방 끝나니?" 위를 쳐다보고 소리쳤다. 그녀는 생글거리며 밝은 얼굴을 창틈으로 내밀었다.

"아직 병에 안 걸렸니?" 그는 물었다. 여자는 고개를 저었다. "그렇다면 나하고 이 죽음의 도시를 도망치자. 숲 속에 들어가서 재미있게 살지 않겠니."

여자는 무슨 말을 하고 있느냐는 눈치였다.

"뭘 생각하는 거니? 나는 진심으로 말하고 있어." 골드문트는 소리쳤다. "넌 아버지하고 어머니하고 같이 있니? 아니면 이 집에서 일하고 있니? 다른 사람 집이구나. 그럼 나오렴. 노인들은 죽게 내버려 두지 그래. 우리는 젊고 몸도 튼튼하지 않아? 잠깐 동안이나마 재미있게 지내보자. 이리 와요, 아름다운 갈색 눈의 아가씨! 농담이 아냐."

처녀는 놀라 망설이며 그를 뚫어지게 바라보았다. 그는 슬금슬금 걸어서 사람도 없는 골목길을 하나 둘 돌다가 다시 천천히 돌아왔다. 여자는 여전히 창가에 고개를 내밀고 서 있었다. 그가 돌아온 것이 무척 반가운 모양이었다. 그녀는 곧 따라와서 성문까지 가기도 전에 그와 한데 어울렸다. 조그만 보퉁이를 손에 들고 빨간 수건을 머리에 칭칭 감고서.

"이름이 뭐지?" 그는 물었다.

"레에네. 당신하고 같이 갈 테야. 이 도시는 아주 지독해. 모두 죽고 있어. 그만 가자고, 가요!"

성문 근처에서 로베르트가 얼굴을 찌푸리고 땅바닥에 웅크리고 앉아 있었다. 그는 골드문트가 오자 펄쩍 뛰어 일어났으나 여자를 보자 눈을 동그랗게 떴다. 이번만큼은 그의 말을 쉽게 듣지 않았다. 불평을 쏟아내다가 급기야 말다툼이 벌어졌다. 저주받은 페스트 소굴에서 사람을 데리고 나와 길동무가 되라고 강요하니, 이건 정신이 나갔어도 이만 저만이 아니다, 이런 행동은 하느님을 시험하는 거다, 나는 싫다, 이제 함께 가지 않는다, 나의 인내도 이제는 마지막이다, 하는 것이었다. 골드문트는 그가 침착해 질 때까지 저주를 하건 울부짖건 그냥 내버려 두었다.

"그래." 그는 말했다. "실컷 노래를 불러주었구나. 이제 같이 가자. 아름다운 길동무가 생긴 걸 너도 기뻐할 걸. 이름은 레에네고 내 옆에 있을 거다. 하지만 너도 이제 기쁘게 해주마. 로베르트, 알겠니? 우리는 좀 쉬었다가 건강한 생활을 하자꾸나. 페스트를 피하는 거다. 빈 오두막집이 있는 아담한 장소를 찾든지 새 집을 세우든지 해서 거기서 난 레에네와 같이 부부 생활을 할 테야. 너는 친구로서 같이 산단 말이야. 좀 정답고 즐겁게 지내자꾸나. 알겠니?"

물론 로베르트는 승낙했다. 레에네와 악수를 하라거나 그의 옷을 만지라고만 하지 않는다면…….

"아니." 골드문트는 말했다. "그런 것은 요구하지 않아. 그뿐인 줄 아니? 레에네한테 손가락을 대는 것까지도 엄금이다. 그런 건 꿈에도 생각하지 마라!"

세 사람이 짝이 되어 앞으로 걸어갔다. 처음에는 아무 말도 없었으나 여자는 차차 입을 열기 시작했다. 다시 하늘과 나무와 풀밭을 보는 일이 얼마나 기쁜가를, 페스트의 도시, 그곳의 공포를 어떻게 표현해야 좋은가? 이야기를 해서라도 목격해야 했던 오싹 몸서리치게 하는 비참한 광경에서 자신의 마음을 해방시키려고 했다. 이곳의 여러 기분 나쁜 이야기를 했다. 조그만 도시는 지옥임에 틀림없었다. 의사 둘 중에서 하나는 죽고, 다른 한 사람은 부자 집에만 간다는 것, 거의 집집마다 시체가 뒹굴고 있으나 실어내는 사람이 없기 때문에 시체가 썩고 있다는 것, 다른 집에서는 시체를 갖다 묻는 인부들이 도둑질을 하고 음탕하게 간음을 했으며, 또 그들이 가끔 시체와 함께 아직도 목숨이 남아 있는 병자도 침대에서 끌어다 내동댕이쳤다는 이야기를 했다. 끔찍한 이야기를 많이 알고 있었다. 아무도 여자의 이야기를 방해하지 않았다. 로베르트는 놀라는 가운데 흥미 있게 듣고 있었다. 한편 골드문트는 조용히 그리고 아무렇지 않은 듯했다. 끔찍한 이야기를 마음껏 하고 싶은 대로 하게 내버려두고 아무 이야기도 하지 않았다. 무슨 말이 필요하단 말이냐? 결국 레에네도 지치고 말았다. 눈물은 마르고 말은 다하고 말았다. 골드문트는 천천히 걸어갔다. 가다가 몇 절이나 되는 긴 노래를 나직하게 불렀다. 한 절마다 그는 목청을 돋우어 노래했다. 레에네는 방긋 웃음을 띠었다. 로베르트는 즐겁고, 또 동시에 매우 이상하다는 듯 듣고 있었다. 아직까지 골드문트가 노래 부르는 소리를 듣지 못했다. 골드문트는 어떤 인물인지, 못하는 것이 없었다. 저렇게 걸어가면서 노래를 부르다니 이상한 인간이다! 능란하고 맑은 노랫소리. 하지만 목청을 낮추어 부르고 있었다. 벌써 둘째 절 노래에 가서는 레에네도 가만히 따라 불렀다. 이내 목청을 돋우어 합창했다. 저녁 무렵 저 멀리 황무지 너머에 까만 숲이 있었고, 그 건너에는 낮고 푸른 산이 있었다. 산은 안쪽에서 더욱 푸르러 가는 듯했다. 걸음을 옮겨 놓는 박자에 따라서 두 사람의 노래는 어느 때는 즐겁게, 어느 때는 장엄하게 들렸다.

"오늘은 무척 기분이 좋은 듯해." 로베르트가 말했다.

"응, 즐겁고말고. 오늘은 즐겁지. 이런 예쁜 아가씨를 발견했잖아. 오, 레에네. 시체 치우는 인부들이 널 나 때문에 남겨 두었다니 정말 고맙지 뭐냐. 내일쯤은 아담한 우리 보금자리가 발견될 테지. 그럼 우린 즐거운 시간을 보낼 거고, 살이 통통하게 찐 걸 서로 기뻐하게 될 거야. 레에네, 너 가을 어느 숲 속에서 달팽이가 가장 좋아하는 걸로 사람도 먹을 수 있는 두툼한 버섯을 본 일이 있니?"

"응, 있고말고." 레에네는 웃었다. "몇 번이나 본걸."

"바로 그것하고 똑같이 네 머리칼은 갈색이란 말이야, 레에네. 냄새도 똑같이 좋거든. 또 하나 노래 불러 볼까? 넌 배고프니? 내 가방 속에는 아직도 먹을 만한 게 있어."

이튿날, 그들은 찾고 있던 곳을 발견했다. 조그만 자작나무 숲 속에 통나무로 세운 오두막집이 있었다. 아마 예전에 나무꾼들이 세운 듯했다. 안은 텅 비어 있었다. 자물쇠를 비틀고 문을 열었다. 로베르트도 아담한 오두막이고 좋은 곳이라고 생각했다. 목동도 없이 서성대고 있는 염소 떼를 만났다. 그 가운데 통통한 암놈을 한 마리 데리고 왔다.

"자, 로베르트." 골드문트는 말했다. "넌 목수가 아니더라도 전에는 가구 기술자였잖아. 우린 여기서 살 테다. 너는 우리를 위해 칸막이벽을 만들어야 해. 방이 두 개가 되도록 말이야. 레에네와 내가 쓸 방 하나, 너와 염소가 쓸 것 하나. 먹을 것도 이젠 얼마 없어. 오늘은 염소젖만으로 만족하지 않으면 안 돼. 많든 적든 간에 말이야. 너는 벽을 만들어야 해. 우리 둘은 잠자리를 마련할게. 내일은 먹을 것을 찾으러 나가야 해."

셋은 서둘러 일을 시작했다. 골드문트와 레에네는 잠자리에 깔 짚이나 덩굴이나 이끼를 찾으러 나섰다. 로베르트는 벽을 만들 나무를 자르기 위해 들판에 아무렇게 굴러다니는 돌에 대고 칼날을 세웠다. 그렇지만 공사는 하루 만에 끝낼 수 없었기 때문에 로베르트는 저녁에 밖으로 자러 갔다. 골드문트는 레에네가 아직 남자를 모른다는 것을 알았다. 그래서 그런지 몹시 부끄럼을 탔다. 그렇지만 애정이 풍부한 감미로운 놀이 상대임을 알았다. 그는 레에네를 어린애 안듯 가슴에 안고 긴 시간 잠들지 않고 레에네의 가슴의 고동을 듣고 있었다. 레에네가 지쳐서 벌써 깊이 잠이 들고 난 뒤에도, 그 여인의 갈색 머리칼 냄새를 맡으며 힘차게 끌어당기는 동시에 낮에 보았던 그 커다랗고 편평한 구덩이를 생각하고 있었다. 가면을 둘러쓴 악마가 몇 대의 마차에 가득 차 있던 시체를 집어 던진 구덩이를 떠올리며, 살아 있다는 사실이 아름답게 느껴졌다. 행복은 아름답고 순간적이었다. 청춘은 아름답지만 이내 시들고 만다.

오두막의 칸막이는 썩 보기 좋게 만들어졌다. 나중에는 세 사람이 한데 달라붙어서 일을 했다. 로베르트는 그의 기량을 드러내 보이려고 했다. 대패질하는 받침과 연장과 자와 못만 있다면 무엇이든 만들어 줄 텐데 하며 되풀이해서 이야기했다. 하지만 가진 것은 고작 칼과 손뿐이었으므로 자작나무 열두 개를 잘라서 그걸로 오두막 마룻바닥에 단단한 울타리를 만들어 두는 정도로 만족하지 않으면 안 되었다. 그리고 칡덩굴로 얽어매서 양쪽을 막는 방법 밖에 별도리가 없다고 덧붙였다. 그 작업은 시간이 조금 걸렸지만 즐겁고, 재미있었다. 모두 함께 도왔다. 일하는 사이사이에 레에네는 딸기를 찾으러 가거나 염소를 보러 갔다. 골드문트는 오두막집 근처를 뒤져 이것저것 가지고 들어왔다. 주변에는 전혀 사람이 없었다. 그래서 특히 로베르트는 매우 안심했다. 전염에 대해서도, 적대 행위에 대해서도 안전했다. 하지만 먹을 것이 아주 조금밖에 눈에 띄지 않는다는 불리한 조건이 있었다. 근처에 비어 있는 농부 집이 있었다. 이번에는 그 집 안에 시체가 없었기 때문에 골드문트는 통나무집 대신에 그 집을 숙소로 정하자고 제안했으나 로베르트는 온 몸을 부들부들 떨면서 거절했다. 그리고 골드문트가 그 빈 집에 들어가는 것도 싫어하며 거기서 가지고 나온 것은 우선 불에 그을려서 씻기 전에는 로베르트는 절대 손에 대지도 않았다. 골드문트가 그 집에 들어가서 가져온 것은 많지 않았다. 의자가 둘, 젖을 짜 넣는 통이 하나, 그릇이 몇 개, 도끼 하나가 전부였다. 들에서 달아난 닭을 두 마리 잡았다. 레에네는 골드문트를 사랑하며 행복해했다. 셋이서 아담한 고향을 세워 가며 나날이 조금씩 보기 좋게 만들어 가는 일은 즐거움이었다. 빵은 없었다. 그 대신 염소 한 마리를 더 키웠다.

순무를 갈아 놓은 조그만 밭도 발견했다. 하루하루가 지나갔다. 칡덩굴로 엮은 벽도 완성되었다. 잠자리를 다시 고치고 아궁이도 만들었다. 시내는 멀지 않고 물은 맑고 달콤했다. 일을 하면서 곧잘 노래를 불렀다.

어느 날 함께 우유를 마시며 가정적인 생활을 즐기고 있을 때 레에네가 갑자기 꿈꾸는 듯한 소리로 말했다. "하지만 겨울이 오면 어떡한담?"

아무도 대답하지 않았다. 로베르트는 깔깔대며 웃었다. 골드문트는 아무 말 없이 앞만 바라보고 있었다. 아무도 겨울 걱정을 하지 않는다. 아무도 긴 시간 동안 여기 그냥 주저앉아 있을 것으로 생각하고 있지 않다. 고향이라고는 하지만 참다운 고향이 아니며 자기는 유랑의 길동무가 되어 있다는 것을 레에네는 차차 깨달았다. 여자는 말없이 고개를 숙였다.

그러자 골드문트는 어린아이를 상대로 말하는 것처럼 농담과 격려의 말을 섞어 가며 이렇게 말했다. "넌 말이야, 농부 딸이라 쓸데없는 걱정만 하고 있어. 레에네, 걱정할 것 없어. 페스트 유행이 끝나면 꼭 집에 갈 수 있을 거야. 페스트도 언제까지 번지진 않아. 그게 끝나거든 부모한테 가든지 다른 친척한테 가든지 해. 안 그러면 도시에 다시 돌아가서 남의집살이를 하든 빵을 벌든 해. 지금은 여름이야. 어디 간들 죽음만이 널 기다리고 있어. 하지만 여긴 깨끗하고 우리하고 편하게 지내잖아. 그러니 여기 그냥 있어. 마음이 내킬 때까지 여기 있는 거란 말이야."

"그리고 그 다음은요?" 레에네는 악을 쓰며 소리쳤다. "그 다음은 만사가 다 끝이에요? 당신은 가고 나는요? 그리고 난?"

골드문트는 그녀의 긴 머리를 가만히 잡아당겼다.

"바보 같은 꼬마야." 그는 말했다. "넌 이제 시체 치우는 인부도, 집안사람이 다 죽어 없어진 가정도, 불이 활활 타고 있는 교외의 큰 구덩이도 다 잊었니? 그 구덩이에 드러누워 속옷이 비에 젖는 것을 면한 은혜에 감사 드려야 할 판이야. 손발이 포동포동하고, 웃으며 노래 부를 수 있는 자기를 고맙게 생각해야 돼."

그녀는 좀처럼 노여움을 풀지 않았다.

"그렇지만 난 다시는 여기를 떠나고 싶지 않은걸." 레에네는 막무가내로 속절 없이 내뱉었다. "당신을 놓치기도 싫어. 싫어요, 금방 모든 것이 끝나고 지나가 버린다는 것을 안다면 즐겁지도 않아요!"

골드문트는 다시 한 번 대답했다. 정답게, 하지만 위협하는 듯한 소리로 나직이.

"레에네, 거기에 대해서는 지금까지 모든 성현들이 다 생각을 거듭했던 거야. 오래 지속되는 행복 같은 건 있지도 않아. 만약 우리들이 갖고 있는 것이 너한테 넉넉히 고마움을 주지 못하고 또한 기쁨을 주지 않는 거라면 나는 이 오두막에 불을 놓겠어. 그리고 우리 모두 각자 좋아하는 곳으로 가자꾸나. 이제 그만두자, 레에네, 이야기는 이만해도 넉넉하다."

레에네는 복종했다. 그렇지만 레에네의 환희 위에 그림자 하나가 드리워졌다.

제 14 장

여름이 아직 완전히 다 가기도 전에 오두막집 생활은 그들이 생각지도 않았던 다른 형태로 종말을 고했다. 어느 날 골드문트는 새를 잡는 돌 화살로 소쩍새나 다른 짐승을 잡으려고 그 근방을 서성대고 있었다. 먹을 것이 별로 없었다. 레에네는 가까이에서 딸기를 모으고 있었다. 때때로 그는 레에네의 딸기 따는 곳을 지나치며 덤불너머로 린네르 속옷에서 내다보이는 목덜미 위에 레에네의 고개가 솟아 있는 것을 보기도 하며 그녀의 노랫소리를 듣기도 했다. 때때로 레에네가 모은 딸기를 조금씩 훔쳐 먹으며 앞으로 나가다가 잠시 레에네를 무시한 채서 있기도 했다. 그는 그리움과 권태의 감정을 번갈아 느끼며 레에네를 생각하고 있었다. 레에네는 다시 가을과 장래 이야기를 끄집어냈다. 아이를 가진 것 같다고도, 그를 놓치지 않는다고도 했다. 머지않아 끝장난다, 곧 싫증이 날 거라고 그는 생각했다. 그때 나는 혼자서 로베르트도 남겨 두고 짐을 싸자. 겨울쯤에는 다시 대도시의 니클라우스 스승한테 가서 겨울을 보내자. 이듬해 봄에는 새 신발이나 사서 뛰어나와 고생을 하더라도 마리아브론 수도원까지 가서 나르치스한테 인사라도 하자. 그를 못 본 지 아마 10년쯤 지났을까. 어쨌든 하루나 이틀이라도 좋으니 그를 만나보아야겠다.

못 들어 본 소리에 그는 명상에서 깨어났다. 순간 그는 온갖 생각과 바람을 지니고 여기에서 멀리 떠나 있다는 것을 알았다. 귀를 기울이고 소리를 들었다. 불안에 찬 소리가 되풀이되었다. 분명 레에네 목소리를 들은 것 같았다. 레에네가 그를 불러대는 것이 짜증스러웠지만 그쪽으로 가보았다. 곧 소리 나는 쪽으로 가까이 갔다. 확실히 레에네 목소리였다. 레에네는 큰 위기에 빠져서 그의 이름을 불렀던 것이다. 그는 여전히 다분히 화난 기분으로 발걸음을 재촉했다. 레에네가 반복해서 울부짖는 소리를 들으니 그의 마음속에서 그녀에 대한 동정과 걱정이 우러나왔다. 겨우 레에네를 발견하자 레에네는 뒹굴면서 속옷을 갈가리 찢기고, 레에네를 정복하려고 달려드는 사나이와 격투를 하고 있었다. 골드문트는 단숨에 달려갔다. 그의 마음속에서 울화와 불안과 슬픔이 뒤범벅되어 이 알 수 없는 괴한에게 미칠 듯한 분노로 폭발하고 말았다. 그가 레에네를 완전히 땅바닥에 때려눕혔을 때, 골드문트가 불시에 그를 습격했다. 발가벗긴 레에네의 가슴에선 피가 흐르고 있었다. 사내는 욕망을 참지 못하고 레에네를 끌어안았으나, 골드문트는 그를 잡아 눌러 분노에 찬 두 손으로 그의 목을 죄고 있었다. 만져보니 말라 빠져 뼈만 잡힐 뿐 염소같이 털만 자란 놈이었다. 골드문트는 희열을 느끼며 계속 죄었다. 결국 그는 레에네를 놓고 맥없이 늘어지고 말았다. 그는 계속 죄어 대면서 힘을 잃고 반쯤 기절한 사나이를 몇 걸음 끌어서 땅바닥 위로 솟아나와 있는 회색 바위까지 갔다. 거기서 그는 굴복한 사나이의 머리를 칼날 같은 바위에다 쥐어박았다. 목이 부러진 몸을 그는 들어 던졌다. 그래도 그의 분노는 아직 가라앉지 않았다. 더 때려 줄 셈이었다.

레에네는 눈을 크게 뜨고 바라보고 있었다. 아직도 몸을 부들부들 떨며 괴로운 듯 할딱거리고 있었으나 이내 벌떡 일어나서, 그의 믿음직한 애인이 침입자를 끌고 가서 목을 죄어 시체를 내동댕이쳐 버리는 모습을 쾌감과 경탄에 찬 황홀한 눈초리로 바라보았다. 맞아 죽은 뱀처럼 시체는 사지를 뻗고 넘어져 있었다. 엉성한 수염과 듬성듬성한 머리칼을 가진 희뿌연 얼굴이 비참하게 쓰러져 있었다. 레에네는 환호성을 올리며 일어서서 골드문트의 가슴에 안겨왔으나 별안간 얼굴빛을 잃고 말았다. 공포는 아직도 레에네 가슴에 남아 있었다. 구역질이 날 것 같아 레에네는 들쭉나무 풀밭 속에 쓰러지고 말았다. 그렇지만 레에네는 곧 골드문트와 함께 오두막으로 걸어서 돌아갈 수가 있었다. 골드문트는 마구 긁힌 레에네 가슴을 씻어 주었다. 한쪽 젖가슴에는 괴한의 이빨에 물린 상처가 있었다.

로베르트는 그 사건에 매우 흥분하여 격투에 관해서 자세하게 물었다.

"죽었어요, 정말? 골드문트! 모두 당신을 무서워할 거예요."

골드문트는 더는 그 이야기를 계속하고 싶지 않았다. 이제 그도 제정신을 돌이키고 있었다. 시체에서 떠나올 때 그는 가엾은 빅토르와 이번 일로 제 손으로 죽인 사람이 둘이라는 것을 생각하지 않을 수 없었다. 로베르트한테서 물러나기 위해 그는 이렇게 말했다. "하지만 너도 좀 뭘 해보지 그래. 가서 시체를 처분하는 것이 어때. 구덩이를 파주는 것이 힘들거든 갈대 못에 갖다 버리거나 돌이나 흙을 잘 덮어 주든지 해라."

그렇지만 그런 부당한 주문은 거절당했다. 로베르트는 시체 만지는 것을 싫어했다. 어떤 시체든지 페스트균이 묻어 있을지도 모른다는 것이었다.

레에네는 방안에서 뒹굴고 있었다. 젖가슴을 물린 상처가 쑤셨으나 이내 마음도 가벼워져서 일어나 불을 피우고 저녁 식사로 우유를 끓였다. 레에네는 몹시 좋은 기분이었으나 일찍 침실에 들어가야 했다. 레에네는 골드문트한테 아주 감탄하고 있었기 때문에 어린 양처럼 시키는 말을 고분고분 잘 들었다. 골드문트는 말없이 우울한 얼굴빛을 하고 있었다. 로베르트는 이 증상을 잘 알고 있었으므로 가만히 두었다. 골드문트는 밤이 이슥해서 잠자리에 들려고 했을 때, 레에네 쪽으로 허리를 굽히고 귀를 기울였다. 레에네는 자고 있었다. 그의 마음은 침착성을 잃고 빅토르를 생각하며 불안과 방랑의 충동에 시달리고 있었다. 그의 생각은 자꾸 고향을 그리는 마음도 이제는 마지막이라는 데로 흘러갔다. 그런데 한 가지 사실이 특히 그를 생각에 잠기게 했다. 그가 레에네를 겁탈하려는 괴한을 흔들어서 밀쳐버렸을 때 그를 쳐다보던 레에네의 눈초리를 그는 놓치지 않았다. 그것은 묘한 눈초리였다. 결코 잊을 수 없는 눈초리라고 생각했다. 놀라서 동그랗게 뜬 황홀한 눈에서 긍지와 자부심이 빛나고 있었다. 그는 그러한 표정을 여자의 얼굴에서 본 일도 없거니와 이야기 한 적도 없었다. 이 눈길이 없었더라면 아마 레에네 얼굴은 언젠가 해를 거듭하면서 잊힐 거라고 그는 생각했다. 이 눈길이 농부의 딸 같은 그 여자 얼굴을 크고 아름답고 무섭게 만들었다. 수개월이 지나는 동안 그의 눈이 "이걸 그려야지!" 하는 소망에 물결처럼 흘러내린 적은 전혀 없었다. 그 눈길을 보았을 때 그는 일종의 공포와 함께 그의 소망의 빛이 다시 비치는 것을 느꼈다.

그는 결국 잠들지 못하고 몸을 일으켜 오두막에서 나왔다. 밖은 시원했다. 미풍이 자작나무 가지를 흔들고 있었다. 어둠 속을 이리저리 거닐다가 돌 위에 앉았다. 명상에 잠겨 깊은 비탄 속에 젖어 들었다. 빅토르를 불쌍히 여겼다. 오늘 때려죽인 그 사나이도 불쌍히 여겼다. 순진함과 동심을 잃은 것을 뼈저리게 후회했다. 수도원을 도망치고 나르치스를 버리고 니클라우스 스승을 화나게 하고 아름다운 리이스벳을 단념한 것은, 이렇게 황무지를 잠자리로 정하고, 길 잃은 가축을 기웃거리고, 바위틈에서 불쌍한 사나이를 때려죽이기 위해서인가? 그러한 일들이 의미 있던가? 살아야 할 가치가 있던가? 그런 일들이 무의미해지고 자기 경멸 때문에 가슴은 미어질 듯 했다. 그는 반듯이 드러누워 길게 다리를 뻗고 희뿌연 밤하늘의 구름을 바라보았다. 긴 시간 동안을 이렇게 보고 있으니 상념도 사라지고 하늘의 구름을 바라보고 있는 건지, 자기 자신의 마음속에 있는 구름 낀 세계를 보고 있는 건지 알 수 없어졌다. 돌 위에서 그냥 잠이 든 순간, 갑자기 달음질쳐 가는 구름 속에서 번갯불처럼 번쩍이며 커다란 하얀 얼굴이 나타났다. 이브의 얼굴, 깊숙하게 베일을 뒤집어쓰고 내려다보고 있었으나, 갑자기 눈을 크게 떴다. 육욕과 살인의 쾌감에 찬 눈이었다. 골드문트는 이슬에 젖을 때까지 자고 있었다.

이튿날 레에네는 몸이 아파서 눕혀 두었다. 할 일이 많았다. 로베르트는 아침에 조그만 숲에서 양 두 마리를 보았으나 그만 놓치고 말았다. 그는 골드문트를 데리고 왔다. 두 사람은 반나절이나 쫓아가서 한 마리를 잡았다. 저녁 무렵에 양을 끌고 왔을 때 그들은 지칠 대로 지쳐 있었다. 레에네는 상태가 몹시 나빴다. 골드문트가 자세히 보며 만져보니 페스트 종기가 있었다. 그는 그 사실을 숨기고 있었으나 로베르트는 의심을 품고 레에네가 아직까지도 앓고 있다는 소리를 듣자 오두막집에 그대로 머무르려 하지 않았다. 밖에서 잠자리를 찾고, 염소도 다른 데로 끌고 갔다. 염소라고 옮지 말라는 법이 없다는 것이었다.

"그렇다면 나가!" 골드문트는 화를 내며 소리쳤다. "너와 다시 만나기 싫어." 그는 염소를 금작화나무 뒤로 끌고 갔다. 로베르트는 염소를 두고 온데간데없이 사라졌다. 그는 공포 때문에 참을 수 없는 기분이 되었다. 페스트에 대한 공포, 골드문트에 대한 공포, 외로움과 밤에 대한 공포 때문에, 그는 오두막 근처에서 누웠다.

골드문트는 레에네에게 말했다. "난 네 옆에 있을 테야. 걱정 하지 않아도 좋아. 꼭 다시 건강하게 될 거야."

레에네는 고개를 살래살래 저었다.

"당신도 병에 걸리지 않도록 조심해요! 앞으로 내 옆에 와서는 안 돼요. 날 안심시키려고 애쓰지 말아요. 나는 죽을 수밖에 없어요. 하지만 언젠가는 한 번 당신의 잠자리가 텅 비어서 당신한테서 버림을 받는 것보다는 차라리 죽는 게 나아요. 아침마다 떠나지 않았는지 애를 태우고 있었어요. 정말 저는 죽는 게 차라리 나은걸요."

이튿날 아침 레에네의 기색은 더욱 나빠졌다. 골드문트가 간혹 레에네한테 물을 먹여 주면서 틈틈이 눈을 붙인 것은 겨우 한 시간 정도였다. 날이 훤히 샌 지금에 와서 그는 레에네의 얼굴에 확실히 죽음이 닥친 것을 알 수 있었다. 벌써 완전히 시들어서 마른 얼굴이 되어 있었다. 그는 잠시 동안 바깥에 나와 숨을 들이켜고 하늘을 보려고 했다. 숲 기슭, 구부정한 몇 그루의 불그스름한 소나무 줄기가 벌써 햇빛을 받아 반짝이고 있었다. 공기는 맑고 감미로운 향내를 실어다 주었다. 그는 몇 발자국 앞으로 걸어가 지친 팔다리를 뻗고 맑은 공기를 호흡했다. 이 슬픈 아침의 세계는 아름다웠다. 곧 방랑은 다시 시작되리라. 이별을 고할 때가 되었다.

숲 속에서 로베르트가 부르고 있었다. '좀 나았나? 페스트가 아니면 나도 그냥 있겠다, 골드문트 화내지 마, 나는 그 사이 양을 지키고 싶다'라고 하는 것이었다.

"양을 데리고 지옥에라도 가려무나!" 하고 골드문트는 소리쳤다. "레에네는 다 죽어간다. 나도 전염되었다."

마지막 말은 거짓말이었다. 로베르트한테서 떠나기 위해 그렇게 말했다. 로베르트가 아무리 마음 착한 사나이라 하더라도 이제 골드문트는 진절머리가 났다. 이 친구는 너무나 겁이 많고 치사했다. 이런 숙명적인 동요가 극심한 때에는 너무나 부적합한 사나이였다. 로베르트는 이제 가버렸는지 다시는 나타나지 않았다. 해가 빨갛게 타오르고 있었다.

레에네가 있는 곳으로 다시 오자 레에네는 잠을 자고 있었다. 그도 다시 잠이 들었다. 꿈속에 지난 날 그가 귀여워하던 말 블레스와 수도원의 탐스런 밤나무가 나타났다. 그는 끝도 없는 먼 나라와 황무지에서 잃어버린 고향을 되돌아보는 것 같았다. 눈을 떠보니 갈색 수염이 나 있는 뺨으로 눈물이 흘러내리고 있었다. 모기 같은 소리로 레에네가 무어라 중얼거리는 소리가 들렸다. 그는 자기를 부르는 소리로 믿고 벌떡 잠자리에서 일어났으나 레에네는 누구에게 말을 거는 것이 아니라 사랑의 말, 저주스러운 말을 혼자 입 속에서 중얼거리고 있을 뿐이었다. 혼자 웃다가는 다시 하늘이라도 꺼질 듯이 한숨을 쉬고 흐느껴 울다가는 차차 또 잠잠해졌다. 골드문트는 벌떡 일어서서 얼굴을 찌푸리고 있는 레에네 얼굴 위로 허리를 굽혔다. 그의 눈은 타는 듯한 죽음의 입김 아래 비참할 정도로 구부정하게 흩어진 선을 쓰디쓴 호기심을 가지고 좇아갔다. 사랑하는 레에네여! 귀여운 아기야! 너도 나를 버리려 하는 구나! 그의 가슴은 소리치고 있었다. 너도 벌써 나한테 지쳤느냐?

달아나고 싶었다. 걷고 또 걸으면서 공기를 마시고, 새로운 형상을 볼 수가 있다면, 그러면 그의 마음도 한결 가벼워지고 깊은 우울증도 가라앉을 테지. 하지만 그렇게는 되지 않았다. 여기 이 아이를 혼자 죽게 한다는 것은 불가능했다. 맑은 공기를 마시기 위해 두세 시간마다 잠시 밖으로도 감히 나갈 수 없었다. 이제 레에네는 우유를 마시지 않았기 때문에 그는 실컷 마실 수 있었으나 그 외에 달리 먹을 것도 없었다. 염소를 몇 번 바깥에 데리고 나가서 풀을 뜯게 하고 물을 마시게 하고, 운동을 하게 했다. 그러고는 다시 레에네의 잠자리 곁에 와서 섰다. 정답게 이야기도 해주고 겁도 내지 않고 그 얼굴을 들여다보았다. 절망했지만 조심성을 잃지 않고 레에네가 죽어가는 것을 지켰다. 레에네의 의식은 쉽게 가시지 않았다. 간혹 잠들었다가 눈을 뜨면 어렴풋이 눈을 뜨고 있었다. 눈꺼풀은 지쳐서 맥이 없었다. 보들보들하던 그녀도 눈과 코 주변이 차츰차츰 쇠퇴해가는 듯했다. 물이 방울져 떨어질 듯 윤이 나던 목덜미 위에 자꾸자꾸 시들어 가는 얼굴이 얹혀 있었다. 레에네는 어쩌다가 한 마디 '골드문트'라든지 '귀여운 이'라든지 하며 지껄일 뿐, 고열로 허옇게 부푼 입술을 혓바닥으로 축이려 들었다. 그럴 때는 그는 레에네의 입술에다 몇 방울 물을 먹여주었다.

그날 밤, 레에네는 죽었다. 울거나 슬퍼하지도 않고 죽었다. 약간 몸을 움칫했을 뿐 호흡은 멎고 말았다. 피부 위로 숨결이 흘러갔다. 그 광경을 보니 그의 가슴은 파도쳤다. 어시장에서 몇 번이나 보면서 불쌍하다고 생각한 빈사 상태에 있던 생선이 생각났다. 생선이 죽어 가는 모양도 바로 이러했다. 움칠했다가는 까물거리는 고통의 소름이 피부 위를 달려가면 광택도 생명도 쓸어 가고 마는 것이었다. 그는 오랜 동안 레에네 옆에 무릎을 꿇었다. 그러고는 밖으로 나와 싸리풀 덤불 속에 앉았다. 염소 생각이 나서 다시 한 번 집에 들어가 염소를 데리고 나왔다. 염소는 풀을 찾아내자 땅바닥에 주저앉았다. 그는 염소 옆구리에 머리를 얹고 날이 샐 때까지 잤다. 마지막으로 오두막에 들어가 엮어 놓은 벽 뒤에 가서 불쌍한 레에네의 얼굴에 이별을 고했다. 그녀를 그곳에 둘 수는 없었다. 그는 바깥에 나가 팔에 한 아름 되는 고목과 시든 잔가지를 긁어 모아 그것을 오두막에 집어 던져 불을 붙인 다음 태웠다. 오두막 안에서 불 붙일 도구 외에는 아무것도 끄집어 내지 않았다. 바싹 마른 칡덩굴 벽은 순식간에 빨갛게 타올랐다. 그는 멍하니 서서 얼굴을 불빛에 그슬리며 온통 불길에 싸여 맨 처음 지붕이 타서 내려앉는 것을 바라보았다. 염소는 겁을 집어먹고 울면서 내처 뛰었다. 염소를 잡아서 고기 한 조각을 그슬려 먹고 길 떠나는 데 힘을 북돋았어야 했다. 그렇지만 그렇게는 할 수 없었다. 그는 염소를 들로 내쫓고 길을 떠났다. 숲 속까지 죽음 뒤의 연기가 따라왔다. 이렇게 비참한 마음으로 나그네 길에 오르기는 처음이었다.

그러나 그를 기다리고 있는 것은 생각한 것보다 훨씬 나빴다. 맨 처음에 만난 농부 집이나 가는 마을마다 그런 식으로 이어져서 그것이 쭉 이어질수록 상황은 더욱 악화되었다. 그 넓은 지방 일대가 죽음의 구름, 전율과 불안과 암흑에 휩싸인 영혼의 구름 아래에 있었다. 죽음으로 폐가가 된 집들, 사슬에 얽매인 채 굶어 죽어 썩은 개, 묻히지 못하고 뒹굴고 있는 시체들, 거지 행각에 나선 어린애들,

교회에 있는 수많은 무덤들 — 그래도 이것들은 아무것도 아니었다. 가장 지독한 것은 공포와 죽음의 불안을 짊어지고 눈도 영혼도 상실해버린 것 같은 살아 있는 사람들이었다. 그는 여기 저기서 기이하고 흉악한 광경을 보고 들었다. 아들이나 아내가 병들면 부모는 아들을, 남편은 아내를 버렸다. 시체를 치우는 인부들이나 병원지기들은 사형 집행인처럼 날뛰고 있었다. 그들은 사람이 죽고 텅 빈 집에서 강도질을 하고, 시체를 묻지도 않고 제멋대로 내버려 두거나 빈사 상태에 빠진 병자를 숨도 거두기 전에 침대에서 끌어내려 마차에 싣거나 했다. 공포에 떠는 도망자가 겁을 먹고 인간의 접촉을 피해 가며 죽음의 촉수에 내쫓기어 혼자서 헤매고 있었다. 그런가 하면 어떤 사람들은 한데 어울려서 당치도 않은 향락에 빠져 주연을 벌여 놓고 죽음의 귀신이 연주하는 바이올린 반주로 춤과 애욕의 향연을 베풀고 있었다. 또 무덤 앞이나 사람이 사라진 집 앞에서 광란의 눈초리로 웅크리고 앉아 달래주는 이 하나 없이 통곡하다가 마구 호통 치는 자도 있었다. 무엇보다 지독한 것은 모두가 참을 수 없는 이 불행에 대해서 책임질 사람을 찾고 있었다는 것이다. 모두가 이 전염병에 책임이 있고 마음씨 나쁜 장본인은 누구누구라고 주장하고 있다는 것이었다. 악마와 같은 인간이 페스트 시체에서 병균을 따가지고 와서 벽이나 출입문 손잡이에 발라 놓고 또한 우물에 독을 풀어 넣거나 가축들에게 독을 먹여 죽음을 선포하기 위해 애쓰면서 다른 사람의 불행을 보고 희열에 젖어 있다는 것이었다. 이런 잔학한 행동을 했다고 의심을 받은 사람은 경고를 받아 달아날 틈이 없으면 그것으로 끝이었다. 법원이나 폭도들에 의해 죽음을 당했다. 또 부자는 가난뱅이한테 죄를 뒤집어 씌웠다. 그 반대일 경우도 있었다. 유대인이나 남쪽 나라 사람, 혹은 의사의 계략이라고도 했다. 어느 도시의 유대인 거리에서 집집마다 불이 붙어 있는 것을 보고 골드문트는 말할 수 없는 분노를 느꼈다. 그 주위를 사람들이 모여들어 둘러싸고 있었다. 울부짖으며 달아나는 사람이 있으면 무기로 위협해서 불길 속으로 다시 던졌다. 불안과 분노로 광란에 빠진 결과, 도처에서 죄 없는 사람이 살해되고 추방되고 고문대 올라가야 했다. 골드문트는 격분하여 속이 뒤집힐 것 같은 마음으로 바라보고 있었다. 온 세계가 파괴되고 전멸하다시피 했다. 환희도 순수도 사랑도 이 지상에는 전혀 존 재하지 않는 것 같았다. 가끔 그는 향락에 빠진 사람들의 타락한 향연으로 몸을 피하기도 했다. 저승사자의 바이올린이 울려 나오지 않는 곳이 없었다. 그도 이 내 그 소리에 익숙해지고 말았다. 그는 자주 자포자기에 빠진 연회에 참석하여 기타를 치거나 관솔 불빛에 비쳐가며 어울려 춤추고 노래하며 무더운 밤을 새우 거나 했다.

그는 두려움을 몰랐다. 한때 죽음의 공포를 톡톡히 맛 본적은 있었다. 겨울밤 전나무 밑에서 빅토르의 손가락이 그의 목을 조여 왔을 때, 또 살을 에는 방랑 시 절의 눈과 굶주림 속에서 죽음과 맞서 싸웠다. 그는 죽음에 대응하여 왔다. 손발 을 떨며 배를 곯아가며 사지를 쥐어틀며 대응한 결과 죽음을 이기며 뚫고 지나 왔다. 그렇지만 이 페스트가 몰고 온 죽음과는 싸울 방법이 없었다. 제멋대로 날 뛰는 대로 버려두고 몸을 맡길 수밖에 없었다. 골드문트는 진작부터 몸을 맡기고 있었다. 그는 무서워하지 않았다. 불타오르는 통나무집에 레에네를 남겨 두고 온 이래, 죽음에 의해서 짓밟힌 도시와 이곳저곳을 매일 유랑하며 다닌 이래, 이제 는 생명 같은 것은 문제도 되지 않았다. 하지만 억누를 수 없는 호기심이 그를 몰 아대서 그의 감각을 눈뜨고 있게 했다. 그는 생명을 위협하는 죽음을 보아도 싫 증이 나지 않았다. 허무한 인생 노래를 들으면 싫증이 났다. 어떠한 경우에도 물 러서지 않고 어떠한 곳에서도 걸음을 멈추어 눈을 뜨고 지옥을 뚫고 지나간다는 불굴의 정열에 사로잡혔다. 죽음으로 폐가가 된 집에서 곰팡이가 슨 빵을 뜯어 먹었다. 미치광이 집합소 같은 술자리에서 노래도 부르고 술도 마셨다. 시들기 쉬운 쾌락의 꽃을 땄다. 아낙네들이 취한 듯 응시하는 눈초리를 보았다. 주정뱅 이가 허수아비처럼 응시하는 눈초리를 보았다. 숨이 넘어가는 사람들의 까물거리는 눈초리를 보았다. 열이 올라 절망 상태에 빠진 여인을 사랑했다. 한 그릇 수프를 얻기 위해 시체 나르는 심부름을 했다. 2그로쉔을 받고 시체 위에 흙을 덮어 주는 일을 했다. 세상은 암흑과 광란의 세계로 변했다. 저승사자가 죽음의 정열을 불사르며 호곡하는 소리를 들었다.

그의 목적지는 니클라우스 스승이 사는 도시였다. 그의 가슴 속에 있는 목소리가 그곳으로 이끌어 갔다. 길은 멀었다. 죽음과 쇠약과 임종 노래에 취하고, 허무한 세상에서 소리 높이 울부짖는 고뇌에 자신을 맡기고, 슬프게, 더욱 열렬히, 오관을 활짝 열어젖혀 놓고, 끝없는 방랑의 길을 갔다.

그는 어느 수도원에서 새로 그린 벽화를 구경했다. 오래도록 관찰하지 않을 수 없었다. 죽음의 춤이 벽에 그려져 있었다. 그림에서는 희멀겋고 피골이 상접한 저승사자가 춤을 너울너울 추면서 왕이나 사교나 수도원장이나 백작이나 기사나 의사나 농부나 용병 등, 온갖 군상을 죽음으로 데리고 나갔다. 앙상하게 뼈만 남아 있는 악사들이 움푹 파인 뼈를 악기 삼아 연주하고 있었다. 호기심에 찬 골드문트의 눈길은 그 그림을 깊숙이 빨아들이고 있었다. 이름도 모르는 예술가 하나가 페스트를 목격하고 그린 그림이었다. 피할 수 없는 죽음에 대한 설교를 사람들 귀에 쨍쨍 울리도록 외치고 있었다. 훌륭한 그림이고, 설교였다. 이 낯선 동료의 안목이나 채색 법은 나쁘지 않았다. 그 과격한 그림에서는 바싹 마르고 무시무시한 음향이 울려 나왔다. 하지만 그것은 골드문트 자신이 보고 체험한 것은 아니었다. 여기에 그려져 있는 것은 준엄하고 용서가 없는 불가피한 죽음이었다. 그러나 골드문트라면 다른 그림을 그렸으리라. 저승사자의 광포한 노래는 그의 가슴속에서 완전히 다른 가락을 연주하고 있었다. 마르지도 않고 준엄하지도 않고 오히려 달콤하고 유혹적이고, 고향으로 홀리듯 어머니와 같은 가락을 연주하고 있었다. 죽음이 생명을 향하여 그의 손아귀를 뻗쳤을 때 매섭게 도전적으로 가락을 연주할 뿐만 아니라 애정에 푹 젖어 결실의 가을처럼 기름지게 가락을 울리는 것이었다. 죽음이 가까우면 생명의 희미한 등불은 더욱 밝게 절실하게 타는 것이었다. 죽음은 다른 사람에게는 병사요, 판관이요, 간수요, 엄격한 아버지였을지 모르지만, 적어도 그에게 죽음은 어머니이기도 했거니와 애인이기도 했다. 그가 부르는 소리는 사랑의 유혹이요, 그와의 접촉은 사랑의 몸부림이었다. 골드문트가 죽음의 무도를 그린 벽화를 다 보고 나서 걸음을 떼어 놓았을 때 무언가 새로운 힘이 솟아나서 스승이 있고 창작이 기다리는 곳으로 그를 몰고 갔다. 그렇지만 도처에서 새로운 광경과 체험에 부딪혀 지체했다. 떨리는 콧구멍으로 죽음의 공기를 마셨다. 동정과 호기심 때문에 도처에서 한 시간 혹은 하루를 빌리라고 그에게 요구했다. 울어 대는 농부의 작은 사내아이를 사흘이나 곁에 두고 몇 시간이나 업어주기도 했다. 굶주림에 허덕여 죽을 듯한 대여섯 명의 아이들 때문에 몹시 진땀을 뺐다. 뿌리치기도 힘들었다. 숯 굽는 여자가 겨우 아이 하나를 맡아 주었다. 그녀는 남편이 죽었기 때문에 무엇이든지 살아 있는 것을 가까이에 두고 싶었던 탓이다. 또 며칠 동안, 주인 없는 개가 한 마리 그를 따라와서 그의 손에서 뭔가를 얻어먹었다. 잠잘 때는 그의 몸을 따스하게 하여 주었으나 어느 날 아침에 사라지고 말았다. 그는 서운했다. 그는 개와 이야기하는 버릇이 들었던 것이다. 그는 이따금 개에게 사색적인 이야기를 해주곤 했다. 인간의 나쁜 점에 대해서, 신의 존재에 대해서, 예술에 대해서, 그가 젊은 시절에 한때 알고 지냈던 유울리에라는 기사의 아름다운 딸의 젖가슴과 엉덩이에 대해서 이야기했다. 물론 골드문트도 죽음의 방랑을 거듭하고 있는 사이에 약간 정신이 이상하게 변해 있었다. 페스트가 창궐하는 곳의 인간은 거의 다 제정신이 아니었다. 완전히 미친 사람도 많았다. 젊은 유대 계통의 여인 레벡카도 아마 좀 정신이 돌았나 보았다. 이글이글 타오르는 듯한 눈을 한 까만 머리의 이 아름다운 처녀와 그는 이틀 동안이나 어름어름 지내고 말았다.

레벡카를 발견한 곳은 어느 작은 도시 교외의 들판, 까맣게 숯으로 변한 집터에서 였다. 그녀는 웅크리고 앉아 슬프게 통곡하고 있었다. 자기 얼굴을 때리며 까만 머리칼을 쥐어뜯고 있었다. 그 머리칼을 보자 그는 불쌍한 마음이 생겼다. 그만큼 아름다운 머리칼이었다. 그는 미칠 듯 몸부림치는 여자의 손을 꼭 잡아 주었다. 이야기를 건네 보니 얼굴도 몸매도 대단히 아름다웠다. 그녀는 아버지를 애달피 여기면서 통곡하고 있었다. 여자의 아버지는 다른 열네 명의 유대인과 함께 관청의 명령에 따라 불태워 죽음을 당했다. 그녀는 도망칠 수도 있었으나 자포자기가 되어 다시 돌아와서는 자기도 함께 타 죽지 못한 것을 애통하게 여기고 있었다. 그는 부르르 떠는 여자의 손을 단단히 쥐고 온화하게 위로의 말을 해 주었다. 동정과 보호하는 말로 속삭였다. 마지막엔 도와주겠다고 제안했다. 그녀는 아버지를 묻을 수 있도록 도와 달라고 했다. 두 사람은 아직 후끈후끈한 잿더미 속에서 유골을 모아 들판 저쪽 사람의 눈이 가지 않는 데로 가져가서 흙을 덮어 주었다. 그러는 사이 밤이 되었다. 골드문트는 잠자리를 찾았다. 어느 참나무 우 거진 숲 속에 처녀를 위해 잠자리를 마련해 주었다. 보초를 서 있겠다는 약속을 하고 몸을 곧추 세우고 있으려니 그녀는 누워서도 흐느끼며 울다가 결국 잠이 들 었다. 그래서 그도 잠시 눈을 붙였다. 아침이 되자 그는 타이르기 시작했다. '너 는 혼자서 지낼 수 없다. 유대인인 널 납치해 갈 거고, 숲 속에는 짐시나 늑대가 있을 거야' 하며 유대인 처녀에게 말했다. '내가 너를 함께 데리고 간다. 늑대로 부터 너를 지켜 준다. 내가 너를 매우 불쌍히 여기기 때문이다. 얼마든지 귀여워 도 해준다. 나는 정상적인 인간이고 무엇이 아름다운 것인지도 알고 있기 때문이 다. 이 어여쁘고 영리한 눈까풀이나 홀딱 반할 것 같은 어깨가 짐승한테 잡아먹 히거나 차곡차곡 쌓인 장작더미 위에서 태워지는 것을 결코 잠자코 볼 수 없다' 고도 했다. 그녀는 우울한 얼굴을 하고 듣고 있었으나 펄쩍 뛰어 일어나더니 내 쳐 달아나 버렸다. 그가 이야기를 계속해 나가려면 우선 쫓아가서 그 여자를 잡 아야 했다.

"레벡카" 그는 말했다. "내가 너한테 나쁜 마음을 가지고 있지 않다는 것을 너도 알지. 너는 슬퍼하고 있어. 아버지만을 머릿속에 그리고, 사랑 같은 건 전혀 엄두도 내지 않으려 드는구나. 하지만 나는 내일이나 모레, 아니면 훨씬 나중에 네 의사를 다시 물어볼 테야. 그때까지 나는 널 지키고 먹을 것을 구해다 주겠지만 너의 손가락 하나도 건드리지 않겠어. 마음이 가라앉을 때까지 울어도 좋아. 내 옆에 있을 때는 슬퍼하든 기꺼워하든 난 상관 않겠지만 내 마음은 언제든 널 기쁘게 하는 데만 힘쓸 거야."

그렇지만 아무리 달래며 되풀이해도 도무지 들으려 하지 않았다. 그녀는 입을 꼭 다물고 미친 사람처럼 이렇게 말했다. "나를 기쁘게 해주는 것은 무어든지 싫어. 괴로움을 주는 것을 하고 싶어. 기쁨 같은 것은 이제 절대 생각지도 않을 거야. 한시라도 빨리 늑대한테 물리면 고마운 일이야. 이제 내게서 떠나버려. 소용없는 일이야. 이제 이야기는 귀가 따가울 정도라고."

"이거 봐" 그는 말했다. "너는 어디 간들 죽음이 도사리고 앉아 있다는 것을, 집집마다 도시마다 사람이 죽어가는 것을, 만인이 비탄 속에 잠겨 있다는 것을 모른단 말이야? 네 아버지를 태워 죽인 어리석은 자들의 울분도 괴로움과 비탄 외에 아무것도 아니란 말이야. 다들 괴로움이 너무 큰 탓이야. 알겠니? 우린들 별수 있니? 머잖아 죽음의 사자한테 붙잡혀 들판에서 썩어 갈 운명에 놓여 있어. 그 다음에는 우리 뼈를 두더지가 가지고 굴리며 놀 거란 말이야. 그전에 생명을 즐기고 서로 사랑을 하자고. 아, 하얀 네 목덜미와 예쁘장한 발이 애처로워 못 견디겠어. 귀엽고 고운 레벡카, 나하고 함께 가자. 네 얼굴만 바라보며 너의 시중을 들어주고 싶을 뿐이야."

그는 긴 시간 또 애원을 했으나 말로써 이유를 캐고 들어가는 것이 얼마나 무익한가를 순간 깨달았다. 그는 입을 꼭 다물고 슬픈 눈으로 레벡카를 바라보았다. 긍지와 교양미 넘치는 그녀의 얼굴은 거부감으로 얼음장처럼 싸늘했다.

"당신들은 그런 사람이군요." 그녀는 드디어 증오와 멸시에 가득 찬 목소리로 말했다. "당신들 기독교인들은 그렇고 그런 사람들이군요! 우선 여염집 처녀가 그 아버지를 장사 지내는 것을 도와준다. 그 아버지도 당신들 동포가 죽인 거예요. 당신 같은 사람은 우리 아버지 손톱 끝만큼의 가치도 없어요. 장사를 치르자 1초도 되지 않아 대뜸 그 집 처녀에게 자기와 같이 지내자느니 말해요? 당신들은 정말 그런 사람들이군요. 처음엔 말이에요, 난 당신이 좋은 사람이거니 생각했어요. 하지만 뭐가 좋은 사람이에요? 아, 당신네들은 돼지예요."

여자가 정신 없이 내뱉고 있을 동안, 골드문트는 여자의 눈 속을 들여다보았다. 증오심의 한쪽 구석에 그를 감동시키고 참회하게 하고 가슴 속 깊숙이 무엇인지 파고 들어가는 것이 보였다. 그 여자의 눈 속에 보인 것은 죽음이었다. 그렇지만 죽지 않으면 안 된다는 체념이 아니고 죽고 싶다, 죽음을 불사한다는 의지요, 대지의 어머니 부름에 조용히 따라가고자 하는 헌신이었다.

"레벡카" 그는 나지막이 말했다. "네가 말하는 것이 옳을지도 몰라. 나는 너에 대해 선의를 갖고 있었으나 결코 좋은 인간은 아니야. 용서해 줘. 나는 지금 처음으로 너를 알았어."

그는 모자를 벗고 여왕에게라도 하듯 깊숙이 고개를 숙이고 작별 인사를 한 다음 무거운 가슴을 안고 그 자리를 떠났다. 여자를 자멸에 맡길 수밖에 없었다. 오래도록 그에게 슬픈 마음이 남아 있었다. 아무하고도 이야기하고 싶지 않았다. 서로 닮은 점은 조금도 없었으나 고집 세고 불쌍한 유대 처녀는 어딘지 모르게 기사의 딸 리디아를 연상시켰다. 이런 여자와의 사랑은 괴로움의 근원이었으나, 불쌍하고 겁 많은 리디아와 사람을 싫어하는 야무진 유대 처녀, 이 둘 외의 여자를 진심으로 사랑한 적은 전혀 없는 것 같은 기분이 잠시 들었다.

그의 생각은 며칠 뒤까지 더 그 까만 머리칼의 뜨겁게 타는듯한 처녀를 찾아가고 있었다. 며칠 밤이나 꿈속에서 늘씬하고 불타는 듯한 아름다움을 보았다. 그 아름다움은 행복과 꽃다운 운명이 결정지어졌던 것 같은데도 벌써 죽음에 손을 내밀고 있었다. 아, 저 입술과 가슴이 '돼지들'의 밤이 되고 들판에서 썩어 가지 않으면 안 되다니! 저 귀중한 꽃을 구할 힘과 마력은 없을까? 아니, 그런 마법은 있다. 그 여자가 그의 영혼 속에서 생을 계속하고, 그에 의해서 형성되고 간직된 다면 그만이다. 그의 영혼이 얼마나 형상으로 채워져 있는가, 기나긴 시간 죽음의 언덕을 헤매고 다닐 동안 얼마나 많은 형상이 그의 마음속에 그려졌는가를 느끼고 놀람과 황홀감을 감출 길 없었다. 그의 충실한 마음은 얼마나 긴장을 느끼게 하였는가! 그것을 조용히 생각하고 잘라내어 영속적인 형태로 변화시키기를 얼마나 애타게 갈망하고 있었던가! 그런 마음은 연달아 불꽃을 튀기는 듯, 애타는 듯, 강해져만 갔다. 아직도 사방으로 흩어진 눈과 호기심에 찬 감각을 가지고 있긴 하지만 종이와 연필과 점토와 통나무와 작업장과 창작에 대한 가실 줄 모르는 동경으로 가득 차 있었다.

여름이 지나갔다. 가을이나 적어도 초겨울쯤 되면 페스트도 가라앉을 것이라고 많은 사람들은 단언했다. 즐거움도 없는 가을이었다. 골드문트의 발길이 지나간 지방에서는 이젠 과일을 거둬들일 사람도 없었기 때문에 나무에서 떨어져 풀밭에서 썩고 있었다. 어느 지방에서는 도시에서 밀려온 험상궂은 부랑자들이 과일을 제멋대로 노략질해서 못 쓰게 만들어 놓았다.

골드문트는 서서히 그의 목표에 접근해 갔다. 그는 간혹 도착하기 직전 마지막 무렵에 페스트에 걸려서 아무 외양간에서 죽을지도 모른다는 공포에 싸이기도 했다. 이제는 죽기가 싫었다. 한 번 더 작업장에 서서 창작에 마음을 바치는 행복을 맛보기 전에는. 지금 비로소 그는 세계가 너무나 넓고 이치가 너무도 큰 것 같았다. 어떤 아름다운 도시도 휴식하도록 그를 유혹할 수 없었다. 아무리 예쁜 농부의 딸도 하룻밤 이상 그를 붙잡아 둘 수 없었다.

그러던 어느 날, 그는 어느 낯선 성당 앞을 지나갔다. 현관 옆, 조그만 장식 기둥으로 괴어 있는 벽장 속에 고대의 수많은 석상들이 서 있었다. 천사, 사도, 순교자 등, 자주 본 적이 있는 석상들이었다. 마리아브론 수도원에도 이런 종류의 석상은 얼마든지 있었다. 옛날 그가 젊었던 시절, 정열을 갖고 있지는 않았지만 그래도 즐겨 본 것들이었다. 보기에도 아름답고 품위 있어 보였으나 지나치게 정중하고 다소 뻣뻣한 데다 곰팡이 냄새가 났다. 맨 처음 오랜 유랑 생활의 끝에, 감미롭고 슬픔에 찬 니클라우스 스승의 마리아 상에 매우 충격을 받고 매혹을 당한 이후로, 그는 이런 낡은 방식의 장중한 석상이 지나치게 무게가 있고, 딱딱하고, 낯설다고 생각했다. 그는 석상들을 얕보는듯한 태도를 지니고 있었다. 스승의 부드러운 기법에서 훨씬 더 약동적이고, 내면적이고, 영감을 주는 예를 발견했다. 그렇지만 오늘 새로운 갖가지 형상들에 마음이 충만 되어 극심한 모험과 체험의 상흔과 자취를 영혼에 새겨 두고, 명상과 새로운 창작에의 끝없는 그리움을 안고 속세에서 돌아와 보니, 이 원시적이요 동시에 준엄한 석상들이 갑자기 그의 가슴을 매우 강력한 힘으로 휘저었다. 그는 경건한 마음으로 신성한 석상 앞에 섰다. 그 석상들 속에서는 옛날 옛적의 마음이 삶을 계속하며, 벌써 오래 전에 꺼져 버린 종족들의 불안과 도취가 몇 세기 뒤에 돌에 엉겨 붙어 굳어졌어도 아직 인생이 덧없다는 데 대한 반항을 드러내놓고 있었다. 메마른 그의 가슴 속에 외경의 감정과 낭비하고 헛되이 보낸 삶에 대한 공포가 경건하게 몸부림 치며 끓어올랐다. 그는 오랜 시간 하지 않았던 것을 했다. 고해하고 단죄를 받기 위해 고해 의자를 찾았다.

그러나 성당 안에 고해 의지가 있기는 했지만 어느 의자에도 신부는 없었다. 신부들은 죽었거나 병원에 누워있거나, 전염을 겁내 피해 갔기 때문이었다. 성당은 텅 비어 있었고 골드문트의 발소리가 돌로 만든 아치형 천장에 부딪쳐 메아리쳐 왔다. 그는 텅 빈 고해 의자 하나를 잡고 꿇어 엎드려 눈을 감고 창틀 안에다 대고 속삭였다.

"거룩하신 하느님, 제가 어떻게 되었는지 보옵소서. 저는 속세에서 돌아왔습니다. 흉악하고 쓸모없는 인간이 되고 말았습니다. 저는 젊은 시절을 탕자처럼 헛되이 지내왔고 그 시절도 얼마 남지 않았사옵니다. 저는 사람을 죽이고, 도둑질을 하고, 간음을 하고, 의미 없이 살았으며, 다른 사람의 빵을 빼앗어 먹었습니다. 거룩하신 하느님, 당신은 왜 우리를 이렇게 만들었으며 이와 같은 행로를 걷게 하옵니까? 우리는 당신 아들이 아니란 말씀입니까? 우리를 인도하시는 성자와 천사는 없사옵니까? 아니면 그런 것은 모두 잘 꿰어 맞춘 거짓말이었고 어린아이들한테 이야기로 들려주고 신부 자신이 웃음거리로 삼는 장난에 불과하옵니까? 저는 당신을 알 수 없습니다. 아버지 하느님이시여, 당신은 세상을 흉악하게 만드시고 공포 속에 두고 계십니다. 저는 집집마다 골목길마다 시체가 깔려 있는 것을 제 눈으로 보았습니다. 부자들이 그들 집에다 축대를 쌓거나 도망치거나 하는 것을, 가난한 사람들이 형제들을 묻어주지 않고 그냥 팽개쳐 두는 것을, 서로 의심을 품고 유대 사람들을 짐승처럼 때려죽이는 것을, 아무 죄도 없는 수많은 사람이 괴로워하고 멸망하여 가는 것을, 수많은 악인들이 안락에 젖어 있는 것을 제 눈으로 똑똑히 보았습니다. 당신은 우리들을 모두 잊고 버리셨습니까? 당신께서 만드신 우주에 완전히 싫증이 났습니까? 우리를 모두 멸망의 구렁텅이에 빠뜨릴 작정이십니까?"

가라앉듯 깊은 한숨을 쉬며 높다란 입구에서 걸어 나왔다. 천사나 성자 등 여위고 높다란 무언의 석상들이 꼼짝 않고 주름진 법의를 입고 서 있는 것을 보았다. 끄떡도 하지 않고, 따라가기 어렵고, 초인간적으로, 그렇지만 인간의 손에 의해 인간의 정신으로 만들어져서, 준엄하고 동시에 무감각하게 어떤 원망이나 물음에도 꼼짝 않고 그 석상들은 좁디 좁은 자리에 서 있었다. 그렇지만 차례차례 죽어 가는 인간과는 무관하게 품위와 아름다움 속에서 초연히 서 있는 모습은 무한한 위로요, 죽음과 절망을 이겨낸 당당한 승리였다. 아, 여기에 불쌍하고 아름다운 유대 처녀 레벡카나 통나무집과 함께 타 죽은 불쌍한 레에나나 정다운 리디아나 니클라우스 스승도 나란히 함께 서 있을 수 있다면! 하지만 그들도 언젠가 한 번은 여기에 서있게 되리라. 나는 그들을 여기에 세워 놓게 되리라. 오늘은 이들이 사랑과 고뇌, 불안과 격정만 안겨 주지만 언젠가는 이들이 후세 사람들 앞에 모습을 드러낼 것이다. 그들의 이름도 내력도 모르지만 인간의 삶을 보여주는 무언의 상징으로 여기 서 있으리라.

제 15 장

결국 목적지에 왔다. 골드문트는 지난날 스승을 찾기 위해서 들어섰던 문을 지나서 동경의 도시에 발을 들여놓았다. 주교의 도시에서 흘러오는 수많은 소식은 가까이 오는 길목에서 이미 들어서 알고 있었다. 그 곳에서도 페스트가 만연하고 있었다. 황제가 임명한 총독이 불온 소문이나 민중의 소동을 진압하고 질서를 회복하도록 긴급 명령을 내려서 시민의 생명과 재산을 보호하기 위해 파견되어 왔다는 소식을 이야기로 다 듣고 있었다. 주교는 페스트가 발생하자 즉시 도시를 버리고 먼 지방에 있는 성으로 피신했다. 나그네는 그런 소식은 전혀 관심의 대상이 아니었다. 도시와 그가 창작할 수 있는 작업장만 남아 있다면 다른 것은 그에게 하나도 중요하지 않았다. 그가 도착했을 때는 페스트도 고개를 숙인 때였다. 사람들은 주교의 귀환을 기다리며 총독의 퇴거와 평화로운 일상생활이 다시 오기를 꿈에 그리고 있었다.

꽤나 오랜만에 도시를 보자 재회의 기쁨과 함께 그리운 고향의 정을 여태껏 맛

본 적이 없었던 것처럼 골드문트의 가슴은 감동의 물결이 일렁였다. 그는 평소와 달리 정색하며 자신을 억제했다. 아, 하나도 변한 것이 없구나! 성문도, 그리웠던 샘터도, 대사원의 볼썽사나운 낡은 탑도, 마리아 성당의 미끈한 새 탑도, 성 로오렌쓰의 맑은 종소리도 눈이 부실 듯한 넓은 시장도! 그 모든 것이 그를 기다리고 있었다니 얼마나 좋은 일이냐! 여기에 도착했을 때, 산산이 부서진 건물이나 새로운 건물이나 고맙지도 않은 낯선 표지판 때문에 분별할 수 없을 정도로 모든 것이 낯설고 변모했으리라는 것을 유랑하면서 꿈꿔보진 않았던가? 한 집 한 집 추억 속에서 되살려내면서 골목길을 돌아가니 자신도 모르게 눈물이 글썽였다. 아담하고 안전한 집에, 불만 없는 시민 생활 속에 고향을 가지고 안방과 작업장에 앉아 부인과 아이들, 하인, 이웃 사람들과 어울려 생활하고 있다는 믿음직한 안정감 속에 정주하고 있는 사람들은 얼마나 부러운 존재이던가!

오후도 한참 지난 때였다. 골목길 남쪽으로 주택과 음식점과 조합의 간판과 조각한 대문이 늘어서 있었고, 화분들이 따스하게 볕을 쬐고 있었다. 이 도시에도 냉혹한 죽음의 사신이나 제정신을 잃은 인간들이 한때 공포로 뒤덮였던 흔적은 하나도 찾아 볼 수 없었다. 소리가 울리는 아치형의 다리 아래로는 맑은 강물이 연한 푸른빛을 띠며 시원하게 흘러가고 있었다. 골드문트는 잠시 강둑 위에 앉았다. 수정처럼 맑고 푸른 물속에는 여전히 검은 그림자 같은 물고기들이 미끄러지듯이 헤엄쳐 다니거나 물결을 거슬러 오르며 가만히 멈춰 있곤 했다. 지금도 변함없이 어슴푸레한 밑바닥 이쪽저쪽에서 가냘픈 금빛이 깜박거렸다. 너무나 많은 약속을 암시하며 자꾸 환상에 젖게 했던 금빛이었다. 물론 다른 강물에서도 그런 것을 보았고, 다른 도시도 아름다웠지만 오랜 시간 동안 이런 광경을 본 적도 없었고, 감정을 가진 적도 없는 듯했다.

정육점에서 일하는 두 사내가 시시덕거리며 송아지를 몰고 갔다. 그들은 2층의 발코니에서 빨래를 걷고 있는 하녀와 눈짓과 농담을 주고받았다. 세상일은 왜 그리도 쉽사리 지나가고 마는가! 바로 얼마 전만 해도 여기서 페스트가 창궐했을 때 보잘것없는 병원 급사들이 으스대고 있었는데, 지금은 각각 제 갈 길로 생활의 흐름을 찾는 사람들이 웃어대며 농담을 했다. 골드문트도 그 길을 따라갔다. 그 역시 여기에 앉아 재회의 감격을 맛보며 감사한 마음으로 정주해 사는 사람들에게도 마음을 열고 있었다. 마치 불행도 죽음도 없었던 것처럼, 레에네도 유대 공주도 없었던 것처럼, 빙그레 웃으면서 일어나 곧장 걸어갔다. 니클라우스 스승이 사는 골목길을 접어들면서 지난 몇 년간 날마다 일하러 다니던 길을 다시 걷고 있으려니 그의 가슴이 두근거리기 시작했다. 그는 걸음을 재촉하여 오늘이라도 스승을 찾아뵙고 사정을 듣고 싶었다. 도저히 내일까지 기다릴 수 없었고, 한시도 지체할 수 없었다.

스승은 아직도 그에게 화를 내실까? 벌써 오래 전의 일이었으니까 그런 것은 뭐 대단치 않을 테지. 그런 일이 있다 하더라도 극복해 나갈 수 있을 테지. 스승만 살아 계시고 작업장만 그대로 남아 있다면 만사는 그의 뜻대로 된다. 마지막 순간에 무엇을 놓칠까 염려하며 서둘러 정든 집을 향하여 걸어갔다. 손잡이를 돌려보니 잠겨 있었다. 그 순간 그의 가슴은 한없이 울렁거렸다. 무슨 일이라도 있는 것이 아닌가? 옛날에는 대낮에 이 문이 잠겨 있는 것을 상상도 하지 못했다. 힘껏 문을 두드리며 문이 열리기를 기다렸다. 갑자기 불안감에 휩싸였다.

나이 든 하녀가 나왔다. 옛날에 처음 그가 들어섰을 때 맞이해 준 하녀였다. 나이도 더 들어 얼굴도 추하게 변하고 인정미도 사라졌다. 하녀는 골드문트를 잘 알아보지 못했다. 그는 불안한 목소리로 스승의 안부를 물었다. 하녀는 이상하다는 듯한 얼굴을 하며 그를 바라보았다.

"스승이라니요? 여긴 스승 같은 사람은 없어요. 가요, 아무도 들여놓지 않으니까요."

그녀는 그를 문 앞으로 밀어내려고 했다. 그는 그녀의 팔을 잡고 귀에다 고함을 꽉 질렀다. "마르그릿트, 제발 말 좀 해다오! 나는 골드문트야! 모르겠어? 니클라우스 스승을 만나고 싶단 말이야."

반쯤 빛을 잃은 원시의 눈에서는 환영의 기색은 전혀 찾아볼 수 없었다.

"이제 여기에 니클라우스 스승은 없어요." 하녀는 내뱉듯이 말했다. "니클라우스 스승은 죽었어요. 가세요, 여기 서서 당신하고 이야기만 하고 있을 수 없단 말이에요."

골드문트는 심장이 찢어질 듯한 고통을 참지 못하고 노파를 밀치고 어두운 복도를 지나서 작업장 있는 곳으로 달려갔다. 하녀는 곧장 덤벼들며 쫓아왔다. 작업장에는 자물쇠가 잠겨 있었다. 그는 계단을 뛰어올라갔다. 어두컴컴하기는 하였지만 그래도 눈에 익은 장소에 니클라우스가 모아 놓은 목상들이 서 있는 것을 보았다.

방문이 살며시 열리며 리스벳이 나타났다. 자세히 들여다본 뒤에야 겨우 그녀를 알아 볼 수 있었다. 그녀의 모습에 그는 가슴이 미어졌다. 대문에 자물쇠가 채워진 것을 알고 놀란 순간부터 계속 이 집안에서 도깨비라도 나올 듯 심상치 않은 분위기를 감지했으며, 답답한 꿈이라도 꾸는 듯했다. 하지만 지금 리스벳의 모습을 보니 정말 전신이 오싹해졌다. 아름답고 기품이 있던 리스벳이 어떤 일에도 두려워하며 지친 듯한 여인으로 변해 있었다. 얼굴은 창백하고 아무 장식도 없는 까만 옷차림으로 눈초리는 불안정하고 불안에 싸여 있었다.

"실례합니다." 그는 말했다. "마르그릿트가 들여보내 주질 않았어요. 나를 알아보지 못하겠어요? 골드문트입니다. 아, 말을 좀 해요. 아버지께서 돌아가셨다니 정말이에요?"

그녀의 눈길에서 그녀가 겨우 자기가 누구인지 알아차렸다고 눈치 챘으나, 뒤이어 그가 이 집에 좋은 인상을 남기고 떠나지 않았다는 사실도 곧바로 깨달았다.

"그래, 골드문트예요?" 그녀가 말했다. 그 목소리에는 여전히 예전의 그 오만한 티를 엿볼 수 있었다. "애써 오셨는데 안됐군요. 아버님은 돌아가셨어요."

"그럼 작업장은요?" 그는 애써 안타깝게 말했다.

"작업장이라니요? 잠가놓은 걸요. 일자리를 찾으려거든 다른 데로 가보아요."

그는 정신을 차리려고 애를 썼다.

"리이스벳." 그는 정감 어린 목소리로 말했다. "난 일감을 찾고 있는 게 아니오. 스승과 당신의 안부를 묻고 싶었을 뿐이에요. 이런 소식을 들어야 하다니 정말 슬픕니다! 무척 고생하셨겠습니다. 당신 아버지의 은혜를 고맙게 여기는 제자에게 무슨 부탁할 일이 있으면 일러 주시오. 기쁘게 생각하겠습니다. 아, 리이스벳! 당신이 그렇게, 그렇게 지독하게 고생하는 것을 보니 제 가슴은 터질 듯합니다."

그는 방으로 들어갔다.

"고마워요." 그녀는 어찌할까 망설이다가 말했다. "이제 당신은 아버님한테 아무 시중도 들 수 없어요. 나한테도요. 마르그릿트가 당신을 바깥으로 안내해 드릴 거예요."

그녀의 목소리는 불쾌하게 들렸다. 노여움과 불안이 섞여 있었다. 만약 그녀가 용기가 있었더라면 그를 마구 쫓아냈을 거라고 느꼈다.

그는 벌써 아래층으로 내려가 있었다. 노파는 그가 나간 뒤통수에 대고 문을 소리 나게 닫고 빗장을 채웠다. 빗장 두 개가 거세게 닫히는 소리가 아직도 그의 귓전을 울렸다. 관 뚜껑에 못을 박는 소리같이 들렸다.

어슬렁어슬렁 강둑 있는 데로 돌아와서 아까 그 자리에 다시 주저앉았다. 해는 벌써 서산으로 넘어갔다. 찬바람이 물 위를 타고 불어왔다. 그가 앉아 있는 돌도 차가웠다. 강가의 오솔길에는 인적이 끊기고, 급히 흐르는 물결이 다리 기둥에 부딪혀 쏴 하고 있을 뿐이었다. 밑바닥은 어둡고 금빛 광선조차 반짝여 오지 않았다. '아, 내가 지금 곧 강둑에서 넘어져 강에 빠져 버리고 만다면!' 하고 생각했다. 세계는 다시 죽음으로 둘러싸여 있었다. 한 시간이 지났다. 황혼이 사라지고 밤이 되었다. 눈물이 흘러내렸다. 그냥 주저앉아 울었다. 손과 무릎 위에 따뜻한 눈물방울이 떨어졌다. 그는 고인이 된 스승을 위해, 아름다움을 잃은 리이스벳을 위해, 레에네를 위해, 로베르트를 위해, 유대 처녀를 위해, 부질없이 낭비하고 시들어 버린 그의 청춘을 위해 눈물을 쏟았다.

밤이 늦어서야 그는 예전에 그가 친구들과 자주 술을 마시던 목로주점으로 들어갔다. 주인 여자는 골드문트의 얼굴을 잊지 않고 있었다. 그는 빵 한 덩이를 청했다. 그녀는 친절하게 빵을 내다 준 접시에다 포도주 한 잔까지 곁들여 주었다. 그는 빵도 포도주도 입에 대지 않았다. 그는 그날 밤을 주점의 걸상에서 잤다. 이틑날 아침 주인 여자가 그를 깨웠다. 그는 고맙다는 인사를 하고 그 자리를 떴다. 가면서 빵을 먹었다.

어시장으로 가보니 전에 방을 빌렸던 집이 아직 있었다. 우물 옆에서 생선 파는 몇 명의 여인이 아직도 살아 있는 물고기를 팔고 있었다. 그는 통 안에서 반짝거리는 싱싱한 물고기를 가만히 들여다보았다. 지난날에도 가끔 본 적이 있었다. 물고기에 대한 연민으로 생선을 파는 여인들이나 사는 사람에게 화를 내곤 했던 일도 생각났다. 어느 땐가 역시 아침이었는데 이곳을 걸으며 물고기를 아주 아름답기도 하고 불쌍하다고 생각하기도 하며 몹시 서러워했던 때를 생각했다. 그리고 오랜 시간이 지나고 많은 물이 강을 흘러 내려갔다. 그때 서러웠던 것은 잘 기억하고 있으나 무엇 때문에 그렇게 서러워했던가를 이제는 기억하지 못했다. 말하자면 슬픔도 사라졌다. 고통도 절망도 사라졌다. 환희와 동시에 그것들도 지나가고 퇴색하고 깊이와 가치를 잃고 말았다. 마지막에는 한때 그의 가슴을 그토록 쓰리게 했던 것이 무엇이었는지 이젠 생각할 수조차 없었다. 아, 고통도 시들어 말라버리는 것이다. 오늘 그가 겪는 고통도 언젠가는 시들고 소용없는 것이 되고 말 테지. 스승은 고인이 되었다. 그에 대한 원망을 품고 죽었다. 문을 연 작업장이 아무데도 없기 때문에 창작의 행복을 맛보거나, 차곡차곡 쌓여 있는 형상들을 마음속에서 표현해 낼 수 없다는 절망도 똑같이 사라질 것인가? 그렇다, 이 고통도 이 쓰디쓴 괴로움도 여지없이 낡아 버리고 말 테지. 그것들도 잊혀지고 말 테지. 아무것도 영속하는 것은 없다.

멍하니 허공을 바라보며 그런 생각에 마음을 뺏기고 있을 때 나지막한 목소리로 그의 이름을 정답게 부르는 소리가 들렸다.

"골드문트." 얌전한 소리였다. 소리 나는 곳으로 고개를 돌려보니 얼굴이 부석부석하고 핼쑥한, 까만 눈을 가진 나이 어린 여자가 서 있었다. 그녀가 그를 불렀지만 그는 알아보지 못했다.

"골드문트! 당신 골드문트지요?"라고 얌전한 소리로 다시 물었다. "언제부터 다시 시내에 들어왔나요? 날 기억하지 못하나요? 나, 마리이에요."

그렇지만 그는 기억이 나지 않았다. 그녀는 전에 하숙 하던 집 딸이라는 것, 그가 가방을 어깨에 메고 길을 떠나던 날 아침 일찍, 부엌에서 우유를 끓여 주었다는 것을 이야기해 주었다. 이야기를 끝내고 난 여자의 얼굴이 붉게 물들었다.

그래, 마리이였다. 허리를 제대로 못 쓰는 연약한 아이였는데 그때는 정말 정답게 그를 돌봐 주었다. 겨우 모든 일을 다시 생각해냈다. 그녀는 어느 쌀쌀한 날 아침, 그를 기다리고 있다가 떠나는 그를 몹시 서운하게 여기고 우유를 끓여 주었다. 그가 키스를 해주자, 그녀는 성례라도 받는 것처럼 조용히 그리고 정중하게 받아들였다. 그 후 그녀를 생각한 적은 없었다. 그때 그녀는 아직도 어린애였다. 지금은 커서 매우 시원한 눈을 갖고 있었다. 그렇지만 여전히 다리를 절며 가엾게 보이기까지 했다. 그는 그녀와 악수를 나누었다. 이 도시에서 그를 아직도 기억하고 사랑해 주는 사람이 있다니, 반가웠다.

마리이는 그를 데리고 갔다. 그는 별로 사양하지 않았다. 그의 그림이 아직도 걸려 있고 그의 빨간 루비 술잔이 난로 위 서가에 얹혀 있는 방, 그는 그녀의 양친 방에서 점심을 먹고 며칠 묵어가도록 초대받았다. 그를 다시 만나게 되어 기쁘다고 했다. 여기서 그는 스승의 집에서 일어난 이야기를 들을 수 있었다. 페스트에 걸린 사람은 리이스벳이었다. 리이스벳은 빈사 상태에 빠졌다. 리이스벳의 아버지는 죽음을 각오하고 간호했으나 딸이 다 낫기도 전에 죽어버렸다. 리이스벳은 구해낼 수 있었지만 그녀의 아름다움은 사라졌다는 것이다.

"작업장은 비어 있지요." 하고 그녀는 말했다. "솜씨 있는 조각가한테는 좋은 보금자리가 되고 돈도 넉넉히 있을 테지요. 잘 생각해봐요, 골드문트! 그녀는 싫다고 하지 않을 거예요. 이 사람 저 사람 가릴 처지가 못 되니까요."

그는 또 페스트가 유행했던 때의 이야기를 이것저것 물어 보았다. 폭도들이 먼저 병원에 불을 지르고 다음에는 부잣집 몇 채를 습격해서 약탈했다는 것, 주교가 도망치고 없었기 때문에 잠시 동안 도시는 질서와 안정을 잃고 말았다는 이야기를 들었다. 그때 마침 가까이에 있던 황제가 하인리히 백작을 총독으로 임명하여 이곳에 파견했다. 총독은 매우 과감한 사람이어서 몇 사람의 기사와 군인만으로 도시의 질서를 회복했다. 그렇지만 이제는 총독의 통치가 끝나도 좋을 무렵이어서 모두 주교가 돌아오길 기다리고 있었다. 총독 백작은 시민들에게 너무도 많은 부담을 강요했다. 총독의 애첩 아그네스한테도 이제 질색이었다. 그 여인은 정말 요녀였다. 그들은 곧 물러갈 테지. 시 의회는 온정 많은 주교 대신에 저런 궁정 출신의 군인을 떠받들어야 하는 일에 벌써부터 권태를 느끼고 있었다. 아무튼 총독은 황제의 총애를 받으며, 날마다 공사다, 사절이다 해서 마치 왕후장상을 맞이하듯 하고 있었다. 그녀의 이야기는 대략 이러했다.

이번에는 그녀도 그의 체험담을 들려 달라고 부탁했다. "아!" 그는 씁쓸한 듯 말했다. "이야기 거리도 되지 않는 걸요. 나는 너무나 많은 길을 걷고 또 걸어 다녔죠. 하지만 어디를 가도 페스트가 난무했고, 시체가 아무데나 뒹굴고 있었지요. 사람들은 겁에 질려 제정신을 잃고 흉악한 마음을 품고 있었어요. 요행히 나는 살아남았지요. 언젠가는 모두 씻은 듯 잊혀질 테지요. 돌아와 보니 스승도 죽어서 없군요! 한 이틀 쉬어가게 해줘요. 또 떠날겁니다."

그는 휴식 때문에 묵은 것은 아니었다. 너무나 실망을 해서 마음을 가라앉힐 수 없었던 탓이었다. 행복했던 시절의 추억이 도시를 정들게 하고 불쌍한 마리이의 사랑이 고마웠기 때문이다. 그는 거기에 답해 줄 수 없었다. 그녀에게 줄 수 있는 것은 겨우 우정과 연민뿐이었다. 하지만 조용하고 차분한 그녀의 사모하는 정은 그래도 그의 마음을 따스하게 해주었다. 그러나 무엇보다 그를 이곳에 단단히 붙들어 매어 둔 것은 작업장도 사라지고 이것저것 아쉬운 점이 많다 하더라도, 다시 예술가가 되려는 그의 강렬한 욕구 때문이었다.

며칠이 지나도록 골드문트가 하는 일이라곤 고작 스케치 정도에 그쳤다. 마리이가 종이와 펜을 마련해 주었다. 그는 방안에 틀어박혀 스케치에만 매달렸다. 큼직한 종이에다 아무렇게나 회칠한 형상이나 기막히게 섬세한 형상 등으로 가득 채우기도 했으며, 충만한 내면을 그려내서 종이 위에 걸어가게도 했다. 레에네의 얼굴을 몇 번씩 되풀이해서 스케치했다. 부랑자가 맞아 죽은 후, 만족과 사랑과 살인의 환희에 젖어 방긋이 웃음지은 레에네의 얼굴을, 마지막 밤, 벌써 무형의 것으로 용해되어 대지로 돌아가려 하던 레에네의 얼굴을 그렸다. 부모가 있는 방으로 가까이 가려고 문턱 위에 주먹을 불끈 쥐고 숨이 끊어진 농부의 사내 아이를 소묘했다. 시체가 차곡차곡 쌓여져 있는 마차, 그것을 무거운 듯 끌고 가는 세 마리의 비쩍 마른 말, 그 옆에 페스트 예방용 까만 마스크 틈새로 음울한 눈알을 굴리며 길쭉한 막대기를 들고 따라가는 시체 버리는 인부, 이런 것을 소묘했다. 그는 이어서 레벡카를 소묘했다. 까만 눈을 가진 늘씬한 유대 처녀를. 그녀의 뾰족하고 고집 센 입을, 고통과 분노에 찬 얼굴을, 사랑하는데 더 없이 우아하고 부드러운 자태를, 거만하고 신랄한 입을 그렸다. 그는 자신을 스케치했다. 방랑자로서, 애인으로서, 생명을 베어내는 저승사자에게서 도망치는 놈으로서, 생명의 갈증에 허덕이는 자들의 뒤편에서 춤추는 자로서 자신을 묘사했다. 옛날에 본 리이스벳의 깍쟁이 같은 단단한 얼굴을, 늙은 하녀 마르그릿트의 찌푸린 얼굴을, 니클라우스 스승의 정답고 무섭게 보이던 얼굴을, 온 정신을 기울여서 백지 위에 그려나갔다. 그리고 가끔 가늘고 흐릿한 선으로 커다란 여인의 자태를 그렸다. 두 손을 무릎에다 공손히 얹고 우수에 잠긴 눈 아래로 미소를 띠고 있는 대지의 어머니를 윤곽만 그렸다. 스케치하는 손에 흘러가는 듯한 이런 감정과 환상에 압도되어 그지 없는 쾌감을 주었다. 며칠 사이에 그는 마리이가 마련해 준 종이를 한 장도 남기지 않고 스케치했다. 마지막 종이의 한 조각을 잘라서 거기에다 간략하고 가벼운 선으로, 그러나 고운 눈매와 체념한 입을 가진 마리이의 얼굴을 스케치했다. 그것을 그녀에게 선물했다.

스케치를 통해 울적하고 꽉 막힌 듯한 감정을 풀고 홀가분해질 수 있었다. 스케치를 하는 동안 그가 어디에 있는지를 잊고 있었다. 그의 하루는 책상과 하얀 종이와 밤이면 양초, 오직 그것뿐이었다. 이제야 겨우 눈을 뜨고 최근에 체험한 것들을 기억에 떠올려 보았다. 그러고는 피할 수 없는 새로운 방랑이 눈앞에 다가와 있는 것을 보고, 재회와 고별이 반반씩 뒤섞인 심난한 기분이 되어 시내를 거닐기 시작했다.

그런 심심풀이 산책을 하다가, 그는 한 여인을 만났다. 그녀를 한 번 쳐다보자 혼란스러웠던 그의 모든 감정이 새롭게 중심을 잡았다. 그녀는 말을 타고 있었는데, 파란 눈에서는 호기심과 함께 다소 쌀쌀맞은 느낌이 들었다. 어디 하나 나무랄 데 없는 몸매, 훤칠한 키에 밝은 금발의 여인이었다. 쾌락이나 권력을 즐기려는 욕망과 자신감 그리고 관능적 쾌락을 맛보려는 호기심이 가득했다. 갈색 말에 올라타서 누구에게라도 명령하고 싶은 듯 거만하게 도사린 자태였다. 아래 사람을 부리는데 서툴지 않은 듯했으나 무뚝뚝하지는 않았으며, 쌀쌀맞은 눈 아래서는 잘 생긴 콧방울이 세상의 온갖 향기를 향해서 벌름거리고 있었다. 다소 커 보이는 입은 감정을 주고받는 일에 능숙할 것 같았다. 골드문트는 첫눈에 그 여자를 보았을 때 눈이 번쩍 뜨였다. 콧방울을 벌름대는 이 여자를 한번 가까이 해 보고 싶은 욕망에 사로잡히고 말았다. 이 여자를 정복하는 일이 고상한 목표처럼 여겨졌다. 그 여자를 수중에 넣으려다 목숨을 잃는다 해도 그다지 억울한 죽음은 아닐 것 같았다. 그는 이내 이 금발의 암사자가 자기처럼 풍부한 관능과 영혼의 소유자로서 어떤 공격도 받아들이며 섬세함과 동시에 맹렬하고, 아주 오랜 옛날 부터 이어받은 핏줄의 내력으로 정열적인 모험에 익숙해져 있다는 것을 금세 알 아차렸다.

그녀는 말을 타고 지나갔다. 그는 그녀의 뒷모습을 지켜보았다. 곱슬곱슬한 금 발 머리와 파란 명주 옷깃 사이로 단정한 목덜미가 솟아 있었다. 거만해 보이기 는 하였지만 아주 보드라운 어린애 같은 피부에 싸여 있었다. 그가 본 여자 가운 데 이보다 더 아름다운 여자는 없었다. 그녀의 목덜미를 감싸 안고 그녀의 눈에 서 파랗고 차디찬 비밀을 떠내고 싶었다. 그녀가 누군지 알아내는 것은 쉬웠다. 그녀는 성에 살고 있는 아그네스라는 여자로 총독의 애첩이라는 사실을 알아냈 다. 그 정도 신분이라 해도 그는 놀라지 않았다. 황후라 하더라도 상관없었다. 샘 가에 서서 그는 자신의 영상을 찾았다. 그 모습은 금발 머리의 여인 모습과 형제 처럼 닮았다. 다만 무척 우악스러울 뿐이었다. 그는 선뜻 그가 알고 있는 이발소 에 가서 이런 저런 말로 설득하여 머리칼과 수염을 짤막하게 깎고 곱게 빗질까지 시켰다.

이틀 동안 계속 그녀의 모습을 따라다녔다. 아그네스가 성에서 나오면 낯선 금 발 머리의 사나이가 문 앞에 서서 그녀의 눈을 흠모하는 눈으로 바라보았다. 아 그네스가 성벽을 삥 돌아서 말을 몰다 보면 오리나무 수풀에서 낯선 사나이가 걸 어 나왔다. 아그네스가 대장간에 들어갔다 나오면 또 낯선 사나이를 만났다. 그 녀는 거만한 눈초리로 그를 흘깃 바라보았다. 그때 그녀의 콧방울이 살짝 움직 였다. 이튿날 아침, 그녀가 앞장서 말을 타고 나올 때 그가 또 곰살궂게 기다리고 있는 것을 발견하자 그녀는 그에게 도전적인 미소를 보냈다. 그는 총독인 백작도 보았다. 당당하고 대범한 사나이였다. 적당히 어름어름 넘길 수 없는 남자였다. 그렇지만 벌써 머리칼은 백발이었고, 얼굴에는 수심이 역력했다. 골드문트는 이런 사내라면 자기 쪽이 낫다고 생각했다.

이런 일이 이틀 동안 그를 행복하게 했다. 그는 다시 찾은 청춘으로 반짝이고 있었다. 그녀에게 자신을 들이밀고 선전포고하자 마음이 후련했다. 아름다운 여인으로 인해 자유를 잃는 것도 즐거웠다. 이 여자에게 생명을 거는 것도 아름답고 짜릿한 자극이 되었다.

사흘째 되는 날 아침, 아그네스는 말을 타고 기마의 종자를 데리고 성문에서 나왔다. 그녀의 눈길은 곧 호전적으로 조금은 흥분을 감추지 못하고 뒤를 밟는 사나이를 찾았다. 정말, 그는 벌써 거기 와 있었다. 그녀는 종자에게 심부름을 시켜 보내 버렸다. 혼자서 터덕터덕 말을 몰고 가면서 성문을 끼고 내려가 아랫마을 다리를 건넜다. 단 한 번 뒤를 돌아보았다. 그 낯선 사나이가 따라 오는 것이 보였다. 그녀는 성 파이트 순례 사원으로 가는 노상에서 그를 기다리고 있었다. 그 곳은 그맘때쯤 매우 한적한 곳이었다. 그녀는 잠시 기다려야 했다. 낯선 사나이는 천천히 걸어왔다. 숨을 헐떡이며 오기는 싫었던 것이다. 그는 얼굴에 싱그러운 미소를 지으며, 입에는 진홍색 들장미 열매가 달린 작은 가지를 물고 다가왔다. 그녀는 말에서 내려 말을 붙들어 매고 거친 돌담의 담쟁이덩굴에 기대서서 뒤를 밟아오는 그를 바라보고 있었다. 그녀와 눈을 마주 대고 서자 그는 모자를 벗었다.

"왜 내 뒤를 밟는 거예요?" 그녀가 물었다. "내게 무슨 볼 일이라도 있어요?"

"어." 그는 말했다. "내가 당신에게 무엇을 받는 것보다 오히려 당신에게 무엇을 주고 싶습니다. 나는 당신에게 나 자신을 선물로 드리고 싶습니다. 아름다운 부인이여, 그런 다음에는 당신 마음대로 날 처분해 주시지요."

"좋아요. 당신을 어떻게 할 수 있을지 한번 해보지요. 하지만 이런 바깥에서 아무런 위험도 없이 꽃을 꺾을 수 있으리라고 생각했다간 큰 잘못이에요. 내가 사랑할 수 있는 건 만일의 경우 생명을 내걸 수 있는 사나이뿐이에요."

"당신은 날 지배할 수 있습니다."

그녀는 천천히 목에서 가느다란 황금 목걸이를 풀어서 그에게 내밀었다.

"당신 이름은 대관절 뭐예요?"

"골드문트."

"좋군요. 황금의 입술! 당신 입이 얼마나 훌륭한지 한번 맛볼 테예요. 잘 들어두어요. 당신은 이 목걸이를 저녁때 성에 갖다 바치면서 당신이 찾은 거라고 말하는 거예요. 이걸 손에서 놓치면 안 돼요. 내가 스스로 당신 손에서 받아 줄 테니까요. 사람들이 당신을 거지라고 생각하더라도 지금 입고 있는 그대로 오는 거예요. 하인들 가운데 누가 당신한테 고함을 질러도 그대로 있는 거예요. 내가 안전하다고 믿을 수 있는 부하는 성 안에 단지 둘밖에 없다는 것을 알아야 해요. 마부 막스와 시녀 베르타 둘 중에 하나를 붙들어야만 내가 있는 곳으로 안내를 받을 수 있어요. 성 안에 있는 다른 사람들은 백작을 포함해서 모두 경계해야 해요. 모두 적들이니 말이에요. 미리 알려 주는 거예요. 당신의 생명에 관계되는 일일지도 모르니까요."

그녀는 그에게 악수를 청했다. 그는 미소 지으며 그녀의 손을 잡고 가볍게 입을 맞춘 후 그 손을 그의 뺨에 대고 살짝 비볐다. 그러고는 목걸이를 집어넣고 언덕 비탈을 내려가 강과 거리가 있는 쪽으로 걸어갔다. 포도밭은 벌써 잎의 색깔을 바꿔가고 있었다. 나무에서 노란 잎사귀들이 하나씩 하나씩 바람에 떨어졌다. 골드문트는 거리를 내려다보며 그곳이 그립고 사랑스런 도시라는 생각이 들자 웃다가는 곧 고개를 저었다. 며칠 전만 해도 그렇게 서러웠었는데, 어려움이나 고통도 변하기 쉽다는 데까지 생각했는데, 지금은 마치 금빛 잎사귀가 가지에서 떨어지는 것처럼 그런 상념은 모두 사라지고 말았다. 그 여자를 대할 때처럼 사랑의 광채가 황홀하게 빛났던 적은 한 번도 없었던 것 같았다. 그녀의 고귀한 자태와 금빛 머리와 건강한 생명은 어릴 때 마리아브론에서 가슴에 지니고 있던 그의 어머니 형상을 생각나게 했다. 며칠 전만 해도 세계가 다시 한 번 이렇게 즐겁게 그의 눈에 대고 웃어 준다는 것을, 한 번 더 생명과 기쁨과 청춘의 물결이 넘쳐흐를 듯 밀어닥치며 그의 핏속에 흘러내리는 것을 느낄 수 있으리라고는 짐작하지 못했다. 흉측스런 수개월 동안 죽음을 피하면서 살아 남은 것은 얼마나 행복한 일인가!

저녁때, 그는 성에 나타났다. 성 안마당에는 갖가지 일들이 벌어지고 있었다. 말 안장이 내려지기도 하고 심부름꾼들이 달려가기도 했다. 신부들이나 고위 성직자들의 조촐한 행렬이 하인들에게 인도되어 이쪽 문을 지나서 계단을 올라갔다. 골드문트는 뒤를 따라가려고 했으나 문지기한테 붙잡히고 말았다. 그는 황금 목걸이를 꺼내어 이것을 부인 자신이나 시녀 외의 사람한테는 절대 내주지 말도록 분부 받고 왔다고 했다. 그에게 하인을 하나 딸려 놓고 현관에서 한참을 기다리게 했다. 예쁘장하긴 하지만 야무진 시녀 하나가 겨우 나타나 그의 옆을 지나치면서 나지막한 목소리로 "당신이 골드문트예요?" 하고 묻더니 그에게 따라오라고 눈짓했다. 하녀는 문 하나를 지나서 살짝 들어가 버렸다. 잠시 후 다시 나타나더니 안으로 들어오라고 눈짓했다.

그는 조그만 방안으로 들어갔다. 털가죽과 달콤한 향수 냄새가 코를 찔렀다. 옷과 외투가 잔뜩 걸려 있었다. 부인용 모자가 나무못에 걸려 있고 수많은 구두가 활짝 열어 놓은 장에 줄 지어 있었다. 그는 그 방에서 한동안 서서 기다렸다. 그리고 향수 뿌린 옷 냄새를 맡기도 하고 손으로 털가죽을 만져보기도 하고, 거기에 걸려있는 아름다운 물건들을 호기심 어린 눈으로 돌아보고 있었다.

드디어 안쪽 문이 열렸다. 시녀가 아니고 아그네스 자신이 목에 하얀 털가죽 깃을 단 밝은 물색 차림을 하고 들어왔다. 기다리고 있는 사나이 쪽으로 천천히 걸어왔다. 차디찬 물색 눈매가 정색을 하며 그를 응시했다.

"기다리게 했군요." 아그네스는 나지막이 말했다. "그렇지만 안전하다고 생각해도 돼요. 교구 사신이 백작한테 와 있어요. 백작은 함께 식사도 하면서 오랜 시간 이야기도 할 거예요. 신부들과의 대화는 언제나 오래 걸리는 걸요. 이 시간은 당신하고 나만의 것이에요. 자, 어서 와요, 골드문트."

그녀는 그에게 허리를 굽혀 왔다. 애타게 목말라 하는 그의 입술이 가까이에 왔다. 둘은 아무 말이 없는 가운데 키스로 최초의 인사를 교환했다. 잠깐 동안 주저하다가 그는 아그네스의 목에 손을 휘감았다. 그녀는 문을 지나서 그녀의 침실로 그를 인도했다. 거기는 높고 밝게 양초가 켜져 있었다. 식탁에 식사 준비가 되어 있었다. 둘은 자리를 잡았다. 아그네스는 부지런히 빵과 버터와 고기를 그의 앞에 놓아주고, 아름답고 푸른색이 약간 스민 똑같은 술잔으로 하얀 포도주를 마셨다. 두 사람의 손은 서로 더듬으며 애무했다.

"당신은 대체 어디서 날아왔죠?" 그녀가 물었다. "아름다운 나의 새여! 당신은 군인 아니면 노름꾼 아니면 단지 불쌍한 떠돌이에요?"

"나는 당신이 바라는 모든 것이지요." 그는 웃었다. "나는 완전히 당신 거랍니다. 바라신다면 나는 노름꾼이 되겠어요. 당신은 나의 달콤한 기타예요. 내가 손가락을 당신 목에다 놓고 당신을 악기로 하여 퉁기면 천사의 노랫소리가 들립니다. 자, 그리운 이여, 나는 당신의 맛난 과자를 먹고, 당신의 하얀 포도주를 마시기 위해 온 것은 아니랍니다. 나는 단지 당신 때문에 온 거랍니다."

그는 그녀의 몸에서 하얀 털가죽을 살짝 풀고 입고 있는 옷을 그 여자의 몸에서 천천히 벗겼다. 밖에서 신하들이나 신부들이 대화를 하고 있든, 하인들이 소리를 죽이고 걸어가든, 가느다란 초승달이 숲 그늘로 온통 사라지든 사랑을 하는 두 사람은 전혀 몰랐다. 낙원 동산이 그들을 위해 꽃피고 있었다. 서로 끌어당기고 부둥켜안으며 향내 나는 낙원 동산의 어둠 속을 유영해 들어갔다. 하얀 꽃의 비밀이 흘러내리는 것을 보며 애정과 감사의 정이 얽힌 손으로 목말라 그리워하는 낙원 동산의 과실을 땄다. 이 노름꾼은 지금까지 이런 기타를 쳐 본 적이 없었다. 또 기타는 기타대로 이처럼 강하고 익숙한 손가락 밑에서 울려 본 적이 없었다.

"골드문트." 아그네스는 숨을 내쉬며 타오르듯 그의 귀에 대고 소곤댔다. "아, 당신은 무어라 말해야 좋을지 모를 마술사 같아요! 달콤한 금붕어, 난 당신의 아이를 갖고파요. 아니 그보다도 당신 옆에서 차라리 죽고 싶어요. 날 삼켜버려요. 그리운 내 님이여, 날 죽여 줘요!"

차디찬 그녀의 눈 속에 있는 오만이 눈 녹듯 녹아버리는 것을 보자 그의 목구멍 한가운데서 행복의 가락이 웅얼대고 있었다. 애욕을 이기지 못하는 떨림과 죽음 그것처럼 그 여자의 두 눈동자 속에서 떨림이 스쳐 지나갔다. 숨이 끊기는 물고기 비늘 위에서 은빛 떨림이 꺼져 가듯, 시냇물 속에서 야릇한 광선이 노란 금빛으로 깜빡이듯 무릇 인간이 체험할 수 있는 모든 행복이 이 한 순간에 응결되고 만 것 같았다.

잠시 후, 아그네스가 지그시 눈을 감고 몸을 사시나무 떨듯 떨며 누워 있을 동안, 그는 살짝 일어나서 옷을 주섬주섬 주워 입었다. 그는 깊게 한숨을 쉬며 여자의 귀에 대고 말했다. "아름다운 내 사랑이여, 나는 널 버린다. 난 죽고 싶지 않아. 너의 백작한테 죽기는 싫어. 그보다 나는 오늘 한 것처럼 한 번 더 널 행복하게 해 주고 싶다. 한 번 더, 몇 번이라도 몇 번이라도!"

그가 옷을 다 입을 때까지 아그네스는 아무 말도 않고 그냥 누워 있었다. 그는 살짝 이불을 그녀 위에 덮어주고 그녀의 눈에 키스해 주었다.

"골드문트." 그녀는 말했다. "아, 당신은 떠나야 하나요! 내일 또 와요! 위험한 일이 있다면 내가 알려줄게요. 또 와요! 내일 또 와요!"

그녀는 방울 끈을 당겼다. 의상실 문에서 아까 그 시녀가 그를 맞이하여 성 밖으로 데려다 주었다. 시녀에게 금화 하나를 던져주고 싶었으나 그는 자신이 빈털터리임을 느끼고 부끄럽게 여겼다.

한밤중에 그는 어시장에서 하숙집을 쳐다보고 서있었다. 밤이 깊었다. 지금 깨어 있는 사람은 아무도 없을 것이다. 아마 밖에서 밤을 새워야 할지도 몰랐다. 뜻밖에 바깥문은 열려 있었다. 조심스레 들어가서 문을 잠갔다. 그의 방으로 가는 길은 부엌으로 통해 있었다. 거기에 불이 켜져 있었다. 희미한 석유 등잔불에 비친 마리이는 깜빡 잠이 든 참이었다. 그가 들어서자 그녀는 깜짝 놀라 일어섰다.

"아." 그는 말했다. "마리이, 아직 안 잤나?"

"자지 않고 있었어요." 그녀는 말했다. "안 그랬다면 당신이 집에 돌아오더라도 문이 잠겨 있었을 테죠."

"기다리게 해서 미안한 걸, 마리이. 매우 늦어졌어. 화내지 말아, 응?"

"나 당신한테 화낸 일 없어요, 골드문트. 좀 서운할 뿐이에요."

"서운해 할 것 없어. 왜 서운하지?"

"아, 골드문트. 내가 몸도 튼튼하고 아름답고 다리를 절지 않는다면, 하고 생각해요. 그렇다면 당신은 밤에 다른 집에 가서 다른 여자를 사랑하지 않아도 좋잖아요. 그렇다면 당신은 내 곁에 있어 주고 조금은 사랑해 줄 테죠."

그녀의 부드러운 음성에는 희망이 담겨 있지 않았다. 쓰디쓴 감정도 없었다. 슬픔이 있을 뿐이었다. 어찌할 바를 몰라 그는 그녀 옆에 서 있었다. 한없이 불쌍하다고 생각했으나 무어라 말할 수도 없었다. 조심스럽게 그 여자의 머리를 쓰다듬어 주었다. 그녀는 가만히 서 있었으나 머리에 남자의 손이 닿는 것을 느끼자 몸을 바르르 떨더니 흐느껴 울었다. 그리고 몸을 일으켜 수줍은 듯 말했다. "자리에 들어가요, 골드문트. 내가 바보 같은 소리를 했어요. 정말 졸렸어요. 안녕히 주무세요."

제 16 장

　골드문트는 행복하고 초조한 하루를 언덕 위에서 보냈다. 말이 있었더라면 스승이 만든 아름다운 마돈나가 있는 수도원에 오늘이라도 당장 달려갔을 텐데. 마리아상을 한 번 더 보고 싶어 견딜 수 없었다. 지난 밤 니클라우스 스승을 꿈에 본 것 같았다. 다음에라도 꼭 가볼 생각이었다. 아그네스와의 사랑이 짧은 순간 동안 지속되거나 나쁜 결과를 초래하더라도 오늘은 행복의 절정에 있었다. 그것을 조금이라도 놓쳐서는 안 되었다. 그는 오늘 누구와도 만나기 싫었다. 마음을 흩뜨리기 싫었다. 따스한 가을날을 숲 속의 나무와 구름 밑에서 보내고 싶었다. 그는 마리이한테 시골길을 끝없이 걸어 보고 싶으며 돌아오는 시간이 늦을 것 같아서 빵을 많이 가져가고 싶고, 밤에는 그를 기다리지 않아도 된다고 말했다. 마리이는 그의 말에 아무 대답도 하지 않고 그의 가방에다 빵과 사과를 잔뜩 채워주며 낡은 그의 윗도리에 솔질을 해주었다. 그녀는 그를 다시 만난 첫날 바로 옷의 해진 데를 꿰매 주었다. 이렇게 해서 그녀는 그를 보냈다.

그는 터벅터벅 강을 건너고 빈 포도밭을 빠져나가 경사가 높은 계단 길을 올라갔다. 높은 숲 속으로 들어갔으나 산머리에 올라설 때까지 걸음을 멈추지 않았다. 산머리에 올라서 보니 앙상한 가지가 엉켜있는 나무 사이에서 햇빛이 희미하게 새어 들어오고 있었다. 티티새가 그의 발소리를 듣고 수풀 속으로 날아가 겁먹은 눈을 반짝이며 웅크리고 앉아 있었다. 훨씬 발 아래쪽에 푸른 활 모양을 하여 강물이 흘러가고 시내에는 차곡차곡 쌓아올린 장난감처럼 조그맣게 집들이 깔려 있었다. 거기서는 기도 시간의 종소리 외에는 아무 소리도 들리지 않았다. 여기 산머리에는 옛날 이교도 시대의 조그만 성벽과 보루가 잡초에 뒤덮여 있었다. 성을 쌓았던 자리 같기도 하고 무덤 같기도 했다. 그 보루 하나 위에 걸터앉았다. 말라서 바스락바스락 소리를 내는 가을 풀 속에 앉아 널찍한 골짜기 전체와 시냇가 저쪽의 언덕과 산들을 건너가 보았다. 산마루들이 굽이쳐 흘러 마지막에는 산맥과 푸른색을 띤 하늘과 합쳐져서 산인지 하늘인지 분간할 수 없었다. 이 넓은 강산을 하나도 남기지 않고, 눈이 가 닿지 않는 아득한 저쪽까지 그의 발자국을 남겼다. 이제는 멀리 떨어져 있고 추억 속에 잠겨 있는 이 강산 모두가, 한때는 현실로 그의 가까이에 있었다. 이들 숲속에서 그는 수없이 많은 잠을 잤고 딸기를 먹고 굶주리고 헐벗었다. 이들 산 중턱과 황무지의 벌판을 떠돌며 슬퍼하고 기운을 얻으며 또 피곤에 지치기도 하였다. 머나먼 저곳 어디 눈에 보이는 곳에 선량한 레에네의 불에 탄 뼈가 놓여 있었다. 저쪽 어딘가에 그의 친구 로베르트가 페스트에 걸리지 않았다면 여전히 괴나리봇짐을 메고 떠돌아다니고 있었다. 저쪽 어딘가에 죽은 빅토르가 누워 있었다. 저기 어느 머나먼 곳에 요술에 걸린 것 같았던 소년 시절의 수도원이 있었다. 아름다운 딸들이 있던 기사의 성이 있었다. 불쌍한 레벡카가 애처롭게 쫓겨 달아나거나 숨이 끊어졌거나 했다. 멀리멀리 흩어져 있는 그 수많은 곳, 이들 황무지의 들판이나 숲이나 도시들이나 여러 마을들, 산성이나 수도원, 모든 사람들, 그것들이 모두 살았든 죽었든 그의 마음속과 추억 속에, 그의 사랑 속에, 그의 회한 속에, 그의 동경 속에 존재하고 서로 결합되어 있는 것을 그는 알고 있었다. 그리고 내일이라도 그가 죽음의 사자한테 채여 간다면 여자들과 사랑으로 가득하고, 여름날 아침과 겨울날 어두운 밤으로 가득 찬 이 그림책 전체가 산산이 흩어지고 소실되고 말 테지. 아, 지금 이때 무엇인가를 만들어서 뒤에 남겨 둘 시기였다.

오늘까지의 삶과 방랑과 세상의 온갖 일들을 경험했던 세월 동안, 남아 있는 결과는 전혀 없었다. 남아 있는 것이라곤 지난날 작업장에서 만들었던 한 두 개의 조각품, 특히 요한 상과 그리고 이 그림책, 그의 머릿속에 있는 비현실적인 세계, 아름답고 하염없는 추억이 그려진 세계뿐이었다. 이 마음속에 있는 세계의 몇 개를 구해내서 밖으로 잘 표현해낼 수 있을까? 그렇지 않으면 언제까지 계속 이렇게 걸어가야만 하는가? 항상 새로운 도시와 새로운 경치, 새로운 여자, 새로운 체험, 새로운 형상 등이 차례차례로 쌓여 갈 뿐 그 사이에 그가 얻을 수 있는 것은 불안정하고 동시에 아름답고 괴로움에 넘쳐흐르는 마음뿐일까?

인생에게 바보 취급을 받는 것은 매우 모멸적이었다. 웃고도 울고도 싶었다. 삶을 즐기거나 오감을 만족시키고, 옛 어머니 이브의 젖을 애무하는 방법도 있었으나 인생의 덧없음을 막을 능력은 없었다. 그런 일은 숲속에 있는 버섯과 같은 것으로 오늘은 아름다운 색깔로 자랑하고 있으나 내일은 썩어 버리는 것이었다. 또는 소극적으로 작업장에 틀어박혀 덧없는 생명을 위해 기념비를 세우는 방법도 있었다. 그렇게 되면 삶을 단념해 버려야 했다. 그런 식으로 사는 사람들은 단순한 도구에 불과하다. 물론 불후의 작품을 창조하기 위해 헌신하는 것이지만 삶은 메마르고, 자유와 즐거움을 잃고 마는 것이다. 니클라우스 스승의 생활 방식은 바로 그러했다.

아, 모든 사람의 삶은 그 두 가지가 서로 뒤섞일 때에만, 이 무미건조한 양자택일로 인해 삶이 분열되어 있지 않을 때에만 의미 있었다. 삶을 희생하지 않으면서도 할 수 있는 창작, 창조의 고귀함을 버리지 않는 삶, 대체 그것은 불가능한 일일까?

그런 삶이 가능한 인간은 아마 존재하지 않았을 테지. 어엿한 남편이고 가정의 아버지로서 충실하면서도 관능의 쾌락을 잃지 않은 사람이 있었을까? 물론 있었을 것이다. 그러나 그런 사람을 그는 아직 보지 못했다.

무릇 생존은 이원성과 대립에 근거를 두는 것 같았다. 사람은 여자나 남자요, 떠돌이꾼이거나 평범한 시민이요, 이성적이거나 감정적이다. 빨아 당기는 입김과 토해내는 입김, 남자인 것과 여자인 것, 자유와 질서, 충동과 정신, 도저히 이 양자를 동시에 체험할 수는 없었다. 항상 한쪽을 메우기 위해서는 다른 쪽을 버리지 않으면 안 되었다. 더욱이 그 어느 것이나 동시에 중요하고 열망할 가치가 있었다. 여자 쪽이 그 점에서는 훨씬 쉬운 것 같았다. 여자한테는 천성, 즉 쾌락으로 자연히 결실을 맺고, 행복한 사랑을 통해 어린아이가 태어날 수 있도록 만들어져 있었다. 남자의 경우를 보면 단순한 잉태 대신에 영원한 동경이 있었다. 모든 것을 이렇게 만들어 놓은 하느님은 대체 어떤 적개심에 불타고 있는 것일까? 자기 자신이 창조한 것을 두고 심술궂게 돌아서서 웃고 있는 것일까? 아니, 하느님이 어린 사슴이나 수사슴, 물고기나 새, 숲, 꽃, 사계절 등을 만들었다면 심술궂을 리가 없다. 하지만 하느님이 만든 것에는 틈이 나 있었다. 그것이 실패를 했든, 불완전하든, 또 인간이라는 존재의 틈바구니와 동경에 대해서 특별한 의도를 가지고 있든, 또 이것이 악마의 싹, 즉 원죄이든. 하지만 왜 이 동경과 충족하지 못한 욕망을 죄악이라고 하는 것일까? 인간이 만들고 감사의 제물로서 하느님에게 돌려준 모든 아름다운 것과 신성한 것은 그 동경과 충족하지 못한 욕망에서 발생하지 않았단 말인가?

그런 생각에 머리가 어지러워져 그는 눈길을 시내로 돌려 어시장과 다리와 성당, 시청을 살폈다. 거기에는 성도 있었다. 지금 하인리히 백작이 통치하고 있지만 당당한 주교의 본부였다. 그 탑이며 길쭉한 지붕 밑에 아그네스가 살고 있었다. 아름다운 여왕 같은 그의 애인이 살고 있었다. 그녀는 몹시 거만하고 새침떼기 여자처럼 보였지만 사랑을 할 때는 정신을 잃고 자신을 떠맡겨 버릴 수 있는 여자였다. 그 여자 생각이 떠오르면 한결 마음이 기뻤다. 기쁨과 감사의 마음에 젖어 그는 지난밤의 일을 머릿속에 그려 보았다. 그 밤의 행복을 맛보기 위해서는, 그 굉장한 여자를 그처럼 행복하게 해줄 수 있기 위해서는 지금까지의 그의 삶 전체를 필요로 했다. 여자들한테서 얻은 모든 경험과 모든 방랑의 괴로움, 날마다 밤을 새우며 헤매었던 눈 덮인 벌판의 밤, 짐승이며 꽃이며 나무며 물이며 물고기들이며 나비들과의 우정과 교제 등 그런 모든 것이 필요했다. 거기다가 쾌감과 위험 속에서 예민해진 감각, 고향을 잃은 삶, 수년간 마음속에 쌓인 그림의 세계 전체가 필요했다. 그의 삶이 아그네스처럼 마법사의 꽃이 피는 정원에 있는 동안 그는 탄식할 필요가 없었다.

그는 가을 색 짙은 언덕 위에서 방랑과 휴식과 배고픔과 아그네스와의 저녁 등에 생각을 기울이거나 혼자 중얼거리며 하루 종일을 보냈다. 땅거미가 질 무렵 그는 다시 시내로 돌아와서 성 가까이로 갔다. 밤은 싸늘했다. 집집마다 창문은 고요했고 붉은 창살이 내려다보고 있었다. 노래 부르며 지나가는 소년들의 작은 행렬에 부딪혔다. 그들은 칼로 판 홍당무를 막대기에 끼워서 메고 있었다. 홍당무에는 얼굴이 새겨져 있었고 불 켜진 양초가 꽂혀 있었다. 조그만 가장 행렬은 겨울 냄새를 싣고 왔다. 골드문트는 눈가에 웃음을 띠면서 그들을 바래다주었다. 긴 시간 그는 성 앞에서 서성거렸다. 교구의 사신은 아직도 머물고 있었다. 성안의 어느 창문 앞에 신부 같은 사람이 하나 서 있는 것이 보였다. 드디어 그는 성안에 숨어들어가서 시녀 베르타를 찾아내는 데 성공했다. 이번에도 의상실에 숨어있으니 아그네스가 나와 진심어린 손길을 주며 그를 그 여자의 방안으로 인도했다. 아름다운 그녀는 애정 어린 눈으로 그를 맞이했다. 그러나 조금도 기뻐하는 모습이 아니었다. 그녀는 어쩐지 슬픈 얼굴이었다. 상심하는 것 같기도 하고 초조해 하는 것 같기도 했다. 그녀의 마음을 가라앉히기 위해 골드문트는 진땀을 빼야 했다. 그의 키스와 사랑의 속삭임을 듣자 그녀는 서서히 자신을 얻었다.

"당신은 정말 상냥하신 분이군요." 그녀는 감사한 마음으로 말했다. "당신이 애정의 손길을 뻗쳐 주고 비둘기처럼 울고 이야기를 하면, 나의 아리따운 새여, 당신의 목에서는 참 그윽한 소리가 나는군요. 골드문트, 나는 당신을 사랑해요. 여기서 멀리 도망칠 수 있다면 오죽 좋아요! 난 여기 있기가 정말 싫어요. 그렇잖 아도 곧 끝날 거예요. 백작은 돌아갈 거예요. 이제 곧바로 주교가 돌아올 거예요. 백작은 오늘 신부들에게 시달려서 화를 내고 있어요. 아, 당신이 백작한테 들키 지 않으면 얼마나 좋겠어요! 만약 들키는 날엔 한 시간도 더 살 수 없어요. 난 아 무래도 당신이 걱정이에요."

그의 기억 속에서 거의 사라졌던 음향이 솟아올랐다. 이런 문구를 전에 한 번 들은 적이 없었던가?

그랬다. 리디아가 사랑과 불안에 차서, 애정과 슬픔에 차서, 예전에 이렇게 말 한 적이 있었다. 사랑과 불안과 근심으로 가득 차서 두려운 광경을 온통 머리에 그리면서 리디아는 밤에 그의 방을 찾아왔다. 그는 그렇게 애정과 불안에 찬 말 을 듣는 것이 좋았다. 비밀이 없는 사랑은 무엇일까? 위험이 없는 사랑은 무엇일 까?

그는 부드럽게 아그네스를 그의 가슴으로 끌어당겼다. 머리칼을 어루만지고 그녀의 손을 잡았다. 그녀의 귀에 대고 사랑의 속삭임을 나누었다. 그리고 그녀 눈썹에 키스해주었다. 그녀가 그를 위해 그토록 걱정해 주고 염려해 주는 것을 보니 마음이 울렁거리고 가슴이 뛰었다. 감사한 마음으로, 그녀는 그의 애무를 받아들이고 사랑에 몸부림치며 그에게 안겼다. 그렇지만 그녀는 명랑해지지 않 았다.

갑자기 그녀는 전신을 심하게 부들부들 떨었다. 가까이에서 문이 닫히는 소리가 들렸다. 급한 발자국 소리가 방 쪽으로 가까이 왔다.

"아, 그 사람이에요!" 그녀는 절망적으로 소리쳤다. "백작이에요. 얼른요. 의상실을 나가면 도망갈 수 있어요. 어서! 발각되지 않도록 해줘요!"

벌써 그녀는 그를 의상실에 밀어 넣었다. 그는 혼자서 머뭇거리면서 어둠 속에서 손을 더듬었다. 저쪽에서 백작이 아그네스와 큰 소리로 이야기하는 소리가 들렸다. 그는 의복 사이로 손을 더듬어 출입문 쪽으로 갔다. 소리를 죽이며 한 발짝 한 발짝 옮겼다. 겨우 복도로 통하는 문 옆에 와서 살짝 열려고 했다. 그 순간 밖에서 자물쇠를 채운 것을 알자 비로소 그도 당황했다. 그의 심장은 심하게 고동치기 시작했다. 그가 여기에 들어오고 나서 누가 문에 자물쇠를 채워 버렸다는 것은 재수 없는 날의 사나운 우연이었을지 몰랐다. 그렇지만 그는 그렇게 믿지 않았다. 그는 함정에 빠졌다. 이제는 마지막이었다. 그가 여기에 남몰래 들어왔을 때 누가 그를 보았음에 틀림없었다. 전신을 부들부들 떨며 그는 어둠 속에 서 있었다. 그러자 "발각되지 않도록 해줘요!" 하는 아그네스의 작별 인사가 생각났다. 그렇다, 그녀가 들키게 해서는 안 되겠다. 그의 심장은 쉴 새 없이 고동 치고 있었다. 하지만 결심이 그의 마음을 단단하게 했다. 그는 입술을 굳게 다물었다.

모든 것이 한순간에 일어난 일이었다. 이윽고 저쪽에서 문이 열렸다. 백작이 아그네스 방으로 들어왔다. 왼손에 촛대를, 오른손에 칼을 빼어 들고 있었다. 바로 이 순간에 골드문트는 가까이에 걸려 있는 옷가지 몇 개를 얼른 걷어내려 팔에 걸었다. 도둑으로 오인하게 해줄 심산이었다. 어떻게 보면 그것이 피할 수 있는 유일한 길인지도 몰랐다.

백작은 곧 그를 발견했다. 그는 서서히 걸어왔다.

"누구냐? 여기서 무얼 하느냐? 대답을 해라. 안 그러면 찌르겠다."

"용서해 주십시오." 골드문트는 속삭이듯 말했다.

"저는 가난뱅이입니다. 나리께서는 이다지도 부자가 아닙니까! 제가 벗겨든 것은 몽땅 돌려 드리겠습니다. 나리! 자, 여기 있습니다." 그러고 나서 그는 옷가지를 바닥에 내려놓았다.

"그래, 그럼 도둑질했구나? 못 쓰게 된 옷가지 때문에 생명을 내걸다니, 영리하지 못한 자식이구나. 너 이놈, 이 도시에 사는 놈이냐?"

"아닙니다, 저는 집도 갈 곳도 없는 놈이올시다. 가난뱅이입니다. 한 번만 봐주실 수……."

"닥쳐라! 네놈이 부인을 욕 뵈려고 할 만큼 대담한 놈인지 어떤지를 난 알고 싶을 뿐이야. 하지만 네 놈은 아무튼 목을 달아맬 놈이니 그런 건 조사할 필요도 없다. 도둑놈으로도 충분해."

그는 닫혀 있는 문을 세게 두들겼다. 그리고 "바깥에 누가 있나? 문 열어!" 하고 소리 질렀다.

"이놈을 잘 묶어." 백작은 조롱과 거만이 엇갈린 거친 소리로 고함쳤다. "여기서 도둑질을 한 부랑배다. 감금해 두었다가 내일 아침에 이놈을 교수대에 걸어라."

골드문트는 저항도 하지 않고 두 손을 밧줄에 묶였다. 그는 그렇게 묶인 채 긴 복도를 지나고 계단을 내려서 안마당을 건너갔다. 하인 하나가 등불을 들고 앞서 갔다. 그들은 쇠창살을 두른 지하실의 둥그런 문 앞에서 멈췄다. 말이 오가고 꾸중하는 소리가 요란했다. 문의 열쇠가 없어진 탓이었다. 부하 하나가 등불을 받아들었다. 하인이 열쇠를 가지러 쫓아갔다. 이렇게 하여 무장한 세 사람과 묶인 놈은 호기심에서 묶인 사람의 얼굴에 등불을 가까이 갖다 대었다. 그 순간, 이 성에 손님으로 와 있던 많은 사제들 가운데서 두 사람이 이 옆을 지나갔다. 그들은 성안의 성당 쪽에서 왔다. 그들은 발걸음을 멈추었다. 그리고 세 사람의 부하와 묶인 사나이를 주의 깊게 바라보았다.

골드문트에게는 사제도 그를 지키고 있는 사람도 보이지 않았다. 얼굴 바로 앞으로 불을 들이 밀어서 그의 두 눈이 타오를 듯했기 때문에 가느다랗게 까물거리는 불빛 외에 아무것도 볼 수 없었다. 어둠 한가운데 도사리고 앉은 불빛 뒤에서 그는 두려움에 휩싸여 전신을 오들오들 떨면서, 형체도 없는 커다란 도깨비와 같은 무엇, 즉 심연을, 최후를, 죽음을 보았다. 그는 두 눈을 한 곳으로 집중시키고 아무것도 보거나 듣지 않고 서 있었다. 사제 가운데 한 사람이 열심히 부하들과 이야기를 하고 있었다. '이놈은 죽이지 않으면 안 된다, 도둑놈이다' 하는 소리를 들었을 때, 사제는 이 사람은 고해 신부한테 고해를 했느냐고 물었다. '아니오, 현행범으로 방금 잡혀왔습니다' 하는 것이었다.

"그렇다면" 사제는 말했다. "내일 아침 미사 전에 성체를 가지고 이 사람한테 와서 고해를 들어 주자. 그 전에 그를 데려가지 않겠다는 걸 너희들은 약속해야 한다. 백작과는 오늘 안에 이야기 하겠다. 이 사람은 도둑놈일지 모르지만 모든 그리스도 교도나 마찬가지로 고해 신부한테 고해를 하고 성체를 받을 권리가 있다."

부하들은 감히 반대하려 하지 않았다. 그들은 이 신부들을 알고 있었다. 백작한테 오는 사신들 가운데 하나로 백작의 식탁에서 식사를 하는 것을 자주 본 일이 있었다. 가난한 도둑놈이라고 해서 고해를 허락하지 말라는 법은 없었다.

사제들은 갔다. 골드문트는 여전히 서서 두 눈을 한 군데 모으고 있었다. 이윽고 하인이 열쇠를 가져와서 문을 열었다. 붙잡힌 사람은 아치형 천장의 지하실 안으로 인도되었다. 그는 이리저리 비틀거리면서 계단을 몇 개 미끄러져 내려갔다. 등받이도 없는 의자가 몇 개 주위에 있고 테이블도 있었다. 포도주 저장 창고 앞에 있는 방이었다. 그들은 조그만 의자를 테이블 옆으로 가져와서 거기에 앉으라고 명령했다.

"내일 아침 일찌감치 신부님이 올 거다. 그러면 고해 정도는 할 수 있어." 부하

한 사람이 그에게 말했다. 그들은 나가서 육중한 문에 조심스레 자물쇠를 채웠다.

"이봐요, 불은 놓고 가줘요." 골드문트는 부탁했다.

"안 돼, 이런 게 있으면 무슨 일을 저지를지도 몰라. 점잖게 벌을 받도록 마음이나 단단히 먹고 있어. 마찬가지야. 불이라고 해서 언제까지 타라는 법이 있나? 한 시간도 채 못돼서 다 타버리고 말걸. 자, 잘 주무시기나 해."

이제 그는 어둠 속에 혼자 남겨졌다. 조그만 의자에 앉아서 테이블 위에 엎드렸다. 이렇게 앉아 있다는 것은 불쌍하기 그지없었다. 꽉 졸라 매인 손목이 아파 견딜 수 없었다. 하지만 그런 감각도 지금에 와서야 비로소 의식되었다. 처음에는 단지 그냥 앉아서 머리를 단두대에 올려 놓은 것처럼 테이블 위에 올려 놓고 있었다. 이제 그가 마음속으로 다짐했던 일을 육신과 감각으로도 받아들일 수밖에 없다는 생각이 들었다. 이제는 피할 수 없는 상황에 자신을 맡기고 죽음의 운명에 따라야 했다.

그는 영원처럼 기나긴 시간을 비통한 마음이 되어 웅크리고 앉아 있었다. 그에게 주어진 운명을 숨을 들이 마시듯 받아들이고, 온전히 순응하려고 애썼다. 땅거미가 질 무렵이지만 곧 밤이 시작된다. 이 밤의 종말은 그의 종말이기도 하다. 그것을 받아들이도록 노력해야 했다. 내일이면 그는 더는 살아 있는 목숨이 아니다. 그는 목이 매달린 채 새들이 와서 앉거나 그들 주둥이에 톡톡 쪼일 것이다. 그도 죽은 니클라우스 스승처럼, 불탄 통나무집에서 죽은 레에네처럼, 다 죽어 텅 빈 집안이나 시체를 잔뜩 실은 마차에서 본 송장들처럼 변할 것이다. 그런 운명을 직시하고 순응하는 일은 쉽지 않았다. 그런 사실을 인정한다는 것 자체가 정말 불가능에 가까운 일이었다. 그가 아직 떨쳐버리지 못하고 작별을 고하지 못한 것이 너무 많았다. 그것들과 이별하기 위해 오늘 밤 불과 몇 시간이 그에게 주어져 있었다.

그는 아름다운 아그네스와 이별해야 한다. 그녀의 훤칠한 몸매와 밝고 반짝거리는 머리칼을, 차갑고 파란 두 눈에서 거만함이 사라지고 파르르 떠는 것을, 향기로운 피부의 달콤한 황금빛 잔털을 이젠 보지 못할 것이다. 잘 있어라, 푸른 두 눈이여! 잘 있어라, 이슬에 촉촉이 젖어 가냘프게 떠는 입술이여! 아직도 몇 번이나 이 입술에 키스하리라고 믿었는데. 아, 오늘도 늦가을 햇살 따가운 언덕 위에서 그는 얼마나 많은 생각을 그녀에게 기울이고, 그녀에게 귀를 대고, 그녀에게 그리움을 보냈던가! 하지만 그는 언덕에게, 태양에게, 하얀 구름이 떠도는 푸른 하늘, 나무들, 숲들, 유랑, 아침·낮·저녁, 사계절, 이 모든 것들에게 작별을 고해야 했다. 마리이는 지금도 자지 않고 있을까? 선량한 사랑의 눈길을 가진 마리이, 다리를 절뚝거리며 걷는 불쌍한 마리이. 그녀는 앉아 기다리다 부엌에서 몸을 구부리고 잠을 자리라. 그러다가는 또 눈을 뜰 테지. 그러나 이제 골드문트는 집에 돌아갈 수 없다.

아, 종이와 연필과 지금부터 만들 작정이었던 수많은 형상에 대한 희망! 모두가 저 멀리 저 멀리 날아가고 말았다! 나르치스와의, 그리운 사도 요한과 재회하는 희망도 포기해야 했다.

자신의 두 손과 두 눈, 배고픔과 목마름, 먹는 것과 마시는 것, 사랑, 기타를 치는 것, 잠, 눈을 뜨고 세상을 바라보는 것, 이 모든 것들과 헤어지지 않으면 안 되었다. 내일 새가 하늘을 날더라도 골드문트는 볼 수 없으리라. 소녀가 창가에 기대서서 노래를 불러도 그 노래를 더는 들을 수 없으리라. 강물은 흐르고 까만 물고기는 묵묵히 헤엄쳐 간다. 바람이 불어 땅바닥의 노란 잎사귀를 쓸어간다. 햇빛이 비치고 밤하늘이 반짝인다. 젊은 사람들은 춤추는 곳을 찾아가고 첫눈이 산에 쌓인다. 모든 것은 그렇게 이어진다. 나무들은 모두 그림자를 옆에 던지고, 사람들은 모두 생기에 가득 찬 눈으로 즐겁게 바라본다. 개들은 짖어 대고 암소들은 이 마을 저 마을의 외양간에서 음매 소리를 낸다. 모든 것이 그대로지만 그는 없다. 이제 모든 것은 그의 것이 아니고 모든 것에서 그는 떨려났다.

그는 황야의 아침 냄새를 맡았다. 달콤하고 신선한 포도주와 싱싱하고 단단한 호도 맛을 보았다. 지난날의 기억과 다채로운 세계가 눈부시게 반사되며 억눌린 그의 가슴을 뚫고 날아갔다. 아름답고 뒤엉킨 삶 전체가 가라앉은 듯, 이별을 고하듯 하며 한 번 더 그의 마음을 온통 흔들고 지나갔다. 그는 치밀어 오르는 고통에 몸이 오그라들었다. 두 눈에서 하염없이 눈물이 흘러내리는 것을 느꼈다. 흐느껴 울면서 그는 격정에 자신을 맡겼다. 아, 골짜기여, 수풀에 뒤덮인 산이여, 푸른 오리나무 숲 속을 흘러내리는 개울이여, 소녀들이여, 다리 위의 달밤이여, 아, 빛에 춤추는 아름다운 그림의 세계여, 어쩌면 너를 버릴 수가 있단 말이냐! 그는 울음을 그치지 못하고 기분을 달래지 못하는 어린아이처럼 테이블 위에 쓰러졌다. 가슴속에서 괴로운 한숨과 애원의 비명이 치밀어 올라왔다. "아, 어머니, 아, 어머니!"

그가 이 마법 같은 이름을 부르자 기억의 한 모퉁이에서 어머니 형상이 그에게 응답해왔다. 그 형상은 그의 사상이나 예술가의 꿈에 그려진 어머니 모습이 아니고 골드문트 자신의 어머니 형상이었다. 수도원 생활 이래 그가 한 번도 본 적이 없는 자신감으로 가득 찬 아름다운 어머니 형상이었다. 그는 어머니에게 그의 애달픈 사연을 호소하며 죽을 수밖에 없는 운명에 괴로워하는 자신의 몸을 어머니에게 맡겼다. 숲과 태양과 두 눈 그리고 그의 두 손과 그의 모든 존재와 삶을 어머니의 두 손에 모두 돌려드렸다.

흐느끼면서 잠이 들었다. 극도의 피로와 졸음이 어머니처럼 그를 팔에 안아 들었다. 한두 시간 잠을 자고 나면 비참한 상태에서 벗어날 수 있을 것이다.

다시 눈을 떴을 때 그는 심한 고통을 느꼈다. 묶인 손목이 쓰리고 아팠다. 등과 목덜미를 잡아당기는 듯한 고통이 스쳐갔다. 그는 겨우 일어나서 정신을 차리고 자신의 처지를 다시 깨달았다. 주변은 칠흑 같은 암흑이었다. 얼마나 잠을 잤는지 자신은 알 수 없었다. 아직 몇 시간이나 생명이 붙어 있을는지조차 알 수 없었다. 바로 이 순간 그들이 쫓아와서 죽음의 장소로 그를 데려갈는지도 모르는 일이었다. 그때 신부가 그를 찾아온다고 약속했다는 생각이 문득 떠올랐다. 신부의 정체가 크게 소용될 수 있으리라고는 생각지 않았다. 죄를 완전히 용서받는다 하더라도 그가 천국으로 갈 수 있을지 알 수 없었다. 천국이나 아버지 하느님이나 심판이나 영원이라는 것이 있는지도 모를 일이었다. 그는 벌써 오래 전에 이런 문제들에 관해 확신을 잃었다.

그렇지만 영원이 있든 없든 그는 그러한 것을 바라지도 않았다. 불안하고 무상한 이 생명과 이 호흡, 이 피부 속을 내 집으로 삼고 있다는 것 외에는 아무것도 바라지 않았다. 사는 것 말고는 아무것도 바라지 않았다. 그는 미친 듯 일어나 어둠속을 비틀거리며 벽 쪽으로 더듬어가서 거기에 몸을 기댄 채 생각했다. 구원의 손길이 없는 바도 아니었다. 어쩌면 신부가 구원의 손길인지 누가 알겠는가? 어떻게 하면 신부에게 그의 무죄를 믿도록 할 수 있을까? 그를 위해 선처의 말이라도 좀 해줄까? 목숨을 연장하거나 혹은 도망치는데 힘이라도 되어 주지 않을까? 그는 열심히 생각에 몰두했다. 그런 생각이 아무 소용이 없다 해도 그는 단념하고 싶지 않았다. 승부에 졌다고만 단정할 수 없었다. 우선 신부를 내 편으로 끌어들인 다음 그의 관심을 집중시켜 설득하여 그의 마음에 들도록 적극 힘써볼 계획이었다. 신부만이 그의 도박에서 유일한 카드였다. 다른 가능성은 모두 헛된 꿈이었다. 물론 우연한 기회가 있을 수도 있었다. 형리가 심한 복통을 일으킨다든지, 교수대가 망가진다든지, 미리 생각지도 않던 도망칠 가능성이 생긴다든지 하는 일도 있을 수 있었다. 아무튼 골드문트는 죽음을 거부했다. 죽음의 운명을 받아들이려고 했지만 허사였다. 그것은 실패로 돌아갔다 그는 전력을 다해 죽음에 대항하며 마지막 순간까지도 싸워 나갈 것이다. 문지기의 발을 걷어차거나, 형리를 넘어뜨리거나, 최후의 순간까지 모든 핏방울로써 생명을 보전할 것이다. 아, 신부를 움직여서 두 손으로 포승줄을 풀 수 있다면 얼마나 좋을까! 그렇게만 되면 어떻게든 해 볼 수 있을 텐데.

그 사이에도 그는 고통을 무릅쓰고 이빨로 포승줄을 풀려고 애를 썼다. 미친개처럼 사납게 필사적인 노력으로 꽤나 긴 시간을 허비하면서 포승줄이 약간 느슨해졌다고 생각될 때까지 계속했다. 그는 숨을 헐떡거리며 어두운 감옥에 서 있었다. 부어 오른 팔과 손이 몹시 쑤셨다. 한숨 돌릴 수 있게 되자 조심스레 앞으로 나가 촉촉하게 젖은 지하실 벽을 한 발 한 발 옮기면서 튀어나온 모서리는 없는지 자세히 찾아보았다. 이때 이 지하실 감옥에 들어왔을 때 헛디뎠던 계단이 문득 머리에 떠올랐다. 쉽게 찾을 수 있었다. 그는 무릎을 꿇고 앉아 돌계단의 한 모서리에 힘써 포승줄을 비벼보았다. 어려웠다. 포승줄 대신에 자꾸만 손의 관절이 돌에 부딪쳤다. 불덩이 같이 뜨거웠다. 피가 흐르는 것을 느꼈다. 하지만 그는 쉬지 않았다. 문과 문지방 사이로 이른 아침의 가느다란 햇빛이 희미하게 새들어올 때쯤 그는 목적을 달성했다. 포승줄은 계속된 마찰로 끊어졌다. 그는 포승줄을 풀 수 있었다. 두 손이 자유로워졌다 하지만 손가락을 제대로 놀릴 수 없었다. 두 손은 부르트고 감각은 사라졌다. 팔은 어깨까지 뻣뻣이 굳어 있었다. 손과 팔을 움직여 보았다. 피가 다시 제대로 돌도록 무리를 해서 움직였다. 그는 방금 썩 괜찮은 계획을 짰다.

신부에게 전혀 도움을 받지 못한다면 잠시 단둘이 있는 틈을 타서 신부를 죽이지 않으면 안 된다. 의자 하나만으로 목적을 달성할 수 있을 테지. 목을 졸라 죽일 수는 없었다. 그러기에는 손과 팔에 힘이 없었다. 그러니 신부를 죽여서 얼른 신부의 옷으로 갈아입고 탈출하는 것이다. 다른 사람들이 맞아죽은 신부를 발견할 때까지 그는 성에서 빠져나가야 한다. 그런 다음에는 쉬지 않고 달아나면 된다. 마리이가 집에 불러들여 숨겨 줄 테지. 그렇게 하도록 애쓰면 가능한 일이었다.

골드문트는 그의 생전에 이때만큼 밤이 새는 것을 애타게 기다리며, 더구나 이 시간만큼 무서워 전신을 떤 적은 없었다. 그렇게 결심하자 몹시 긴장하여 이빨까지 달달 떨었다. 그는 사냥하는 포수의 눈으로 문 밑의 틈에서 새어 들어오는 가냘픈 빛줄기가 차츰차츰 밝아져 오는 것을 주시하고 있었다. 그는 테이블 있는 데로 돌아갔다. 두 손을 무릎 사이에다 끼고, 조그만 의자에 웅크리고 앉아 있는 시늉을 해보았다. 포승줄이 끊어진 것을 눈치 채게 해서는 안 되었다. 두 손을 마음대로 놀릴 수 있게 된 때부터 그는 죽음을 믿지 않았다. 탈출할 결심이었다. 이를테면 그 때문에 전 세계가 산산조각이 난다 하더라도 그는 어떤 희생을 치르는 한이 있더라도 살 결심을 했다. 그의 코는 자유와 생명에 대한 욕망으로 떨고 있었다. 밖에서 도와주러 오는 사람이 있을지는 상관할 바 아니었다. 아그네스는 여자요, 그녀의 힘은 별 것 아니었다. 아마 그녀의 용기도 그러하겠지. 그녀가 그를 저버린다 해도 이상할 것은 없다. 그렇지만 그녀는 그를 사랑하고 있었으니까 어떻게든 도와줄 수도 있다. 밖에서 시녀 베르타가 살짝 찾아왔는지도 모른다. 그리고 또 아그네스가 심복처럼 부리고 있다던 마부가 있지 않던가? 아무도 나타나지 않고 아무 신호도 없는 날에는 그의 계획을 실천에 옮길 뿐이었다. 실패한다면 지키는 놈을 의자로 때려죽인다. 둘도 셋도 몇이라도 오는 대로 죽인다. 확실히 한 가지 유리한 점이 있다. 즉 그의 눈은 어두운데 익숙해져 깜깜한 어둠 속에서 어떤 형태나 크기라도 대략 짐작할 수 있지만 그들은 여기 처음 들어오면 한동안 잘 보이지 않아 더듬거릴 거다.

열에 들뜬 사람처럼 그는 테이블 앞에 웅크리고 앉았다. 그리고 신부를 구원자로 얻기 위해서 무슨 말을 할 것인지 곰곰이 생각했다. 그것이 가장 첫 단계일 테니까. 동시에 그는 틈 사이로 새어 들어오는 빛이 조금씩 커져가는 것을 애타듯 바라보고 있었다. 몇 시간 전만 해도 그렇게도 겁을 먹고 두려워했던 순간을 그는 이제 초조하게 기다리고 있었다. 이제는 참을 수 없는 지경까지 다다랐다. 무시무시한 긴장에 더 이상 참을 수 없었다. 그의 체력도 주의력도 결단력도 기력도 차츰 약해졌다. 긴장 된 준비 태세와 살겠다는 결의가 아직도 왕성하게 용솟음치고 있을 동안에 문지기가 어서 신부를 데리고 와주어야만 했다.

이윽고 바깥 세계도 눈을 떴다. 드디어 발자국 소리가 가까이 왔다. 안마당의 돌 자갈 위에서 발자국 소리가 들려왔다. 열쇠를 구멍에 넣고 비틀었다. 그 소리 하나하나가 기나긴 죽음의 정적을 깨는 천둥소리처럼 크게 울려 왔다.

이윽고 육중한 문이 서서히 조금씩 열리며 돌쩌귀가 삐걱 소리를 냈다. 신부가 아무도 데리지 않고 문지기도 없이 혼자 들어왔다. 초가 두 개 꽂혀 있는 촛대를 들고 혼자 들어왔다. 그가 처음 생각했던 것과는 아주 다른 상황이었다.

그리고 얼마나 묘하고 감동적인 광경이 되고 말았는가. 들어온 사제 뒤에서 눈에 뜨이지 않는 손이 문을 다시 닫았는데, 사제가 입고 있는 옷은 마리아브론 수도원의 교단복으로, 옛날 다니엘 수도원장이나 안젤름 신부나 마르틴 신부가 입고 있던 눈에 익고 그리운 차림이었다.

그 광경은 골드문트 가슴속에 무어라 말할 수 없는 충격을 주었다. 그는 두 눈을 옆으로 돌리지 않을 수 없었다. 이 눈에 익은 수도복의 출현은 뜻밖에 일이 순조롭게 풀린다는 것을 약속해 주는지도 몰랐다. 좋은 징조인지도 몰랐다. 그렇지만 그를 죽이는 방법 외에 도망칠 길이 없을지도 몰랐다. 그는 입을 다물었다. 이 교단 신부를 죽이는 것은 그에게 너무나 괴로운 일일 것이다.

제 17 장

"찬미 예수!" 신부는 이렇게 말하며 촛대를 테이블 위에 놓았다. 골드문트는 눈을 내리뜨고 입안에서 중얼거리며 대답했다. 사제는 가만히 있었다. 골드문트가 불안해져서 앞에 있는 사람에게 더듬듯이 두 눈을 치켜 올릴 때까지 사제는 그 자리에 아무 말 없이 서 있었다. 골드문트를 어리둥절하게 한 이 사람은 마리아브론 수도원의 신부들 복장을 입고 있을 뿐만 아니라 수도원장 직위의 표지를 달고 있었다.

그는 수도원장의 얼굴을 올려다보았다. 윤곽이 뚜렷하고 확실한 얼굴, 수척한 얼굴에 아주 가느다란 입술을 하고 있었다. 안면이 있는 얼굴이었다. 골드문트는 홀린 듯 저도 모르게 그 얼굴을 바라보았다. 완전한 정신과 의지에 의해서 형성된 듯한 얼굴이었다. 그는 어름적거리는 손으로 촛대를 움켜쥐고 쳐들어서 낯선 사람을 보기위해 얼굴 가까이 댔다. 골드문트는 그의 두 눈을 보았다. 촛대를 다시 내려놓을 때 그의 손이 떨고 있었다.

"나르치스!" 그는 거의 들릴 듯 말 듯 속삭였다. 주변에 있는 모든 것이 어지럽게 돌기 시작했다.

"그래, 골드문트, 한때 나는 나르치스였다. 하지만 그 이름은 벌써 오래 전에 지워졌다. 자네는 잊었을지 모르지만, 나는 교직을 받은 이래 요한이라 부른다네."

골드문트는 마음속까지 흔들렸다. 갑자기 세계가 온통 변하고 말았다. 그의 초인적인 긴장이 일순간에 뒤집혀서 숨 막힐 지경이 되었다. 그는 부들부들 떨었다. 어지러운 감정이 그의 머리를 텅 빈 기포처럼 느끼게 했다. 가슴은 오그라들었다. 눈가에서 치밀어 오르는 흐느낌 같은 것이 불타올랐다. 흐느끼며, 정신을 잃고 눈물과 혼수상태에 빠지는 것, 이 순간 그가 마음속으로 바라는 것은 그것뿐이었다.

그렇지만 나르치스를 보는 순간 떠올랐던 소년 시절의 깊은 추억에서 하나의 경고가 울렸다. 소년 시절의 한때 그는 이 아름답고 엄숙한 눈앞에서, 무엇이든 다 알고 있는 이 까만 눈앞에서 소리치며 크게 운 적이 있었다. 그것을 다시 되풀이 하지 말아야 했다. 지금 그의 모든 생애 동안 가장 긴박한 순간에 나르치스가 홀연 나타난 것이었다. 생각건대 골드문트가 생명을 구하기 위해, 다시 나르치스 앞에서 흐느껴 울거나 실신 상태에 빠지는 것이 과연 보기 좋은 모습인가? 아니, 아니, 아니. 그는 견뎠다. 마음을 억제하고, 가슴을 움켜잡고 머리에서 현기증을 쫓아 버렸다. 여기서 약점을 보여서는 안 되었다.

겨우 자제한 목소리로 "자네를 여전히 나르치스라고 부르는 것을 용서해 주지 않으면 안 되겠네."라고 겨우 말할 수 있었다.

"그렇게 부르게. 악수를 해주지 않겠는가?"

골드문트는 다시 자신을 억제했다. 학생 시절에 자주 그랬던 것처럼 소년답게 고집 세고 약간 비웃는 듯한 어조로 대답 했다.

"용서해 줘, 나르치스." 그는 싸늘하게, 약간 무뚝뚝하게 말했다. "보아하니 자네 수도원장이 됐군. 하지만 나는 여전히 방랑자일세. 게다가 우리 대화는 내가 아무리 바랐던 것이라 해도 섭섭하지만 오래 끌지는 못한다네. 나르치스, 아무튼 나는 교수대에서 생명을 버릴 처지가 되었으니 말일세. 한 시간 안에, 아니면 그보다 더 빨리 목이 매달려 있을 걸세. 이런 말을 하는 이유는 다만 상황을 명백히 해두기 위해서 그러는 것이야."

나르치스는 얼굴빛 하나 변치 않았다. 친구의 몸짓 가운데 약간의 소년다운 건방진 말투와 허풍이 나르치스를 크게 우습게 하고 동시에 감동시켰다. 그의 배후에 있는 자존심이 골드문트를 억제시켜 울면서 그의 가슴에 뛰어드는 것을 차단하고 있다는 사실을 나르치스는 너무나 잘 이해하고 있었다. 사실 그도 이와 같은 뜻밖의 재회를 하리라고는 상상조차 못했지만 이 작은 희극이 마음속으로 이해 되었다. 이보다 더 빨리 골드문트가 그의 마음에 들게 할 수는 없었으리라.

"아니 좋아." 하고 그는 침착하게 말했다. "그것은 그렇다 치고 교수형에 대해서는 걱정하지 않아도 좋네. 자네는 특사를 받았네. 자네한테 그것을 알리고 자네를 데리고 가도록 부탁을 받고 있네. 자네가 이 도시에 머무르지 못할 형편이 됐으니 말일세. 지난 오랜 이야기로 밤을 새워 울 시간은 넉넉히 있을 거야. 그런데 어쩌, 이번에는 악수해 주겠나?"

두 사람은 서로 손을 주고받으며 한참 동안 굳게 쥐고 있었다. 그리고 서로 깊은 감동을 느꼈으나, 그들 대화 가운데는 시치미를 뗀 희극이 아직도 얼마동안 계속되었다.

"좋아, 나르치스, 그럼 이 불쾌한 숙소를 나가세. 나는 자네 일행에 한몫 끼겠어. 마리아브론에 돌아갈 건가? 응? 그것은 좋은 일이야. 어떻게? 말 타고? 썩 좋은걸. 그럼 말을 어떻게 구하느냐가 문제로군."

"친구여, 말쯤이야 손에 넣을 수 없으랴고. 우리는 두 시간 안에 출발하게 되네. 아, 하지만 자네 두 손은 왜 그런가? 저것 보게, 온통 벗겨지고 부르트고 피투성이구나! 아, 골드문트, 자네는 어떤 대접을 받았길래!"

"나르치스, 그만두게, 내 스스로 두 손을 이렇게 한 거라네. 나는 묶여 있었기 때문에 자유롭게 하려고 그랬다네. 쉬운 일이 아니었어. 그것은 그렇다 치고, 자네는 아무도 데리고 오지 않고 나한테 들어오다니 용기도 이만저만이 아니었는 걸."

"왜 그래, 용감하다니? 위험 같은 건 없었어."

"아, 나한테 맞아죽는다는 작은 위험에 불과했어. 그런 것까지도 나는 생각하고 있었다네. 사제가 나한테 온다는 이야기가 있었기 때문에, 그 자를 때려 죽여서 그의 사제복을 바꿔 입고 도망치려 했지. 썩 좋은 계획 아닌가?"

"그럼 자네는 죽고 싶지 않았군? 죽음에 반항할 작정이었나?"

"분명히 그렇게 할 작정이었지. 자네가 그 사제일 것이라고는 물론 생각지도 않았지만."

"아무튼" 망설이던 나르치스가 말했다. "정말 몹쓸 계획이었군. 자네한테 고해 신부로 오는 사제를 자네는 정말 죽일 수 있었을까?"

"나르치스, 자네야 물론 죽일 수 없었지. 아마 마리아브론의 법의를 입고 있었더라면 자네의 신부를 죽일 수야 있었겠나, 하지만 다른 사제였다면 누구든 상관하지 않고 꼭 해냈을 거야."

갑자기 그의 목소리는 슬픔과 어둠에 휩싸였다.

"그렇다 해도 그가 내가 죽인 최초의 사람은 아니야." 둘은 말이 없었다. 둘 다 가슴이 답답해졌다.

"그 이야기는 나중에 다시 하지." 하고 나르치스는 싸늘한 목소리로 말했다. "자네 마음만 있다면 자네는 언제든지 나한테 고해할 수 있어. 혹은 그 밖의 자네 지나온 삶에 대해서 이야기해도 좋아. 나도 자네한테 이것저것 이야기할 것이 있어. 즐거운 마음으로 기다리겠네. 갈까?"

"잠깐만, 나르치스! 무슨 생각이 떠올랐는데, 내가 자네를 요한이라고 부른 적이 있었다네."

"이해가 가지 않는데."

"물론 그럴 테지. 자네는 아직 아무것도 모를 거야. 벌써 몇 년 전에 나는 자네한테 요한이라는 이름을 붙인 적이 있었어. 그것은 언제까지나 변치 않을 거야. 말하자면 나는 전에 나무 조각가였지. 또한 그렇게 되려고 생각해. 그때 내가 만든 가장 좋은 형상은 실제 크기와 똑같은 목조 청년으로, 자네 형상이었어. 그렇지만 그것은 나르치스라는 이름이 아니고 요한이라는 이름이었지. 십자가 밑의 요한 사도란 말이야."

그는 일어서서 문 있는 데로 갔다.

"그럼 자네는 아직도 나를 생각하고 있었구나?" 나르치스는 나지막이 물었다.

똑같이 나지막한 소리로 골드문트는 대답했다. "그래, 나르치스, 나는 자네를 잊지 않고 있었다네, 언제나, 언제나."

그는 육중한 문을 요란스레 밀고 나섰다. 희뿌연 아침 햇살이 새어 들어왔다. 두 사람은 이제 아무 말도 나누지 않았다. 나르치스는 그를 그의 객실로 데리고 갔다. 그가 데리고 있는 젊은 수사가 거기서 부지런히 짐을 꾸리고 있었다. 골드문트는 먹을 것을 얻고 두 손을 닦은 뒤 약간의 붕대를 얻어 감았다. 벌써 말이 끌려나왔다.

그들이 말을 탔을 때, 골드문트는 말했다. "또 하나 소원이 있네. 어시장 쪽으로 길을 잡아주면 어떤가. 거기에 좀 볼일이 있어."

그들은 출발했다. 골드문트는 성안의 창문을 모두 주의하여 살펴보았다. 행여나 아그네스가 어디에 보이지 않는가 하고. 그는 이제 그녀를 볼 수 없었다. 그들은 말을 타고 어시장을 지나갔다. 마리이는 골드문트를 매우 걱정하고 있었다. 그는 마리이와 그 양친한테 이별을 고하고 감사의 인사를 수없이 하며, 언제 다시 오겠다는 약속을 하고 말을 몰아 떠났다. 말을 탄 사람들이 보이지 않을 때까지 마리이는 문 앞에 서 있었다. 그리고는 천천히 집안으로 절룩거리며 들어갔다.

말을 타고 가는 일행은 모두 넷이었다. 나르치스와 골드문트, 그리고 젊은 수사와 무장한 마부 하나.

"내 말 블레스를 아직 기억하고 있나?" 하고 골드문트는 물었다. "자네 수도원의 마구간에 있던 말을 말이야."

"기억하고말고. 하지만 그 말은 이제 없어. 자네도 기대하고 있지는 않을 테지. 블레스가 죽은 지 아마 칠팔 년은 됐을걸."

"자네가 블레스를 잊지 않고 있었다니!"

"물론, 기억하고말고."

골드문트는 블레스의 죽음을 슬퍼하지는 않았다. 나르치스는 동물 같은 것에 관심을 가진 적이 없었고, 확실히 수도원의 다른 말 이름은 잘 알지도 못할 텐데 블레스만은 잊지 않고 있어 준 것이 골드문트는 반가웠다. 그것이 매우 반가웠다.

"자네는 나를 비웃을 테지." 골드문트는 이야기를 계속 했다. "수도원에 대해서 내가 가장 먼저 알고 싶은 것이 그 불쌍한 말이었다니. 실은 아주 다른 것을, 특히 다니엘 수도원장 안부를 물어보고 싶었지만, 그분이 죽었다는 것은 벌써 알았어. 자네가 후계자가 돼 있으니 말일세. 처음에는 죽은 사람의 이야기를 피하고 싶었다네. 나는 사실 죽음을 빼놓고는 할 말이 없네. 싫증나도록 보고 온 페스트 때문이야. 하지만 이미 화제에 올랐으니 한번은 이야기해야 되지 않겠는가. 언제, 어떻게 다니엘 수도원장이 돌아가셨는지 말 좀 해 주게나. 나는 그 분을 아주 존경하고 있었지. 안젤름 신부와 마르틴 신부도 아직도 생존해 계신지. 아니, 나는 아무리 끔찍한 말이라도 들을 각오가 되어 있네. 참 다행한 일이야. 물론 나는 자네가 죽었으리라고는 아예 생각지도 않았거니와 오히려 재회를 굳게 믿고 있었지. 그러나 섭섭하게도 기대가 어그러진다는 것을 나는 체험했네. 내 니클라우스 스승, 그 조각가가 죽었으리라고는 상상도 못했었어. 그를 꼭 다시 만나서 다시금 새롭게 그의 밑에서 일하리라고 마음먹고 있지 않았겠나. 하지만 막상 가 보니 그 사람은 세상을 떠났지."

"대략 말하자면" 나르치스는 말했다. "다니엘 수도원장은 벌써 8년 전에 아무런 병도 괴로움도 없이 돌아가셨다네. 나는 그 분의 후계자가 아니야. 내가 수도원장이 된 것은 1년 남짓해. 다니엘 수도원장의 후계자는 마르틴 신부였어. 전에 교장을 맡고 있던 분 말이야. 그는 지난해 일흔을 채우지 못하고 돌아가셨지. 안젤름 신부도 이제는 없어. 그분은 자네를 좋아해서 가끔 자네 이야기를 했다네. 결국에는 전혀 걸을 수도 없이 되어 누워 있는 것조차도 매우 괴로워했었지. 그분은 수종으로 돌아가셨어. 그래, 페스트가 우리 있는 데도 찾아와서 많이 죽었지. 그 일에 대해서는 말하지 않겠네! 아직도 궁금한 게 있나?"

"물론 잔뜩 있지. 그 중에서도 어떻게 돼서 자네가 이 주교의 도시, 총독 있는 데로 오게 됐는가?"

"여기엔 많은 사연이 있다네. 자네한테 싫증날 테지, 정치에 관한 것이니 말이야. 백작은 황제가 완전히 신임하고 있어. 많은 문제를 해결하도록 전권을 맡기고 있지. 현재 황제와 우리 교단 사이에 조정을 해야 할 여러 가지 사건들이 많아. 교단에서는 백작과 협상할 사신 역할을 나한테 맡겼어. 그러나 성과는 없었네."

그는 입을 다물었다. 골드문트는 그 이상 묻지 않았다. 어젯밤 나르치스가 백작에게 골드문트의 목숨을 살려주도록 요청했을 때, 냉혹한 백작에게 얼마간의 양보를 하고서야 이 생명을 구할 수 있었다는 이야기를 골드문트는 들을 필요조차 없었다.

그들은 말을 몰아갔다. 골드문트는 이내 피로를 느껴 안장에 앉아 있기조차 힘들었다.

한참 후에 나르치스가 물었다. "자네가 도둑질하다가 잡혔다는 말은 사실인가? 백작은 자네가 성 안의 침실에 숨어 들어와서 거기서 도둑질을 했다고 주장하더군."

골드문트는 말 위에서 웃어 댔다. "실은 내가 도둑놈처럼 보였을 테지만 백작의 애인과 같이 있었는걸. 틀림없이 백작도 그걸 알고 있었을 거야. 나를 가버리게 놓아주었다니 정말 이상한 일이야."

"그야, 그도 얘기가 통하는 사람인 걸."

그들은 계획한 하루의 여정을 끝낼 수 없었다. 골드문트는 너무나 지쳐서 두 손으로 고삐조차 잡을 수가 없었다. 그들은 어느 마을에서 숙박했다. 골드문트는 잠자리에 눕자 약간 신열이 났다. 그래서 이튿날도 거기서 그냥 누워 있었다. 그렇지만 다음 날에는 여행을 계속할 수 있었다. 두 손이 나아서 그는 기마 여행을 한껏 즐기기 시작했다. 얼마나 오랫동안 말을 타보지 못했던가. 그는 생기가 돌고 젊어지고 명랑해졌다. 간혹 마부와 달리기를 하고, 이야기하고 싶은 마음이 내키면 친구 나르치스한테 많은 질문을 연달아 퍼부었다. 나르치스는 차근차근, 그러나 흐뭇한 마음으로 물음에 응답해 주었다. 그는 다시 골드문트한테 반해서 예민하고 어린애 같은 질문을 좋아했다. 그의 질문에는 친구의 지성과 지혜에 대한 무한한 신뢰로 가득 차 있었다.

"하나 물어 보겠네, 나르치스. 자네들도 유대 사람들을 태워 죽인 적이 있나?"

"유대 사람들을 태워 죽인다고? 어째서 우리가 그런 짓을? 우리 있는 곳엔 유대 사람은 없다네."

"하지만 자네는, 유대 사람들을 태워 죽일 수 있을까? 그런 일이 가능하다고 생각할 수 있느냐 하는 말일세?"

"아니, 어째서 우리가 그런 짓을 하지? 자네는 나를 광신자라고 생각하고 있나?"

"내가 하는 말을 이해해 줘, 나르치스! 자네는 어떤 경우에 유대 사람들을 죽이라는 명령을, 혹은 그렇지 않더라도 그렇게 허락하는 것을 생각할 수 있느냐고 묻고 있는 거야. 그런 명령을 내린 후작이나 시장이나 사제나 관리들이 얼마든지 있는 걸."

"나는 그런 명령은 내리지 않겠지. 그렇지만 그런 잔인한 행동을 방관하고 인내하지 않으면 안 되는 경우는 생각할 수 있어."

"그럼 자네는 그것을 참을 수 있을까?"

"확실하지. 만약 그것을 막을 권리가 내게 주어지지 않는다면. 자네는 유대 사람들을 태워 죽이는 것을 본 적이 있군, 골드문트?"

"응, 있고말고."

"그래, 자네는 그것을 막았는가? 막지 않았단 말인가? 그것 보래도."

골드문트는 자세하게 레벡카의 이야기를 했다. 이 이야기를 하면서 그는 흥분했다.

"그래" 그는 거칠게 결론을 맺었다. "우리가 살아야 하는 곳은 어떤 세상일까? 지옥이 아닐까? 화도 나고 흉악스럽지도 않으냐는 말이야!"

"확실히 세상은 그렇게 됐어."

"그래!" 골드문트는 통명스럽게 소리쳤다. "자네는 그때, '세상은 거룩하다, 세상은 여러 개의 원이 큰 조화를 이루고 있다, 중앙에는 조물주가 군림하고 있으며 존재하는 것은 바람직한 일이다'라고 하면서 몇 번이나 주장하지 않았던가! 아리스토텔레스에 그렇게 쓰여 있다느니, 성 토마스에도 쓰여 있다느니, 하고 자네는 말했어. 그 모순된 설명을 무척 듣고 싶은걸."

나르치스는 크게 웃었다.

"자네 기억은 놀랍네. 하지만, 자네는 좀 오해를 했네. 나는 조물주를 늘 완전한 것으로 떠받들었으나 창조물을 떠받든 적은 결코 없다네. 나는 세상의 악을 부정한 적은 없어. 지상의 생활이 조화롭고 옳다, 또는 인간은 선량하다, 진실한 사상가는 이런 말을 아직 한 번도 주장한 적이 없다네. 도리어 성서에는 인간의 마음이 악을 지향한다고 명확하게 쓰여 있어. 우리는 매일 그 실증을 보고 있네."

"대단히 좋은 말이야. 이제야 겨우 자네들 학자들이 어떻게 생각하고 있는지 알았네. 말하자면 인간은 나쁘단 말이지. 지상의 생활은 평범과 더러움에 꽉 차 있다는 것을 자네들은 인정한단 말이야. 자네들 사상과 책 속의 배후 어느 한 구석에 정의와 완전함이 존재하고 있어. 그것들은 존재하고 있거니와 증명할 수도 있다네. 하지만 단지 소용없는 것들만 있다네."

"자네는 우리 신학자에 대해서 증오심만 지니고 있군 그래! 하지만 자네는 여전히 사상가가 되지 못하고 있네. 자네는 무엇이든 좋으니 좀 배워서 터득하지 않으면 안 될 걸세. 하지만 대체 자네는 왜 우리가 정의의 관념을 사용하지 않는다고 말하는가? 날이면 날마다 우리는 그렇게 하고 있네. 이를테면 나는 수도원장이니 수도원을 관리하지 않으면 안 되네. 그 수도원 안에서는 바깥 세계와 마찬가지로 완전하지도 않고 죄악을 벗어나지도 못하고 있네. 그렇지만 우리는 원죄에 대해서 항상 정의의 관념을 대응시키고 있으며, 불완전한 우리 삶을 정의의 잣대로 판단하고, 악을 시정하며 우리 삶을 끊임없이 하느님과 결부시키려 하고 있네."

"그거야 그럴 테지, 나르치스. 내가 자네 말을 하는 것도, 자네가 훌륭한 수도원장이 아니라고 말하는 것도 아니네. 하지만 레벡카라든지, 타 죽은 유대 사람이라든지, 공동묘지라든지, 대규모 죽음이라든지, 페스트로 죽은 시체가 널려있어서 지독한 냄새를 풍기고 있던 골목이나 방이라든지, 허물어진 지방 곳곳이라든지, 혼자 동떨어져 오갈 데 없는 아이들이라든지, 사슬에 매인 채 굶어죽은 개라든지, 이런 온갖 것들을 잊지 않고 그 광경을 눈앞에 그려 보면 내 가슴이 쓰려온다네. 그리고 우리 어머니는 우리를 절망과 공포와 악마로 가득 찬 세계에 다 풀어 놓고 간 것 같은 생각이 든다네. 어머니들이 우리를 낳지 말고, 하느님이 이 무서운 세상을 만들지 말고, 구세주가 이 세상을 위해 무익하게 십자가에서 피를 흘리지 않았더라면, 더 나았으리라 생각되네."

나르치스는 친구를 향해 정답게 고개를 끄덕였다.

"자네 말이 전부 옳다." 그는 정색을 하고 말했다. "제발 말 좀 해주게나. 빠짐없이 모두 털어놓고 이야기해주게. 하지만 자네는 한 가지 점을 대단히 오해하고 있네. 자네가 지금 이야기하는 것을 자네는 사랑이라고 생각하고 있어. 하지만 그것은 감정이라네. 생존의 공포에 시달리고 있는 인간의 감정일세. 그 슬픔과 절망에 찬 감정에 완전히 다른 감정이 대립하고 있다는 것을 잊지 않도록 하게나. 자네가 말을 타고 기분 좋게 느끼면서 아름다운 지방을 돌아다닐 때라든지 또는 경솔하게 백작의 애인에게 비위를 맞추려고 땅거미가 질 무렵 성 안으로 숨어들어 갔을 그때는 세상이 자네한테 완전히 다른 형상을 제공해 주었을 거네. 페스트나 타 죽은 유대 사람들도 모두 자네가 쾌락을 얻는 데 조금도 방해가 되지 않았을 거네. 안 그런가?"

"확실히 그렇긴 해. 세상이 죽음과 공포로 온통 뒤덮여 있었기 때문에 내 마음을 위로해주는 것을 찾고, 이 지옥의 한 가운데 피어 있는 아름다운 꽃을 꺾으려 하고 있어. 내가 쾌락을 발견하면 잠시 동안 공포도 잊어버리지. 그렇다고 해서 공포가 감소되는 것은 아니거든."

"꽤 요령 있게 말하는군. 말하자면 자네는 이 세상이 죽음과 공포로 둘러싸여 있다고 보는 모양이군. 그리고 거기서 도망치기 위해 쾌락 속에 뛰어들지만 쾌락은 오래 지속되지 못한다, 세상 사람들은 자네를 다시 황무지로 쫓아버린다, 이 말이지."

"그렇지, 사실이 그래."

"대부분의 사람들은 그런 거야. 단지 자네만큼 그것을 지나칠 정도로 강하게 느끼는 사람은 적어. 그 감정을 의식하려는 욕구를 가진 사람은 몇 사람 되지 않지. 그렇지만 이봐, 자네는 쾌락과 공포 사이의 절망적인 방황이나 삶의 쾌락과 죽음의 감정 사이의 엇갈림 외에, 또 다른 어떤 행로를 시도해 본 적은 없었나?"

"음, 물론 있었지. 나는 예술로써 그것을 시도해 보았다네. 아까도 말했지만 무엇보다 나는 조각을 했지. 바깥 세계에 발을 들여 놓은 지 아마 3년쯤 됐을까? 그때까지 줄곧 방랑자로서만 떠돌고 있었어. 그러던 어느 날 나는 어느 수도원 성당에서 나무로 새긴 마리아 상을 보았지. 어찌나 아름다웠는지 첫눈에 내 마음을 빼앗기지 않았겠나. 그래서 그것을 만든 스승을 찾아냈지. 나는 그분 제자가 되어 몇 년을 그분 밑에서 일했어."

"그 이야기는 나중에 좀 더 자세히 들려주게나. 그런데 예술이 자네한테 가져다준 것, 즉 자네한테 의미가 있던 것은 대체 무엇이었나?"

"그것은 허무함을 극복하는 것이었다네. 인간 삶의 어릿광대 놀이와 죽음의 무도에서 무엇인가 살아남는 것을 나는 알게 됐지. 그것이 말하자면 예술품이었어. 그것도 언젠가는 없어지고 말겠지. 타서 없어지거나 부서지거나 할 거야. 그렇지만 예술품은 불과 몇 세대를 사는 인간보다 오랜 생을 누리고, 덧없는 순간을 넘어 거룩한 형상과 고요가 깃든 나라를 만든다네. 그런 작업에 일조하는 것이 소중한 위안이 되리라고 생각했어. 왜냐하면 그것은 허무한 것을 영원하도록 만드는데 가깝기 때문이네."

"내 마음에 들었어, 골드문트. 자네가 더 많이 아름다운 작품을 만들기를 바라네. 자네 재능에 대한 내 신뢰는 확고하다네. 자네가 마리아브론에서 오랫동안 내 손님이 되고, 자네를 위해 작업장을 장만해 주는 데 동의해 주게나. 우리 수도원이 예술가를 가져 보지 못한 지도 상당히 오래 됐어. 그런데 자네 정의를 볼 때 예술의 기적을 아직도 다 설명해 내지 못했다고 생각하는데, 예술의 본질은 돌이나 통나무나 색깔에 의해서, 결국 사멸하고 마는 존재를 죽음으로부터 빼앗아서 더 오래 존속시킨다는 점에만 있지 않다고 나는 생각해. 여러 가지 예술품, 즉 성자나 마돈나 상을 보아오기는 했지만 그것들을 단순히 한때 생명을 가지고 있던 개인의 충실한 초상이라고는 생각지 않아. 개인의 형상이나 색깔을 예술가가 전달하고 있다고는 생각지 않지."

"자네 말이 옳아." 골드문트는 흥분하여 소리쳤다. "자네가 예술에 대해서 그렇게 조예가 깊은 줄은 생각지 못했네! 훌륭한 예술품의 원형은 실존적인 인물이 아니야, 실존적인 인물은 그 동기가 될 수 있을는지 몰라도, 원형은 살과 피가 아니고 정신이야. 그것은 예술가의 영혼 속에 근원을 갖고 있는 하나의 형상이야. 나르치스, 내 영혼 속에도 그와 같은 형상이 꿈틀거리고 있어. 나는 그것을 언제고 한 번 표현해서 자네한테 보여 주고 싶어."

"훌륭해! 골드문트, 방금 자네는 자신도 모르게 철학 한가운데를 뚫고 들어가 그 비밀 하나를 이야기해냈어."

"자네는 나를 놀리는군."

"아니야, 자네는 '원형'에 대해서 이야기했어. 말하자면 창조적인 정신 분야 외에는 아무 데도 존재하지 않지만 물질 안에 실현되고 구체화될 수 있는 형상에 대해서 언급했어. 예술의 형태는 구체화되고 현실성을 갖기 전에 벌써 예술가의 영혼 속에 형상으로서 존재하고 있지! 그 형상, 즉 '원형'은 옛날 철학자들이 '이데아'라고 명명한 것과 정확하게 일치하고 있어."

"그래. 그렇게 말하지. 이젠 완전히 믿을 수 있는 것처럼 들리네."

"그런데 자네가 이데아와 원형을 신뢰한다고 공언하는 걸 보니 정신적인 세계, 즉 우리와 같은 철학자와 신학자의 세계에 들어와 있기도 하고, 혼란과 괴로움에 빠져있는 삶, 다시 말하면 육체적 존재의 무한하고 무의미한 죽음이 난무하는 한복판에 창조적인 정신이 존재한다는 사실도 인정하는 걸세. 여보게, 자네가 어렸을 적에 나한테 왔을 때부터 나는 자꾸만 자네 내부에 있는 그 정신에 호소해 왔던 걸세. 자네 같은 경우에 그 정신은 사상가의 정신이 아니라 예술가의 정신이었네. 그렇지만 그 정신이야말로 감각 세계의 흐리터분한 뒤얽힘, 즉 쾌락과 절망 사이에 있는 영원한 그네에서 탈출하는 길을 자네에게 제시하는 걸세. 여보게, 골드문트, 자네한테서 그 고백을 듣고 나는 무척 기쁘다네. 나는 그 말을 기다리고 있던 걸세. 그때부터 말이야, 자네가 자네 선생인 나르치스를 하직하고 자네 자신이 되는 용기를 발견하고서부터 말일세. 이제 우리는 다시금 새롭게 친구가 될 수 있네."

골드문트의 생각은 이 순간 마치 삶의 의미를 얻은 것 같았다. 높은 곳에서 그의 삶을 내려다보는 것처럼, 그의 삶의 커다란 세 단계, 즉 나르치스에 의존했던 삶과 거기에서의 이탈 – 자유와 방랑 시절 – 귀향과 침잠과 성숙과 수확의 시초가 똑똑히 보이는 듯도 했다.

환상은 다시 사라졌다. 그러나 그는 이제 나르치스에게 의존하는 관계가 아니고 자유롭고 서로 대등한 관계임을 발견하였다. 그는 이제 나르치스가 그를 대등한 자, 예술가로서 인정해 주었기 때문에 비굴해지지 않고 월등한 지성의 소유자 밑에서 손님 대접을 받을 수 있었다. 골드문트는 그에게 자신을 드러내는 것과 자신의 내부세계를 조각으로 표현할 수 있다는 것을 이 여행에서 점점 더 강렬해지는 간절한 소망으로 기대하고 있었다. 그렇지만 이따금 근심스런 생각도 들었다.

"나르치스." 그는 경고했다. "자네가 정말 어떤 귀찮은 놈을 수도원에 데리고 가는지를 자네가 모르는 게 아닌지 염려되는군. 나는 수사도 아니요, 그렇다고 다시 수사가 되고 싶지도 않아. 물론 나야 세 가지 큰 맹세를 잘 알고 하는 말일세. 빈곤이야 충분히 알고 있네. 하지만 순결과 복종을 그다지 좋아하지 않아. 이 두 가지 덕은 정말 사나이답다고 생각되지 않아. 이제 나에게 신앙심이라고는 전혀 없네. 벌써 몇 년 전부터 고해한 일도 기도드리는 일도, 성체를 받은 적도 없다네."

나르치스는 묵묵히 듣고 있었다. "보아하니 자네는 이교도가 된 것 같군. 하지만 우리는 그 점은 조금도 염려하지 않아. 자네는 수많은 자신의 죄악을 더는 자랑할 필요 없네. 자네는 이 허무한 세상 삶을 그럭저럭 잘 살아왔어. 이제 자네는 규율이 무엇이며 질서가 무엇인지 전혀 모를 걸세. 확실히 자네는 제멋대로 하는 수사가 될 테지. 하지만 나는 자네를 교단에 끌어들이기 위해 초대하는 것은 아니야. 단지 우리의 손님이 되고 자네를 위해 우리가 작업장을 만들어 주는 영광을 갖기 위해 초대하는 것뿐일세. 그리고 또 한 가지가 있네. 우리의 청년 시절, 자네를 눈뜨게 해주고 세속적인 생활을 하도록 내보낸 장본인은 나였다는 것을 잊지 말라는 것일세. 자네가 좋은 사람이 됐든 나쁜 사람이 됐든 이 점에 대해서, 자네 다음으로 나에게 책임이 있는 거야. 나는 자네가 무엇이 되었는지 보고 싶었네. 자네가 그것을 보여주는 날에는, 그리고 이 수도원이 자네가 있을 만한 곳이 아니라는 사실을 내가 깨닫는 날에는 내가 먼저 자네한테 다시 수도원을 하직해 달라고 부탁할 걸세."

골드문트는 그의 친구가 수도원장으로서 행동하고 세속적인 사람들과 세속적인 생활을 대하는 태도에, 약간의 비웃음과 조용하게 자신감을 갖고 이야기할 때마다 존경하는 마음으로 가득찼다. 그럴 때 나르치스는 훌륭한 남자가 되어 있는 것이 역력했기 때문이다. 부드러운 두 손과 학자의 얼굴, 지성과 확신과 용기로 가득한 사람, 지도자, 책임을 지는 사람이 되어 있었다. 나르치스는 이제 옛날의 청년도, 부드럽고 열정어린 사도 요한도 아니었다. 이 새로운 나르치스, 사나이답고 기사다운 나르치스, 그는 이 사람을 자기 손으로 조각하고 싶었다. 수많은 형상들이 그를 기다리고 있었다. 나르치스, 다니엘 원장, 안젤름 신부, 니클라우스 스승, 미모의 레벡카, 미모의 아그네스, 그 밖에도 많은 친구며 적들, 살아 있는 사람이며 죽은 사람들이 있었다. 그는 교단의 친구가 되고 싶지는 않았다. 그는 작품을 만들고 싶었다. 한때 청년 시절의 고향이 그들 작품의 고향이 된다는 사실이 그를 행복하게 해주었다.

쌀쌀한 늦가을에 그들은 말을 몰았다. 그들은 낙엽이 진 나무 위에 된서리가 하얗게 내린 어느 날 아침 정적에 싸인 불그레한 늪지대의 굽이진 넓은 들판을 건너가고 있었다. 긴 능선이 묘한 감정으로 눈에 익은 추억을 불러내는 듯한 들판이었다. 높이 자란 물푸레나무 수풀과 흐르는 시냇물과 낡은 곡식 창고가 눈앞에 보였다. 그 모습이 눈에 들어오자 골드문트의 마음은 묘한 불안감에 빠져 가슴 졸이기 시작했다. 한때 기사의 딸 리디아와 함께 말을 달렸던 고개라는 것을 알았다. 그리고 이 벌판은 그때 쫓겨나와 하염없는 슬픔 속에서 떨어지는 눈비를 피하며 방랑하던 때 지나가던 허허벌판이었다. 오리나무 숲 속, 물방앗간, 성이 눈앞에 나타났다. 형언키 어려운 아픈 마음을 안고 서재의 창문을 바라보았다. 그는 저기, 전설 같은 청년 시절에 기사가 순례하던 이야기를 듣고 기사의 라틴어를 고쳐주어야 했다. 일행은 안마당으로 들어갔다. 그 집은 그들 여행 일정에 들어있던 숙박지였다. 골드문트는 여기서 그의 이름을 부르지 않도록, 또한 마부와 함께 하인들이 있는 데서 음식을 먹을 수 있도록 수도원장한테 부탁했다. 그대로 되었다. 지금은 노기사도 리디아도 없었으나 사냥꾼과 하인 몇 사람은 아직 있었다. 집안에는 기품 있고 화려한 미모의 귀부인 유울리에가 남편 곁에서 생활하며 또한 집안일을 감독하고 있었다. 그녀는 여전히 아름답게 보였다. 그녀의 미모가 그의 마음을 혼란스럽게 했다. 그녀도 하인들도 골드문트를 알아보지 못했다. 식사 후, 어두워진 정원을 빠져나와 울타리 너머로 벌써 겨울 빛이 완연한 화단을 보았다. 그러고는 가만히 마구간으로 들어가 말들을 들여다보았다. 그는 마부와 함께 짚단 위에서 잤다. 무거운 짐 같은 추억이 그의 가슴을 억눌렀기 때문에 자다가 몇 번이나 눈을 떴다. 아, 그의 삶은 왜 이토록 산산이 흩어져서 열매를 맺지도 못하고 그의 등 뒤에 가로놓여 있었을까! 훌륭한 풍경은 산더미 같았으나, 산산이 부서져서 가치도 사라지고 사랑도 보잘것없었다. 아침에 출발할 때 그는 행여나 유울리에를 한 번 더 볼 수 있을까 하고 가슴을 두근거리며 창문을 바라보았다. 바로 며칠 전에도 지금처럼 전임 주교의 성 안 마당에서 행여 아그네스가 한 번 더 내다보지 않을까 하고 두리번거렸다. 아그네스는 나오지 않았다. 유울리에도 지금 모습을 내밀지 않았다. 그는 자기 전생에도 이랬었다고 여겼다. 이별을 고하는 것, 도망치는 것, 잊는 것, 두근거리는 가슴을 안고 빈주먹으로 그 자리에 서 있는 것, 그것뿐이었다. 그는 하루 종일 유울리에 생각에 쫓겼다. 한 마디 말도 하지 않았다. 우울한 얼굴을 하고 안장에 기대 있었다. 나르치스는 그대로 놓아두었다.

일행은 목적지 가까이에 왔다. 며칠 뒤 수도원에 도착했다. 수도원의 탑과 지붕이 보이기 바로 전에, 일행은 바로 그 자갈이 많은 황폐해진 묵은 밭을 지나갔다. 거기서 그는, 아, 얼마나 먼 옛날이었던가! 한 때 안젤름 신부를 위해 약초를 찾고 집시 여인 리이제에 의해서 성년으로 거듭났다. 이윽고 일행은 마리아브론의 정문을 지나 이탈리아산 밤나무 밑에서 말을 내렸다. 골드문트는 나무줄기를 부드럽게 추억어린 손으로 어루만져 주었다. 바닥에 시들어서 갈색으로 덮힌 밤송이가 떨어져 있었다. 골드문트는 입이 쩍 벌어진 밤송이를 향해 허리를 굽혔다.

제 18 장

처음 며칠 동안 골드문트는 수도원 안에 있는 외빈실에서 지냈다. 그런 다음 그의 소원대로 커다란 마당을 빙 둘러싸고 있는 부속 건물의 대장간 건너편에 마련된 숙소로 옮겼다.

수도원장과의 재회는 그 자신이 때때로 믿지 않을 만큼 강렬한 마력으로 그의 마음을 사로잡았다. 수도원장을 빼놓고 여기 있는 아무도 그를 알지 못했다. 그가 누구인지 아무도 몰랐다. 여기 있는 사람들은 수사이건 일반인이건 엄격한 질서 속에서 분주하게 생활했으므로 아무도 그를 방해하는 사람은 없었다. 그렇지만 정원의 나무들과 정문과 창문, 물방앗간의 물방아, 복도에 깔린 돌, 회랑에 있는 시든 장미꽃 덤불, 곡물 창고와 식당 위에 있는 황새 둥지는 그를 알고 있었다. 구석구석 어디에서도 그의 과거와 청년 시절 초기의 꿈과 감동의 향기를 풍겨왔다. 사랑이 모든 것을 다시 보고 모든 소리를 다시 듣도록 재촉했다. 저녁 기도를 알리는 종소리와 일요일의 종소리, 비좁고 이끼가 잔뜩 낀 돌담 속의 물방아를 돌리는 물소리, 문지기 수사가 저녁때 정문을 닫으러 갈 때의 철렁대는 열쇠꾸러미 소리, 일반인 식당의 낙숫물이 쏟아져 떨어지는 돌 홈 곁에는 제라늄과 질경이 같은 조그만 잡초들이 여전히 무성했다. 대장간 뜰의 오래 묵은 사과나무는 널리 퍼진 가지를 여전히 뒤틀며 뻗어 있었다. 그러나 조그만 학교 종이 울리고 휴식 시간에 수도원의 학생들이 계단을 내려서며 안마당으로 떼 지어 나올 때마다 골드문트는 다른 어느 것보다 더 크게 감동을 받았다. 소년들의 얼굴은 왜 그리도 한결같이 앳되고, 순진하고, 예쁜가. 그도 한때 정말 저들처럼 순진하고 버릇없고 귀엽고 어린애 같았을까?

그렇지만 그는 이 익숙한 수도원 외에 전혀 알지 못했던 것도 새로 발견했다. 그것은 처음 며칠 동안 그의 시선을 끌었으나 차츰 중요성을 더해 가면서 느리나마 친숙했던 것들과 결합되어 갔다. 여기에는 무엇 하나 새롭게 더해지지도 않았고 모든 것이 그의 학생 시절이나 백 년 이상 지난 옛 시절과 다른 모습을 지닌 것은 하나도 없었지만, 그것을 보는 그의 눈은 이미 그 시절의 눈이 아니었기 때문이다. 그는 이 건축의 규모, 성당의 아치형 천장, 옛날 회화, 제단이나 정문의 석상이나 목상 등을 보고 또한 느꼈다. 그때 그 장소에 없었던 것은 아니지만 이제 비로소 그는 그것들의 아름다움과 그것들을 만든 정신을 보았다. 그는 위층에 있는 예배당의 낡은 석조 마리아 상을 보았다. 그는 소년 시절에 벌써 그것을 즐겨 스케치하기도 했으나, 지금에야 비로소 그 조각상을 올바른 두 눈으로써 보았다. 그리고 가장 성공적이고 가장 잘 된 그의 작품으로써도 그것을 능가할 수가 없을 만큼 훌륭한 작품이라는 것을 깨달았다. 그런 훌륭한 것들은 얼마든지 있었다. 그리고 각각의 것들이 그것들만으로 우연히 서 있는 것이 아니고 어느 것이나 똑같은 정신에서 탄생하여 낡은 벽이나 기둥이나 아치형 천장 사이에서 고향에 있는 것처럼 자연스럽게 서 있었다. 여기에서 몇 백년에 걸쳐 세워지고, 조각되고, 그려지고, 보존되고, 고안되고, 가르쳐온 것들은 하나의 줄기, 하나의 정신에서 탄생되었으며, 한 나무의 가지들처럼 전체가 서로 얽혀 있었다.

골드문트는 이처럼 조용하고 통일성을 이루고 있는 세상의 한 가운데서 자신을 매우 작은 존재라고 느끼고 있었다. 골드문트는 그의 친구 나르치스가 수도원장 요한으로서 이 강렬하고도 조용하며 친근함이 있는 수도원을 질서 있게 관리하고 지배하는 것을 보고 지금보다 자신을 작은 존재로 느낀 적은 아직까지 없었다. 입술이 얇고 학식이 많은 요한 수도원장과 단순하고 인심 좋고 소박한 다니엘 수도원장 사이에는 개인적으로 큰 차이가 있을지 모르지만 그들 누구도 똑같은 통일성과 똑같은 사상과 똑같은 질서에 봉사하는 것은 물론이요, 그것에 의해서 지위를 얻고 거기에 자신을 온전히 다 바치고 있었다. 수도원 복장이 그러하듯 그런 점들이 바로 그들 두 사람을 꼭 닮게 만들었다.

나르치스가 이 수도원의 한복판에 서게 되니 골드문트의 눈에 그가 엄청날 만큼 크게 보였다. 물론 나르치스는 그에게 다정한 친구요, 주인 태도를 바꾸지는 않았지만, 그는 이내 다정하게 '자네'라든가 '나르치스'라든가 하며 그를 부르는 것도 어딘지 모르게 서먹서먹해졌다.

"요한 수도원장." 하루는 그가 나르치스에게 말했다. "나는 자네의 새로운 이름에 서서히 익숙해지지 않으면 안 될 거야. 여기가 머물기에 정말 편하다는 걸 자네한테 일러두어야 하겠네. 자네한테 모든 것을 고해서 회개를 한 다음에 속세의 수도자로서 수도원에 넣어 주었으면 하는 희망을 갖고 있다네. 그렇게 되면 우리 우정도 끝나고 말 테지. 자네는 수도원장이고 나는 속세의 수도자니까. 그렇지만 이렇게 자네 있는 데서 무위도식하고 자네가 일하는 것을 구경할 뿐, 나 자신은 아무것도 아니요, 또 아무 일도 하지 않는다는 것은 도무지 견딜 수 없는 노릇이야. 나도 일을 해서 나 자신과 내 능력을 자네한테 보임으로써 교수형을 면제받은 일이 보람이 있었는지를 보아 주었으면 하는 생각일세."

"그것은 기쁜 일이야." 이렇게 나르치스는 말했다. 그 말 외에 여느 때보다 더

정확하고 간명한 어휘를 발견할 수 없었다. "자네는 언제든지 자네 작업장에 장비를 설치해도 상관없네. 곧 대장장이와 목수에게 자네 일을 돕도록 이르겠네. 여기에서 재료로 쓸 만해 보이는 있거든 무엇이든지 가져다 쓰게나. 밖에서 운반해 와야 할 것은 목록을 만들게. 그리고 지금 내가 자네와 자네 의도에 대해서 생각하고 있는 바를 들어주게! 내가 생각하는 바를 다 이야기하는 데 시간을 내달라는 걸세. 말하자면 나는 학자이니 내가 사고하는 세계 속에 들어 있는 것을 표현하려고 시도해 보아도 결국 학문 세계의 언어를 사용할 수밖에 없지. 그 밖에 달리 할 말은 없네. 그럼 전에도 가끔 꾸준히 참아준 대로 한 번 더 나를 따라와 주게."

"자네를 따라가도록 노력해 보겠네. 말해 주게나."

"내가 자네를 예술가라고 생각하고 있다는 것을, 우리 학생 시절에 벌써 몇 십 번이나 자네한테 이야기했던 것을 기억해 주게나. 그때 나는 자네가 어쩌면 시인이 될지도 모른다고 생각했었네. 그때 자네는 공부를 할 때 개념적인 것이나 추상적인 것에 대해서 일종의 반감을 가지고 있었네. 말 가운데서도 특히 감각적이요 시적인 성질이 갖추어져 있는 말과 음성을, 말하자면 그것을 통해서 머릿속에 무엇이 그려질 수 있는 그런 말을 자네는 즐겨했다네."

골드문트는 말을 가로챘다. "미안하지만 자네가 특히 즐기는 개념과 추상도 따지고 보면 심상이나 형상이 아닐까? 그렇지 않으면 자네는 정말 사색을 하기 위해 아무것도 머릿속에 그릴 수 없는 어휘만을 사용하고 사랑하는 것이 아닐까? 무엇을 머릿속에 그리지 않고 생각할 수 있을까?"

"자네가 묻다니 고마워! 하지만 확실히 사람들은 심상을 갖지 않고도 생각할 수 있어! 사색은 심상과 손톱만큼의 관계도 없지. 사색은 형상에 의해서가 아니고 개념과 공식에 의해서 이루어지네. 바로 형상이 끝나는 데서 철학이 시작되는 거야. 이것은 우리들이 전에 가끔 논쟁했던 걸세. 말하자면 세계는 자네한테는 형상에서 생겼고 나한테는 개념에서 생겼지. 나는 자네한테 언제든지 자네는 사상가로서는 아무 재능이 없다고 말했어. 하지만 그것은 동시에 아무런 결점도 아니다, 그 대신 자네는 형상의 영역을 지배하는 자다, 라고도 했었지. 나는 그것을 자네한테 명백히 해두었지. 알아듣겠나. 자네가 그 무렵 속세에 뛰어나가는 대신에 사상가라도 되었더라면 불행을 초래했을지도 모르지. 간단히 말해서 자네는 신비주의자가 됐을 거야. 다시 말하면 신비주의자는 상상의 세계에서 벗어날 수 없는 사상가야. 사상가란 불행한 예술가들이야. 신비주의자는 표면에 나서지 않는 예술가, 즉 시구를 쓰지 않는 시인, 화필을 갖지 않는 화가, 소리를 내지 않는 음악가야. 그들 가운데 그 이상 더할 수 없는 재능을 타고난 고귀한 정신이 있지만, 그들은 모두 한결같이 불행한 인간이야. 자네도 그 가운데 한 사람이 됐을지 누가 아나. 다행히도 자네는 예술가가 되어 형상의 세계를 다루게 되었네. 그리하여 자네는 창조자가 되고 지배자가 될 수 있어. 사상가로서 불충분한 세계에 머무르고 있는 대신에."

"심상의 작용 없이 자네 사상의 세계를 이해한다는 것은 나로서는 도무지 불가능하다고 생각되네." 하고 골드문트는 말했다.

"별말을 다 하는군. 곧 될 수 있을 거야. 들어 봐. 사상가는 세계의 본질을 논리학을 통해 인식하고 표현하려고 드네. 사상가는 우리 지성과 그 도구인 논리학이 불완전한 기계라는 것을 알고 있어. 마찬가지로 현명한 예술가는 그의 화필이나 끌이나 천사나 성인의 눈부신 본질을 결코 완전하게 표현할 수 없으리라는 것을 잘 알고 있지. 더욱이 사상가도 예술가와 똑같이 각자의 방법으로 그것을 시도하고 있네. 그들은 그렇게 하는 수밖에 별도리가 없는 것이지. 왜냐하면 인간은 자연으로부터 주어진 재능을 가지고 자신을 실현시키려고 시도하는 데서 자연히 자기가 할 수 있는 최고의 것과 비할 데 없이 의미 깊은 것을 이루기 때문일세. 그러기 때문에 나는 전에 자주 자네한테 말했었지. 사상가나 혹은 금욕주의자를 본받지 말고 자네 자신이 돼라, 자신을 실현하도록 노력하라고."

"자네가 말하는 것을 어느 정도 이해는 하지만 자신을 실현시킨다는 말은 대체 무슨 의미를 갖고 있는 걸까?"

"그것은 철학적인 개념으로 달리 표현할 수 없는 거야. 우리 아리스토텔레스와 토마스의 제자들한테는 모든 개념에서 최고의 것은 완전한 존재인 거야. 완전한 존재는 신이지. 그밖에 존재하는 일체는 반 정도의 존재에 불과하고 부분적인 존재에 불과해. 그것은 변화 과정에 있고 혼합되어 있고 여러 가지 가능성을 갖고 태어났어. 그러나 신은 혼합되어 있지 않고 하나야. 가능성을 갖지 않고 완전한 존재라든가 하는 것은 존재하지 않아. 우리가 힘에서 행위로, 가능성에서 실현으로 향해 나아갈 때 진실한 존재에 참여하고, 완전한 것, 신성한 것을 한 단계쯤 닮게 되는 것. 즉 자신을 실현하는 거야. 자네는 그 과정을 자신의 경험으로만 알고 있음이 틀림없어. 자네는 사실 예술가인데다 여러 가지 형상도 만들었네. 그런 형상이 정말 잘 됐다면, 인간의 초상을 우연적인 요소에서 해방시키고 순수한 형상으로 표현해낼 수 있었다면, 자네는 예술가로서 그 인간상을 실현한 셈이야."

"잘 알겠네."

"내 친구 골드문트, 보다시피 나는 자신을 실현시키는 것이 내 성격에 다소간 용이하게 돼 있는 장소와 직위에 놓여있어. 보다시피 나는 나에게 알맞고 나를 도와줄 단체와 전통 속에 살고 있지. 수도원은 천당이 아니야. 불완전에 가득 차 있지. 더욱이 성실하게 수도원 생활을 보낸다는 건 나 같은 인간한테는 세속적인 생활보다 얼마나 유익한 것인지 모르네. 나는 도덕을 설교하고 싶지는 않지만, 실제로도 순수한 사상은 속세에 대해서 어느 정도 보호받을 필요가 있어. 그 순수한 사상을 행하고 가르치는 것이 나의 과제이기 때문에 나는 여기 수도원 안에서 자네보다 훨씬 수월하게 자신을 실현시킬 수 있게 된 걸세. 그런데도 자네가 길을 찾아 예술가가 된 것을 나는 크게 기뻐하네. 왜냐하면 자네가 그렇게 되기까지에는 어려운 일이 많았을 것이기 때문이야."

골드문트는 칭찬을 받고 당황해 얼굴이 새빨개졌다. 기쁘기도 했다. 이야기를 다른 데로 돌리기 위해 친구의 말을 중단시켰다. "자네가 나한테 말하려 한 것을 대강 짐작하겠어. 단 한 가지 이해되지 않는 게 있네. 그것은 자네가 '순수한 사상'이라고 말하는 것이야. 말하자면 자네의 형상을 갖지 않는 사상과, 아무것도 머릿속에 그릴 수 없는 어휘의 조작 말이야."

"그건 하나의 예를 들어 밝힐 수 있네. 수학을 생각해봐. 수는 무슨 심상을 포함하고 있을까? 혹은 플러스와 마이너스 부호는? 방정식은 무슨 형상을 포함하고 있을까? 전혀 포함하고 있지 않아. 자네가 산수나 대수 문제를 풀 때, 자네는 심상의 도움을 빌지 않고 배우고 익힌 사고방식에 따라 형식적인 문제를 푸는 것일 뿐일세."

"그대로야, 나르치스. 자네가 한 줄의 숫자와 부호를 써준다면 나는 심상을 사용하지 않고 계산을 해낼 수 있어. 플러스와 마이너스, 곱하기, 묶음표 등에 의해서 문제를 푸는 것이 학생들에게 지적 능력을 키우는 훈련이라는 가치 외의 다른 가치가 있다는 것은 나로서 도무지 생각할 수 없네. 계산법을 배우는 것은 정말 좋은 거야. 하지만 한 사람의 인간이 일생동안 그런 계산 문제에만 파고 들어앉아 언제까지나 종이에다 숫자의 줄을 잔뜩 써둔다면 무의미하고 어린애 같은 짓이라고 나는 생각할 걸세."

"그것은 자네가 잘못 생각한 거야, 골드문트. 그 부지런한 계산자는 선생이 그에게 내주는 새로운 숙제를 계속 풀고 있는 거라고 자네는 가정하고 있네. 그렇지만 그는 자신이 문제를 만들 수도 있네. 문제는 거역할 수 없는 내부의 힘에 의해 생길 수도 있네. 사람들은 사상가로서 공간의 문제에 부딪쳐 나갈 수 있는 힘이 있기 전에는 실제 공간과 가설 공간을 간혹 수학적으로 계산하고 추정하지 않으면 안 될 걸세."

"그거야 그럴 테지. 하지만 순수한 사상의 문제로써 공간 문제는 한 인간이 실제 그의 노력과 세월을 여기에 소비해야 할 필요는 없다고 생각되네. '공간'이라는 말은 이를테면 별의 공간이라는 실제 공간을 머릿속에 그리지 않는 한 나한테는 무요, 사상의 가치조차 없어. 그런 공간을 관찰하고 측정하는 것은 확실히 가치 있는 문제라고 생각되네."

빙긋이 웃으며, 나르치스가 이야기를 가로챘다. "자네는 사상을 별로 대수롭게 생각지는 않지만, 사상을 실제적이요 구체적인 세계에 응용시키는 것은 무관하다고 말하려 하고 있네. 우리가 사상을 응용하는 기회와 그렇게 하려는 의지는 우리한테는 절대 부족하지 않다, 라고 자네한테 대답할 수 있네. 이를테면 사상가 나르치스는 그의 사상의 결과를 그의 친구 골드문트에게도, 수사 한 사람 한 사람에게도, 수백 번이나 응용했어. 또 매시간 그렇게 하고 있지. 그렇지만 미리 배우고 연마하지 않는다면 어떻게 응용할 수가 있을까? 예술가도 그의 눈과 상상력을 부단히 연마하고 있네. 가령 그것이 실제 작품에는 아주 작은 효과를 내고 있다고 해도 우리들은 예술가의 수련을 높이 인정하네. 자네는 사상 그 자체를 배척할 수 있지만 그 '응용'을 시인할 수는 있네! 그 모순은 명백해. 그럼 조용히 생각하도록 해주게. 그리고 내 사상을 그 성과에 따라서 판단하여 주게. 바로 내가 자네의 예술가로서의 존재를 자네의 작품에 의해서 평가하는 것처럼, 자네와 자네 작품 사이에는 아직도 장애가 있기 때문에 자네는 지금 침착하지 못하고 흥분해 있네. 그 장애를 제거하거나 자네의 작업장을 찾거나 세우거나 하게! 그리고 자네 작품에 열정을 기울이게! 그렇게 되면 수많은 문제가 저절로 해결 될 걸세!"

골드문트는 더 바랄 것이 없었다.

그는 안마당 문 곁에 지금 비어 있어서 작업장을 만들기에 적합한 장소를 발견했다. 그는 화가(畵架)나 다른 연장을 자세하게 그려서 목수한테 주문을 했다.

또 수도원의 인부들을 시켜 인접한 도시에서 차차 운반해 오게 될 물품들의 목록을 장만했다. 상당한 목록이었다. 그는 목수들이 집이나 숲에 가서 잘라다가 저장하고 있는 통나무를 조사해서 그가 쓰기에 알맞은 나무를 잔뜩 골라 한 개씩 한 개씩 그의 작업장 뒤 잔디밭으로 운반하여 거기서 말리게 했다. 그는 손수 통나무 위에 덮어씌울 지붕을 만들었다. 대장간에서도 할 일이 많았다. 그 집 아들인 몽상가인 듯한 청년을 완전히 설득하여 자기 동료로 만들었다. 그는 그 청년과 함께 한 반나절 동안, 풀무간이나 모루나 물통이나 숫돌 옆에 서 있었다. 거기서 그가 재목을 다듬는 데에 필요한 구부러진 조각칼과 곧은 조각칼, 끌과, 송곳과 깎아내는 짝지칼 등이 만들어졌다. 스무 살쯤으로 보이는 청년 대장장이 아들 에릿히는 골드문트와 친구가 되었다. 그는 무엇이든지 도와주었고 불타는 흥미와 호기심으로 가득 찼다. 골드문트는 그에게 기타 치는 방법을 가르쳐 주겠다고 약속했다. 청년은 그것을 애타게 기다렸다. 목각을 해보아도 좋다고 허락했다. 골드문트는 간혹 수도원이나 나르치스 앞에서 자신이 정말 쓸모없고 귀찮고 답답한 사람이라고 느껴질 때면, 수줍어하면서도 자신을 사랑하고 한없이 존경하는 에릿히한테서 원기를 회복했다. 때때로 에릿히는 니클라우스 스승이나 주교의 도시 이야기를 들려달라고 골드문트를 졸랐다. 골드문트는 흔쾌히 몇 번이고 이야기를 해주었다. 이야기를 할 때면 언제고 자기가 지금 여기 앉아서 노인처럼 과거의 여행 이야기나 하는 것이 이상하게 생각되었다. 그의 진정한 삶은 이제야 비로소 시작되려 하고 있기 때문이었다.

그가 최근 몇 년 동안 용모가 몹시 달라진 것, 나이 이상으로 겉늙어 버린 것을 아무도 눈치 채지 못했다. 전에는 아무도 그를 알지 못했기 때문이다. 유랑과 불안정한 생활의 고초가 그를 겉늙게 했을지도 모른다. 그리고 무서운 일이 많았던지 페스트의 시대와 마지막으로 백작의 성에서 붙잡혀 지하실에서 공포의 밤을 새웠던 일이 그를 이토록 속속들이 흔들었다. 훗날 많은 여운이 남았다. 금빛 수염 속에 섞인 하얀 털, 얼굴의 잔주름, 잠 못 이루는 밤, 이따금 마음에 느끼는 피로, 쾌락과 호기심의 쇠퇴, 만족과 포화상태의 미지근한 회색 감정 등이 남았을 뿐이었다. 일의 준비를 하거나, 에릿히와 이야기를 하거나 대장간이나 목수 방에서 바쁘게 일하고 있으면 마음도 느긋해져서 가뜬하고 젊어졌다. 모두들 그를 존경하고 그를 좋아했지만, 그 사이에도 종종 몇 시간동안 기진맥진하여 엷게 미소를 짓기도 하고 또한 꿈꾸기도 하면서 무감각과 무관심의 상태에 놓여질 때가 흔히 있었다.

대관절 어디서부터 일을 착수해야 할 것인지 하는 문제가 그에게는 매우 중요했다. 여기서 만들게 될 첫 작품으로 그는 수도원의 후한 대우에 보답하고자 했기 때문에, 사람들의 호기심을 채우기 위해 어디엔가 세워 둔다는 그런 막연한 것이어서는 안 되었다. 수도원 안에 있는 옛날 작품들처럼 그 건물과 생활에 파고들어가 그 일부가 되지 않으면 안 되었다. 계단이나 설교단을 만들고 싶었지만 그 어느 것도 필요 없고 또한 놓을 자리도 없었다. 그 대신 다른 것을 발견했다. 신부들 식당 벽의 좀 높은 곳에 움푹 패어 들어간 데가 있었다. 거기서 젊은 수사들이 식사하는 동안에 언제나 성인들의 전설을 낭독했다. 거기에는 장식이 없었다. 골드문트는 독서대 계단과 독서대에 목각 장식을 입혀 설교단과 똑같이 반쯤 부각된 형상 하나와 거의 모양을 외부에 드러낸 몇 개의 목각을 만들기로 작정했다. 그는 자신의 계획을 수도원장한테 말했다. 수도원장은 그것을 칭찬하고 또한 환영했다.

이윽고 일에 착수하려 들자, 눈이 소복이 쌓였다. 크리스마스는 이미 지났다. 골드문트는 새로운 생활을 해나갔다. 그의 존재는 수도원에서 연기처럼 사라지고 만 것 같았다. 아무도 그의 모습을 보지 못했다. 그는 이제 학교가 끝난 후에 학생들 무리를 기다리고 있지 않았다. 숲속을 거닐지도 않았거니와 회랑을 걷지도 않았다. 식사는 밀가루 방앗간에서 하게 되어 있었다. 그 밀가루 방앗간도 그가 학생시절에 자주 드나들었던 데가 아니었다. 그는 작업장에 조수 에릿히 이외에는 아무도 들어오게 하지 않았다. 에릿히도 골드문트로부터 하루 종일 한 마디 말도 듣지 못할 때가 많았다.

첫 작품인 독서대에 대해서는 오랫동안 생각한 끝에 다음과 같은 계획을 짰다. 작품을 두 부분으로 나누어 하나는 속세를, 다른 하나는 신성한 말을 나타낼 작정이었다. 아랫부분, 즉 계단은 두툼한 참나무 둥치에서 성장해서 둥치 둘레를 돌고, 피조물 즉 자연과 족장들의 단순한 생활과 여러 가지 형상을 나타낼 작정이었다. 윗부분, 즉 흉부는 네 분의 복음서 저자 상을 받치게 될 것이다. 복음서 저자 가운데 한 사람은 고 다니엘 수도원장의 모습을 다른 한 사람은 그 후계자인 고 마르틴 신부의 모습을 상징하고, 누가 상에는 스승 니클라우스를 형상화시키고자 했다.

그는 큰 난관에 부딪쳐서 고생했는데, 생각했던 것보다 훨씬 큰 난관이었다. 그렇지만 그리 힘든 고생은 아니었다. 여인의 사랑을 구하듯 그는 넋을 잃고 절망감 속에서 작품을 위해 노력했다. 어부가 커다란 준치와 싸우듯, 성난 사자처럼, 동시에 살살 어루만지듯 그는 작품과 싸웠다. 온갖 저항이 그를 가르치고 동시에 예민하게 해주었다. 그는 그 일 외의 것은 모두 다 잊었다. 수도원도 잊고 나르치스도 거의 잊다시피 했다. 나르치스가 몇 번 오기는 왔으나 스케치한 것 외에는 아무것도 볼 수 없었다.

그러던 어느 날 골드문트는 자기의 고해를 들어달라는 소원으로 나르치스를 놀라게 했다.

"이때까지 단단히 마음먹었으나 그렇게 하지 못했네." 하고 그는 고백했다. "내가 너무나 하잘것없는 인간이라고 생각했던 탓이야. 나는 자네 앞에 정말 고개를 똑바로 들 수 없는 심정이었네. 지금은 좀 나아졌지만 나는 이제 일감을 손에 들고 있거니와 무위한 자도 아니야. 나도 수도원에서 같이 생활하고 있는 터이니 질서에 따르고 싶단 말일세."

　그는 이제야 고해를 할 시기가 됐다고 느꼈고 더는 기다릴 수도 없는 심정이었다. 최초의 몇 주일간은 은자다운 생활을 보내며 재회와 청춘의 회상에 젖었었다. 그리고 에릿히가 소망하는 이야기를 하는 사이에 그의 삶에 대한 회고는 일종의 질서와 밝음의 경지로 옮겨가 있었다.

　나르치스는 조금도 태도를 바꾸지 않고 골드문트의 고해를 받아들였다. 고해는 두 시간 가량 걸렸다. 수도원장은 얼굴 표정 하나 바꾸지 않고 친구의 모험과 고생과 죄악을 듣기도 하며 또 여러 가지 질문도 했다. 그리고 조금도 중단하지 않고 골드문트가 하느님의 정의와 선의를 믿는 마음의 소멸을 고백하는 부분도 조용히 듣고 있었다. 수도원장은 고해하는 친구의 여러 가지 고백에 마음이 저려왔다. 그는 상대가 얼마나 마음이 흔들리고 놀라고 때로는 파멸에 접근해 있는지 알았다. 그러다가 다시 그는 친구의 늘 사심 없는 순수함에 감동하여 미소 짓지 않을 수 없었다. 수도원장은 어처구니없는 불성실한 신앙 때문에 친구가 걱정하고 후회하고 있다는 것을 알았기 때문이었다.

　골드문트가 이상하게 여긴 것은, 아니 실망한 것은 고해 신부가 그의 죄악 그 자체에 대해서는 그다지 중요하게 받아들이지 않고 오히려 그가 기도와 고해와 성찬례를 게을리 한 것에 대해서 용서하지 않고 경고와 벌을 준 것이었다. 수도원장은 친구에게 성찬례를 받기 전 네 주간 동안 절제와 금욕 생활을 보내는 동시에 매일 아침 첫 번째 미사를 드리고, 매일 밤마다 주님의 기도 세 번과 마리아 찬송을 부르게 하여 속죄를 하게 했다.

　그런 다음 수도원장은 그에게 또 말했다. "이 고해를 소홀히 여기지 않도록 자네에게 경고하고 또 바라네. 나는 자네가 미사 문구를 아직도 정확하게 외우고 있는지 어떤지를 모르겠어. 자네는 그 문구 한마디 한마디를 추적해 가서 그 말의 정신에 헌신해야 하네. 오늘이라도 둘이서 주님의 기도와 찬송가를 두서너 가지 함께 부르고, 어떤 말과 의미에 자네가 특히 주의력을 집중해야 하는지 가르쳐 주겠네. 성스러운 말을 인간의 말을 이야기하고 듣는 것처럼 이야기하고 들어서는 안 되네. 자네가 생각하고 있는 것보다 더 자주 일어나겠지만, 자네가 문구를 다만 중얼중얼 대다가 그냥 흘려버리고 있다는 것을 깨달을 때에는 지금의 이 시간과 나의 경고를 회상하게. 그리고 처음부터 다시 시작해서 내가 가르쳐 주는 대로 문구를 읊고 마음속에 새겨두기 바라네."

그것이 다행스런 우연이었던지 혹은 수도원장의 심리학이 거기까지 뻗쳤던지, 이 고해와 속죄에 의해서 골드문트한테는 잠시 동안 넘쳐흐르는 평화의 시기가 와서 그를 행복에 젖게 했다. 긴장과 근심과 만족에 가득 찬 제작이 한창일 때 그는 매일 아침과 매일 밤에 가볍기는 하지만 그래도 양심적으로 행하는 종교적인 수련에 의해서 한낮의 흥분에서 구출되고, 그의 인간 전체가 보다 높은 질서를 향해서 끌어올려지는 듯 했다. 그 질서는 그를 예술가의 위험스런 고독에서 끌어내어 어린이로서 하느님의 나라로 이끌어 주었다. 그는 작품을 위한 싸움에는 끝까지 고독한 인간으로서 견뎌 나가야 했으며, 감각과 영혼의 모든 정열을 거기에 쏟아야 했지만, 기도드리는 한때는 그를 번번이 순진한 상태로 되돌려 주었다. 그는 일하는 동안 간혹 격정과 초조에 가슴을 졸이거나 육체적 쾌감을 느낄 정도로 도취하거나 했지만, 경건한 수련 시간에는 깊고 차디찬 물속에 가라앉은 것처럼 감격의 경지와 똑같이 절망의 경지에서 벗어났다.

그러나 언제나 좋은 결과만 가져 오지는 않았다. 제작에 불붙은 듯한 몇 시간을 보낸 저녁때에는 마음이 산란해지고 안절부절 못할 때도 있었다. 기도하는 수련도 몇 번이나 잊은 적이 있었다. 그리고 또 때로는 마음을 가라앉히려고 노력해도, 기도 소리를 내는 것은 결국 전혀 존재하지도 않는 하느님 혹은 자기를 도울 수도 없는 하느님을 찾고 있는 것이다, 부질없는 헛수고다, 하는 희망 된 생각에 방해받고 괴로워했다. 그는 그것을 친구에게 하소연했다.

"계속해." 나르치스는 말했다. "자네는 약속했으니 지켜야 해. 하느님이 자네 기도를 들어줄지 어떨지, 자네가 상상하는 하느님이 존재하는지 어떤지, 그런 것을 생각해서는 안 되네. 자네의 수고가 허망한 것인지 어떤지 그런 것도 생각해서는 안 되네. 우리의 기도가 지향하는 것에 비교하면 우리의 행위는 모두가 다 허망한 것이야. 자네가 수련할 동안에는 그런 어리석고 허황된 생각을 완전히 봉쇄해 버리지 않으면 안 돼. 주님의 기도와 마리아의 노래를 부르고, 그 문구에 몰두하고, 그리고 그것들로 꽉 차 있어야 할 걸세. 마치 자네가 노래를 부르거나 기타를 칠 때, 무슨 현명한 생각이라든지 사상을 좇지 않고 될 수 있는 대로 순수하고 또 완전하게 차례차례로 소리를 내고 손가락을 놀리듯이 말일세. 사람이란 노래를 부르는 동안에는 유익한지 아닌지를 생각하지 않고 노래를 부르지. 자네는 그와 똑같이 기도를 올려야 하네."

다시 잘 진행되었다. 긴장하고 열중한 그의 자아는 다시 넓은 아치형 천장의 질서 속에 사라졌다. 신성한 말은 다시 별처럼 그의 머리를 넘어서 그를 스쳐 지나갔다.

골드문트가 속죄의 기간을 넘기고 세례를 받은 후에도 나날의 수련을 계속하여 수 주일을 넘어 수개월에 이른 것을 보고, 나르치스는 크게 흡족해하고 있었다.

그 동안 그의 작품에 진척이 있었다. 두툼한 나선형 계단 축에 갖가지 형태의 식물·동물·인간들의 작은 세계가 솟아 있었다. 그 중앙에 여러 민족의 조상인 노아가 포도 잎사귀와 포도송이 사이에서 피조물과 아름다운 그림책으로써, 자유로이 즐거움을 그치지 않으면서도 숨은 질서와 규율에 인도돼 있었다. 이 수개월 동안 에릿히 이외 아무도 그 작품을 보지 못했다. 에릿히는 시중드는 것을 허락받고 줄곧 예술가가 된다는 생각밖에 다른 생각은 하지 않았다. 그도 작업장에 들어서지 못하는 날이 있었다. 그런가 하면 골드문트는 자신도 한 사람의 신자와 제자를 가졌다는 것을 기뻐하며 에릿히를 돌보아 주기도 하고 가르쳐 주기도 하고 습작도 하게 했다. 이 작품이 완성되고 성공하는 날에는 그는 에릿히를 그의 아버지에게 부탁하여 데려다 영구 조수로 교육시킬 생각을 하고 있었다.

네 복음서 저자 像의 제작은 모든 것이 조화를 이루고 동시에 의혹의 그림자를 던지지 않는 가장 좋은 날을 택해서 진행했다. 그에겐 다니엘 수도원장의 모습을 새긴 목상이 가장 잘 된 것처럼 생각되었다. 그는 거기에 대단한 애착심을 가졌다. 그 얼굴에서는 순수함과 선의가 빛나고 있었다. 그는 니클라우스 스승의 목상에는 그다지 만족하지 않았다. 에릿히는 그것에 가장 탄복하기는 했지만, 그 목상은 분열과 비애를 나타내고 있었다. 거기에는 고도의 창조 계획과 동시에 예술 창조의 허망함에 대한 절망적인 깨달음이 넘치는 지식과 또 잃어버린 통일성과 순진함에 대한 비애가 가득 엿보이는 듯했다.

다니엘 수도원장의 목상이 완성되자, 그는 에릿히를 시켜 일터를 깨끗하게 청소하게 했다. 그는 다른 작품에는 천을 둘러씌우고 목상만을 밝은 빛에 내놓았다. 그리고 나르치스한테로 갔으나 나르치스가 분주하게 일을 하고 있었기 때문에 참을성 있게 이튿날까지 기다렸다. 그리고 점심때 나르치스를 데리고 와서 그 목상 앞으로 안내했다.

나르치스는 가만히 선 채 바라보았다. 몇 분이고 서서 학자답게 조심조심 그 목상을 관찰했다. 골드문트는 나르치스 뒤에 서서 묵묵히 마음속의 폭풍우를 가라앉히려고 노력했다. 오! 하고 그는 생각했다. '지금 만약 우리 두 사람 가운데 어느 하나가 좋아하지 않는다면 큰일이다. 내 작품의 솜씨가 넉넉지 못하거나 나르치스가 이것을 이해할 수 없는 때에는 여기서 나의 창작은 모두 가치를 잃고 마는 것이다. 내가 좀 더 기다려야 했는데.'

골드문트한테는 그 몇 분이 몇 시간이나 된 것 같았다. 그는 니클라우스 스승이 그가 처음 그린 스케치를 손에 들었을 때를 생각하고 땀에 촉촉이 젖은 뜨거운 두 손을 긴장된 나머지 꽉 눌렀다.

나르치스는 골드문트 쪽을 돌아보았다. 그 순간 골드문트의 긴장은 풀어진 듯했다. 그는 친구의 수척한 얼굴 속에 소년 시절 이래 그에게서 한 번도 그처럼 눈부시게 빛나 본 적이 없는 무엇을 발견했다. 그것은 하나의 미소, 정신과 의지로 가득 찬 얼굴에 나타난 거의 수줍었다고 해도 지나친 말이 아닌 미소, 사랑과 헌신의 미소였다. 이 얼굴의 고독과 긍지가 한순간 깨져서 사랑에 가득 찬 마음 외에는 아무것도 거기서 생각나지 않는 듯했다.

"골드문트." 나르치스는 아주 나지막하고 여전히 말을 음미하는 소리로 말했다. "자네는 내가 단번에 유능한 예술가가 되리라고는 기대하지 않을 테지. 내가 유능한 예술가가 아니란 걸 자네도 뻔히 알고 있네. 나는 자네 예술에 대해서, 자네가 우습게 여길 정도로 밖에는 아무것도 이야기 할 수가 없다네. 그렇지만 나에게 한 가지만 이야기를 하게 해주게나. 첫 눈에 나는 이 사도는 다니엘 수도원장이라는 걸 알았지. 아니, 수도원장 그 사람일 뿐만 아니라 그가 당시 우리한테 의미한 모든 것, 즉 품위 · 선의 · 단순 등도 나타나있다고 생각하네. 지금은 고인이 되고 없는 다니엘 신부가 우리 청년들에게 공경 받던 모습이 완연히 여기 다시 내 앞에 서 있네. 그분과 함께 그때 우리한테 거룩하기도 하고, 그 시절을 우리한테 잊지 못하게 하는 모든 것이 여기 서 있어. 자네는 이것을 내 눈앞에 보여 줌으로써 부족함이 없는 선물을 해주었네. 우리의 다니엘 수도원장을 다시 가져다주었을 뿐만 아니라 자네는 처음으로 흉금을 터놓고 자네 자신을 완전히 나에게 보여준 걸세. 이제 자네가 누구라는 걸 나는 알겠네. 이제 거기에 대해서도 이야기하지 말게. 이야기해서는 안 되네. 아, 골드문트, 이런 시기가 오다니!"

넓은 작업장 안은 고요했다. 골드문트는 친구가 마음에서 우러나 감동하는 모습을 보았다. 어딘지 모르게 어색해져서 이 순간을 빠져나가고 싶었다.

"정말" 짤막하게 그는 말했다. "나도 기뻐. 그런데 자넨 곧 식사하러 갈 시간이 아닌가?"

제 19 장

골드문트는 이 작품을 제작하는 데 2년이 걸렸다. 그 후부터는 에릿히를 완전히 제자로 쓸 수 있게 됐다. 계단의 목각에는 조그만 낙원을 만들었다. 그는 아늑한 기분 속에서 나무라든지 무성한 잎사귀라든지 잡초 같은 것이 자라서 나뭇가지에는 들새들이 뛰노는 평화로운 돌을 새겼다. 그 사이 어디나 동물들의 몸체나 머리가 군데군데 솟아 있었다. 평화롭게 움트는 이 낙원 한복판에 그는 족장들의 생활을 몇 가지 단편으로 표현했다. 이런 부지런한 생활이 중단되는 때는 드물었다. 제작을 할 수 없던 날은 거의 드물었다. 괜히 안절부절못하거나 싫증이 나거나 해서 작품에 염증을 느끼는 날도 드물었다. 그러한 날이 있기라도 하면 그는 제자에게 일을 맡겨 놓고 시골에 가있다든지, 말을 탄다든지 해서 숲속에서 자유와 학생 생활의 향기로운 냄새를 맡고 이곳저곳 농부 딸을 찾아가거나 사냥에도 나가고 푸른 풀밭에 몇 시간이고 드러누워 숲의 우듬지로 이루어진 아치형 천장이나 양치식물이나 금작화로 뒤덮인 들판을 바라보기도 하였다. 하루나 이틀 이상 집을 비운적은 없었다. 이런 시간이 지나면 그는 새로운 정열을 충전해서 일을 시작했다. 황홀한 감정에 젖어 잡초처럼 무성하게 뒤덮인 식물을 새기는 것은 물론이요, 사뿐히 애정을 기울여 통나무 속에서 사람의 머리를 파내기도 하고, 힘을 주어 입이나 눈이나 엉긴 수염 등을 새겨 가기도 했다. 에릿히 이외에 이 작품을 알고 있는 사람은 나르치스뿐이었다. 그는 자주 찾아왔다. 작업장이 나르치스한테는 때때로 수도원 안에서 가장 좋은 장소가 됐다. 기쁨과 놀라움을 갖고 그는 구경했다. 거기에는 그의 친구가 침착해지기 싫어하는 순진한 마음에 품고 있던 것이 꽃을 피우고 있었다. 거기에는 창조물, 아늑하고 샘솟는 하나의 세계가 자라나고 꽃피고 있었다. 유희에 불과할는지는 몰라도 논리학이나 신학 등을 가지고 노는 유희보다도 유치한 유희가 아니라는 것은 확실했다.

그는 어느 날 생각에 잠겨 이같이 말했다. "골드문트, 나는 자네에게서 많이 배우고 있네. 예술이 무엇인가 하는 것을 알게 된 것 같아. 얼마 전까지만 해도 예술이라는 것은 사상이나 학문과 비교해 보면 정말 진정으로 받아들일 것은 아니라고 생각했네. 나는 사실 이렇게 생각했네. 인간은 정신과 물질로 구성된 불안정한 혼합물이기 때문에 정신은 영원한 것에의 인식을 여는 대신 물질은 인간을 끌어내려 무상한 것으로 묶어 놓는 것이기 때문에, 생활을 고양하고 의미를 주기 위해서는 인간은 감각에서 떠나 정신적인 것을 향해서 노력하지 않으면 안 되는 것이라고 말이야. 내가 예술을 존중한다고 했지만 습관적으로 그런 것이지 실은 예술을 경시하고 있었다네. 지금에야 비로소 나는 인식을 향해 가는 길이 얼마나 많이 있는가를, 정신의 길은 유일한 길이 아니고 또한 어쩌면 최상의 길이 아니라는 것을 깨닫게 되었네. 확실히 정신의 길은 나의 길일세. 나는 그 길에 계속 걸음을 멈추고 있을 테지. 하지만 자네는 그 반대의 길, 즉 감각을 통하는 길에서 대다수의 사상가들이 할 수 있는 것과 똑같이 존재의 비밀을 깊이 파악하고 훨씬 더 생생하게 표현하는 것을 나는 보고 있네."

"그렇다면 사상을 갖지 않는 사상이란 대체 무엇인지 내가 이해할 수 없다는 것을 자네도 이제 알게 되었군?" 하고 골드문트는 말했다.

"나는 벌써 전부터 그것을 알고 있었어. 우리의 사상은 끊임없는 추상이고 감각적인 것을 무시하는 것이며 동시에 순수한 정신적 세계를 건설하려는 시도라네. 그렇지만 자네는 바로 그 반대의 가장 변하기 쉬운 것과 가장 속된 것을 가슴에 받아들이는 것은 물론 바로 무상한 것 안에 존재하는 세계의 의미를 알려 주기도 해. 자네는 무상한 것도 소홀히 하지 않고 거기에 심신을 바치고 있다네. 자네의 헌신에 의해서 그것이 최고의 것이 되기도 하고 영원한 것을 비유하는 것도 되네. 우리 사상가는 세계를 하느님에게서 분리시킴으로써 하느님한테 가까워지려고 노력하고 있지. 자네는 하느님의 창조물을 사랑하고 다시 창조함으로써 하느님에게 가까워져. 사상이나 예술이나 인간이 만든 것으로써 불충분하기는 하지만 예술이 사심은 더 적네."

"나는 모르겠네, 나르치스. 하지만 인생의 문제를 종결짓거나 절망을 방지하는 데는 자네들 사상가나 신학자들이 그래도 더 잘 성공할 듯한데. 나는 벌써 오래 전부터 자네 학문을 부러워하지 않았다네, 나르치스. 하지만 나는 자네의 그 침착성이나 평정, 평화 같은 것을 무척 부러워한다네."

"골드문트, 자네는 나를 부러워할 것까지는 없어. 자네가 생각하고 있는 것 같은 그런 평화는 존재하지 않아. 평화라는 것이 확실히 있기는 하지만, 우리 내부에 지속적으로 있고 우리한테서 다시는 작별하지 않는 그런 평화는 존재하지 않아. 항상 부단한 싸움을 통해 획득 되고 매일매일 새로 쟁취하지 않으면 안 되는 그런 평화가 있을 뿐이야. 자네는 내가 싸우고 있는 것을 보지 않아. 자네는 내가 연구하고 있을 때의 싸움을 모르네. 기도실 안에서의 나의 싸움도 모르네. 자네가 그것을 모르는 것은 그리 나쁘지 않은 일이야. 자네는 내가 자네처럼 혼자서 방황하지 않는 것을 볼 뿐인걸. 그걸 자네는 평화라고 생각하고 있네. 그러나 그것은 싸움일세. 올바른 모든 생활이 그러하듯이, 자네 생활도 그러하듯이, 싸움과 희생일세."

"우리가 이런 주제로 논쟁을 하려는 것은 아니야. 자네도 내 싸움의 전부를 보고 있는 것이 아니니 말이야. 곧 이 작품이 완성되었다고 생각 될 때 내 마음이 어떨지를 자네가 이해할는지 모르겠어. 다 되기만 하면 옮겨서 설치하겠지. 다들 나에게 어느 정도 칭찬의 말을 하겠지. 그리고 나는 내 작품 속에 남아 있는 결점들, 더욱이 자네들한테 전혀 보이지 않는 그런 모든 점에 대해서 슬픔을 감추지 못하고 텅 빈 작업장으로 다시 돌아갈 거야. 내 마음속은 작업장이나 마찬가지로 텅 비고 껍질만 남아 있겠지."

"그건 그럴지도 몰라." 나르치스가 말했다. "그 점에선 서로 완전히 상대방을 이해하지는 못해. 그렇지만 선의를 가진 모든 인간의 공통점은 이런 것이야. 즉 결국 우리는 우리 작품을 부끄럽게 여기고, 이어서 다시 처음부터 시작하지 않으면 안 되며, 항상 새로운 희생을 바치지 않으면 안 된다는 것이지."

몇 주일 후 골드문트의 대작은 완성돼 운반되었다. 그가 벌써 몇 해 전에 경험해본 적이 있는 일이 반복되었다. 그의 작품은 다른 사람 소유로 옮겨져 관찰되고, 비평받고, 칭찬 받았다. 사람들은 그를 칭찬하고 그에게 경의를 표했다. 그렇지만 그의 마음과 작업장은 텅 비어 있었다. 그 작품이 그의 희생에 상응하는 것이었는지 어떤지는 그도 이제 알 수 없었다. 제막하던 날, 그는 신부들 식탁에 초대받았다. 그날 여러 가지 음식과 수도원에서 가장 오래 된 포도주가 나왔다. 골드문트는 맛있는 생선과 고기를 마음껏 먹었다. 오래 된 포도주 이상으로 나르치스가 그의 작품을 경의로 맞이해 준 열의와 기쁨이 그의 마음을 더 포근하게 해주었다.

수도원장의 희망과 주문에 의한 새로운 일거리가 벌써 준비되었다. 이 수도원에 소속되어 있는 마리아브론의 신부 가운데 한 사람이 사제로 일하고 있는 노이째의 마리아 성당을 위해 제단을 만드는 것이었다. 골드문트는 이 제단을 위해 마리아 상을 만들어 잊을 수 없는 그의 청년 시절의 인물들 가운데 한 사람, 아름답고 겁 많은 기사의 딸 리디아를 그 목상에 나타내 영원하게 하고자 했다. 그렇기는 하지만 이 주문은 그에게 그다지 중요하지 않았다. 그것은 에릿히에게 견습생 졸업 기념작으로 만들게 하는 것이 적당하다고 생각했다. 에릿히가 솜씨를 잘 보이면 골드문트는 에릿히를 언제까지나 좋은 협력자로서 대하리라. 에릿히는 그를 보좌해 주고 그가 염원하고 있는, 제작을 위해 몰두하는 자유를 제공해 줄 것이다. 이윽고 그는 에릿히와 함께 제단을 만들기 위해 골라 놓은 통나무들을 에릿히에게 정리하도록 지시했다. 골드문트는 자주 에릿히를 혼자만 있게 했다. 다시 방랑이 시작되어 그는 숲속을 멀리까지 돌아다녔다. 어느 날 골드문트가 며칠 동안이나 돌아오지 않기에 에릿히는 그 사실을 수도원장한테 알렸다. 수도원장도 골드문트가 그만 언제까지나 돌아오지 않을까 염려했다. 그 사이 골드문트는 돌아와서 일주일 동안 리디아 상을 제작하고 다시 방랑하기 시작했다.

그는 근심이 있었다. 대작을 완성시키고 나서 그의 생활은 무질서해졌다. 그는 아침 미사를 게을리 하고 극심한 초조와 불안 속에 파묻혀 있었다. 그는 니클라우스 스승을 머릿속에 몇 번 그려 보았다. 그리고 자기 자신도 이내 니클라우스처럼 성실하고 충실하고 또한 교묘하지만 자유와 젊음을 잃어버리지나 않을까 염려했다. 최근 작은 체험이 그를 명상에 잠기게 했다. 그는 방랑 생활을 하는 동안 프란치스카라는 귀염성 있는 어느 농부의 딸을 발견했다. 무척 마음에 들어서 그 여자를 가까이하려고 애썼다. 물론 사랑을 구하는 지난날 구애의 기술을 최대한 발휘했다. 처녀는 그의 잡담을 즐겨듣는 것은 물론 그의 익살에도 싫지 않은 듯 깔깔대며 웃었으나, 그의 구애는 거절했다. 처음으로 그는 자신이 젊은 여인들한테는 늙은이로 보인다는 것을 알았다. 그는 이제 거기에 가지 않았지만 잊지는 않았다. 프란치스카의 말이 옳았다. 그는 변해 있던 거다. 자신도 그것을 느꼈다. 그것은 일찍 희어진 머리칼이나 눈가에 잡힌 몇 줄의 주름보다는 오히려 태도나 심정 속에 있는 무엇이었다. 자신이 나이 들었다는 생각을 하기도 했고 니클라우스 스승을 매우 닮았다고도 느꼈다. 그는 불쾌감을 갖고 자기 자신을 관찰하고 자신에 대해서 어깨를 으쓱했다. 그는 이제 자유로운 몸이 아니고 정착한 몸이 되고 말았다. 이제는 독수리도 아니요 토끼도 아니고 가축이 되고 말았다. 바깥을 돌아다니는 날에는 새로운 방랑과 새로운 자유보다 과거의 향수나 지난날 유랑 생활을 회상하며 애달픔과 자신을 잃고 쓸쓸해했다. 하루 이틀, 바깥에서 날을 보내고 한동안 거닐면서 일을 잠시 쉬려다가도 할 수 없이 끌려 돌아오고 말았다. 양심의 가책을 느끼는 것은 물론이요, 일터가 그를 기다리고 있는 것 같아 착수한 제단이나 준비한 통나무, 조수 에릿히에 대해서 책임을 느꼈다. 그는 이제 자유로운 신세가 아니었다. 이젠 젊지도 않았다. 리디아 마돈나 상이 완성되면 다시 길을 떠나보자, 한 번 더 방랑 생활을 해보자고 굳은 결심을 했다. 이렇게 오랫동안 남자만이 사는 수도원에서 생활하는 것은 좋지 않았다. 신부들한테는 좋았을지 모르지만 그에게는 좋지 못했다. 사나이들하고는 마음을 터놓고 같이 이야기할 수가 있었다. 그들은 예술가의 일에 대해 이해심을 갖고 있었다. 그렇지만 다른 것, 즉 이야기를 하는 거라든지, 아무 생각도 않고 어름어름 넘긴다든지 하는 그런 것은 남자들 사이에는 잘 되지 않았다. 거기에는 여인이라든지, 방랑이라든지, 항상 새로운 풍경 등이 필요했다. 여기서는 신변 일체가 우울하고 진지한 점을 띠고 있기도 하며 조금 육중하고 거칠기도 했다. 그는 거기에 전염되었다. 그런 것들이 그의 핏속에 스며들어가 있었다.

길 떠난다는 생각이 그를 위로했다. 좀 더 속히 자유로운 신세가 되기 위해 기운차게 일을 시작했다. 통나무 속에서 리디아의 모습이 차츰 그를 향해 다가옴에 따라, 고귀한 그 여자의 무릎에서 엄숙한 차림의 주름을 밑으로 새겨 감에 따라 깊고 하염없는 기쁨, 즉 그 목상의 수줍은 미모의 주인공 처녀의 몸매, 그 당시며 첫사랑이며 첫 여행이며 청춘에의 슬프고도 가엾은 애착심이 그를 황홀케 했다. 그는 경건한 마음으로 그 목상 제작을 계속했다. 그것이 그의 최상의 것과 그의 청춘과 더없이 아늑한 추억과 한 덩어리가 돼 있는 것을 느꼈다. 그 여자의 갸우뚱한 목과 다정다감하고 애수가 깃든 입과 얌전한 두 손과 길쭉한 손가락과 아름다운 반원형 손톱 등을 만들어 가는 것은 여간 기쁜 일이 아니었다. 에릿히도 찬탄과 공경에 찬 애착심을 가지고 될 수 있는 한 자주 그 목상을 관찰했다.

거의 완성에 가까웠을 때 골드문트는 그것을 수도원장한테 보였다. 나르치스는 말했다. "여보게, 이것이 자네의 가장 아름다운 작품일세. 온 수도원 안에 이것과 필적할 만한 것은 하나도 없단 말이야. 나는 요 몇 개월 동안 자네 때문에 몇 번이나 걱정했는지를 고백하지 않을 수 없네. 자네는 초조와 괴로움 속에 빠져 있는 듯했어. 자네가 자취를 감춰서 하루라도 돌아오지 않으면 나는 걱정이 되어서 이제 영 돌아오지 않을지도 모른다고 생각했네. 그렇지만 자네는 지금 이런 훌륭한 목상을 만들었네! 나는 자네를 기쁨으로 여기는 동시에 자랑으로 여기네!"

"그렇군." 골드문트가 말했다. "이 목상은 썩 잘됐어. 그렇지만 나르치스, 내 말을 들어보게! 이 목상이 잘되기 위해서는 내 청년 시절 모두와 내 방랑과 연애와 수많은 여인과의 사랑, 그런 것이 필요했다네. 나는 그 우물에서 퍼 올린 것이라네. 우물은 이제 텅 비게 될 테지. 내 마음속은 허물어진 성터같이 될 걸세. 나는 이 마리아를 완성시킬 거야. 그러나 이게 끝나면 잠시 휴식을 얻겠네. 얼마나 오랜 시일이 걸릴지 나도 몰라. 나는 내 청춘과 한때 내가 애착을 기울이던 모든 것을 다시 찾아 나서겠네. 자네는 그것을 이해하겠는가? 아니, 좋아. 나는 자네 손님이었네. 여기서 해낸 내 일에 대해서 보수를 받은 적은 한 번도 없었어……."

"나는 자주 보수를 받으라고 요구했었지." 나르치스는 항의했다.

"그랬지. 지금 그것을 받겠어. 새로운 의복을 주문하겠네. 옷이 다 되면 말과 몇 타일러의 돈을 얻어서 세상에 나가겠네. 아무 말도 말게, 나르치스. 애달파하지 말게. 여기가 이제 내 마음에 들지 않는다고 하는 것은 아닐세. 어디를 간들 여기보다 더 편한 곳이 있겠는가. 그와는 반대일세. 내 소원을 성취할 가능성이 있을까?"

거기에 대해서는 더 언급하지 않았다. 골드문트는 단출한 승마복과 장화를 만들게 했다. 여름이 가까워 오기 전에 그의 마지막 작품이기라도 하듯 마리아를 만들어갔다. 애정과 성심을 다하여 두 손과 얼굴과 머리칼에 마지막 손질을 서둘렀다. 그는 출발을 망설여 연기하고 있는 듯 또는 이 미묘한 마지막 일에 의해서 자꾸자꾸 조금씩 늦추어지고 있는 것을 기쁨으로 하고 있는 듯 보일 때도 있었다. 하루하루가 지나갔다. 여전히 이것저것 정리할 것이 있었다. 나르치스는 임박한 이별을 쓰디쓰게 느끼고 있었으나 골드문트가 마리아 상에 애착을 기울여 떠나지 못하고 있는 데에 가끔 희미한 미소를 던지고 있었다.

그렇지만 어느 날 하루 골드문트가 갑자기 작별하러 와서 나르치스를 놀라게 했다. 하룻밤 사이에 결정한 것이었다. 새로운 옷을 입고 새 명주 모자를 쓰고 나르치스한테 인사하러 왔다. 그는 조금 전에 벌써 고해도 하고 성체도 받았다. 지금은 잘 있으라는 인사를 하고 여행의 축복을 얻기 위해 온 것이었다. 두 사람의 이별은 서글펐다. 골드문트는 마음속에서 생각하고 있던 것보다 더 큰 용기와 태연함을 가장하고 있었다.

"자네를 다시 만날 수 있게 될까?" 나르치스가 물었다.

"그거야 멋진 자네 말이 내 목을 비틀지 않는다면 확실히 또 만나게 될 걸세. 그 밖에는 아무도 자네를 나르치스라고 부를 걱정을 끼치지 않을 걸세. 그것은 믿어 주게나. 에릿히를 돌보아 주길 바라네. 그리고 또 내 목상에 아무도 손을 대지 않도록! 그것은 전에도 이야기했듯이 내 방에 그냥 두어 뒀네. 열쇠를 잊지 않길 부탁하네."

"여행을 기뻐하고 있나?"

골드문트는 두 눈을 깜빡거렸다.

"응, 기뻐했네. 확실히 그래. 하지만 막상 떠나는 지금은 생각했던 것보다 덜 즐거운 것 같네. 바보 같은 녀석이라고 자네는 비웃을 테지. 그러나 이별은 그리 쉬운 일이 아니란 말이야. 이 집착이 아무래도 마음에 안 들어. 이것은 병과 같은 것으로, 나이 젊고 튼튼한 사람한테는 이런 것은 없다네. 니클라우스 스승도 그랬었어. 아, 무익한 것은 지껄여 무엇해! 여보게 나에게 축복해 주게. 나는 떠나겠네.”

그는 말을 타고 가버렸다.

나르치스는 자꾸 친구를 생각하고 있었다. 그를 걱정도 하고 그에 대해서 그리움도 가졌다. 골드문트는 그에게 돌아올까? 달아난 그 새가? 귀여운 그가? 기묘하고 사랑스런 이 사나이는 또 제멋대로 분방한 궤도에 몸을 실었다. 그는 다시 탐욕스럽고 신기한 듯이 어둡고 강한 충동에 따라서 폭풍우와도 같이 싫증도 모르고 다 큰 아이처럼 세상을 떠돌아갔다. 하느님이 그와 같이 하옵기를! 그가 무사히 돌아오기를! 또 그는 부나비처럼 종횡무진으로 날아다녔다. 다시 죄를 범하고 여자를 유혹하고 있었다. 욕망에 사로잡혀 아마 또 살인이나 위험한 일이나 감금당하여 그 때문에 죽을지도 모른다. 이 금발의 소년은 나이 먹은 것을 애달파하며 아주 어린애 같은 눈으로 보고 있는데 왜 이렇게 남의 애를 태우는 것일까! 왜 사람들은 그 때문에 걱정하지 않으면 안 될까! 그렇지만 나르치스는 진정으로 그에 대해서 기쁨을 감추지 못했다. 짓궂은 어린아이가 정말 제어하기 어려웠던 것, 굉장히 외곬이었던 것, 이제 또 뛰어나가서 울분을 풀어헤치는 것, 그런 것을 나르치스는 마음속에서 유쾌하게 생각했다.

매일 어느 시간이고 수도원장 생각은 친구한테로 되돌아갔다. 사랑과 그리움과 감사와 걱정 속에서 때로는 또 우려와 자책 속에서, 그가 얼마나 친구를 사랑하고 있으며 친구가 변하지 않길 얼마나 바라고 있으며 그가 친구와 친구의 예술을 통해서 얼마나 윤택해졌는지를 좀 더 친구에게 고백했어야 하지 않았을까? 그는 친구에게 그것에 대해서 별로 이야기도 하지 않았다. 아마 지나칠 정도로 이야기를 하지 않았던 것이 아닐까? 친구를 붙잡아 둘 수도 있었을 것을.

그는 골드문트에 의해서 윤택해졌을 뿐만 아니라 그는 친구에 의해서 더 빈약

하고 약해졌다. 그것을 친구한테 보여 주지 않은 것은 확실히 다행이었다. 그가 살고 있는 세계와 고향, 그의 세계, 그의 수도원 생활, 그의 직함, 그의 학식, 훌륭하게 조직된 사상의 구성, 이런 것은 모두 친구에 의해서 때로는 크게 동요를 받고 또한 의심을 받았었다. 틀림없이 수도원, 즉 이성과 도덕면에서 본다면 그 자신의 생활은 보다 좋고 옳으며, 보다 안정되고, 보다 질서가 있었으며, 보다 모범적이었다. 그것은 질서와 준엄한 봉사 생활과 부단한 희생, 밝음과 옳음을 향한 늘 새로운 노력이었다. 예술가나 유랑자나 바람둥이 생활보다 훨씬 깨끗하고 나았다. 그렇지만 위에서, 즉 하느님의 세계에서 본다면, 과연 모범적인 생활 질서와 규율, 속세와 감각적 행복에의 단념, 더러움과 피에서의 이탈, 철학과 신에 대한 공경에의 침잠 등은 골드문트의 생활보다 나았을까? 인간은 과연 기도의 종소리가 시간이나 행사 등을 알려 주는 그대로 규칙적인 생활을 하도록 만들어져 있단 말인가! 인간은 과연 아리스토텔레스와 토마스 아퀴나스를 연구하고, 그리스어에 정통하고, 관능을 억제하고, 속세에서 달아나도록 만들어져 있단 말인가? 인간이란 하느님에 의해 만들어졌을 때 관능적인 충동, 핏방울이 넘쳐나는 수수께끼, 죄악이나 향락이나 절망으로 달리는 능력 등을 가지고 있었던 것은 아닐까? 수도원장의 생각이 친구에게로 달려가고 있을 때 그는 이런 의문부호를 찍는 것이었다.

그렇다, 골드문트와 같은 생활을 보낸다는 것은 아마 더 유치하고 더 인간적인 것만은 아니었을 것이다. 두 손을 털고 속세를 떠나 깨끗한 생활을 하는 것은 물론이려니와 조화에 찬 아름다운 사상의 화원을 설계하기도 하고, 안전한 화단 사이를 몸에 티끌 하나 묻히지 않고 거닐기도 하는 대신에 전신이 오싹해지는 격류와 뒤얽힘 속에 몸을 맡겨서 죄악을 범하고 그 쓰디쓴 결과를 짊어지는 것이 결국 더 용감하고 더 위대한 것이었으리라.

낡아서 닳아빠진 신발을 신고 숲속이나 국도를 헤매 다니기도 하고, 햇빛이 비치면 비치는 대로, 비가 내리면 내리는 대로, 배고픔과 고생이 겹치면 겹치는 대로 그냥 시달림을 받기도 하고, 관능의 향락에 놀아나기도 하고, 괴로움으로 속죄를 대신하며 살아간다는 것은 아마 더 많은 곤란과 용기와 값비싼 희생을 필요로 하지 않았겠는가.

아무튼 골드문트는 나르치스에게 많은 것을 보여주었다. 즉 고귀한 위치에 서 있어야 하는 운명을 지닌 인간은, 정열적이고 향락적인 생활의 혼란 속에 깊숙이 잠겨 먼지나 피투성이가 되는 일이 있더라도 비겁해지거나 내면의 신성한 것을 죽이지 않으며, 깊숙한 어둠속에서 길을 잃는 한이 있더라도 거룩한 그의 영혼 속에서는 신성한 빛과 창조력이 소멸되지 않는다는 것을 보여 주었다. 나르치스는 친구의 복잡한 생활 속을 깊숙이 들여다보았다. 그렇지만 친구에 대한 그의 사랑이나 존경이 줄어들지는 않았다. 그뿐인가, 골드문트의 더럽혀진 두 손에서 놀랍도록 평온하고 생기 넘치는 형상이, 내면의 형식과 질서에 의해서 변용된 목상이 완성되는 과정을 두 눈으로 보았다. 또한 영혼에서 빛을 내뿜는 깊숙한 얼굴, 티끌 하나 없는 식물이나 꽃, 애원을 하는 손이나 혹은 은혜를 받는 두 손, 대담하고 온화한 동시에 자랑스러운, 혹은 거룩한 자태들이 완성되어 가는 과정을 두 눈으로 보았다. 나르치스는 불안정한 이 예술가의 마음과 유혹자의 마음속에는 넘쳐흐를 듯한 빛과 신의 은총이 둥지를 틀고 있다는 것을 알았다.

나르치스는 친구와 대화를 하면서 친구의 정열을 자신의 규율과 사상의 질서로 견제하곤 하였으며, 자신이 더 우월하다는 것을 보여주었다. 그렇게 하기는 쉬웠다. 그렇지만 골드문트가 만드는 목상의 조그만 자태 하나하나, 눈이나 입이나 곱슬곱슬한 수염이나 의복 주름 하나하나가 사상가가 할 수 있는 것 이상으로 보다 현실적이고 약동적인 동시에 어느 것으로도 대체할 수 없는 것이 아니었던가! 마음은 언제나 저항과 고난에 차 있는 그 예술가가 현재와 미래의 무수한 인간들을 위해 그들의 고난과 노력의 상징을 높이 들지 않았단 말인가! 무수한 사람들의 기도와 공경과 마음의 슬픔과 그리움의 표적이 되고 위안과 신뢰와 격려를 발견할 수 있는 그런 목상을 높이 들어올리지 않았던가!

　나르치스는 미소 지으며, 사춘기 시절부터 슬픔에 차서 친구를 인도하고 가르친 장면을 하나도 남기지 않고 회상해 냈다. 친구는 감사한 마음으로 가르침을 받아들였다. 언제나 그의 우월성과 지도력을 인정했다. 그런 다음에 친구는 너무나 조용히 그의 폭풍우 같은 삶과 괴로움 속에서 태어난 작품을 높이 들어올렸다. 말도 가르침도 설명도 경고도 아닌, 높이 들려진 참다운 삶이었다. 거기에 비하면 그의 지식과 수도원의 규율과 궤변으로 뭉쳐진 자신의 삶은 얼마나 초라한가!

　이러한 문제를 둘러싸고 그의 사상은 어지럽게 맴돌았다. 그가 옛날 골드문트의 마음을 뒤흔들어 놓고 경고로써 그의 청춘에 관여하고 그의 삶을 새로운 세계로 옮기게 해주었듯이, 그 친구는 수도원으로 돌아온 이래 그를 괴롭히고 동시에 뒤흔들어 놓고 의심과 자기 성찰을 하지 않을 수 없도록 만들었다. 친구는 그와 동격이 되었다. 나르치스가 친구에게 주었던 것이 몇 배로 커져서 모두 그에게 되돌아왔다.

　말을 타고 떠나간 친구는 그에게 생각할 시간을 주었다. 몇 주일이 흘러갔다. 밤나무 꽃은 벌써 오래 전에 피었다. 연한 푸른색 떡갈나무 잎사귀는 벌써 오래 전에 까맣고 딱딱하게 굳었다. 황새는 벌써 정문의 탑 위에서 알을 까 새끼를 데리고 다니면서 나는 법을 가르쳐 주었다. 골드문트가 떠나 있을수록 나르치스는 자기에게 친구가 얼마나 중요한지 실감했다. 그는 수도원 안에 몇 분의 박식한 신부를 데리고 있었다. 그 가운데 한 분은 플라톤에 정통한 철학자, 한 분은 훌륭한 문법 학자, 한두 분은 면밀한 신학자였다. 수사들 가운데는 진지하고 언제나 변치 않는 성실한 사람이 몇 명 있었다. 그렇지만 자기와 대등하게 대화할 수 있는 사람은 하나도 없었다. 이런 상황을 제공한 사람은 골드문트였다. 다시 예전으로 돌아가야 한다고 생각하니 정말 견디기 어려웠다. 생각은 자꾸만 멀리 떠나간 친구를 향해 그리움을 몰고 갔다.

그는 자주 작업장에 가서 조수 에릿히를 격려했다. 에릿히는 제단을 만드는 일을 계속하고 있었으나 스승이 돌아올 날만 고대하고 있었다. 때때로 수도원장은 마리아 상이 있는 골드문트의 방문을 열고 상을 덮은 천을 조심조심 걷어내고 그 옆에 웅크리고 앉았다. 그는 이 목상의 유래를 알지 못했다. 골드문트는 그에게 리디아의 이야기를 해준 적이 없었다. 그러나 나르치스는 모두 감각으로 느끼고 있었다. 이 처녀의 자태가 오랫동안 친구의 가슴 속을 차지하고 있었음을 알았다. 친구는 그녀를 유혹하고, 기만하고, 버렸는지도 모른다. 그렇지만 친구는 그녀를 그의 영혼 속에 숨겨두고 가장 훌륭한 남편보다 더 충실하게 간직했을 것이다. 아마 그녀와 두 번 다시 만나지 않고 긴 세월을 보낸 다음, 이윽고 아름답고 감동적인 이 여인의 목상을 만들어 그 얼굴과 자태와 두 손목에 사랑하던 사나이의 모든 애정과 흠모와 그리움을 쏟아 넣은 것이었다. 식당 독서대에 새겨진 목상에서도 그는 친구에 대한 것을 이것저것 읽었다. 거기에는 방랑자와 충동적인 인간의 사연이 쓰여 있었다. 고향이 없는 사나이, 정처 없는 사나이의 사연이었다. 여기 남아 있는 모두가 선량하고 충실하고 생명으로 가득차고, 사랑으로 충만 되어 있었다. 이 생명은 왜 그토록 신비에 가득하고, 생명의 물결은 왜 그토록 흐릿하고 사자처럼 거세던가! 거기 서 있는 조각품은 어쩌면 그토록 고귀하고 맑았던 것일까!

나르치스는 그러한 혼란스런 감정과 싸워서 이겼다. 자기 삶의 궤도에 저항하지 않았다. 엄격한 봉사를 조금도 소홀히 하지 않았다. 그렇지만 그는 친구를 잃고 슬퍼했다. 그의 마음은 하느님과 그의 직무에만 바쳐야 하는데도 너무나 이 친구에게 집착하고 있는 것을 알고 슬펐다.

제 20 장

여름도 가고 양귀비꽃, 도깨비부채꽃, 선옹초, 파꽃 등은 시들어 사라졌다. 연못의 개구리도 조용해지고, 황새는 높이 날아 떠나갈 준비를 했다. 그때 골드문트가 다시 돌아왔다.

어느 보슬비 내리는 오후, 그는 돌아와서 수도원에 들어가지 않고 정문에서 곧장 작업장으로 들어갔다. 말을 끌지 않고 그냥 걸어서 도착했다.

에릿히는 골드문트가 들어왔을 때 깜짝 놀랐다. 단번에 그가 골드문트라는 것을 알아차렸음은 물론 그의 가슴은 스승을 향하여 고동쳤다. 그러나 거기에 돌아온 사람은 완전히 다른 사람처럼 보였다. 골드문트가 아닌, 무척 나이가 든 반쯤 사라져 없어진 듯한 먼지투성이의 회색 얼굴, 움푹 들어간, 또 병으로 시달리고 있는 표정이었다. 그렇지만 그의 얼굴에 새겨진 것은 고통이 아니고 오히려 온화한 미소, 사람 좋은 늙은이의 평화로운 미소였다. 그는 두 다리를 끌다시피 하며 겨우 걸음을 옮겼다. 병들고 몹시 지친 것 같았다.

이처럼 달라지고 보기에도 낯선 골드문트는 이상하다는 듯 젊은 조수의 눈을 빤히 들여다보았다. 그는 돌아온 것을 유별나게 떠들지 않고 마치 옆방에서나 나온 듯, 그리고 아직도 거기에 그냥 있었던 듯 행동했다. 그는 악수를 하고, 아무 말도 하지 않고 인사도 질문도 이야기도 없었다. 단지 "자야지." 할 뿐이었다. 몹시 지친 것 같았다. 그는 에릿히를 내보내고 작업장 옆 그의 방으로 들어갔다. 거기서 그는 모자를 벗어던지고 신을 벗고 침대를 향하여 걸어갔다. 방 한 구석에 마리아가 여전히 천을 쓰고 서 있는 것이 보였다. 그는 그쪽을 향하여 고개를 끄덕이기는 하였으나, 가서 천을 벗기려고도 인사를 하려고도 하지 않았다. 그 대신 조그만 창가에 서서 에릿히가 바깥에서 당황해서 기다리고 있는 것을 보고 소리쳤다. "에릿히, 내가 돌아온 것을 아무한테도 이야기하지 마라. 나는 너무 지쳤다. 내일까지 시간이 있으니 말이야."

그러고는 입은 그대로 침대에 누웠다. 누워 있어도 여전히 잠을 이룰 수 없었기 때문에 일어나서 조그만 거울이 걸려 있는 벽 쪽으로 힘겹게 걸어가서 거울을 들여다보았다. 거울 속에서 그를 바라보고 있는 골드문트는 억센 수염을 가진 사나이, 지치고 나이 들어 시들어빠진 사나이였다. 흐릿한 거울 표면에서 그를 바라보는 사나이는 얼마간 제정신을 잃은 노인이었다. 눈에 익은 얼굴 같기도 하지만 서먹서먹하기도 한 얼굴이었다. 눈앞에 있는 사람 같지 않았다. 그와는 아무 관계가 없는 사람 같았다. 그리하여 그가 알고 있는 이 얼굴 저 얼굴을 회상하게 했다. 얼마간은 니클라우스 스승을, 얼마간은 지난날 그를 위해 시동 옷을 만들게 한 노기사를, 또 얼마간은 천당에 있는 성 야곱을, 순례 모자를 쓰고 지독한 노령에다 회색빛이기는 하지만 아주 명랑하고 친절하게 보이는 늙은 털보 야곱을 떠올렸다.

이 낯선 사람에 대해서 자세하게 알아 두는 것이 문제의 초점이기라도 하다는 듯, 그는 거울 속의 얼굴을 요모조모 뜯어보았다. 그는 그 얼굴에 고개를 끄덕이고, 아, 그렇구나 하고 생각했다. 그렇다, 그 얼굴은 골드문트 자신이었다. 그가 자신에 대해서 갖고 있는 감정과 꼭 들어맞았다. 몹시 지친데다 얼마간 둔해진 노인이 여행에서 돌아온 얼굴이었다. 보기에도 허름한 사나이, 어디 하나 내세울 게 없는 사나이였다. 하지만 그 사나이에게 반감은 커녕 오히려 호감을 가졌다. 그 사나이는 옛날의 아름다운 골드문트가 갖지 않았던 무엇인가가 우러 나왔다. 지쳐서 모든 것을 마음대로 가눌 수 없는데도 만족스러워 하거나, 그렇지는 않더라도 조용한 표정을 지니고 있었다. 그가 아무 뜻 없이 빙긋 웃자 거울 속에 있는 얼굴도 따라 웃었다. 여행에서 집으로 데리고 온 얼굴이 이토록 멋있는 사람일 줄이야! 잠깐 동안 기마 여행을 하고 돌아오는 사이에 완전히 초췌해지고 까맣게 그을어 있었다. 말과 행낭과 돈뿐 아니라 다른 것도 잃고 왔다. 청춘, 건강, 자신감, 홍조 띤 얼굴, 빛나던 눈빛도 그에게서 사라지고 말았다. 그런데도 이 모습이 마음에 들었다. 거울 속에 들어앉은 이 나이 먹고 쇠약한 사나이는 그토록 오랫동안 그렸던 골트문트보다 더 좋았다. 예전에 비해 더 늙고 약하고 쇠약해진 모습이었지만, 오히려 더 순진무구하고 더 만족스럽고, 더 친근해 보였다. 그는 주름진 한쪽 눈꺼풀을 쓰다듬어 보았다. 그런 다음 그는 다시 침대 위에 누워 이번에는 잠이 들었다.

이튿날, 그가 방안 책상에 기대서 스케치를 하고 있을 때 나르치스가 그를 찾아왔다. 그는 문 앞에 서서 말했다. "자네가 왔다는 이야기를 들었네. 고맙네. 정말 기뻐. 자네가 찾아와 주지 않았기 때문에 내가 자네한테 왔지. 자네 일에 방해라도 되나?"

그는 가까이 왔다. 골드문트는 화가에서 몸을 일으키고 손을 내밀었다. 에릿히가 그에게 귀띔을 해주었는데도 그는 친구를 보자 놀랐다. 친구는 정답게 웃음으로 인사를 했다.

"응, 돌아왔지. 잘 있었나, 나르치스? 오래간만일세. 아직 찾아보지 못한 것을 용서해 주게."

나르치스는 친구의 두 눈을 들여다보았다. 그도 윤기를 잃고 애달플 정도로 시들어 버린 얼굴을 보았을 뿐만 아니라, 평온함 내지는 노인들이 갖는 무관심과 체념의 표정도 보았다. 사람의 얼굴을 알아보는 익숙한 그는 낯설게 변한 이 골드문트가 이젠 완전히 세상에 존재하지도 않으며 그의 영혼이 현실에서 까마득히 먼 곳으로 떠나서, 꿈길을 걷고 있거나 혹은 벌써 피안의 세계로 통하는 문 앞에 서 있다는 것을 알아보았다.

"어디 아픈가?" 그는 신중히 물었다.

"응, 아프기도 해. 나는 여행을 시작한 지 며칠 되지 않아 벌써 앓기 시작했네. 그렇지만 내가 얼른 돌아오고 싶지 않았던 심정은 짐작할 테지. 내가 그렇게도 빨리 나타나서 승마 구두를 다시 벗어던졌다가는 자네들은 나를 실컷 웃음거리로 삼았을 거야. 그렇지, 나는 그게 싫었단 말이야. 나는 곧장 길을 재촉하여 돌아다녔지. 여행에 실패했기 때문에 부끄러웠던 거야. 나는 너무 지나친 말을 했네. 좋아, 말하자면 나는 부끄러웠었지. 그거야 자네는 벌써 알고 있을 테지. 자네는 무척 영리한 사람이니 말이야. 실례했네. 무슨 말을 물었나? 아무래도 도깨비한테 홀린 것 같군. 나는 언제나 무엇이 문제의 초점이 돼 있는지 까먹고 만단 말이야. 그렇지만 내 어머니 말이야, 그건 자네가 말한 것이 맞았어. 정말 슬펐지만, 그래도……."

그의 중얼거리는 소리가 미소 속에 사라졌다.

"우리는 자네를 다시 건강하게 해주겠네, 골드문트. 자네를 부자유스럽게 하지는 않겠어. 그런데 몸이 편찮아졌을 때 왜 얼른 돌아오지 않았나! 자네가 우리를 부끄러워할 게 뭐 있나? 얼른 돌아왔었더라면 좋았을 것을."

골드문트는 껄껄 웃었다.

"응, 이제 겨우 알았어. 정말이지 깨끗이 돌아올 용기가 없었던 거야. 정말 수치스러운 행동이었을 테지. 그렇지만 지금은 돌아왔어. 또 건강도 좋아질 걸세."

"몹시 앓았나?"

"앓았느냐구? 응, 지독하게 앓았지. 그러나 앓는 것은 썩 좋단 말이야. 그것이 내 본심으로 돌아가게 한걸. 이젠 부끄러워하지도 않네. 자네한테도. 자네가 내 생명을 구하기 위해 감옥으로 나를 찾아왔을 때 나는 어찌나 부끄러운지 입술을 깨물지 않을 수 없었단 말이야. 지금은 그것도 지나가고 말았네."

나르치스는 친구의 팔에 손을 얹었다. 친구는 이내 입을 다물고 미소 지으며 눈을 감고 평화로이 잠이 들었다. 수도원장은 깜짝 놀라 줄달음쳐 수도원 의사 안톤 신부를 부르러 갔다.

의사를 데리고 돌아왔을 때 골드문트는 화가에 기대어 잠이 들어 있었다. 둘은 그를 침대에 눕히고 의사가 옆에 남았다.

의사는 그의 병이 절망적이라고 생각했다. 그를 병실로 옮겼다. 에릿히가 시중을 들기 위하여 옆에 남아 꼭 지키고 있었다.

골드문트의 마지막 여행에 얽힌 이야기는 결국 자세히 밝혀지지 않았다. 그가 토막토막 이야기하기는 했으나 많은 것을 추측에 의존할 수밖에 없었다. 그는 멍하니 누워 있을 때가 많았다. 때로는 열이 오르고 헛소리를 했다. 때로는 의식이 분명하기도 했다. 그럴 때마다 나르치스를 불렀다. 나르치스한테는 골드문트와의 마지막 대화가 지극히 중요했다.

골드문트의 두서너 단편적인 고백은 나르치스가 전하고 다른 일부분은 조수인 에릿히가 전했다.

"언제부터 앓기 시작했느냐고? 내가 떠나던 첫날이었어. 나는 말을 몰아 숲속으로 가고 있었네. 나는 말과 함께 넘어져서 시냇물 속에 떨어져 하룻밤을 꼬박 차디찬 물속에 빠져 있었지. 거기서 갈빗대가 부러지고 그때부터 고통이 시작되었어. 그때 나는 아직도 여기서 멀리 떨어져 있지 않았지만 돌아오기가 싫었어. 우스운 생각 같겠지만 비웃음을 살 거라고 생각했어. 그래서 나는 자꾸 말을 몰고 갔지. 너무나 아파서 이젠 말을 탈 힘도 없어지자 말을 팔고 말았네. 그런 다음 어느 병원에서 긴 시간을 누워 있었지. 이제 나는 이곳 수도원에 그냥 주저앉았네. 나르치스. 이젠 말도 탈 수 없거니와 방랑 생활도 할 수 없어. 춤도 여자도 마지막이야. 아, 안 그랬더라면 나는 더 오래, 아마 몇 년이고 바깥 세계에 있었을 거야. 하지만 바깥 세계도 더는 나에게 기쁨을 주지 않는다는 것을 알았을 때, 내가 이곳에서 작별을 고하기 전에 좀 더 스케치나 하고 목상이나 몇 개 더 만들어서 어떤 기쁨이라도 얻고 싶다고 생각했어."

나르치스는 그에게 말했다. "무엇보다도 자네가 돌아와서 기쁘네. 자네가 없어서 얼마나 서운한지. 나는 날이 새면 언제나 자네를 생각하고 있었네. 자네는 이제 돌아올 마음은 없을 거라고 걱정한 적도 몇 번인지 자네는 모를 거야."

골드문트는 고개를 저었다. "아니, 없어졌다 해도 별로 대수로운 일은 아니었을 테지, 안 그래?"

나르치스는 슬픔과 애처로움에 가슴을 태우며 천천히 골드문트 쪽으로 허리를 굽혔다. 그리고 두 사람의 우정이 계속되던 기나긴 세월 동안 한 번도 해보지 않았던 것을 지금 했다. 그는 골드문트의 머리칼과 이마에 그의 입술을 갖다 댔다. 처음에는 미심쩍은 듯, 그 다음은 감동에 못 이기는 듯, 골드문트는 그가 무엇을 하고 있는지 알았다.

"골드문트." 하고 친구는 그의 귀에 대고 속삭였다. "좀 더 일찍 자네한테 이야기할 수 없었던 것을 용서해주게. 주교의 성에 있는 감옥으로 자네를 찾아갔을 때, 혹은 자네가 만든 최초의 목상을 보게 되었을 때, 또는 다른 어떤 때 나는 이 이야기를 자네한테 했어야만 했네. 오늘 내가 그 이야기를 해주겠네. 말하자면 내가 자네를 얼마나 사랑하고 있었는지, 자네가 나한테는 늘 얼마나 귀중한 존재였는지, 자네가 내 생활을 얼마나 윤택하게 해주었는지 등을 말일세. 자네한테는 별다른 의미가 없을는지도 몰라. 자네야 물론 사랑이 습관처럼 돼 있네. 사랑 따위는 자네한테 별스러운 일도 아니겠지. 자네는 수많은 여인들한테서 사랑도 받고 좋은 대우도 받았어. 나는 사랑에 굶주린 배를 움켜쥐고 살았네. 나는 최상의 것에 굶주리고 있었지. 다니엘 수도원장은 나를 거만하다고 말씀하신 적이 있어. 아마 그분 말씀이 옳았을 거야. 나는 사람들을 부당하게 대우하지 않아. 사람들에 대해 공평하고, 인내하기 위해 무척 애를 쓰고 있지만, 이제껏 누군가를 사랑한 적은 없다네. 수도원 안에 두 사람의 학자가 있다면 나는 더 박식한 쪽을 좋아하네. 학식이 조금 부족한 학자를, 그가 부족한데도 불구하고 사랑으로 대한 적은 여태 없다네. 그럼에도 사랑이 무엇인지 안다고 말한다면 자네 덕분일세. 모든 사람들 가운데서 나는 유독 자네만을 사랑할 수 있었다네. 그것은 사막 한 가운데 있는 우물을 의미하는 동시에 황량한 들판에 꽃피는 나무를 의미하는 거라네. 내 가슴이 바싹 마르지 않고 하느님의 은총을 받아들일 수 있는 곳이 남아 있는 이유는 오직 자네 덕분이네."

골드문트는 기쁜 듯, 그러나 약간 당황한 듯 빙긋이 웃었다. 의식이 맑았을 때처럼 나지막하고 침착한 목소리로 그는 말했다. "내가 교수형에서 구출되어 함께 귀로에 접어들었을 때 내 블레스의 안부를 묻자 자네는 설명해 주었지. 그때 나는 다른 말과 분별도 잘할 줄 모르는 자네가 블레스를 염려하고 있었다는 것을 알았지. 나를 위해 그렇게 해주었다는 것을 알고 이만저만 기쁘지 않았다네. 정말 사실이 그러했다는 것을, 즉 자네가 정말 나를 사랑하고 있었다는 것을 나는 알았어. 나도 자네를 언제나 사랑하고 있었어, 나르치스. 내 삶의 반은 자네한테 사랑을 구하는 사업이었어, 나르치스도 나를 좋아한다는 것을 알고 있었지만 자네처럼 자신만한 사람이 그 사실을 나에게 말할 때가 오리라고는 전혀 생각지도 않았었네. 자네는 지금 그것을 나에게 말했네. 내가 이제 달리 아무것도 갖지 않은 이 순간에 방랑과 자유, 속세와 여인들이 나를 영영 버리고 만 지금 나는 그 사랑을 받아들이는 동시에 자네에게 감사를 올리네."

리디아 마돈나 상이 방 한가운데 서서 바라보고 있었다.

"자네는 언제나 죽음을 머리에 새기고 있었군?" 나르치스가 물었다.

"응, 생각하고 있어, 그리고 내 일생이 어떻게 됐는지를 생각했지. 내가 아직도 학생이었던 청년 시절 나는 자네와 같은 정신적인 인간이 되고 싶다는 소망을 가졌었지. 자네는 그것이 나의 천직이 아니라는 것을 지적했어. 그런 다음 나는 그 생활의 반대편, 다시 말하면 관능의 세계에 몸을 던졌네. 거기서 쾌락을 얻도록 여인들이 쉽게 응해 주었어. 여자들은 전혀 싫은 내색 없이 기꺼이 받아들였네. 그렇지만 나는 여인들이나 관능적 쾌락을 경멸하는 것 같은 말을 쓰고 싶지 않아. 나는 때로 매우 행복했지. 관능을 정신 영역으로 승화시키는 일을 체험하며 행복해 했고, 축복받고 있다고 생각했네. 거기에서 예술이 생기는 거야. 하지만 이제는 두 개의 불꽃도 꺼져 버리고 말았어. 지금 다시 여자들이 나를 향해 줄달음질쳐 온대도 나는 그 행복을 잡지 않을 거야. 예술품을 창작하는 것 역시 이젠 나의 소망이 아니야. 조각상은 싫증나도록 만들었어. 숫자는 중요하지 않아. 그러니 나는 이제 죽어야 할 때가 되었네. 나는 기꺼이 죽겠네. 죽음에 흥미를 갖고 있단 말이야."

"흥미를 가지다니 왜 그래?" 나르치스는 물었다.

"그거야 말하면 어리석기만 하겠지. 그렇지만 나는 정말 흥미를 가지고 있단 말이야. 피안에 대해서가 아니야. 나르치스, 그것은 거의 생각하지 않아. 고백해도 좋다면 나는 피안 같은 것을 믿고 있지도 않아. 피안은 존재하지도 않는단 말이야. 말라버린 나무는 영원히 죽고, 얼어 죽은 새는 두 번 다시 깨나지 않아. 사람도 죽으면 마찬가지야. 없어지고 나면 잠시 동안은 그 사람을 생각할지 모르지. 그렇지만 그것도 오래 가진 않아. 내가 죽음에 흥미를 갖는 이유는 내가 어머니를 향하여 가는 길목에 있다는 사실이 언제나 변치 않는 나의 신앙 혹은 나의 꿈에 불과하기 때문이지. 죽음은 크나큰 행복이리라, 맨 처음 사랑이 이루어졌을 때의 행복과 마찬가지로 큰 행복일 거라고 나는 생각한단 말이야. 나를 다시 받아들여서 허무와 순결 속으로 돌아가게 해주는 것은 큰 낫을 가진 죽음이 아니고 어머니라는 생각을 나는 뿌리칠 수 없단 말이야."

골드문트는 벌써 며칠째 입도 떼지 않았으나, 그 뒤 나르치스가 마지막으로 찾아갔을 때 친구가 다시 눈을 뜨고 이것저것 더듬으며 이야기하는 것을 알아챘다.

"안톤 신부는 자네가 자주 무서운 고통을 느끼고 있음에 틀림없을 거라고 하더군. 골드문트, 자네는 어쩌면 그렇게 조용히 잘 참아 나갈 수가 있지? 자네는 이제 평화를 발견한 것처럼 보이는군."

"하느님과의 평화 말인가? 나는 그 평화는 발견하지 못했어. 하느님과의 평화를 나는 바라지도 않는단 말이야. 하느님은 세상을 잘못 만들었어. 그렇지만 나는, 내 가슴속 고통은 평화로운 상태로 되었어. 그것은 옳아. 예전에 나는 고통을 그다지 잘 견뎌내지 못했어. 심각한 죽음의 위협에 빠졌을 때 그것을 알았네. 나는 쉽사리 죽어갈 수 없었단 말이야. 그러기에는 나는 너무나 강하고 너무나 거칠었지. 그놈들은 나의 손발을 하나씩 꺾어 두 번 죽게 하지 않으면 안 됐을 거야. 그렇지만 이제는 달라졌단 말이야."

누워서 말하는 것도 그를 피곤하게 했다. 그의 목소리는 차츰 기력을 잃어갔다. 나르치스는 무리하지 않도록 부탁했다.

"아니." 하고 그는 말했다. "나는 그때의 상황을 자네한테 이야기하겠네. 예전 같았으면 부끄러워서 자네한테 이야기하지 못했을 거야. 자네는 웃지 않을 수 없을 걸세. 말하자면 내가 말을 타고 여기에서 나섰을 당시 무작정 아무데나 간 것은 아니었네. 하인리히 백작이 귀국해서 그의 애인 아그네스가 곁에 있다는 소문을 나는 들었단 말이야. 아니 좋아, 자네한테는 그다지 중요하지 않겠지. 지금에 와선 나한테도 무어 그리 중요한 일은 아니야. 하지만 그때 그 소식을 듣고 나는 가만히 있을 수가 없었네. 내 생각 속에 온통 아그네스만 있었는걸. 그녀는 내가 알고 있는 여자 가운데서, 그리고 내가 사랑한 여자 가운데서 가장 아름다운 여자였어. 나는 그녀를 다시 만나서 한 번 더 행복해지고 싶었어. 나는 말을 타고 찾아갔지. 일

주일 후에 나는 그녀를 찾아냈네. 거기서, 그때 내게 변화가 일어났어. 그녀의 아름다움은 여전했지. 나는 그녀를 찾아내고, 그녀 앞에 모습을 드러내서 이야기할 기회를 얻었지. 그러나 생각 좀 해봐, 나르치스. 그녀는 이제 나 같은 인간하고는 상종도 하지 않으려 들지 않겠나! 그녀에게 나는 너무 나이 들고 아름다움도 즐거움도 넉넉지 못했던 거야. 그녀는 벌써 나한테는 아무런 기대도 하지 않았던 것일세. 그래서 나의 여행도 사실상 종말을 고하고 말았지. 그렇지만 나는 자꾸 앞만 보고 말을 몰고 갔네. 그처럼 실망스럽고 가소로운 꼴로 자네가 있는 곳으로 돌아오기는 싫었지. 그처럼 비참한 모습으로 말에 몸을 싣고 있을 때, 힘도 젊음도 영리한 재주도 벌써 깨끗이 나를 하직하고 말았네. 아무튼 말과 함께 절벽을 타고 시냇물 속으로 떨어져 갈비뼈를 다치고 물속에 처박혀 있었으니 말일세. 그때 나는 생전 처음으로 정말 고통이라는 것을 알았어. 떨어질 때 나는 내 가슴속에서 무엇이 뚝 끊어지는 것을 느꼈는데 나는 왠지 기뻤다네. 즐거이 그 소리를 듣고 만족해했지. 물속에 빠져서 곧 죽게 된다는 것을 알았지만, 감옥 안에 있을 때와는 모든 게 달랐어. 나는 조금도 거부하지 않았네. 이제 죽음은 당연하다고 생각되더군. 나는 심한 고통을 느꼈네. 나는 그때부터 가끔씩 고통을 겪고 있네. 만약 자네가 거기다가 원하는 이름을 붙인다면 꿈이나 환상이라고 할 만한 것을 느끼고 있었지. 나는 쓰러져 있었어. 가슴 속에 불이 붙은 듯이 아팠네. 나는 저항하면서 고함을 쳤지. 그러나 어디선가 깔깔대고 웃는 소리를 들었지. 유년시절부터 한 번도 듣지 못했던 소리였어. 바로 내 어머니 목소리였네. 관능적인 쾌락과 사랑에 가득 찬 그윽한 여자의 목소리였어. 나는 그녀가 어머니라는 것을 알았네. 어머니가 내 옆에 와서 나를 무릎에다 눕히고 내 가슴을 풀어헤치고 갈빗대 사이에다 손가락을 밀어 넣고는 내 심장을 꺼내려 했어. 그것을 보고 알아차렸을 때는 이미 아픔도 사라졌네. 지금 그때의 고통이 다시 찾아와도 고통도 느낄 수 없고, 원수처럼 여기지도 않네. 내 심장을 끄집어내는 어머니 손가락 때문이야. 어머니는 부지런히 그 일을 계속하고 있었어. 어머니는 수시로 찾아와서 쾌감을 맛보듯이 신음하지. 때때로 어머니는 웃으면서 사랑이 가득한 속삭임을 나누기도 한다네. 때때로 어머니는 내 옆에 있지 않고 높은 하늘에 계시기도 하지. 구름 사이에서 그녀의 얼굴이 구름처럼 크게 보이지. 거기서 떠돌면서 슬픈 웃음을 띠고 있어. 그 슬픈 웃음이 나를 끌어당기고, 내 심장을 가슴 속에서 끄집어내지."

그는 계속해서 여자, 즉 어머니에 대해서 이야기했다.

"자네는 아직도 기억하고 있나?" 그는 마지막 어느 날 물었다. "언젠가는 어머니를 잊고 있었지만 자네가 이상한 힘으로 그녀를 다시 불러내 주었네. 그때도 어떤 사나운 짐승이 큰 입을 벌려 내 내장을 물고 늘어진 것처럼 무섭게 아팠어. 그때 우리는 아직 청년이었어. 예쁜 소년이었지. 그렇지만 그때 어머니는 나에게 소리치고 있었지. 나는 따르지 않을 수 없었어. 어머니는 어디든지 있어. 그녀는 집시 여인 리제였어. 니클라우스 스승의 아름다운 마돈나였네. 그녀는 생명이요, 사랑이요, 쾌감이었지. 그녀는 또 불안이요, 굶주림이요, 욕망이었네. 그녀는 이제 죽음이며, 손가락을 내 가슴속에 밀어 넣고 있어."

"너무 이야기하지 말게, 이 사람아." 나르치스는 말했다. "내일까지 기다리지 그래."

골드문트는 다시 얼굴에 미소를 띠고 그의 두 눈 속을 들여다보았다. 여행에서 돌아올 때 새로 얻어온 미소였다. 지독하게 늙어서 형편없이 보이고, 때로는 넋 잃은 것처럼 보이기도 했지만 때로는 선의와 지혜만이 가득해 보이기도 했다.

"여보게, 이 사람." 그는 속삭였다. "나는 내일까지 기다릴 수 없어. 나는 자네하고 작별을 고해야만 하네. 작별을 위해 나는 자네한테 모든 걸 이야기해야만 하네. 조금만 더 들어주게. 나는 어머니 이야기를 들려주고 싶었어. 어머니가 손가락으로 내 심장을 뼁 돌려서 꼭 누르고 있는 이야기를 들려주고 싶었어. 어머니 형상을 만드는 것은 몇 해 전부터 내 가장 소중하고 가장 신비에 찬 꿈이었지. 그것은 나에게 모든 형상 가운데서도 가장 신성한 것이었지. 나는 언제나 그것을 내 가슴속에 지니고 있었네. 사랑과 신비에 찬 모습을 말일세. 요전까지만 하더라도 어머니 형상을 만들지도 못하고 죽을지도 모른다는 생각에 도저히 견딜 수 없었고, 내 일생 전체가 무익한 것처럼 생각되었네. 이것 보게, 어머니와의 관계는 실로 이상하지 않은가 말이야. 내 손이 어머니를 만들어 내는 대신에, 나를 만들어 내는 것은 어머니란 말이야. 그녀의 두 손을 내 심장 둘레에 대고 심장을 끄집어내어 나를 텅텅 비게 해버렸어. 그녀는 나를 유혹해서 죽음의 길로 인도했네. 나와 함께 내 꿈도, 아름다운 형상도, 위대한 인류의 어머니 이브의 상도 죽어버리고 말았다네. 또 그것이 보이네. 만약 손에 힘만 있다면 나는 그 형상을 만들어낼 수가 있었을 것을. 그렇지만 그녀는 그것을 바라지 않아. 내가 그녀의 신비를 표현하는 것을 바라지 않아. 오히려 그녀는 내가 죽는 것을 바라고 있어. 나는 기꺼이 죽겠어. 그녀가 나를 편안히 죽음에 이르도록 해 줄 걸세."

나르치스는 두려움 속에서 친구의 이야기를 귀담아듣고 있었다. 이야기를 잘 알아듣기 위해서는 친구의 얼굴 위에 허리를 굽히지 않으면 안 되었다. 알아들을 수 없을 때도 많았다 어떤 말은 잘 들렸다. 그렇지만 비밀은 그냥 감춰진 대로였다.

그리고 골드문트는 다시 한 번 눈을 뜨고 친구의 얼굴을 한참동안 바라보았다. 그는 친구와 눈으로 이별을 고했다. 애써 고개를 흔들려는 듯한 동작을 하며 그는 소곤거렸다. "그러나 나르치스, 자네에게 만약 어머니가 없었다면 언젠가 한 번은 죽을 텐데, 대체 어떻게 죽을 작정인가? 어머니가 없어서야 사랑을 할 수 있느냐 말이야. 어머니가 없어서야 죽을 수가 있느냐 말이야."

그 뒤에 또 무어라고 중얼중얼했으나 그것은 이미 알아들을 수 없는 소리였다. 마지막 이틀 동안 나르치스는 밤낮을 가리지 않고 친구의 침대 옆에 앉아 숨이 넘어가는 친구를 지키고 있었다. 마지막 남긴 골드문트의 말이 그의 가슴속에서 불꽃처럼 타올랐다.

작가 연보

1877년 | 7월 2일 독일 남부 뷔르템베르크 소재 칼프에서 개신교 선교사의 첫
째 아들로 태어남

1881년~1886년 | 양친과 함께 스위스 바질로 이주, 1883년 스위스 국적 취득

1886년~1889년 | 다시 칼프로 돌아와 실업학교에 다님

1990년~1891년 | 괴핑엔의 라틴어 학교에 다님

1891년~1892년 | 마울브론 수도원 기숙학교에 입학. 7개월 만에 신학교를 도
망쳐 나옴.

짝사랑으로 자살을 기도하고, 정신요양원 생활을 함. 이때
의 경험이 〈수레바퀴 밑에서〉에 비판적으로 묘사됨

1894~1895년 | 시계부품공장 견습공으로 일함

1899년 | 처녀시집 〈낭만의 노래〉 발행

1901년 | 최초로 이탈리아 여행. 〈헤르만 라우셔의 유작과 시〉 발표

1903년 │ 두 번째 이탈리아 여행

1904년 │ 〈페터카멘찐트〉 발표. 9살 연상의 마리아 베르누이와 결혼

1906년 │ 〈수레바퀴 밑에서〉 발표

1907년 │ 중단편 소설집 〈이편에서〉 발간

1908년 │ 단편집 〈이웃사람들〉 발표

1910년 │ 〈게르트루트〉 출간. 부제는 〈사랑과 죽음과 고독의 서〉. 음악소설

1911년 │ 시집 〈도중에〉 발간. 인도여행

1914년 │ 장편 〈로스할데〉 출간. 제1차 세계대전 발발 후 자원 입대했으나, 군
무불능 판정. 극단적 애국주의를 비판하는 글로 비난을 받음

1915년 │ 〈크놀프〉(향수) 출간

1916년 │ 단편집 〈청춘은 아름다워라〉 출간. 부친 사망. 아내의 정신병 악화,
막내 아들 마르틴의 중병, 자신의 신병 문제 등으로 정신적 위기에 빠
짐

1919년 │ 〈귀향〉 발표. 싱클레어라는 필명으로 〈데미안〉 발표

1920년 │ 시집 〈방랑〉, 〈화가의 시〉, 단편집 〈클링조어의 마지막 여름〉 출간

1921년 │ 〈시선집〉 출간

1922년 │ 〈싯다르타〉 출간

1924년 │ 마리아 베르누이와는 1923년에 이혼하고, 20살 연하의 루트 벵어와
재혼. 스위스 국적 재취득

1925년 │ 〈요양객〉 출간

1926년 │ 〈그림책〉 출간

1927년 │ 〈뉘른베르크 여행〉, 〈황야의 이리〉 출간. 루트 벵어와 이혼

1928년 │ 수상록 〈관찰〉, 시집 〈위기〉 출간

1929년 │ 시집 〈밤의 위로〉 출간

1930년 | 장편 〈나르치스와 골드문트〉 출간

1931년 | 18세 연하의 니논 돌빈과 재혼. 〈내면으로의 길〉 출간

1932년 | 〈동방순례〉 출간

1932년~1943년 | 〈유리알 유희〉 집필

1935년 | 〈우화집〉 출간

1936년 | 〈정원에서의 시간〉 출간

1937년 | 〈기념첩〉, 〈신 시집〉, 〈마비된 소년〉 출간

1939년~1945년 | 제2차 세계대전이 본격화되면서 헤세의 작품이 독일에서
출판 금지

1943년 | 〈유리알 유희〉 출간

1945년 | 시선집 〈꽃 핀 가지〉, 미완성 소설 〈베르톨트〉, 〈꿈의 여행〉 출간

1946년 | 〈유리알 유희〉로 노벨상 수상, 괴테상 수상
시사평론집 〈전쟁과 평화〉 출간

1947년 | 고향 칼프시의 명예시민이 됨

1950년 | 브라운슈바이크 시가 수여하는 빌헬름 라베 상 수상

1954년 | 동화 〈빅토로의 변신〉, 〈헤세-롤랑 서신 교환집〉 출간

1956년 | 헤르만 헤세상 제정

1962년 | 몬타뇰라의 명예시민이 됨. 8월 9일 뇌출혈로 몬타뇰라에서 사망